Enid Starkie Gustave Flaubert

ENID STARKIE

GUSTAVE FLAUBERT

KINDHEIT · LEHRZEIT · FRÜHE MEISTERSCHAFT

Deutsch von
Rosemarie Winterberg

CLAASSEN VERLAG

Titel der bei Weidenfeld and Nicolson, London,
erschienenen Originalausgabe
FLAUBERT: THE MAKING OF THE MASTER

1. Auflage 1971

Gesetzt aus der 9 auf 12 Punkt Garamond der Linotype GmbH
Gesamtherstellung: Druckerei Gebr. Rasch & Co., Bramsche
Printed in Germany · ISBN 3 546 48715 X

Marianne und Frances,
in deren Haus dieses
Buch entstanden ist,
in Liebe und Dankbarkeit

Marianne und Frances,
in deren Haus dieses
Buch entstanden ist,
in Liebe und Dankbarkeit

INHALT

ZWEITES BUCH: SOMMERERNTE

Erster Teil: Die Werkstatt

Zweiter Teil: Das Meisterstück

VORWORT

Flaubert beginnt heute, nach langer Zeit ziemlicher Vernachlässigung, strenger Kritik, ja sogar Geringschätzung durch die Intellektuellen, wieder zu seinem Recht zu kommen und das Interesse der kultivierten Welt auf sich zu lenken. In den Dreißigerjahren, zur Zeit der tendenziösen Literatur, hatte man ihm vorgeworfen, er sei an den Problemen seiner Zeit vorbeigegangen, habe sich nicht mit ihnen auseinandergesetzt, ja, sie seien ihm gleichgültig gewesen. Während der letzten zwanzig Jahre aber haben ernsthafte akademische Studien über Flaubert eingesetzt. Allein zwei umfangreiche Dissertationen erschienen, die ausschließlich seinen frühen, posthum veröffentlichten Werken gewidmet sind, in denen die Quellen seines Genies gesucht werden müssen.[1]

Nirgendwo, nicht einmal in Frankreich, gibt es bisher eine völlig befriedigende Gesamtwürdigung Flauberts – eine ›étude d'ensemble‹, wie die Franzosen es nennen –, die sowohl eine Analyse des Schriftstellers als auch ein Bild des Menschen Flaubert mit all seinen Kompliziertheiten und Widersprüchen vermitteln würde. Mit dem Künstler hat man sich zwar ziemlich eingehend befaßt, nicht aber mit dem Mann, dem in Wirklichkeit verzweifelt viel an den Dingen lag, die ihn umgaben, der tief betroffen war über die Häßlichkeit und rohe Dummheit der Welt und voller Sehnsucht nach Unschuld und Reinheit – ein Mensch von tiefen Gefühlen und treuer Gesinnung.

Schwierigkeiten bei der Beschäftigung mit Flaubert bereiten die verstreute Aufbewahrung der Dokumente, die in mancher Hinsicht unbefriedigende Art der Herausgabe seiner Werke – besonders der Briefe – und die Unmöglichkeit herauszufinden, wo sich die Manuskripte vieler wichtiger Frühwerke befinden, zum Beispiel der *Erinnerungen eines Verrückten*, von *November* und der ersten Fassung der *Lehrjahre des Gefühls*.

Eine weitere Schwierigkeit hängt mit der Menge von Dokumenten zusammen, die Flauberts Nichte verschiedenen Bibliotheken vermacht hat und die erst zum Teil geordnet und veröffentlicht worden sind. »Ich habe nie einen einzigen Fetzen Papier weggeworfen«, schrieb Flaubert in einem seiner Biefe.[2] Selbst seine Schulaufsätze hat er aufgehoben. Einige von ihnen, aber längst nicht alle, sind unter seinen *Juvenilia* veröffentlicht.

Die Stadtbibliothek von Rouen bewahrt eine Unzahl von Notizen auf. Allein für *Madame Bovary* sind es fast 4000 Seiten im Kanzleiformat, in winziger Schrift beidseitig beschrieben. Auch die erweiterte Fassung des Romans in des Autors Handschrift sowie die von anderer Hand für die Veröffentlichung angefertigte Abschrift befinden sich in Rouen. Die Sammlung Spoelberch de Lovenjoul in Chantilly besitzt viele Briefe von und an Flaubert. In der Pariser Stadtbibliothek liegen verschiedene Notizbücher – die *Carnets* –, vor allem die Reisenotizen. Und schließlich sind im Besitz der Nationalbibliothek in Paris die Manuskripte vieler Frühwerke Flauberts, darunter das interessante *Leidenschaft und Tugend.* Wo sich aber die Handschriften so bedeutender Werke wie *Erinnerungen eines Verrückten, November* und der ersten Fassung der *Lehrjahre des Gefühls* befinden, weiß man, wie gesagt, nicht. In der Nationalbibliothek liegen auch alle Notizen, die René Descharmes niedergeschrieben hat, als er seine ausgezeichnete Doktorarbeit *Flaubert, sa Vie, son Caractère, et ses Idées avant 1857* vorbereitete, und die für Studien über Flaubert von unschätzbarem Wert sind.

Es gibt außerdem noch eine Menge Arbeiten verschiedener Art, die Flaubert während seiner Schulzeit verfaßt hat und die in den nach seinem Tod erschienenen drei Bänden *Juvenilia* enthalten sind. Er selbst hat nie daran gedacht, diese Schriften, die Einfallsreichtum und große Belesenheit verraten, drucken zu lassen.

Flaubert steht im Ruf, ein schlechter Schüler gewesen zu sein – selbst seine Nichte sagt dies in den nach seinem Tod herausgegebenen *Erinnerungen* an ihren Onkel –, was uns heute, da wir Zugang zu seinen Jugendschriften haben, merkwürdig erscheinen will. Dabei sollte man sich allerdings vergewissern, daß zur damaligen Zeit französische Literatur in den unteren Schulklassen überhaupt nicht gelehrt und gelesen wurde. Erst in den höheren Klassen standen Rhetorik und Philosophie auf dem Plan, für die man jedoch hauptsächlich gelehrte Abhandlungen auswählte. Ganz abgesehen davon wußte zu jener Zeit niemand, wo Flauberts Begabung eigentlich lag. Was dagegen erstaunt, ist der Umfang seiner Lektüre und die große Zahl von Aufsätzen, die zu schreiben er Zeit und Lust hatte. Von frühester Kindheit an fühlte er sich zum Schriftsteller berufen; es gab nie etwas anderes, das er hätte werden wollen. Trotzdem blieb er, auch als er auf dem Gipfel seines Ruhmes angelangt war, bescheiden und unsicher, und noch 1876, vier Jahre vor seinem Tod, sprach er von seinem vergeudeten Leben.[3]

Die Veröffentlichung seiner Briefe in neun Bänden durch Conard, mit vier Ergänzungsbänden seit Kriegsende, hat die Beschäftigung mit dem Schriftsteller etwas erleichtert. Allerdings ist diese Ausgabe auch jetzt noch nicht umfassend oder gar vollständig; allzu viele Passagen wurden – wohl aus Gründen der Schicklichkeit – herausgeschnitten, und ganze Briefe sind aus irgendwelchen Überlegungen, die sich nur schwer erraten lassen, gar nicht aufgenommen. In Flauberts Originalbriefe an Louise Colet bekommt der Studierende keine Einsicht mehr, dagegen scheint nicht allgemein bekannt zu sein, daß sie Descharmes noch zugänglich gewesen sein mußten, als er an seiner Dissertation arbeitete, und daß er maschinengeschriebene Kopien davon angefertigt hat, die unter seinen Notizen in der Nationalbibliothek in Paris aufbewahrt werden. Auf diese Weise ist es möglich, die in der Conard-Ausgabe der *Correspondance* weggelassenen Stellen und Briefe doch zu lesen. Meines Wissens hat nur eine einzige Ausgabe diese Dokumente – wenn auch nicht alle – verwendet, nämlich die schweizerische von Maurice Nadeau für die Editions Rencontre, erschienen 1964 in Lausanne.

Neben diesen Weglassungen weist Conards Briefausgabe – die meistbenutzte und in vielen Bibliotheken vorhandene – auch entscheidende Fehler auf; so ist beispielsweise derselbe Brief an Louise Colet in dem einen Band unter dem 17. Januar 1852 und in dem darauffolgenden Band unter dem 15. Januar 1853 veröffentlicht. Im zweiten Fall ist es nur ein Auszug, der als Brief erscheint, im ersten dagegen der Teil eines längeren Briefes. Dabei kann er anhand seines Inhalts genau datiert werden; erwähnt nämlich ist die Ernennung Du Camps zum Offizier der Ehrenlegion, und diese erfolgte 1852.[4] Viele Briefe sind offensichtlich falsch datiert; und das Register nützt so gut wie gar nichts, da die meisten Eintragungen fehlerhaft sind. Man darf nur hoffen – und erwarten –, daß die Ausgabe, die Jean Bruneau für die Editions de la Pléiade vorbereitet, befriedigender ausfallen wird. Er hat die Descharmes-Dokumente bestimmt eingesehen, denn er benutzte sie bereits für seine 1962 erschienene Doktorarbeit *Les Débuts Littéraires de Gustave Flaubert.*

Bevor seine Briefe veröffentlicht waren, hatte man allgemein angenommen, Flaubert habe das Schreiben Mühe bereitet, er sei ein sogenannter ›verstopfter‹ Autor gewesen. Jetzt aber wird uns klar, daß ihm im Gegenteil das Schreiben erstaunlich leicht von der Hand ging, daß er bei seinen veröffentlichten Werken den natürlichen Fluß seiner Sprache zügelte, ihm Hindernisse in den Weg legte, die er dann zwangsläufig überwinden mußte. Nachdem er diese Methode und Technik einmal entwickelt hatte, schrieb er nie mehr mühelos, sei es nun an einem romantischen, sei es an einem realistischen Stoff.

Als die Leserschaft plötzlich auf die Korrespondenz stieß, war sie geneigt, alle Romane hinzugeben, wenn sie nur den gesamten Briefwechsel bekommen könnte – aber natürlich ist dieser doch zur Hauptsache durch das interessant, was der Verfasser darin über seine Kunst sagt. Bestimmt gehören Flauberts Briefe zu den faszinierendsten, packendsten der französischen Literatur; wir begegnen darin dem Schriftsteller in seiner ganzen Vielfalt, in vollkommener Ungezwungenheit. André Gide schrieb einmal[5]: »Lange Zeit liebte ich Flaubert als einen Meister, einen Freund, einen Bruder. Seine *Correspondance* war meine Bettlektüre und ersetzte auf meinem Nachttisch fünf Jahre lang die Bibel. Sie war ein Kraftreservoir. Sie verlieh meiner Glut eine neue Art Heiligkeit.«

Fast sein ganzes Leben lang galt Flauberts engste und tiefste Freundschaft Männern, denen er zu verschiedenen Zeiten und auf verschiedene Weise in großer Verehrung zugetan war und denen er sehr viel zu verdanken hatte. Seine vertrautesten Freunde waren Ernest Chevalier, Alfred Le Poittevin, Maxime Du Camp und Louis Bouilhet. Man darf wohl annehmen, daß diesen Bindungen homosexuelle Neigungen zugrunde gelegen haben, auch wenn sich in dieser Hinsicht nichts wirklich beweisen läßt, außer vielleicht im Falle Louis Bouilhets. Dazu vergleiche man einige unveröffentlichte Stellen aus Flauberts Briefen an Bouilhet, die in der Sammlung Spoelberch de Lovenjoul in der Bibliothek des Instituts von Chantilly aufbewahrt werden.[6] Es ist kaum zu glauben, daß diese Passagen, die in keiner einzigen Briefausgabe publiziert sind, sich nicht auf homosexuelle Erfahrungen beziehen. Er sagte einmal von sich selbst[7]: »Bin ich nicht eine weibliche Natur, und Lesbos ist mein Mutterland.« Und in seinen *Souvenirs, Notes et Pensées Intimes* schrieb er mit neunzehn Jahren[8]: »Es gibt Tage ... da man eine Frau sein möchte.« Louise Colet hat er einmal erzählt, daß er als neunzehnjähriger Student in Paris oft gewünscht habe, sich zu kastrieren.[9] Gewiß, er hatte viele Freundinnen und Briefpartnerinnen, besonders in seinen mittleren Jahren, nach dem Erscheinen der *Madame Bovary*, als dieses Werk ihn mit Frauen zusammenführte, die in seiner Heldin sich selbst erkannten – wie viele andere Homosexuelle liebte er den Umgang mit Frauen, vor allem als Briefpartnerinnen. Es gibt jedoch keinen Beweis dafür, daß diese Verbindungen anderer als platonischer Natur waren.

Man weiß nur von einer einzigen leidenschaftlichen Beziehung Flauberts zu einer Frau, zu Louise Colet, die zweimal über jeweils fast drei Jahre seine Geliebte war – von 1846 bis 1848 und 1851 bis 1854 –, doch das Ende war eine Katastrophe. Die übrigen Frauenbekanntschaften scheinen keine Liebesverhältnisse, sondern zärtliche Freundschaften gewesen zu sein – eine der Briefpartnerinnen, Mademoiselle Leroyer de Chantepie, hat er überhaupt nie gesehen. Manchmal wird behauptet, er habe eine nähere Beziehung zu der zweiten englischen Erzieherin seiner Nichte, Juliet Herbert, gehabt – sicher ist, daß er sie nach ihrer Rückkehr nach England verschiedentlich besucht und daß seine Nichte während des Deutsch-Französischen Krieges bei ihr gelebt hat –, doch weiß man auch darüber nichts Bestimmtes, da uns weder Briefe von ihm an sie, noch solche von ihr an ihn erhalten sind.

Ein wirklich glückliches Verhältnis mit einer Frau scheint er niemals gehabt zu haben. Das könnte auf seine homosexuellen Neigungen zurückzuführen sein, wahrscheinlich aber auch auf seine gefühlsmäßige Bindung an Elisa Schlésinger, in die er sich verliebt hat, als er vierzehn und sie sechsundzwanzig war. Übrigens waren alle Frauen, die er einmal gern gehabt oder denen er romantische Gefühle entgegengebracht hat, älter als er. Nachdem seine Empfindungen einmal auf Elisa Schlésinger fixiert waren, war er nie mehr fähig, eine andere Frau wirklich zu lieben. Vielleicht war auch seine Haltung zu seiner Mutter ein Hindernis. Noch als erwachsener Mann brachte er ihr großen Respekt entgegen. Er lebte in der ständigen Furcht, sie könne mit ihm unzufrieden sein oder etwas in seinem Privatleben entdecken, das vor ihr geheimzuhalten er sich große Mühe gab. Louise Colets Briefe waren stets an einen Freund adressiert, der sie dann in einem anderen Umschlag an ihn weiterleitete. Er lebte bei seiner Mutter bis zu deren Tod im Jahr 1872, nur acht Jahre vor seinem eigenen Hinscheiden. Als sie gestorben war, schrieb er[10], es sei ihm klargeworden, daß sie der einzige Mensch gewesen war, der ihm in seinem ganzen Leben am meisten bedeutet hatte. Es war, als suchte er in allen Frauen, die er liebte, eine Mutterfigur, vor allem in der großen Liebe seines Lebens, Élisa Schlésinger: Als er ihr zum erstenmal begegnete, stillte sie ein Kind.

Dann hatte er auch immer Angst, wenn er mit einer Frau allzu intim würde, könnte sie in seine Privatsphäre eindringen und seine künstlerische Arbeit behindern. Du Camp berichtet[11], daß Gautier einmal Flaubert nach einer Frau gefragt habe, die sich in ihn verliebt hatte: »Warum bist du immer so hart gegen die Unglückliche?« Flaubert soll ihm geantwortet haben: »Sie könnte versuchen, den Weg in mein Arbeitszimmer zu erzwingen.«

Dieses Buch war ursprünglich als zweibändige Ausgabe geplant. Es sollte gezeigt werden, wie der große Schriftsteller geformt wurde, und zwar anhand seines Lebens, seiner Lektüre, seiner Werke bis zur Veröffentlichung seines ersten gedruckten Buches, *Madame Bovary*, im Jahre 1857, als er fünfunddreißig war – kurz, zu zeigen, wie Flaubert zu Flaubert wurde. Als dieser Roman fertig war, hatte der Autor seinen Stil gefunden, der sich nachher kaum noch geändert hat. In dessen Entstehungszeit, zwischen 1851 und 1856, kristallisierte er seine Methode; alles, was davor geschehen war, hatte seinen Platz, alles lief zusammen, um das große Werk auszumachen und es zu bereichern. Von da an nützte er seine Meisterschaft und Kunst für andere Werke, schöpfte daraus für den Rest seines Lebens – in *Salambô, Lehrjahre des Gefühls, Versuchung des heiligen Antonius, Drei Erzählungen* sowie dem unvollendeten, posthum veröffentlichten *Bouvard und Pécuchet*.

Der erste Teil geht der Entwicklung des Künstlers nach, von den ersten tastenden Versuchen bis zum vollendeten Meisterwerk, zur Reife seines Verfassers.

Der zweite Teil sollte ursprünglich die restlichen Schriften untersuchen und zeigen, was Flaubert im allgemeinen erreicht hat. Doch der erste Band war von allem Anfang an vom Unglück verfolgt, und da er Gefahr zu laufen schien, der einzige Band zu bleiben – falls er überhaupt zustande kommen würde –, wurde mehr in den Schlußteil des vorliegenden Werkes einbezogen, als es sonst der Fall gewesen wäre, so daß es als ein fertiges, in sich abgeschlossenes Buch bestehen kann.

Bei der Vielzahl von Kritikern, die sich mit Flaubert befaßt haben, fällt einem die Wahl schwer, an wen man sich in erster Linie halten soll;

auf jeden Fall seien hier nur jene erwähnt, die für diesen speziellen Band von Nutzen waren. René Descharmes' *Flaubert, sa Vie, son Caractère, et ses Idées avant 1857* bleibt auch nach mehr als einem halben Jahrhundert noch eines der besten greifbaren Bücher über dieses Thema; es ist unentbehrlich, obschon mir persönlich für das vorliegende Buch Jean Bruneaus Dissertation *Les Débuts Littéraires de Gustave Flaubert* die größere Hilfe war – eine wahre Fundgrube an Information. Demorests *L'Expression Figurée et Symbolique dans l'Œuvre de Gustave Flaubert* ist ein Musterbeispiel seiner Art, aber es bezieht sich auf das Werk des Schriftstellers im Ganzen, nicht nur auf die früheren Arbeiten. Claudine Gothot-Merschs wertvolle Dissertation *La Genèse de ›Madame Bovary‹* kam zu spät, als daß sie mir noch hätte nützen können. Ich habe jedoch alle Unterlagen, die sie für ihre Arbeit verwendet hat, in der Stadtbibliothek von Rouen eingesehen.

Soweit nichts anderes vermerkt ist, handelt es sich bei der Ausgabe, auf die in diesem Buch immer Bezug genommen wird, um die bei Conard erschienenen *Œuvres Complètes* in 28 Bänden.

Ich möchte Constance West meine ganz besondere Dankbarkeit dafür ausdrücken, daß sie mir so freundlich und großzügig erlaubte, ihre Notizen über die Tennant-Papiere zu Rate zu ziehen, in die ich selbst keine Einsicht nehmen konnte. Ich möchte auch Gabrielle Leleu, der früheren Bibliothekarin an der Stadtbibliothek von Rouen, für ihre wertvolle Beratung danken, sowie der gegenwärtigen Bibliothekarin, Jeanne Dupic, die mir Zutritt zu der Bibliothek und allen Unterlagen verschafft hat, ferner Jean Pommier für seine unschätzbare Hilfe und Beratung bei meiner Arbeit an der Sammlung Spoelberch de Lovenjoul in der Bibliothek des Instituts von Chantilly, sodann de Saint-Rémi, dem Bibliothekar an der Stadtbibliothek Paris, für die Erlaubnis, Flauberts *Carnets* zu konsultieren, sowie Julien Cain, dem früheren Verwalter der Nationalbibliothek in Paris, der so viel geleistet hat mit seiner Sammlung von Flaubert-Manuskripten und -Dokumenten, für seinen unschätzbaren Rat und seine Unterstützung, schließlich Jacques Suffel für viele wertvolle Anregungen. Und nicht zuletzt meinen ehemaligen Schülerinnen Joanna Richardson und Sonia Spurdle, der ersteren für viel wertvolles Material und der letzteren für ihre treue Hilfe beim Sichten von Unterlagen in Paris, an deren Bearbeitung ich selbst verhindert war.

Enid Starkie, Oxford

ERSTES BUCH

FRÜHLINGSSAAT

Erster Teil

DAS KIND, AUS DEM DER MANN WURDE

I

DER FAMILIÄRE HINTERGRUND

(1821–1831)

Rouen ist eine der ältesten Städte Frankreichs. Ihre Geschichte geht bis in vorrömische Zeiten zurück, ihren eigenen Charakter aber erhielt sie erst sehr viel später. Im Jahre 841 kamen dänische Normannen in die Stadt und dann wieder 876 unter Rollo, der sie zur Hauptstadt seines Herzogtums machte und sich 911 ganz dort niederließ. Vierzehn normannische Herzöge sind in Rouen gestorben, unter ihnen Wilhelm der Eroberer. Während des Hundertjährigen Krieges hatte die Stadt schwer zu leiden, besonders zur Zeit der Belagerung, die 1419 zu Ende ging, als Rouen sich Heinrich V. ergab. Jeanne d'Arc wurde hier 1431 auf dem Scheiterhaufen verbrannt, 1449 aber eroberte Karl VII. die Stadt zurück und hielt einen triumphalen Einzug. In den Religionskriegen litt sie erneut, doch das Edikt von Nantes leitete eine große Blütezeit ein, die auch nach der Widerrufung des Edikts, als zwanzigtausend Protestanten auswanderten, weiter anhielt.

Zu Flauberts Zeit war Rouen die drittgrößte und wohl bemerkenswerteste Stadt Frankreichs, ein bedeutendes Industriezentrum mit zweihundert Fabriken, die Tausende von Arbeitern beschäftigten. Einige der wohlhabendsten Familien des Landes waren hier ansässig, jene Bourgeois, die Flaubert später in seinen Werken verspottet hat. Aber es lebten hier auch eine große Zahl schlecht bezahlter Arbeiter. Es war eine typische mittelalterliche Stadt, oft das Florenz des Nordens genannt, mit Kirchen, Palästen und Festungen. Victor Hugo hat sie in einem Gedicht seiner *Herbstblätter* beschrieben[1]:

> Die Stadt der hundert Türme, deren Glocken läuten,
> Das Rouen der Paläste, Schlösser, festen Burgen,
> dessen Stirn, von Türmchen wie von Stacheln starrend,
> die Nebel aus dem Meer in einem fort zerreißt.

Da sind die mittelalterlichen Gebäude – das Rathaus, die Kathedrale, die in *Madame Bovary* eine so wichtige Rolle spielt, und die andern Kirchen –, da sind aber auch ein paar schöne Bauten aus dem 18. Jahrhundert, die Boulevards, die über den Festungen errichtet wurden, das Hôtel Dieu, wo Flaubert zur Welt kam und bis zum zweiundzwanzigsten Lebensjahr gelebt hat, und nicht zuletzt die Kirche Sainte-Madeleine, in der er getauft worden ist.

Die Umgebung ist sehr reizvoll, mit saftigen Weiden und Milchviehherden. Aber Rouen besitzt auch einen bedeutenden Hafen, bedingt durch seine meeresnahe Lage. Die Stadt liegt unweit vieler bekannter Badeorte, die wir in manchen Erzählungen Flauberts wiederfinden. Er kannte dieses Land gut, und er liebte es ungeachtet seiner bissigen Bemerkungen, mit denen er seine Landsleute bedacht hat; alle seine Frühwerke, und auch einige der späteren, spielen sich in dieser Gegend ab, die er in den *Erinnerungen eines Verrückten,* in *November* und *Lehrjahre des Gefühls* wie auch in *Ein schlichtes Herz* liebevoll geschildert hat.

Flauberts Vater stammte nicht aus der Normandie, sondern aus einer kleinbürgerlichen Familie der Champagne. Seine Vorfahren waren seit dem 17. Jahrhundert Tierärzte. Auch sein Vater und sein Onkel hatten diesen Beruf ausgeübt, ebenso ein Vetter seines Vaters, der beim Rußlandfeldzug unter Napoleon gedient hatte.

Flauberts Vater, Achille Cléophas, scheint sich gegenüber seinen Familienangehörigen durch eine besondere Intelligenz und Bildung ausgezeichnet zu haben. Jedenfalls studierte er Medizin und wurde in Paris des berühmten Chirurgen Dupuytrens liebster und bester Schüler. Im Jahre 1810 wurde er als Sechsundzwanzigjähriger promoviert, 1815 wirkte er als Laumoniers Assistent am Krankenhaus von Rouen, und 1818, nach dem Tode seines Chefs, avancierte er als dessen Nachfolger zum Leiter des Hospitals. Er arbeitete viel, setzte sich ganz für den Unterricht und für seine Studenten ein und gründete die Medizinische Fakultät in Rouen. Jeden Morgen, auch im Winter, verließ er mit dem Kerzenlicht in der Hand seine Wohnung im Hôtel Dieu und ging ins angrenzende Krankenhaus hinüber. Den ganzen Vormittag über operierte er, nachmittags kümmerte er sich um seine Privatpatienten.

Im Jahre 1815 wurde er zum Mitglied der Akademie der Wissenschaft, Literatur und Kunst in Rouen ernannt, 1824 zum Außerordentlichen Mitglied der Königlichen Akademie für Medizin. Zu dieser Zeit hatte man eine Untersuchung gegen ihn wegen seiner liberalen und freigeistigen Anschauungen angestrengt, die bei den katholischen Autoritäten unter Karl X. Anstoß erregt hatten. Es gab sogar eine Geheimakte über ihn. Das Untersuchungsergebnis fiel jedoch ganz klar zu seinen Gunsten aus.[2] Man bescheinigte ihm, daß seine Ansichten zwar liberal seien, daß er aber nie versucht habe, sie zu propagieren, und daß er sich das Vertrauen auch jener Leute erworben habe, die seine Auffassungen nicht teilten: »Seine hohen moralischen Vorzüge und vor allem sein gütiges Wesen haben ihm in der Öffentlichkeit Ansehen und Achtung eingetragen.« 1839 wurde er zum Ritter der Ehrenlegion geschlagen.

Flaubert hat seinen Vater sehr bewundert. Eines der freundlichsten Porträts in *Madame Bovary* ist das, welches er in der Gestalt des Dr. Larivière von ihm gezeichnet hat.

Alle seine Patienten vertrauten ihm um seiner Lauterkeit und seines hingebungsvollen Wirkens willen. Er war ein umsichtiger und haushälterischer Mann, der in den fünfunddreißig Jahren seines Amtes eine Menge Geld ersparte, das er in Ländereien, vor allem an der Küste, anlegte. Er ließ seine Familie in gesicherten finanziellen Verhältnissen zurück, so daß sein zweiter Sohn nie gezwungen war, einen Beruf zu ergreifen. Flaubert hätte auf diese Weise bis ans Ende seiner Tage sorglos leben können, hätte er sich nicht später verpflichtet gefühlt, seine Grundstücke zu verkaufen, um mit dem Geld den Mann seiner Nichte vor dem Bankrott zu bewahren.

1812 hatte Dr. Flaubert Caroline Fleuriot geheiratet, eine Arzttochter, die damals bei ihrem Taufpaten Laumonier im Hôtel Dieu lebte. Ihre Mutter war bei ihrer Geburt gestorben, der Vater wenig später. Das Schicksal wollte es, daß sie auch ihre einzige Tochter durch Kindbettfieber verlor. Madame Flaubert kam aus einer höheren Gesellschaftsschicht als ihr Mann, auch wenn sie nicht ganz so aristokratisch war, wie ihre Enkelin uns glauben machen möchte.[3] Ihre Mutter war Charlotte Cambremer de Croixmare, die den Arzt François Prosper Fleuriot ehelichte, was ihre Enkelin als eine Mesalliance betrachtete. Einer von Caroline Fleuriots Onkeln starb während der Schreckensherrschaft auf dem Schafott, ein anderer war der Ingenieur, der den Kanal von Orléans geplant hat. Ein Cambremer war ›Conseiller à la Cour des Comptes, Aides & Finances‹ gewesen und 1763 für seine Dienste am Staat in den niederen Adelsstand erhoben worden.

Sie war auch mit der Familie der Dunycan von Saint-Malo verwandt, die Seefahrer waren. 1692 eignete sich einer von ihnen ein Stück der Küste

Neufundlands an, und ein weiterer wurde 1703 Forschungsreisender und entdeckte eine kleine Inselgruppe hinter den Falklandinseln, der er seinen Namen gegeben hat. Wieder ein anderer war mit Duguay-Trouin beim Angriff auf Rio de Janeiro im Jahre 1711 dabei.

So entstammte Flaubert von ihrer Seite her einer abenteuerlichen Familie.

Von seinem Vater erbte er neben vielen Bürgertugenden den Wissensdurst und die Liebe zum Detail, Eigenschaften, die aus ihm einen großen Gelehrten hätten machen können, wäre er nicht ein großer Schriftsteller geworden. Von der Mutter erbte er den aristokratischen Stolz und die Geringschätzung des weltlichen Erfolgs.

Achille Cléophas Flauberts Verbindung mit Caroline Fleuriot war eine Liebesheirat. Flaubert hat Louise Colet einmal erzählt, daß seine Mutter ihren Mann nach fünfunddreißig Jahren Ehe noch so leidenschaftlich geliebt habe wie am ersten Tag.[4]

Sie lebten zunächst in der Rue du Petit Salut, zogen aber, nachdem Achille Cléophas 1818 Leiter des Krankenhauses geworden war, dorthin um. Nach einem Ausspruch Madame Flauberts gegenüber ihrer Enkelin sollen diese Jahre in der Rue du Petit Salut die glücklichsten ihres Lebens gewesen sein.

Die meisten Kritiker und Biographen schildern die Wohnung des Chefarztes im Hôtel Dieu als düster und bedrückend. Mir ist es immer als ein schönes Haus erschienen, erbaut in einer guten Zeit, als die Wohnarchitektur auf einem Höhepunkt stand. Der ›Pavillon‹, wie das Wohnhaus hieß, war 1755 für den damaligen Krankenhausleiter Lecat errichtet worden, nach dem auch die Straße, an der das Hospital liegt, benannt ist. Im Erdgeschoß gibt es einen großen, in edlen Proportionen gehaltenen Raum mit hohen Fenstern, die auf die Rue Lecat hinausgehen, jetzt aber zugemauert sind. Zwei weitere hohe Fenster liegen auf der Gartenseite. Nach Georges Dubosc[5] wurde dieses Zimmer von Dr. Flaubert als Labor und Sezierraum benützt. Flaubert und seine kleine Schwester kletterten ab und zu am Spalier zu den Fenstern hinauf, um zuzusehen, wie ihr Vater an den nackten, zum Sezieren bereitgelegten Körpern arbeitete, bis er sie wegjagte.[6]

Im ersten Stock lagen der ›Salon‹, das Billardzimmer, wo Flaubert und seine Freunde später ihre Stücke aufgeführt haben, und das große Schlafzimmer, in dem er geboren wurde. Der Korridor, der dorthin führt, geht auf den Hof des Hospitals hinaus; von hier aus pflegte er hinunterzublikken auf die Patienten, die sich im Garten sonnten, oder auf Tragbahren, die vorübergebracht wurden. Noch ein Stockwerk höher lagen die Zimmer der Kinder und der Gäste.

In diesem Haus hat Flaubert die ersten zweiundzwanzig Jahre seines Lebens verbracht. Hier wurde er am 12. Dezember 1821 geboren und in der nahen Kirche Sainte-Madeleine am 13. Januar 1822 getauft.

In ihrer Schulzeit war Madame Flaubert mit einer Mademoiselle Turin eng befreundet gewesen, die 1815 Paul Le Poittevin, einen reichen Industriellen in Rouen, geheiratet hat. Ihr Sohn Alfred, 1816 geboren, hatte Dr. Flaubert zum Taufpaten, und Paul Le Poittevin seinerseits war 1821 Pate bei Gustave Flaubert. Alfreds Schwester, Laure Le Poittevin, drei Monate älter als Flaubert, sollte später die Mutter von Guy de Maupassant werden. Alfred Le Poittevin, obwohl fünf Jahre älter als Flaubert, wurde einer seiner besten Freunde, derjenige, der wohl den tiefsten Einfluß auf ihn ausgeübt hat.

Die Atmosphäre im elterlichen Haus war mitunter bedrückend; es gab viele Todesfälle in der Familie; nur drei der sechs Kinder wurden älter als zwei Jahre. Drei – ein Mädchen und zwei Knaben – zwischen Gustave und seinem älteren Bruder Achille waren im Alter von etwa achtzehn Monaten gestorben, jedes ein paar Monate bevor das nächste geboren wurde. Der Bruder, der unmittelbar vor Gustave zur Welt kam, Jules Alfred, starb mit neunzehn Monaten, ein halbes Jahr vor Gustaves Geburt. Kein Wunder, daß Madame Flaubert trübe gestimmt war. Gertrude Tennant, geborene Collier, beschreibt sie in *Recueil de Souvenirs*.[7] Sie hatte sie schon 1842 kennengelernt, schrieb jedoch erst am Ende des Jahrhunderts, als sie von all den Tragödien in ihrem Leben wußte: der schweren Krankheit ihres zweiten Sohnes, dem Tod ihres Mannes und dem ihrer Tochter im Alter von einundzwanzig Jahren. »Sie war düster wie eine Zigeunerin«, schreibt Gertrude Tennant, »mit melancholischen dunklen Augen und schwarzglänzendem Haar. Ihr Gesicht war blaß, eindrucksvoll und ernst, so als könne sie niemals lächeln. Sie sah aus, als hätte sie schon viel gelitten und habe ein Vorgefühl davon, daß noch weitere Leiden ihr bevorstehen würden.«

Gustave Flaubert war ein zartes Kind, um dessen Leben man oft gebangt hat. Louis Bertrand berichtet, daß Dr. Flaubert, als er im Friedhof einen Platz für die Familiengruft kaufte, für seinen jüngeren Sohn nur ein kleines Grab ausheben ließ, da er glaubte, er würde seine Kindheit nicht überleben.[8] Als Flaubert dann dort beigesetzt wurde, mußte sein Sarg gewaltsam hineingezwängt werden, weil die Öffnung zu klein war. Sein kürzerer Grabstein und Grabplatz neben denen seines Vaters und seiner Mutter sieht aus wie ein Kinderbettchen neben dem Bett der Eltern.

Nach Gustave kam noch ein weiteres Kind, ein Mädchen, zweieinhalb Jahre jünger als er. Auch sie war kränklich, vermutlich litt sie an Tuberkulose und starb im Alter von einundzwanzig Jahren an Kindbettfieber.

Ihr gehörte eine der tiefsten Zuneigungen seiner Kindheit und Jugend; er überwachte auch ihre Lektüre. Die meisten seiner Briefe als Student in Paris sind an sie gerichtet. Solange sie lebte, war sie der wichtigste weibliche Einfluß in seinem Dasein.

Sein Bruder Achille war viel älter als er – fast neun Jahre –, und so war eine enge Freundschaft zwischen ihnen kaum möglich. Als Gustave ein Schuljunge war, studierte Achille bereits in Paris Medizin. Er sollte später seinem Vater im Krankenhaus zur Seite stehen und nach dessen Tod 1846 sein Nachfolger werden. Gustave erwähnt ihn in seiner Korrespondenz oft, wenn auch ohne viel Wärme; offensichtlich empfanden sie keine große Zuneigung zueinander. Aus dieser fehlenden Sympathie nun aber gleich zu schließen, Gustave habe seinen Bruder gehaßt – wie es einige Kritiker tun –, ist ebenso eine Übertreibung wie die Annahme, er habe 1836 *Die Pest in Florenz,* die von zwei verfeindeten Brüdern handelt, nur verfaßt, um ihn darin unvorteilhaft darzustellen.

Eine der lebhaftesten Erinnerungen aus seiner Kindheit bewahrte Flaubert an die alte Dienerin Julie, die in den Dienst seiner Eltern trat, als er drei Jahre alt war, und bis zu ihrem Tode bei der Familie blieb. Sie starb 1883, drei Jahre nach Flaubert, und hat somit alle Kinder, die sie einst betreute, überlebt, denn das letzte von ihnen, Achille, verschied 1882. Sie pflegte Gustave Geschichten und einheimische Sagen zu erzählen und war für ihn »la servante au grand cœur« aus Baudelaires Gedicht. Sie kommt in seinen Werken oft vor und scheint jemand gewesen zu sein, der ihm Vertrauen in die menschliche Natur geschenkt hat. Vor allem war sie das Vorbild der Félicité in *Ein schlichtes Herz* aus den *Drei Erzählungen.*

Flaubert hat sich stets mit innerer Bewegung an die Revolution von 1830 erinnert, als er zusah, wie die weiße Bourbonenflagge heruntergeholt und an ihrer Stelle die Trikolore gehißt wurde; er war schon als Achtjähriger ein überzeugter Demokrat gewesen.

Noch vor seiner Einschulung sah er sich bereits als zukünftigen Schriftsteller, und in einem Brief an seinen Freund Ernest Chevalier vom 31. Dezember 1830, er war gerade neun Jahre alt geworden, sprach er von den Theaterstücken, die er schreiben wollte. Am darauffolgenden 4. Februar jedoch hatte er sich die Sache mit der Dramatikerlaufbahn anders überlegt. Statt dessen begann er nun Romane zu verfassen, inspiriert von *Don Quijote,* der damals und später eines seiner Lieblingsbücher gewesen ist. Zu Louise Colet hat er viele Jahre danach einmal gesagt[9], er habe das ganze Buch auswendig gewußt, noch bevor er habe lesen können.

Trotzdem widmete er als Kind der Bühne sein Hauptinteresse. Zwischen 1830 und 1840 traten die meisten berühmten Schauspieler aus Paris auch in Rouen auf. Natürlich besuchte Flaubert ihre Vorstellungen. Er und seine Freunde schrieben aber auch selber Stücke, die sie dann im Billardzimmer, das nur selten in seiner ursprünglichen Eigenschaft benutzt wurde, aufführten. Der Tisch wurde an die Wand gerückt und diente als Bühne, während das Publikum »unten« auf den Stühlen saß. Die verschiedensten Stücke kamen hier zur Aufführung – klassische und moderne –, und es war stets Flaubert, der alles plante und leitete. Später ging ihm dabei sein älterer Freund Alfred Le Poittevin zur Hand. Die kleine Caroline war zuständig für Bühnenbild und Kostüme, Ernest Chevalier war Requisitenmeister; beide wurden aber auch oft als Schauspieler eingesetzt.

Der Bühne galt Flauberts größtes Interesse seine ganze Schulzeit hindurch und noch während vieler Jahre danach; das beweist die große Zahl von Theaterstücken, die sich unter den in der Stadtbibliothek Rouen aufbewahrten Notizen finden, dann das Schauspiel *Le Château des Cœurs,* das er 1863 zusammen mit Bouilhet geschrieben hat, und *Le Candidat,* das 1874 aufgeführt wurde, aber schon nach wenigen Tagen vom Spielplan verschwand.

Es gab ein Spiel, das er nie vergessen und das seine Phantasie schon als Kind dermaßen angerührt hat, daß er sich nie von dessen Einfluß hat befreien können, und das war das Puppentheater, das alljährlich an der Foire Saint-Romain in Rouen von einem alten Mann namens Legrain produziert wurde. Er inszenierte die Versuchungen des heiligen Antonius, der vom Teufel hart bedrängt wurde, aber schließlich stark genug war, um dessen Schmeicheleien zu trotzen. Die Foire Saint-Romain fand jedes Jahr in der dritten Oktoberwoche statt und dauerte bis in die ersten Novembertage hinein. Flaubert war jedesmal dabei, aber unter all den Lustbarkeiten machte das Puppentheater auf ihn den größten Eindruck. Ein paar Zeilen davon nahm er in die erste Version seiner *Versuchung des heiligen Antonius* auf:

Meine Herren Dämonen,
Laßt mich doch los!
Meine Herren Dämonen,
Laßt mich doch los!

Was man als Flauberts *Opus eins* bezeichnen könnte, ist ein Essay über Corneille, den er als Neunjähriger geschrieben und in einem Brief an Ernest Chevalier vom 4. Februar 1831 erwähnt hat. Es ist ein ziemlich banaler Text – obwohl sehr gut für sein Alter –, viel schlechter als der Aufsatz, den Arthur Rimbaud im gleichen Alter verfaßt hat, denn er enthält zahlreiche Klischees und Gemeinplätze. Die Anregung dazu hat vermutlich sein Lehrer gegeben. Er wird mit seinen Manuskripten in der Nationalbibliothek in Paris aufbewahrt.[10]

Immerhin, der alte Freund der Familie, Mignot, der ihm immer *Don Quijote* vorgelesen hatte, fand ihn so gut, daß er ihn in ›Kupferplattenschrift‹ übertragen ließ, damit er wie gedruckt aussah. Und Flaubert war tatsächlich überzeugt, daß er gedruckt worden ist, denn er schreibt in einem Brief an Ernest Chevalier[11]: »Man hat meine Lobrede auf Corneille drukken lassen.«

Die *Eloge de Corneille* ist begleitet von einer Studie über die Verstopfung, die sehr viel origineller und offensichtlich von niemandem angeregt worden ist. Sie bedient sich der Form medizinischer Abhandlungen, was man dem Einfluß der wissenschaftlichen Familientradition zuschreiben darf. Sie ist unveröffentlicht geblieben – wahrscheinlich aus Gründen des Anstandes. Ihr Titel *La Belle Explication de la fameuse Constipation* (Die schöne Erklärung über die berühmte Verstopfung)[12]:

»Die Verstopfung ist eine Verengung des Scheißloches, und wenn der Durchgang steril ist, das heißt wenn der Ausgang zusammengezogen ist, nennt man das Verstopfung. Er gleicht dann dem Meer, das keinen Schaum mehr hervorbringt, und der Frau, die keine Kinder hat. Man nennt das, was aus dem Loch herauskommt, Scheißdreck, grob oder fein. So ist das mit dem Erzeugnis des berühmten Loches. Gustave F***
Das sieht ihm ähnlich!«

Er war sehr stolz auf sein Werk und leistete sich sogar einen ordinären Witz darüber zu Ernest Chevalier – er liebte rabelaissche Scherze und hatte von jeher eine Neigung zu Wortspielen, wie wir aus vielen seiner Briefe sehen.[13] »Du siehst, daß ich recht hatte, als ich sagte, daß die schöne Auseinandersetzung über die berühmte Verstopfung und die Lobrede auf Corneille sich zur Posterität, das heißt zum Hintern kehren würde.«

Nun, das ist nicht übel für einen Neunjährigen.

2

ERNEST CHEVALIER

(1831–1836)

Flaubert wurde zunächst von seiner Mutter unterrichtet, aber nach der Rechtschreibung in seinen frühesten, vor der eigentlichen Schulzeit geschriebenen Briefen zu schließen, gelang es ihr nicht, ihm die Anfangsgründe der Grammatik beizubringen. Immerhin ist sein Briefstil ehrgeiziger und reifer, als es sonst in diesem Alter zu sein pflegt.

Im Herbst 1831 trat er, neunjährig, in die achte Klasse des Collège Royal von Rouen ein, zuerst als Tagesschüler, dann seit März 1832 als Interner.

Das Collège von Rouen ist eine Gründung Karls von Bourbon, des Erzbischofs von Rouen. Er hatte die Jesuiten gebeten, eine Schule für die Ausbildung der Söhne des Adels und der reichen Bürger zu errichten. Das Werk wurde 1569 begonnen, aber der Erzbischof starb 1590 als Gefangener in Fontenay-le-Vicomte, ehe es beendet war. Im Jahre 1595 endlich wurde die Schule unter dem Namen Collège Archépiscopal de Bourbon eröffnet. Sie mußte die Tore schließen, als die Jesuiten zur Flucht aus Frankreich gezwungen wurden, nahm jedoch 1604 ihre Tätigkeit wieder auf. Eine Jesuitenkirche, erbaut zwischen 1614 und 1704, wurde Schulkapelle. Von nun an gewann die Schule an Ansehen, auch Corneille wurde dort erzogen, später Bernardin de Saint-Pierre, Delacroix, Corot und Flaubert. Von den Schulgebäuden aus dem 17. Jahrhundert ist nichts übriggeblieben, die meisten Bauten stammen aus dem 18. Jahrhundert, als das Collège mit Regierungsgeldern neu aufgebaut wurde. Als während der Revolution der Katholizismus obligatorisch war, wurde die Schule vorübergehend zerstört, aber 1796 richtete das Direktorium in den alten Gebäuden ein neues Collège ein. 1802 gründete Napoleon im Zuge seiner weitreichenden Pläne für Volksbildung in Frankreich die Lycées Impériaux, da hieß die Schule schlicht Le Lycée de Rouen. 1819, zur Zeit der Restauration, wurde sie wiederum Le Collège Royal und blieb es, bis sie

1848 in der Zweiten Republik zum Lycée National wurde. Im Zweiten Kaiserreich hieß sie Le Lycée Impérial, nach dem Sturz Napoleons III. nur noch Lycée; 1873 schließlich wurde sie nach einem ihrer berühmtesten Schüler Le Lycée Corneille benannt, und so heißt sie noch heute.

Die Schule steht noch immer am alten Platz. Auch ihr Äußeres hat sich seit Flauberts Schulzeit nicht wesentlich verändert. Der heutige Rathausplatz hieß damals noch Place Sainte-Ouen. Dort pflegte Flaubert in seinem letzten Schuljahr im Café National zu sitzen und rauchend auf das Klingelzeichen zu warten.[1]

Was wir vom Schulbetrieb zu Flauberts Zeit wissen, verdanken wir F. Bouquet, der von 1829 bis 1835 Internatsschüler an dieser Schule war, so daß ein Teil seiner Schulzeit mit derjenigen Flauberts zusammenfiel.[2] Die Schule wurde nach militärischen Richtlinien geführt – ein Relikt aus der Napoleonischen Ära –, die Lehrer trugen alle Barett und Talar und weiße Beffchen. Die Knaben hatten Tintenfässer aus Horn mit zwei Abteilungen, für schwarze und rote Tinte, ferner Federkiele und ein Federmesser. Es waren keine Pulte in den Klassenzimmern, die Jungen schrieben auf ihren Knien, wo sie auch ihre Bücher und Papiere festhielten. Auf dem Schulweg waren diese von einem Lederriemen mit großer Messingschnalle zusammengehalten.

Die Klassenzimmer waren groß wie Universitätshörsäle, konnten aber nicht geheizt werden, und in der schlimmen Kälte von 1830 – dem härtesten Winter seit Menschengedenken – erstarrte sogar die Tinte in den Fässern zu Eis.

Wie Bouquet berichtet, wurde der Französischunterricht dem Latein geopfert, und alles, was sie von ihrer Muttersprache lernten, waren ein paar Grammatikregeln – zumindest in den unteren Klassen. Erst in den Rhetorik-Stunden begannen sie in der Form von ›Discours Français‹ Französisch zu studieren, und nur in der obersten Klasse, der Philosophie-Klasse, übten sie sich in ›Dissertation Française‹.

Der Schulaufseher machte seine Runde um fünf Uhr in der Frühe. Beim ersten Trommelschlag pflegten die dreißig oder vierzig Jungen im Schlafsaal aus dem Bett zu springen und in die Kleider zu fahren. Sie wuschen sich am Brunnen im Hof, dann eilten sie in den Schlafsaal zurück, wo sie sich neben ihren Betten aufstellten und warteten, bis sie zum Appell in Reih und Glied antreten mußten. Sie hatten nur zwanzig Minuten Zeit, sich fertig zu machen. Der Schulinspektor, der seine Inspektion zu dieser

Zeit durchzuführen pflegte, berichtete, es werde allmählich besser, bei seinen früheren Besuchen hätten die Jungen eine ganze halbe Stunde gebraucht.[3]

Flaubert hat in seinen *Erinnerungen eines Verrückten* ein lebhaftes Bild dieses Schulbetriebs und seiner Härten wiedergegeben.

Zum Ausgleich für die Strenge der Lebensbedingungen war die Disziplin im großen und ganzen eher etwas gelockert – wenn auch nicht lax –, die Jungen genossen ein ansehnliches Maß an persönlicher Freiheit. Das führte manchmal zu Zwischenfällen. Einige Monate vor Flauberts Eintritt, im März 1831, geschah etwas, das man als richtigen Aufstand bezeichnen kann. Ein paar Schüler weigerten sich, zur Beichte zu gehen. Daraufhin eröffnete ihnen der Direktor, wenn sie sich den Regeln nicht fügten, würden sie von der Schule fliegen. Die Jungen schrien »à bas l'aumônier!« (nieder mit dem Anstaltsgeistlichen!). Es gab lautes Miauen und Buhrufe, als die Rädelsführer von der Schule gewiesen wurden. Der Aufruhr griff auf alle Klassen über, die ganze Schule verlangte, daß der Befehl rückgängig gemacht werde. Da man diesem Begehren nicht nachkam, verbarrikadierten sich die Schüler in den Schlafsälen und weigerten sich, zum Unterricht zu gehen. Der Direktor, begleitet vom Schulvorstand – ›Le Conseil Académique‹ –, begab sich zu ihnen, um mit seinen Zöglingen zu verhandeln, die ihm aber gar nicht zuhörten. Der Schulvorstand wurde ausgezischt und mit Wurfgeschossen bombardiert. Als man jedoch mit Wasserschläuchen gegen die Jungen vorging, mußten sie sich ergeben. Darauf erklärte der Direktor: »Meine Herren, der Unterricht in allen Klassen ist bis auf weiteres suspendiert. Sie werden durch die Post benachrichtigt werden, wann er wiederaufgenommen wird.«

Dann wurde die gesamte Schülerschaft von der Schule ausgeschlossen. Von Paris sandte man einen Inspektor, der anscheinend mit Klugheit und Diplomatie vorgegangen ist und dem Streit unverzüglich ein Ende bereitet hat. Nichtsdestoweniger scheinen die subversiven Unruhen unter den Jungen und der Disziplinmangel noch während Flauberts ganzer Schulzeit angehalten zu haben.

Flauberts erster enger Freund war Ernest Chevalier; an ihn hat er auch die meisten seiner frühesten Briefe geschrieben. Chevalier war nur etwas über ein Jahr älter als Flaubert, trotzdem übernahm der Jüngere bei ihrer Verbindung die Führung. Flauberts erster Brief überhaupt, der aus irgendeinem Grunde in der Standardausgabe der Korrespondenz nicht veröffentlicht ist, ist an ihn gerichtet.[4] Er wurde geschrieben, als Flaubert acht Jahre alt war; er enthält etliche Rechtschreibefehler.

»Cher ami.

Je pense que tu est hors de danger. Nous nous verrons tous à Radeport Dieu merci. J'ai reçu ta lettre, elle ma fait beaucoup de plaisir. J'ai reçu des nouvelles de ta bonne famille, je commençait à avoir peur de ta maladie, si ton bon père n'était venu me donner des nouvelles de toi, je serait dans l'inquiétude du meilleur de mes amis. Je suis dévoré d'impatience de voir le meilleur de mes amis, celui avec lequel je serait toujours amis, nous nous aimerons ami qui sera toujours dans mon cœur. Oui ami depuis la naissance jusqu'à la mort. Ton ami Gustave Flaubert.«

(Lieber Freund. Ich denke, Du bist jetzt außer Gefahr. Wir werden uns alle Gott sei Dank in Radeport sehen. Ich habe Deinen Brief erhalten, er hat mich sehr gefreut. Ich habe Nachricht von Deiner lieben Familie erhalten, ich hatte schon Angst wegen Deiner Krankheit, wenn Dein lieber Vater nicht gekommen wäre, um mir von Dir zu berichten, wäre ich in Unruhe um den besten meiner Freunde. Die Ungeduld verzehrt mich, den besten meiner Freunde zu sehen, den, mit dem ich stets befreundet bleiben werde, wir werden uns immer lieben, Freund, der Du stets in meinem Herzen sein wirst. Ja Freund von der Geburt bis zum Tode. Dein Freund Gustave Flaubert.)

Flaubert war ihm zweifellos sehr zugetan. Er hat ihm immer wieder versichert, er sei das Leben seines Lebens, sein liebster Freund, und nichts könne sie jemals trennen. »Der Deinige bis zum Tod«, schrieb er ihm[5], und dann wieder[6]: »Komm zurück! komm zurück! Leben meines Lebens, Seele meiner Seele, Du gibst mir das Leben wieder, wenn Du zu mir zurückkehrst.« Ernest Chevalier war damals die große Liebe seines Lebens; er ließ einen Ring anfertigen, auf dem beide Namen verschlungen standen, und fügt in dem Brief, in dem er diesen Ring erwähnt, hinzu[7]: »Menschen, die nichts je trennen wird.« Sie blieben in der Tat eng befreundet, bis das Leben selbst sie schließlich getrennt hat und jeder seine eigenen Wege ging.

Ernest Chevalier studierte Jura und schlug die Richterlaufbahn ein. Er wurde Friedensrichter auf Korsika und übte später verschiedene richterliche Positionen in Lyon, Metz, Lille und Grenoble aus. 1870 zog er sich im Alter von fünfzig Jahren aus den öffentlichen Ämtern zurück und siedelte nach Chalonnes-sur-Loire über, wo er Jahre danach Parlamentsmitglied wurde. Seine Karriere war die eines treuen Dieners der Öffentlichkeit, doch es war nichts daran, was Flaubert als erwachsenen Mann, der ein leidenschaftlicher Diener der Literatur geworden war, noch anzusprechen vermocht hätte. Als kleiner Junge hatte er seine literarischen Pläne mit ihm besprochen – oder vielleicht in ihm ein empfängliches Publikum gefunden, jemanden, der auch seine Gefühle mitschwingen ließ.

Schon in seinen ersten Schuljahren begann Flaubert Spuren jener Liebe zur Dokumentation zu zeigen, die ein charakteristischer Zug seines reifen Alters sein würde und die sowohl einen Gelehrten als auch einen Schriftsteller aus ihm gemacht hat. Als knapp Zehnjähriger berichtete er Chevalier in einem Brief von seinen Notizen, die er sich bei allem machte, was er las.[8] Ganz bestimmt war er kein so fauler Junge, wie die meisten seiner Biographen behaupten. Übrigens gewann er 1833, als Elfjähriger, einen zweiten ›Prix d'Excellence‹, weil er fünfmal der Beste im Aufsatz gewesen war.

Man spürt schon bei dem Elfjährigen die heftige, beißende Ironie des späteren Mannes, wenn er Ernest Chevalier den offiziellen Besuch von Louis Philippe in Rouen im September 1833 schildert[9]:

»Louis Philippe ist jetzt mit seiner Familie in der Stadt, in der Corneille das Licht der Welt erblickt hat. Wie dumm die Menschen sind, wie beschränkt das Volk ist . . .! Zu rennen, um einen König zu sehen, 30tausend Francs für die Festlichkeiten zu bewilligen, für 2500 Francs Musiker aus Paris kommen zu lassen, sich anzustrengen für wen? Für einen König! Von drei Uhr bis halb neun an der Tür des Schauspiels Schlange stehen, für wen? Für einen König! Ah!!! Wie dumm die Welt ist!«

Und im folgenden Jahr, als er zwölf war, schrieb er seinem Freund[10]:

»Du glaubst, daß ich mich nach Dir sehne, ja Du irrst Dich nicht, und wenn ich nicht eine französische Königin aus dem fünfzehnten Jahrhundert im Kopf und unter der Feder hätte, wäre mir das Leben völlig zuwider und hätte mich schon lange eine Kugel von dieser närrischen Posse befreit, die man Leben nennt.«

Man darf freilich den Pessimismus und Zynismus eines Zwölfjährigen, der sich selber als romantischen Helden sieht, nicht allzu ernst nehmen.

Während seiner ersten Schuljahre interessierte er sich besonders für Geschichte, und es ist erstaunlich, was er alles gelesen und verdaut hat. Er hatte dabei als Vorbild und Mentor einen höchst bemerkenswerten Lehrer, der ihn auf ganz ähnliche Weise gefördert hat wie des Essarts

Mallarmé oder Izambard Rimbaud und später Alain so viele moderne Schriftsteller. Dieser Mann, Pierre-Adolphe Chéruel, hatte bei Michelet studiert und dessen Lehren nach Rouen gebracht. Er war 1809 geboren und früher selber im Collège Royal de Rouen zur Schule gegangen. Von dort aus kam er an die Ecole Normale Supérieure in Paris, kehrte jedoch 1831 im Alter von zweiundzwanzig Jahren als der jüngste Lehrer zurück, nachdem er zuvor bereits sein Lizentiat und seine außerordentliche Professur erworben hatte. Er lehrte Geschichte und Geographie und hielt seine Vorlesungen in dem schönen romantischen Stil Michelets, dessen Methode er in der Schule einzuführen versuchte. Er blieb bis 1849, ging dann als Dozent an der Ecole Normale Supérieure in Paris und wurde bald darauf Professor an der Sorbonne. Er kümmerte sich sehr um seine Schüler und führte sie zu archäologischen Expeditionen in der Stadt und im Land herum, weil er der Meinung war, sie sollten ihre Umgebung richtig kennenlernen, und zwar nicht nur in der Gegenwart, sondern ebenso in ihrer historischen Vergangenheit. Er hatte sehr großen Einfluß auf Flaubert, der, obwohl er auch andere Interessen zu entwickeln begann, seine Leidenschaft für die Geschichte nie verloren und auch die historische Methode, die er bei Chéruel gelernt hatte, nie vergessen hat, was seine Werke *Salambô* und *Herodias* bezeugen. Er hielt die Freundschaft zu diesem Lehrer sein Leben lang aufrecht und besuchte ihn oft, als er Professor an der Sorbonne war. Chéruel brachte ihn noch als Schüler dazu, viele alte Texte zu lesen wie Froissart, Commines und Brantôme, aber auch die historischen Romane von Hugo und Dumas. Von ihm ermutigt, verfaßte Flaubert zwischen seinem elften und vierzehnten Lebensjahr eine Menge geschichtlicher Werke. Viele von ihnen sind offensichtlich Weiterentwicklungen von Schularbeiten wie *La Lutte du Sacerdoce et de l'Empire Chronique Normande, Dernière Scène de la Mort de Marguerite de Bourgogne, La Mort du Duc de Guise, Le Moine des Chartreux* und viele andere. Sie alle verraten ein beachtliches Wissen und eine intelligente Verwertung der Texte. Außerdem zeigen sie einen schönen, natürlichen Fluß der Sprache. Für dieses Alter sind sie vielversprechend, wenn auch an sich nicht bedeutend. Manche von ihnen sind abgeleitet von anderen geschichtlichen Werken, die damals aktuell waren. Es fällt aber auf, wie sehr seine deskriptive Begabung sich während des Schreibens entwickelte, und das ist wohl der wertvollste Nutzen, den er aus seiner historischen Lektüre jener Zeit gezogen hat. Ganz besonders klar sieht man das in *Die*

Pest in Florenz, ein Werk, das gegen Ende seines vierzehnten Lebensjahres in den letzten Monaten des Jahres 1836 entstanden ist, es ist der letzte geschichtliche Aufsatz aus seiner Jugendzeit. Sein Talent für Beschreibung und eine sichere Ausdrucksweise treten hier auf das schönste zutage.

Von Chéruel angefeuert, gewann Flaubert mehrere Jahre hindurch Preise in Geschichte, die sein bestes Fach war.

Seine historischen Arbeiten jener Zeit sind, wie aus der Korrespondenz hervorgeht, von zweifacher Art: Theaterstücke und Erzählungen. Leider sind die Schauspiele nicht erhalten. Eines davon, *Frédégonde et Brunehaut*, erwähnt er mehrmals und erwägt die Möglichkeit, es zu veröffentlichen. Sein bestes Stück, *Loys XI*, das noch vorhanden ist, gehört in eine spätere Entwicklungsphase. Es ist eher fiktiv als historisch, mit starkem Anklang an Hugo und Dumas – es entstand im gleichen Jahr wie Hugos *Ruy Blas*, 1838 – und zeigt auch, wie sich Flaubert damals mit Philosophie beschäftigt hat, was 1836 noch nicht der Fall gewesen war.

Aber nicht nur in Geschichte wurde Flaubert zu jener Zeit besonders gefördert. Es gab außer Chéruel einen anderen bemerkenswerten Lehrer an der Schule, den Literaturprofessor Gourgaud-Dugazon. Er kam 1834 nach Rouen, just als Flaubert sich selber als Schriftsteller ernst zu nehmen begann. Er weckte in dem Jungen das Interesse an methodischen Problemen und leitete ihn an, sich in weiterem Rahmen als bisher mit Literatur zu befassen, beispielsweise mit Dichtern wie Byron. Im Schuljahr 1834/35 gab Flaubert eine Zeitung mit dem Titel *Art et Progrès* heraus, deren einziger Mitarbeiter er auch war. Interessant ist lediglich der Artikel *Voyage en Enfer*, aus dem er einzelne Teile drei Jahre später in *Agonies* verwendet hat.

Hier erscheint ihm Satan und zeigt ihm die Schönheiten der Welt, alles, was sie an Freude und Lust zu verschenken hat, doch nichts befriedigt ihn, denn er sieht überall das Böse. Zuletzt bittet er Satan, ihm doch sein eigenes Reich zu zeigen, das vielleicht mehr Befriedigung biete als alles andere[11]:

> »Zeig mir dein Königreich, sagt ich zu Satan.
> – Hier ist es!
> – Wie denn das?
> Und Satan gab mir die Antwort:
> – Die Welt, das ist die Hölle.«

Das ist der Beginn von Flauberts philosophischen Betrachtungen. Er war damals vierzehn Jahre alt.

Es mag im November 1834 oder aber auch, wie wir noch sehen werden, 1835 gewesen sein, als Flaubert die idyllische Episode mit dem kleinen englischen Mädchen erlebte, von dem er in den *Erinnerungen eines Verrückten* berichtet. Seiner Meinung war er damals ›en cinquième‹, was 1834 bedeuten würde; andererseits erklärt er, die Ereignisse hätten zwei Jahre, bevor er diesen bestimmten Teil seiner Geschichte geschrieben hat, stattgefunden. Und das war im Dezember 1837, als er noch nicht an das ganze Werk dachte, das zwischen Herbst und Weihnachten 1838 entstanden ist. Über letzteres besteht kein Zweifel, denn er übergab Alfred Le Poittevin das Manuskript am 1. Januar 1839 als Neujahrsgeschenk. Dies würde nahelegen, daß er die kleine Engländerin 1835 kennengelernt hat, als er also nicht ›en cinquième‹, sondern ›en quatrième‹ war. Er erzählt, daß ein einziger Blick von Maria die Gedanken an das englische Mädchen völlig aus seinem Gedächtnis getilgt habe. Maria ist, wie wir sehen werden, Elisa Schlésinger, der er im Sommer 1836 begegnet ist – das ist unbestritten. Es hat nicht viel zu bedeuten, ob er das Erlebnis 1834 oder 1835 hatte, ob er dabei zwölf oder dreizehn Jahre alt war, und wir würden gar keine Zeit mit der Erörterung dieses Problems verlieren, hätten nicht andere Rezensenten so viele widersprüchliche Theorien darüber aufgestellt. Ein Einwand gegen das zweite Datum wäre, daß sich all die Ereignisse, von denen wir wissen, nur schwer in weniger als einem Jahr haben abspielen können. Es ist eine entzückende Episode, ganz Frühling und Unschuld[12]: »Es war etwas Süßes, Kindliches, von keiner Vorstellung von Besitz getrübt, gerade dadurch aber fehlte es ihm an Kraft; indessen war es zu einfältig, um Platonismus zu sein.«

Es wurden nur ein paar gelegentliche Küsse getauscht, brüderlich und harmlos von seiner Seite, wenn auch leidenschaftlicher und unternehmungslustiger von der ihren, denn sie war fast zwei Jahre älter und recht reif für ihr Alter – aber das alles versandete, als er Maria begegnete und als das englische Mädchen sich in ihren Zeichenlehrer verliebte[13]:

»So endete diese Liaison, die vielleicht mit dem Alter eine Leidenschaft zu werden versprach, die sich aber von selbst aufgelöst hat.

Muß noch gesagt werden, daß das für die Liebe war, was die Morgendämmerung für den hellen Tag, und daß der Blick Marias die Erinnerung an dieses blasse Kind auslöschte?

Es war ein kleines Feuer, von dem nicht mehr geblieben ist als kalte Asche.«

Da man von Flaubert weiß, daß er mit einer englischen Familie, den Kindern von Admiral Collier, sehr gut bekannt war, wurde von allen Rezensenten und Biographen, selbst von den neuesten – siehe Philip Spencers 1952 veröffentlichte Biographie und diejenige von Jacques Suffel 1958 –, allgemein angenommen, die kleinen Engländerinnen in den *Erinnerungen eines Verrückten* seien die Collier-Mädchen; in der Pléiade-Ausgabe von Flauberts Werken, erschienen 1951, wird das Jahr ihrer Begegnung mit Flaubert in der Chronologie mit 1835 angegeben, ebenso in Jean Bruneaus Edition du Seuil, die 1964 erschienen ist. Dabei geht jedoch aus Caroline Flauberts Briefen an ihren Bruder ganz klar hervor, daß sie sich im Sommer 1842 zum erstenmal mit diesen Engländerinnen getroffen haben. Diese Briefe müßten den Biographen und Kritikern eigentlich bekannt gewesen sein, sind sie doch bereits im Dezember 1936 von Lucie Chevalley-Sabatier in *La Revue Hebdomadaire* veröffentlicht worden. C. West, die Caroline Flauberts Briefe gelesen hat, glaubt trotzdem, die Engländerinnen in den *Erinnerungen eines Verrückten* seien die Colliertöchter. Die Lösung dieses Problems sieht sie darin, daß sie behauptet, der betreffende Abschnitt sei eben erst später, nach 1842, geschrieben worden.[14] Gegen diese Theorie spricht vieles, vor allem die Tatsache, daß das Manuskript, unterschrieben und datiert von Flaubert selbst, vom 1. Januar 1839 an in den Händen von Alfred Le Poittevin war, wo es bis zu dessen Tod 1848 verblieben und dann an seinen Sohn übergegangen ist; von diesem Manuskript, das keinerlei Spuren späterer Hinzufügungen aufweist, wurde das Werk in *La Revue Blanche* vom 15. Dezember 1900 bis 1. Februar 1901 zum erstenmal veröffentlicht, wie auch in den folgenden Ausgaben. Es ist die einzige bekannte Fassung.

Bis vor kurzem hatte noch niemand daran gedacht, daß es in der kosmopolitischen Stadt Rouen noch andere englische Mädchen gegeben haben könnte, die Flaubert vielleicht gekannt hat – beispielsweise Freundinnen der englischen Erzieherin seiner Schwester, denn Flaubert berichtet, sie seien Schulkameradinnen von Caroline gewesen.[15] Jean Bruneau hat als erster Zweifel an der Identität der englischen Mädchen mit den Colliertöchtern geäußert.[16] Neuerdings wartet Lucien Andrieu, Bibliothekar der Flaubert-Bibliothek in Canteleu bei Croisset, wo die persönlichen Bücher des Schriftstellers aufbewahrt werden, mit einer Vermutung auf, die viel für sich hat, obwohl sie nicht endgültig bewiesen werden kann.[17] Das Problem lag darin, ein englisches Mädchen zu entdecken, das mit seiner

Mutter, die von ihrem Mann getrennt lebte, damals in Rouen gewohnt und in irgendeinem Januar einen Zeichenlehrer geheiratet hat, und das im vorangegangenen November ungefähr fünfzehn Jahre alt war. Andrieu förderte aus den Lokalzeitungen jener Zeit eine Caroline Anne Heuland zutage, die 1820 in London geboren wurde und zur Zeit ihrer Vermählung mit einem Künstler im Januar 1838 mit ihrer Mutter in Rouen lebte – Flaubert nennt sein englisches Mädchen in der Geschichte Caroline. Sie wäre im November 1835 fünfzehn gewesen. Andrieu meint, daß sich die Episode im Herbst 1836 abgespielt habe, zwei Jahre vor dem Entstehen der *Erinnerungen eines Verrückten.* Dabei vergißt er aber, daß dieser spezielle Abschnitt ein Jahr vor dem übrigen geschrieben wurde und daß die Begebenheiten sich vor seinem Zusammentreffen mit Maria im Sommer 1836 zugetragen haben. Flaubert, der die Geschichte im Dezember 1837 schreibt, erklärt, es sei achtzehn Monate her, seit er das Mädchen zum letzten Mal gesehen habe, was bedeuten würde, daß das im Frühjahr 1836 war, was wiederum sehr gut zu dem Termin seiner Begegnung mit Maria im Sommer desselben Jahres passen würde, unabhängig davon, ob er nun die englischen Mädchen im November 1834 oder 1835 kennenlernte.

Zu Beginn des Jahres 1836, als er vierzehn war, begann Flaubert nach Balzacs Vorbild philosophische Schriften zu verfassen, die in einem auffallenden Gegensatz zu seinen historischen Erzählungen standen. *Un parfum à sentir* entstand im April 1836. Es erzählt sehr langatmig und mit vielen Abschweifungen vom Leben der Akrobaten, von einer Frau, die um ihrer Häßlichkeit willen gehaßt wird und sich schließlich vor Verzweiflung ertränkt. Ihre Leiche wird aus dem Fluß gefischt. Es folgt eine lebhafte und akkurate Beschreibung vom Anblick der Toten, was möglicherweise eine Erinnerung an das bedeutet, was er im Sezierraum seines Vaters zu sehen bekam, wenn er als kleiner Junge zum Fenster hinaufgeklettert war, um zuzuschauen. Es kann aber auch eine Erinnerung an die schreckliche Cholera-Epidemie von 1832 sein. Viele Jahre später, 1861, schildert er in einem Brief an Mademoiselle Leroyer de Chantepie, daß zwischen ihrem Eßzimmer und der Krankenstation, wo die Patienten wie die Fliegen starben, nur eine dünne Trennwand war.[18] Flauberts Beschreibung ist für einen Vierzehnjährigen erstaunlich[19]:

»Man hatte eben eine Leiche aus dem Wasser gezogen, und sie wurde im Leichenschauhaus ausgestellt; es war eine Frau, ein Spitzenhäubchen mit schmutzigen Blumen bedeckte ihr Haupt, ihre Kleider waren zerrissen und ließen abgezehrte Glieder sehen; ein paar Fliegen umsummten sie und leckten das geronnene Blut auf ihrem halbgeöffneten Mund, ihre aufgequollenen Arme waren bläulich und mit kleinen schwarzen Flecken bedeckt.

Die Sonne ging gerade unter, und einer ihrer letzten Strahlen, der durch die Fenstergitter des Leichenschauhauses drang, fiel auf die geschlossenen Augen der Frau und verlieh ihnen ein eigenartiges Leuchten.

Dieser mit Wunden, mit Prügelmalen bedeckte Körper, aufgedunsen, grünlich, der da auf der feuchten Steinplatte lag, war scheußlich anzusehen. Der üble Geruch, der von der zerlumpten Leiche ausströmte und alle müßigen Zuschauer vertrieb, zog zwei Medizinstudenten an.«

In diesem Abschnitt seiner Entwicklung schrieb Flaubert leicht und flüssig – sehr verschieden von seinen heftigen Angriffen gegen solchen Stil, die seine Reifezeit kennzeichnen. Am Schluß von *Un parfum à sentir* schreibt er[20]:

»Sie wissen vielleicht nicht, welch eine Wonne das ist: etwas aufsetzen! Schreiben, oh; schreiben, das ist, sich der Welt bemächtigen, ihrer Vorurteile, ihrer Tugenden, und sie in einem Buch zusammenfassen; das ist fühlen, wie der Gedanke entsteht, wächst, lebt, sich auf seinem Sockel aufrichtet und für immer dort stehenbleibt.

Ich habe nun also dieses seltsame, bizarre, unverständliche Buch vollendet. Das erste Kapitel habe ich an einem Tag niedergeschrieben; dann habe ich einen Monat lang nichts gearbeitet; in einer Woche habe ich fünf weitere Kapitel verfaßt, und in zwei Tagen habe ich es fertiggestellt.« Zur gleichen Zeit schrieb er Ernest Chevalier[21]: »Widmen wir uns stets der Kunst, die, größer als Völker, Kronen und Könige, immer da ist, getragen von der Begeisterung mit ihrem göttlichen Diadem.«

Auffallend ist, wieviel der junge Flaubert gelesen und sich angeeignet hat, wahrhaft verblüffend für einen Pennäler, der immerhin erst vierzehn ist.

Seine Lebensanschauung war radikal, antiautoritär und unkonventionell – heute würde man sagen, er sei gegen das Establishment gewesen. In *Die Pest in Florenz,* mit vierzehn Jahren geschrieben, erkennt man bereits seine spätere Auflehnung gegen die Ungerechtigkeit der Menschen, seine Sympathie zu den Niedriggestellten, seinen Haß auf die Privilegierten.

Höchst bemerkenswert ist sein ungeheurer Lerneifer, sein Interesse an allem und die unwahrscheinliche Menge Zeit, die er mit Schreiben verbracht hat. Es gibt – wenn überhaupt – wohl nur wenige Beispiele, wo ein Knabe im Alter zwischen zehn und vierzehn Jahren so viel schriftstellerische Arbeit geleistet hat.

Im Sommer 1836, als er vierzehneinhalb Jahre alt war, ereignete sich die Episode mit dem ›Gespenst von Trouville‹, die ihn für sein ganzes späteres Leben geprägt hat.

3

ÉLISA SCHLÉSINGER

(1836–1837)

Die Sommerferien waren für die Flauberts immer sehr wichtig. Sie besaßen Land in verschiedenen Teilen der Normandie, nicht zu weit von Rouen entfernt, in Dörfern, die seither bekannte Badeorte geworden sind wie Trouville und Deauville. Diese Grundstücke stiegen später sehr im Wert und sicherten der Familie nach dem Ableben Dr. Flauberts finanzielle Unabhängigkeit. In Trouville, wo sie ein kleines Haus hatten, verbrachten sie besonders oft die Ferien. Der Ort sah in den Dreißigerjahren des letzten Jahrhunderts noch ganz anders aus als das, was dann aus ihm geworden ist. Er war ein einfaches Fischerdorf mit einem einzigen kleinen, anspruchslosen Gasthof am Kai. Es ging sehr ruhig zu, denn die Leute hielten sich hauptsächlich um des Badens willen dort auf. Badekabinen gab es noch nicht, man zog sich im Hause oder am Strand um. Gerade zu jener Zeit entdeckten Maler und Musiker das Dorf.

Es war im Sommer 1836, als in Flaubert jenes Licht aufging, das ihn für immer in seinen Gefühlen fixiert hat: Er lernte Élisa Schlésinger kennen. Verschiedene Daten sind für diese Episode schon genannt worden, aber ein sorgfältiges Studium seines autobiographischen Werkes *Erinnerungen eines Verrückten* sowie der Briefe[1], in denen er erwähnt, daß ihr Töchterchen drei Monate alt war, als er ihr zum erstenmal begegnete – und dieses wurde im April 1836 geboren –, ergibt den Beweis, daß er als Vierzehnjähriger im Sommer 1836 mit ihr zusammengetroffen ist.

Eines Morgens, als er den Strand entlangwanderte, sah er einen roten Umhang liegen, der von der steigenden Flut überspült zu werden drohte. Er legte ihn außer Reichweite der Wellen. Der Stoff fühlte sich so weich und leicht an, daß es ihm ans Herz griff. Später, beim Mittagessen im Hotel, bedankte sich die Besitzerin des Umhangs bei ihm. Sie sah ihn an, er schlug die Augen nieder und errötete. Sie dankte noch einmal, und die Worte sanken unvergeßlich in seine Seele, wie auch der Anblick ihres Gesichts nie mehr aus seinem Gedächtnis zu löschen war[2]:

»Sie sah mich an. Ich senkte die Augen und errötete. Was war das aber auch für ein Blick! Wie schön diese Frau war! Ich sehe dieses lebhafte dunkle Auge unter einer schwarzen Braue noch immer auf mir ruhen wie eine Sonne. Sie war groß, brünett, mit prachtvollen schwarzen Haaren, die ihr in Zöpfen auf die Schulter fielen; ihre Nase war griechisch, ihre Augen brennend, ihre Brauen hoch und wunderbar geschwungen, ihre Haut leuchtend und wie mit einem goldenen Samtglanz überzogen; sie war schlank und fein, man sah azurne Venen sich auf diesem braunen, geröteten Hals schlängeln. Fügen Sie dazu noch einen kraftvollen, energischen Ton, der die blonden Schönheiten verblassen läßt ... Sie sprach langsam; es war eine modellierte, musikalische, weiche Stimme.«

Élisa Schlésinger war damals sechsundzwanzig – Flaubert vierzehneinhalb – und in der vollen Blüte ihrer Schönheit. Seine Einstellung zu ihr ähnelte der Baudelaires zur *Weißen Venus*, eine Mischung aus Bewunderung und Achtung. Hier wurde seine Liebe für immer auf einen Muttertyp fixiert, und seine lebhafteste Erinnerung an sie war denn auch die mit einem saugenden Kind an der Brust. Sein einziger Ausbruchsversuch war sein späteres Verhältnis mit Louise Colet, das aber in einer Katastrophe endete.

Zweimal schrieb Flaubert über diese Episode: zuerst als Jüngling in den *Erinnerungen eines Verrückten* und dann in mittlerem Alter in der zweiten Fassung der *Lehrjahre des Gefühls*.

Wer war diese Élisa Schlésinger, die eine so bedeutende Rolle in Flauberts Leben spielen sollte? Der umfassendste und genaueste Bericht über sie findet sich in dem Buch ihres Urenkels Helmuth Steinhardt Leins mit dem Titel *Flauberts große Liebe*. Wir erfahren daraus, daß sie als Élisa Foucault 1810 in Vernon, Frankreich, geboren wurde und 1829 einen Mann namens Judée heiratete. Durch eine Schwester und deren Mann lernte sie Maurice Schlésinger kennen, der damals Herausgeber der *Revue Musicale* in Paris und eine prominente Erscheinung in musikalischen Kreisen war. Maurice Schlésinger und Élisa Judée verliebten sich und wurden ein Paar. Judée kehrte 1835 nach Deutschland zurück. Es ist nicht bekannt, ob er und seine Frau sich noch einmal wiedergesehen haben. Es gab zu jener Zeit in Frankreich keine Scheidung, und das Liebespaar konnte nicht heiraten, trotzdem nannte man Élisa stets Madame Schlésinger. Im November 1839 starb Judée, Élisa vermählte sich dann mit Maurice Schlésinger im September 1840. Ein ehelicher Sohn kam 1842 zur Welt, die 1836 geborene

Tochter hingegen, die Schlésinger anerkannt hat, wurde als sein Kind von unbekannter Mutter amtlich registriert. Es heißt, Schlésinger sei gut zu Judée gewesen und habe seine Schulden bezahlt. Das könnte erklären, warum Élisa sich ihrem zweiten Mann trotz all seiner Untreue so verbunden gefühlt hat und warum sie später niemals Flauberts Geliebte geworden ist – obwohl er den wahren Grund ihres Widerstandes nicht erfahren hat. Sie hatte einen Besitz in Trouville – das spätere Hotel Bellevue gehörte ihr –, und sie und ihr Mann verbrachten oft ihre Ferien dort.[4]

Das ist alles, was wir vorderhand über die Schlésingers wissen müssen. Flaubert verbrachte als Vierzehnjähriger einen großen Teil seiner Ferienzeit mit ihnen, und er machte in seiner Freude keinen Unterschied zwischen den Eheleuten. Er ging mit ihnen auf Bootsfahrten und zu Picknicks. Schlésinger scheint ein fröhlicher, großzügiger Mann gewesen zu sein, der den Jungen gut leiden mochte. Er nannte ihn seinen Sohn, und Flaubert nannte ihn »mein werter Vater Maurice«. Die Gestalt des Arnoux in der endgültigen Fassung der *Lehrjahre des Gefühls* dürfte ein getreues Abbild von ihm sein.

Flaubert war glücklich und zugleich auch traurig, aber er wußte noch nicht, was mit ihm geschehen war, und bildete sich ein, für den Mann und die Frau die gleiche Freundschaft zu empfinden. Das Abenteuer war zwar mit unsichtbarer Tinte bereits in sein Gemüt geschrieben, aber es brauchte zu seiner Entwicklung mehr Erfahrung.

Im darauffolgenden Sommer verpaßte Flaubert die Schlésingers in Trouville, hörte jedoch, daß Maurice mit einer anderen Frau dagewesen war. Als er im nächsten Jahr, 1838, wieder dort weilte, kamen die Schlésingers nicht; nun aber, gereift und gewandelt durch alles, was er gelesen hatte, und beim Wiedersehen der vertrauten Orte, begriff er endlich, was er mit seinem eigenen Herzensabenteuer anfangen konnte. Damals, im Herbst 1838, schrieb er die *Erinnerungen eines Verrückten*, deren Saat zwei Jahre lang in seinem Herzen geruht hatte und nun bereit war, aufzugehen und Früchte zu tragen. Dieses Werk soll in einem späteren Kapitel besprochen werden.

Im Sommer 1836 hatte Flaubert wahrscheinlich noch ein weiteres Erlebnis, das ihn tief berührt hat, als er nämlich zum erstenmal an einem großen Ball teilnahm. Nach seinen Berichten muß das in den Ferien zwischen der vierten und der dritten Klasse gewesen sein, also im Spätsommer 1836.[5] Dieses Ereignis erwähnt er besonders in einem Brief aus

Ägypten an Louis Bouilhet, in dem er schildert, wie er in der Morgenfrühe, nachdem er eben das Haus der Kurtisane Kuschiuk Hanem verlassen hatte, mit seinem Führer auf die Jagd gegangen war, aber nicht bei der Sache war, sondern immer an einen anderen Morgen denken mußte[6]:

»Am Morgen um sieben Uhr sind wir aufgebrochen. Ich habe mit einem Matrosen in einem Baumwollfeld gejagt ... Der Wind rauschte in den dünnen Zweigen der Bäume. Es pfiff wie im Schilf. Die Berge waren rosa, die Sonne stieg empor, mein Matrose ging vor mir her, bückte sich, um unter den Büschen hindurchzugehen, und zeigte mir mit einer stummen Bewegung die Tauben, die er auf den Zweigen sah. Ich habe keine einzige geschossen, ich sah sie nicht einmal. Ich ging mit langsamen Schritten dahin und dachte an ähnliche Morgen ... vor allem an einen in Le Héron nach einem Ball bei dem Marquis de Pomereu. Ich war nicht zu Bett gegangen. Am Morgen fuhr ich in meinem Schulanzug ganz allein in einem Boot auf den See hinaus. Die Schwäne sahen mich vorübergleiten, und die Blätter der Sträucher fielen ins Wasser. Es war wenige Tage vor Schulbeginn. Ich war fünfzehn Jahre alt.«

Wenn das gegen Ende der Ferien vom Sommer 1836 gewesen ist, wäre er zwar erst im Dezember darauf fünfzehn geworden, aber immerhin, er stand in seinem fünfzehnten Lebensjahr. Falsch scheint mir Jean Bruneaus Behauptung zu sein, es müsse 1837 gewesen sein, weil er die Episode mit dem Ball in der Erzählung *Quidquis Volueris* verwendet hat, die nach seiner eigenen Datierung zwischen September und Oktober jenes Jahres geschrieben worden ist.[7] Es ist nicht einzusehen, warum er es nicht im vorhergehenden Jahr erlebt und für spätere Verwendung im Gedächtnis behalten haben sollte.

Dieser Ball im Hause des Marquis de Pomereu, eines der reichsten Landbesitzer der Gegend, hat Flaubert tief beeindruckt, so daß er noch viele Jahre danach oft daran gedacht und ihn auch als wichtige Episode in *Madame Bovary* verwendet hat, nämlich als Ball im Schloß von La Vaubyessard. Außerdem verarbeitete er dieses Erlebnis, wie erwähnt, in *Quidquis Volueris.* Von diesem Ball nahm er den Eindruck von Luxus mit sich, und als er am frühen Morgen durch den Garten ging, dachte er über sein vergangenes Leben nach, genau wie Emma Bovary nach ihrem Ball, und ihre Überlegungen sind wie die des Schuljungen Flaubert.

In diesem Jahr begann der nun fünfzehn Jahre alte Flaubert als Autor wirkliche Originalität zu zeigen. Er hatte mit Theaterstücken begonnen und dann unter dem Einfluß seines Lehrers Chéruel historische Erzählungen geschrieben. Seine letzte, *Die Pest von Florenz,* war im September 1836 entstanden. Nun wandte er sich von der historischen und bildertrunkenen Seite der Romantik ab und der melodramatischen zu. Er ließ sich von den frenetischen Aspekten einer Bewegung mitreißen[8], der Romantik der Bouzingos, die in den Dreißigerjahren aufblühte und die wir in den Werken von Pétrus Borel d'Hauterive und Philothée O'Neddy finden sowie in den Schriften von Alphonse Rabbe, den Flaubert gekannt haben muß. Rabbe hat in seinen 1835 veröffentlichten *Œuvres Posthumes* einen Abschnitt mit dem Titel *L'Enfer du Maudit* und den Untertiteln *Deuils, Souffrances, Gémissements, Cris de Douleur.* Alles, was Flaubert in dieser Zeit geschrieben hat, strotzt nur so von dunklen Vorahnungen und unheimlichen Vorfällen; er wählte die grauenhaftesten Stoffe. Es gibt keinen Beweis dafür, daß er den Marquis de Sade tatsächlich gelesen hat, obwohl in seinen Schriften aus dieser Zeit manches darauf hindeutet, doch könnte er den Einfluß auch von Jules Janin oder anderen Gruselautoren der Dreißigerjahre empfangen haben. In einem Brief an Louise Colet[9] erzählt er, daß er stets einen Totenschädel auf seinem Schreibtisch liegen hatte – das war typisch für die Bouzingo-Schule. In einer seiner Erzählungen, *Rage et Impuissance,* schildert er die Gefühle eines lebendig Begrabenen, der in der Verzweiflung seinen eigenen Arm aufißt. Auch das kann eine Erinnerung an die bereits erwähnte Cholera-Epidemie von 1832 gewesen sein, als man von mehreren Menschen wußte, die lebendig begraben worden waren. Da ist auch *Quidquis Volueris,* die Geschichte eines Lebewesens, gezeugt von einem Affen mit einem Negermädchen, das sich in eine weiße Frau verliebt, in Raserei gerät, sie raubt und entsetzlich zurichtet und sich dann selbst umbringt, indem es sich den Kopf an einer Mauer einschlägt. Flaubert versucht seiner Geschichte Gewicht zu geben, indem er behauptet, sie aus wissenschaftlichen Gründen aufgeschrieben zu haben; er studiere den Affenmenschen. Kurz zuvor waren verschiedene Artikel zu diesem Thema in der Lokalzeitung *Le Colibri* erschienen, die sein Freund Alfred Le Poittevin leitete. Vor allem eine Erzählung, die in der Ausgabe vom 24. November 1836 abgedruckt ist und den Titel *Jack en bonne fortune* trägt, berichtet von einem Orang-Utan aus dem Jardin des Plantes in Paris, den man bewußtlos neben einer Frau liegen fand, »halb berauscht von Most und Liebe«.

In Flauberts Geschichte geht freilich der wissenschaftliche Aspekt unter, nur der Horror tritt zutage. Damit steht er ganz in der Bewegung jener

Dreißigerjahre, und doch spürt man bereits das Mitgefühl des jungen Autors für das Leiden anderer, eines der hervorstechendsten Merkmale seiner Werke der Reifezeit.

Beachtenswert und sehr typisch für seine damalige Art zu schreiben ist der *Rêve d'Enfer,* entstanden im März 1837. Hier ist das Philosophische stärker ausgeprägt, obwohl Flaubert darin mitunter ziemlich abgedroschene zynische Redensarten verwendet hat wie beispielsweise »dieser wundersame Sumpf, den man Leben nennt«.[10]

In *Rêve d'Enfer* geht es um die Geschichte eines satanischen Wesens, des Duc Arthur d'Almaroës, eines Alchimisten, den die Einheimischen für den leibhaftigen Teufel halten. Der alte Mann lebt in einem verfallenen Turm, wo er seine Experimente durchführt (das ist ein beliebtes Motiv in der Literatur dieser Zeit). Es wimmelt von Eulen, Fledermäusen und – Gespenstern. Er selbst ist reiner Geist, ein Mensch ohne Herz und Seele, der niemals sterben kann. Er ist das Dasein leid, das ihm nichts als Hohlheit zu bieten hat, und doch kann er sich nicht das Leben nehmen, weil er unsterblich ist. Satan besucht ihn und bietet sich an, ihm beim Goldmachen zu helfen. Er tritt in einer abscheulichen Gestalt auf und verursacht manch gruseliges Vorkommnis, so etwa, wenn die Milch in den Eimern zu Blut gerinnt. Er verspricht dem Herzog, ihn durch die Liebe von seiner Langeweile zu heilen, und verlangt seine Seele dafür. Darauf antwortet ihm der Herzog, er habe ja keine, doch der Teufel gibt zurück, es werde ihm schon eine wachsen, wenn er sich verliebe und ein Mensch werde. Er sorgt dafür, daß Juliette, ein einfaches Bauernmädchen, sich in den Herzog verliebt. Sie weiß nichts davon, daß er kein Mensch ist. Die Liebe zu ihm richtet sie zugrunde, aber ihn vermag nichts zu rühren, und so begeht Juliette, deren zügellose Liebesraserei von der Hölle eingegeben ist, schließlich Selbstmord und wird vom Teufel weggetragen. Nun bittet der Herzog den Satan, ihn zu töten; allein der Teufel hat keine Macht über jemanden, der kein Mensch ist. Sie ringen in einem scheinbar tödlichen Kampf miteinander, in dem der Satan überwältigt wird. Die Erzählung endet mit der Bitte der Menschheit an Gott, niemals mehr eine Welt zu erschaffen[11]:

»Und mehrere Jahrhunderte gingen vorüber.

Die Erde schlief einen todesähnlichen Schlaf, es gab keinen Laut auf ihrer Oberfläche, man hörte nichts als die Fluten des Ozeans, die sich schäumend brachen; sie waren wild, stiegen wirbelnd in die Luft, und das

Ufer erbebte unter ihnen wie unter den Händen eines Riesen. Ein feiner, dichter Regen verdunkelte das ungewisse Licht des Mondes, der Wind zerbrach den Wald, und die Himmel bogen sich unter seinem Pfeifen wie das Schilfrohr in der Brise eines Sees.

Es lag in der Luft ein seltsamer Ton wie von Tränen und Schluchzen, man hätte sagen können, das Röcheln einer Welt.

Und eine Stimme erhob sich von der Erde und sprach: – Genug! Genug! Ich habe zu lange gelitten und mich gequält, genug! Oh! Gnade! Erschaffe keine andere Welt mehr!

Und eine sanfte, reine Stimme, melodiös wie die Stimme der Engel, senkte sich auf die Erde nieder und sprach: – Nein! Nein! es wird in Ewigkeit keine andere Welt mehr geben!«

Im Jahre 1837 begann sich Flaubert sehr intensiv für Naturgeschichte zu interessieren, und das war von großer Bedeutung für seine schriftstellerischen Arbeiten. Damals verfaßte er nach dem Vorbild der bekannten ›Physiologie‹ Balzacs die Physiologie des Schreibers, des Kanzlisten, betitelt *Une Leçon d'Histoire Naturelle, Genre Commis.* Le Poittevin hat diese Studie in *Le Colibri* am 30. März 1837 veröffentlicht.[12] Sie ist ein ausgezeichnetes Beispiel für Flauberts bissige Ironie und scharfen Spott, die später den Homais in *Madame Bovary* und die grotesken Figuren in *Bouvard und Pécuchet* hervorbringen sollten. Für einen Fünfzehnjährigen ist das eine gescheite und recht amüsante Arbeit[13]:

»Für mich, den meine langjährige Erfahrung in die Lage gebracht hat, die menschliche Rasse zu belehren, kann ich mit dem bescheidenen Selbstvertrauen eines gelehrten Zoologen sprechen. Meine häufigen Reisen in die Büros haben in mir genügend Erinnerungen zurückgelassen, um die Tiere, die sie bevölkern, deren Anatomie, deren Gebräuche beschreiben zu können. Ich habe alle Gattungen von Angestellten gesehen, vom Schrankenwärter bis zum Registrator. Diese Reisen haben mich völlig ruiniert, und ich bitte meine Leser, eine Sammlung zu veranstalten zugunsten eines Mannes, der sich der Wissenschaft geweiht und für sie zwei Regenschirme, zwölf Hüte (samt Wachstuchhüllen) und sechs Paar Stiefelbesohlungen verbraucht hat.

Der Schreiber ist zwischen 36 und 60 Jahre alt; er ist klein, beleibt und von blühendem Aussehen. Er hat eine Tabaksdose, genannt *queue de rat,* eine rote Perücke, eine silberne Brille fürs Büro und ein Taschentuch aus Rouen-Baumwolle.

Er spuckt des öfteren, und wenn Sie niesen, sagt er zu Ihnen: ›Gott segne Sie.‹ Seine Hautfarbe ist je nach Jahreszeit gewissen Veränderungen unterworfen.

Im Sommer trägt er einen Strohhut, eine Nanking-Hose, die er sorgsam vor Tintenflecken bewahrt, indem er sein Taschentuch darüber ausbreitet. Seine Schuhe sind aus Biber und seine Weste aus Zwilch. Stets trägt er einen falschen Samtkragen. Im Winter schützen ihn eine blaue Hose und ein mächtiger Gehrock vor der Kälte. Der Gehrock ist das Element des Angestellten wie das Wasser dasjenige der Fische.

Er stammt vom alten Kontinent, ist aber leider in unseren Landen sehr verbreitet. Seine Umgangsformen sind sanft: Er verteidigt sich, wenn man ihn angreift. Er bleibt meist ledig und führt ein Junggesellenleben! Das heißt, daß er im Café zu der Dame am Schanktisch ›Fräulein‹ sagt, den Zucker, der auf seinem Tablett übrigbleibt, mitnimmt und sich ab und zu die feinere Zigarre zu drei Sous leistet. Oh! dann aber wird der Angestellte infernalisch! An dem Tag, an dem er geraucht hat, fühlt er sich kriegerisch, spitzt drei Federkiele an, bevor ihm einer gut genug ist, kanzelt den Bürojungen ab, läßt seine Brille fallen und macht Tintenkleckse ins Register, was ihn maßlos betrübt.«

Das ist die gleiche Tonart wie die Schöpfung des ›Garçon‹, den er und seine Freunde erfanden und dem sie jede ausgefallene und lächerliche Eigenschaft angedichtet haben, die sie nur ersinnen konnten.

Bei den Prüfungen im Sommer 1837 gewann Flaubert den ersten Preis in Naturgeschichte und in Literatur. Etwas später, gegen Ende dieses Jahres, kommt aus seiner Feder das bis dahin interessanteste Werk, *Passion et Vertu*, das in Stil und Psychologie einen großen Fortschritt gegenüber allem, was er bisher geschrieben hat, darstellt. Es ist eigentlich eine erste Skizze zu *Madame Bovary*, denn es handelt von einer Ehebrecherin, die durch Selbstmord endet.

Flaubert bezog den Stoff aus dem Zeitungsartikel ›La Moderne Brinvilliers‹, der am 4. Oktober 1837 in *La Gazette des Tribunaux* erschienen war.[14] Zweifellos war dies die Quelle zu seiner Erzählung, denn alle Einzelheiten stimmen überein.

Die Heldin der wirklichen Begebenheit verliebte sich leidenschaftlich in einen jungen Mann und wurde seine Geliebte. Um aus einem Verhältnis loszukommen, das dazu bestimmt schien, in einer Katastrophe zu enden, floh der Geliebte aus Frankreich und nahm eine Stelle in Brasilien an. Von dort aus schrieb er ihr, rechtfertigte seine Abreise und bat sie, ihn zu vergessen, da sie beide nicht ohne Sünde und Reue glücklich werden könnten. Von da an war sie wie besessen von der Idee, sie müßte frei werden, um ihn heiraten zu können. Sie vergiftete ihren Mann, ohne irgendwelchen Argwohn zu erregen. Doch als in der Folge auch ihre beiden Kinder starben, wurden die Behörden mißtrauisch und erließen Haftbefehl gegen sie. Als die Polizei ins Haus drang, fand sie sie tot, mit einem Fläschchen Blausäure in der Hand.

Flauberts Erzählung ist viel ausführlicher als der Pressebericht. Er gibt mehr Schilderungen, mehr Analysen und differenziertere Hauptfiguren. Hier fing er an, von seiner typischsten Gestalt fasziniert zu werden, der Gestalt der enttäuschten jungen Frau, die sich mehr erträumt, als zu erreichen in ihrer Macht liegt, und die jene Eigenschaft besitzt, die ihn immer angezogen hat: Die Fähigkeit, wirklich zu lieben. Mazza, die Heldin, ist von der gleichen romantischen Exaltiertheit wie Emma Bovary, sie hat die gleiche Gewohnheit, ihre Gefühle gleichsam literarisch zu sehen[15]:

»Oft rief sie in den Aufwallungen ihrer Glut aus, das Leben sei nichts als Leidenschaft, die Liebe bedeute ihr alles; und dann, mit aufgelöstem Haar, flammendem Blick und von Schluchzen bebender Brust, fragte sie ihren Geliebten, ob er nicht auch wünschte, daß sie beide Hunderte von Jahren miteinander leben könnten, allein auf einem hohen Berg, auf einem spitzen Felsen, an dessen Fuß sich die Wellen brächen, daß sie sich mit der Natur und dem Himmel verschmelzen und ihre Seufzer in das Tosen des Sturmes mischen könnten; dann schaute sie ihn lange an, bat ihn um neue Küsse, neue Umarmungen, und sie fiel in seine Arme, stumm und ohnmächtig.«

Auch sie hatte, wie Emma Bovary, einen unbefriedigenden, materialistischen Mann, der an nichts anderes dachte als ans Geldverdienen und weder ihre Träume, noch ihr Liebesbedürfnis verstand.[16]

»Und wenn des Abends ihr Mann ruhig und gelassen nach Hause kam und ihr mitteilte, er habe heute sehr viel verdient, habe vormittags vortrefflich spekuliert, einen Bauernhof gekauft, eine Rente verkauft und könne nun für seine Equipagen einen weiteren Lakaien einstellen und für seine Ställe zwei weitere Pferde erwerben, wenn er sich ihr mit diesen Worten und diesen Gedanken näherte, um sie zu umarmen, um sie seine Liebe und sein Leben zu nennen, oh! dann ergriff der Zorn ihre Seele, sie verfluchte ihn und stieß seine Zärtlichkeiten, seine Küsse, die kalt und eklig wie die eines Affen waren, voller Grauen zurück.

Es war also in ihrer Liebe eine Süße und eine Bitterkeit wie Weinhefe, die den Wein herber und feuriger macht.«

Ernest, ihr Liebhaber, aber wurde ihrer Glut allmählich überdrüssig. Er bekam auch Angst, denn er begriff nun, daß ihre Leidenschaft etwas Schreckliches hatte, das ihn am Ende zerstören müßte, und so beschloß er, die Bindung zu lösen und nach Mexiko auszuwandern, wo er eine Stelle zu finden hoffte. Er schrieb ihr einen Abschiedsbrief, in dem er sie bat, sie möchte ihn doch um ihres zukünftigen Glückes willen vergessen; sie solle Pflicht und Tugend lieben. In einem Zustand äußerster Qual, von Flaubert bewunderungswürdig gezeichnet, folgt sie ihm nach Le Havre – ein Alptraum von einer Reise –, kommt aber nur noch zurecht, um die weißen Segel seines Schiffes am Horizont verschwinden zu sehen. Die Verzweiflung bei ihrer Rückkehr wird mit großer Einsicht und Feinfühligkeit geschildert. Wie ihr Vorbild kommt sie zu dem Schluß, daß das einzige Hindernis ihres Glückes ihr Mann und ihre Kinder seien, und so vergiftet sie sie. Sie schreibt Ernest, daß sie nunmehr frei sei und ohne Schuld zu ihm kommen könne. Daraufhin bekommt sie einen Brief von ihm, in dem er sie auffordert, ihn nicht weiter zu belästigen, er sei im Begriff, ein siebzehnjähriges Mädchen zu heiraten, und habe eine sichere Position in Mexiko. Da beschließt sie, sich das Leben zu nehmen. Ihre Gefühle, als sie mit dem Gift nach Hause geht, sind fast die gleichen wie die Emmas, als sie Rodolphe verlassen hat. Sie schreibt zuerst an die Polizei und teilt mit, was sie zu tun beabsichtigt. Dann, nachdem sie geweint und an vergangene Tage gedacht hat, trinkt sie das Gift und streckt sich auf dem Bett aus, wo sie so oft mit Ernest gelegen hatte, und wartet auf den Tod. Die eindringenden Polizisten treffen sie sterbend an.

Der wichtigste Unterschied zwischen Flauberts Erzählung und dem Zeitungsartikel liegt darin, daß er der Not der Frau mit Sympathie gegenübersteht. Der Reporter war der Ansicht gewesen, daß der Mann sich vernünftig verhalten und die ganze Schuld auf seiten der Frau gelegen habe. Flaubert dagegen war von der Niedrigkeit und Falschheit Ernests betroffen. Es ist die gleiche Gemeinheit, wie wir sie bei Rodolphe in Madame Bovary finden, besonders in der Szene mit dem Abschiedsbrief. Flaubert hat sich später an all das erinnert, als er seinen großen Roman schrieb.

Stilistisch läßt sich hier ein Fortschritt gegenüber seinen früheren Werken feststellen. Es gibt viel mehr Metaphern, und es finden sich zahlreiche wunderbare Schilderungen, wie beispielsweise die Stelle, wo Mazza auf der Mole steht und zusieht, wie Ernests Schiff am Horizont entschwindet. Hier haben wir bereits diese Übereinstimmung zwischen den Gefühlen einer Romanfigur und der Natur, die ein charakteristisches Merkmal seiner reifen Werke sein wird.[17]

»Er war für immer fortgegangen, und als sie ihr tränenüberströmtes Gesicht hob, sah sie nichts mehr . . . als die Unermeßlichkeit des Ozeans.

Es war einer jener heißen Sommertage, an denen die Erde glühende Dämpfe wie aus einem Schmelzofen verströmt. Als Mazza auf der Mole anlangte, belebte die salzige Frische des Wassers sie wieder ein wenig. Eine Brise aus Süden trieb die Wogen höher, die sanft auf dem Strand erstarben und auf den Kieseln ausrollten. Die schwarzen, dichten Wolken häuften sich zu ihrer Linken, der untergehenden Sonne entgegen, die rot und leuchtend über dem Meer lag; man hätte sagen können, sie gingen hin, um sich in Schluchzen aufzulösen. Das Meer, ohne stürmisch zu sein, rollte mit düsterem Singen einher, und wenn es sich an den Steinen der Mole brach, sprangen die Wellen hoch und fielen als Silberstaub zurück.

Es lag eine wilde Harmonie darin, Mazza lauschte lange, gebannt von dieser Kraft; das Rauschen der Fluten hatte eine Sprache, eine Stimme; wie sie war auch das Meer traurig und voller Qual; wie sie kamen diese Wogen, um hier an den Steinen zu zerbrechen und nichts als die Spur ihres Vorüberziehens auf dem nassen Sand zurückzulassen. Ein Graspflänzchen, das in einer Ritze zwischen den Steinen wuchs, neigte sein von Tropfen schweres Haupt, jeder Wellenschlag riß es von seiner Wurzel, und jedes Mal war es mehr und mehr losgelöst; zuletzt verschwand es in der Welle und ward nicht mehr gesehen; und doch war es jung und trug Blüten. Mazza lächelte bitter, die Blume war, wie sie, in der Frühlingsfrische von der Woge fortgerissen worden.

Seeleute kehrten zurück. Sie lagen in ihren Barken und zogen das Seil ihrer Netze hinter sich her; ihre Stimmen verklangen in der Ferne mit dem Schrei der Nachtvögel, die mit ihren schwarzen Flügeln über Mazzas Kopf hinschwebten und sich alle auf den Strand stürzten, auf die Abfälle, die die Flut hereingetragen hatte. Da hörte sie aus der Tiefe nach ihr rufen, und den Kopf über den Abgrund geneigt, rechnete sie aus, wie viele Minuten und Sekunden sie wohl brauchen würde, um da unten zu zerschellen und zu sterben. Die Natur war traurig wie sie, und es schien ihr, als hätten die Wogen Seufzer und als weinte das Meer.«

Das ist ganz ähnlich wie die Empfindungen Emma Bovarys, als sie sich aus dem Dachfenster beugt, nachdem sie Rodolphes Abschiedsbrief erhalten hat und in Versuchung ist, sich das Leben zu nehmen, und das Gefühl hat, der Dorfplatz da unten winke ihr zu und ziehe sie zu sich hinab.[18]

Flaubert beendete *Passion et Vertu* wenige Tage vor seinem sechzehnten Geburtstag. Eine sehr beachtliche, reife und geschlossene Arbeit für einen so jungen Autor.

Das Manuskript wird in der Nationalbibliothek in Paris aufbewahrt. Es ist sehr sauber geschrieben, macht aber nicht den Eindruck einer Reinschrift. Es enthält Korrekturen und Änderungen und sieht flüssig geschrieben aus. Aus irgendeinem Grunde, für den es bisher keine Erklärung gibt, wurde die dritte Seite des Manuskripts in der Conard-Ausgabe von Flauberts Werken weggelassen.[19]

Flaubert scheint seine neue Entdeckung im menschlichen Herzen verwirrt und traurig gemacht zu haben; in einem Brief an Ernest Chevalier schreibt er[20]:

»... die Kritik, das Studium ist eine traurige Angelegenheit; in die Tiefen der Wissenschaft hinabzusteigen, um nichts anderes zu finden als Eitelkeit, das menschliche Herz zu analysieren, um dort nur Egoismus zu entdecken, und die Welt zu verstehen, um in ihr nur Unglück zu sehen. Oh, wieviel mehr liebe ich die reine Poesie, den Schrei der Seele, die plötzlichen Aufschwünge und dann die tiefen Seufzer, die Stimmen der Seele, die Gedanken des Herzens. Es gibt Tage, an denen ich die ganze Wissenschaft der vergangenen, gegenwärtigen und zukünftigen Schwätzer ... für zwei Verse von Lamartine oder Victor Hugo hingeben würde; ich bin ein Gegner der Vernunft, der Wahrheit geworden, denn was ist das Schöne anderes als das Unmögliche ...«

4

ALFRED LE POITTEVIN

(1837–1838)

Der engste Freund in Flauberts Jugend – wahrscheinlich in seinem ganzen Leben – war Alfred Le Poittevin. Wir haben bereits erwähnt, daß er ihn von Kind auf gekannt und daß Alfred das Seine zu den Theateraufführungen im Billardzimmer des Hôtel Dieu beigetragen hat. Alfred Le Poittevin war fünf Jahre älter als Flaubert. Er verließ die Schule 1834, als Gustave noch in den untersten Klassen war, und studierte in Rouen Jurisprudenz. Nichts deutet darauf hin, daß zwischen den beiden Jünglingen vor 1837 eine besonders tiefe Freundschaft bestanden hätte. Dann aber und bis 1838, als Le Poittevin Rouen verließ, um seine Studien in Paris fortzusetzen, verbrachten sie so viel Zeit miteinander, wie es die Umstände nur erlaubten. Die ersten namentlichen Erwähnungen Le Poittevins in Flauberts Korrespondenz finden sich in zwei Briefen an Ernest Chevalier vom 24. März und 24. Juni 1837.

Nach Le Poittevins Tod gestand Flaubert[1]: »Ich sehe, daß ich niemals einen Menschen (Mann oder Frau) so geliebt habe wie ihn.« Und auf das Exemplar von *Madame Bovary*, das er Alfreds Schwester Laure de Maupassant schenkte, schrieb er[2]: »Nehmen Sie bitte, liebe Madame, dieses Buch entgegen zum Andenken an die Zuneigung, die Sie mir immer bezeugt haben, wie auch (und ganz besonders) im Namen des Gedenkens. Wäre *Er* noch am Leben, würde dieses Werk ihm gewidmet sein. Sein Platz in meinem Herzen ist leer geblieben, und unsere brennende Freundschaft wurde nicht gelöscht.« Und Le Poittevin seinerseits hatte einmal zu seinem Freund gesagt[3]: »Wir sind so etwas wie ein einziger Mensch, und wir leben aus demselben Leben.«

Die meisten Rezensenten konzentrieren sich auf die Freundschaft der beiden jungen Männer in den Vierzigerjahren des 19. Jahrhunderts, als Flaubert in Croisset lebte und Le Poittevin in Rouen war, und als Flauberts intimster Freund jener Zeit, Maxime Du Camp, auf einer Auslandsreise weilte. Gerade aber in den Jahren 1837/38 wird Le Poittevins Einfluß am deutlichsten spürbar. Er war am stärksten zu jener Zeit, da sich Flaubert für Philosophie und okkultes Gedankengut zu interessieren begann.

Es war eine romantische Freundschaft, die die beiden Jünglinge verband. Flaubert empfand eine Art Heldenverehrung für den andern, der fünf Jahre älter war als er selbst und schon aus diesem Grunde mehr Glanz für ihn besaß, als Ernest Chevalier jemals haben konnte, der gleichaltrig war und keine ausgeprägte Begabung für Literatur oder wissenschaftliches Denken gehabt zu haben scheint. Bei Ernest Chevalier übernahm Flaubert die Führung, aber im großen und ganzen zog sein eher feminines Naturell es vor, von seinen Freunden beherrscht zu werden.

Es gibt keinen schlüssigen Beweis dafür, daß zwischen den beiden etwas aktiv Homosexuelles vorgefallen wäre, aber es bestand zwischen ihnen zweifellos eine sehr gefühlsbetonte, um nicht zu sagen innige Freundschaft. Als sie einmal getrennt waren, schrieb Flaubert an Alfred[4]:

»Als ich auf der Brücke stand und auf das dahinströmende Wasser blickte, habe ich an Dich gedacht, ohne zu wissen, daß Du das wünschtest, wie Du in Deinem Brief schreibst, den ich heute bekommen habe ... Ich habe an Dich gedacht, als ich in der Arena von Nîmes war und unter den Bogen des Pont du Gard; das heißt, ich habe Dich an jenen Orten mit einer seltsamen Begierde herbeigewünscht; denn, wenn wir voneinander getrennt sind, liegt in uns etwas Umherirrendes, Unbestimmtes, Unvollständiges.«

Flaubert schrieb ihm, als von seiner Liebe die Rede war[5]: »Wenn Du mich im Stich ließest, was würde mir bleiben? Was hätte ich noch in meinem inneren Leben, will sagen in meinem wahren Leben?« Das war 1845. Im darauffolgenden Jahr heiratete Le Poittevin. Flaubert war außer sich. Viel später schrieb er an Laure de Maupassant[6]: »Als er heiratete, empfand ich einen tiefen Dolchstich der Eifersucht, es war ein Bruch, eine Trennung. Für mich ist er zweimal gestorben.«

Le Poittevin besaß für Flaubert auch deshalb einen gewissen Reiz, weil er mit einer Zeitung zu tun hatte, und wie wir bereits sahen, veröffentlichte er auch 1837, als er am *Colibri* beteiligt war, zwei Beiträge Flauberts.

Le Poittevin war, obwohl kein großer Schriftsteller – er hatte ja auch kaum die Zeit, einer zu werden, starb er doch mit zweiunddreißig Jahren –, eine typische Erscheinung der Romantik in den dreißiger Jahren des vorigen Jahrhunderts, einer Zeit des tiefen Pessimismus, als der Einfluß Byrons in Frankreich seinen Höhepunkt erreicht hatte. Er gab aber auch den philosophischen Gedanken der Zeit Ausdruck, den Theorien jener Autoren, die, wie Edgar Quinet in seinem *Ahasvérus*, das Problem der Bestimmung des Menschen zu lösen suchten. Er wurde immer kritischer gegenüber der christlichen Schöpfungslehre. Und mit wachsendem Bewußtsein des menschlichen Leidens gelangte er vollends zum Skeptizismus. Wie viele seiner Zeitgenossen fühlte er sich von der okkulten Philosophie des Ostens stark angezogen und glaubte, darin liege alle Weisheit.

In dieser Zeit, als er gerade zum Manne heranwuchs, der Zeit seiner engen Freundschaft mit Flaubert, scheint er eine Lebenskrise durchgemacht zu haben, und als er daraus emportauchte, hatte er den Glauben seiner Jugend verloren. Er lehnte sich gegen Gott auf und attackierte vor allem die christliche Seinslehre. Er war besessen von der Frage nach dem Bösen: Wie könne Gott, falls es ihn gäbe, das Böse dulden, wenn er doch gut sei. Dann gefiel er sich darin, der Nichtigkeit des Lebens und der Sinnlosigkeit aller Mühen Ausdruck zu verleihen.

Damals schrieb Le Poittevin vorwiegend Gedichte, die er in dem Rouener *Le Colibri* veröffentlichte, so daß sie außerhalb der engen Grenzen der Provinz nicht bekannt wurden. Sie sind alle überaus pessimistisch und zynisch, ihre Atmosphäre ist vergleichbar der in Byrons *Kain*. Die Überschriften, *Satan, Heure d'Angoisse, La Foi, Allégorie, Ahasvérus*, sprechen für sich. Sie alle drehen sich um das Problem des Bösen. Sie sind nicht eben von hoher Qualität – man darf immerhin nicht vergessen, daß der Dichter erst zwanzig Jahre alt war – und verdienen die Unsterblichkeit nicht, die ihnen entging. Sein bedeutendstes Werk, *Une promenade de Bélial*, wurde erst zehn Jahre später, 1845, entworfen, dann aber aufgegeben und 1847, in seinem letzten Lebensjahr, nochmals aufgenommen. Aber auch dieses ist nicht von bleibendem Wert, es handelt sich um eine ganz alltägliche philosophische Betrachtung im Stile des 19. Jahrhunderts.

Auf den Einfluß der Ideen Le Poittevins auf Flauberts schriftstellerische Tätigkeit in jener Zeit, als er sich in philosophische Probleme und vor allem in die Frage nach der Bestimmung des Menschen vertiefte, werden wir noch zurückkommen. Hier folgt Flaubert der allgemeinen Strömung mystischer Inspiration, die um die Mitte des 19. Jahrhunderts herrschte, eine Strömung, die jene fürchterlichen Epen um das Schicksal des Menschen hervorbrachte wie beispielsweise Quinets *Ahasvérus*, erschienen

1833. Flauberts Ideen sind gefärbt vom Zynismus und Pessimismus Le Poittevins, und das schlägt sich in den Werken nieder, die er 1838 und in der erste Hälfte des Jahres 1839 geschrieben hat. Es war eines der produktivsten Jahre seiner Jugend, ja vielleicht seines ganzen Lebens. Im März 1838 verfaßte er das letzte Theaterstück seiner Jugend – das einzige, das uns erhalten geblieben ist –, *Loys XI*, und das bis zu *Salambô* auch sein letztes historisches Werk war. Es besitzt freilich nicht nur geschichtliches Interesse, da es bereits von seinen neuen philosophischen Gedankengängen inspiriert ist. Ludwig XI. stellt für ihn das Ende des Mittelalters und den Beginn der Neuzeit dar; er ist für ihn der Beschützer des Volkes, der Feind des Adels und der Privilegierten. Das Stück macht deutlich, daß Flaubert trotz seiner Leidenschaft für die Bühne dramatisch nicht begabt war – das wird auch bei den Stücken seines reifen Alters augenfällig –, weil er einfach mehr Raum brauchte, um seine Gestalten aufzubauen.

Einen Monat darauf, im April, verfaßte er *Agonies, Pensées Sceptiques,* die erste Arbeit, die Alfred Le Poittevin gewidmet und ganz bestimmt auch von ihm beeinflußt ist. Im Mai schrieb er *Danse des Morts,* sein erster Versuch in einem Stil, den er später in der *Versuchung des heiligen Antonius* vervollkommnet hat. Im Juni folgte *Ivre et Mort.* Wegen der Examenszeit verlangsamte sich dann sein literarisches Schaffen etwas. Im Juli gewann er in der Schule den Geschichtspreis mit einem langen, *Histoire Moderne* betitelten Aufsatz, der eigentlich ein origineller Essay über die Renaissance ist und sich besonders mit Rabelais befaßt, der ihn damals gerade zu interessieren begann und den er unter Anleitung von Le Poittevin gelesen hatte.

Zwischen Oktober und Weihnachten verfaßte er sein einziges bewußt autobiographisches Werk, *Erinnerungen eines Verrückten,* und unmittelbar danach begann er *Smarh,* das im April 1839 fertig wurde; im August schrieb er *Les Funérailles du Docteur Mathurin,* die letzte seiner Erzählungen bis zu den *Drei Erzählungen,* obschon er diese Form in seiner Jugend am meisten bevorzugt hat.

Die erste philosophische Arbeit Flauberts ist *Agonies, Pensées Sceptiques,* deren zweiter Teil den Titel *Angoisse* trägt und an Le Poittevins Gedicht *Heure d'Angoisse* erinnert. Es drückt Überdruß und Lebensunlust aus; der Erzähler fragt sich, warum er lebt, wo doch alles auf Erden ihn so unsagbar langweilt, warum er lebt, wo doch um ihn herum nichts als Leere ist, »le néant«. In diesem Werk zeigt sich der Autor mehr denn je in seine frühe

Überzeugung verbissen, daß es unter den Menschen nichts als Grausamkeit und Ungerechtigkeit gibt. Er erklärt, seine einzige Waffe gegen die Verzweiflung sei seine Freude an zynischen Aphorismen. Doch alles sei nichtig, denn der Tod sei das Ende von allem und erwarte jeden von uns[7]:

»In weniger als einem Jahr verzehren die Würmer eine Leiche, und dann kommt der Staub, und dann das Nichts; nach dem Nichts ... das Nichts, und das ist alles, was bleibt.«

Es folgt die Schilderung einer Exhumierung mit all ihren realistischen Einzelheiten. Es ist klar, daß Flaubert seine frühere Besessenheit von Tod und Zerfall noch nicht verloren hat. Sie ist aber auch ein Kennzeichen der damals gerade aktuellen ›Charogne‹-Literatur. Man muß in diesem Zusammenhang daran erinnern, daß Théophile Gautier seine *Comédie de la Mort* im Jahre 1838 veröffentlicht hat.

Dann fragt er sich selbst, was denn aus der Seele werde; seine Antwort ist reiner Zynismus[8]:

»Aber die Seele? Ach ja, die Seele! Wenn du neulich den Totengräber gesehen hättest mit seinem lackierten Hut schräg überm Ohr, mit einem gut angerauchten Nasenwärmer im Mund; wenn du gesehen hättest, wie er diesen verwesenden Schenkel zusammenlas, und wie das alles ihn nicht davon abhielt ›Junge Mädchen, wollt ihr tanzen?‹ zu pfeifen, dann hättest du vor Mitleid gelacht und hättest gesagt: Die Seele, das ist vielleicht diese stinkende Ausdünstung, die von einer Leiche ausgeht.

Man braucht nicht Philosoph zu sein, um das zu erraten.«

Der Erzähler sucht sich einen Geistlichen, der seiner Seele helfen soll, findet jedoch lediglich einen Priester, dem mehr an den in seiner Küche brutzelnden Kartoffeln liegt als an der Seelsorge. Damit ist die Gestalt des Pater Bournisien in *Madame Bovary* erstmalig konzipiert.[9]

Am Ende der Erzählung – wenn dieser Begriff überhaupt zutrifft – tritt der Teufel auf, der dem Erzähler alle Schlechtigkeit und alles Elend der Welt zeigt. Dieser Abschnitt ist fast Wort für Wort aus seiner ganz frühen Arbeit *Voyage en Enfer* übernommen. Das Manuskript ist unvollendet, aber die Aussage ist eindeutig und lautet, daß wir nicht weiter nach der Hölle zu suchen brauchen, da wir sie hier bei uns auf der Erde haben.

La Danse des Morts, einen Monat später geschrieben, ist Flauberts bis dahin ehrgeizigste Arbeit – bestimmt seine längste mit ihren mehr als fünfzig Seiten. Sie ist verschwommen und nicht gut geplant, da der Autor sich über seine Intentionen nicht klar gewesen zu sein scheint. Der Hauptgedanke lautet, daß die Welt aus lauter Leiden zusammengesetzt ist und daß alles dem Nichts, ›le néant‹, entgegenstrebt.

Das Werk ist in dem romantischen Stil des mystischen Denkens des 19. Jahrhunderts geschrieben, besitzt indessen etwas, das man in anderen Texten des Dichters vergeblich sucht: Flauberts typischen grotesken Sinn für Ironie und Komik, wenn er zum Beispiel erklärt, der Heilige Geist sei vor vielen Jahren an Blutandrang zu den Lungen gestorben.[10]

Die Arbeit endet damit, daß der Teufel zu Gott sagt, er werde ihn überleben und dann endlich als Alleinherrscher im All zurückbleiben. Dann reitet der Tod auf seinem Pferd davon, Christus kehrt an die Vaterbrust zurück, Satan aber breitet mit einem gräßlichen Lachen – gräßlicher als das des Todes – seine Flügel über die ganze Erde aus[11]:

»Der Tod pfiff seinem Pferd, man sah es herbeieilen, mit einem Sprung schwang er sich hinauf.

Und dann weinte Christus, umgab sich mit einer weißen Wolke und ging wieder zu seinem Vater, der ihn in seinem Herzen schlafen legte.

Und Satan, der ein grausigeres Gelächter ausstieß als der Tod, ein Gelächter der Freude und des Stolzes, senkte sich auf die Erde nieder und breitete seine beiden Fledermausflügel über sie aus, die sie wie ein schwarzes Leichentuch umschlossen.«

Le Poittevin regte Flaubert nicht nur in literarischen Dingen an, es heißt, er habe ihn auch zu jeder Art von Zügellosigkeit und Ausschweifung ermutigt. Das wird deutlich in dem Briefwechsel zwischen den beiden jungen Männern, der sehr verschieden ist von dem leichteren und harmloseren mit Ernest Chevalier. Die Nationalbibliothek in Paris bewahrt ein dickes Bündel von Briefen Le Poittevins auf.[12] Als René Descharmes seine Denkschrift für den Dichter herausgab[13], glaubte er, viele seiner Briefe nicht veröffentlichen zu können, da er sie für zu pornographisch hielt. Heute ist die öffentliche Meinung weniger zimperlich als 1924. Ganz abgesehen davon würden die Briefe schon wegen des Lichtes, das sie auf Flaubert werfen, wertvoll genug sein. Sie sind bestimmt sehr anstößig, aber viele von ihnen gehören in eine spätere Periode, als Flaubert reifer war als 1838 im Alter von sechszehn Jahren. Nicht alle Briefe Le Poittevins an Flaubert sind erhalten geblieben; denn der letztere schrieb auf den Umschlag, der Eulalie Foucauds Briefe an ihn enthielt: »Geöffnet und wiedergelesen an dem Tag, da ich Alfreds Brief verbrannt habe, ein Sonntagmorgen Ende Januar.« Das könnte nach Le Poittevins Heirat gewesen sein, da Flaubert von Eifersucht geplagt wurde. Damals mag er die Briefe der ersten Frau, die ihn geliebt hatte, nochmals gelesen haben.

Es heißt, Le Poittevin habe Flaubert zum Trinken verleitet; es wird auch oft behauptet, der Hang zum Alkohol sei es gewesen, der Alfreds frühen Tod verschuldet hat oder doch teilweise dafür verantwortlich gewesen ist.

Unter seinem Einfluß schrieb Flaubert zwei Bacchanten-Geschichten, in denen das Trinken und die Trunkenheit verherrlicht werden: *Ivre et Mort* im Juni 1838 und *Les Funérailles du Docteur Mathurin* im August 1839.

Ivre et Mort ist eine Verherrlichung des Rausches und berichtet von den Abenteuern zweier Männer, die ein Wettrinken veranstalten, bei dem der eine stirbt. Es drückt den gleichen Lebensüberdruß aus wie die andern Werke Flauberts aus dieser Zeit. Beachtenswert ist darin höchstens des Verfassers Begabung für realistische Schilderungen und seine Liebe zum Detail.

Les Funérailles du Docteur Mathurin ist ähnlich angelegt; es ist die Geschichte eines Mannes, der vor seinem Tod noch ein letztes Zechgelage abhalten will. Auch hier herrscht jener Pessimismus vor, der Flaubert schon zur zweiten Natur geworden war. Aber die Erzählung enthält auch ein paar sehr schöne Passagen und brillante Dialoge. Jean Bruneau hält sie für das Meisterstück unter Flauberts Geschichten.[14] Mit diesem Urteil wird wohl nicht jedermann einverstanden sein; manche würden vielleicht dem achtzehn Monate früher geschriebenen *Passion et Vertu* den Vorrang geben.

Les Funérailles du Docteur Mathurin ist, wie bereits erwähnt, Flauberts letzte Erzählung vor den ganze sechsunddreißig Jahre später erschienenen *Drei Erzählungen*.

Auf Anregung Le Poittevins begann Flaubert, wie aus seiner Korrespondenz ersichtlich wird, Rabelais' Werke mit leidenschaftlichem Interesse zu lesen. An Ernest Chevalier schreibt er[15], es gebe nur zwei Männer, die er wahrhaft bewundere, Rabelais und Byron. Wir haben bereits darauf hingewiesen, daß seine preisgekrönte Arbeit über die Renaissance vom Juli 1838 sich eingehend mit Rabelais auseinandersetzt. Nach den Prüfungen schrieb er außerdem noch einen Essay über Rabelais. Wir wissen, daß er dessen Werke 1838 mit in die Ferien genommen hat.[16] Und im September schrieb er Chevalier von seinem Vorhaben, eine literatur-philosophische Studie über Rabelais und Montaigne auszuarbeiten.[17] Den Essay über Rabelais hat er vermutlich Ende 1838 oder Anfang 1839 verfaßt – die Rezensenten haben sich schon endlos über diesen Punkt gestritten, obwohl er von gar nicht so großer Bedeutung ist –, bestimmt ist nur, daß er erst Ende Oktober 1838 Rabelais zu Ende gelesen hatte.[18] Jean Bruneau äußert sich bewundernd über diesen Aufsatz[19], der jedoch nicht viel mehr als Sachkenntnis verrät und nichts über Flauberts wirkliche Fähigkeiten aussagt; er zeigt große Belesenheit und geschickte Verwendung des Materials, ist aber wahrscheinlich bloß als Schul-›Dissertation‹ gedacht – vielleicht sogar eine offizielle Arbeit.

Flauberts anspruchsvollste Arbeit seiner Schulzeit, und zugleich die wichtigste der von Le Poittevin beeinflußten, ist *Smarh.* Obwohl nach den *Erinnerungen eines Verrückten* geschrieben, die aus dem Herbst 1838 stammen, ist *Smarh* doch schon vorher geplant und konzipiert gewesen, denn es bildet einen Teil der Gedankenwelt dieses Zeitabschnitts. Die *Erinnerungen eines Verrückten* gehören schon zu einer anderen geistigen und literarischen Epoche, die im folgenden Kapitel behandelt werden wird.

Flaubert hatte *Smarh* im Dezember 1838 begonnen, sobald die *Erinnerungen eines Verrückten* beendet waren. Er legte es bald darauf beiseite, holte es aber im März wieder hervor und schrieb es im April 1839 zu Ende. Mit dem Untertitel *Vieux Mystère* wollte er wohl den Eindruck erwecken, der Stoff sei – freilich mehr in der Theorie als in der Praxis – den bei den Romantikern so beliebten Mysterienspielen des Mittelalters entnommen. Noch wahrscheinlicher ist jedoch, daß er dabei an die beiden Mysterien von Byron, *Kain* und *Himmel und Erde,* gedacht hat, namentlich an das erstere. Wir wissen ja, daß er zu dieser Zeit von Byron begeistert war, der ihm auch in französischer Sprache zugänglich war, denn es gab viele gutgehende Übersetzungen – auch einige einbändige Volksausgaben.

Auch durch Goethes *Faust,* dessen I. Teil 1829 von Gérard de Nerval übersetzt worden war, ließ sich Flaubert inspirieren. Sicher ist, daß er Goethe gelesen hatte, bevor er mit *Smarh* begann, denn er erwähnt *Werther* in den *Erinnerungen eines Verrückten.*[20] Aber er lieh sich, wie Bruneau hervorhebt[21], aus dem *Faust* nicht mehr als zwei Szenen, vor allem die eine, in der der Satan als Arzt erscheint und mit Smarh über Philosophie diskutiert.[22] Die ergiebigste Quelle war für ihn zweifelsohne Quinets Prosa-Epos *Ahasvérus,* das auch zu den Lieblingsbüchern Alfred Le Poittevins gehörte. Es ist in vier Tage eingeteilt, mit einem Prolog und einem Epilog. *Smarh* ist ebenfalls vierteilig mit einem Prolog und einem Epilog. Flaubert wollte, wie Quinet vor ihm, symbolisch der Geschichte des traurigen Zustandes der Menschheit, der Unruhe der Menschen, die nie mit dem Erreichten zufrieden sind und sich immer nach etwas sehnen, was außerhalb ihrer Reichweite liegt, Ausdruck geben. Der Mensch glaubt in seinem Hochmut alles beherrschen zu können, aber zuletzt ist es ihm stets bestimmt, zu straucheln und der Zerstörung anheimzufallen. Flauberts metaphysische Schreibweise hat viel Ähnlichkeit mit der Quinets.

Von Byron lieh sich Flaubert die Grundhaltung des Werkes, nämlich Auflehnung gegen alles – Gott und die Welt; Auflehnung namentlich gegen die menschliche Bestimmung. Es ist eines der pessimistischsten Werke, die er je geschrieben hat, obwohl er erst siebzehn Jahre alt war. Er bevorzugte zynische und pessimistische Bemerkungen wie diese[23]:

»Das Leben, das ist ein mit Wein beflecktes Leichentuch, das ist eine Orgie, in der jeder sich besäuft, singt und Brechreiz hat; das ist ein zerbrochenes Glas, das ist ein Faß sauren Weines, und der, der es vorher zu sehr schüttelt, findet oft viel Weinhefe und Bodensatz darin.«

Ein andermal sagt Smarh[24]:

»Wo bin ich? Wo bin ich? Ich bin in das Unendliche aufgestiegen, und das Unendliche hat mich bald angewidert; ich bin wieder auf die Erde herabgekommen, und ich habe genug von der Erde. Was also nun? Die Natur und die Menschen sind mir verhaßt. Oh! welch erbärmlicher Zustand!«

Smarh ist keine sehr umfangreiche Arbeit – 110 Seiten –, aber viel besser angelegt als *La Danse des Morts*. In einem Brief an Ernest Chevalier gibt Flaubert das, was er eine Synopsis des Werkes nennt.[25] Während des Schreibens änderte sich dann allerdings noch einiges.

In der Einleitung wendet sich Satan an den Erzengel Michael und sagt ihm, er beabsichtige, einen Mann in Versuchung zu führen, den Heiligsten der Heiligen, Smarh, der ein zufriedener Einsiedler gewesen war, bis der Wissensdurst seine innere Ruhe zerstörte.

Dann folgen die Versuchungen Smarhs durch Satan und seine Erlebnisse unter der Leitung von Satan und Yuk – in natura Welt und Ewigkeit – und dann alle Leidenschaften der Sinne, des Wissens und des Ruhms.

Das Mysterium schließt mit einem Bericht über das Ende der Welt und den Sieg Yuks.

Yuk ist eine einmalige Gestalt bei Flaubert und kommt auch in anderen Epen des 19. Jahrhunderts nicht vor. Er ist die Verkörperung der Groteske und stellt das Lachen inmitten von Grauen und Verzweiflung dar. Seine Antwort auf Ehrgeiz, Freude oder Leid ist Lachen, bitteres Lachen und Ironie. Seine Ironie verschont auch die feinsten Handlungen nicht, die er als eigennützig abtut, noch die edelsten Gedanken, die er als Gemeinplätze und Nichtigkeiten bezeichnet; seine größte Freude ist es, dem Menschen die Niedrigkeit seines Wesens zum Bewußtsein zu bringen. Er kommt in Flauberts reifen Arbeiten oft vor als Symbol des Verzerrten, das alles erobert. Er faßt die Lebensphilosophie des jungen Autors zusammen und stellt fest, daß die einzige Haltung, die ein Mensch der Ungerechtigkeit und Sinnlosigkeit der Welt entgegenstellen kann, das zynische Gelächter desjenigen ist, der an nichts glaubt. Es ist das bittere Gelächter, der ›schwarze Humor‹, dem man im Werk des Pétrus Borel d'Hauterive begegnet, in *Champavert* und *Madame Putiphar,* die in den Dreißigerjahren erschienen sind.

Smarh war ursprünglich als Theaterstück gedacht. Flaubert hatte die verschiedenen Szenen mit Ernest Chevalier besprochen.[26] Das ist in den beiden ersten Teilen, die in Dialogform geschrieben und mit Bühnenanweisungen versehen sind, deutlicher erkennbar als in den übrigen. Im dritten Teil haben wir eine Mischung von Dialog und Erzählung vor uns. Der vierte Teil ist weitgehend Erzählung, außerdem tritt hier, im Gegensatz zu den andern drei Teilen, der Autor in eigener Person auf – das ist der Einfluß der Bekenntnis-Literatur, die Flaubert während seiner Arbeiten an den *Erinnerungen eines Verrückten* gelesen hatte. Er spricht hauptsächlich in der Gestalt des poetischen jungen Mannes, der die unbestimmten Sehnsüchte der Knabenzeit, die jene des Autors selber sind, wiedergibt[27]:

»Warum langweilte er sich denn, der arme Junge? Er hatte einen weiteren Horizont gewollt als den, der sich vor seinen Augen ausbreitete, etwas, das mehr glänzte als die Sonne. Wenn er in den lauen Sommernächten sah, wie die Rosenbüsche und der Jasmin im Sausen des Windes ihre blühenden Häupter schüttelten, wie die Brise die grünen Blätter bewegte und in ihren unsichtbaren Falten einen fernen Widerhall von Liebe und die Düfte von Blumen wiegte, wenn er sah, wie der Mond so rein und klar leuchtete, mit seinen Lampen, die da oben aufsteigen und funkeln und still dahineilen, mit den Wolken, die sich wie wandernde Gebirge oder wie die riesigen Wogen eines weiteren Meeres ausbreiten, da spürte er, daß es in seiner Seele noch etwas gab, das süßer war als alle diese Düfte, lieblicher als alle diese Lichter, so, als wären in ihm unversiegbare Quellen der Lust und Welten von Licht, die inwendig strahlten.

Es war nicht mehr genug, daß man im Heck der armseligen alten Barke blieb, um sich von der steigenden Flut wiegen zu lassen, auf den Netzen mit den zerrissenen Maschen liegend, nun da die Sonne auf dem Wasser funkelte und da der Kiel den Sand und die Kiesel, die sich darunter verirrten, zerstampfte, noch daß man zuschaute, wie die Flut näher kam und die Heuschrecken des Meeres wie Regentropfen vom Ufer zurücksprangen, noch auch, daß man in seinen Haaren den Herbstwind fühlte, der die vergilbten Blätter und die Taubenfedern vor sich hertrieb und der Klagen in die toten Zweige murmelte; nichts von alle dem.«

Nur eines könne seine unendliche Qual beschwichtigen – daß er ein Dichter würde und die Empfindungen künstlerisch auszudrücken verstünde. Unter Dichter verstand er jeden wirklich schöpferischen Künstler[28]:

»Oh! Dichter! Sich größer fühlen als die anderen, eine so weite Seele haben, daß man immer alles hereinlassen, alles sich drehen lassen, alles reden lassen könnte, wie das Geschöpf in Gottes Hand; die ganze gewaltige und fortlaufende Skala, die vom Grashalm bis zur Ewigkeit, vom Sandkorn bis zum Menschenherzen reicht, auszudrücken; alles haben, was es an Schönstem, an Süßestem, an Lieblichstem gibt, die verschwenderischsten Lieben, die längsten Küsse, die langen Träumereien in der Nacht, die Triumphe, die Bravorufe, das Gold, die Welt, die Unsterblichkeit! Ist es nicht für ihn, das blühende Moos in den Wäldern, das Flügelschlagen der Taube, der balsamische Sand des Strandes, die herrlich duftende Brise der Südsee, alle Klänge der Seele, alle Stimmen der Natur, die Worte Gottes, alles für ihn, den Dichter.«

Flaubert ging verwirrt und erschüttert aus seinem metaphysischen Erlebnis hervor, wie er Ernest Chevalier gestand[29]: »Das war mir erst kürzlich bei der Abfassung meines Mysteriums sehr schmerzlich, als ich ständig dem Unendlichen gegenüberstand. Ich wußte nicht, wie ich das ausdrücken sollte, was meine Seele erschütterte.« Nachdem er die Arbeit beendet hatte, blieb er mit dem gleichen Gefühl der Verzweiflung zurück wie Smarh[30]:

»Er weinte lange Zeit bitterlich, und jede seiner Tränen war ein Fluch für die Erde, es war ein Stück des Herzens, das abfiel und ins Nichts entschwand; es war der Todeskampf der Hoffnung, des Glaubens, der Liebe, des Schönen, all das starb, entfloh, flog davon für alle Ewigkeit; allen Saft, alles Leben, alle Frische, alle Düfte, alle Lichter, alles, was das

Herz ergreift, was bezaubert, alles, was Lust, Gläubigkeit, Glut ist, hatte der Wind der Ewigkeit, der von der Erde kam, über das Land strich und die Blumen mitnahm, weggerissen.«

Smarh ist ein Werk mit vielen Mängeln, wenn man an die Weitschweifigkeit und Planlosigkeit, an die allzu überschwenglichen Bilder denkt; aber es weist auch manch herrlich geschriebene Stelle auf und zeigt eine Fähigkeit metaphysischer Reflexion, die für einen knapp Siebzehnjährigen ungewöhnlich ist.

5

ERINNERUNGEN EINES VERRÜCKTEN

(1838–1840)

Nach dem Ende des Schuljahrs 1837/38 ging Flaubert mit seiner Familie wie gewohnt nach Trouville in die Sommerferien, aber die Schlésingers waren, wie erwähnt, nicht dort. Er ging all den Orten nach, wo er mit Élisa gewesen war, und sehnte sich nach ihrer Gegenwart; er suchte überall ihr Bild, und erst da wurde ihm bewußt, was zwei Jahre zuvor mit ihm geschehen war[1]:

»Wird denn nichts von all dem wiederkehren? Ich fühle, daß mein Herz leer ist, denn ich lebe unter den Menschen wie in einer Wüste, wo ich zugrunde gehe. Ich erinnere mich jener langen, heißen Sommernachmittage, an denen ich mit ihr sprach, ohne daß sie etwas von meiner Liebe ahnte, doch ihre gleichgültigen Blicke trafen mich wie heiße Strahlen tief ins Herz. Wie hätte sie aber auch bemerken sollen, daß ich sie liebte, denn ich liebte sie damals gar nicht, und alles, was ich darüber sagte, war gelogen. Jetzt erst liebte ich Maria, jetzt erst begehrte ich sie, wenn ich so allein am Strand, im Wald oder durch die Felder umherwanderte, stellte ich mir vor, daß sie neben mir ging, mit mir sprach und mich anschaute.«

Er las nunmehr Bekenntnis-Literatur und wandte sich der introspektiven Seite der Romantik zu. Er war gefesselt von Rousseaus *Bekenntnissen*, fand Goethes *Werther*, der ja auch ein persönliches Bekenntnis ist, sehr interessant, wie auch Mussets *Die Beichte eines Kindes seiner Zeit*, das 1836 erschienen war.[2] Und jetzt, durch das Gelesene gereift, erkannte er mit einem Mal, welchen persönlichen, künstlerischen Gebrauch er von seinem eigenen Herzenserlebnis machen konnte. Damals faßte er den Plan, seine Autobiographie zu schreiben, die *Erinnerungen eines Verrückten*, das einzige vorsätzlich autobiographische Werk, das er je verfaßt hat. Obwohl auch seine anderen Arbeiten viele persönliche Einzelheiten und Empfindungen enthalten, ist diese Schrift doch die einzige, bei der er wirklich die Absicht hatte, die Geschichte seines Lebens zu erzählen.

Vielleicht wurde er dazu auch durch Le Poittevins Beschreibung eines Mädchens ermutigt, das jener 1838 kennengelernt hatte, das er Flora nannte und für das er die gleichen Gefühle hegte wie Flaubert für Élisa Schlésinger[3]:

»Als ich in Havre ankam, war es beinahe Nacht. An einem Fenster des Hôtel de l'Amirauté saßen zwei Frauen, eine jung, die andere älter. Ich dachte, es wären Flora und ihre Mutter, und ging am Abend wieder hin, um unter dem Licht, das aus dem Fenster fiel, herumzutrödeln ... Sie war es nicht, denn sie hatte Havre schon vor zwei Wochen verlassen, und ich hatte meine Empfindungen verschwendet.

Warum bleibt dieses junge Mädchen, das ich doch gar nicht kenne, so in meiner Erinnerung haften? Ich weiß es nicht; zweifellos hätten ein paar Stunden mehr mich ernüchtert wie bei den andern. Aber ich liebe es, von Zeit zu Zeit an sie zu denken. Ist es, weil ich ein paar Gedichte an sie gerichtet habe? Und ist die Erinnerung an sie nur eine Form von Eitelkeit?«

Als im Oktober 1838 die Schule wieder anfing, trat Flaubert aus dem Internat aus und wurde wieder Externer. Er teilt Ernest Chevalier mit, daß er jetzt seine Zigarre im Café National rauchen könne, während er auf das Läuten der Schulglocke warte.[4] Er spricht davon, wie glücklich und ruhig er sei, weil er nun nicht mehr in der Schule leben müsse.[5] Trotzdem zählt er die Tage, bis er der Schule für immer Lebewohl sagen kann[6]:

»Zwar bin ich jetzt ein freier Externer, was immer noch besser ist, bis ich endlich ganz aus diesem gottverdammten Scheiß-Schulzirkus herauskomme.«

Trotz seiner Freude an der neugewonnenen Freiheit war er traurig, einsam und niedergedrückt. Seine beiden besten Freunde, Alfred Le Poittevin und Ernest Chevalier, weilten in Paris, und es scheint, daß er keine anderen Kameraden hatte. Besonders Ernest vermißte er, den er tagtäglich in der Schule gesehen hatte, als sie beide noch Interne waren. Seine Briefe an Chevalier aus dieser Zeit sind wertvolle Hinweise auf seinen Gemütszustand – jene an Le Poittevin wurden vermutlich vernichtet, jedenfalls sind keine bekannt.

In seiner Einsamkeit analysierte und sezierte er sich selbst noch mehr als sonst[7], was erst recht zu Depressionen und Langeweile führte. »Je m'emmerde à la perfection«, schrieb er Ernest Chevalier.[8] Und weiter[9]: »Ich seziere unaufhörlich; das macht mir Spaß, und wenn ich endlich die Korruptheit in einer Sache entdeckt habe, die man für rein hielt, den Krebs an den schönen Stellen, hebe ich den Kopf und lache.«

Die *Erinnerungen eines Verrückten* wurden im Herbst 1838 angefangen und um Weihnachten fertiggestellt. Sie waren Alfred Le Poittevin gewidmet, der sie als Neujahrsgeschenk am 1. Januar 1839 empfing[10]:

»Dir, mein lieber Alfred, sind diese Seiten gewidmet und zugeeignet.

Eine ganze Seele liegt in ihnen beschlossen. Ist es die meine, ist es die eines anderen? Zuerst wollte ich einen Roman schreiben, in dem die Skepsis bis an den Rand der Verzweiflung geführt hätte, doch während ich schrieb, durchbrachen meine eigenen Eindrücke die Geschichte, die Seele ergriff meine Feder und nutzte sie ab.

Ich möchte das Ganze lieber im Dunkel der Vermutungen belassen; Dich wird das nicht bekümmern.

Nur wirst Du vielleicht meinen, besonders an bestimmten Stellen, daß der Ausdruck übersteigert und das Bild aus reinem Vergnügen verdunkelt sei; denke daran, daß ein Verrückter diese Seiten geschrieben hat. Und wenn das Wort oftmals über das gemeinte Gefühl hinausgeht, so deshalb, weil es anderswo unter der Last des Herzens nachgab.

Adieu, denke an mich und für mich.«

Das Werk hat den typischen ›roman personnel‹-Stil des frühen 19. Jahrhunderts und stellt der Form nach den Anspruch, persönliche Lebenserinnerung des Verfassers zu sein. Es ist die gleiche Gattung wie Chateaubriands *René* oder Goethes *Werther* – letztere vor allem. Auch *Werther* ist in Tagebuchform geschrieben, auch Goethe sah sich selbst als Verrückten, und Flauberts Einstellung zu Élisa Schlésinger ist sehr ähnlich wie jene Werthers zu Charlotte. Es ist, meiner Meinung nach, Flauberts interessantestes Werk, das er bis zu jenem Zeitpunkt geschrieben hat, obwohl nicht fehlerfrei hinsichtlich Planung, Aufbau und Ausgewogenheit.

Es ist schwierig, das Werk kritisch zu betrachten, da das Manuskript mehr als ein halbes Jahrhundert lang nicht greifbar war. Es gehört zwar nicht zu den Schriftstücken aus dem Besitz der Nichte Flauberts, die nach deren Tod verkauft oder verschiedenen Bibliotheken vermacht worden sind. Es war vielmehr, wie schon erwähnt, Alfred Le Poittevin vermacht und ging nach dessen Tod im Jahre 1848 an seinen Sohn über, der es am Ende des Jahrhunderts an Pierre Dauze, den Herausgeber von *La Revue Blanche*, verkauft hat. Dieser hat es dann zwischen dem 15. Dezember 1900 und dem 1. Februar 1901 in Fortsetzungsfolgen in seiner Zeitschrift veröffentlicht. Der gleiche Text, mit kleinen Druckfehlern, wurde von Flourey 1901 herausgegeben und seither immer wieder abgedruckt.

Als René Descharmes seine Dissertation *Flaubert avant 1857* (erschienen 1907) vorbereitete, studierte er das Manuskript – er war der letzte, der es zu Gesicht bekommen hat – und beschrieb es in seinen Notizen, die in der Nationalbibliothek in Paris aufbewahrt liegen.[11] Er hat es sehr eingehend geschildert, Seite um Seite.

Es ist kaum daran zu zweifeln, daß das Alfred Le Poittevin im Januar 1839 geschenkte Manuskript die einzige existierende Fassung der *Erinnerungen eines Verrückten* gewesen ist, und daß spätere Hinzufügungen ausgeschlossen sind. Descharmes hat festgestellt, daß die Episode mit den kleinen Engländerinnen auf anderem Papier geschrieben war als alles übrige, von anderer Farbe und anderem Format als das ganze Manuskriptbündel; das läßt sich leicht damit erklären, daß diese Geschichte ein Jahr früher verfaßt worden war als der Rest.[12]

Die *Erinnerungen eines Verrückten* sind in den verschiedensten Erzählformen abgefaßt, mit vielen Episoden, und oft sieht man nicht recht ein, warum ein paar von ihnen aneinandergereiht sind. Es fehlt dem Werk eben die innere Geschlossenheit.

Die ersten neun Abschnitte sind ein konventionelles romantisches Bekenntnis und zeigen Byrons geistigen Einfluß. Flaubert sagt, er wolle alle seine Gedanken, wie sie ihm gerade durch den Kopf gingen, niederschreiben und auf diese Weise die Geschichte seines Lebens zu Papier bringen[13]:

»Ich will nur das, was mir in den Sinn kommt, festhalten, sowohl meine Gedanken wie meine Erinnerungen, meine Empfindungen, meine Träume, meine Launen, all das, was an Geist und Seele vorüberzieht: Lachen und Weinen, Schwarz und Weiß, Schluchzer, die aus den Tiefen des Herzens dringen und dann in langhallenden Sätzen ausgewalzt werden wie Teig und zu romantischen Metaphern verdünnte Tränen. Jedoch bedrückt mich der Gedanke, eine ganze Schachtel Federn abzunutzen, eine Flasche Tinte aufzubrauchen, den Leser zu langweilen und mich selber auch; so sehr habe ich mir Lachen und Skepsis zur Gewohnheit gemacht, daß man von Anfang bis Ende dem Spott begegnen wird; und die Leute, die gern lachen, können am Ende über den Verfasser und über sich selber lachen.«

Alle diese ersten Abschnitte drücken in ziemlich herkömmlicher Weise den romantischen Pessimismus und Zynismus aus. Seine heftigen Ausfälle gegen Liebe und Leben freilich sind nicht allzu ernst zu nehmen, noch darf man alles glauben, was er über sich selbst als Schüler sagt. Es stimmt nicht, daß seine Schulkameraden ihn gehaßt und verspottet haben; es war nun einmal Mode, daß der Held alle gegen sich hatte. Er besaß im Gegenteil viele gute Freunde, unter denen er die führende Rolle gespielt hat. Ebensowenig stimmt es, daß alle Lehrer jämmerlich waren. Es gab im Gegenteil manchen begabten und hervorragenden Dozenten an dieser Schule: Chéruel in Geschichte, Gourgaud-Dugazon und Mallet in Literatur. Es galt damals – ebenso wie heute – als gescheit, die Schule zu hassen und sich von ihr mißverstanden zu fühlen. Auch dem jugendlichen, von Byron hergeleiteten Zynismus eines Sechzehnjährigen soll man nicht zu viel Bedeutung beimessen[14]: »Wehe den Menschen, die mich, der gut und rein gewesen, verderbt und böse gemacht haben.«

Diese konventionell romantische Beichte schließt mit dem typischen Lebensekel und der Sehnsucht nach dem Nichts[15]:

»Kaum, daß ich das Leben sah, war schon ein tiefer Ekel in meiner Seele; alle Früchte, die ich an meinen Mund führte, schienen mir bitter; ich stieß sie zurück, und nun sterbe ich vor Hunger. So jung zu sterben, ohne Hoffnung ins Grab, ohne Gewißheit, dort schlafen zu können, ohne sicher zu sein, ob sein Frieden unverletzlich ist! Sich in die Arme des Nichts stürzen und zweifeln, ob es einen auffängt!

Ja, ich sterbe, denn heißt es leben, wenn man seine Vergangenheit als im Meer verrinnendes Wasser, seine Gegenwart als Gefängnis und seine Zukunft als Leichentuch empfindet?«

Dann tritt eine Schaffenspause ein, so als schrecke der Autor vor dem Beginnen zurück, als ertrüge er es nicht, sich auf den ernsthaften Teil seiner Erzählung, auf die brennenden Erinnerungen einzulassen. Nach einer dreiwöchigen Unterbrechung, wie er sagt, fängt er, seiner eigenen Aussage zufolge, wieder an[16]:

»Hier beginnen nun wirklich die Erinnerungen ...

Hier also meine zärtlichsten und zugleich meine schmerzlichsten Erinnerungen, von denen ich nur mit einer gleichsam religiösen Bewegung spreche. Sie sind in meinem Gedächtnis und in meiner Seele noch lebendig, so sehr hat die Leidenschaft sie bluten lassen. Eine große Wunde ist in meinem Herzen, deren Narbe für immer bleiben wird, aber jetzt, da ich diese Seite meines Lebens aufschreibe, schlägt mein Herz, als wollte ich an geliebte Trümmer rühren ...

Für mich ist alles noch lebendig: Ich höre und sehe das Zittern der Blätter, ich sehe die kleinste Falte ihres Kleides, ich höre den silbernen Klang ihrer Stimme, als ob ein Engel neben mir sänge, eine zärtlich helle Stimme, die einen trunken macht und vor Liebe vergehen läßt, eine volle Stimme, die so schön ist und betört, als besäßen ihre Worte Zauberkraft.«

Dieses Stück – Abschnitt X bis XIV – ist ganz anders als die ersten neun Abschnitte; es ist mit aufrichtiger Empfindung und großer Schlichtheit geschrieben. Dieser Teil enthält den Bericht über seine Begegnung mit Maria – Élisa Schlésinger – und über den Sommer, den sie miteinander verbracht haben. Hier ist nichts Pose, der Verfasser schaut nicht mehr sich selbst beim Theaterspiel zu. Er bringt es fertig, offen und rührend zu sein, wenn er die Orte schildert, wo sie zusammengetroffen sind, damals in Trouville, als dieses noch nicht von allzu vielen Sommergästen besucht war.[17]

»Zu jener Zeit, von der ich erzähle, war alles noch einfach und ursprünglich; es lebten eigentlich nur Einheimische und Künstler dort. Das Ufer war einsam. Bei Ebbe sah man über einen endlosen Strand, der, noch feucht vom Wasser, in der Sonne silbriggrau schimmerte. Zur Linken schlug das Meer an seinen schläfrigen Tagen träge gegen die von Seetang geschwärzten Felswände. In der Ferne lag der blaue Ozean unter einer brennenden Sonne und brüllte dumpf wie ein weinender Riese.

Und kam man zurück ins Dorf, so genoß man das lebendigste und bunteste Schauspiel. Schwarze, vom Wasser zerfressene Netze hingen vor den Türen, auf dem grauen Geröll, dem einzigen Pflaster des Dorfes, tollten halbnackte Kinder herum, überall standen Seeleute in ihren roten und blauen Kitteln: ein Bild strotzender Lebenskraft, einfach und von natürlicher Anmut.«

Dieser Teil schließt mit dem Ende der Sommerferien, als die Badegäste abreisen und er zur Schule zurückkehrt[18]:

»Wenige Tage später reisten wir ab; wir trennten uns, ohne daß ich mich von ihr verabschieden konnte. Sie verließ den Badeort am gleichen Tag. Es war ein Sonntag.

Sie reiste am Morgen, wir reisten am Abend; sie fuhr ab, und ich sah sie nicht wieder. Ein Lebewohl für immer! Sie entschwand wie der Staub der Straße, der hinter ihren Schritten aufwirbelte. Wie oft habe ich seither an sie gedacht, wie viele Stunden war ich verwirrt von der Erinnerung an ihren Blick oder den Klang ihrer Worte ... Lebt wohl für immer, ihr schönen Blumen der Jugend, die ihr schnell verwelkt und an die man sich später ab und zu mit Bitterkeit und Freude erinnert! Endlich sah ich die ersten Häuser der Stadt, ich kam in meine Wohnung, alles erschien mir dort öde und düster, leer und verlassen, und doch lebte ich weiter, trank, aß und schlief.

Der Winter brach an, und ich kehrte zurück ins Internat.«

Darauf folgt Abschnitt XV, der sich um die Episode mit den englischen Mädchen dreht, wieder in völlig anderem Stil geschrieben und ursprünglich, wie wir bereits festgestellt haben, nicht als Teil dieses Buches gedacht; eine reizende Idylle, wie wir ebenfalls gesehen haben. Er sagt allerdings, daß die Erinnerung daran durch das Erlebnis mit Maria ausgewischt worden ist.

Dann, als brauche er einen sinnlichen Kontrast zu dem unschuldigen Abenteuer, gibt er eine Episode mit einer käuflichen Frau wieder, die nicht echt klingt, von der er indes behauptet, sie habe in ihm nichts als Reue hinterlassen, so als sei Maria eine Religion gewesen, die er entweiht habe. Das ist Abschnitt XVII. Die Abschnitte XVIII bis XX erörtern philosophische und ästhetische Probleme und sind wiederum im Stil der ersten neun Abschnitte verfaßt; sie enthalten ferner Meditationen über Tod und Zerfall, die wir heute als das Charakteristikum der Flaubertschen Gedankenwelt zur Zeit seines Heranwachsens erkennen. Die Abschnitte XXI und XXII sind als Epilog zu betrachten. Der junge Autor kehrt zwei Jahre danach an den Schauplatz seines platonischen Abenteuers zurück, trifft Maria aber nicht an und wird sich nun zum erstenmal bewußt, daß er sie geliebt und daß sie seine Gefühle für immer geprägt hat. Er fühlt sich nunmehr fähig, über sie zu schreiben und die Geschichte seiner Episode mit ihr zu berichten, als *Erinnerungen eines Verrückten*, denn er muß ja von Sinnen sein, einer vergeblichen Liebe so lange nachzutrauern. Dann sagt er ihr für immer Lebewohl[19]:

»O Maria! Geliebter Engel meiner Jugend! Ich sah dich mit der ganzen Reinheit erster Empfindungen! Meine Liebe zu dir war so süß, so zärtlich, so träumerisch! Lebe wohl! Lebe wohl!

Andere Leidenschaften werden über mich kommen, vielleicht werde ich dich sogar vergessen, und doch wirst du immer in der Tiefe meines Herzens weiterleben, denn das Herz ist ein Land, wo jede Leidenschaft alles umgräbt und ihr Feld auf den Trümmern der früheren bestellt. Lebe wohl!

Lebe wohl! Und doch, wie hätte ich dich geliebt, wie zärtlich dich geküßt und in meinen Armen gehalten! Ach, meine Seele ist so glücklich mit all den kleinen Verrücktheiten, die meine Liebe sich ausdenkt. Lebe wohl!

Lebe wohl! Doch werde ich immer an dich denken; ich werde nun in den Strudel des Lebens gestoßen und dort vielleicht zugrunde gehen, zerfetzt und zerstampft von den Füßen der Masse. Wohin führt mein Weg? Was wird aus mir werden? Ich möchte alt und weißhaarig sein; nein, ich möchte schön wie ein Engel sein, ich möchte Begabung und Ruhm haben und dir all das wie einen Teppich zu Füßen legen, damit du darüber hinschreitest; aber ich bin weder begabt, noch berühmt, und du hast mich so gleichgültig wie irgendeinen Bettler oder Diener angesehen.

Weißt du, daß ich seither keine Nacht, keinen Tag, nicht eine einzige Stunde verbracht habe, ohne an dich zu denken, ohne dich wieder vor mir zu sehen, wie du aus dem Meere kamst: deine schwarzen Haare fielen über die Schultern, auf deiner braunen Haut schimmerten die Salzwassertropfen wie Perlen, das nasse Badekleid klebte an deinem Körper, und dein weißer Fuß mit den rosigen Nägeln grub sich in den Sand. Weißt du, daß dieses Bild mir stets gegenwärtig ist und beständig leise zu meinem Herzen spricht? O nein, alles ist leer!

Lebe wohl! Wenn ich damals, als ich dir begegnete, vier oder fünf Jahre älter gewesen wäre, etwas dreister vielleicht ... O nein, ich errötete ja bei jedem deiner Blicke. Lebe wohl!«

Er sollte sie tatsächlich nie vergessen, aber es war nicht das letztemal gewesen, daß er sie sah: Er traf sie später wieder, als er Student in Paris war.

Nach all den verschiedenen Themen und Episoden lautet die allgemeine Quintessenz der *Erinnerungen eines Verrückten,* wie bei *Smarh,* daß alle Irrtümer des Menschen und die meisten seiner Leiden von seinem Stolz herrühren.

Zu dieser Zeit scheint sich Flaubert mit der Vervollkommnung der Form zu beschäftigen, zumindest beginnt er sich dafür zu interessieren. Das zeigt sich in einem Schul-Essay vom Januar 1839, ›Les Arts et le Commerce‹, in dem seine Theorien mit denen der l'art-pour-l'art-Bewegung übereinstimmen, wie sie in dem berühmten Vorwort zu *Mademoiselle de Maupin* von Théophile Gautier (erschienen 1836) zum Ausdruck kommen. Flaubert hatte in den *Erinnerungen eines Verrückten* erklärt, der einzige Trost für das Elend des Lebens liege in der Kunst[20]: »Wenn ich tatsächlich einmal Augenblicke wirklicher Begeisterung erlebte, so verdanke ich sie der Kunst.« Der Essay ist eine Diskussion über die Verdienste der Kunst einerseits und des materiellen Fortschritts andererseits, und er stellt sich auf die Seite der Kunst und erklärt, sie werde alle materiellen Erwägungen überleben. Der Aufsatz ist nicht besonders brillant oder originell, aber intelligent und gut durchdacht.

Wir wissen, daß Flaubert *Smarh* im Dezember 1838 zu schreiben begann, als er gerade mit den *Erinnerungen eines Verrückten* fertig war, und daß er es im April 1839 beendet hat. Es ist, wie wir gesehen haben, seine längste und anspruchsvollste Arbeit; aber sie ließ ihn wie ausgehöhlt und für viele Monate – fast drei Jahre sogar – unfähig zu weiteren literarischen Anstrengungen zurück, mit Ausnahme einiger Schularbeiten und *Les Funérailles du Docteur Mathurin*, das er während der Sommerferien im August 1839 verfaßt hat. Im Juli schrieb er Ernest Chevalier[21]: »Was das Schreiben anbelangt, so habe ich es gänzlich aufgegeben, und ich bin sicher, daß niemand je meinen Namen gedruckt lesen wird, ich habe die Kraft nicht mehr und fühle mich nicht mehr fähig dazu, das ist glücklicher- oder unglücklicherweise wahr. Ich habe meine ganze Umgebung gequält.«

Er begann sich auch über seine Zukunft und seine Berufswahl Gedanken zu machen. »Die Zukunft ist das Schlimmste an der Gegenwart«, meint er zu Chevalier.[22] »Die dem Menschen hingeworfene Frage: *Was wirst Du sein?* ist ein vor ihm sich öffnender Abgrund, der näher kommt, je weiter der Mensch geht ... Glaube nicht, daß ich wegen der Wahl eines Berufs unentschlossener wäre. Ich bin fest entschlossen, keinen auszuüben, denn ich verachte die Menschen zu sehr, um ihnen Gutes oder Böses zu tun.« Später resignierte er und nahm den Plan seiner Familie, Rechtswissenschaften zu studieren, an.[23] »Nun denn! Ich werde sein wie jeder andere: achtbar; wie jedermann ein Jurist, ein Präfekt, ein Notar, ein Anwalt, irgendein Richter, eine Torheit wie alle Torheiten, ein Mann von Welt oder von einem Büro, was noch törichter ist, denn etwas von dem muß man sein, es gibt keinen Mittelweg. Nun denn! Ich habe gewählt, ich habe mich entschieden, ich werde hingehen und Jurisprudenz studieren, was, statt zu allem zu führen, zu nichts führen wird. Ich werde drei Jahre in Paris verleben und Syphilis bekommen, und dann? Und ich sehne mich doch nur nach einem: Meine Tage in einer alten verfallenen Burg am Meer zu verbringen.«

Flaubert hatte sein letztes Schuljahr vor sich, die Philosophie-Klasse, aber er war in einer pessimistischen Verfassung, ihm fehlte die Begeisterung und jegliche Überzeugung. Zwar hielt er sich gut in der Schule, er wurde jetzt voll anerkannt, und er mochte den Klassenlehrer in Philosophie gut leiden, einen gewissen Mallet, der seinen wirklichen Wert erkannt und ihn zum Klassenersten gemacht hat.[24] Doch war Mallet ein miserabler Zuchtmeister, obgleich ein ausgezeichneter und mitreißender Lehrer. Er konnte keine Ordnung halten und wurde bald durch einen Mann namens Bezout ersetzt.[25] Die Jungen, die Mallet liebten und bewunderten, erhoben Einspruch dagegen und organisierten einen Aufruhr gegen den Neuen. Bezout sandte einen unfreundlichen Bericht über die Schüler an den Schulinspektor. In diesem Rapport vom 11. Dezember 1839 heißt es:

»Ich habe die Ehre, diesen Bericht bezüglich des Zwischenfalls, der sich in der Philosophieklasse ereignet hat, als ich Herrn Mallet ersetzte, an Sie zu richten. Die Jungen kamen lärmend herein, redeten in voller Lautstärke, und nur mit größter Mühe war ich, als ich endlich Ruhe hergestellt hatte, in der Lage, die Stunde zu beginnen, die dreimal von den Schülern Flaubert, Scentreuil und Poittevin unterbrochen wurde, welche ich getrennt von den übrigen zu strafen gezwungen war. Die Störung ging aber weiter, und die Jungen trieben es so weit, mit den Füßen zu scharren und zu murren. Da ich gerade einen komplizierten Kommentar erläuterte, war ich zu meinem Bedauern genötigt, der ganzen Klasse eine gemeinsame Strafe aufzuerlegen. Ich bin mir des Nachteils, zwischen Schuldigen und Unschuldigen nicht zu unterscheiden, durchaus bewußt; ich zögerte lange, und erst nach der dritten Warnung gab ich der ganzen Klasse 1000 Zeilen auf, versprach indessen, die Strafe aufzuheben, wenn die Schuldigen sich stellen würden. Meine Absicht war es auch gewesen, den ersten ruhigen Augenblick dazu zu benutzen, ihnen die Strafaufgabe zu erlassen, doch da der Tumult weiterging, sah ich mich gezwungen, die Strafe aufrechtzuerhalten.«

Die Jungen, von Flaubert angestachelt und ermutigt, weigerten sich, die Strafaufgabe auszuführen, und reichten ein Protestschreiben gegen Bezout ein. Flaubert und dreißig andere setzten eine Petition gegen den Lehrer und die Strafaufgabe auf. Unter den Unterzeichnenden waren Louis Bouilhet, der einige Jahre später einer von Flauberts engsten Freunden und sein literarischer Mentor wurde, und Emile Hamard, der seine Schwester heiraten sollte. Am Kopf der Protesterklärung stand: »Die Schüler, deren Namen hier folgen, haben sich geweigert, die ihnen von Monsieur Bezout verhängte Strafaufgabe auszuführen.«

Der neue Inspektor wählte drei »unbelehrbare« Burschen, wie er sie nannte, aus und drohte ihnen mit Ausweisung, wenn sie sich nicht fügten; es waren Flaubert, Piedelièvre und Dumont. Flaubert setzte einen weiteren Einspruch im Namen der Klasse auf, der von zwölf Mitschülern unterzeichnet wurde, darunter wiederum Bouilhet und Hamard; dieser wurde nun an den Direktor geschickt. Das Dokument trägt Flauberts Handschrift und die zwölf Unterschriften[26]:

»Monsieur le Proviseur.

Man sagte uns, wir seien Kinder und benähmen uns wie Kinder; wir werden versuchen, Sie durch unsere Mäßigung und Loyalität vom Gegenteil zu überzeugen.

Wir überbrachten dem Schulinspektor einen Brief von all jenen Jungen, die sich weigerten, die Strafaufgabe zu machen. Ohne diese Liste zu beachten, gab sich der Inspektor jedoch damit zufrieden, drei Jungen auszusuchen, die er mit nichts geringerem als völligem Ausschluß aus der Schule bedroht, das heißt, ihre Zukunft zu ruinieren, das heißt, sie für immer an der Laufbahn zu hindern, die sie vielleicht gewählt haben. Es wäre, bevor man zu einer solch strengen und einschneidenden Maßnahme griff, doch wohl klug gewesen, die Gerechtigkeit oder Ungerechtigkeit der Strafe unparteiisch abzuwägen, die heute so gebieterisch von uns verlangt wird. Wir scheuen uns nicht, festzustellen, daß eine solche Untersuchung die Härte, die der Inspektor gegen uns an den Tag legt, gemildert hätte. Immerhin, die Strafaufgabe ist eine allgemeine und muß als solche von der ganzen Klasse getragen werden, von allen Jungen, von all denen, die die Liste unterzeichneten, welche im Besitz des Inspektors ist und welche wir nicht aberkennen, und so unterschreiben wir hiermit nochmals und erklären Ihnen, Monsieur le Proviseur, zuerst, daß wir bereit sind, Ihnen die Gründe zu unterbreiten, die uns zu unserem heutigen Verhalten veranlaßt haben, und dann, wenn trotz dieser Argumente die Klasse noch weiterhin ›dezimiert‹ werden soll, verlangen wir für die Unterzeichneten die Strafaufgabe, wenn es eine Strafaufgabe sein soll, und den Ausschluß, wenn es ein Ausschluß sein muß, was, wenn es einzeln einigen wenigen auferlegt würde, keine allgemeine Strafaufgabe mehr wäre. Wenn man der ganzen Philosophie-Klasse 1000 Zeilen aufbrummt, könnte man ebensogut die ganze Philosophie-Klasse hinauswerfen.

Zum Schluß vertrauen wir, Monsieur le Proviseur, auf Ihre Gerechtigkeit und Unparteilichkeit, die Sie, wie wir wissen, gerne walten lassen, zugunsten von Jungen, die es verdienen, Jungen der Philosophie-Klasse, Jungen, die sich nicht unvernünftig benehmen wie die Schüler der unteren Klassen, sondern die reiflich überlegt haben, bevor sie einen Schritt unternahmen, den sie als richtig ansehen und den sie bis zum bittern Ende zu gehen entschlossen sind.

Hier folgen die Namen der Jungen, die die Liste unterzeichneten, welche sich im Besitz des Inspektors befindet, und die Ihnen, Monsieur le Proviseur, ihre respektvollen Grüße entbieten.«

Die Eingabe war mit »Gustave Flaubert« unterschrieben, gefolgt von elf anderen Namen.

Der Direktor jedoch erlaubte sich nicht, nachzugeben; er blieb hart und deckte den Inspektor, indem er erklärte, wenn die Jungen Flaubert, Piedelièvre und Dumont sich weigerten, ihre Strafaufgabe zu machen, hätten sie durch dieses Verhalten selber die Pforten der Schule vor sich verbarrikadiert und würden ausgewiesen. Doch sie wollten noch immer nicht kapitulieren.

Flaubert hatte bei diesem Aufstand Mut und Entschlossenheit an den Tag gelegt, aber er muß von seinen Eltern den Befehl oder doch den Rat bekommen haben, über die Angelegenheit zu schweigen, denn er scheint mit niemandem darüber gesprochen zu haben – sein Vater war einer der Schulverwalter, und es kann schon sein, daß er ihm geraten hat, den Mund zu halten. So teilte er Ernest Chevalier im Dezember 1839 lediglich mit, er habe die Schule verlassen.[27]

Nun mußte er sich allein und nur mit Hilfe von Ernest Chevaliers Notizen aus dem Vorjahr auf sein Abitur vorbereiten – wie erwähnt, war Chevalier, ein Jahr älter als Flaubert, zu dieser Zeit in Paris und studierte Jurisprudenz.

Während seiner Examensvorbereitungen studierte Flaubert noch Griechisch und erklärte, er lerne für sein Bakkalaureat Demosthenes und Homer *auswendig*.[28]

Flaubert war nach dem Hinauswurf aus der Schule sehr deprimiert. Es gibt einen interessanten Beleg aus dieser Zeit, ein einmaliges Schriftstück, *Souvenirs, Notes, et Pensées Intimes*, das er im Februar 1840 zu schreiben begann, das erstemal, daß er ein privates Tagebuch führte. Der Text ist 65 Seiten lang und wurde nach dem Tod seiner Nichte im November 1931 verkauft. Ob der Titel von ihm stammt, ist nicht bekannt. Er stand in der Handschrift seiner Nichte auf der Mappe, die die Notizen enthielt. Kurze

Auszüge daraus wurden im Verkaufskatalog abgedruckt, ausführlichere Stellen veröffentlichte der *Figaro* am 7. November 1931; erst 1965 gab Lucie Chevalley-Sabatier die Notizen *in extenso* heraus.

Der erste datierte Eintrag ist vom 20. Februar 1840, als er zu Hause für seine Prüfung arbeitete, und der letzte aus der »Nacht des 2. Januar 1841«, nach der Rückkehr von seiner Korsika-Reise, als ihn die Frage nach seiner Zukunft beschäftigte.

Flaubert war einsam damals, als er allein zu Hause arbeitete; nicht nur waren seine engsten Freunde, Chevalier und Le Poittevin, fort, er hatte auch nicht einmal mehr die Gesellschaft seiner Schulkameraden. Als er einmal drei Tage mit Chevalier auf dem Land verbracht hatte, schrieb er ihm nachher, um seiner Einsamkeit nach dem Abschied Ausdruck zu verleihen[29]:

»Oh, mein lieber Ernest, ich verließ Dich mit einem Lächeln auf den Lippen, aber mit Zorn im Herzen, und jetzt bin ich abscheulich traurig. Ich bin in mein Alltagsleben zurückgesunken, in dieses sterile, banale und mühselige Leben. Welche Langeweile! Es kommt mir vor wie drei Jahre, seit ich Dich verlassen habe! Was für wunderbare Tage hast Du mir geschenkt! Welch ein Unterschied zwischen meinem Leben vor drei Tagen und jetzt! Wenn ich daran denke, bin ich überwältigt, und meine Seele ist verzagt vor Melancholie, ist verwirrt und zu nichts nütze! Wie lang schien mir der gestrige Tag!«

Er schildert ihm dann die Rückkehr nach Rouen, nachdem er sich von seinem Freund verabschiedet hatte, und wie ihn dünkte, sein Glück löse sich ins Nichts auf. Er saß vorn im Wagen und hatte das Gefühl, seine ganze Jugend entfliehe, verschwinde hinter ihm wie die Straße, und jeder Schritt brachte ihn näher nach Rouen und in die tägliche Plackerei. Er dankt seinem Freund für die liebenswürdige Aufnahme und beteuert, er werde ihm das nie vergessen. »Leb wohl! Antworte mir bald und vergib mir!«

Flaubert zeigte zu jener Zeit Anzeichen von Übermüdung, es fehlte ihm an genügender Gesellschaft und Entspannung. Er scheint ein sehr ungesundes und für einen Jüngling von achtzehn Jahren unnatürliches Leben geführt zu haben.

Ganz besonders sehnte er sich aber nach Liebe[30]: »Und dabei war ich verliebt, wie jedermann, aber keine Frau hat jemals etwas davon gewußt.« Und weiter:

»Wer würde mich denn jemals wollen? Das hätte schon längst geschehen sein müssen, denn ich brauche eine Liebste, einen Engel, ich bin selbstgefällig, sagen sie, warum dann dieser Zweifel an jeder meiner Handlungen, diese Leere, die mich schreckt, all diese entschwundenen Illusionen.

Oh, eine Frau! Wie ist das etwas Schönes! ... Ich liebe es, von ihrer Gestalt zu träumen, ich liebe es, von all der Anmut ihres Lächelns zu träumen, von der Sanftheit ihrer weißen Arme, von der Form ihres Schenkels, von der Haltung ihres gebeugten Hauptes.«

Das sind nicht die Gefühle eines jungen Mannes, der schon sexuelle Erfahrungen hinter sich hat.

Damals zweifelte er auch an seinen Fähigkeiten, und das war der größte Kummer[31]:

»Und jetzt, obwohl ich noch immer von meiner Berufung überzeugt bin, oder vielmehr von einem großen Stolz erfüllt, jetzt zweifle ich mehr und mehr! Wenn Du nur wüßtest, was für eine Pein das ist! Wenn Du nur meine Eitelkeit kenntest – welch ein grausamer Geier sie ist, wie sie sich ins Herz frißt – wie einsam ich bin, abgesondert, argwöhnisch und eifersüchtig, egoistisch und grimmig! – Ach, die Zukunft, die ich erträumte, wie wunderbar war sie! Ach, das Leben, das ich für mich selber baute wie einen Roman, was für ein schönes Leben! Und wie schwer es ist, das aufzugeben!«

Und weiter[32]:

»Was ist bloß heute mit mir los? Mein Kopf ist krank und mein Herz leer! Sonst habe ich das, was man ein frohes Gemüt nennt, jetzt aber ist dort nichts als Leere, ein gräßliches Loch, in das ich falle, gebrochen und überwältigt. Ich schreibe nichts mehr. Früher pflegte ich zu schreiben und nahm an meinen eigenen Einfällen leidenschaftlich teil; ich wußte, was es hieß, ein Dichter zu sein, und ich war ein Dichter, wenigstens ganz innen in meiner Seele.«

Er redet von seiner Agonie, nicht schreiben zu können, was er fühlt[33]:

»Beim Schreiben fühlt man, was sein müßte; man begreift, daß man an dem und dem Platz das braucht, an einem andern Platz jenes; man baut Bilder, die man sieht; man hat bis zu einem gewissen Grad das Gefühl, daß man diese zum Erscheinen bringen werde; man spürt es in seinem Herzen, wie den fernen Widerhall aller Leidenschaften, die man ans Licht bringen wird; aber die Unfähigkeit, all das wiederzugeben, ist die ewige Qual aller, die schreiben.«

Seine Sehnsucht nach Liebe und Verständnis trieb ihn vorübergehend zu Religion und Gottessuche. Als er aber am Ende des Jahres auf seiner Korsikareise in Marseille körperliche Liebe erfahren durfte, gab er die Suche nach der Mystik fürs erste auf[34]:

»Wie kommt es, daß ich mich danach sehne, daß Jesus Christus existiert hat, und daß ich dessen gewiß bin? Das ist, weil ich das Mysterium der Leidensgeschichte das Schönste auf der Welt finde ...«

Er sollte sich später dieser Gefühle entsinnen, als er Emma Bovarys religiöse Träume schilderte.[35]

»Ich wäre gern ein Mystiker. Man muß wunderbare Träume haben, wenn man an den Himmel glaubt, in Fluten von Weihrauch ertrinkt, zu Füßen des Kreuzes niedersinkt, auf den Flügeln einer Taube flüchtet – die Erstkommunion ist etwas Unschuldiges, und wir wollen uns nicht über jene lustig machen, die dabei weinen – der Altar ist etwas Wunderschönes, bedeckt mit süß duftenden Blumen. Das Leben der Heiligen ist etwas Feines; ich wäre gern als Märtyrer gestorben, und wenn es einen Gott gibt, einen guten Gott, den Vater Jesu, dann laßt ihn mir seine Gnade schicken, und ich werde sie empfangen und mich vor ihm neigen.«

Flaubert bestand sein Abitur im August 1840, als er achtzehn Jahre alt war. Sein Vater schenkte ihm, um ihn für seinen Fleiß und für seinen Erfolg zu belohnen, eine Reise nach Südfrankreich und Korsika. Er reiste in düsterer, ja verzweifelter Stimmung ab, kehrte jedoch verwandelt und voller Zuversicht auf die Zukunft wieder zurück. Er hatte viele der südlichen Landstriche gesehen, von denen er sein Leben lang geträumt hat; und er hatte ein romantisch-sexuelles Abenteuer erlebt, war endlich, zum erstenmal in seinem Leben, von einer Frau geliebt worden.

6

EULALIE FOUCAUD

(1840–1841)

Da man es für einen Achtzehnjährigen nicht für schicklich hielt, allein zu reisen, wurde Flaubert auf seiner Fahrt in den Süden von einem Freund im Alter seines Vaters, Dr. Cloquet, von dessen lediger Schwester und einem italienischen Priester namens Pater Stephani begleitet. Es war eine sonderbare Gesellschaft für einen Jüngling, und man kann es ihm nicht übelnehmen, daß er sich nicht viel davon versprach. Er schrieb Chevalier, instinktiv würde er die Reise gern annehmen, wenn bloß seine Begleiter nicht wären. Zuletzt kam es aber besser, als er befürchtet hatte, denn er fand die Gesellschaft, besonders die Cloquets, überaus sympathisch; er freundete sich sehr mit ihm an.

Sein Vater gab ihm viele gute Ratschläge mit auf den Weg, er schlug ihm auch vor, ein Tagebuch über alles zu führen, was er sah und was ihm begegnete[1]: »Nütze deine Reise und denk an deinen Freund Montaigne, der gesagt hat, man soll hauptsächlich reisen, um die Stimmungen der verschiedenen Völker heimzubringen und den eigenen Geist an dem der andern zu schleifen und zu schärfen. Sieh dich um, nimm alles auf, mach dir Notizen und reise nicht wie ein Krämer oder Handlungsreisender.«

Flaubert befolgte den Rat und kaufte sich zehn Notizbücher, um sie mit seinen Beobachtungen zu füllen; sie sollten ihm auch für die verschiedenen Reisen dienlich sein, die er in Zukunft zu unternehmen beabsichtigte. »Ich behalte die zehn Notizbücher aus gutem Papier, die ich auf der Reise vollschreiben wollte, ich werde sie versiegeln und sorgfältig beiseite legen, nachdem ich auf den Deckel geschrieben habe[2]: ›Weißes Papier für andere Reisen‹.« Er benutzte sie für diese Reise sowie 1849 für seine Fahrt in den Osten, aber aus irgendeinem Grunde weder für seine Italienfahrt 1845, noch für seine Reise nach England 1847.

Die Reise nach Südfrankreich und Korsika, nach seiner Rückkehr nach Rouen ausführlich beschrieben, wurde in der Folge im Band *Par les Champs et par les Grèves* seiner Gesammelten Werke veröffentlicht.

Keinen Augenblick in seinem bisherigen Leben hatte Flaubert vergessen, ein Literat zu sein, und so machte er sich nach klassischer Art an die Beschreibung seiner Reisen. Im 19. Jahrhundert gab es in Frankreich eine große Tradition an Reiseliteratur, und davon hatte er, wie immer, sehr viel gelesen. Werke wie Chateaubriands *Itinéraire de Paris à Jérusalem* und Dumas' *Impressions de Voyage* schienen ihm als nachahmenswerte Beispiele. Er wollte offenbar mit ihnen wetteifern, er setzte sein Tagebuch sorgfältig auf und schrieb es später um. Vieles davon klingt ziemlich pedantisch und akademisch, auch gibt er viel zuviel Information. Bestimmte Szenen und Erlebnisse jedoch haben ihn so beeindruckt, daß einige Abschnitte lebhaft und humorvoll zu lesen sind. In solchen Passagen vergißt er, päpstlicher als der Papst zu sein, und erzählt lebendig von den alltäglichen Dingen, die er sieht, oder von seinem dramatischen Versuch einer Lebensrettung in Biarritz, wo er vergeblich zwei Schwimmer vor dem Ertrinken zu retten versucht hat.[3] Da wird einem klar, daß selbst er ab und zu die Schreibepflicht satt hat, und einmal, als er nicht aus dem Haus gehen kann, fragt er sich, was er wohl anderes tun könne als schreiben. »Aber was schreiben?« klagt er. »Es gibt nichts Ermüdenderes, als endlose Beschreibungen von einer Reise zu machen und den kleinsten Eindruck festzuhalten, den man empfängt; vor lauter Alles-Ausdrücken, Alles-Wiedergeben bleibt einem nichts mehr.«[4] Er sinnt auch darüber nach, wozu man alles sagen soll. »Ist es nicht köstlich, statt dessen in einem Winkel des Herzens unbekannte Dinge aufzubewahren, die niemand sich vorstellen kann als du selbst, und an die du dich an dunklen Tagen wie heute plötzlich besinnst, und deren Erinnerung dich erhellt und bezaubert wie in einem Traum.«

Eines Abends wagt er es, seinen Reisegenossen vorzulesen, was er geschrieben hat, aber sie scheinen nicht davon angetan zu sein, und so fühlt er sich einsam und verstoßen. In seinen *Souvenirs, Notes, et Pensées Intimes* schrieb er[5]: »Ich las meine Notizen M. Cloquet und Mlle. Lise vor, wenig Zustimmung und wenig Intelligenz ihrerseits; ich bin gekränkt; am Abend schreibe ich an Mutter; ich bin sehr traurig, und beim Nachtessen habe ich die größte Mühe, meine Tränen zurückzuhalten.«

Sie fuhren zuerst die Westküste hinunter nach Bayonne und Biarritz und zu anderen Orten in den Pyrenäen; dann wechselten sie an die Ostküste hinüber nach Toulon, Marseille und an die Riviera, und schließlich schifften sie sich nach Korsika ein. Es ist interessant festzustellen, daß

Flaubert von den klassischen Städten mit den orientalischen Einflüssen an der Ostküste tiefer berührt wurde als von den mittelalterlichen im Westen. »Du kannst Dir nicht vorstellen«, schrieb er seiner Schwester[6], »wie die römischen Baudenkmäler aussehen, meine liebe Caroline, und welch eine Wonne mir der Anblick der Arenen bereitete.« Die Fahrt war für ihn wirklich eine klassische Bildungsreise und ließ in ihm eine brennende Sehnsucht zurück, mehr vom Osten zu sehen. Er meint allerdings, es werde wohl so kommen, daß er lediglich am Sonntag nach Déville und, wenn es schön sei, im Sommer nach Pont l'Évêque gehen werde.[7]

Der Korsika-Teil der Reisenotizen ist weniger lehrhaft und pedantisch als die Beschreibung der Pyrenäen – wahrscheinlich weil es darüber sehr viel weniger Gedrucktes zu konsultieren gab. So war er imstande, das Land direkt zu sehen, nicht über die Geschichte oder das, was er gelesen hatte. Er interessierte sich wie ein richtiger Junge für all die Geschichten über Banditen, war von ihren Persönlichkeiten gefesselt. Der stärkste und denkwürdigste Eindruck war das große pantheistische Erlebnis, das er in Sagone auf Korsika hatte und dessen Schilderung in der schriftstellerischen Qualität ganz anders ist als der übrige Teil der Tagebucheintragungen[8]:

»Es war Mittag geworden, und wir gingen am Ufer des Meeres entlang, dem der Weg bis zu der alten Stadt Sagone folgt. Die See war ruhig, die Sonne lag darauf und hellte ihr Azur auf, daß es noch durchsichtiger wurde; ihre Strahlen legten sich auf die mit Blumen bedeckten Felsen, daß es aussah, als trügen sie diamantene Kronen; sie glänzten lebhafter und funkelnder als Sterne. Das Meer hat einen sanfteren Duft als Rosen, wir atmeten ihn wonnevoll ein; wir tranken die Sonne, die Meerbrise, den Horizont, den Geruch der Myrten in uns hinein, denn an solch glücklichen Tagen ist auch das Herz der Sonne geöffnet wie das Land und duftet wie dieses von versteckten Blumen, die die erhabene Schönheit darin zum Blühen bringt. Man läßt sich von Strahlen, von reiner Luft, von sanften und unübersetzbaren Gedanken durchdringen; alles in einem bebt vor Freude und pulst mit dem Rhythmus der Elemente, man hängt sich an sie, man atmet mit ihnen, die Essenz der belebten Natur scheint in einer erhabenen Vermählung in dich übergegangen zu sein; du lächelst im Rauschen des Windes, der den Wipfel der Bäume bewegt, im Murmeln der Wellen auf dem Strand; du läufst mit der Brise über die Meere, etwas Himmlisches, Großes, Zartes schwebt im Sonnenlicht und verliert sich in einer strahlenden Unermeßlichkeit wie die rosigen Morgennebel, die wieder zum Himmel aufsteigen.«

Merkwürdig ist, daß Flaubert weder in den Reisenotizen, noch in seinen Briefen irgendeinen Hinweis auf das große Gefühlserlebnis gibt, das er in Marseille hatte, wo er seine erste sexuelle Erfahrung gemacht hat. Zweimal während dieser Reise war er in Marseille – bevor er nach Korsika fuhr und nach seiner Rückkehr von dort. Bruneau ist der Meinung, daß es auf der Rückreise geschah.[9] Das ist auch wahrscheinlicher, denn Flaubert wurde vor dem Ausflug nach Korsika zwei seiner Reisegenossen los und behielt nur noch Dr. Cloquet. Dessen Aufsicht zu entschlüpfen, dürfte leichter gewesen sein als derjenigen von allen dreien, ganz besonders der alten Jungfer. Auch schrieb Flaubert nach seiner Rückkehr nach Rouen in seinen *Souvenirs, Notes, et Pensées Intimes*[10]: »Wie habe ich mich verändert und wie seither gelebt!« Dann fragt er sich: »Ist das der gleiche Mann noch, der am Ufer der Bucht von Sagone stand?« Das würde darauf schließen lassen, daß die wichtige Episode nach der Korsikafahrt geschah, und deutet auch an, wie sehr sie ihn gewandelt hat.

Das Abenteuer hatte er mit einer Kreolin, die mit ihrer Mutter zusammen das Hôtel Richelieu in der Rue de la Darse in Marseille führte, wo Flaubert und Cloquet sich ein paar Tage aufhielten. Es scheint, daß Cloquet die beiden Frauen bereits gekannt hat und daß sie darum dieses Hotel gewählt hatten.[11] Offenbar hat sie Flaubert eines Tages in ihr Zimmer gelockt und wurde seine Geliebte. Er behauptete später Louise Colet gegenüber, er habe sie nie geliebt; aber das mag er gesagt haben, um die nachträgliche Eifersucht seiner Freundin zu beschwichtigen. Vergessen hat er sie auf jeden Fall nie, und bei allen späteren Aufenthalten in Marseille suchte er ihre Spuren, wenn auch vergeblich. 1845, auf seiner Italienreise, sah er, daß das Hotel den Besitzer gewechselt hatte und leer stand. Er erkannte es kaum wieder.[12] Zuletzt war er 1858 in Marseille, auf dem Weg nach Nordafrika, wo er Material für *Salambô* sammelte, und da fand er alles noch mehr verändert. Das Hotel existierte nicht mehr, im Erdgeschoß war jetzt ein Bazar und im ersten Stock ein Friseursalon, wo er sich rasieren ließ.[13]

Es besteht kein Zweifel, daß Eulalie Foucaud Flaubert leidenschaftlich geliebt hat. Davon zeugen vier Liebesbriefe, die sie ihm nach seiner Rückkehr nach Frankreich zwischen Januar und August 1841 geschrieben hat. Von diesen Briefen sind nur Fragmente veröffentlicht, und zwar durch

Maurice Monda in *Le Figaro* am 14. November 1931; Flauberts Briefe an sie sind uns leider nicht erhalten, so daß wir keinen direkten Beleg dafür haben, was er ihr gegenüber tatsächlich gefühlt und wie dieses Erlebnis in ihm nachgewirkt hat.

Die Beziehung dauerte nur ein paar Tage, der Briefwechsel aber erstreckt sich über acht Monate. Flaubert war offenbar kein fleißiger Briefschreiber – sehr im Gegensatz zu seinem späteren Verhältnis mit Louise Colet –, denn sie beklagt sich häufig über sein langes Schweigen. Aus der gleichen Vorsicht heraus wie später bei Louise Colet ließ er sich Eulalie Foucauds Briefe nicht nach Hause schicken, sondern an die Adresse seines alten Schulfreundes Émile Hamard in Paris, der sie ihm in einem anderen Umschlag dann zusandte.

Eulalie Foucaud war eine Frau von fünfunddreißig Jahren, Flaubert war zu jener Zeit achtzehn. Es ist glaubhaft, daß sie in der äußeren Erscheinung den Typ darstellte, auf den er fixiert war, die Frau, die so oft in seinen Werken erscheint: dunkelhaarig, bernsteinhäutig und mütterlich, mit einem starken, fast männlichen Wesenszug. Flaubert war damals ein ausnehmend hübscher junger Mann, von schlanker, hoher Gestalt, breiten Schultern, schmalen Hüften; er hatte goldlockiges Haar und trug einen Bart. Gertrude Collier schildert ihn, wie er war, als sie ihn zwei Jahre später zum erstenmal sah[14]: »Kein junger Grieche war je schöner als Gustave, der damals noch nicht zwanzigjährig war. Er war groß, schmal, geschmeidig in seinen Bewegungen, mit den makellosesten Gliedern und dem großen Charme, sich seiner eigenen körperlichen und geistigen Schönheit nicht bewußt zu sein, und vollkommen gleichgültig gegen jede Form von Zeremoniell. Seine Kleidung bestand aus einem rotwollenen Hemd, einer dunkelblauen Wollhose, wie sie die französischen Fischer tragen, einem dunkelblauen, fest um die Taille gebundenen Schal und einem Schlapphut, der oft auch fehlte.« Maxime Du Camp, der ihn ungefähr gleichzeitig kennengelernt hat, beschreibt ihn wie folgt[15]: »Er war von einer heldenhaften Schönheit mit seiner weißen Haut, leicht rosa auf den Wangen, seinem weichen langen Haar, seiner großen Statur, breiten Schultern, seinem vollen, goldbraunen Bart, seinen mächtig großen Augen in der Farbe des Meeres, von dunklen Brauen überschattet, mit seiner wie der Klang einer Trompete tönenden Stimme, mit seinen heftigen Bewegungen und seinem lauten Lachen; er war wie einer jener gallischen Häuptlinge, die gegen die Römer gekämpft haben.«

Eulalie Foucaud spricht in ihren Briefen von der Freude, die sie an seinem »jungen, kräftigen Körper« hatte, und wie gut ihre Küsse ihm getan hätten.

Ein Widerschein dieser Beziehung findet sich in Flauberts zwei Jahre später entstandenem Roman *November,* aus dem man auch erkennt, wie süß diese Affäre gewesen ist, wie reich an gefühlsmäßiger und körperlicher Erkenntnis, und wie wenig Schaden sie ihm zugefügt hat. Er hatte Glück, seine erste Erfahrung auf diese Weise machen zu können, denn trotz allem, was er in den *Erinnerungen eines Verrückten* geschrieben hat – die immerhin ein Phantasieprodukt sind –, darf man annehmen, daß er mit achtzehn Jahren, als er Eulalie Foucaud begegnete, wenn auch nicht geistig, so doch körperlich noch unerfahren war.

Eulalie Foucauds Briefe an ihn waren von Anfang an intim und leidenschaftlich; sie duzte ihn von vornherein. Sie schreibt, sie sterbe fern von seinen Armen, und sie fragt sich, ob eine andere Frau ihren Platz in seinem Herzen eingenommen habe, weil er ihre Briefe nicht beantworte. Sie versichert ihm, es sei das erstemal in ihrem Leben, daß sie wahrhaft liebe. »Empfange meine ganze Seele«, schreibt sie, »all meine Liebe, all meine Gedanken und all meine Sehnsucht.«

In ihrem Brief vom 16. Februar 1841 steht:

»Liebe Seele, alles was Du ist, alles was mit Dir zusammenhängt, kann mir nicht fremd oder gleichgültig sein, und fortan ist meine Seele so völlig mit der Deinen gleichgestellt, daß sie zusammen nur Eines sind, in Freude oder Leid. Dich besessen zu haben und Dich zu missen, ist eine gräßliche Pein, eine Höllenpein ... Ich bin entmutigt, überwältigt, Gustave, o mein geliebter Gustave, ich bedauere Dich, wenn Du leidest wie ich arme Frau, ausgestoßen auf dieser Welt und gleichgültig gegen alles.«

Sie warf ihm vor, er vergesse sie und lasse sie leiden:

»Warum war es uns vergönnt, einander zu lieben, eines durch das andere himmlisches Glück kennenzulernen, wenn wir uns doch so bald schon trennen mußten, und besonders wenn Du mich so schnell vergessen solltest. Seit Du mich verlassen hast, ist dies Haus für Deine Liebste eine einzige Wüste. Dieses Zimmer, diese Wände ... wie oft schon habe ich sie geküßt, sie gefragt, nach den Zeichen eines so schnell entschwundenen Glückes gesucht, das nur dazu gedient haben soll, den Rest meines Lebens zu vergiften.«

Einmal zeichnete sich für sie eine Gelegenheit ab, nach Paris zu kommen und ihn zu treffen. Sie schreibt von ihrem Entzücken über diese Aussicht und erklärt, wenn das glückte, würde sie zufrieden sterben.

Er muß ihr darauf geschrieben haben, denn in ihrem Brief vom 6. Mai 1841, dem dritten, sagt sie, sein langerwarteter Brief sei endlich eingetroffen und habe ihre Angst und Pein vermindert. Sie erwähnt eine Reise nach Amerika, die sie vielleicht unternehmen müsse, sie wisse aber noch nicht, wann. Sie spricht von ihrem Kummer, Frankreich verlassen zu müssen, ihre Mutter, ihre Tochter und auch ihn, und doch sei ihr Weggehen notwendig. Ihr einziger Trost sei die Hoffnung, ihn vor ihrer Abreise oder auf dem Rückwege zu sehen, und die Hoffnung, daß er der erste Mensch sein werde, den sie bei der Heimkehr an ihr Herz drücken werde.

Später, am 6. August 1841, schreibt sie den letzten Brief, den wir von ihrer Hand besitzen. Sie erwähnt ihre bevorstehende Abreise nach Amerika und versichert, sie werde nicht lange fortbleiben, ihr Haar werde noch nicht weiß sein, wenn sie zurückkomme. »Ich werde noch imstande sein, Dich mit dem gleichen Feuer, dem gleichen Glück in meine Arme zu schließen und mit verrückten und wollüstigen Küssen zu bedecken und Dir noch immer einen Blick voller Feuer und Sehnsucht zu zeigen.« Sie bete darum, daß der Himmel noch ein paar glückliche Tage für sie bereithalte, die in ihrem Alter um so köstlicher seien, als man erst dann wirklich wisse, was Liebe sei. Wie wahr das sei, werde er in zehn Jahren erkennen. Sie schreibt weiter, eine Frau fasse für einen Mann alle Freude und alle Lust zusammen, auf die er nur hoffen könne. Liebe bedeute, sich einer Frau zu weihen, ihr alle Gedanken und Wünsche zu schenken, keinen andern Willen als den ihren zu kennen und zu spüren, daß er ihretwegen in der Lage ist, höchste Leistungen zu vollbringen. Alles aufzugeben, um sich ihr zu widmen, dieselbe Luft zu atmen, an ihrem Herzen und in ihren Armen zu sterben, das sei Liebe. »Aber, lieber Freund«, fügt sie hinzu, »Du wirst nie imstande sein, so zu lieben wie die Frau, die Dir schreibt.« Sie schließt mit der Bitte, sie nicht zu vergessen und ihr zu schreiben.

Wenn man weiß, wie Flaubert später reagierte, sobald eine leidenschaftliche Frau versuchte, sich seines Privatlebens zu bemächtigen, dann darf man annehmen, daß es gerade die überschwengliche Glut Eulalies war, die dem Briefwechsel ein Ende bereitet hat. Sicher ist, daß er sie aus den Augen verloren und nie erfahren hat, was aus ihr und ihrer Familie geworden ist. Er wird also ihre Ermahnungen, ihr öfter zu schreiben, nicht befolgt haben. Wie wir wissen, wurde das Hotel in Marseille in der Folge aufgegeben. Er hat nie herausfinden können, wo seine Bewohner hingekommen sind. Doch hat er ihre Briefe in einem versiegelten Umschlag aufbewahrt, nachdem er sie nochmals gelesen hatte, und darauf geschrieben: »Ist es wirklich möglich, daß sie mich geliebt hat?« Er las diese Briefe noch einmal, als er am Totenbett seiner geliebten Schwester wachte. Möglicherweise hat er bei dem Tod der einzigen Frau, die es zu jener Zeit in seinem Leben gab, darüber nachdenken müssen, was wohl geworden wäre, wenn er die Liebe einer anderen Frau besser erwidert hätte.

Es scheint, daß er mit keinem seiner Freunde – und schon gar nicht mit seiner Familie – über Eulalie gesprochen hat, denn zur Zeit seines Briefwechsels mit ihr heißt es in einem Schreiben an Chevalier[16]: »Die Frau ist ein vulgäres Tier, von dem sich der Mann immer ein zu hohes Ideal bewahrt hat.«

Flaubert kehrte im November 1840 nach Rouen zurück, voller Mißmut, wieder in einem Land zu sein, in dem es keine Sonne gab, und erklärte, eines Tages werde er nach Konstantinopel gehen und sich eine Sklavin kaufen.[17]

Mißmutig war er auf seine Reise in den Süden aufgebrochen, aber gewandelt kehrte er nach Hause zurück. Mit der erfolgreichen Liebeserfahrung schien seine Persönlichkeit frei geworden zu sein und aufzublühen. Er hatte sein Selbstvertrauen wiedergewonnen. Chevalier teilte er mit, er habe sich nun darein geschickt, das Rechtsstudium aufzunehmen, er sei der Träumereien müde und fest entschlossen, den Doktorgrad zu erwerben.[18] Vielleicht hatte die Aussicht, in Paris studieren zu können, dabei ein gewisses Gewicht. Er gab nun Mystizismus und Idealismus auf und behauptete, Materialist zu sein.[19]

Was Flaubert in dem Jahr, das auf seine Reise folgte, gemacht hat, wissen wir nicht. Seine Briefe an Chevalier, sein hauptsächlichster Briefpartner in dieser Zeit, geben darüber keinen Aufschluß. Er erwähnt keine schriftstellerischen Arbeiten, die er schreibt oder plant. Wir wissen lediglich, daß er Jurisprudenz studieren wollte, was in Rouen nicht möglich war, weil es dort keine juristische Fakultät gab. Wir wissen, daß er sich seine erste ›inscription‹ an der École de Droit in Paris am 10. November 1841 besorgt hat und im Januar 1842 nach Paris übersiedeln wollte, um Vorlesungen zu besuchen und sich auf das erste Studienjahr vorzubereiten, mit dem Vorsatz, im Sommer die erste Prüfung abzulegen.

Am Silvesterabend war er allein. Sein zwanzigster Geburtstag war gerade vorbei. Er schrieb an Chevalier und erinnerte ihn an alles, was sie früher einmal gesagt hatten, was sie alles als Zwanzigjährige tun würden. Sie hatten als Kinder und junge Burschen so oft diese Nacht miteinander verlebt, waren bis nach Mitternacht wachgeblieben und pflegten, während sie auf das Erscheinen des neuen Jahres warteten, in ihren Betten Pfeife zu rauchen und endlos zu schwatzen, und am folgenden Morgen standen sie um fünf Uhr auf. Dieses Jahr hingegen war Flaubert allein, er würde morgens um vier Uhr aufstehen, würde Homer lesen, zum Mond hinaufschauen, der auf die gegenüberliegenden Dächer schien, er würde den ganzen Tag nicht ausgehen und keinen einzigen Besuch machen.[20]

Obwohl er in seinen Briefen keine schriftstellerische Tätigkeit erwähnt, muß er in dem Jahr nach der Rückkehr von seiner Mittelmeerreise entweder etwas geschrieben oder aber frühere Arbeiten korrigiert haben, denn im Januar 1842 schrieb er seinem früheren Literaturprofessor Gourgaud-Dugazon, der damals am Collège Royal in Versailles lehrte, und bat ihn um Rat und Hilfe bei seinen Arbeiten. Der Brief zeigt ein beträchtliches Maß an Vertrauen und Vertraulichkeit, und man bedauert, daß keine weiteren vorhanden sind noch eine Antwort. Nach dem Ton dieses Briefes zu schließen, ist es unwahrscheinlich, daß er ein alleinstehendes Beispiel gewesen sein soll.[21]

»Mein lieber Herr Professor,

ich beginne damit, Ihnen zu erklären, daß ich gern eine Antwort haben möchte. Ich beabsichtige, Sie im April zu besuchen, und da Ihre Briefe ganze Trimester und Semester auf sich warten lassen, ist es möglich, daß ich vor diesem Zeitpunkt keine Nachricht von Ihnen habe. Nun, überraschen Sie mich, seien Sie prompt: Das ist eine schulische Tugend, in die Sie Ihren Stolz setzen sollten, da Sie auch die anderen haben. Ich war zu Beginn dieses Monats in Paris. Ich bin zwei Tage dort geblieben, war mit Aufträgen und Besorgungen überhäuft und hatte keine Zeit, zu Ihnen zu kommen und Sie zu umarmen. Im Frühjahr werde ich Sie an einem Sonntagmorgen besuchen, und Sie müssen mir, wohl oder übel, Ihren ganzen Tag schenken. Die Stunden vergehen rasch, wenn wir zusammen sind; ich habe Ihnen so viel zu erzählen, und Sie hören mir so gut zu!

Mehr denn je brauche ich jetzt Ihre Unterhaltung, Ihre Sachkenntnis und Ihre Freundschaft. Meine geistige Situation ist kritisch; Sie haben es gemerkt, als wir uns das letzte Mal sahen. Ihnen verberge ich nichts, mit

Ihnen spreche ich nicht wie mit einem ehemaligen Lehrer, sondern als wären Sie erst zwanzig und säßen neben mir vor dem Kamin.

Ich studiere also Jura, das heißt, ich habe juristische Bücher gekauft und mich zu den Vorlesungen eingeschrieben. Ich werde mich bald an die Arbeit setzen und vielleicht im Juli die erste Prüfung ablegen. Nebenher will ich mich auch weiterhin mit Griechisch und Latein befassen. Ich liebe diese schönen Sprachen. Tacitus ist für mich wie ein bronzenes Relief. Und Homer ist schön wie das Mittelmeer: Es sind die gleichen reinen blauen Fluten, es ist die gleiche Sonne und der gleiche Horizont. Doch was mich jede Minute erfüllt, was mir die Feder aus der Hand nimmt, wenn ich Notizen machen will, was mich vom Buch ablenkt, wenn ich lese, ist meine alte Liebe, ist die immer gleiche fixe Idee: *schreiben!* Deshalb gelingt mir nichts Gescheites, obwohl ich sehr früh aufstehe und weniger ausgehe denn je.

Ich bin an einem entscheidenden Punkt angelangt: Es heißt zurückweichen oder vorwärtsgehen, darin liegt für mich alles. Es ist eine Frage auf Leben und Tod. Wenn ich einmal meine Entscheidung getroffen habe, wird mich nichts mehr aufhalten, sollte ich auch von der Welt ausgepfiffen und verhöhnt werden. Sie kennen meinen Eigensinn und meine Ausdauer, um davon überzeugt zu sein. Ich werde es bis zum Advokaten bringen, aber ich glaube kaum, daß ich jemals für eine Brandmauer oder einen unglücklichen Familienvater, der von einem reichen Ehrgeizigen ausgestochen wurde, plädieren werde. Wenn man mit mir vom Gericht spricht und sagt, dieser Bursche wird gute Plädoyers halten, weil ich breite Schultern und eine tönende Stimme habe, so gestehe ich Ihnen, daß ich mich innerlich auflehne und mich für dieses materielle und triviale Leben nicht geschaffen fühle. Jeden Tag bewundere ich dagegen mehr und mehr die Dichter, ich entdecke in ihnen tausend Dinge, die ich früher nicht bemerkt habe. Ich erfasse Beziehungen und Gegensätze genau, was mich selbst erstaunt. Folgendes habe ich nun beschlossen: Ich habe drei Romane im Kopf, drei ganz verschiedene Geschichten, die jeweils in einer ganz besonderen Form geschrieben werden müssen. Daran könnte ich mir selbst beweisen, ob ich Talent habe oder nicht.

Ich werde alles hineinlegen, was ich an Stil, an Leidenschaft, an Geist hineinlegen kann, und dann werden wir weitersehen.

Im April werde ich Ihnen schon etwas zeigen können. Es ist dieser sentimentale und verliebte Brei, von dem ich Ihnen erzählt habe. Die

Handlung ist gleich Null. Ich könnte Ihnen den Inhalt nicht schildern, da er nur aus Analysen und psychologischen Sektionen besteht. Vielleicht gelingt es, aber ich habe Angst, daß es falsch und ziemlich prätentiös und geschraubt wird.

Leben Sie wohl, ich höre auf, denn Sie haben vielleicht genug von meinem Brief, in dem ich nur von mir und meinen armseligen Leidenschaften rede. Doch habe ich nichts anderes, mit dem ich Sie unterhalten könnte, da ich auf keinen Ball gehe und keine Zeitungen lese.

Noch einmal, leben Sie wohl, ich umarme Sie.

PS – Antworten Sie mir bald. Ich hätte große Lust, öfter mit Ihnen zu korrespondieren, da ich mich, wenn ein Brief zu Ende ist, am Anfang dessen befinde, was ich Ihnen sagen möchte.«

Auf welches seiner Werke Flaubert in diesem Brief Bezug nimmt, ist nicht bekannt. Es kann etwas gewesen sein, das nicht mehr existiert, obwohl das unwahrscheinlich ist, da er nie etwas vernichtet hat. Die Beschreibung paßt keinesfalls auf *Smarh,* hingegen wäre es denkbar, daß sie sich auf die *Erinnerungen eines Verrückten* bezieht, aber davon hatte er ja drei Jahre zuvor das einzige Manuskript Le Poittevin geschenkt. Am ehesten kommt wohl *November* in Frage, von dem man allgemein annimmt, daß er es nicht vor September 1842 begonnen und mit Sicherheit erst im Oktober jenes Jahres beendet hat. Es könnte aber immerhin sein, daß er nach seiner Heimkehr nach Rouen im November 1840 damit angefangen und es erst nach drei Jahren fertiggestellt hat. Flaubert hat Du Camp Jahre später einmal erzählt, er sei neunzehn gewesen, als er es schrieb, und am 7. April 1846 notiert er, es sei vor fast sechs Jahren gewesen. Das würde 1840 ergeben; im November jenes Jahres war er tatsächlich knapp neunzehn Jahre alt.

Flaubert ging im Januar 1842 nach Paris, im Alter von zwanzig Jahren und mit dem Gefühl, er lasse nun die Kindheit hinter sich, und das Leben als Erwachsener beginne. Als Schriftsteller war er bereits geformt; all die verschiedenen Züge seiner Inspiration waren vorhanden, nur hatte er seine Methode noch nicht gefunden. Er hatte einen großen Vorrat an Aufsätzen verschiedener Art in Reserve, und er konnte sein ganzes ferneres Leben aus diesem reichen Born schöpfen. In der Philosophie war er theoretisch ein Pessimist, aber es steckte in ihm nichtsdestoweniger ein großer Reichtum an animalischem Optimismus. Seine Ausdrücke jugendlicher Verzweiflung wird man wohl nicht allzu ernst nehmen dürfen.

Zweiter Teil

DER LEHRLING

7

NOVEMBER

(1841–1842)

Am 10. November 1841 immatrikulierte sich Flaubert an der Ecole de Droit in Paris. Im Januar fuhr er nochmals in die Hauptstadt, um seine Kurse und Prüfungen festzulegen.[1] Zwei Tage später kehrte er wieder nach Rouen zurück, um sich zu Hause auf die Prüfung vorzubereiten. Im April wollte er dann für längere Zeit nach Paris. Am 22. Januar 1842 gestand er jedoch Chevalier, daß er noch gar nicht mit dem Lernen begonnen habe, daß er aber im April ernsthaft damit anfangen und dann fünfzehn Stunden täglich arbeiten wolle – er war stundenlange geistige Konzentration gewöhnt und hatte den größten Teil seines Lebens auf diese Weise gearbeitet –, so habe er sich ja auch auf sein Bakkalaureat vorbereitet. Irgendeiner Aufgabe anderer Art scheint er sich jedoch nicht zugewendet zu haben, denn in einem Brief an Chevalier[2] bekennt er, daß er weder studiere, noch lese oder schreibe, daß er überhaupt nichts tue. Er habe zwar schon in seine juristischen Lehrbücher hineingesehen, aber kein Wort verstanden von dem, was er lese. Im März begann er, sich um seine Prüfung Sorgen zu machen, zu der er im Sommer antreten mußte. Im April ging er tatsächlich für ein paar Tage in die Metropole. Im Juni rückte die Zeit für seinen längeren Aufenthalt in Paris mit Vorlesungen und Kursen schon sehr nahe, und da gestand er Chevalier die Schwierigkeiten, die sich ihm beim Rechtsstudium entgegenstellten[3]:

»Du bittest mich um lange Briefe, dazu bin ich unfähig: Die Rechtswissenschaften bringen mich um, verblöden und lähmen mich, es ist unmöglich, dafür zu arbeiten. Wenn ich drei Stunden meine Nase in das Gesetzbuch gesteckt habe, während derer ich nichts begriffen habe, ist es mir unmöglich, noch weiter fortzufahren. Ich würde sonst Selbstmord begehen (was sehr betrüblich wäre, denn ich berechtige zu den schönsten Hoffnungen). Am nächsten Tag muß ich mit dem wieder anfangen, was ich am Tag vorher gemacht habe, und in diesem Tempo kommt man kaum vorwärts ... Wie werde ich mich in Paris bei der Vorbereitung auf mein Examen langweilen!«

Trotz allem aber freute er sich auf seinen Besuch in der Hauptstadt:

»Das Schönste an Paris ist für mich der Boulevard. Jedesmal, wenn ich morgens ankomme und ihn entlanggehe, spüre ich an den Füßen ein galvanisches Zucken, das mir der Asphalt des Trottoirs verursacht, über den jeden Abend so viele Huren ihre Schuhe schleifen und ihre raschelnden Kleider streifen lassen. Um die Stunde, wenn die Gaslaternen in den Scheiben glänzen und die Messer auf den Marmortischen klappern, gehe ich dort friedlich spazieren, eingehüllt in den Rauch meiner Zigarre, schräge Blicke auf die vorübergehenden Frauen werfend. Dort stellt sich die Prostitution zur Schau, dort glänzen die Augen!«

Wie Baudelaire, und zur selben Zeit wie dieser, fühlt sich Flaubert von der Prostitution in Paris romantisch angezogen; diese Briefstelle könnte Gegenstand einer von Baudelaires *Fleurs du Mal* sein. Später schrieb er einmal an Louise Colet[4]:

»Vielleicht ist es ein perverser Geschmack, aber ich liebe die Prostitution um ihrer selbst willen, unabhängig davon, was darunter steckt. Ich habe niemals ohne Herzklopfen eine dieser dekolletierten Frauen im Regen an einer Gaslaterne vorbeigehen sehen können . . .«

Mit der Arbeit ging es nicht recht vorwärts. Noch ehe er nach Paris ging, spielte er mit dem Gedanken, seinen Prüfungstermin zu verschieben. In dem obenerwähnten Brief an Chevalier heißt es dazu:

»Inzwischen bin ich überzeugt, daß es besser ist, meine Prüfung noch nicht im August abzulegen: ich weiß fast nichts oder, genauer gesagt, gar nichts. Ich brauche noch gut vierzehn Tage für das Römische Recht, und was das französische Recht angeht, so bin ich bei Paragraph 100. Ich würde aber glatt durchrasseln, wenn man mich nach einem einzigen von diesen hundert fragte. Wenn ich daran denke, daß ich noch drei solcher Jahre vor mir habe, könnte ich vor Wut platzen.«

Er kam Ende Juni nach Paris[5], langweilte sich aber dort, mitten im Sommer, da alle Leute fort waren, und sehnte sich danach, wieder mit seiner Familie zusammen am Meer, in Trouville zu sein. Immerhin arbeitete er ein wenig, kam auch mit anderen Prüflingen zusammen. Anscheinend wurde man einzeln und nur mündlich geprüft. Sein eigenes Examen scheint auf den 20. August festgesetzt worden zu sein, und er arbeitete jede Nacht darauf hin, bis ein Uhr früh. Jeder Kandidat war verpflichtet, sich für jedes Vorlesungsquartal neu einzuschreiben. Das erste begann am 2. November, das zweite am 2. Januar, das dritte am 1. April und das vierte am 1. Juli. Die Eintragungsregister lagen zu Beginn eines jeden Trimesters jeweils vierzehn Tage lang im Sekretariat der Fakultät aus. Während der Kollegzeit bestand für die Studenten keinerlei Verpflichtung, in Paris zu weilen oder Vorlesungen zu besuchen; zum Examen wurde man jedoch nur auf Grund eines Zeugnisses von jenem Professor zugelassen, dessen Kurs man angeblich besucht hatte. Um sich für einen solchen Kurs einzuschreiben und diese Bescheinigung zu erlangen, war Flaubert im Juni 1842 nach Paris gegangen. Unglücklicherweise stellte aber derjenige, den er einen »Narren von einem Professor« nannte, ein solches Zertifikat nur dem aus, der ihm Notizen aus seinen Vorlesungen vorlegen konnte. Flaubert hatte keine, aber er versuchte, sie von einem Klassenkameraden zu borgen, obwohl er daran zweifelte, damit bei dem betreffenden Professor, der Oudot hieß, durchzukommen, denn dieser pflegte alle Notizen gewissenhaft zu überprüfen. Flaubert erhielt das Zeugnis nicht, und so konnte er auch sein Examen nicht ablegen.

Er beschloß, augenblicklich zu seiner Familie zu reisen. Er wartete dazu nicht einmal den folgenden Morgen ab. Mitten in der Nacht kam er an, nachdem er eine ›illumination‹ erlebt hatte, ein mystisches Lichtwunder ähnlich jenem, das er vor zwei Jahren in Sagone auf Korsika gehabt hatte. Viele Jahre später schrieb er in einem Brief an Louise Colet über das Entzücken, das er bei seinen Besuchen in Trouville immer empfand[6]:

»Die eine Ankunft in Trouville aber, die alle andern übertrifft, ist jene von 1843 (er meint 1842). Es war am Ende meines ersten Studienjahres. Ich kam allein von Paris und hatte die Kutsche in Pont l'Evêque, neun Meilen von hier, verlassen. Ich erreichte unser Haus in einer mondhellen Nacht, gegen drei Uhr früh. Ich erinnere mich noch an die Leinenjacke, die ich trug, an den weißen Stock, den ich bei mir hatte, und an meine Wonne, als ich von fern her den salzigen Seetang roch.«

Dieses Erlebnis spiegelt sich auch in einem Abschnitt des Romans *November* wider, den er kurz nach seiner Ankunft in Trouville verfaßt hat[7]:

»Ich eilte zum Meeresstrand hinunter, quer durch Geröll, über das ich sicheren Fußes hinwegsprang, hochgemut hob ich den Kopf, stolz atmete ich die frische Brise ein, die den Schweiß in meinen Haaren trocknete. Der Geist Gottes erfüllte mich. Ich spürte, wie mein Herz sich weitete, in einer seltsamen inneren Bewegtheit betete ich etwas an; ich hätte mich mit dem Duft, der vom Wasser emporstieg, in dem strömenden Licht der Sonne auflösen und in der blauen Unendlichkeit verlieren mögen; und es faßte mich eine unsinnige Freude, ich schritt dahin, als ob alles Glück des Himmels in meine Seele eingezogen wäre. Da die Klippen an dieser Stelle vorsprangen, verschwand die ganze Küste, und ich sah nur noch das Meer: Die Wellen rollten auf dem Uferkies bis zu meinen Füßen, sie schäumten an die aus dem Wasser ragenden Klippen, schlugen im Takt dagegen, umschlangen sie wie flüssige Arme und durchsichtige Netze und fielen blau leuchtend zurück. Der Wind hob den Schaum um mich her und furchte die Wasserlachen, die in den Höhlungen des Gesteins zurückgebliebenen waren. Der Tang troff von Nässe und schaukelte, noch bewegt vom Wellenschlag der Woge, die ihn verlassen hatte. Von Zeit zu Zeit flog eine Möwe mit großen Flügelschlägen vorüber und stieg bis auf die Höhe der Klippe. Im selben Maße, in dem sich das Meer zurückzog und sein Rauschen sich entfernte, ähnlich einem verklingenden Lied, streckte sich vor mir der Strand und enthüllte auf dem Sande die von den Wogen zurückgelassenen Furchen. Da begriff ich das ganze Glück der Schöpfung und die ganze Freude, die Gott für den Menschen dareingelegt hat; die Natur erschien mir schön wie ein vollkommener Wohllaut, den nur ein Verzückter hören darf. Etwas Zartes wie die Liebe, etwas Reines wie das Gebet erhob sich für mich aus der Tiefe des Horizonts, ließ sich von der Höhe des Himmels nieder auf die Spitzen der zerklüfteten Felsen. Aus dem Rauschen des Meeres, aus dem strahlenden Licht des Tages entstand etwas Köstliches, das ich mir aneignete wie einen himmlischen Bereich, ich fühlte mich darin glücklich und groß, wie der Adler, der die Sonne erblickt und in ihren Strahlen emporsteigt.

Da dünkte mich alles auf Erden schön, ich sah nichts Mißgestaltetes, nichts Schlechtes mehr, ich liebte alles, sogar die Steine, die meinen Fuß ermüdeten, sogar den harten Fels, auf den ich mich mit meinen Händen stützte, sogar die fühllose Natur, die mich jetzt zu hören und zu lieben schien, und ich dachte, wie wundervoll es sein müßte, abends auf den Knien zu Füßen einer von Kerzen umstrahlten Madonna fromme Lieder zu singen, und die Jungfrau Maria zu lieben, die den Seeleuten erscheint, in einem Winkel des Himmels, das liebliche Jesuskind in ihrem Arm haltend.

Und dann war es vorbei. Sehr bald erinnerte ich mich, daß ich lebte, ich besann mich auf mich selbst, ich ging weiter und fühlte, wie der Fluch mich wieder erfaßte, wie ich wieder ins menschliche Dasein zurückkehrte. Das Leben war wiedergekommen wie in erfrorenen Gliedern durch das Gefühl des Schmerzes, und ebenso wie ich ein unfaßbares Glück empfunden hatte, so fiel ich jetzt in eine unsägliche Trostlosigkeit.«

Es war in diesen Sommerferien 1842 in Trouville, daß Flaubert die englische Familie Collier kennenlernte, die in seinem Leben bis zuletzt, wenn auch in Abständen, eine gewisse Rolle spielen sollte, allerdings nicht eine so wichtige, wie einige der früheren Biographen – und auch noch heutige – behauptet haben. Es wurde immer viel aus der Bekanntschaft mit den Colliers hergemacht, weil man, wir sprachen bereits davon, glaubte, es handle sich bei der in den *Erinnerungen eines Verrückten* geschilderten englischen Familie um sie, was aber, wie wir gezeigt haben, gar nicht möglich ist. Caroline Flaubert hatte ihrem Bruder am 14. Juli 1842 nach Paris geschrieben[8]:

»Wir haben gerade eine englische Familie kennengelernt, die in dem Haus mit den Rolladen wohnt. Es sind vier Mädchen, von denen eines krank ist; ich glaube, es hat irgendein Rückenleiden. Sie kommt jeden Tag herüber und sitzt stundenlang in unserem Garten. Wir hatten ihr einen Armsessel und Kissen angeboten, und so wurden wir mit den Leuten bekannt. Die zweite Tochter ist sehr hübsch, spricht perfekt französisch, bewundert Mademoiselle Rachel und weiß den ganzen Shakespeare auswendig. Die beiden anderen sind auch ganz nett, aber sie reden sehr wenig und wandern von fünf Uhr abends bis zehn Uhr nachts an der Meeresküste entlang. Der Vater ist ein alter Kapitän von der englischen Marine, er könnte ganz amüsant sein, wenn er nicht so stotterte.«

Und bald verband eine Freundschaft die beiden Familien, die ungefähr im gleichen Alter standen. Gertrude, die Älteste, war zwei Jahre älter als Flaubert, die zweite, Henrietta, zwei Jahre jünger – die beiden Jüngsten zahlten wohl kaum, denn sie werden nie erwähnt, aber dann war da noch ein achtjähriger Junge, der bald Flauberts Liebling wurde und es auch noch war, als er in Paris studierte.

Flaubert scheint sich, nach seinen eigenen Berichten zu schließen, nicht viel aus Mädchen gemacht zu haben – es wäre denn, diese scheinbare Gleichgültigkeit sei eine jugendliche Pose gewesen. Le Poittevin gesteht in einem unveröffentlichten Brief, er bewundere seine Kälte gegenüber einer Frau, mit der er baden gehe, wobei er allerdings über den wahren Grund dieser Gleichgültigkeit gewisse Spekulationen anstellt.[9] Flaubert scheint nur den

Vater Collier und Henry, den kleinen Jungen, erwähnt zu haben. Le Poittevin äußert sein Erstaunen, daß Flaubert Freude daran habe, seine ganze Zeit mit einem »dummen Matrosen und einem achtjährigen Kind« zu verbringen.[10]

Der Sommer 1842 ist der einzige, den die Colliers und die Flauberts miteinander in Trouville verlebt haben. Dank den Tennant-Papieren wissen wir sehr viel über jene Zeit, denn sie geben uns eines der lebendigsten Bilder von der Atmosphäre in der Familie Flaubert.[11]

Gertrudes Schriften lassen sich in drei Gruppen einteilen. Der erste Teil, *Recollection of Bygone Times*, in den Jahren 1880 bis 1911 für ihre Enkelkinder geschrieben, betrifft nicht Flaubert, sondern schildert das Leben ihres Vaters in seiner Jugend und wie er nach Frankreich kam, um fast fünfundzwanzig Jahre hier zu bleiben. Man hatte geglaubt, er sei Marine-Attaché bei der britischen Botschaft in Paris, in Wahrheit aber hatte er England verlassen, um seinen Gläubigern zu entfliehen und in Frankreich billiger zu leben. Der Bankier, dem er sein ganzes Vermögen anvertraut hatte, war bankrott gegangen. Das war 1823 gewesen. Daraufhin war die Familie nach Paris übergesiedelt und lebte seither von dem, was sie hatte retten können. Sie hatten eine Wohnung in der Nähe der Champs-Elysées, wo Flaubert sie oft besucht hat, nachdem er sich im Herbst 1842 wieder als Student in Paris niedergelassen hatte.

Collier scheint geradezu die Karikatur eines Engländers gewesen zu sein; obwohl er beinahe ein Vierteljahrhundert in Frankreich gelebt hatte, lernte er die Sprache nie und rühmte sich dessen auch noch. Er verachtete die Bewohner dieses Landes und behauptete, ein Engländer sei allemal mehr wert als ein Dutzend Franzosen. Als im Jahre 1836 der Obelisk auf der Place de la Révolution, der jetzigen Place de la Concorde, aufgestellt wurde, war Collier entzückt, daß englische Matrosen geholfen hatten, ihn aufzurichten. Mit äußerster Geringschätzung erklärte er: »Na ja! Ohne Engländer hätten die ja überhaupt nie etwas zustande gebracht!«

Gertrude erzählt, die Flauberts seien die erste französische Familie gewesen, die sie kennenlernten, was angesichts der Tatsache, daß sie damals schon seit zwanzig Jahren in Frankreich lebten, doch recht merkwürdig ist.

Gertrudes zweiter Text, betitelt *Written by Request*, ist ein reines Phantasiewerk, und die Personennamen sind verändert. Es sollte mit Vorsicht genossen und auf keinen Fall, wie das so oft geschieht, als unwiderlegliches Beweisstück verwendet werden. Sie spricht davon, daß sie in jenem Sommer in Trouville fast siebzehn Jahre alt gewesen sei, während sie in Wirklichkeit dreiundzwanzig war – Mädchen in der viktorianischen Dichtung sind eben immer siebzehn. Daß Philip Spencer das als Tatsache hinnahm, hat seine Chronologie durcheinandergebracht. Sie spricht ferner davon, in César, womit Flaubert gemeint ist, verliebt gewesen zu sein; er sei der erste Mensch gewesen, den sie geliebt habe. Sie stellt es auch so hin, als hätte er diese Liebe erwidert. »Ich wußte, daß ich ihn leidenschaftlich, anbetend liebte«, schrieb sie. »Jahre sind über mich hinweggegangen, aber nie mehr fühlte ich die Verehrung, die Liebe und zugleich Furcht, die damals meine Seele ergriffen. Etwas sagte mir, ich würde nie die Seine werden. Ich wußte mit Bestimmtheit, daß er in einer Welt leben würde und ich in einer anderen, so fern voneinander wie die Sterne am Himmel. Ich wußte, daß wir nichts miteinander gemein hatten. Seine Leute waren nicht meine Leute; seine Art war nicht meine Art ... Und doch wußte ich im tiefsten Winkel meiner Seele, wie treu ich ihn hätte lieben können, ihn ehren und ihm gehorchen. Allein – es sollte nicht sein.«

Sie erwähnt einen Abend in der Oper, als sie Spohrs *Faust* hörten, und einen Kuß, den sie und César tauschten. Wir haben keine Möglichkeit, zu beweisen, ob das wahr ist oder nicht, da es außer in ihrem erdichteten Text nirgends steht. Sie sagt, ihr Vater hätte niemals zugelassen, daß sie einen Franzosen heirate, und er habe ihr versichert, Flaubert meine es nicht so – womit er wahrscheinlich recht hatte. 1847 heiratete sie Charles Tennant und starb 1918, am Ende des Ersten Weltkrieges, neunundneunzigjährig. Die zarte Henrietta starb 1909 im Alter von sechsundachtzig Jahren.

Gertrude schrieb dieses Phantasiestück viel später, als Flaubert bereits berühmt und tot war, und es für ihr Renommee günstig gewesen wäre, hätte Flaubert sie tatsächlich geliebt. Übrigens erwähnt sie Henrietta, der er in Wirklichkeit viel näher gestanden hatte, überhaupt nicht.

Interessanter und authentischer, was die Atmosphäre betrifft, sind die *Memoiren*, die sie für Flauberts Nichte nach seinem Tod 1884 geschrieben hat und die teilweise übersetzt und in der Einleitung zur *Correspondance* veröffentlicht worden sind. Sie erinnert sich darin an Dinge, die vierzig Jahre zurückliegen, und es ist erstaunlich, wie klar und lebendig ihr Gedächtnis dies alles bewahrt hat.

Alle diese Dokumente berichten von der ungewöhnlichen Schönheit und dem außerordentlichen Charme des zwanzigjährigen Flaubert, von der Ungezwungenheit und Natürlichkeit seines Benehmens. Er war, wie wir bereits erwähnt haben, groß, schlank und anmutig in seinen Bewegungen, hatte eine tadellose Figur und besaß die Anmut eines Menschen, der sich seiner körperlichen und geistigen Vorzüge nicht bewußt ist. Sie beschreibt seine Traurigkeit – oder gestellte Traurigkeit – und wie er jene Dinge zu sagen pflegte, an die wir uns aus seinen Briefen bereits gewöhnt haben: »Unglück macht mich traurig, aber es überrascht mich nie!«

Gertrude hat ihn vielleicht wirklich geliebt, aber es scheint die zarte Henrietta gewesen zu sein, zu der er sich zuerst hingezogen fühlte. Er hatte sie auf seinen Armen vor dem Flammentod in Sicherheit gebracht, und das brachte eine Vertraulichkeit mit sich, deren Gertrude sich nie hat erfreuen können[12]:

»Während unseres Aufenthalts in Trouville standen eines heißen Sommerabends die Fenster im Schlafzimmer meiner Schwester offen. Die Sommerbrise wehte die Musselinvorhänge in die brennende Kerze. Meine Schwester, von der man annahm, daß etwas mit ihrer Wirbelsäule nicht in Ordnung sei, wurde ständig in liegender Stellung gehalten. Sie fand sich allein und hilflos großer Gefahr ausgesetzt, denn das Haus war ganz aus Holz gebaut. Die Flauberts sahen die Flammen von ihren Fenstern aus, und Vater und Sohn liefen uns zu Hilfe. Gustave rannte geradewegs in das Zimmer hinauf, aus dem die Flammen schlugen, und trug meine Schwester herunter. Inzwischen war Hilfe eingetroffen, das Feuer war gelöscht, und alle umstanden meine Schwester; man befürchtete, der Schock könnte ihr ernstlichen Schaden zugefügt haben. Die Flauberts baten, sie in ihr Haus hinüberbringen zu dürfen. Von da an sahen wir die Flauberts stündlich – Caroline wurde meine ständige Gefährtin, und nach einer langen Konsultation wurde meine Schwester in die medizinische Obhut von Dr. Flaubert gegeben.«

Admiral Collier war froh über diese Freundschaft. Er bewunderte Carolines blonde Schönheit und erklärte ihr, sie könnte eine Engländerin sein – das größte Kompliment, das er zu vergeben hatte. Und obwohl er im allgemeinen die Franzosen nicht mochte, bewunderte er Flaubert: »Was für ein Prachtbursche, wie schade, daß er Franzose ist!«

Caroline ihrerseits hatte Gertrude, die sie für oberflächlich und kalt hielt, nicht besonders gern – und sie könnte damit tatsächlich recht gehabt haben, denn aus den persönlichen Dokumenten dieser Frau tritt uns eine nicht gerade erfreuliche Person entgegen. Es gibt einen Brief an Henrietta von einer ihrer Schwestern; darin ist die Rede von einem Buch, das ihrem Vetter Hamilton Aidé zugeschrieben werde, von dem die Schreiberin aber annimmt, daß es in Wirklichkeit Gertrude verfaßt hat, und dazu sagt sie:

»Du solltest unbedingt ein Buch mit dem Titel *Rita* auftreiben (eine Autobiographie oder doch als solche ausgegeben), und zwar von Hamilton, aber jedes Ereignis und jede Figur stammt von Gertrude, von der Rue Ponthieu angefangen. Du kannst fast alles aufspüren. Es ist kein Irrtum möglich ... Bitte, lies es. *Es spricht nicht zu ihren Gunsten*, es ist ein höchst herzloses, albernes Zeug ... Niemand als ihre Familie wird es natürlich merken. Sie selber sticht als Heldin und als *Wunderkind des Hauses* hervor. Über dieses Buch meinte eine Dame zu mir: ›Oh, es ist ein sehr schlechtes Buch, aber sehr amüsant!‹ Wenn Du es gelesen hast, fühlst Du Dich peinlich berührt, und es ist schwer zu sagen, für wen es gut sein soll. Wenn man bedenkt, wie eigensinnig und verwöhnt sie war und wie alles für sie geopfert wurde, dann hinterläßt es ein Gefühl des *Abscheus*, zumindest empfand ich so, als ich es las. Obwohl man natürlich keinem Menschen gegenüber zugeben würde, daß sie diese Person ist, besteht für mich kaum ein Zweifel daran.«

In einem Brief vom Februar 1843 warnt Caroline ihren Bruder vor Gertrude, die, wie sie sagt, frivol und weltlich sei.[13] Gertrude hatte ihr gegenüber in einem Brief geprahlt, wie sie Gustave bei einer Party in ihrem Haus in ein ungünstiges Licht gesetzt habe, indem sie ihn in die Stellung eines ›chevalier servant‹ drängte. Caroline war entrüstet, daß ihr geliebter und bewunderter Bruder sich eine solche Behandlung gefallen lassen mußte.

Hingegen liebte sie Henrietta und tat ihr möglichstes, um ihres Bruders Neigung für »la douce Henriette« zu fördern. Sie hätte es gern gesehen, wenn er diese geheiratet hätte. Am 30. März 1843 teilte sie ihm mit, sie habe einen Brief von Henrietta bekommen, die sich wünsche, er würde zu ihr kommen und ihr Hugos neuestes Stück, ›Les Burgraves‹, vorlesen.[14] Caroline hoffte, er werde das tun; wie konnte er ihr etwas abschlagen, wenn sie schrieb: »Du bist so gut!« Während seines Studiums in Paris scheint er in der Tat Henrietta verschiedentlich besucht zu haben, um ihr vorzulesen. Fest steht, daß sie zärtliche Gefühle für ihn hegte. Bei einer bestimmten Gelegenheit wurde er sich dessen bewußt. In einem Brief an Louise Colet schreibt er im September 1846[15]:

»Ich war häufiger Gast in einem Hause, in dem ein bezauberndes junges Mädchen lebte, wunderschön, von einer christlichen, fast gotischen Schönheit, wenn ich so sagen darf. Sie hatte ein kindliches Gemüt und war schnell gerührt; sie weinte und lachte abwechselnd, wie Regen und Sonnenschein einander folgen. Ich konnte mit meinen Worten dieses schöne Herz bewegen, in dem es nichts Falsches gab. Ich sehe sie noch immer, wie sie in ihrem rosaroten Kissen lag und mich mit ihren großen blauen Augen ansah, wenn ich ihr vorlas. Eines Tages waren wir allein und saßen auf einem Sofa; sie nahm meine Hand in die ihre und flocht unsere Finger ineinander; ich ließ sie gewähren, ohne mir etwas dabei zu denken, weil ich die ganze Zeit über ahnungslos war. Sie schaute mich an mit einem Blick ... der noch heute mein Herz zum Erschauern bringt. In diesem Augenblick kam ihre Mutter herein, sie begriff sofort, was vorging, und träumte schon von einem Schwiegersohn ...

Ich bin sicher, daß das arme Mädchen einem Moment unbesiegbarer Zärtlichkeit nachgegeben hatte, einem jener Gemeinplätze der Seele, wenn es ist, als ob alles in einem flüssig würde und dahinschmölze, ein wollüstiger Tod, der voller Köstlichkeit sein müßte, wäre man nicht bereit, in Schluchzen auszubrechen und in Tränen zu zerfließen. Du kannst Dir nicht vorstellen, wie erschrocken ich war. Ich kam ganz verstört nach Hause und machte mir Vorwürfe, daß ich noch am Leben war. Ich weiß nicht, ob ich vor mir selber ein wenig übertrieb, aber ich, der ich sie nicht liebte, ich hätte mit Freuden mein Leben dafür gegeben, diesen traurigen, liebenden Blick ungeschehen zu machen, dem der meine nicht geantwortet hatte.«

Das bedeutet, daß es gegen Ende März 1845 eine gewisse Vertrautheit zwischen Henrietta Collier und Flaubert gegeben hat und daß ihre Mutter auf eine Verbindung gehofft hatte. Das reichte aus, um einen jungen Mann von seinem Temperament – er war damals dreiundzwanzig – zu verscheuchen. Drei Jahre waren seit ihrer ersten Begegnung vergangen; sie war jetzt einundzwanzig Jahre alt. Aber inzwischen hatte er Élisa Schlésinger wiedergesehen, er hatte seine herzliche Freundschaft mit Maxime Du Camp, und er hatte seine verschiedenen sexuellen Abenteuer in Paris gehabt. Ans Heiraten dachte er nicht. Abgesehen davon war seine Vitalität jetzt, ein Jahr nach seiner Krankheit, infolge der beruhigenden Drogen, die er einnahm, auf einem Tiefpunkt angelangt. All das aber bildet den Gegenstand eines späteren Kapitels. Vorläufig waren sie also noch alle in Trouville beisammen, in diesem Sommer 1842, ohne Wolken am Horizont. Flaubert behandelte die Mädchen ziemlich gleichgültig; er spielte vor ihnen den Agnostiker und Zyniker, der gegen alle überlieferten Werte und unempfindlich für Gefühlsregungen war. Er mokierte sich über Colliers Französisch und seine konventionellen Ansichten, über die Konzessionen an die Gesellschaft, zu denen sich die ganze Familie verpflichtet fühlte, über ihre strikte Heilighaltung des Sonntags. Gertrude schildert Flaubert als einen Menschen, der sich alle Mühe gab, ihnen auszuweichen, was aber nicht leicht war, da es niemanden sonst in Trouville gab und er sie wohl oder übel häufig sehen mußte.

Gertrude beschreibt Madame Flaubert als eine traurig dreinblickende, stets schwarz gekleidete Frau, die wie eine Rembrandtfigur ausgesehen habe. Flaubert habe wohl mehr an ihr gehangen als an irgendwem sonst – sein Vater schien ihn nicht zu verstehen. Die Mutter ihrerseits schien nur Augen für die Tochter gehabt zu haben, achtete ängstlich darauf, daß sie sich nicht überanstrengte, da sie offenbar von zarter Gesundheit und oft bettlägerig war. Gertrude schildert Dr. Flaubert als einen sehr beherrschenden Charakter, ein engagierter französischer Wissenschaftler, stets von ausgesuchter Höflichkeit. Er sei ein edler Mensch gewesen, sagt sie, der allgemein Respekt eingeflößt habe. Obwohl seine massige Stirn keine Falte, sein hellbraunes Haar keinen einzigen Silberfaden aufwies, habe er älter ausgesehen, als er war.

Madame Flaubert sah spanisch aus, war braun wie eine Zigeunerin mit schwermütigen dunklen Augen und glänzendem schwarzen Haar. Ihr Gesicht war farblos, sie lächelte selten.

Als die Ferien vorüber waren, mußte Dr. Flaubert zu seinen Krankenhauspflichten zurückkehren. Da er Henrietta als seine Patientin angenommen hatte, wurde beschlossen, daß die Familie Collier nach Rouen nachkommen und im Grand-Hotel wohnen sollte. Gertrude, die sich im Hotel langweilte und nichts zu tun hatte, verbrachte viel Zeit im Hôtel Dieu, besonders bei Caroline. Sie berichtet, daß Madame Flaubert sich fast den ganzen Tag in ihrem Schlafzimmer aufgehalten habe, einem düsteren, feierlichen Raum mit dunkelgrünen Möbeln. Häufig blieb Gertrude auch zum Mittagessen und saß dann immer neben »dem lieben alten Doktor«. Was ihr an der Familie am meisten auffiel, war der Lärm und die Lautstärke, in der man sich unterhalten habe, vorab Gustave, dessen Stimme meist alle andern übertönt habe. Ein starkes Band der Liebe schien die ganze Familie zusammenzuhalten, sie waren glücklich miteinander, und Gertrude wurde wie eine der Ihren behandelt.

Flaubert täuschte Gertrude gegenüber zwar Gleichgültigkeit vor und sagte ihr nicht einmal auf Wiedersehen, als sie ging, doch sandte er ihr über seine Schwester sein mit Notizen versehenes Exemplar von Montaigne mit der Inschrift: ›Souvenir d'une inaltérable affection‹. Genau die gleichen Worte gebrauchte er fünfzehn Jahre später, als er ihr ein Exemplar der *Madame Bovary* widmete. Sie aber wußte das Geschenk nicht zu schätzen; es wunderte sie nur, daß er ein solches Buch überhaupt habe zu Ende schreiben können.[16]

Obwohl Gertrude sich möglicherweise nur eingebildet hat, Flaubert geliebt zu haben – besonders wenn sie vierzig Jahre später und nach seinem Tod darüber schrieb –, so war doch vieles an ihm, das ihr mißfiel. Sie berichtet, daß man gegen Ende dieses Jahres, als er nach Paris zog, um Jura zu studieren, viel weniger von ihm zu sehen bekommen habe. »Ich wuchs zur Frau heran«, schreibt sie, inzwischen bereits dreiundzwanzigjährig, »und seine Überspanntheiten fielen in unserem Pariser Wohnzimmer viel mehr auf als am Strand von Trouville. Er zog alle Förmlichkeiten der eleganten Gesellschaft ins Lächerliche, die er ›Vergnügungen ohne Freude, so voll unendlicher Leere‹ nannte, an denen er nie teilzunehmen versuchte und mich nur bedauerte, daß ich es tat.«[17]

Das klingt gekränkt und enttäuscht und mag auf seine Aufmerksamkeiten für Henrietta zurückzuführen sein. In ihren *Memoiren* erzählt sie nichts von jener Episode in der Oper, die wohl erdichtet ist, und auch nichts von irgendwelcher Vertraulichkeit zwischen Flaubert und ihr.

Im Oktober 1842 – Flaubert war noch nicht in Paris, da die Vorlesungen erst im November anfingen – war er mit der Fertigstellung von *November* beschäftigt, das er in Trouville entworfen und wahrscheinlich sogar zu schreiben begonnen hatte.[18] Er selbst hat das Manuskript am 25. Oktober 1842 als beendet erklärt; normalerweise war er in solchen Dingen sehr genau.

Flaubert schrieb *November,* um seiner Vergangenheit adieu zu sagen. Der Roman endet denn auch mit dem Tod des Helden, der viel von ihm selber hat. Auch er sah sich sterben, geistig sterben gegenüber allem, an was er früher geglaubt hatte, denn er hatte seine ehrgeizigen literarischen Pläne aufgegeben und sich damit abgefunden, Jura zu studieren.

Seine Kritiker haben sich viele Gedanken darüber gemacht, woher er wohl den Titel für sein Buch genommen hat, ob dieser auf ein Gedicht von Hugo oder auf Quinet zurückgehe. Keinem von ihnen ist es in den Sinn gekommen, der Titel könnte ganz einfach von ihm selbst gewählt worden sein, weil er seiner Stimmung und seiner Ansicht über das Werk am meisten entsprach. Coleman glaubt, die Überschrift stamme von einem Gedicht in Victor Hugos *Les orientales,* betitelt ›Novembre‹[19], während Shanks meint, sie gehe auf eine Stelle von Quinets *Ahasvérus*[20] zurück. Warum sollte er nicht an Allerseelen gedacht haben, ›Le Jour des Morts‹ am 2. November, da doch der Held stirbt und dies eben der Tag ist, an dem wir der Verstorbenen gedenken? Vielleicht hat auch eine Rolle gespielt, daß er das Buch im November 1840 zu schreiben begonnen hat – was allerdings nicht zu beweisen ist –, und es hätte aus hundert ebenso guten anderen Gründen sein können.

Obwohl *November* fertig wurde, noch ehe Flaubert einundzwanzig Jahre alt war, verlor er sein Interesse daran nie, wenn er auch niemals daran gedacht hat, es zu veröffentlichen. Als er 1853 Louise Colet davon erzählt, meinte er[21]: »Ah! Was hatte ich für eine gute Nase, das nicht zu veröffentlichen. Wie würde ich heute darüber erröten, wenn ich es getan hätte!«

Trotzdem hat er es häufig seinen Freunden gezeigt und ihnen daraus vorgelesen. Sogar noch 1860, nach der Veröffentlichung von *Madame Bovary,* zeigte er es Baudelaire[22], 1863 den Goncourts[23] und 1846 Louise Colet.[24]

Der Roman ist viel besser komponiert als irgendeines seiner früheren Werke, besser auch als die erste Fassung der *Lehrjahre des Gefühls,* die er ein Jahr später begonnen, aber erst 1845 fertiggestellt hat.

Das Buch zerfällt thematisch in drei Teile: Der erste spielt vor dem sexuellen Erlebnis mit Marie, als der Held noch jung und sein romantisches Gemüt verschwommen und sentimental ist. Den zweiten bildet seine Liebesgeschichte mit Marie, da er erwachsen und reif wird. Der dritte schildert die Ernüchterung nachher. Dieses Stück ist wiederum zweiteilig, die zweite Hälfte ist in der dritten Person geschrieben, und dieser ›Erzähler‹ schließt die Handlung ab und berichtet vom Tod des Helden – eine Technik, die die Schriftsteller des ›roman personnel‹ in der Romantik häufig angewandt haben.

Daß *November* ein erdichtetes Werk ist, sollte man trotz der vielen autobiographischen Einzelheiten nicht vergessen. Gewiß gehört es zu Flauberts autobiographischem Zyklus, geschrieben unter dem Einfluß von Goethes *Werther,* Chateaubriands *René* und Mussets *Beichte eines Kindes seiner Zeit.* Doch stellt er die Begebenheiten so zusammen, daß sie nur das

Gerüst geben. Die Planung verrät Sorgfalt – mehr als in den früheren Werken. Der Charakter des Helden ist von der Geburt bis zum Tod logisch entwickelt. Das Buch hört mit dem Tod des Helden auf; nach seinem Versagen mußte er sterben, einen anderen Ausweg gab es für ihn nicht.

Es ist interessant festzustellen, wie hier die Analyse den Dialog zu ersetzen beginnt und mehr Mühe auf die Verallgemeinerungen verwendet wird, so daß sich eine zeitlose und universale Lehre daraus ergibt.

Flaubert wendet die verschiedenen Stilmittel sehr fachkundig an, wie ein geübter Schriftsteller. Nachdem er die Höhen der lyrischen und romantischen Träume des Helden gezeigt hat, benutzt er für den nüchtern beobachtenden ›Erzähler‹ des letzten Teils einen leidenschaftsloseren Stil. Maries Bericht über ihre Jugend dagegen erforderte eine lockere, einfachere Prosa, war sie doch eine ungebildete Dirne.

Die Stimmung des ersten Teils ist die gleiche wie in den Anfangszeiten der *Erinnerungen eines Verrückten* und auch mehr von dorther abgeleitet. Er ist vom gleichen ziellosen Trübsinn und Weltschmerz beseelt, eine sehr feinfühlige Evokation der Verzweiflung der Jugend, die sich selber zu finden versucht. Wahrscheinlich wurde dieser Teil auch zuerst geschrieben – vielleicht im November 1840, gleich nach seiner Heimkehr von Marseille.

Der erste Teil verleiht dem unbestimmten Sehnen der Jugend Ausdruck, einem ziellosen Verlangen nach etwas nicht genau Bestimmbaren. Der junge Mensch spürt, daß er irgend jemanden lieben könnte, daß die Person nicht so wichtig wäre, und er überlegt sich traurig, daß er vielleicht sterben könnte, ohne je geliebt zu haben und ohne jemanden gefunden zu haben, der seiner Liebe würdig wäre. Er ist achtzehn und unerfahren; alles, was er von Leidenschaften weiß, hat er von den Dichtern, die er gelesen[25]:

»Wie hätte ich geliebt, wenn ich geliebt hätte, wenn ich alle diese auseinanderstrebenden Kräfte, die auf mich einwirkten, hätte auf ein einziges Ziel richten können! Manchmal wollte ich um jeden Preis eine Frau finden, ich wollte sie lieben; sie enthielt alles für mich, ich erwartete alles von ihr, sie war meine Sonne der Dichtkunst, die alle Blumen zur Entfaltung bringen und alle Schönheit aufstrahlen lassen mußte; ich erhoffte mir eine göttliche Liebe, ich verlieh ihr im voraus einen blendenden Strahlenkranz; und der ersten, die der Zufall mir in der Menge entgegenführte, weihte ich meine Seele und schaute sie so an, daß sie mich wohl verstand, daß sie in diesem einzigen Blick alles lesen konnte, was ich war, und mich lieben mußte. Ich überantwortete mein Geschick diesem Zufall; sie aber ging wie die anderen vorüber, wie die früheren, wie die späteren, und alsdann sank ich in mich zusammen, zerfetzter als ein vom Sturm zerrissenes und wassertriefendes Segel.«

Er hat in seinem Herzen viele Schätze zu verschwenden, aber niemand ist da, der ihrer wert wäre. In Vergeltung dieser Enttäuschung wird er von heftigem, hilflosem Zorn gegen das Leben gepackt und hätte am liebsten die ganze Schöpfung zerstört. Dann verzehrt er sich in jugendlicher, poetischer Todessehnsucht und ergeht sich in traurigen Erwägungen[26]:

»Da erschien mir der Tod schön. Ich habe ihn immer geliebt ... Es ist so süß, sich vorzustellen, nicht mehr zu sein! Über allen Friedhöfen herrscht eine so unendliche Ruhe! Dort schläft man, ganz ausgestreckt, eingehüllt in das Leichentuch, die Arme über Kreuz auf die Brust gelegt, und die Jahrhunderte gehen vorüber, ohne uns mehr zu wecken als der Wind, der durch das Gras streift. Oft habe ich in den Kapellen der Kathedralen die langen steinernen Statuen betrachtet, die auf den Grabmälern liegen. Ihre Ruhe ist so tief, daß sich nichts auf Erden damit vergleichen läßt; auf ihren kalten Lippen liegt gleichsam ein aus der Tiefe des Grabes aufgestiegenes Lächeln, man möchte meinen, sie schliefen, sie genössen den Tod. Nicht mehr weinen, nicht mehr die Schwäche empfinden zu müssen, bei der man das Gefühl hat, es stürze alles zusammen wie ein morsches Gebälk, das ist ein Glück über allem Glücke, eine Freude ohne Trübung, ein Traum ohne Erwachen.«

Die Natur könnte ein Trost sein. Es gibt in diesem Roman denn auch viele schöne Landschaftsbeschreibungen, die Landschaft der Normandie, die Flaubert so gut gekannt und die mit Marseille oder dem Mittelmeer nichts zu tun hat. Es ist eine westeuropäische Landschaft, mit der untergehenden Sonne über dem Meer. Wir haben ja bereits das Entzücken in seiner Schilderung jenes einsamen nächtlichen Spaziergangs nach Trouville im September 1842 gesehen.

Entzücken und Nachdenken über die Natur jedoch können nicht von Dauer sein, der Held muß in die Wirklichkeit zurück. Er wird sich bewußt, daß er lebt, und der Fluch des Lebens ergreift ihn von neuem. Das Leben fließt in ihn zurück wie in gefrorene Glieder. Da er großes Glück erlebt hat, fühlt er nun unermeßliche, namenlose Unglückseligkeit.

Dieser erste Teil hätte, sehr zu seinem Vorteil, kürzer sein können, denn er ist von jenem schweifenden Wortreichtum erfüllt, der sich oft in Flauberts frühen Werken findet.

Der Held sehnt sich danach, jemanden zu lieben, und entschließt sich, eine Dirne aufzusuchen, an deren Haus er schon oft und jedesmal mit Herzklopfen vorübergegangen ist. Dieser zweite Teil ist der autobiographischste des ganzen Romans, ein Abbild der Episode mit Eulalie Foucaud in Marseille im Jahre 1840. Sie war zwar keine Prostituierte, führte aber auch nicht gerade einen sittlichen Lebenswandel, und war bereit, den hübschen Jungen, der ihren Weg kreuzte, zu verführen. Marie hingegen ist die edle Kurtisane der romantischen Tradition, deren Zahl in der Literatur jener Zeit Legion ist – Marion Delorme, die junge Frau in Mussets *Rolla,* später Marguerite Gautier in der *Kameliendame.* Sie ist überdies jener Frauentyp, auf den Flaubert fixiert war. Eine merkwürdige Ähnlichkeit verbindet sie mit Élisa Schlésinger[27]:

»Ich fühlte mich zunächst von dem glänzenden Blick aus ihren zwei großen Augen betroffen; als ich meine Stirn, die sich unter der Last dieses Blickes gesenkt hatte, wieder heben konnte, sah ich ein Gesicht von wunderbarer Schönheit. Eine gerade Linie lief, vom Scheitel beginnend, zwischen ihren großen gewölbten Augenbrauen hindurch auf ihre Adlernase, deren bebende Nüstern überhöht waren wie auf antiken Kameen, teilte ihre heißen Lippen in der Mitte, die von einem bläulichen Flaum beschattet waren. Dann kam der Hals, der volle, weiße, runde Hals. Durch ihr zartes Gewand sah ich die Rundungen ihrer Brüste beim Atmen sich heben und senken.«

Zweifellos ist diese Episode von einer wahren Begebenheit inspiriert. Es ist eine wunderbare Beschreibung der ersten Erfahrung sexueller Liebe, eine Beschreibung, in der nicht nur Wahrheit, sondern auch Wahrscheinlichkeit liegt.

Man erkennt hier die Begabung des Romanciers für akkurate Schilderung und sein Auge für das Detail, was zu den hervorstechendsten Merkmalen von *Madame Bovary* gehören wird[28]:

»Und dann weiß ich nichts mehr, alles ist vergangen, ist schon so lange her. Es gibt indessen gewisse Dinge, die ich noch vor mir sehe, als wären sie erst gestern gewesen, so zum Beispiel ihr Zimmer. Ich sehe noch den Teppich vor dem Bett, abgenützt in der Mitte, das Lager aus Mahagoniholz mit Beschlägen aus Kupfer und Vorhängen aus roter, gemaserter Seide. Sie knisterten unter den Fingern, die Fransen waren verschlissen.

Auf dem Kamin standen zwei Vasen mit künstlichen Blumen, in der Mitte dazwischen die Standuhr, deren Zifferblatt von vier Alabastersäulen getragen wurde. Da und dort hingen an der Wand alte Stiche in schwarzen Holzrahmen, badende Frauen darstellend, Winzer oder Fischer.«

Mit dem körperlichen Besitz kommt die Ernüchterung, und der Held fragt sich, ob Liebe nicht mehr als das ist[29]:

»Liebe war also nur das! Ein Weib war also nur das! Warum, mein Gott, hungert uns noch, nachdem wir uns gesättigt haben? Wofür so viel Sehnsucht und so viel Enttäuschungen? Warum ist des Menschen Herz so groß und das Leben so klein? Es gibt Tage, da selbst die Liebe der Engel ihm nicht genügen könnte, und in einer Stunde wird er aller Liebkosungen der Erde müde.«

Er will sich aber mit dieser Enttäuschung nicht abfinden und geht noch einmal zu Marie. Und nun erzählt sie ihm ausführlich von ihrem Leben, denn sie hat eine tiefe Neigung zu dem schönen Jüngling gefaßt.

Dieser lange Lebensbericht ist sehr typisch für die Literatur der Romantik und klingt nicht echt. Er stört auch die Einheitlichkeit des Romans und hält die Handlung auf. In Maries Träumen und Sehnsüchten steckt etwas, das wir später bei Emma Bovary wiederfinden werden. Sie macht die interessante Bemerkung, daß keiner der Männer in ihrem Leben sie jemals wirklich gekannt hat; sie hatten in ihr stets nur ihren eigenen Traum gesehen, sie war für sie, was Maya in Simon de Gantillons gleichnamigem Stück war, sie war für jeden seine eigene Illusion.

Es ist Flaubert gelungen, die Traurigkeit der Frau, die nicht mehr jung ist und weiß, daß die Tage ihrer Befriedigung gezählt sind, haarscharf wiederzugeben. Das zeigt viel Einfühlungsvermögen und Verständnis von einem jungen Schriftsteller im Alter von zwanzig Jahren. Geschickt wendet er das Bild der welkenden Veilchen an, um die alternde Frau zu symbolisieren[30]:

»Auf dem Nachttisch stand ein Veilchenstrauß in einem Wasserglas. Ich langte danach, nahm ihn, biß den Faden mit den Zähnen durch und atmete den Duft ein. Die Hitze des gestrigen Tages zweifellos, vielleicht auch die lange Zeit, seitdem sie gepflückt worden, hatte sie verwelkt. Ich fand ihren Duft köstlich und ganz eigen, ich roch an einer Blume nach der anderen; da sie feucht waren, legte ich sie mir zur Kühlung auf die Augen, denn mein Blut kochte, und meine müden Glieder brannten bei jeder Berührung mit den Leintüchern. Da ich nun nicht wußte, was ich tun sollte, Marie aber nicht aufwecken wollte, weil ich ein seltsames Vergnügen dabei empfand, sie schlafen zu sehen, legte ich sanft alle Veilchen auf ihren Busen; bald war sie ganz damit bedeckt, und die schönen welken Blumen, unter denen sie schlummerte, waren mir für sie wie ein Gleichnis. Denn wie diese Blumen strömte sie, trotz der entschwundenen Frische; ja vielleicht gerade deshalb, einen herberen und aufreizenderen Duft für mich aus. Das Unglück, das über sie hinweggegangen sein mußte, verschönte sie um die Bitternis, die ihr Mund sogar im Schlaf bewahrte, verschönte sie um die zwei Falten hinten an ihrem Hals, die sie ohne Zweifel tagsüber unter ihren Haaren verbarg. Wenn ich diese Frau betrachtete, die auch in der Wollust traurig blieb und selbst bei den Umarmungen nicht über eine düster-schauerliche Freude hinauskam, ahnte ich tausend schreckliche Leidenschaften, die sie, soweit sich dies an den zurückgebliebenen Spuren erkennen ließ, wie Blitze zerfurcht haben mußten.«

Nach der körperlichen Erfüllung kommt sich der Held älter und erfahrener vor, aber es beschleicht ihn auch ein Gefühl des Versagens, hat er doch die Liebe auf ein zu hohes Piedestal gestellt. Vor seinem Zusammentreffen mit Marie war seine Langeweile schön und poetisch gewesen, jetzt ist sie nur noch töricht. Er sucht Zuflucht in der Natur, träumt von exotischen Ländern und sehnt sich danach, aus der inneren Öde an irgendeinen wunderbaren Ort auf der Erde entfliehen zu können.

Hier endet der persönliche Teil des Manuskripts. Nun übernimmt der ›Erzähler‹ die Fortsetzung der Geschichte in der dritten Person. Er hat den Helden gekannt und berichtet vom Ende seines Lebens. Allerdings hätte einiges von dem Material, das er verwendet, in der Person des Helden benützt werden können. Er verbreitet sich über dessen Pessimismus und Niedergeschlagenheit und über die Art und Weise, wie er dieser zu entfliehen versucht: Er sucht seine Freunde auf, muß aber überrascht feststellen, daß sie einander nichts zu sagen haben. Dann lockt ihn der Gedanke an Selbstmord, während er allein und weinend an der Meeresküste sitzt[31]:

»Er weinte; war es vor Kälte oder aus Traurigkeit? Sein Herz brach, er fühlte das Bedürfnis, mit irgendeinem Menschen zu sprechen ... Am Abend wollte er noch ausgehen. Er legte sich in ein Loch, das den Jägern als Anstand dient, wenn sie die Wildenten jagen. Einen Augenblick sah er das Bild des Mondes über den Fluten wogen und sich im Meere bewegen wie eine große Schlange. Dann türmten sich wieder von allen Seiten Wolken am Himmel auf, und alles ward schwarz. In der Dunkelheit wälzten sich die dunklen Fluten übereinander und dröhnten wie hundert Kanonen; ein geheimnisvoller Rhythmus verwandelte dieses Rauschen in eine schreckliche Melodie, das Ufer, erbebend unter dem Anprall der Wellen, antwortete dem lauten Schall des hohen Meers.

Einen Augenblick überlegte er, ob er nicht allem ein Ende machen sollte, kein Mensch würde ihn sehen, keine Hilfe war zu erhoffen, in drei Minuten wäre er tot.«

Schließlich stirbt er an mangelndem Lebenswillen, aus lauter Überdruß und Traurigkeit. Doch ehe er stirbt, schafft er jeden persönlichen Ausdruck, alle subjektive Literatur beiseite. Auf ähnliche Weise legte Flaubert zu jener Zeit seine Vergangenheit, seine Romantik und die lyrischen Dichter, die er bislang bewundert hatte, ab und wandte sich der Zukunft zu. Er fühlte, daß *November* einen Abschnitt seines Lebens beschloß. Als er im Dezember 1846 an Louise Colet schrieb, erklärte er, dieser Roman bezeichne das Ende seiner Jugend, er habe seine Jugend »clôturé«.[32]

Das Buch ist in jeder Hinsicht den vorausgegangenen weitaus überlegen, es nimmt bereits viele von seinen späteren Ansichten über das Leben und über die Literatur vorweg. Es ist das erste seiner Bücher, in dem man wirklich den schöpferischen Künstler am Werk spürt, und es ist kein Wunder, daß es unter seinen Frühwerken dasjenige war, das ihm am liebsten gewesen ist. Es stellt eine bemerkenswerte Leistung für einen noch nicht einundzwanzigjährigen Mann und einen guten Abschluß seiner Jugend dar.

8

MAXIME DU CAMP

(1842–1844)

Im November 1842 ging Flaubert nach Paris, um nun ernsthaft sein Studium aufzunehmen. Es war das erstemal, daß er fern von zu Hause lebte. Er fand Unterkunft in der Rue de l'Est, die später dem Boulevard Saint-Michel weichen mußte. Die Wohnung, mit Blick auf den Jardin de Luxembourg, war billig, wie er seiner Schwester schrieb, und da sie unmöbliert war, kaufte er sich, ebenfalls sehr billig, eigene Möbel.[1] Sie lag mitten im Quartier Latin, sehr bequem für Vorlesungen und andere studentische Übungen. Er war, zumindest in der Anfangszeit, überaus fleißig und zielbewußt, ging um drei Uhr früh zu Bett und stand um acht Uhr wieder auf. Er besuchte Vorlesungen und lernte zu Hause und arbeitete so emsig, daß er im Dezember das Examen, das er im August nicht hatte ablegen können, bestand. Es ist das einzige Examen gewesen, das er je bestehen sollte.

Zu dieser Zeit galt er bei seinen Kommilitonen als linkisch und provinziell. Du Camp erwähnt, er sei in den Vorlesungen stets, sogar um acht Uhr morgens, im schwarzen Anzug mit weißer Binde und weißen Handschuhen erschienen, so daß er wie ein Bräutigam ausgesehen habe.[2]

In seinen Briefen spricht er von einem ausschweifenden Leben, das er führe, doch die meisten Einzelheiten sehen eher nach jugendlicher Prahlerei aus und klingen nicht echt. Er konnte sich keine Mätresse leisten und war gezwungen, ins Bordell zu gehen. Er schildert seine Eskapaden voller Zynismus – die Vorstellung der Prostitution erregte ihn noch immer – und erwähnt, wie er den letzten Tag eines jeden Jahres in einem Bordell verbracht habe, sich das häßlichste Mädchen aussuchte, das er finden konnte, und dann mit ihr schlief – mit einer Zigarre im Mund, um seine Geringschätzung zu zeigen.[3] Das ist wahrscheinlich nichts als Angeberei: Während seiner ganzen Studentenzeit in Paris – knapp fünfzehn Monate – gab es ja nur zwei Dezember. Am Silvesterabend 1843 war er bei den Schlésingers in Vernon, 1842 ziemlich sicher in Rouen. In den Briefen an seine Schwester im Dezember jenes Jahres ist jedenfalls von seinem Heimweh die Rede, von seinem nahe bevorstehenden Examen und daß sie ihn zu Hause, wenn er dieses hinter sich hätte, würden verwöhnen müssen, um ihn für die ausgestandenen Strapazen zu entschädigen. Er bestand die Prüfung am 28. Dezember 1842. Höchstwahrscheinlich ist er danach sofort nach Hause gefahren, denn es gab nichts, was ihn noch in Paris hätte zurückhalten können.

Trotzdem ist es möglich, daß er in dieser Pariser Zeit die Geschlechtskrankheit aufgelesen hat, die er sehr viel später, in einem Brief vom 6. Mai 1849, Ernest Chevalier gegenüber erwähnt und auf die er selber das Nervenleiden zurückzuführen geneigt war, das ihn im Januar 1844 überfiel[4]:

»Du mußt wissen, daß Dein Freund anscheinend durch eine Art Syphilis unterminiert wird, deren Ursprung sich im Dunkel der Zeit verliert. Obwohl die Symptome behandelt werden, macht sie sich von Zeit zu Zeit wieder bemerkbar. Meine nervösen Beschwerden, an denen ich in Abständen immer noch leide und die in den Verhältnissen, in denen ich lebe, nicht geheilt werden können, dürften keinen anderen Grund haben.«

Heute weiß man, daß er sich auf seiner Reise in den Osten 1850[5] mit Syphilis angesteckt hat, aber er kann auch schon viel früher irgendeine andere Geschlechtskrankheit erworben haben.

In Paris erneuerte Flaubert seine Sommerfreundschaft mit den Colliers. Es war eine lose, fast familiäre Beziehung, bei der er noch immer den kleinen Herbert am meisten zu beachten schien. Er ging oft zum Abendessen zu ihnen in die Wohnung am Rond Point der Champs-Elysées. Wenn er sich zu dieser Zeit aus einem der Mädchen mehr gemacht hat als aus den andern, dann kann das nur Henrietta gewesen sein. Er besuchte sie mehrmals, um ihr vorzulesen – sie mußte noch immer viel liegen und konnte nur selten ausgehen. Das Weihnachtsfest 1843 verbrachte er bei ihnen und las Henrietta Victor Hugos Drama *Hernani* vor. In seinen Briefen an Caroline erwähnt er sie verschiedentlich, wobei er einmal bemerkt, wie hübsch sie in einem rosa Kleidchen ausgesehen habe; Gertrude gegenüber war er hingegen sehr kritisch; sie wolle einen immer belehren, schreibt er. Auch fand er ihre Bewunderung für die königliche Familie und ihren Kummer über den Tod des Herzogs von Orléans unangebracht.[6] Le Poittevin war überzeugt, daß Flaubert im November 1842 Heiratspläne gehabt habe, obwohl kein Name gefallen sei.[7] Wenn er damals tatsächlich mit solchen

Gedanken gespielt hat, dann kann es sich nur um Henrietta gehandelt haben. Wie erwähnt, hätte Mrs. Collier diese Verbindung sehr gern gesehen. Trotzdem, selbst wenn eine Gefühlsbeziehung vorhanden war, kann sie bei Flaubert nicht sehr tief gewesen sein, denn als die Colliers nach Chaillot zogen, jenseits des Bois de Boulogne, fand er es zu weit, sie zu besuchen.[8] Zwei Jahre später müssen sie an die Champs-Elysées zurückgekehrt sein, denn in einem Brief an Alfred Le Poittevin erwähnt Flaubert, daß er sie dort besucht und alles noch genauso ausgesehen habe wie bei seinem ersten Besuch.[9]

Ein Haus, in dem er sehr gern geweilt hat, weil die freie, unbeschwerte Bohémien-Atmosphäre ihm besonders zusagte, war das Atelier des Bildhauers Pradier, der damals auf der Höhe seiner Schaffenskraft und einer der meistbewunderten Bildhauer seiner Zeit war. Dieser Künstler, von seinen Freunden allgemein Phidias genannt, war ein paar Jahre früher der Liebhaber von Juliette Drouet gewesen, die 1833 Victor Hugos Lebensgefährtin wurde. Claire P., der Hugo in seinen Betrachtungen einige Gedichte gewidmet hat, entstammte Juliettes Verbindung mit Pradier.

Flaubert lernte Pradier durch seinen Schulkameraden Charles Darcet kennen. Darcets Schwester Louise – von ihren Freunden Ludovica genannt – war Pradiers Frau, ihr Vater ein guter Freund von Dr. Flaubert. Louise war eine fröhliche, lebenslustige und treulose Frau, die später eines der Modelle für Madame Bovary werden sollte. 1845 sah Pradier ein, daß er sich von ihr trennen mußte, da sie ihn mit ihren Extravaganzen und ihrer Untreue zu ruinieren drohte. Victor Hugo hat einmal von ihr gesagt: »Monsieur Pradier, der ausgezeichnete Bildhauer, hat eine großartige Begabung und eine kokette Frau. Sein Talent macht ihn reich, aber seine Frau macht ihn arm.«

Flaubert blieb Louise Pradier fast sein ganzes Leben lang zugetan und besuchte sie auch nach ihrer Scheidung noch oft. Vielleicht spielten dabei gewisse psychologische Studien auch eine Rolle, denn er schrieb einmal an Alfred Le Poittevin[10]: »Ah! la belle étude que j'ai faite là.« In Pradiers Atelier traf Flaubert einige der größten Literaten jener Zeit, unter anderen, im Januar 1843, Victor Hugo. Er beschreibt ihn in einem Brief an seine Schwester[11]:

»Du erwartest Einzelheiten über Victor Hugo. Was soll ich Dir über ihn sagen? Er ist ein Mann wie jeder andere auch, mit einem ziemlich häßlichen Gesicht und einem recht gewöhnlichen Äußeren. Er hat wundervolle Zähne, eine großartige Stirn, keine Wimpern und keine Augenbrauen. Er spricht wenig und macht den Eindruck, als ob er sich selbst beobachtete und nichts von sich geben wollte. Er ist sehr höflich und ein bißchen steif. Der Klang seiner Stimme gefällt mir sehr. Es hat mir Spaß gemacht, ihn aus der Nähe zu betrachten.«

Die Menschen aber, mit denen er am freudigsten die Bekanntschaft erneuerte, waren die Schlésingers. Er muß sie bei einem seiner kurzen Besuche in Paris wiedergesehen haben, noch ehe er sich dort als Student niederließ, denn er erwähnt das in einem Brief an seine Schwester im April 1842.[12] Als er dann in Paris wohnte, wurden sie seine engsten Freunde. Jeden Mittwochabend war er bei ihnen zum Essen eingeladen. Viele Jahre später erinnerte er Élisa Schlésinger einmal daran, welche Freude ihm diese Einladungen bereitet haben, und daß er ihr Eßzimmer in der Rue Grammont nie vergessen hat.[13]

Zu dieser Zeit war Maurice Schlésinger eine wohlbekannte Persönlichkeit in der Musikwelt. Er gab *La Gazette Musicale* heraus und war mit den meisten zeitgenössischen Musikern bekannt, auch mit Wagner, der ihn in seinem Buch *Mein Leben* beschrieben hat.[14]

Wagner war Mitarbeiter bei dieser Zeitung, doch seine Hochachtung für deren Herausgeber hielt nicht lange vor. Im Jahre 1848, als er noch für die Zeitschrift schrieb, schilderte er die außergewöhnliche Art, wie Schlésinger die Honorare seiner Autoren berechnete: Der Text wurde in einen Rahmen gelegt und gemessen, Überschrift und Name des Verfassers wurden abgerechnet, ebenfalls die weißen Zwischenräume. Wagner, der sich eingebildet hatte, eine ganze Seite beigetragen zu haben, wurde schließlich nur für eine halbe Seite bezahlt. Er beklagte sich, seine Mitarbeit an *La Gazette Musicale* hätte ihm nichts eingetragen, und dabei hätte er doch einige sehr erfolgreiche Artikel verfaßt.[15]

Ob Flaubert und Élisa Schlésinger jemals ein Liebespaar geworden sind, darüber herrschen beträchtliche Meinungsverschiedenheiten. Sowohl Bruneau wie auch Pommier glauben, daß seine Liebe zu ihr schon vorbei war, als er achtzehn oder zwanzig Jahre alt war, und führen als Beweis seine Briefe an Louise Colet an, in denen er leugnet, Élisa länger als ein paar Jahre geliebt zu haben.[16] Doch ist das, was er der eifersüchtigen Louise Colet geschrieben hat, kein zuverlässiger Beleg, und wenn man schon seine Korrespondenz in Rechnung stellen will, muß erwähnt werden, daß er nur sehr selten seine innersten Gefühle preisgegeben hat. Während seiner Pariser Jahre verbrachte er jedenfalls viel Zeit bei den Schlésingers, und man kann sich kaum vorstellen, daß Maurice, der durchtriebene Spießbürger, wie ihn Flaubert verachtet und in der endgültigen Fassung der *Lehrjahre des Gefühls* porträtiert hat, dazu der Hauptanlaß gewesen ist.

Jene, die die These vertreten, Flaubert und Madame Schlésinger seien tatsächlich intim gewesen, benützen als Beweis dafür die erste Fassung der *Lehrjahre des Gefühls,* in der Émilie Renaud die Mätresse des Helden Henry wird. Diese Geschichte aber ist erdichtet, und obwohl einige der geschilderten Vorkommnisse sich möglicherweise in Flauberts wirklichem Leben, in seiner Jugend, zugetragen haben, so besteht doch nicht die geringste Ähnlichkeit zwischen der Heldin des Romans und Élisa Schlésinger, wie diese in der Maria der *Erinnerungen eines Verrückten* und in der Madame Arnoux in der zweiten Fassung der *Lehrjahre des Gefühls* geschildert wird. Die Heldin gleicht weit eher Eulalie Foucaud, die denn auch in Wirklichkeit Flauberts Geliebte gewesen war.

Marie-Jeanne Durry hat in ihrem Werk *Flaubert et ses Projets Inédits* die Pläne und Notizen für die endgültige Fassung der *Lehrjahre des Gefühls* veröffentlicht, in denen Flaubert erwägt, ob er Frédéric zum Geliebten der Madame Arnoux machen soll oder nicht.[17] Schließlich entscheidet er, es ergäbe sich eine stärkere Situation, wenn die beiden kein intimes Liebesverhältnis hätten. Marie-Jeanne Durry schließt daraus, daß die lebenden Vorbilder ein Liebespaar gewesen sein müßten, was meiner Meinung nach durchaus nicht zwingend ist.

Es erscheint angesichts von Flauberts Charakter psychologisch denkbarer, daß er Élisa Schlésinger nie zu seiner Geliebten gemacht hat. Wie Baudelaire hatte er immer den Wunsch, seine Madonna in ihrem Schrein zu bewahren. Körperlicher Besitz war für ihn unweigerlich mit Enttäuschung verbunden – im Leben wie in seinen Werken –, und so ist es kaum glaubhaft, daß die körperliche Vereinigung mit Élisa zustande kam, zumal er seine idealistische Meinung über sie zeitlebens beibehalten hat. Daß er sich dieses romantische Bild von ihr hätte bewahren können, wäre er durch die Ernüchterung gegangen, die bei ihm unfehlbar auf die Hingabe folgte, scheint mir fast nicht möglich zu sein.

Es ist jedoch sehr wahrscheinlich, daß Élisa Schlésinger Flaubert geliebt hat, und vielleicht hat er versucht, sich ihr zu nähern, aber vermutlich stieß sie ihn jedesmal zurück. Wie wir gesehen haben, war er stets erstaunt über ihre Treue zu Maurice Schlésinger, der seinerseits immer wieder untreu war. In Flauberts Briefen an sie, zu Lebzeiten ihres Mannes, schrieb er mit zurückhaltender und respektvoller Zuneigung Briefe, wie sie jeder Ehemann lesen dürfte. Erst in seinen letzten Jahren, als sie Witwe war, schrieb er mit tiefer Bewegung und aufrichtiger Liebe. Es ist schwer zu glauben, daß dies geschehen wäre, wenn er mit ihr die völlige Hingabe und die darauffolgende Enttäuschung erlebt hätte. Sein ganzes Leben lang hat er ihr Bild unbefleckt in seinem Herzen bewahrt.[18]

Während des Frühjahrs 1843 arbeitete Flaubert für seine zweite juristische Prüfung, die er im Sommer ablegen mußte. Er hatte jetzt achtzehn Monate lang studiert und erst ein einziges Examen bestanden. Paris wurde ihm allmählich zuwider, da ihm hier die Arbeit das Leben vergiftete. Um Ostern herum hatte er einen Monat in Rouen verbracht, aber dann war er erst recht mit Heimweh nach Paris zurückgekehrt, mit einem Haß auf diese Art von Leben, die er zu führen gezwungen war, mit der Aussicht auf das Abschlußexamen, das er sehr wahrscheinlich ohnehin nicht bestehen würde. In allen seinen Briefen an die Schwester schildert er seine Einsamkeit und seinen Abscheu gegen diese mißliche Situation. Man sieht daraus, wie verletzlich er noch als ein Erwachsener von einundzwanzig Jahren war. Gleich nachdem er Ende April nach Paris zurückgefahren war, schrieb er an Caroline[19]:

»Wie ich mich nach Dir sehne, meine gute kleine Maus! Es kommt mir vor, als wären schon vierzehn Tage vergangen, seitdem ich von Euch weggefahren bin. Auch das Wetter ist von einer schrecklichen Traurigkeit; es hat den ganzen Tag geschneit, ich bin jetzt ganz allein und denke an Euch und stelle mir vor, was Ihr treibt. Ihr sitzt dort alle um den Kamin, wo ich allein nur fehle. Ihr spielt Domino, lärmt, lacht, seid alle zusammen, während ich hier wie ein Dummkopf sitze, beide Ellbogen auf den Tisch gestützt, und nicht weiß, was ich tun soll. Der vergangene Monat war so schön, daß ich immer an ihn denke und mir wünsche, daß sehr schnell gleiche wiederkommen. Ich hatte mich zu Hause erholt; ich hatte mich wieder so sehr daran gewöhnt, Dich zu küssen, wann ich wollte, jede Minute mit meiner Maus zusammen zu sein, daß die Entbehrung all dessen mir härter erscheint als je. Ich habe heute die ewig gleichen Straßen meines Viertels wiedergesehen und die Bürgersteige, über die ich zwei- oder dreimal am Tage gehe; ich habe auf meinem Tisch die gesegneten juristischen Bücher wiedergefunden, die ich dort zurückgelassen hatte. Ich habe mein altes Zimmer in Rouen viel lieber, in dem ich so schöne und friedliche Stunden verbracht habe, wenn ich um mich herum das ganze Haus sich regen hörte, wenn Du um vier Uhr kamst, um Geschichte oder Englisch mit mir zu arbeiten, und wir, statt Geschichte oder Englisch zu machen, bis zum Abendessen zusammen plauderten. Um sich an einem Orte wohl zu fühlen, muß man lange dort gelebt haben. Man wärmt sein Nest nicht an einem Tag und fühlt sich nicht gleich darin wohl. Tagsüber geht es noch, aber am Abend, wenn ich nach Hause gekommen und wieder in diesem leeren Zimmer bin, da denke ich an Rouen. Antworte mir umgehend, meine kleine Maus. Erzähle mir, wie es Dir geht, ob Du Dich wohl fühlst usw. Zeichne, male, klimpere, versuche die Zeit nach Deinem Geschmack zu verbringen, und schreib mir, obwohl Du sagst, daß Du nicht gern schreibst, recht lange Briefe.«

Trotzdem fuhr er mit seinen Studien fort, allerdings mit geringem Erfolg; er konnte das Gelesene einfach nicht behalten. Manchmal schlug er in ohnmächtigem Zorn mit beiden Fäusten auf den Tisch, und wenn dann der Wutanfall verraucht war, mußte er feststellen, daß inzwischen eine halbe Stunde vergangen war, ohne daß er etwas getan hatte, und schlug die Seiten verzweifelter denn je um. Wenn der Abend kam, ging er in ein schäbiges Restaurant, speiste allein und träumte von der Familie, die jetzt mit glücklich lachenden Gesichtern um den Eßtisch herum saß. Nur wo man sich zu Hause fühlt, kann man mit Appetit essen und laut lachen.

Er hörte sogar auf, zu den Colliers zum Essen zu gehen, da er seine Höhle überhaupt nur noch einmal in der Woche verließ.[20]

Zwar besuchte er noch immer Vorlesungen, brachte es aber nicht mehr fertig, dem Geleier des Professors wirklich zuzuhören. Sein Widerwillen gegen die Jurisprudenz nahm ständig zu.

Außerdem steckte er in finanziellen Schwierigkeiten – sei es durch Extravaganzen, sei es, weil man ihn von zu Hause knapphielt. Sein Vater, der von Dr. Cloquet, einem Freund der Familie, von seiner Geldverlegenheit gehört hatte, schickte ihm etwas, um ihm aus seiner Verlegenheit zu helfen. Dazu schrieb er einen Brief, der die herzliche Großzügigkeit dieses feinen Mannes zeigt[21]:

»Du bist doppelt töricht, einmal weil Du es zuläßt, daß man Dich wie einen echten Provinzler rupft; einen Trottel nenn ich den, der sich von den Herren der Industrie und von käuflichen Weibern übers Ohr hauen läßt, die doch nur Schwachköpfe und alte Narren erwischen; und dabei bist Du

Gott sei Dank weder dumm noch alt; Dein zweiter Fehler ist, daß Du kein Vertrauen zu mir gehabt hast ... Ich dachte, ich wäre Dir ein Freund, der es zu wissen verdiente, was Dir zustößt, Gutes oder Schlechtes. Leb wohl, mein Gustave, schone meinen Geldbeutel ein bißchen, und vor allem laß es Dir gutgehen.«

Sein Examen war für August festgesetzt, als aber der Termin näherrückte, nahm seine Verzweiflung noch zu. Seiner Schwester klagt er kurz zuvor in einem Brief[22]:

»Wenn meine Prüfung statt in einer Woche erst in zwei Monaten stattfände, ich glaube, ich würde sie über den Haufen werfen. Ich bin schon ganz abgespannt. Es ist einfach zu mühsam für mich. Sollte ich unglücklicherweise durchfallen, so schwöre ich bei meiner Ehre, daß ich für einen weiteren Versuch nichts mehr dazulernen, daß ich jedesmal mit dem antreten würde, was ich bis jetzt weiß, bis sie mich endlich bestehen ließen. Ich habe mich bei meinen Prüfungsvorbereitungen anfangs zu sehr mit Einzelheiten abgegeben, so daß ich davon erdrückt werde ...

Wenn Du nur wüßtest, meine liebe alte Maus, wie oft ich an das glückliche Ende des August denke, und wie ich aus der Rechtsfakultät fortsausen werde, wenn ich es schaffe, und an alle die närrischen Dinge, die ich tun und sagen werde, wenn ich mit Dir im Wagen sitze.«

Doch es sollte nicht sein. Trotz intensiver Arbeit bestand er das Examen nicht; es war das letzte, zu dem er sich überhaupt je gemeldet hat.

Die Familie reiste nach Paris, um ihn abzuholen, und logierte im Hotel Bristol, aber nach Gustaves Mißerfolg lag ein schwerer Schatten über diesem Urlaub.

Vorübergehend hatte er daran gedacht, das Rechtsstudium aufzugeben, sobald er sein Diplom haben würde, und nicht wie ursprünglich beabsichtigt, bis zum Doktorat durchzuhalten. Le Poittevin schrieb ihm am 28. Juli 1843[23]: »Ich kann kaum erwarten, wie Dein Vater den Entschluß aufnehmen wird, den Du mir eben verkündet hast: Dein aktives Studium mit dem Diplom abzuschließen!«

Im Jahre 1843 schloß Flaubert die dritte enge Freundschaft seines Lebens, vergleichbar seinen Freundschaften mit Ernest Chevalier und Alfred Le Poittevin. Sie hatte, zumindest einige Jahre lang, die gleiche gefühlsmäßige Intensität wie seine Verbindung mit Le Poittevin. Es war die Freundschaft mit Maxime Du Camp, der während seiner Studienzeit sein liebster und engster Freund wurde. Maxime Du Camp stand ihm altersmäßig sehr nahe, er war nur zwei Monate jünger; und er war in seinen jungen Jahren ein sehr anziehender, charmanter und gutaussehender Mann, hatte eine schlanke Figur, leuchtende Augen und dichtes Kraushaar. Er war Vollwaise, eine alte Großmutter war seine einzige nähere Verwandte. Zweifellos liebten er und Flaubert sich innig. Viele Jahre später, 1877, als sie beschlossen, ihre Korrespondenz zu vernichten, las Flaubert einige der Briefe, die er an seinen Freund geschrieben hatte, noch einmal durch. Damals meinte er[24]: »Was warst Du doch für ein netter Kerl! Was warst Du nett! Und wie gern wir uns hatten!« Das war lange nachdem das Leben sie getrennt und ihre Zuneigung abgeschwächt hatte.

Du Camp erzählt in seinen *Souvenirs Littéraires,* wie er Flaubert im März 1843 bei Ernest Le Marié, der in Rouen ein Schulkamerad Flauberts gewesen war, kennengelernt hatte. Le Marié hämmerte auf dem Klavier Beethovens Trauermarsch herunter, als sie die Glocke läuten hörten, und dann erschien ein großer Jüngling mit blondem Bart, den Hut in flotter Schräge auf dem Kopf. Le Marié stellte ihm den jungen Mann als einen alten Schulfreund aus Rouen, Gustave Flaubert, vor.[25]

Maxime Du Camp und Gustave Flaubert wurden schnell gute Freunde. Du Camp erschien Flaubert als ein höchst eleganter junger Mann, viel erfahrener und weltgewandter als er selbst, vor allem weniger provinziell: so recht der Pariser Stadtmensch. Es war etwas Energisches, ja sogar Herrisches an ihm, das auch anderen Selbstvertrauen zu schenken vermochte, und Flaubert ließ es sich gern gefallen, daß Du Camp bestimmenden Einfluß auf ihn gewann. Er neigte ja stets zu Heldenverehrung, bis jemand die Krallen zeigte; bei Du Camp waren damals keine sichtbar. Flaubert liebte es auch, von anderen geführt zu werden. Schon als Einundzwanzigjähriger wußte Du Camp, wohin er wollte, nämlich zuoberst auf die Leiter, doch war er bereit, seinen neuen Freund mit hinaufzunehmen. Zu jener Zeit hatten seine Energie und sein Ehrgeiz Charme, er wirkte sehr überzeugend, seine Empfänglichkeit war noch nicht durch die Jagd nach Ruhm und Erfolg abgestumpft.

Die Kritiker sind im großen ganzen hart mit Du Camp umgesprungen und haben behauptet, seine Haltung gegenüber Flaubert sei auf Eifersucht zurückzuführen. Diese Ansicht scheint mir ungerechtfertigt; wir werden später sehen, daß es im Gegenteil auf Flauberts Seite etwas wie Eifersucht – vielleicht auch bloß Neid – gab, als er sich abmühte, seine schwierige Kunsttheorie zu konkretisieren, aber mißverstanden wurde. Du Camp hatte durchaus keinen Anlaß, auf Flaubert eifersüchtig zu sein, war er doch in jeder Beziehung der Erfolgreichere; es gab keine öffentlichen Ehren, die ihm nicht zuteil wurden – der Rang eines Offiziers der Ehrenlegion, als er noch nicht einmal dreißig war, und die Wahl in die Académie Française, während Flaubert erst in seinen letzten Lebensjahren durch freundliche Vermittlung der Prinzessin Mathilde zum Ritter geschlagen wurde. Er bewunderte Flauberts frühes Talent aufrichtig, den breiten, natürlichen Fluß seiner Sprache, und fand, er hätte diesem Fluß Zwang angetan, indem er ihm absichtlich Hindernisse in den Weg legte. Aber die meisten damaligen Kritiker waren ja ebenfalls dieser Meinung. Er neigte dazu, die Disziplin und Beschränkung von Flauberts Inspiration dessen nervösen Störungen zuzuschreiben. In der Tat trat die Krankheit gerade zu der Zeit auf, als Flaubert seinen strengen Stil zu entwickeln begann.

Man hat Du Camp auch zum Vorwurf gemacht, daß er als Freund Flauberts nach dessen Tod in seinen *Souvenirs Littéraires* behauptet hat, dieser habe an Epilepsie gelitten. Daran haben damals bestimmt viele Leute geglaubt, und viele tun es auch heute noch, ohne daß sie etwas Beschämendes dabei finden. Der Nachdruck jedoch, mit dem er über dieses Leiden gesprochen hat, könnte den Zweck gehabt haben, eine andere Krankheit zu vertuschen, die als weit beschämender gegolten hätte. Wie erwähnt, hat Flaubert Chevalier gegenüber zugegeben, daß er an einer Geschlechtskrankheit litt, die er auch für sein Nervenleiden verantwortlich machte. Maxime Du Camp, der zu jener Zeit sein intimster Freund war, mußte das ebenfalls bemerkt haben, und ganz bestimmt wußte er, daß Flaubert auf der Reise in den Osten 1850 mit Syphilis angesteckt wurde. Es ist sehr wohl denkbar, daß nach Meinung Du Camps der Ruf der Epilepsie als Ursache der unbezweifelbaren physischen Störung dem einer Geschlechtskrankheit vorzuziehen sei.

Du Camp hatte sicherlich den Wunsch, Flaubert zu Erfolg und Reichtum zu verhelfen – später vielleicht mit einer gewissen Herablassung, weil es für ihn schwierig geworden war, die Leistungen seines Freundes für ebenso bedeutend zu halten wie seine eigenen, die viel größere Anerkennung fanden. Die meisten Rezensenten haben seinen weltlichen Ehrgeiz hart verurteilt, aber Idealismus kann schließlich nicht von jedermann verlangt werden, ebensowenig wie Selbstaufopferung für eine Sache. Du Camps Ziele waren dieselben wie die der meisten seiner Zeitgenossen, und er hat sie erreicht.

Flaubert seinerseits hat bestimmt zu ihm wie zu einem Führer aufgesehen. Du Camp war für ihn so etwas wie ein Schulmädchenschwarm. Aber die Anziehung war gegenseitig, und als Du Camp sein erstes Buch veröffentlichte, widmete er es Flaubert »Solus ad Solum«. Sie schenkten einander auch Ringe, und Du Camp schreibt: »Als wir die Ringe tauschten, war es eine Art Verlobung.«[26]

Du Camps Briefe an Flaubert während seiner ersten Auslandsreise[27] zeugen von einer Gefühlsintensität, die man in den Briefen eines Mannes an einen andern Mann üblicherweise nicht findet. Ihre übrige Korrespondenz haben die beiden weitgehend selbst vernichtet. Du Camp hat einmal gesagt[28]: »Nicht ohne Bedauern beschlossen wir, uns dieser Blätter zu entledigen, in die das Beste unserer Seelen ausgeschüttet worden war.« Die noch erhaltenen Briefe, die sich in der Institutsbibliothek in Chantilly befinden, wurden vermutlich nur deshalb aufbewahrt, weil sie sozusagen das Reisetagebuch Du Camps waren. Er hat sie numeriert und sich immer danach erkundigt, ob sie auch in der richtigen Reihenfolge angekommen waren. Er war ängstlich darauf bedacht, daß sie sorgfältig aufbewahrt wurden.

Du Camp ist in seinen *Souvenirs Littéraires*, die vierzig Jahre nach den darin geschilderten Ereignissen geschrieben worden sind, oft ungenau; die Briefe dagegen stammen aus der Zeit selbst, sind also Material aus erster Hand. Die Schrift ist schwer zu entziffern; die Briefe sind ungeheuer lang und wegen ihres Detailreichtums stellenweise sehr uninteressant. Aber aus ihnen strahlt die echte, tiefe Zuneigung zu seinem Freund und die Sorge um ihn heraus. Das war, nachdem Flaubert krank geworden war. In den Briefen wimmelt es von leidenschaftlichen Ausdrücken der Zärtlichkeit. »Ich liebe Dich, ich liebe Dich«, schrieb er im ersten Brief am 15. Mai 1844, »ich umarme Dich so stark, daß ich Dich erdrücke.« Und in einem Postskriptum fügt er hinzu: »Leb wohl, leb wohl! Ich küsse Dich auf Deine großen schönen Augen.« Im zweiten Brief steht: »Leb wohl, Du liebes krankes Kind. Ich umarme Dich und liebe Dich.« In den meisten Briefen heißt es: »Ich umarme Dich heftig genug, um Dich zu ersticken. Ich umarme Dich und liebe Dich.« Am 31. Oktober 1844 schrieb er: »Du wirst nie im Stich gelassen werden von Deinem alten Du Camp, der all seine künftigen Hoffnungen auf bürgerliches Glück, ja sogar das Glück selbst, sofort dahingäbe, um eine einzige Träne aus Deinen Augen zu wischen. Ich verbiete Dir, je an mir zu zweifeln, und wenn Du mich nicht wegschickst, wirst Du mich stets an Deiner Seite finden; solange ich lebe, wirst Du nie allein sein.«

Du Camp scheint aber auch ein vollblütiger Bisexueller gewesen zu sein; man kennt viele Frauen in seinem Leben. Da war vor allem Suzanne, die Portia in seinen *Chants Modernes* und *Chants d'Amour*. Da waren auch Viviane, Valentine und ganz besonders Madame Delessert, Mérimées Freundin, die das Modell für Madame Dambreuse in Flauberts letzter Fassung der *Lehrjahre des Gefühls* werden sollte. Du Camp hätte auch Louise Pradier gern zu seiner Geliebten gemacht, die sich indessen damals zu Flaubert hingezogen fühlte und an keinen andern dachte. Aber Flaubert begehrte Louise Pradier nicht als Geliebte. Du Camp schrieb ihm am 25. Dezember 1848[29]:

»Sie nahm meine Hände in die ihren und sagte, sie habe mich sehr gern, aber es könne nicht geschehen, weil *sie in ihrem Herzen gewiß sei, daß es Dich betrüben würde. Du weißt, daß dies schon die ganze Zeit über meine Vermutung gewesen war* ... Ich wurde mir bewußt, daß sie bloß meinen Zärtlichkeiten nachgab, so war ich dumm genug – oder loyal genug – aufzuhören ... Dann sprach sie von ihren Kindern, die sie an diesem Tag gesehen hatte, und weinte sich an meiner Schulter aus ... Dann gab sie zu: ›Bitte laß uns nichts tun, *ich muß vorher Gustave sehen und es ernsthaft mit ihm besprechen;* vielleicht war es schwerer für mich, zu widerstehen, als für Dich.‹ Das ist *wörtlich* mein Abend, was sagst Du dazu? Was soll ich tun?«

Im Februar 1843 begann Flaubert mit der ersten Fassung der *Lehrjahre des Gefühls,* die erst posthum veröffentlicht worden ist und gar keine Beziehung zu der endgültigen Fassung hat.

Viele Kritiker haben geglaubt, es handle sich dabei um eine Schilderung von Flauberts Verhältnis mit Élisa Schlésinger, und zwar deren zweite Version – die erste wären die *Erinnerungen eines Verrückten* gewesen. Es ist jedoch schwierig, irgendeine Ähnlichkeit mit der Heldin der *Erinnerungen eines Verrückten* oder mit jener der letzten Fassung der *Lehrjahre des Gefühls* in der Figur der Émilie Renaud zu entdecken. Gewiß, der Autor hat viel von sich selbst in die beiden Helden Henry und Jules gelegt, die Frau indessen gleicht viel mehr Eulalie Foucaud als Élisa Schlésinger. Émilie Renaud ist vulgärer und durchschaubarer und flößt nicht jenes Gefühl der Verehrung und Anbetung ein.

Flaubert wollte in diesem Buch ein Bild seiner Generation geben, wie er sie sah, er wollte die Erziehung des Gefühls jungen Männern seiner Zeit zeigen.

Seine Arbeit an dem Buch begann im Februar 1843, kurz nach seinem ersten, erfolgreichen Examen. Er ließ es dann eine Zeitlang liegen, um sich auf seine nächste Prüfung vorzubereiten, bei der er jedoch Ende August durchfiel. Im September und Oktober nahm er sich das Manuskript wieder vor und schrieb mit Unterbrechungen daran, bis er am 1. Januar 1844 krank wurde. Da legte er die Arbeit gezwungenermaßen nieder, nahm sie aber im Mai wieder auf und beendete sie schließlich im Januar 1845. Den größten Teil hat er also nach seiner Erkrankung geschrieben.

Flaubert wurde durch seine Krankheit auch in seinem Wesen stark verändert, und die Literaturkritiker haben sich alle Mühe gegeben, herauszufinden, bis zu welchem Punkt er gekommen war, ehe er erkrankte. Ein definitives Ergebnis ist jedoch unmöglich. Vielleicht hat die Figur des Jules bei weiterer Überlegung an Tiefe und Bedeutung gewonnen, aber sie existierte im ursprünglichen Plan bereits, wie der Autor später Louise Colet gegenüber geäußert hat, als sie ihn zu bewegen suchte, Jules aus dem Roman zu streichen, da er überflüssig sei und das Interesse vermindere.[30] Flaubert hat ihn jedoch als Kontrast benötigt, als einen »repoussoir«, wie er es nennt. Gérard-Gailly sieht den Bruch an der Stelle, wo Henry und Emilie in die Vereinigten Staaten durchbrennen.[31] Es gibt jedoch in einem Brief Flauberts an Louise Colet[32] einen Beweis dafür, daß eine bestimmte Passage, die er erwähnt, im August 1844 geschrieben wurde, und diese Passage befindet sich im Kapitel XVII, *vor* der Flucht, so daß die krankheitsbedingte Veränderung eingetreten sein muß, ehe er die Reise nach Amerika beschrieben hat.

Es besteht keine Möglichkeit, den wahren Sachverhalt herauszufinden. Mit einiger Bestimmtheit können wir lediglich sagen, daß der größte Teil des Buches entstanden ist, nachdem Flaubert krank geworden war, also zwischen Mai 1844 und Januar 1845, als es beendet wurde. Der Roman ist demnach weitgehend das erste Werk seines gewandelten Ichs, seiner veränderten Lebensweise und Anschauungen, das erste seiner Reifezeit.

Klar ist, daß Flaubert anfangs Henry als Hauptfigur betrachtet hat. In ihm sah er sich selbst, an ihm stellte er die äußeren Ereignisse seines Lebens dar – nicht unbedingt sein tieferes Ich. Doch je weiter er vordrang, desto mehr sah er Jules als Darsteller dessen, was er selbst gern gewesen wäre. Und so wurde schließlich dieser die Hauptperson des Romans.

Flaubert war einundzwanzig, als er die *Lehrjahre des Gefühls* zu schreiben begann, und dreiundzwanzig, als er sie fertiggestellt hatte. Trotz des subjektiven Charakters und des unverkennbaren Einflusses Rousseaus, Chateaubriands und Goethes ist es doch mehr ein Roman als alles, was er zuvor verfaßt hatte. In ihm sind bereits viele seiner späteren Ansichten über Kunst festgehalten.

Flaubert verlebte die Weihnachtstage 1843 bei den Colliers und den Silvesterabend bei den Schlésingers in Vernon. Am 1. Januar 1844 fuhr er dann nach Rouen. Damals fühlte er sich noch ganz gesund, bald darauf aber erlitt er den ersten Anfall jener Krankheit, die sein Leben so völlig verändern sollte.

9

LEHRJAHRE DES GEFÜHLS

(1844–1845)

Am Neujahrstag 1844 begab sich Flaubert von Vernon nach Rouen, fuhr aber sogleich nach Deauville weiter, wo Flauberts eine Villa bauen wollten. Auf der Straße zwischen Pont l'Évêque und Rouen, auf der er mit seinem Bruder Achille kutschierte, wobei er selber die Zügel führte, erlitt er den ersten Anfall – was immer es gewesen sein mag, Epilepsie oder ein anderes Nervenleiden. Er stürzte vom Wagen; sein Bruder trug ihn zum nächsten Haus und ließ ihn zur Ader. Er dachte schon, Gustave wäre tot. Nach wiederholtem Aderlaß schien er sich jedoch zu erholen. Man brachte ihn nach Rouen, wo ihn sein Vater in Behandlung nahm. Diese Behandlung war so schrecklich, daß es uns heute noch wie ein Wunder anmutet, daß er sie überhaupt überlebt hat. Ein Haarseil wurde an seinem Hals so angebracht und festgebunden, daß das Blut abgeleitet wurde. Außerdem verordnete man ihm eine sehr strenge Diät, mit wenig Fleisch und ohne Wein und Tabak – Genüsse, die er stets so sehr geschätzt hatte. In einem Brief an Chevalier heißt es[1]:

»Mein lieber alter Ernest, ohne es zu ahnen, hättest Du beinah den ehrenwerten Mann betrauern müssen, der Dir diese Zeilen schreibt. Ja, alter Junge; ja, junger Mann; ich hätte beinahe Pluto, Rhadamanthys und Minos zu sehen bekommen. Ich liege noch immer zu Bett, mit einem Haarseil im Nacken, das noch steifer ist als der Stehkragen eines Offiziers der Nationalgarde, mit einem Haufen Pillen und Tees, und vor allem diesem Gespenst, das tausendmal schlimmer als alle Krankheiten der Welt ist und das *Diät* heißt. Wisse also, lieber Freund, daß ich einen Blutandrang zum Gehirn hatte, so etwas wie einen Miniaturschlaganfall, begleitet von Nervenschmerzen, die ich weiter behalte, weil das zum guten Ton gehört. Ich hätte beinahe unter den Händen meiner Familie ... meinen Geist aufgegeben. Man hat mich gleichzeitig an drei Stellen zur Ader gelassen, und schließlich habe ich die Augen wieder geöffnet. Mein Vater will mich zunächst noch hierbehalten und mich beobachten, obwohl meine moralische Verfassung gut ist und ich nicht weiß, was es da noch zu befürchten gibt ... Ich bin in einem verfluchten Zustand; bei der geringsten Erregung vibrieren meine Nerven wie die Saiten einer Geige; meine Knie, meine Schultern und mein Bauch zittern wie Espenlaub. Nun, das ist das Leben, sic est vita, such is life. Möglicherweise kehre ich nicht so bald nach Paris zurück, es sei denn für vielleicht zwei oder drei Tage im April, um meinem Hauswirt zu kündigen und ein paar kleine Angelegenheiten zu regeln.«

Sein Brief kreuzte sich mit einem von Chevalier, den er ein paar Tage später beantwortet[2]:

»Ich habe ein Eiterband, das trieft und zwickt, meinen Hals steif hält und mich so irritiert, daß ich schwitze. Ich werde purgiert und zur Ader gelassen; man hat mir Blutegel angesetzt; gutes Essen ist mir verboten, Wein untersagt; ich bin ein toter Mann.«

Das schlimmste aber war, daß man ihm die Pfeife weggenommen hatte, denn das Rauchen war ihm immer lieber gewesen als alles andere.

Er ging nach Paris, um sich noch einmal bei der rechtswissenschaftlichen Fakultät einzuschreiben. Doch dann erlitt er einen weiteren Anfall – sogar mehrere, und schließlich kamen sie täglich vor, wie er Chevalier mitteilt[3]: »Nicht ein Tag vergeht, ohne daß ich Garnstränge oder Feuerwerk sehe.« Bei einem dieser Anfälle war Dr. Flaubert so beunruhigt, weil das Blut beim Aderlaß nicht sofort kam, daß er die Lanzette herauszog und den Arm seines Sohnes mit heißem Wasser überschüttete. Dabei verbrühte er ihn so heftig, daß die Narbe sein Leben lang sichtbar blieb.

Wegen der wiederholten Anfälle entschied Dr. Flaubert, sein Sohn sollte das Rechtsstudium aufgeben und jeden Gedanken an eine berufliche Laufbahn fallenlassen. Flaubert war nicht traurig über diesen Beschluß, der es ihm nun möglich machte, sich ganz der Arbeit zu widmen, zu der er sich berufen fühlte. Psychologen würden in dieser Krankheit vielleicht den Versuch seines Unterbewußtseins sehen, einem Leben zu entfliehen, das er als selbstzerstörerisch empfand, da es ihm jede Lebensfreude nehme und ihn auf die Dauer künstlerisch umbringen werde. Es war der unbewußte Fluchtversuch eines Mannes, dessen Nervensystem niemals stark gewesen war. Die Krankheit verursachte eine umfassende Veränderung, einen völligen Umbruch in seinem Leben. In einem Brief an Alfred Le Poittevin meinte er im Mai 1845[4]: »Mein Nervenleiden war der Übergang zwischen zwei Zuständen.« Und an Louise Colet schrieb er im August des folgenden

Jahres[5]: »Ich habe zwei völlig getrennte Existenzen durchlebt; die äußeren Ereignisse waren das Symbol des Endes der ersten und der Geburt der zweiten; das alles ist mathematisch. Mein aktives, leidenschaftliches Leben voll Erregung und widersprüchlicher Strömungen, voll vielfältiger Empfindungen ging zu Ende, als ich zweiundzwanzig war. Damals tat ich einen großen Schritt vorwärts, ein neues Leben begann.«

Was auch immer er für eine Krankheit gehabt haben mag, sie veränderte jedenfalls sein Leben von Grund auf. Dr. Flaubert verkaufte das Land in Deauville und erwarb die Liegenschaft in Croisset, ein paar Meilen stromabwärts von Rouen, in einer damals noch ziemlich abgelegenen Gegend. Er kaufte das Haus in erster Linie als Heim und Zufluchtstätte für seinen kränklichen Sohn. So gab die Familie ihre Wohnung im Chefarzt-Flügel des Hôtel-Dieu auf und zog in das hübsche Schlößchen aus dem 18. Jahrhundert, dessen Garten zum Fluß hinausging und zu dem eine schöne Lindenallee gehörte, in der Flaubert unter den süß duftenden Blüten auf und ab zu gehen pflegte. In jenen Tagen stand dort noch keine der Fabriken, die jetzt die Landschaft verschandeln und die Aussicht verstellen. In diesem Haus in Croisset hat Flaubert die restlichen Jahre seines Lebens, mit Ausnahme einiger Auslandsreisen und gelegentlicher Ausflüge nach Paris, verbracht. Nach seinem Tod hat seine Nichte die Villa sogleich verkauft. Sie wurde niedergerissen, um einer Fabrik Platz zu machen. Als einziges blieb das kleine Sommerhaus am Flußufer übrig, aus dem man ein Flaubert-Museum gemacht hat, obwohl es herzlich wenig Beziehung zu ihm hat.

In Croisset hat Flaubert versucht, ein normales Leben zu führen – wie es ihm sein Vater verschrieben hatte. Er segelte oft. Seine Mutter war dann in ständiger Angst, er könnte einen Anfall haben, während er allein draußen war. Er war ja kräftig gebaut und hatte zur körperlichen Ertüchtigung schon immer Wassersport betrieben.

Er lebte sehr zurückgezogen; darüber schrieb er einmal an Chevalier[6]:

»Ich ruhe jetzt so ziemlich in mir selbst und lebe still und regelmäßig, beschäftige mich fast ausschließlich mit Literatur und Geschichte. Ich habe das Griechische wiederaufgenommen, in dem ich nun ausdauernd weiterfahre, und meinen Meister Shakespeare, den ich mit ständig wachsender Liebe lese.

Bessere Jahre als die beiden, die eben vorüber sind, habe ich nie verlebt, denn sie waren die freiesten und in ihrem Ablauf am wenigsten behindert.

Ich habe dieser Freiheit viel geopfert und bin zu weiteren Opfern bereit. Meine Gesundheit ist weder besser, noch schlechter; es dauert lange, lange, sehr lange, mein armer alter Bursche; nicht für mich, wohl aber für meine Familie, für meine Mutter, die diese Krankheit langsam zermürbt und noch kränker macht, als ich selber bin.«

Vielleicht kann man sagen, Flaubert wäre nie der große Künstler geworden, wenn ihn nicht diese Unordnung aus seinem normalen Leben herausgerissen und ihm gestattet hätte, in der Einsamkeit seine Gedanken zu sammeln. In den Tagen und Nächten seiner Krankheit mußte er über Dinge nachsinnen, an die er nie zuvor gedacht hatte. Vieles, was er früher bewundert hatte, erschien ihm nun wertlos. Er fühlte sich dem ehrgeizigen Leben der Welt, dem Streben nach Rang und der Jagd nach äußeren Ehren enthoben. Er, der in seiner frühen Jugend schon von Veröffentlichung und Anerkennung geträumt hatte, stand all diesen Dingen jetzt gleichgültig gegenüber. Seine Mappen waren voller Werke, die er hätte veröffentlichen können, aber er bemühte sich nicht darum. Er sehnte sich danach, mit sich selbst zufrieden zu sein. In einem Brief an Maxime Du Camp meint er[7]:

»Weißt Du, ein schöner Gedanke wäre, sich einen Burschen vorzustellen, der bis zum fünfzigsten Lebensjahr nichts veröffentlicht hat und der dann eines Tages mit einem Schlag seine gesammelten Werke erscheinen ließe und sich damit begnügte.«

Gewiß half ihm die Tatsache, daß er finanziell unabhängig war, doch benützte er seine Wohlhabenheit nie zu einem luxuriösen Leben, zu Vergnügungen oder zu irgendwelchen Extravaganzen, sondern nur dazu, dem seelenmörderischen Beruf zu entgehen, der ihm zu wenig Freizeit für seine eigentliche Arbeit gelassen hätte.

Flauberts veränderte Kunst- und Lebensanschauung war es schließlich, die zur Lockerung seiner Freundschaft mit Du Camp geführt hat. Du Camp war der intime Freund seiner Studentenzeit in Paris gewesen, als er noch voller Lebensfreude und Glauben an den eigenen weltlichen Erfolg war. Kurz vor seiner Pariser Zeit hatte der damals neunzehnjährige Flaubert noch schreiben können[8]:

»Als ich zehn Jahre alt war, träumte ich schon von Ruhm – und ich habe gedichtet, seit ich überhaupt schreiben konnte, ich entwarf ganz für mich hinreißende Bilder –, ich dachte an einen Saal voll Licht und Gold, an klatschende Hände, an Zurufe, an Kränze. Man ruft den Verfasser – und der Verfasser, das bin ich, das ist mein Name, ich, ich, ich, man sucht mich in den Gängen, in den Logen, man beugt sich heraus, um mich zu sehen – der Vorhang hebt sich, ich trete vor – wie berauschend! Man betrachtet dich, man bewundert dich, man beneidet dich, man ist nahe daran, dich zu lieben.«

Du Camp hatte Flauberts Ehrgeiz und sein Selbstvertrauen, die ja auch seine eigenen waren, gestärkt. Er wollte Welterfolg für sich, so früh wie möglich, aber er wollte auch den Freund mit in diese Höhen ziehen. Er verstand die Zurückhaltung Flauberts und dessen Ideal einer peinlich genauen Kunst nicht und sollte sie auch niemals verstehen lernen.

Du Camps Abreise in den Osten im Mai 1844 lockerte die engen Bande der Freundschaft, die sie im vorhergehenden Jahr vereint hatten. Während er im Ausland weilte, erneuerte Flaubert seine alte Freundschaft mit Le Poittevin, dessen Einfluß von neuem wirksam wurde und dessen Ideale ihm nun mehr mit seinen eigenen übereinzustimmen schienen als diejenigen Du Camps. Ihre Freundschaft vertiefte sich noch, und Flaubert erkannte, daß es immer falsch war, wenn sie sich trennten[9]:

»Es wäre wirklich sehr falsch, wenn wir auseinandergingen und von unserer Berufung und unserer Sympathie abwichen. Jedesmal, wenn wir es versuchten, haben wir unseren Fehler eingesehen. Ich habe es neulich wieder gespürt, bei unserer letzten Trennung, eine schmerzliche Empfindung, die mich zwar weniger erstaunt hat als früher, aber stets voller Kummer ist. Die letzten drei Monate waren wir glücklich miteinander, allein, allein mit uns selbst und allein zu zweit. Nichts auf der Welt kommt den seltsamen Gesprächen an diesem schmutzigen Kamin gleich, vor den Du Dich jeweils gesetzt hattest; ist es nicht so, mein lieber Poet? Forsche nach in Deinem Leben, und Du wirst auch erkennen, daß wir keine besseren Erinnerungen haben, das heißt Dinge, die in ihrer Erhabenheit vertrauter und zärtlicher wären. Ich habe Paris mit Vergnügen wieder besucht; ich sah den Boulevard, die Rue de Rivoli, die Straßen, als sähe ich das alles nach hundertjähriger Abwesenheit wieder, und ich weiß nicht, warum ich freier atmete, mich mittendrin fühlte in diesem Leben und Treiben. Und doch habe ich niemanden bei mir, leider! Sobald wir uns trennen, landen wir in der Fremde, wo keiner unsere Sprache spricht und wir die keines andern.«

Le Poittevin gestand, daß er während der Zeit, da Flauberts Freundschaft mit Du Camp auf ihrem Höhepunkt gewesen war, sich etwas verletzt und vernachlässigt gefühlt hatte[10]:

»Wenn ich mich, mein liebes Kind, seit einiger Zeit ein wenig von Dir abzuwenden schien, so allein nur deshalb, weil ich spürte, daß zuletzt weniger Offenheit zwischen uns bestand als ich erwartet hatte. Das brachte mich dazu, verschiedene Dinge vor Dir zu verstecken, die ich Dir sonst ohne weiteres erzählt hätte. Es war traurig für mich, so zu handeln, aber ich wäre überglücklich, im Unrecht gewesen zu sein.«

Und später schrieb er ihm[11]:

»Komm zurück, ich dürste nach Dir! Wir sind wie zwei Trappisten, die nur reden, wenn sie beisammen sind, und dann eine Sprache, die nur sie allein verstehen ... Ich habe große Sehnsucht, Dich wiederzusehen; es ist, trotz allem, etwas in uns, das blutet, wenn wir zu lange getrennt sind. Die Entfernung läßt es uns anfänglich nicht spüren, aber lange läßt sich unsere Aufmerksamkeit nicht ablenken, und die Gewohnheit erwacht von neuem.«

Und Flaubert seinerseits schrieb an ihn[12]:

»Nein! Ich glaube nicht, daß ich zu bemitleiden bin, wenn ich denke, daß mir Deine Freundschaft zuteil geworden ist, und daß wir vollkommen freie Stunden miteinander verbringen können. Wenn Du mich jemals im Stiche ließest, was würde mir bleiben?«

Ihre Freundschaft wurde tiefer und stärker. Flaubert nahm seine metaphysischen Studien wieder auf, die er in der letzten Zeit etwas vernachlässigt hatte. In seinen Briefen erwähnt er eine orientalische Erzählung, die ihn beschäftigt; man weiß nicht, ob er damit *Smarh* oder etwas anderes gemeint hat. Durch dieses neu erwachte Interesse am Metaphysischen wurde er bei seiner Italienreise 1845 von Breughels Bild des heiligen Antonius, das er in Genua sah, so sehr beeindruckt, daß es den Anstoß zu seiner Dichtung *Die Versuchung des heiligen Antonius* geben konnte. Sein Interesse an dieser Art von Arbeiten war während der Zeit, da er sich mit dem modernen Leben beschäftigte und die *Lehrjahre des Gefühls* schrieb, fast erloschen gewesen.

Maxime Du Camp gefiel diese Erneuerung der Freundschaft zwischen Flaubert und Le Poittevin nicht. Wahrscheinlich war er etwas eifersüchtig. Seiner Meinung nach übte Alfred keinen guten Einfluß auf Gustave aus. Er schildert ihn als »verdorben wie eine Frau, der die schändlichsten Dinge mit ruhiger Stimme sagt«.[13] Das stimmte wahrscheinlich; auf das Obszöne in Le Poittevins Gesprächen und Briefen haben wir bereits in einem früheren Kapitel hingewiesen.

In einem seiner endlosen Briefe von der Reise in den Osten schrieb Du Camp[14]:

»Du sahst Glück, wo keines ist, Du warst begeistert von Nichtigkeiten, deren künstlerische Seite Dich nicht gegen ihren grausigen und lächerlichen Aspekt hätte blind machen dürfen. Du hast Dein eigenes Herz verleugnet. Du hast heilige Dinge erbarmunglos verhöhnt; Du mit Deinem edlen Verstand hast Dich zum Affen eines korrupten Menschen gemacht, eines Griechen der Dekadenz, wie er sich selber nennt; und jetzt, darauf gebe ich Dir mein Ehrenwort, macht er sich über Dich lustig und glaubt selber kein Wort von dem, was er zu Dir gesagt hat. Zeig ihm diesen Brief, und Du wirst sehen, daß er es nicht zu bestreiten wagt. Verzeih mir, mein liebes Kind, es ist mir sehr zuwider, daß ich so zu Dir sprechen muß, aber Freundschaft ist unerbittlich, und einmal mußte ich es Dir sagen. Sei mir nicht böse. Ich wäre so glücklich, Dich zufrieden wiederzusehen, ruhig und alles Glück genießend, das in Deiner Reichweite liegt und das Du doch in so weiter Ferne suchst. Es ist etwas Gutes, die Kunst zu lieben, aber man soll ihr nicht alles opfern. Man mag ein noch so starker Mensch sein, etwas fehlt immer, wenn die Freuden des Herzens nicht vollständig sind ... Leb wohl! In zwei oder drei Tagen werde ich Dir ausführlicher schreiben. Ich will nie mehr mit Dir über diese Dinge sprechen. Du wirst ohnehin mehr als genug haben von diesen vier Seiten! Nimm sie mir bitte nicht übel, Du kannst sicher sein, daß sie mich beim Schreiben mehr gebrannt haben, als sie Dich beim Lesen quälen werden. Du mußt aber wissen, daß nur meine innigste Liebe zu Dir sie mir diktiert hat. Leb wohl! lieber alter Geselle ... Ich liebe Dich und umarme Dich von ganzem Herzen. Sei mir nicht böse und schreib mir, daß Du mich immer noch ein bißchen liebhast.«

Zu Beginn dieses Briefes hatte er geschrieben:

»Wenn Du nur wüßtest, wie sehr ich Dich liebe und wie weh es mir tut, daß Du Glück findest, wo es gar keines gibt. Ich gäbe alles in der Welt darum, wenn Du ein halbes Jahr lang mein Leben leben könntest; dann wüßtest Du es zu schätzen, und ich bin sicher, daß Du ruhig und gefaßt zurückgingest, um Dich dieses Lebens zu erfreuen, das Dir jetzt unerträglich erscheint.«

Aus allen Briefen Du Camps von seiner Auslandsreise an Flaubert spricht deutlich, daß er ständig an seinen Freund gedacht hat, und zwar immer in tiefer, an Leidenschaft grenzender Zuneigung. Er bettelt wieder und wieder um Briefe, klagt darüber, daß er so fern von ihm ist, und meint, es wäre klüger gewesen, überhaupt nicht von ihm fortzugehen[15]:

»Erzähl mir tausend Dinge, nur so kannst Du mir Dein Fernesein erträglich machen, an das ich mich nur äußerst schwer gewöhne.«

Die Sehnsucht nach dem Freund vergiftete seine Reise, nie bekam er genug Nachrichten von ihm[16]: »Entweder bist Du krank ... oder Du hast mich grausam vergessen. Wenn Du wohlauf bist, so ist Deine Gleichgültigkeit unverzeihlich.« In einem andern Brief heißt es[17]: »Ich würde so gern alles verfolgen, was Du tust, alles wissen, was Du tust, Minute um Minute.«

Er seinerseits scheint jede Minute, die er erübrigen konnte, damit verbracht zu haben, an Flaubert zu schreiben[18]:

»Ich muß noch vier Briefe schreiben, und doch rede ich nur mit Dir. Du bekommst den besten und ausführlichsten. Schreib mir lange und oft! Erzähl mir von Deinem Leben und von Deinen Gedanken. Du weißt doch, daß Du in mir allezeit einen Widerhall findest – ob ich will oder nicht.«

Er scheint außerstande zu sein, sich von diesem Brief loszureißen[19]:

»Überhaupt, mein liebes Kind, wenn Du möchtest, daß ich meine Reise aushalten soll, mußt Du mir häufig und sehr detailliert schreiben. Wenn Du nur wüßtest, mit welcher Ungeduld ich auf Post aus Frankreich warte.«

Du Camp war vom Mai 1844 bis März 1845 nicht in Frankreich; während dieser Zeit hat Flaubert seine erste Fassung der *Lehrjahre des Gefühls* zu Ende geschrieben.

Diese erste Fassung hat, wie bereits festgestellt, mit der zweiten nicht mehr gemein als den Titel. Gewiß bestehen gewisse Ähnlichkeiten in den äußeren Merkmalen zwischen Madame Renaud, der Heldin der ersten, und Madame Arnoux, der Heldin der zweiten Fassung, aber wohl nur deshalb, weil jede von ihnen den Typ Frau verkörpert, auf den Flaubert ansprach – ein Typ, der sich noch in vielen seiner Werke findet. Wir haben gesehen, daß Eulalie Foucauld Élisa Schlésinger gleicht – das war es vermutlich auch, wodurch sich Flaubert zur ersteren hingezogen gefühlt hat. Louise Colet scheint die einzige Frau in seinem Leben gewesen zu sein, die keine Brünette, sondern eine üppige flämische Blondine war.

Die *Lehrjahre des Gefühls* waren nicht, wie einige seiner früheren Werke, als kosmische Vision des Universums geplant, noch als Selbstbekenntnis oder Selbstdarstellung gedacht. Sie sollten ein Bild des Lebens sein, wie es dem Leben in der modernen Welt entspräche, sie sollten aber auch eine

Kritik an diesem Leben geben. Er wollte vor allem die ›Gefühlserziehung‹ der jungen Leute seines Alters schildern, wobei er unter ›Gefühl‹, wie wir gesehen haben, nicht einfach Leidenschaft verstanden hat. In einem Brief an Le Poittevin kurz nach Beendigung des Buches schrieb er[20]: »Meine eigenen ›Lehrjahre des Gefühls‹ sind noch nicht ganz vorbei, aber vielleicht nähere ich mich doch ihrem Ende.« Aus dem Kontext geht klar hervor, daß er dabei nicht sein Liebesleben meint. Natürlich verwertete er, da er noch sehr jung war, Züge seines eigenen Charakters und Ereignisse, die er selbst erlebt hatte.

Von Anfang an hatte er die beiden Figuren Henry und Jules als Gegensätze konzipiert; nach seiner Krankheit aber gewann Jules für ihn an Bedeutung, er wurde zum Sprachrohr seiner neuen Erkenntnisse, zum Verteidiger seiner neuen Kunstphilosophie.

Der Roman enthält also die Ausbildung des Gefühls zweier junger Männer. Zuerst war der Verfasser selbstverständlich mehr an Henry, dem ursprünglichen Helden der Geschichte, als an Jules interessiert. Henrys Lehrjahre des Gefühls bestehen im Bemühen, sich der Welt anzupassen, so wie sie nun einmal ist. Er akzeptiert sie zuletzt, schließt Frieden mit ihr und wird von ihr abgestumpft. Er macht sogar auf weltliche Weise einen großen Erfolg aus seinem Leben, verliert jedoch dabei seine Seele und wird zum Spießbürger. Deshalb haben manche Rezensenten in ihm ein Porträt Maxime Du Camps gesehen; aber Flaubert selbst hatte ja in seiner Jugend, vor der großen Wende, den gleichen Ehrgeiz wie dieser. Später freilich fürchtete er, daß er vielleicht denselben Weg wie Henry gegangen wäre, wenn er in Paris geblieben wäre und seine Ambitionen geteilt hätte.

Henry versagt in der Liebe, aber auch Jules. Das läßt den letzteren sich in sich selbst zurückziehen, die Welt hassen und sich als Byronschen Helden sehen. Er denkt sogar an Selbstmord, gewöhnt sich aber schließlich an sein Elend. Er sucht überall Trost und glaubt schließlich, ihn in der Literatur zu finden. Doch auch dort findet er nur sich selber. Am Ende gelangt er zur Heiterkeit durch seine Auffassung von Kunst, durch den Glauben, der Künstler müsse imstande sein, alles zu verstehen, das Gegenwärtige und das Vergangene, das Lebendige und das Unbeseelte; nur dann sei er in der Lage, jenes Selbstvergessen zu erlangen, das Frieden bedeutet.

Die Handlung des Romans dreht sich um das gegensätzliche Schicksal der beiden Freunde: Jules bleibt in der Provinz und verliebt sich leidenschaftlich in eine Schauspielerin, die ihn schlecht behandelt. Henry geht als

Student nach Paris und verführt – oder wird verführt – die Frau des Inhabers der Pension, in der er wohnt. Nach vielen heißen Liebesszenen überredet er sie, mit ihm nach Amerika zu fliehen. Doch wie es bei Flaubert üblich ist, kommt mit der Erfüllung auch die Ernüchterung. Die beiden Liebenden werden von den Härten, die sie in der Neuen Welt erdulden müssen, erdrückt. Er ist unfähig, Arbeit zu bekommen, und sie trauert den Vergnügungen von Paris nach. Schließlich bringt er sie nach Frankreich zurück, wo sie zu ihrem Mann heimkehrt.

Dann verlagert sich das Interesse von Henry auf Jules, dem er nun seine Hauptaufmerksamkeit schenkt. Dies geht zweifellos auf Flauberts Meditationen während und nach seiner Krankheit zurück, als er sich vom fröhlichen Pariser Leben zurückgezogen und Muße genug gehabt hatte, über dessen Hohlheit nachzudenken. Seine Schlußfolgerungen, seine Ansichten über Leben und Kunst sind wahrscheinlich der wichtigste Teil des ganzen Buches.

Henry kehrt in ein Leben eitlen Vergnügens und Strebens zurück und gelangt auf weltliche Weise zu Erfolg. Es ist offenkundig, daß Flaubert inzwischen an diesem Leben weniger interessiert war als am geistigen Leben Jules, der dem andern gegenüber überlegen gezeigt wird, da er Künstler ist.

Der Aufbau des Romans ist nicht ganz gelungen. Die Einzelschicksale Henrys und Jules sind zwar durch Briefe miteinander verbunden, was aber nicht sehr wirkungsvoll herausgearbeitet ist. Die beiden Teile bleiben getrennt und stehen wie isoliert nebeneinander. Flaubert selbst war sich des mangelhaften Aufbaus bewußt. Er meinte, der Roman müsse neu geplant werden. Beispielsweise sei ein weiteres Kapitel notwendig, um die Verbindung zwischen beiden Teilen zu schaffen und zu zeigen, wie die Charaktere das wurden, was sie wurden.[21] In diesem Kapitel wollte er demonstrieren, »wie zwangsläufig der Stamm sich hat verzweigen müssen, das heißt, warum eine bestimmte Aktion dieses bestimmte Ergebnis in einer Person gehabt hat und nicht ein anderes. Die Ursachen sind aufgezeigt worden, die Ergebnisse ebenfalls, aber die Verkettung von Ursache und Wirkung fehlt. Darin liegt der Fehler des Buches, und dadurch straft es seinen Titel Lügen.«

Einen sehr wichtigen Teil des Romans bildet die Formulierung einer philosophischen Lebens- und Kunstanschauung.[22]

Jules sucht sich nach seiner Liebesenttäuschung vorerst in romantischer

Literatur auszudrücken, sieht jedoch bald die Schwäche dieser Literaturströmung ein. Es war dies die Zeit, da in Frankreich die Ideale der Romantik ernsthaft kritisiert wurden, der Beginn der l'art-pour-l'art-Bewegung. Der Durchfall von Victor Hugos *Les Burgraves* 1843 gilt allgemein als das Ende der Romantik.

Jules wandte sich also von der Romantik ab, wie Flaubert es ebenfalls getan hat[23]:

»Auch der Sturm sank beträchtlich in seiner Achtung; der See mit seinem ewigen Kahn und seinem immerwährenden Mondschein kam ihm so sehr als Teil der alten Keepsakes vor, daß er es sich versagte, davon zu sprechen, selbst im Familienkreis.«

Das ist eine Kritik an Lamartine, und wir werden später in *Madame Bovary* sehen, wie spöttisch er diesen Dichter behandelt:

»Er sagte dem mit seiner Unschuld beladenen jungen Mädchen und dem mit seiner ehrwürdigen Miene überhäuften Greis ein Lebewohl auf Nimmerwiedersehen; denn die Erfahrung hatte ihn gelehrt, daß man nicht immer etwas Engelhaftes im ersteren oder Patriarchalisches im letzteren Fall zu sehen braucht.«

Das bringt Jules – wie Flaubert – dazu, die Antike zu studieren, eine Leidenschaft für die Vergangenheit zu entwickeln und die größten Dichter unter jenen zu suchen, die die Menschheit und nicht sich selbst erforscht haben. Das hat er ein Jahr darauf auch zu Louise Colet gesagt und ihr am Beispiel Byron – Shakespeare die beiden Ideale der Literatur einander gegenübergestellt.[24]

Jules strebt nach der Einheit in dieser Welt, sein Ziel ist der Versuch, sie zu erklären. In dieser Einheit hat selbst das Häßliche seinen Platz, und die Pflicht des Künstlers ist es, die Harmonie zwischen den beiden Elementen Schönheit und Häßlichkeit zu finden und auszudrücken[25]:

»Dann dachte er darüber nach, daß alles, was ihm früher so elend erschienen war, sehr wohl Schönheit und Harmonie haben konnte; und indem er beides zusammenfaßte und auf absolute Prinzipien zurückführte, bemerkte er eine wunderbare Symmetrie allein schon in der periodischen Wiederkehr der gleichen Gedanken vor den gleichen Dingen, der gleichen Empfindungen vor den gleichen Tatsachen; die Natur machte bei diesem Zusammenklang mit, und die ganze Welt schien ihm das Unendliche wiederzugeben und Gottes Antlitz zu spiegeln; die Kunst zeichnete all diese Linien, sang all diese Töne, modellierte all diese Formen, erfaßte deren

Proportionen und führte sie auf unbekannten Wegen zu dieser Schönheit, die schöner ist als die Schönheit an sich, da sie auf das Ideal zurückgeht, von dem diese einst sich herleitete, und die in uns Bewunderung weckt, das Gebet des Geistes vor der strahlenden Kundgebung des unendlichen Geistes, die Hymne, die er diesem singt in seiner Freude, sich als seinesgleichen zu erkennen, und wie Weihrauch, den er als Pfand seiner Liebe zu ihm aufsteigen läßt.«

Alles verschmilzt zu dieser Harmonie und Einheit[26]:

»Und die erhabene Dichtung, der grenzenlose Geist, die Natur mit all ihren Gesichtern, die Leidenschaft mit all ihren Schreien, das Menschenherz mit all seinen Abgründen vereinigten sich zu einer gewaltigen Synthese, von der er jeden Teil um des Ganzen willen achtete, ohne daß er eine einzige Träne aus den Menschenaugen, noch ein einziges Blatt aus den Wäldern hätte wegnehmen wollen.«

Flauberts Auffassung von der Schönheit ist derjenigen Baudelaires sehr ähnlich, daß nämlich Schönheit nicht im Gegenstand selber liege, sondern nur in dem, was der Künstler hineinlege.

Jules gelangt an den gleichen Punkt, den Flaubert erreicht hatte, als er den Roman fertiggeschrieben hatte: Er schreibt nur noch zur eigenen Freude, ohne einen Gedanken an Erfolg und öffentliche Anerkennung. Ein Jahr darauf heißt es in einem Brief Flauberts an Louise Colet[27]:

»Nein, ich verachte den Ruhm nicht; man verachtet nicht, was man nicht erreichen kann. Mehr als bei jedem anderen hat mein Herz bei diesem Wort geschlagen. Einst habe ich viele Stunden damit verbracht, schwindelnde Triumphe für mich zu erträumen, deren Tosen mich erzittern ließ, als ob ich es bereits hörte. Ich weiß nicht warum, aber eines Morgens war ich beim Erwachen von dieser Begierde befreit, und zwar noch gründlicher, als wenn sie erfüllt worden wäre. ... Wenn man einigen Wert besitzt, bedeutet den Erfolg suchen, sich freiwillig zugrunde richten, und den Ruhm suchen bedeutet vielleicht, sich ganz ins Verderben stürzen.«

Jules' Kunstauffassung hat Flaubert später in seinem Briefwechsel mit Louise Colet und besonders während der Jahre, in denen er an *Madame Bovary* schrieb, weiterentwickelt.

Jules' wichtigste Gedanken über Kunst laufen darauf hinaus, daß Kunst unpersönlich sein muß und nicht den Autor ausdrücken darf; daß Schönheit und Wahrheit ein und dasselbe sind, Form und Substanz ebenso; daß in der Schönheit Einheit ist – wie Flaubert viele Jahre später zu Louise

Colet sagen sollte–, daß »es nur eine Schönheit gibt; sie ist überall dieselbe, doch sie hat verschiedene Aspekte«.[28]

Lehrjahre des Gefühls ist Flauberts erstes Buch mit einer deutlich formulierten Kunstphilosophie, die auf der Einheit in der Welt gründet: Es ist die Pflicht des Künstlers, diese Einheit zu entdecken. Darin liegt die große Freude und Begeisterung des Künstlers und seine einzige Arznei gegen die Verzweiflung.

Eine Lebens- und Kunstanschauung macht noch nicht unbedingt einen guten Roman, und doch ist *Lehrjahre des Gefühls* viel eher ein echter Roman als jedes frühere Werk Flauberts. Es hat das wirkliche Leben zum Gegenstand und berücksichtigt die Verhältnisse der einzelnen Gestalten, ihr Alltagsleben.

Das Hauptinteresse des Romans, dessen Handlung erfunden ist, liegt im Psychologischen, in den Charakteren; sie sind differenzierter gezeichnet als in Flauberts früheren Werken. Außerdem sind die Unterschiede zwischen den Typen größer – besonders unter den Nebenfiguren. Hier zeigt sich Flauberts späteres Talent für die Schilderung des Äußeren und für das bedeutungsvolle Detail, wie auch sein Sinn für Ironie und Komik. Da ist zum Beispiel das Porträt von Renaud, dem Pensionsinhaber[29]:

»Er erschien boshaft beim ersten und dumm beim zweiten Gespräch, er lächelte oft spöttisch über die belanglosesten Dinge, und wenn man ernsthaft mit ihm sprach, starrte er einen über seine Brille so intensiv an, daß man es für Scharfsinn halten konnte; sein Kopf, vorne kahl und nur zum Nacken hin mit ergrauendem blondem Kraushaar bedeckt, das er ziemlich lang wachsen ließ und sorgfältig auf die Schläfen raffte, entbehrte weder der Intelligenz noch der Treuherzigkeit; alle vorspringenden Linien seiner kleinen, fülligen Statur verloren sich in schlaffem weißlichem Fleisch; er hatte einen dicken Bauch, schwache, quabbelige Hände wie fünfzigjährige alte Frauen, seine Knie waren krumm; er beschmutzte sich gräßlich auf der Straße ... Madame Renaud hatte ihm ein griechisches Käppchen gestickt, brauner Samtgrund mit blauen Blumen, mit dem er sich in seiner Studierstube das Haupt bedeckte.«

Da ist ferner die ledige Musiklehrerin, Mademoiselle Aglaé[30]:

»Mademoiselle Aglaé war eine Jungfer von fünfundzwanzig Jahren, Klavierlehrerin in den *boarding schools for young ladies*, eine sehr graziöse und sehr magere Frau; prachtvolle Zapfenlocken umschmeichelten ihre Schlüsselbeine und Schulterblätter, die sie zu jeder Jahreszeit gern entblößte, ohne jemals einen Schnupfen oder eine Lungenentzündung zu bekommen, obwohl sie auf den ersten Blick sehr zart wirkte. Ihre Füße waren nicht gerade schön, die Schnüre ihrer Stiefelchen aus grünlichem Leder waren so fest angezogen, daß die Ösen zu platzen drohten. Bedauerlicherweise, besonders für eine sentimentale Frau, waren ihre Hände rot und im Winter von Frostbeulen verunstaltet.«

Es sind noch viele mehr: Bernardi, der Schauspieler-Impresario; die Familie Lenoir mit ihrem kleinen Jungen in der Uniform eines Artillerieoffiziers, samt Sporen und Schwert.

Es gibt in diesem Roman viele dramatische und komische Szenen, die einen starken Sinn für Humor und Ironie verraten: Der Empfang und Ball im Haus von Madame Renaud; Henrys Besuch bei dem Modeliteraten und viele andere.

Flaubert zeigt hier aber auch Reife des Gefühls und Verständnis bei seiner Beschreibung der ersten ekstatischen Phase der Leidenschaft, der der Überdruß folgt, wenn die Liebe bitter wird. Es ist sehr ähnlich wie das Steigen und Schwinden von Léons Liebe zu Emmy Bovary, wenn, wie Henry erkennt, »ihre lange gegorene Leidenschaft zu versauern beginnt wie alter Wein«.[31]

Eine der seltsamsten Episoden im ganzen Roman ist Jules' alptraumhafte Begegnung mit dem Hund. Eines Abends, als er zu später Stunde über Land wandert und über seine Zukunft und Vergangenheit nachsinnt, läuft ihm ein räudiger Hund nach, der sich anscheinend verlaufen hat und den er nicht mehr loswird. Das Tier erinnert ihn an einen Spaniel, den er in seiner Jugend besessen und später Lucinde, der Schauspielerin, die er liebte, geschenkt hatte, weil sie ihn haben wollte. Er ist sehr betroffen über das Tier, in dem er ein übernatürliches Wesen sieht, das ihm den Tod der Geliebten melden soll. Dann, nachdem er ihn näher betrachtet hat, erkennt er, daß es etwas ganz anderes ist, ein sehr kranker, wenn auch noch quicklebendiger Hund, den er nicht kennt. Er versucht auf alle Arten, ihn loszuwerden, wirft sogar Steine nach ihm, so daß er ihn verletzt, was in ihm lediglich ein Gefühl grauenvoller Schuld zurückläßt. Zuletzt gelingt es ihm, dem Tier zu entkommen und nach Hause zurückzukehren; als er aber später wieder hinausgeht, findet er es auf seiner Türschwelle. Damit endet das Kapitel, und der Hund wird nie mehr erwähnt.

Dieser Episode hat man mehr Aufmerksamkeit und Analysen gewidmet als jeder anderen des ganzen Buches. Manche Kritiker haben versucht, den

Symbolismus zu erläutern, den sie darin zu finden glaubten. Es gab die verschiedensten Interpretationen, die oft mehr logisch als einfallsreich sind. Shanks deutet sie als eine Art Parabel, durch die gezeigt werden soll, daß man seiner Vergangenheit nicht entfliehen kann.[32] Demorest meint, es sei der Versuch, Traum und Wirklichkeit miteinander zu verschmelzen.[33] Marianne Bonwit wiederum sieht darin Jules' Bestreben, seine Lebensphilosophie zu kristallisieren.[34] Und Bruneau glaubt, daß der Hund die Alltagswirklichkeit im Gegensatz zu der Ekstase darstellt, die Jules erlebte, ehe er ihm begegnete. Es gibt viele Erklärungen dieser Art.[35] Doch hängt die Freude und das Gefallen an der Episode nicht von einer logischen Lösung ab; sie ist so oder so eine der packendsten und erschreckendsten Stellen des Romans. Sie ist eine sehr geschickte und starke Wiedergabe eines Alpdruck-Erlebnisses, wie es wohl schon jeder einmal gehabt hat. Nichtsdestoweniger scheint es eine bestimmte düstere Bedeutung zu haben, würde seine erschreckende und ergreifende Wirkung jedoch nur verlieren, wenn man einen Schlüssel dazu fände.

Meisterhaft ist es Flaubert hier gelungen, die verschiedenen emotionalen Zustände des Helden zu vermitteln. Besonders als die beiden bei der Mühle am Bach vorüberkommen, wo er einst an Selbstmord gedacht hatte. Das Bellen des Hundes wird stärker, er scheint Jules ans Ufer ziehen zu wollen, um ihm etwas zu zeigen[36]:

»Da erinnerte er sich, daß er eines Tages – oh! wie lange war das her! – auf dieser Brücke gestanden hatte und sterben wollte. War es das, was das unheimliche Tier, das ihn umkreiste, sagen wollte? Was war denn in dem Bach versteckt, daß es unablässig dem Ufer entlang lief, sich anscheinend immer von der Quelle nach der Mündung zu bewegte, wie um ihm etwas zu zeigen, das obenauf schwamm, das hinunterfließen würde? War es etwa Lucinde? Großer Gott! War es sie? Sollte sie ertrunken sein, verloren im reißenden Wasser? So jung! so schön! tot! tot! Und indem er seine Blicke in die Dunkelheit da vorn tauchte, erwartete er sie zu sehen ... er sah sie in ihrem weißen Kleid, die langen blonden Haare ausgebreitet und die Hände über der Brust gekreuzt, wie sie sanft in der Strömung dahintrieb, von den Wellen getragen; vielleicht lag sie dort, an jenem Platz, unter dem kalten Wasser begraben, am Grund des Baches auf den grünen Kieseln! ›Ist es das, was du sagen willst mit deiner weinenden Stimme, als heultest du auf einem Grab?‹ Und er stellte sich ihren Leichnam vor, mit leicht geöffnetem Mund, die Augen geschlossen.

Die Wolken taten sich auf, der Mond, der sich von ihren grauen Flocken löste, erschien auf dem Hintergrund des dunkelblauen, von schwarzen Wetterwolken gesäumten Himmels; diese eilten dahin und türmten sich übereinander auf, so hoch der Himmel war; der Mond stieg auf und folgte seiner Bahn, manchmal fiel einer seiner Strahlen auf den Bach oder ließ in der Ferne die Wasserlachen aufglitzern, die in den Wagenspuren ausgefahrener Wege standen. In diesem Augenblick erhellte sein Licht den verfluchten Hund, der noch immer heulte. Es glühte auf seinem Kopf; es schien, als gingen von jedem seiner Augen zwei dünne Flammenstrahlen aus, die geradewegs auf das Gesicht Jules' zukamen und sich mit seinem Blicke trafen; dann wurden die Augen des Tieres mit einmal groß und nahmen menschliche Form an, ein menschliches Gefühl pulste darin und trat hervor; überströmende Zuneigung floß aus ihnen, die immer deutlicher, immer größer wurde und einen mit unendlichem Zauber durchdrang. ›Bist du etwa ihr Freund‹, fragte er sich, ›daß du mich so anschaust, als suchtest du meine Freundschaft? Was willst du von mir?‹«

In abergläubischer Furcht versucht Jules, den Hund zu töten, aber er kehrt stets zu ihm zurück. Schließlich kann er ihn doch in die Flucht schlagen, und es gelingt ihm, sein Haus zu erreichen[37]:

»Es regnete, es war eine dunkle Nacht, die ganze Stadt schlief, die hängenden Straßenlaternen schwenkten ihren rötlichen Schein durch den Nebel, man hörte nichts als den Regen, der auf das Pflaster fiel, die Tropfen, die von den Dächern herunterknallten, die geschwellten Gossen, die die Straße entlang rauschten. Jene, in der Jules wohnte, war ganz gerade und steil, das Wasser vom oberen Viertel war durch sie heruntergeflossen, die Pflastersteine glänzten wie gewaschen, der Regen peitschte darauf und prallte zurück, es war ein dünnes, regelmäßiges, monotones Geräusch; er wandte den Kopf . . . Nein! er hatte sich getäuscht.«

Zuletzt erreicht er seine Wohnung und schließt sich ein. Er geht nicht zu Bett, sondern bleibt stundenlang auf, erlebt in Gedanken die verschiedenen Abschnitte seiner Begegnung mit dem Ungeheuer noch einmal und kommt zu dem Schluß, daß es kein Traum, keine Halluzination, sondern Wirklichkeit gewesen war, wenn auch anderer Art als die gewohnte, und trotzdem ebenso wahr wie die übliche Wirklichkeit, obwohl es ihr zu widersprechen schien. Und nun wird ihm klar, daß er eine weitere Begegnung mit dem Hund wünscht, um zu sehen, ob er diesmal der Stärkere sei. Er fragt sich, ob der Hund ihm wohl nach Hause gefolgt sei, und sehnt sich nach ihm, trotz des Grauens, das er in ihm geweckt hatte. Er geht zur Haustür, redet sich dabei aber ein, das alles sei reiner Irrsinn, er sei dumm, sich so etwas vorzustellen – und doch vermutet er, ihn anzutreffen. Er öffnet die Tür und findet den Hund auf der Schwelle liegen.

Das ist das Ende der Geschichte; man hört – wie gesagt – nichts mehr von dem Tier, es gibt keine Erklärung. Zweifellos ist dies die lebendigste und stärkste Episode des ganzen Romans; sie entläßt den Leser mit dem erschreckten Gefühl, aus einem Alptraum zu erwachen, dessen Geheimnis sich nicht deuten läßt. Diese Empfindung könnte nur durch eine logische und allegorische Auslegung beschwichtigt werden. Die Episode könnte aus dem Roman herausgetrennt und für sich als Kurzgeschichte oder Prosagedicht veröffentlicht werden. Sie ist im Gesamtwerk eigentlich ein literarisches ›Horsd'œuvre‹, das nur wenig mit der Entwicklung des Romans zu tun hat.

Flaubert hatte nie daran gedacht, die *Lehrjahre des Gefühls* zu veröffentlichen. Er verlor immer das Interesse an seinen Büchern, sobald sie fertiggeschrieben waren. Jules drückt die gleiche Gleichgültigkeit gegenüber seinem eigenen Werk aus[38]:

»Unbekümmert um seinen Namen, gleichgültig gegenüber der Mißbilligung, die er erweckt, oder dem Lob, das man ihm zollt, wenn er nur seinen Gedanken so wiedergegeben hat, wie er ihn konzipierte, wenn er nur seine Pflicht getan und seinen Block ausgemeißelt hat, an etwas anderem liegt ihm nicht, er beunruhigt sich nur mäßig über den Rest.«

Einmal versuchte er, es seinem Vater vorzulesen, um ihn vielleicht für seine literarische Zukunft zu interessieren, aber Du Camp erzählt, daß Dr. Flaubert schon nach wenigen Seiten einschlief.[39]

In diesem Roman, den er mit knapp dreiundzwanzig Jahren beendet hat, legte Flaubert den Grundstein zu seinem künftigen Werk. Er wußte jetzt, daß ihn nichts mehr zurückhalten konnte, da er seine Zeit nicht mehr mit sinnlosen juristischen Studien vergeuden mußte, und er sah klar, welches sein Kunstideal sein würde.

Obwohl zwischen diesem Roman und Flauberts früheren Werken großer technischer Fortschritt und Vervollkommnung liegt, obwohl er als Dichtung gekonnter ist als die andern, besitzt er zumindest für den Kenner nicht den lyrischen Charme, noch die jugendlich bewegende Qualität der besten Passagen von *November,* trotz dessen technischer Unvollkommenheiten.

Im März 1845 kehrte Du Camp von seiner Orientreise zurück, entschlossen, hart zu arbeiten und seine literarische Karriere voranzutreiben, aber auch in der Absicht, seinem Freund zu helfen und ihn die steilen, schlüpfrigen Stufen zum Parnaß emporzuziehen. Es liegt etwas Rührendes in seinem Ernst und seiner Aufrichtigkeit.

Es war unausweichlich, daß es zwischen den beiden Freunden zu Gegensätzlichkeiten kommen mußte. Du Camp stellte sich vor, Flaubert sei noch auf der gleichen Stufe, wie er ihn verlassen hatte. Er erkannte das Ausmaß der Veränderung nicht, die mit ihm vorgegangen war. Flaubert hatte von dem Erlebten tiefe Narben davongetragen; das Leben im gewöhnlichen Sinne interessierte ihn nicht mehr, mondänes Streben bedeutete ihm nichts. Es konnte nicht ausbleiben, daß ihre Temperamente gegeneinanderprallten und ihre Freundschaft fadenscheinig wurde. Trotzdem nahmen sie sie bei Du Camps Rückkehr nach Frankreich dort wieder auf, wo sie sie im vergangenen Jahr hatten liegen lassen, und im Jahr darauf war ihre Zuneigung immer noch so stark, daß Flaubert Louise Colet schreiben konnte[40]:

»Ich bin sehr froh, daß Du Max magst. Er ist ein feiner, schöner und großer Mensch, dessen gute Eigenschaften ich vom ersten Tage an erraten habe und an den ich mich geklammert habe wie an eine große Entdeckung. Es gibt zwischen uns im Geistigen wie im Wesen zu viele Berührungspunkte, als daß wir uns je lassen könnten. Wir kennen uns jetzt seit vier Jahren; aber es ist wie ein Jahrhundert, so sehr haben wir miteinander gelebt, in allen möglichen Geschicken, in Regen und Sonnenschein. Hab ihn lieb, als wäre er mein Bruder in Paris; vertraue ihm, wie Du mir vertrauen würdest, ja mehr noch als mir, denn er ist besser als ich. Er besitzt mehr Mut und Zartgefühl als ich.«

Der Bruch in ihrer Freundschaft sollte erst fünf oder sechs Jahre später eintreten.

10

DAS TRAGISCHE JAHR

(1845–1846)

Nach Beendigung der *Lehrjahre des Gefühls* im Januar 1845 verbrachte Flaubert seine Zeit mit Lesen und Lernen, sowie mit Diskussionen über philosophische und okkulte Fragen mit Alfred Le Poittevin. Er schien es nicht eilig zu haben, ein neues Buch anzufangen, noch unternahm er irgendeinen Versuch, das eben abgeschlossene zu veröffentlichen.

Im November 1844 hatte sich Flauberts geliebte Schwester Caroline mit Émile Hamard verlobt, der am Collège Royal in Rouen sein Schulkamerad gewesen war. Hamard hatte im April 1843 seinen Bruder verloren, und sein Gram hatte ihm Caroline in Sympathie nahegebracht, die sich bald zu Liebe vertiefte.[1] Er war ein unglücklicher junger Mann, der schon damals Symptome von geistiger Labilität zeigte, die sich später zum Wahnsinn entwickeln sollten. Flaubert tat sein möglichstes, diese Heirat, mit der er nicht einverstanden war, zu verhindern, aber umsonst. Maxime Du Camp dagegen war begeistert von dem jungen Mann und freute sich auf eine baldige Verbindung der beiden, aber er war eben kein so scharfsichtiger Menschenkenner wie Flaubert.[2]

Das junge Paar wurde am 8. März 1845 getraut und lebte vorerst in den Räumen, die Hamard als Junggeselle bewohnt hatte; die Flitterwochen wurden um einige Wochen verschoben. Die Hochzeitsreise plante man in der gleichen Weise, wie es in der Familie Flaubert üblich war; sie erinnert an Gustaves Reise nach seinem Bakkalaureat 1840. Die Neuvermählten wurden von den Eltern und dem Bruder der Braut begleitet, und es ist kein Wunder, daß für alle Beteiligten daraus eine solche Enttäuschung wurde.

Auf dem Weg nach Süden hielt sich Flaubert kurz in Paris auf, kam sich aber vor wie ein alter Rip Van Winkle, der nach jahrhundertelangem Schlaf in seine Vergangenheit zurückkehrt. Er besuchte die Colliers, die wieder an den Champs-Elysées wohnten, und fand alles genauso wie vor drei Jahren. Die Invalide lehnte noch immer auf ihrer Chaiselongue; die Möbel und Teppiche waren noch dieselben, und die gleiche alte Drehorgel spielte draußen auf der Straße die gleichen alten Weisen. Nichts, außer ihm selbst, hatte sich verändert seit jenen Tagen, da er Henrietta *Hernani* und *René* vorgelesen hatte. Diesmal wurde er sich über ihre Zuneigung zu ihm klar, aber obwohl er erst dreiundzwanzig war, fühlte er sich zu alt und zu müde zur Liebe.[3]

Die Schlésingers sah er bei diesem Besuch nicht, hingegen sprach er bei Madame Pradier vor, die inzwischen von ihrem Mann getrennt lebte, und vergrößerte dabei den Vorrat an psychologischen Erkenntnissen für seine späteren Romane.

Flaubert war während dieser Reise fast immer schlechter Laune, denn das Gefühl, anders als die andern zu sein, wuchs mit jedem Tag. In einem Brief an Le Poittevin schrieb er[4]:

»Je weiter ich komme, desto mehr fühle ich mich unfähig, das Leben von jedermann zu führen, an den Freuden der Familie teilzunehmen, mich für das zu erwärmen, was begeistert, und bei dem zu erröten, was andere entrüstet. Ich gebe mir Mühe, das Heiligtum meiner Seele so sehr ich kann zu verbergen; leider vergebens!... Bei allem, was Dir heilig ist, beim Wahren, beim Großen, mein lieber zärtlicher Alfred, reise mit niemand; mit niemand! Ich wollte Aigues-Mortes sehen, und ich habe Aigues-Mortes nicht gesehen; Sainte-Baume und die Grotte, wo Magdalena geweint hat, das Schlachtfeld des Marius usw. Von all dem habe ich nichts gesehen, weil ich nicht allein war, weil ich nicht frei war. Zum zweiten Male sehe ich nun das Mittelmeer als Krämer! Wird das dritte Mal besser sein?«

Er fühlte sich auf dieser Reise Le Poittevin sehr nahe, so daß er ständig an ihn und nicht an Du Camp dachte.[5] Er hatte sich vorgenommen, auf der Durchreise in Marseille nach Eulalie Foucaud zu sehen. »Es wird seltsam bitter und komisch sein«, schrieb er Alfred[6], »besonders wenn sie häßlich geworden ist, was ich stark vermute.« In Marseille jedoch fand er das Hotel verlassen. Er schrieb an Alfred Le Poittevin[7]:

»In Marseille habe ich die Bewohner des Hôtels Richelieu nicht wiedergefunden. Ich bin daran vorbeigegangen, habe die Stufen und die Tür gesehen, doch die Fensterläden waren verschlossen, das Hôtel ist verlassen. Kaum, daß ich es wiedererkennen konnte. Ist das nicht ein Symbol? Wie lange schon sind die Fensterläden meines Herzens geschlossen, seine Stufen öde, das einst lärmende Wirtshaus ist jetzt leer und hallt wider wie ein großes Grabmal ohne Tote!«

Er gesteht Le Poittevin, daß er jeden Gedanken an Liebe aufgegeben habe, und erklärt, Kunst sei ein besserer Ersatz[8]:

»Der einzige Weg, nicht unglücklich zu sein, ist, sich in die Kunst einzuschließen und alles übrige für nichts zu achten. Der Stolz ersetzt alles, wenn er auf einer breiten Grundlage ruht. Was mich betrifft, so fühle ich mich wirklich wohl, seitdem ich mich damit abgefunden habe, mich immer schlecht zu fühlen ... Es tut mir jedoch weder um den Reichtum noch um die Liebe, noch um das Fleisch leid, und man wundert sich, daß ich so brav bin. Ich habe dem gewöhnlichen Leben ein unwiderrufliches Lebewohl gesagt.«

Flaubert hat ein Tagebuch über diese Reise geführt, das aber hauptsächlich aus rohen Notizen besteht, wenn auch gelegentlich gut geschriebene Stellen darin vorkommen, die Begabung und Meisterschaft verraten, wie beispielsweise die Schilderung des Heuplatzes in Toulon, den er mit dem Menschenherzen vergleicht.[9] Der Platz sah genauso aus wie damals, als er ihn zum letzten Male gesehen hatte, als sein Herz noch jung war:

»Welch ein Unterschied zum Herzen! Die Bäume behalten keine Spuren zurück von den Stürmen, die ihre Äste gebogen, der leichte Sand, den der Wind bewegt, keine von den Schritten, die sich ihm eingeprägt haben; ganz anders in der Seele und im Antlitz des Menschen: hier zeichnet sich alles ein. Ewige Mosaikarbeit! Die kleinen Steine heften sich an die großen, das Schwarz an das Weiß, das Blau neben das Rot, die Entbehrungen und die Ausschweifungen, der Zorn, die Enttäuschungen und die Begeisterungen, bei mihi! Bei mihi!«

Während dieser Reise dachte er noch immer an das, was er seine »conte oriental« nennt und von dem wir nicht wissen, ob er damit *Smarh* oder etwas anderes meint.[10]

Im Balbipalast in Genua aber hatte er eine ›Eingebung‹ – eine der merkwürdigsten seines Lebens – als er vor dem Bild *Die Versuchung des heiligen Antonius* von Breughel stand. Während alle anderen Bilder der Galerie ihn kaltließen bewegte dieses ihn tief.[11] Und er äußerte sich zu Le Poittevin, er würde die ganze Sammlung von *Le Moniteur* und noch 100000 Francs mehr dafür hingeben, wenn er es kaufen könnte.[12]

Sein erster Gedanke war, ein Drama darüber zu schreiben. Daraus wurde jedoch nichts, dagegen verfaßte er drei Jahre später seine erste

Versuchung des heiligen Antonius, ein philosophisches Werk, das eine Rückkehr zu seiner orientalischen Gedankenwelt darstellt und an seinen früheren *Smarh* erinnert. Auf dieses Erlebnis im Balbipalast war er durch seine neuerliche engere Freundschaft mit Alfred Le Poittevin während des vorangehenden Jahres innerlich vorbereitet.

Die Reise war kein Erfolg. Dr. Flaubert machte sein Augenleiden schwer zu schaffen, und Caroline schien so unablässig krank zu sein, daß ihre Mutter Angst um sie hatte, da sie ja schon immer sehr zart gewesen war. Auch Achille, der während der Abwesenheit des Vaters den größten Teil von dessen Privatpatienten mit übernommen hatte, begann zu klagen, er sei überarbeitet, und bat die Familie, heimzukommen. So wurde denn beschlossen, die Hochzeitsreise abzubrechen und nach Rouen zurückzukehren.[13] Am 15. Juni 1845 waren sie wieder zu Hause.

Caroline und ihr Mann blieben in Paris, um sich nach einer passenden Wohnung umzusehen, die übrigen fuhren weiter nach Rouen und ließen sich dann in dem Haus in Croisset nieder. Flaubert wußte noch immer nicht, was er anfangen sollte. Er hoffte, den Sommer mit Baden verbringen zu können. Doch seine Mutter ließ ihn aus Angst, er könnte einen neuen Anfall bekommen, nie allein fort, und so gab er auch das Segeln auf, denn er fand es ekelhaft, daß ständig ein Diener hinter ihm her war. So verbrachte er den Sommer damit, weiter Griechisch zu lernen und Shakespeare und Voltaire zu lesen. Seine Leidenschaft für Shakespeare wuchs, Voltaires Theater dagegen fand er langweilig; trotzdem fuhr er damit fort, da er hoffte, es würde ihm später nützlich sein.[14]

Die Familie verlebte den Sommer in Tréport. Danach tritt in Flauberts Korrespondenz monatelange Stille ein. Es war jene Zeit, in der alle Tragödien über die Familie hereinbrachen.

Im November erkrankte Dr. Flaubert an einem Geschwür oder einer Wucherung im Oberschenkel. Sein Sohn unternahm eine Operation, die jedoch erfolglos war; am 15. Januar 1846 starb er. Er war in der Stadt ungemein beliebt, am Tage seines Begräbnisses herrschte allgemeine Trauer, in der City ruhte die Arbeit.

Sechs Tage nach dem Tod des Vaters brachte Caroline eine Tochter zur Welt. Anfangs gab ihr Zustand zu Bedenken Anlaß, dann aber schien sie sich zu erholen. Flaubert fuhr nach Paris, um einige Angelegenheiten im Zusammenhang mit der Hinterlassenschaft seines Vaters zu regeln; nach wenigen Tagen aber wurde er zurückgerufen, da bei seiner Schwester

Kindbettfieber ausgebrochen war und es sehr schlecht um sie stand. Du Camp berichtet[15], wie zwei Tage nach Flauberts Abreise sein alter Großonkel Parrain um elf Uhr nachts mit einem Brief von Madame Flaubert zu ihm gekommen sei, in dem sie ihm mitgeteilt habe, daß ihre Tochter im Sterben liege, die Ärzte nichts mehr für sie tun könnten und sie ihn angefleht habe, er möchte doch unverzüglich mit Raspail nach Rouen kommen, dieser allein vermöchte sie noch zu retten.

Was nun kam, war wie ein böser Traum. Du Camp wußte nicht, wo Raspail wohnte. Er und Parrain machten sich auf die Suche. Es gelang ihnen, von einem Apotheker, der sein Geschäft noch nicht geschlossen hatte, die Adresse zu kommen. Es gab aber zwei Straßen dieses Namens in ganz verschiedenen Vierteln der Stadt. In der zweiten fanden sie heraus, daß Raspail dort nur seine Praxis hatte und am andern Ende von Paris in der Vorstadt Montrouge zu Hause war, und daß er niemals nach acht Uhr abends jemanden einließ.

In Montrouge war alles dunkel, doch ein Metzger, der seine Wagenladung Fleisch für den folgenden Tag vorbereitete, zeigte ihnen Raspails Haus. Sie polterten eine halbe Stunde lang an der Tür, bis diese endlich um einen Spalt geöffnet wurde. Heraus schaute ein erschrockener Hauswart, der es nicht wagte, ihnen zu sagen, wo Raspail sich aufhielt – der alte Gelehrte litt damals an Verfolgungswahn und bildete sich ein, Louis-Philippe wolle ihn vergiften. Du Camp beteuerte, der alte Mann hätte von ihnen nichts zu befürchten, und bekam schließlich die Auskunft, daß Raspail in dem Haus am Ende des Hinterhofes wohne, inmitten eines von hohen Mauern umgebenen Gartens, daß sie aber niemals dort hineinkommen würden. Du Camp zerrte den alten Parrain mit sich, und als sie zur Mauer kamen, gelang es ihm, mit dessen Hilfe hinaufzuklettern. Er konnte in der Dunkelheit nichts sehen, aber er sprang einfach in den Garten hinunter und tappte in der Finsternis umher, bis er zu dem zweistöckigen Gebäude gelangte, wo steinerne Stufen zu einer Glastür führten. Er drückte den Finger auf die Klingel und ließ nicht mehr los. Nach ein paar Minuten ging im ersten Stockwerk ein Licht an. Am Fenster erschien eine Frau und fragte ihn, was er wolle. Nachdem Du Camp ihr Antwort gegeben hatte, wurde es hinter der Glastür hell, und er hörte, wie die Riegel zurückgezogen wurden. Mit dem Hut in der einen und dem Brief in der andern Hand lief er die Stufen empor, wurde jedoch von einem Gewehr aufgehalten, das Raspail mit dem Ruf »Halt!« gegen seine Brust richtete.

Du Camp bat ihn, Madame Flauberts Brief zu lesen, den Raspail seiner Haushälterin zum Vorlesen übergab, während er mit der Waffe nach wie vor auf Du Camp zielte. Dann sagte er: »Sie sind wirklich tollkühn, mein lieber Junge. Sie haben Glück gehabt, ich hielt Sie für einen Offizier der Wache!« Immerhin willigte er ein, Madame Flauberts flehentliche Bitte zu erfüllen, und versprach, zum ersten Morgenzug nach Rouen am Ostbahnhof zu sein. Er hielt auch Wort, konnte aber nichts mehr für Caroline tun, die jeder menschlichen Hilfe entrückt war. »Die unglückliche junge Frau ist verloren«, sagte er. »Sie haben ihr mit ihrem Chininsulfat den Magen durchlöchert. Ich kannte ihren Vater, den Doktor Flaubert – ein Mann von großem Können, aber viel zu skeptisch. Er wollte nie glauben, daß Louis-Philippe mich vergiften lassen will.« Man erinnert sich an die Szene in *Madame Bovary*, wo Dr. Larivière an Emmas Sterbebett gerufen wird und dem verstörten Ehemann sagen muß, daß er nichts mehr für seine Frau tun kann.

Man hatte Du Camp 2000 Francs anvertraut, die er Raspail für seine Bemühungen geben sollte – etwa 1200 D-Mark in heutiger Währung –, aber dieser weigerte sich, auch nur einen Sou anzunehmen.

Als Flaubert nach Hause kam, fand er seine Schwester im Fieberwahn und außerstande, jemanden zu erkennen. Sie wußte nicht mehr, daß ihr Vater tot war, und wähnte Ernest Chevalier, ihren lebenslänglichen Freund, im Hause.[16]

In einem Brief an Maxime Du Camp schrieb Flaubert[17]:

»Hamard hat gerade mein Zimmer verlassen, wo er an der Ecke des Kamins gestanden und geschluchzt hatte. Meine Mutter ist eine weinende Statue. Caroline spricht, lächelt, streichelt uns und sagt uns allen zärtliche und liebevolle Worte; sie verliert das Gedächtnis, alles verwirrt sich in ihrem Kopf: sie wußte nicht mehr, ob ich oder Achille nach Paris gefahren war. Welche Anmut Kranke haben und welch seltsame Bewegungen! Das kleine Kind lutscht und schreit. Achille sagt nichts und weiß nichts zu sagen. Was für ein Haus! Was für eine Hölle! ... Es scheint, daß das Unglück über uns ist und uns erst verlassen wird, wenn es sich an uns satt getrunken hat. Wieder einmal werde ich die schwarzen Tücher sehen und werde das niederträchtige Geräusch der Nagelschuhe der Totenträger hören, die die Treppe hinuntersteigen. Ich mache mir lieber keine Hoffnung, sondern gewöhne mich im Gegenteil schon jetzt in Gedanken an den Schmerz, der kommen wird.«

Caroline Hamard verschied nach schwerem Leiden am 20. März 1846, erst einundzwanzig Jahre alt.

Als Flaubert bei seiner toten Schwester wachte, öffnete er die Briefe noch einmal, die er fünf Jahre zuvor von Eulalie Foucaud bekommen hatte. Nachdem er sie gelesen hatte, versiegelte er das Paket wieder und schrieb darauf: »Geöffnet und gelesen in der Nacht vom 20. auf den 21. März 1846, als ich die Briefe aus Marseille mit einem seltsamen Gefühl der Reue wiederlas. Arme Frau, kann sie mich wirklich geliebt haben? Alle meine alten Zuneigungen stoßen mir im Munde auf wie Essen, das nicht richtig verdaut worden, sondern im Magen verfault ist. Viertel vor zwei Uhr.«

Was veranlaßte ihn, in diesem traurigen Moment diese Briefe wieder zu lesen? Vielleicht die Tatsache, daß Caroline bis dahin der einzige weibliche Einfluß in seinem Leben gewesen war, die einzige Frau, mit der er wirklich vertraut war. Die Episode mit den Colliers war bei ihm nicht tief gegangen, und Élisa Schlésinger hatte hoch über ihm gestanden wie ein Stern. Dann gedachte er jener Frau, die ihm brennende Liebesbriefe geschrieben hatte, und er begann sich zu fragen, ob sie ihn wirklich geliebt hatte und ob er sie wohl hätte lieben können.

In einem schönen Brief an Maxime Du Camp beschreibt Flaubert seine Empfindungen beim Begräbnis seiner Schwester.[18] Gewisse Kritiker nannten ihn hart und gefühllos, weil er über diese so tragischen persönlichen Gefühle in allen Einzelheiten berichten konnte. Die Wahrheit ist, daß das alles ihn so tief traf, daß er die Notwendigkeit spürte, es greifbar zu machen, nicht zuzulassen, daß sich alles in Nichts auflöste. In solchen Augenblicken nützte ihm keine Besänftigung und kein Trost, nichts konnte das Geschehen weniger entsetzlich machen; er hatte das Bedürfnis, es in seiner ganzen Schrecklichkeit und Tragik zu durchleben. Es gibt nichts zu beschönigen oder zu verfeinern; Schmerz und Kummer müssen angenommen und dauerhaft gemacht werden, um nie zu verblassen:

»Ich wollte nicht, daß Du herkommst, da ich mich vor Deiner Zuneigung fürchtete, ich hatte auch ohne Dich genug am Anblick von Hamard. Vielleicht wärst Du noch weniger ruhig gewesen als wir. In ein paar Tagen werde ich dich aufsuchen, und ich zähle auf Dich. Gestern um elf Uhr haben wir das arme Kind begraben. Man zog ihr das Hochzeitskleid an, mit Sträußen von Rosen und Veilchen. Ich wachte die ganze Nacht bei ihr. Sie lag ausgestreckt auf ihrem Bett, in jenem Zimmer, wo Du sie spielen hörtest. Sie schien größer und schöner, als sie im Leben gewesen war, mit dem langen weißen Schleier, der bis auf ihre Füße reichte. Am Morgen, als alles vorüber war, gab ich ihr in ihrem Sarg einen letzten Kuß. Ich beugte mich über sie, steckte meinen Kopf hinein und fühlte, wie das Blei unter meinen Händen nachgab. Ich war es, der die Totenmaske anfertigen ließ. Ich sah zu, wie die dicken Pranken dieser rauhen Burschen sich an ihr zu schaffen machten und sie mit Gips bestrichen. Ich will ihre Hand und ihr Gesicht haben. Ich werde Pradier bitten, eine Büste von ihr zu machen, und sie in meinem Zimmer aufstellen. Ich habe ihren großen bunten Schal, eine Locke ihres Haares, den Tisch und das Pult, an dem sie schrieb. Das ist alles; das ist alles, was von denen übrigbleibt, die wir geliebt haben! Hamard wollte mit uns kommen. Als wir dort oben auf dem Friedhof ankamen, hinter dessen Mauern ich einst mit der Schule spazierengegangen war, sandte Hamard ihr, am Rande des Grabes stehend, Handküsse hinab und weinte. Das Grab war zu schmal, der Sarg ging nicht hinein. Sie schüttelten ihn, drehten ihn, zogen ihn auf alle Seiten; sie nahmen Brechstangen, und zuletzt stampfte einer der Totengräber darauf – es war dort, wo ihr Haupt lag – bis er unten war. Ich stand daneben, mit dem Hut in der Hand; weinend habe ich ihn fortgeworfen. Ich werde Dir den Rest mündlich erzählen, denn ich würde es zu schlecht schreiben ...

Seit Sonntag sind wir wieder in Croisset. Welch eine Fahrt allein mit meiner Mutter und dem weinenden Kind! Das letztemal, als ich hier war, warst Du dabei, erinnerst Du Dich? Von den vier Menschen, die damals hier lebten, sind nur noch zwei geblieben. Die Bäume haben ihre Blätter noch nicht, es stürmt, der Fluß steigt, die Zimmer sind kalt und vernachlässigt. Meiner Mutter geht es besser, besser jedenfalls, als es sein könnte. Sie betreut das Kind ihrer Tochter, bringt es in ihrem eigenen Zimmer zu Bett, sorgt für es, so gut sie nur kann. Sie versucht, nochmals Mutter zu werden; ob ihr das wohl gelingen wird? Die Reaktion ist noch nicht eingetreten, ich habe Angst davor.«

Madame Flaubert zog sich nun ganz nach Croisset zurück, eine tragische Gestalt. Flaubert bangte um ihren Geist und um ihre Gesundheit; er glaubte nicht, daß sie noch lange leben würde. Allein, sie lebte noch sechsundzwanzig Jahre.

Achille trat die Nachfolge seines Vaters am Hôtel Dieu in Rouen an und zog in die Dienstwohnung. Gustave erbte von seinem Vater ein für damalige Begriffe gutes Einkommen, um so mehr, als er es lediglich als Taschengeld brauchte; er lebte ja bei seiner Mutter und hatte keinerlei Auslagen.

Er stellte sich nun vor, er würde sich mit dem engsten und liebsten seiner Freunde trösten, mit Alfred Le Poittevin, und seine Freundschaft mit ihm weiterführen. Doch Alfred heiratete im Juli dieses Jahres 1846 Mademoiselle de Maupassant – die Schwägerin seiner Schwester Laure Le Poittevin. Flaubert empfand das als den dritten Verlust dieses Jahres. Alfred war doppelt tot für ihn, einmal durch seine Heirat und dann, weil er Rouen verließ. Er war todunglücklich über diesen Bruch in seiner langen und tiefen Freundschaft mit dem Mann, der ihm in Herz und Geist am nächsten gestanden hatte. Um seiner Enttäuschung und seinem Kummer Ausdruck zu verleihen, schrieb er ihm[19]:

»Da Du keine Ratschläge von mir verlangt hast, schickt es sich für mich, auch keine zu geben. Darüber werden wir also nicht sprechen. Ich sehe vieles voraus. Leider reicht mein Blick sehr weit – ich glaube, daß Du Dich in einer Illusion befindest, und zwar in einer sehr großen, wie übrigens immer, wenn man eine Handlung ausführt, was für eine es auch sei. Bist Du sicher, o großer Mann, nicht schließlich ein Bürger zu werden? Ich verband Dich mit allen meinen künstlerischen Hoffnungen. Aus diesem Grund schmerzt es mich.

Es ist zu spät! Soll also sein, was sein wird! Du wirst mich stets finden. Bleibt noch die Frage, ob ich Dich finden werde. Widersprich nicht! Die Zeit, die Dinge sind stärker als wir. Ein ganzer Band wäre nötig, um das geringste Wort dieser Seite auszulegen. Wenn niemand Dein Glück mehr als ich wünscht, so zweifelt niemand mehr als ich daran. Denn indem Du es suchst, tust Du etwas Anomales. Wenn Du sie liebst, um so besser, liebst Du sie nicht, so versuche, sie zu lieben.

Wird es zwischen uns noch diese *arcana* von Ideen und Gefühlen geben, die für die übrige Menschheit unzugänglich waren? Wer gibt eine Antwort? Niemand.

Besuch mich, oder ich werde Dich besuchen, wann Du willst. Nur schreibe mir einen Tag vorher, weil ich jetzt manchmal in Rouen bin, um beim Umzug zu helfen ... Wenn Dich nichts abhält, versuche am Dienstag zu kommen, das paßt mir gut.

Leb wohl, Carissimo.«

II

LOUISE COLET

(1846–1848)

Im Juli 1846 ging Flaubert nach Paris, um bei Pradier eine Büste seiner Schwester Caroline in Auftrag zu geben, und dort im Atelier traf er eines Tages eine schöne, geistvolle Frau. Pradier stellte ihn ihr mit den Worten vor: »Hier ist ein junger Mann, dem Sie mit Ihrem literarischen Rat helfen können.«

Das war Louise Colet, Dichterin und Akademie-Preisträgerin, damals sechsunddreißig und auf der Höhe ihrer Schönheit und ihres Ruhms.

Flaubert verliebte sich auf den ersten Blick in sie. Sie wurde *die* große Liebesgeschichte seines Lebens, die einzige, an die er sich mit ganzem Herzen hingab – zumindest in den ersten Phasen. Er mag posiert haben, wenn er sich als Erfahrener in Liebesdingen ausgab. Seine Kenntnisse waren sicherlich nur theoretisch, und die einzige Beziehung, die er bis dahin mit Bestimmtheit hatte, war die zu Eulalie Foucaud, und die hatte nicht viel länger als einen Tag gedauert.

Louise Colet, geborene Revoil, wurde 1810 in Aix-en-Provence geboren.[1] Von frühester Jugend an war sie bezaubernd schön, weswegen sie von ihrer Familie und von jedermann, mit dem sie zusammentraf, verwöhnt wurde. Schon als ganz junges Mädchen zeigte sie eine Begabung für Poesie. 1830, in der Blütezeit der Romantik, als die Literatur den Frauen ganz besonders entgegenkam, war sie gerade zwanzig Jahre alt. Louise Revoil wurde von Julie Candeille aufgenommen, die damals als Madame Périé einen der berühmtesten Salons in Nîmes führte. Leider starb Monsieur Périé, seine Frau 1834, im gleichen Jahr wie Louises Mutter, und so war sie allein. Eine Zeitlang lebte sie bei einer verheirateten Schwester in Nîmes, und dort traf sie wieder mit Hippolyte Colet zusammen, den sie bereits früher in Madame Périés Salon kennengelernt hatte. Er war ein recht begabter Musiker, wenn auch nicht einer der besten; beinahe hätte man ihm den Prix de Rome zugesprochen. Damals, 1834, hatte er gerade eine Anstellung am Pariser Konservatorium bekommen. Er verliebte sich in Louise, wie die meisten Männer. Sie sah in ihm ein Mittel, um ihren engen Verhältnissen zu entfliehen und nach Paris zu kommen. Sie heirateten am 5. Dezember 1834, als beide vierundzwanzig Jahre alt waren. Sie gingen sofort nach Paris, lebten indessen ziemlich ärmlich, da sein Gehalt bescheiden war, und konnten sich kein Dienstmädchen leisten. Louise sah bald, daß sie auf diese Weise nicht vorwärtskam, daß sie einen großen Fehler gemacht hatte, als sie Colet heiratete. Er hatte am Konservatorium keinen Erfolg, ja er brachte es sogar fertig, sich mit dem Direktor, Cherubini, zu überwerfen, womit er seine Hoffnungen auf Beförderung vollends zunichte machte.

Nun dachte Louise daran, ein Buch mit ihren früheren Gedichten herauszugeben, aber sie brauchte jemanden, der dazu eine Einleitung schrieb. Ihre Wahl fiel auf den damals bedeutendsten Schriftsteller – sie war nie eine von jenen gewesen, die aus Bescheidenheit Fehler begehen –, nämlich Chateaubriand. Sie sandte ihm eine Auswahl ihrer Gedichte und besuchte ihn, um ihm zu schmeicheln. Dann wagte sie es, ihn um ein Vorwort zu ihrer Gedichtsammlung zu bitten. Er lehnte in einem konventionell abgefaßten Schreiben höflich ab mit der Begründung, ein Dichter sollte nur durch einen Dichter eingeführt werden, und flocht ein paar hohle Komplimente ein, um sie zu beschwichtigen. Es gelang ihr, für ihren Band *Fleurs du Midi*, der 1836 erschien, einen Verleger zu finden; als Vorwort ließ sie Chateaubriands Brief abdrucken. Das war das erste, was sie unternahm, um Leute in hoher Position auf sich aufmerksam zu machen. Man muß zugeben, daß nur wenige ihrer Schönheit widerstehen konnten; die meisten großen Schriftsteller jener Zeit schrieben schmeichelhafte Dinge an sie und über sie.

Indessen hatte *Fleurs du Midi* nicht eben eine günstige Presse. Louise Colet begann zu verzweifeln. Doch sie verstand es, mit wichtigen Leuten bekannt zu werden; irgendwie brachte sie es fertig, Marie-Louise von Orléans, die Tochter von Louis-Philippe, kennenzulernen, die ihr das erste staatliche Stipendium verschaffte. Im Pariser Staatsarchiv befindet sich eine vollständige Akte über die Beträge, die sie zu verschiedenen Zeiten ihrer Laufbahn erhalten hat, und diese stellen eine ganz ansehnliche Summe dar.[2]

Als nächstes schmeichelte sie sich bei dem Modedichter Béranger ein, der sich seinerseits von den Aufmerksamkeiten der hübschen jungen Frau geschmeichelt fühlte und sie ermutigte, sich um einen der Dichterpreise der

Akademie zu bewerben. Das Thema jenes Jahres war *Le Musée de Versailles.* Es traf sich, daß eine der Skulpturen in der neuen historischen Galerie von Versailles eine Statue der Jeanne d'Arc von Marie-Louise von Orléans war. Die junge Prinzessin war im Januar 1839 verstorben, und Louise Colet baute ihr Gedicht über das Museum von Versailles sehr klug auf dieser Statue und dem tragischen Tod der Prinzessin auf. Der Preis wurde ihr zugesprochen; sie hatte einen Tag des Triumphes, als sie ihn in einer öffentlichen Sitzung der Akademie entgegennahm.[3]

Wahrscheinlich lernte sie bei dieser Gelegenheit Victor Cousin kennen, den hervorragenden Philosophen, der im folgenden Jahr, 1840, Erziehungsminister wurde und ihr eifrig zu weiteren staatlichen Stipendien verhalf. Sie wurde seine Geliebte und schenkte ihm eine Tochter. Achtzehn Jahre lang hat er für sie gesorgt, bis sie schließlich auseinandergingen.

Louise Colet erhielt 1843 vom König eine Goldmedaille als, wie es hieß, ›Belohnung und Ermunterung‹.[4]

Sie war erbarmungslos in ihrer Jagd nach Leuten, die über ihre Bücher schreiben sollten. Einen Kritiker allerdings gab es, der ihren Tricks widerstanden hat, den sie mit ihrer Schönheit nicht betören konnte, und das war Sainte-Beuve. Als sie versuchte, von ihm einen Artikel zu erpressen, antwortete er ihr[5]:

»Ich verstehe den Brief nicht, den Sie an mich zu schreiben mir die Ehre erweisen ... Ich glaube nicht, daß es irgendeine Verordnung gibt, die mich zwingen könnte, öffentlich über Ihre Gedichte zu sprechen. Wie! soll ich, bei Strafe, den Anschein zu erwecken, ich verriete Sie, dem Publikum erklären, wo ich Sie bewundere und wo ich aufhöre, Sie zu bewundern.«

Und später[5]:

»Vom ersten Tag an, es ist nun schon lange her, da ich die Ehre hatte, Ihnen in Dr. Alibertis Haus zu begegnen, bis zum letztenmal, daß ich die Ehre hatte, Ihnen zu begegnen und Sie mich um einen Artikel baten, war diese Frage eines Artikels und einer literarischen Kritik immer die erste zwischen uns. Ich bitte Sie nur um eines, nämlich, Sie schweigend bewundern zu dürfen, ohne die Verpflichtung, dem Publikum erklären zu müssen, wo ich aufhöre, Sie zu bewundern. Diese Bitte erscheint mir, Madame, bescheiden, und ich bin überzeugt, Sie werden nicht darauf beharren, sie mir abzuschlagen. Es wäre auf jeden Fall umsonst, denn ich habe keine Zeit übrig, und ich bin fest entschlossen, die Themen, mit denen ich mich befassen möchte, selbst zu wählen.«

Das zahlte sie ihm später heim – allerdings erst nach seinem Tod –, indem sie einen rachsüchtigen Artikel über ihn veröffentlichte.

Trotz allem waren etliche Journalisten nicht gut auf sie zu sprechen, so Alphonse Karr, der sie im Juni 1840 in seiner satirischen Zeitung *Les Guêpes* (Die Wespen) angriff, indem er ihre Schwangerschaft zum Ziel seines Spottes machte:

»Madame Revoil hat es, nach mehrjähriger Verbindung mit M. Collet (sic), endlich erleben dürfen, daß der Himmel ihre Ehe segnete – und so wird sie demnächst einmal etwas anderes als Alexandriner gebären – als der ehrenwerte Erziehungsminister von den Umständen erfuhr – begriff er, was seine Pflicht gegenüber der Literatur ist – und tat für Madame Collet, was er zweifelsohne für jede andere Literatin ebenfalls getan hätte. Er umgab sie mit liebevoller Fürsorge; er erlaubt ihr nicht auszugehen, außer in seinem eigenen Wagen. Beim Dîner im Hause von M. Pongerville – obwohl er müde war und gern nach Hause gegangen wäre, wartete er auf die interessante Dichterin, um sie in seinem eigenen Brougham heimbringen zu können ... Jedermann hofft, er werde es nicht abschlagen, dem erwarteten Kind Pate zu sein.«

Es ging allgemein die Rede, Karr habe gesagt, das Ereignis sei auf »une piqûre de cousin« zurückzuführen, auf den Stich einer Mücke – der Name des Erziehungsministers hat im Französischen auch die Bedeutung ›Stechmücke‹. Aber das ist eine spätere Erfindung, in dem Artikel selbst kommt dieses Wortspiel – dem ein witziger Kopf natürlich nicht widerstehen konnte – nirgends vor.

Als Louise den Artikel las, war sie über Karrs Giftpfeile so erbost, daß sie zu ihm ging und ihn mit einem Küchenmesser attackierte. Es gelang ihm, sie zu entwaffnen; dann hing er das Messer an die Wand seines Studierzimmers mit der Inschrift: ›donné par Madame Colet, née Revoil, dans le dos‹.

An ihrer eigenen Schönheit und Klugheit hat Louise selbst niemals gezweifelt. Eines Tages teilte sie einer versammelten Gesellschaft mit: »Wissen Sie, daß man jetzt die Arme der Venus von Milo gefunden hat?« »Wo?« fragte jemand, und sie antwortete: »In den Ärmeln meines Kleides!«[6]

In dem *À la Gloire* betitelten Gedicht, das in ihrer Sammlung *Ce qu'on rêve en aimant* veröffentlicht ist, spekuliert sie ohne jede Hemmung auf ihren künftigen Ruhm:

La poésie un jour m'a dit: ›Tu seras reine!‹
Et dans ma frêle main j'ai pris son étendard,
Et je poursuis la route étoilée et sereine,
Que l'idéal altier me traçait au départ.
J'entrevois sur ma tombe une foule soumise,
Un immortel vieillard me dit: ›Tu m'es promise!‹
Et mon front couronné s'appuie au fond du Temps.
(Die Poesie sagte mir einst: ›Du wirst Königin sein!‹
Da nahm ich ihre Fahne in meine zarte Hand
und folge nun dem sternübersäten heitern Weg,
den mir das stolze Ideal von Anfang vorgezeichnet.
Ich sehe schon auf meinem Grab eine ehrfürchtige Menge,
ein unsterblicher Greis sagt: ›Du bist mir versprochen!‹
Und meine gekrönte Stirne lehnt sich an den Grund der Zeit.)

Später einmal, als Flaubert ihrer Allüren überdrüssig geworden war, sagte er über dieses Gedicht[7]: »Es ist wie Dein Sonett *A la Gloire,* nämlich ungenießbar, der Leser wird immer peinlich berührt sein von der Überheblichkeit der Autorin.«

Als Flaubert ihr 1846 begegnete, war Louise Colet noch mit Hippolyte Colet verheiratet und mit Victor Cousin liiert, der für sie und ihre Tochter sorgte. Das hielt sie allerdings nicht davon ab, ihren Gefühlen auch anderswo freien Lauf zu lassen.

Es war am 29. Juli 1846, daß Louise und Flaubert sich zum ersten Male sahen; am 4. August wurde sie seine Geliebte. Seit dem Tod seiner Schwester vor einem halben Jahr hatte er nur mit seiner trauernden Mutter und seinem verwaisten Nichtchen zusammen gelebt, er war wie ausgehungert nach weiblicher Gesellschaft. Kein Wunder, daß er sich in die schöne Frau verliebte, die sich ihm an den Hals warf. Zweifellos hat er sie leidenschaftlich geliebt, und sie ihn auch. Sie fühlte sich, wie sie in einem Gedicht *Le Baiser du Poète* erklärte, das vom 4. August datiert und in dem Band *Ce qui est dans le Cœur des Femmes* veröffentlicht ist, durch ihn inspiriert:

Si du bonheur j'ai le tressaillement,
C'est que je sens une clarté divine
Par ce baiser passer dans ma poitrine,
C'est que je crois, poète créateur,
Que votre esprit que la muse domine,
Répand en moi son souffle inspirateur.

Oui, par un Dieu, mon âme est possédée,
Et dans mon sein il fait germer l'idée,
La fleur, dit-on, est ainsi fécondée
Par le baiser des vents de l'équateur.
(Wenn ich vor Glück erschauere,
dann spüre ich himmlische Klarheit
durch diesen Kuß in meine Brust dringen,
dann glaube ich, schöpferischer Dichter,
daß Ihr Geist, den die Muse beherrscht,
seinen inspirierenden Hauch in mich ergießt.
Ja, von einem Gott ist meine Seele ergriffen,
und in meinem Busen läßt er die Gedanken keimen,
so, sagt man, wird die Blume befruchtet
durch den Kuß der Winde vom Äquator her.)

Ihr Verhältnis erlitt eine mehr als dreijährige Unterbrechung. Der erste Abschnitt, der leidenschaftlichere, dauerte nicht ganz zwei Jahre und wurde von Flaubert im Frühling 1848 beendet. Er nahm die Beziehung im Juli 1851 wieder auf, als er *Madame Bovary* plante. Es ist möglich, daß von seiner Seite aus eine bestimmte Absicht mit der Wiederanknüpfung der Beziehung verbunden war: Er brauchte Material für die Gestaltung seiner Heldin.

An Louise Colet schrieb Flaubert die rund 120 Briefe, die zu den interessantesten der französischen Sprache gehören. Die Briefe aus dem ersten und die aus dem zweiten Abschnitt ihrer Beziehung unterscheiden sich in ihrer Art sehr voneinander. In der ersten Phase sind sie zunächst leidenschaftlich, später aber voller Vorwürfe; literarische Diskussionen spielen nie die Hauptrolle. Die der zweiten Phase dagegen enthalten Flauberts interessanteste Gedanken über Wesen und Aufgabe der Kunst. Während jener Zeit beschäftigte er sich mit dem Aufbau von *Madame Bovary*. Er scheint seine Theorien an Louise Colet ausprobiert zu haben – oder aber er schrieb einfach nieder, was seinen Geist gerade am meisten beschäftigte.

Am Anfang schrieb er jeden Tag – manchmal sogar zweimal täglich – endlose Briefe, die in der gedruckten Ausgabe seiner Korrespondenz sieben, acht oder neun Seiten einnehmen. Aber schon damals fühlte er, wie der Gedanke, daß sie alle Tage einen Brief erwarten könnte, ihn lähmen würde. Sie scheint von allem Anfang an seine ständige Aufmerksamkeit beansprucht zu haben[8]:

»Du sagst mir, zum Beispiel, ich soll Dir jeden Tag schreiben, sonst seist Du mir böse. Nun! Der Gedanke, daß Du jeden Morgen einen Brief von mir haben willst, würde mich davon abhalten, ihn zu schreiben. Erlaube mir, Dich auf meine Art zu lieben, auf die Art meines eigenen Wesens, mit dem, was Du meine Originalität nennst. Zwing mich nicht zu etwas, und ich werde alles tun. Versteh mich und sei mir nicht böse. Wenn ich Dich für frivol und töricht hielte, wie andere Frauen, würde ich Dir Worte, Versprechungen, Liebesbeteuerungen schenken. Was würde es mich schon kosten? Aber ich ziehe es vor, lieber unter als über der Wahrheit meines Herzens zu bleiben.«

Trotzdem lebte er in einem Glücksrausch, als er fortwährend an sie dachte. Er trug ihre Schlafzimmerpantöffelchen bei sich und konnte bei deren Anblick ihr Bild heraufbeschwören. Es war etwas von Fetischismus in seinen Gefühlen; er sollte sich später daran erinnern, als er Léon in *Madame Bovary* charakterisierte.

Zuerst waren sie sehr glücklich. Als er nach der ersten gemeinsamen Nacht nach Hause kam, schrieb er ihr[9]:

»Vor zwölf Stunden waren wir noch zusammen. Gestern um diese Zeit hielt ich Dich in meinen Armen ... erinnerst Du Dich? ... Wie weit das schon zurückliegt! Die Nacht ist jetzt warm und sanft, ich höre den großen Tulpenbaum vor meinem Fenster im Wind rascheln, und wenn ich den Kopf hebe, sehe ich den Mond sich im Fluß spiegeln. Deine kleinen Pantoffeln stehen hier, während ich an Dich schreibe; ich habe sie vor meinen Augen, ich sehe sie an. Ich habe soeben, allein und gut eingeschlossen, alles geordnet, was Du mir gegeben hast; Deine beiden Briefe sind in dem bestickten Beutel, ich werde sie wieder lesen, wenn ich meinen versiegelt habe. Ich habe mein Briefpapier nicht nehmen wollen, um Dir zu schreiben, es hat einen Trauerrand, und nicht Trauriges soll von mir zu Dir kommen! Nur Freude möchte ich in Dir erwecken und Dich mit einer ruhigen und gleichmäßigen Glückseligkeit umgeben, um Dir ein wenig all das zu vergelten, was Du mir in der Großherzigkeit Deiner Liebe mit vollen Händen geschenkt hast. Ich fürchte, kalt, trocken und egoistisch zu sein, und Gott weiß doch, was in diesem Augenblick in mir vorgeht. Welche Erinnerung! und welches Begehren! Ach, wie waren unsere beiden Spazierfahrten im Wagen schön! besonders die zweite mit ihren Blitzen! Ich erinnere mich an die Farbe der von den Laternen erleuchteten Bäume und das Wiegen des Wagens auf seinen Federn; wir waren allein und glücklich. Ich betrachtete Deinen Kopf in der Dunkelheit, ich sah ihn trotz der Finsternis; Deine Augen erleuchteten Dein ganzes Gesicht. Mir scheint, ich schreibe schlecht. Du wirst das ungerührt lesen; ich sage nichts von dem, was ich sagen will. Das kommt daher, daß meine Sätze sich wie Seufzer drängen; um sie zu verstehen, muß man die Räume füllen, die sie voneinander trennen. Du wirst das tun, nicht wahr? Wirst Du bei jedem Buchstaben, bei jedem Zeichen der Schrift träumen? wie ich beim Betrachten Deiner kleinen braunen Pantoffeln von der Bewegung Deines Fußes träume, als er sie ausfüllte und sie von ihm erwärmt waren.«

Als dann aber ihr Brief kam, standen darin Zweifel an seiner Liebe, Klagen über seine Kälte und Angebote, ihn freizugeben, ihn nie wieder zu sehen – das sollte all die Jahre hindurch ihr Leitmotiv bleiben. Oder vielleicht fürchtete er, sie könnte die Ursache seines zeitweiligen körperlichen Versagens im Zusammensein mit ihr falsch verstanden haben[10]:

»Und ich? Sag mir, wie findest Du mich? Wie steht mein Bild vor Deinen Augen auf? Was für ein armseliger Liebhaber bin ich, nicht wahr? Weißt Du, daß mir das, was mir bei Dir geschehen ist, noch nie zuvor geschah (ich war von den vorhergegangenen drei Tagen erschöpft, und meine Nerven waren angespannt wie Cellosaiten). Wäre ich ein Mann mit einer hohen Meinung von mir selbst, so wäre ich zutiefst bestürzt gewesen. Das war ich auch – aber um Deinetwillen. Ich fürchtete, Du könntest Vermutungen hegen, die für Dich beleidigend wären; andere würden bestimmt geglaubt haben, ich beleidige sie. Sie würden mich als kalt, gleichgültig oder verbraucht betrachten. Ich war Dir dankbar für Dein spontanes Verstehen, das über nichts erstaunt war; ich selber war überrascht von dem Ganzen als von etwas Ungeheuerlichem.«

Aber die Mißverständnisse zwischen ihnen wuchsen. Sie verstand unter Liebe etwas ganz anderes als er. Sie erwartete, er würde dauernd das Verlangen haben, nach Paris zu fahren, um sie zu sehen, mit ihr zusammen zu sein, so oft sie ihn rief. Er sagte, er komme ›bald‹, aber ›bald‹ hieß bei ihm etwas anderes als bei ihr. Für sie hieß es ›sofort‹. Es war ihr unbegreiflich, daß er einen Vorwand brauchte, um von zu Hause fortzugehen, da er seine Mutter nicht noch mehr beunruhigen wolle, die immer so ängstlich sei, wenn er ihr aus den Augen war.[11] Er konnte sie auch nicht nach Croisset einladen, weil er Angst vor dem Gerede der Nachbarn hatte, die schon am nächsten Tag von ihrem Besuch erfahren würden.[12]

»So wirst Du also bewacht wie ein junges Mädchen?« fragte sie geringschätzig.[13] Er gab ihr zur Antwort[14]:

»Schilt mich, schmähe mich in Deinem Herzen so viel Du willst. Gott, wenn es einen Gott gibt, kann in meinem Gewissen lesen, wenn ich ein Gewissen habe. Nimm einen guten Rat an, weil ich gerade daran denke, wenn Du um jeden Preis kommen und mich sehen willst; und glaube ja nicht, ich träumte nicht davon, ich stellte es mir nicht in lieblichen Bildern vor. Komm nie hierher, es wäre rein topographisch unmöglich, daß wir uns träfen . . . es wäre besser, Du würdest in Rouen haltmachen, würdest am Morgen kommen, nachdem Du mich tags zuvor benachrichtigt hättest; ich könnte dann irgendein Geschäft vorschützen und um sechs Uhr wieder hier sein.«

Er ließ sie ihre Briefe nie an ihn direkt adressieren; sie mußten an Du Camp geschickt werden, der Bescheid wußte und sie in einem anderen Umschlag weiterleitete.[15]

Wie viele schöpferische Männer – wie Balzac, zum Beispiel – konnte er sehr glücklich sein, wenn er dem Gegenstand seiner Liebe schrieb, wenn er an sie dachte, die Dinge betrachtete, die ihr gehörten – wie ihre Schlafzimmerpantoffeln, ihr Taschentuch und ihre Haarlocke; er bewahrte das alles in einem besonderen Kästchen auf, das immer neben ihm stand[16]:

»Dann bricht die Nacht an, und ich bin allein und ungestört, und wenn rund um mich alles schläft, öffne ich die Lade des kleinen Wandgestells, von dem ich Dir erzählt habe, und nehme meine Reliquien heraus und breite sie auf dem Tisch aus: die Pantöffelchen zuerst, das Taschentuch, die Locken Deines Haares, das Kästchen mit Deinen Briefen; ich lese sie wieder, ich berühre sie wieder. Es ist mit den Briefen gleich wie mit den Küssen, der letzte ist immer der beste. Der von heute früh ist hier, zwischen meinem letzten Satz und dem, der noch nicht fertig ist; ich habe ihn eben nochmals gelesen, um Dich besser sehen zu können und Dein Parfum stärker zu riechen. Ich sehe in meiner Vorstellung die Haltung, in der Du gesessen haben mußt, während Du mir schriebst, und den langen Blick, wenn Du die Seiten wandtest. Es war neben der Lampe, die unsere ersten Küsse beleuchtete, und auf dem Tisch, wo Du Deine Gedichte schreibst. Zünde sie abends an, Deine Alabasterlampe; schau in ihren blassen weißen Schein, wenn Du jener Nacht gedenkst, da wir uns liebten. Du sagtest mir, Du möchtest sie nicht mehr benutzen. Warum? Sie ist ein Stück von uns. Ich liebe sie.«

Bald fing sie an, Schuldgefühle in ihm zu erwecken, weil er nicht imstande war, so auf sie einzugehen, wie sie es gewollt hatte. Sie verlangte Rechenschaft über alle seine Gedanken zu allen Stunden seines Tages und warf ihm immer wieder vor, er liebe sie nicht genug[17]:

»Weißt Du, daß Du grausam bist? Du wirfst mir vor, ich liebe Dich nicht, und nimmst mein jeweiliges Fortgehen als Argument. Das ist falsch! Kann ich denn bleiben? Was würdest Du an meiner Stelle tun?

Du sprichst von Deinem Kummer; ich glaube daran, ich habe den Beweis dafür, und ich fühle ihn in mir, was noch mehr ist. Aber ich sehe auch einen anderen Kummer, einen hier auf meiner Seite, der sich nie beklagt, der sogar lächelt und neben dem der Deine, so tief er auch sein mag, niemals mehr sein wird als ein Stich neben einer Brandwunde, ein Krampf neben einem Todesröcheln. Das ist der Schraubstock, in dem ich gefangen bin. Die beiden Frauen, die ich am meisten liebe, haben in mein Herz eine Kandare gelegt mit zwei Zügeln, an denen sie mich festhalten; sie ziehen mich abwechselnd, durch Liebe und durch Kummer. Verzeih, wenn Dich das von neuem ärgert. Ich weiß nicht mehr, was ich Dir sagen soll; ich zögere neuerdings, wenn ich zu Dir spreche, ich fürchte Dich zum Weinen zu bringen, und wenn ich Dich berühre, Dich zu verletzen ...

Ich liebe Dich auf meine Weise; mehr oder weniger als Du mich? Das weiß Gott allein. Aber ich liebe Dich, und wenn Du mir sagst, daß ich vielleicht für gewöhnliche Frauen auch getan habe, was ich für Dich tat – ich habe es für *keine* getan, keine – ich schwöre es. Du bist der einzige Mensch, für den ich eine Reise unternommen habe und den ich genug liebte, um das zu tun, denn Du bist der erste Mensch, der mich je geliebt hat wie Du mich liebst. Nein, noch nie hat jemand diese Tränen geweint oder mich mit einem so zärtlichen und traurigen Blick angesehen. Ja, die Erinnerung an die Mittwochnacht ist meine süßeste Liebeserinnerung. Sie ist es, die mich, wenn ich morgen alt werden sollte, dem Leben nachtrauern ließe.«

Was ihn aber tiefer als alles andere erschreckte, war die Beharrlichkeit, mit der sie von Anfang ihrer Beziehung an ein Kind von ihm wollte. Kaum drei Wochen nach ihrer ersten gemeinsamen Nacht machte er ihr wegen dieser ›fixen Idee‹ in einem unveröffentlichten Briefteil Vorhaltungen[18]:

»Du erwägst selbstgefällig, im erhabenen Egoismus Deiner Liebe, die Möglichkeit, daß ein Kind geboren werden könnte. Du willst es, gib es zu,

Du wünscht es Dir als ein Band, das uns fester vereint, als einen unverbrüchlichen Vertrag, der unsere Geschicke aneinanderfesselte. Oh! Es muß wohl daran liegen, daß Du es bist, meine liebe, allzu zärtliche Freundin, daß ich Dir nicht grolle wegen eines Wunsches, der für mein Glück so erschreckend ist.«

Und er bekannte ihr gegenüber, wenn es nötig wäre, zu sterben, um dieses Kind am Kommen zu hindern, würde er gern mit einem Gewicht um den Hals in die Seine springen.

Immer wieder bat sie ihn, mit ihr fortzugehen, damit sie allein sein könnten[19]:

»Königlich wäre es, und wunderschön, wenn Du die sechzig Meilen gehen könntest, um ein paar Stunden in dem kleinen Sommerhäuschen da drüben zu verbringen ... aber was hat es für einen Sinn, von so etwas Verrücktem zu träumen. Es ist unmöglich; denn die ganze Gegend wüßte es schon am andern Tag, und es gäbe ein endloses Gerede. Einen langen Kuß, trotzdem, daß Du daran gedacht hast.«

Schließlich willigte er doch ein, sich mit ihr in Mantes zu treffen, einem hübschen Städtchen halbwegs zwischen Paris und Rouen, an einer der wenigen Bahnlinien, der direkten von Paris zur Küste, gelegen. Er wollte im Hôtel du Grand Cerf mit ihr zusammenkommen, das noch immer dort steht und sich in all den dazwischenliegenden Jahren nur wenig verändert hat. Er legte allerdings von vornherein fest, noch am selben Abend heimzukehren, anders sei es nicht zu machen, aber sie würden ja den ganzen Nachmittag füreinander haben.[20]

Jetzt war es an ihr, die Schwierige zu spielen: Sie ließ ihn sich klein und häßlich fühlen, weil er ihr nur eine so kurze Zeit eingeräumt hatte, und schickte ihm einen Absagebrief.[21] Zuletzt aber ging sie doch auf seinen Plan ein, er war überwältigt von dankbarer Freude[22]:

»Ah, wir werden allein sein, ganz allein miteinander, in diesem Dorf auf dem Lande (und rund um uns her Stille!). Warum bist du so traurig? Ich genieße die Vorfreude auf einen Tag des Glücks. Ein Tag ist sehr wenig, nicht wahr? Und doch erhellt ein wundervoller Tag ein ganzes Jahr, und man hat so wenige Tage zu leben, daß, wenn es geschieht, ein guter Tag wert ist, ausgekostet zu werden. Aber wirst Du lieb sein? Wirst Du wieder weinen?«

Letzten Endes verbrachten sie auch die Nacht in Mantes, da sie sich nicht voneinander losreißen konnten, aber er hatte seiner Mutter nicht gesagt, daß er vielleicht abends nicht zurück sein würde, und sie hatte sich die ganze Nacht um ihn gesorgt[23]:

»Ich legte eine kleine Geschichte zurecht, die meine Mutter geglaubt hat. Die arme Frau muß gestern sehr verängstigt gewesen sein. Sie ist um elf Uhr nachts zum Bahnhof gegangen; sie hat die ganze Nacht vor Sorgen nicht schlafen können. Heute früh stand sie auf dem Bahnsteig, in einem Zustand äußerster Beunruhigung. Sie machte mir keine Vorwürfe, aber ihr Gesicht war der größte Vorwurf, den jemand machen könnte.«

Dieser Tag in Mantes war der höchste Gipfel im Glück der beiden Liebenden. Flaubert hat immer mit besonderer Zärtlichkeit an diesen Ort zurückgedacht, so daß er es kaum fertiggebracht hat, wieder dorthin zu gehen – allerdings hat er später auch Louis Bouilhet damit in Zusammenhang gebracht, der eine Zeitlang dort gelebt hatte. Als eine Freundin ihn viele Jahre später, 1873, einmal bat, sie dort zu besuchen, antwortete er[24]:

»Wenn Sie darauf bestehen, daß ich Sie in Mantes aufsuchen soll, so sollten Sie bedenken, daß Sie damit etwas von mir verlangen, das nicht ohne Leid für mich ist. So oft ich an jenem Bahnhof vorbeifahre und die Kirchturmspitze des lieben kleinen Städtchens erblicke, in dem ich so viele köstliche Stunden erlebt habe, dreht sich das Herz in mir um, und ich kann kaum ein Aufschluchzen unterdrücken. Das ist die Wahrheit.«

Sobald er wieder in Croisset war, schrieb er an Louise, um seiner Freude Ausdruck zu verleihen[25]:

»Ich war es, der am längsten blieb. Hast Du gesehen, wie ich Dir nachgeschaut habe bis zuletzt? Du wandtest Dich ab, Du gingst, und ich verlor Dich aus den Augen ... Weißt Du, daß das unser schönster Tag war? Wir liebten uns noch besser als je zuvor. Wir erlebten erlesenste Wonnen. Oh, ich bin nicht müde heute abend! Ich habe am Nachmittag drei Stunden geschlafen, und wenn Du hier wärest, würdest Du mich frisch, stark und leidenschaftlich wie gestern finden ... Wie gut war unser Hotel in Mantes, unser Bootsmann und die intelligente Gehilfin am Bücherkiosk am Bahnhof. Wie fern das alles jetzt scheint. Wie ausgefüllt waren diese zwanzig Stunden! Ich war stolz, als Du mir sagtest, daß Du noch nie solches Glück erlebt hast. Deine Freude entflammte mich. Und ich, gefiel ich Dir? Sag es mir doch, es tut mir wohl.

Wann werden wir uns wiedersehen?

Alles war so glücklich, nicht wahr? Nichts beengte uns, und ich sagte nichts, wie mir scheint, das Dich verletzte, und auch Du nicht. Welch schöne Erinnerung! ...

Du hast etwas gesagt, was mir große Freude bereitete, und das war: ›Selbst wenn wir auseinandergehen müßten, würde jedes von uns vom anderen eine gute Erinnerung behalten, *un bon souvenir*.‹«

Louise überschrieb das Gedicht, in dem sie dieses Nachmittags gedachte, *Souvenir*.

In einem von Flauberts Notizbüchern – seinen *Carnets* – die in der Stadtbibliothek Paris aufbewahrt werden, liegt ein Text mit dem Titel *Souvenir*, der bestimmt von Louise Colet stammt und einen Eindruck von dem gibt, was die beiden in Mantes erlebt hatten.[26] Sie beginnt mit einem Zitat aus einem Brief von Flaubert[27]:

»Mir ist es, als wären zehn Jahre vergangen, seit wir in Mantes waren. Es ist weit, weit weg. Diese Erinnerung erscheint vor mir in einer strahlenden und melancholischen Ferne, in unbestimmter Farbe schimmernd und gleichzeitig bitter und brennend. Sie ist schön in meinem Gedächtnis, wie ein Sonnenuntergang auf Schnee. Der Schnee ist mein jetziges Leben; die Sonne, die darauf leuchtet, ist die Erinnerung, ein brennender Widerschein, der es erhellt.«

Dann folgt Louises Gedicht, datiert September 1846, und danach eine Betrachtung, ebenfalls von ihr:

»Ich schrieb diese Zeilen für Dich allein, und ich wollte, sie wären besser, um Dir besser zu gefallen. In Gefühl und Rhythmus besitzt das Gedicht vielleicht einige Schönheit, doch seine Form ist nicht rein genug, nicht poliert genug. Ich hätte es gern perfekt. Die Notwendigkeit, eine andere Arbeit zu vollenden, hindert mich daran. Aber wenn Du mich in einem Jahr noch immer liebst, wenn diese Erinnerung an Mantes Dich dann nicht gleichgültig läßt, werde ich an dem kleinen Werk arbeiten, Zeile um Zeile; eigens für Dich verfaßt, werde ich versuchen, es Deiner würdiger zu machen.«

Obwohl Flaubert lachen mußte, als er in dem Gedicht sich selber als ›un buffle indompté des déserts d'Amérique‹ geschildert las und sie sanft rügte, weil sie beschrieben hatte, wie die Garnelen für ihr Abendessen aus der Seine gefischt worden waren, was er »einen groben geographisch-kulinarischen Schnitzer« nennt[28], scheint ihn sein Urteilsvermögen völlig im Stich gelassen zu haben, als er einen bestimmten Vers in dem Gedicht lobte[29]:

Ton bras enlaçait ma ceinture;
Ton cou vers mon cou se tendait
Et ta lèvre embaumée et pure
A ma lèvre se suspendait.
Deux langues dans la même bouche
Mêlaient d'onctueux lèchements,
Nos corps unis broyaient la couche
Sous leurs fougueux élancements.
(Dein Arm umfing meinen Gürtel;
dein Hals neigte sich dem meinen entgegen
und deine balsamisch duftende, reine Lippe
klammerte sich an die meine.
Zwei Zungen in demselben Mund
vermengten öligen Speichel,
unsere vereinten Leiber zerstampften
das Lager mit ihren aufbrausenden Schwüngen.)

»Das sind ergreifende Zeilen«, meinte er, »die einen Stein bewegen würden, um wieviel mehr mich selbst.«

Es wurde bereits erwähnt, wie oft Louise den Wunsch geäußert hatte, ein Kind von ihm zu haben, obwohl er beteuerte, schon der Gedanke daran treibe ihm kalte Schauer über den Rücken. Nach dem Besuch in Mantes war er eine Zeitlang von Furcht gepackt. Er war beunruhigt über ihre Anfälle von Unwohlsein, »und dieses verfluchte Blut, das nicht kommt«.[30] Sie versicherte ihm, daß sie schon öfter ohne besonderen Grund solche Ausfälle gehabt habe, aber er drang in sie, sich Gewißheit zu verschaffen. »Wenn Du nicht, wie ich Dir rate, eine Medizin versuchst, um die Engländer« – das heißt die Rotröcke – »zurückzubringen, wie willst Du je sicher sein über den Grund ihres Ausbleibens?« Zuletzt bittet er sie, seinen Brief zu vernichten, es »sei vorsichtiger«.

Es ist überraschend, bei Flaubert, diesem Apostel des ›mot juste‹, eine so komische Umschreibung wie ›die englischen Soldaten‹ für die Monatsregel zu finden.

Ein paar Tage später jedoch wurde er von seiner Angst befreit. In einer Aufwallung von Glück schrieb er ihr[31]:

»Um so besser, wenn ich keine Nachkommenschaft habe. Mein unbedeutender Name wird mit mir sterben, und die Welt wird ihren Weg weiter gehen, als ob ich eine illustre hinterließe . . .

Oh! Ich muß Dich umarmen, so bewegt bin ich! Ich weine! Oh, laß mich Dich auf dieses arme Herz küssen, das für mich schlägt! Oh, Du bist so gut und hingebend! . . . Nein! Ich bin noch nie so geliebt worden, wie Du mich liebst, da hast Du recht. Es wird auch nie wieder geschehen! Das gibt es nur einmal im Leben, so daß man sich immer daran erinnern wird, und daß man, wenn man stirbt, die Erinnerung segnet.«

Trotzdem sprach sie auch weiterhin immer wieder von ihrer Sehnsucht, ein Kind zu haben, und im Dezember gab es einen neuen Alarm, der sich aber, wie der vorangehende, als unbegründet erwies. In jenem Dezember schrieb er ihr[32]: »Gott sei Dank, daß die Engländer gelandet sind! Ich habe lange nicht mehr mit Dir darüber gesprochen, weil Du mir gesagt hast, es quäle Dich, aber daran gedacht habe ich trotzdem.«

Er war ihrer jetzt oft überdrüssig und mußte feststellen, wie verschieden sie in ihren Auffassungen über alles waren. Er war klardenkend und genau, sie sentimental und schwärmerisch. Er fand leidenschaftliche Liebe unwichtig, während sie an alle romantischen Klischees von ewiger Liebe glaubte. Er versuchte vernünftig und ernsthaft mit ihr zu diskutieren, aber das wollte sie nicht; sie brauchte dauernde Schmeicheleien und Beteuerungen unvergänglicher Liebe. Seine Briefe waren – zumindest in der ersten Zeit – leidenschaftlich, aber das genügte ihr nicht: Sie verlangte seine körperliche Anwesenheit und wollte in den Mittelpunkt seines Daseins gerückt sein. Kaum zwei Monate nach ihrer ersten Begegnung jedoch schrieb er ihr[33]:

»Geliebt werden ist nicht alles! Das Leben kann nicht mit zärtlichen Redensarten verbracht werden. Das ist gut, ja köstlich in seltenen, feierlichen Augenblicken. Was die Tage versüßt, ist die Entfaltung des Geistes, eine Gemeinschaft der Gedanken, das Anvertrauen von allem, was man erträumt, was man ersehnt, was man denkt.«

Im folgenden sagte er ihr, er sei entsetzt und empört über ihre Haltung gegenüber der Kunst, und wie wenig ihr daran liege. »Kunst, das einzig Wahre und Gute im Leben. Wie kannst Du eine menschliche Liebe damit vergleichen.«

Einmal hatte sie die Kühnheit, ihm vorzuschlagen, sie könnten gemeinsam ein Buch schreiben, in Zusammenarbeit, was von ihr ein Zeichen der Herablassung war, denn schließlich war sie die berühmte Autorin, und er hatte noch nichts veröffentlicht. Er tat geschmeichelt über ihren Vorschlag und schob die Sache von sich, indem er sagte, er sei noch nicht bereit für eine Veröffentlichung.[34]

Für sie war die Kunst ein Mittel, ihre Persönlichkeit auszudrücken – ein *déversoir* für persönliche Gefühle, wie Flaubert es nannte. Was sie schätzte, war ihr Flitterruhm, und dasselbe wünschte sie für ihn. Mehr als alles andere aber wollte sie, daß er sie verherrlichen sollte, wie Lamartine Elvire verherrlicht, wie Victor Hugo Juliette Drouet besungen hatte. Wozu hatte sie sonst einen Künstler zum Geliebten? Für sie war Kunst das Mittel, einem einzelnen Ruhm – *la gloire* – zu bringen. Selbst die Erinnerung an ihren Tag in Mantes war für ihn vergiftet durch den Unterschied in ihren Idealen, und er wurde sich bewußt, daß sie darüber niemals einig sein würden[35]:

»Du wünschest, daß ich offen sei? Nun gut, ich will es sein! Eines Tages in Mantes, unter den Bäumen, sagtest Du, Du würdest Dein Glück nicht für den Ruhm – *la gloire* – von Corneille hergeben. Weißt Du noch? Habe ich nicht ein gutes Gedächtnis? Wenn Du nur wüßtest, welch ein Eis Du damit in mein Inneres senktest, und in welche Verwunderung Du mich versetztest! *La gloire! La gloire!* Was ist denn Ruhm?

Er ist nichts! Er ist der äußerliche Lärm der Freude, die die Kunst uns verschafft. Für den Ruhm Corneilles! Aber Corneille zu sein! Sich als Corneille zu fühlen!

Außerdem sehe ich immer wieder, wie Du eine Menge anderer Dinge mit Kunst durcheinanderbringst, Patriotismus, Liebe – was hast Du nur? Ein Haufen Dinge, die für mich nichts mit ihr zu tun haben und die, weit davon entfernt, sie zu veredeln, sie in meinen Augen vermindern. Hier liegt eine der Klüfte zwischen uns. Du hast sie gegraben, und Du hast sie mir aufgezeigt.«

Ihre Ansichten über Kunst waren sehr verschieden. Er war entsetzt gewesen, als sie ihr Entzücken über ›lebende Bilder‹ äußerte, die sie gesehen hatte und die, wie sie meinte, den Bildern der Meister vorzuziehen waren, weil sie vor Leben pulsierten[36]:

Tu me dis: Aime l'art, il vaut mieux que l'amour;
Tout sentiment s'altère et doit périr un jour!
Pour que le cœur devienne une immortelle chose,
Il faut qu'en poésie il se métamorphose.
Et moi je te réponds: La langue du poète
Ne rend du sentiment que l'image incomplète;
Concevoir le désir, goûter la passion,
Nous fait dédaigner l'art et sa création;

Formuler les pensers dont notre esprit s'enivre,
Ce n'est que simuler la vie: aimer, c'est vivre;
C'est incarner le rêve, et sentir les transports
Dont l'art ne peut donner que les emblèmes morts!

Des maîtres les plus grands les œuvres les plus belles,
Auprès du beau vivant, compare, que sont-elles?
Corrège et le Poussin, Titien et Raphaël,
Rubens, dont la palette est prise à l'arc-en-ciel,
Éblouissant nos yeux, ont groupé sur leurs toiles
Des visages divins et de beaux corps sans voiles!
Mais hier, quand soudain à nos regards charmés,
Ces tableaux immortels se trouvaient animés,
Lorsqu'au lieu de la chair que la couleur imite,
Nous avons admiré cette chair qui palpite,
Où le sang à travers l'épiderme soyeux,
Circule en répandant des reflets lumineux.

Lorsque nous avons vu d'exquises créatures,
Dont les beaux torses nus, les bras aux lignes pures,
Le sein ferme et mouvant, le visage inspiré,
Faisaient vivre à nos yeux quelque groupe sacré,
Oh! n'as-tu pas senti combien sont imparfaites
Toutes ces œuvres d'art que les hommes ont faites,
Et ne t'es-tu pas dit, du réel t'enivrant:
La beauté seule est belle, et l'amour seul est grand.

(Du sagst mir: Lieb die Kunst, sie ist mehr wert als Liebe;
jedes Gefühl verändert sich und muß einmal vergehn!
Das Menschenherz kann nur unsterblich werden,
wenn es in Poesie sich ganz verwandelt.
Ich aber sage dir: Die Sprache der Poeten
gibt vom Gefühl uns nur ein unvollständiges Bild;
Sehnsucht zu spüren, Leidenschaft zu kosten,
läßt uns die Kunst mißachten und ihr Werk:
Gedanken formulieren, die den Geist berauschen,
ist nichts als Leben heucheln – Lieben, das ist Leben!

ist Fleischwerdung des Traums, Erfühlen der Erregung,
von der die Kunst nur tote Zeichen wiedergeben kann!

Der größten Meister allerschönste Werke,
was sind sie denn, vergleiche, vor dem schönen Lebenden?
Correggio und Poussin, Tizian und Raffael,
und Rubens, dessen Farben aus dem Regenbogen stammen,
die Augen blendend – sie gruppierten auf der Leinwand
Antlitze göttergleich und schöne Körper ohne Schleier!
Doch gestern, als miteins vor den entzückten Blicken
die Bilder, die unsterblichen, belebt erschienen,
als wir anstatt des Fleisches, das die Farben imitieren,
dies Fleisch, das bebt und pocht, bewundern konnten,
in dem das Blut durch seidenweiche Haut hindurch
im Körper kreist und leuchtende Reflexe ausstrahlt.

Als wir die auserlesenen Menschenkinder sahen,
wie sie mit schönem nacktem Leib und feingeformten Armen,
mit festem, doch bewegtem Busen und begeistertem Gesicht
vor unserm Blick ein paar geweihte Gruppen leben ließen,
oh, hast du nicht gefühlt, wie unvollkommen jedes
von Menschenhand gemachte Kunstwerk ist,
hast du, vom Wirklichen berauscht, dir nicht gesagt:
Die Schönheit nur ist schön, die Liebe nur ist groß.)

Sie nahm alles übel, was er sagte, und sah Beleidigungen, wo gar keine beabsichtigt waren. Als er sie »liebe alte Freundin« nannte, bildete sie sich ein, das sei eine Anspielung auf ihr Alter.[37] Sie warf ihm vor, er spreche mit ihr über Literatur wie mit andern Leuten, wo sie doch über sich selber diskutieren könnten; er spreche über Kunst wie mit irgendeinem gleichgültigen Menschen, und er gab zurück[38]:

»Sprichst Du denn mit gleichgültigen Menschen über Kunst? Du betrachtest dieses Thema als nebensächlich, als etwas Unterhaltendes, zwischen Politik und Neuigkeiten. Ich nicht, ich nicht!«

Sie war eifersüchtig auf seine Vergangenheit – auf seine früheren Freundinnen, vor allem auf Eulalie Foucaud. Sie war eifersüchtig auf seine Gegenwart und argwöhnte, was er wohl tat, wenn er nicht bei ihr war.

Eines Abends drang sie mit Gewalt in ein Privatzimmer des Restaurants *Les Trois Frères Provinciaux* ein, wo sie ihn mit einer Nebenbuhlerin zu finden erwartete, doch sie traf ihn allein mit Du Camp und Bouilhet, der ein Privatzimmer genommen hatte, damit sie nicht unten in dem lärmenden Restaurant ihre literarischen Angelegenheiten besprechen mußten.[39]

Sie machte eine Szene, wenn er ihr nicht zur Feier von irgendwelchen Jahrestagen Blumen schickte und wenn er sie ohne Abschiedskuß verließ[40]:

»Ich fühlte mich schuldig, daß ich von Dir weggegangen war, als hätte ich etwas Unrechtes getan; aber ich konnte nicht anders, ich mußte gehen! Du sagst, ich habe Dich nicht küssen wollen – aber Du warst es doch, die sich weigerte. Erinnerst Du Dich, daß ich Deine Hand im Muff ergreifen wollte, und daß Du sie geschlossen hieltest? Aber nicht für eine Sekunde grollte ich Dir deswegen. Du machtest mich zu unglücklich, all das wandte sich gegen mich und zerriß mich innerlich. Wie schwach bin ich! Ich, der ich mich so stark glaubte, ich zittre hier, während ich Dir schreibe, und mein Herz klopft. Oh, ehe die Woche um ist, am Freitag oder Samstag spätestens werde ich Dich wiedersehen! Ich zähle die Stunden, ich bleibe an meinem Feuer sitzen und warte, daß die Tage vergehen, und denke an Dich, an nichts als an Dich.«

In jedem Brief wollte sie versichert sein, daß er sie liebe; sie stellte diese Frage immer wieder. Das fiel ihm natürlich auf die Nerven, und er antwortete mehrmals schroff und ungeduldig[41]:

»Du willst wissen, ob ich Dich liebe, um alles mit einem Schlag zu klären und offen zu beenden. Hast Du mir das nicht gestern geschrieben? Das ist eine zu umfassende Frage, als daß man auf sie mit einem ›Ja‹ oder ›Nein‹ antworten könnte. Und doch will ich das jetzt versuchen, damit Du mir nicht länger vorwirfst, ich ginge einer Antwort aus dem Wege ...

Für mich steht die Liebe nicht im Vordergrund des Lebens und darf nicht dort stehen, sie muß im Hinterzimmer bleiben. Es gibt in der Seele andere Dinge, die vor ihr kommen und die, so scheint mir, dem Licht und der Sonne näher sind. Wenn Du also die Liebe als das Hauptgericht des Daseins auffaßt: *nein.* Als Würze: *ja.*

Wenn Du unter Lieben verstehst, sich ausschließlich mit dem geliebten Wesen beschäftigen, nur durch dieses Wesen leben, es allein sehen von allem, was es auf der Welt gibt, von seiner Idee erfüllt sein, das Herz davon voll haben wie die mit Blumen angefüllte Schürze eines Kindes, die nach allen Seiten überfließt, obwohl es die Zipfel mit dem Mund festhält und sie mit beiden Händen an sich drückt, also kurz, fühlen, daß das eigene Leben an dieses Leben gebunden ist und dieses ein besonderes Organ der eigenen Seele geworden ist: *nein.*«

Sie nannte ihn kleinlich und schäbig und erklärte ihm, seine höhnische Haltung – sie muß seine Ironie gemeint haben – hätte ihre Liebe getötet. Sie versuchte, ihn in seinen eigenen Augen herabzusetzen[42]:

»Früher kam ich Dir erhaben vor, aber jetzt komme ich Dir erbärmlich vor. Ich bin jedoch weder das eine noch das andere, und im Grunde bin ich nicht mehr Schurke als irgendwer sonst.«

Zuletzt dachte – oder sagte – sie, es wäre besser, wenn sie auseinandergingen, und da stimmte er ihr bei[43]:

»Also, wenn Du so versessen bist darauf: einverstanden! Da Du mir nichts weiter zu sagen hast, zwingt mich die Offenheit, zu gestehen, daß auch meinerseits nichts zu sagen bleibt, da ich alle möglichen Formen, Dir zu verstehen zu geben, was du in den vergangenen fünf Monaten einfach nicht verstehen wolltest, erschöpft habe. Jedenfalls habe ich dabei alle Feinheiten meines Herzens und alle Spielarten meiner Feder aufgebraucht. Warum versuchtest Du ein Leben zu mißbrauchen, das mir nicht gehörte, und dieses Dasein nach den Launen Deiner Liebe zu verändern? Ich litt sehr, wenn ich Deine vergeblichen Bemühungen sah, den Felsen zu rütteln, der alle Hände bluten macht, die ihn berühren.

Du wirfst mir unablässig Egoismus und Härte vor; in Deinem Herzen hast Du seit langem entschieden, ich liebte Dich nicht. Falsch, falsch, mein armes Liebes. Ich liebe Dich so sehr wie eh und je; ich liebe Dich auf meine Weise, auf meine Art, meinem Wesen entsprechend. Du hättest – das habe ich Dir vom ersten Tag an gesagt – einen jüngeren und naiveren Mann als mich haben sollen, dessen Herz weniger reif und frischer gewesen wäre.«

Es war aber viel Theater in der Haltung beider. Schon am nächsten Tag äußerte er Überraschung und Bedauern, daß er nichts von ihr gehört habe. Ihr Briefwechsel lebte wieder auf, doch die Beschuldigungen und Vorwürfe in ihren täglichen Briefen gingen weiter. Am Ende entschied er, er könne so nicht weitermachen, da es ihm unmöglich sei, zu arbeiten oder an etwas anderes zu denken[44]:

»Es ist mir unmöglich, einen Briefwechsel länger fortzusetzen, der epileptisch wird. Ändern Sie ihn, um Himmels willen! Was habe ich Ihnen (da es jetzt *Sie* heißt!) getan, daß Sie mir mit dem Hochmut des Schmerzes das Schauspiel einer Verzweiflung vorführen, für die ich keine Heilmittel weiß? Wenn ich Sie verraten oder mich mit Ihnen gebrüstet hätte, wenn ich Ihre Briefe verkauft hätte usw., könnten Sie mir keine grausameren und verheerenderen Dinge schreiben.

Was habe ich denn getan, mein Gott! Was habe ich denn getan?

Sie wissen sehr gut, daß ich nicht nach Paris kommen kann. Das heißt doch, mich zwingen, Ihnen mit Brutalitäten zu antworten. Ich bin zu gut erzogen, um es zu tun, doch glaube ich, daß ich es oft genug wiederholt habe, daß es Ihnen im Gedächtnis geblieben ist.

Ich hatte mir von der Liebe eine ganz andere Vorstellung gemacht. Ich glaubte, daß sie etwas wäre, was von allem unabhängig ist, sogar von der Person, die sie hervorruft. Abwesenheit, Beleidigung, Gemeinheit, all das könnte ihr nichts anhaben. – Wenn man sich liebt, kann man zehn Jahre verbringen, ohne sich zu sehen und ohne darunter zu leiden.«

Louise hatte gegen diese letzte Bemerkung geschrieben: »Was soll man von einem solchen Satz halten.«

»Sie behaupten, daß ich Sie behandle wie eine *Frau von letztem Rang*. Ich weiß nicht, was eine Frau von letztem Rang, noch was eine solche von erstem oder von zweitem Rang ist ... Ich bin der großen Leidenschaften, der exaltierten Gefühle, der aufgebrachten Liebe und der tobenden Verzweiflung müde. Ich schätze den gesunden Menschenverstand über alles, vielleicht gerade, weil ich keinen habe.

Ich verstehe Ihre Verärgerung und Ihr Schmollen nicht. Sie tun unrecht, denn Sie sind gut, vortrefflich und liebenswert, und man kann nicht umhin, Ihnen böse zu sein, daß Sie das alles mutwillig verderben.«

Dieser Brief beendete ihre Korrespondenz nicht, die am Neujahrstag 1847 wieder fortgeführt wurde, wenn auch immer mit Bitterkeit. Es scheint, daß es im März 1847 zu einem heftigeren Streit gekommen ist als alle bisherigen und ein tatsächlicher Bruch zwischen den beiden eingetreten ist. Auf den Brief, den Flaubert damals an sie gerichtet hat, hatte Louise Colet geschrieben: ›Sein letzter Brief‹, obwohl es in Wirklichkeit nicht der letzte sein sollte. Es ist ein sehr langer Brief, sechs maschinengeschriebene Seiten lang, der in der *Correspondance* nicht enthalten ist.[45] Etwas sehr Schlimmes muß zwischen ihnen vorgefallen sein, wonach er sie in großer Eile verließ und ihr nachher schrieb:

»Der Brief in der dritten Person, den ich am Dienstagabend erhielt, brachte mich schließlich dazu, fortzugehen. Als ich Deine Verdächtigungen bezüglich Phidias' Weib« – gemeint ist Louise Pradier – »las, sagte ich mir, das ist der letzte Tropfen, das hat mir gerade noch gefehlt!

Laß uns nun über uns selbst sprechen. Du bittest mich, Dir wenigstens ein letztes Wort zu senden ... Ich weiß, daß Du alles für mich getan hättest, daß Du es noch tun würdest, daß Deine Liebe einen Engel verdient hätte – ich gräme mich, daß ich nicht imstande war, sie zu erwidern. Aber ist das mein Fehler? Ich hätte Dich gern so geliebt wie Du mich. Aber während ich Frieden über alles andere liebe, fand ich in Dir nur Aufruhr, Stürme, Tränen und Zorn.«

Dann sprach er von allen Streitigkeiten, die sie bei so vielen Gelegenheiten vom Zaun gebrochen und die ihn jedesmal erschöpft hatten; wie sie im Bahnhof auf ihn geflucht hatte, weil er ein Rendezvous versäumte, das er in Wirklichkeit gar nie verabredet hatte.

»Der ganze Verdruß rührte von einem ersten Irrtum her. Du begingst einen Fehler, indem Du mich annahmst, oder ich hätte mich ändern müssen. Deine Ideen von Moral, Patriotismus, Hingebung, Dein Geschmack in Literatur, all das war meinen Ideen und meinem Geschmack zuwider.«

Er wiederholt noch einmal, es sei schade, daß sie ihn je kennengelernt habe, daß sie ihn stets anders gewollt habe, als er sei, und ihn nie so akzeptieren konnte, wie er wirklich war. Er schloß mit den Worten:

»Leb wohl! Stell Dir vor, ich sei auf eine lange Reise gegangen. Nochmals adieu! Lern jemanden kennen, der Deiner würdiger ist. Um ihn Dir geben zu können, würde ich ihn suchen bis ans Ende der Welt. Sei glücklich.«

Das Ende ihrer Beziehung war damals allerdings noch nicht endgültig. Eigentlich waren sie auch nicht ganz aufrichtig in ihrem Wunsch, sich zu trennen. Obwohl er sie nicht aufsuchte, als er auf dem Weg in die Bretagne mit Du Camp im April 1847 durch Paris kam, erwartete er, in jedem angelaufenen Hafen Briefe von ihr vorzufinden, und war bitter enttäuscht, wenn keine da waren. Ihre Freundschaft und ihre Liebe schleppte sich weiter durch das ganze Jahr 1847 und bis in das Jahr 1848 hinein, mit den gleichen Anschuldigungen und Vorhaltungen. Er war am 29. Juli, am ersten Jahrestag ihrer Bekanntschaft, in der Bretagne, und da schrieb sie ihm, um sich zu beklagen, daß er ihr keine Blumen geschickt habe[46]:

»Du erklärst, ich hätte Dir zum 29. Juli zumindest Blumen schicken *müssen*. Du weißt doch, daß ich keine Verpflichtungen anerkenne. Du triffst daneben, wenn Du versuchst, zu hart zu treffen. Ich lache nicht über all das, wie Du es Dir vorstellst, denn ich lache nicht, und das aus einem sehr guten Grund. In den letzten vierzehn Tagen habe ich Dinge erlebt, daß ich es verlernt habe, wenigstens für den Augenblick. Vielleicht kommt es wieder. Immerhin scheint mir, daß der Brief, den ich Dir von Saint-Malo schrieb, liebevoll und freundlich war. Offenbar nicht! Vielleicht irre ich mich ...

Du bittest um völliges Vergessen. Ich könnte Dir die Anzeichen dafür geben, wenn es denn sein muß, aber in meinem Herzen, nein ... Du konntest Dich nicht damit abfinden, mich mit den Gebrechlichkeiten meiner Position, mit den Anforderungen meines Lebens zu akzeptieren. Du wolltest auch die Oberfläche, den Schein, die Bemühungen, die Aufmerksamkeiten, die Besuche, alles, was ich Dir nicht geben kann, wie ich es Dir immer wieder erklärt habe.

Laß es so sein, wie Du es wünschst. Wenn Du mich verfluchst, so werde ich Dich immer segnen, und mein Herz wird immer bewegt sein beim Klang Deines Namens.

Du bildest Dir ein, ich hätte den Jahrestag am letzten Mittwoch nicht gefeiert, ich hätte nicht daran gedacht!

Leb wohl!«

Flaubert war im August 1847 wieder zu Hause, aber er scheint Louise im Verlauf dieses Jahres nicht mehr getroffen zu haben, obwohl der Briefwechsel weiterging, mit Vorwürfen ihrerseits und Entschuldigungen seinerseits. Offenbar lebte ihr Mann zu jener Zeit bei ihr, denn in Flauberts Briefen finden sich viele Bemerkungen über ›l'Officiel‹, und sie muß sich über dessen Anwesenheit beklagt haben, nennt er ihn doch ›den unerträglichen Offiziellen‹ und ›den Offiziellen, der Ihr Leben vergiftet‹.[47] »Es ist die größte Tortur, die man erleiden kann, wenn man mit jenen zusammenleben muß, die man nicht liebt.«

Es existiert kein Brief zwischen Dezember 1847 und März 1848, doch war Flaubert während der Februarrevolution in Paris, und es kann sein, daß sie sich in der Hauptstadt getroffen haben. Dann aber kam das Ende, und der letzte eigentliche Brief Flauberts an Louise Colet aus dieser Zeit ist einer vom März 1848, ein zurückhaltendes, ja leicht distanziertes Schreiben, wenn auch mit Ausdrücken der Freundschaft. In der Zwischenzeit war sie von Hippolyte Colet schwanger geworden, und als Flaubert das von ihr erfuhr, antwortete er[48]:

»Wozu auch Ihre ganze Präambel, um mir die *Neuigkeit* anzukündigen?

Sie hätten sie mir gleich zu Anfang ohne Umschweife sagen können. Ich erspare Ihnen die Überlegungen, die sie bei mir hervorgerufen hat, und eine Darlegung der Gefühle, die sie in mir verursacht hat. Es gäbe zuviel darüber zu sagen. Ich beklage Sie, ich beklage Sie sehr. Ich habe für Sie gelitten, und um es genau zu sagen, *ich habe alles vorausgesehen*. Sie verstehen, nicht wahr? Ich wende mich an die Künstlerin.

Was auch kommen mag, zählen Sie immer auf mich. Selbst wenn wir uns nicht mehr schreiben sollten, selbst wenn wir uns nicht mehr sehen sollten, wird zwischen uns immer ein Band bestehen, das nicht zerreißen wird, eine Vergangenheit, deren Folgen bestehen bleiben.

Meine *ungeheuerliche Persönlichkeit*, wie Sie so liebenswürdig sagen, ist nicht von der Art, daß sie in mir jedes anständige, oder, wenn Sie lieber wollen, jedes menschliche Gefühl auslöscht. Eines Tages werden Sie das erkennen, und es wird Ihnen leid tun, daß Sie meinetwegen soviel Kummer und soviel Bitterkeit verschwendet haben.

Leben Sie wohl. Ich küsse Sie.

Der Ihre.«

Ein Sohn, der im Juni 1848 geboren wurde, aber seine Geburt nicht lange überlebte, war die endgültige Ursache des Bruchs in diesem Abschnitt des Verhältnisses zwischen Flaubert und Louise Colet. Seine letzte Notiz an sie ist vom 21. August 1848 datiert.[49]

»Danke für das Geschenk.
Danke für die schönen Verse.
Danke für die Erinnerung.«

12

LOUIS BOUILHET

(1846–1848)

Es war bereits die Rede von dem Schock, den Flaubert bei der Verheiratung von Alfred Le Poittevin im Juli 1846 erlebt hatte, und wie er dieses Ereignis als dritten Trauerfall jenes Jahres betrachtete. Damals war es, daß er sich mit Louis Bouilhet anfreundete, der knapp ein Jahr jünger war als er selbst und den er einst in der Schule gekannt hatte, ohne ihm indes nähergekommen zu sein. Wie erwähnt, war er einer der Mitunterschreibenden des Schulprotests von 1839.

Louis Bouilhet war ein ausgezeichneter Schüler gewesen, besonders in Latein, und hatte 1839 den ›Ehrenpreis‹ in der Rhetorikklasse gewonnen.

Nachdem er sein Bakkalaureat bestanden hatte, entschloß er sich, Medizin zu studieren, da sein Vater Arzt, das heißt Chirurg in der Armee während des Rußlandfeldzuges gewesen war. Er war gestorben, ehe sein Sohn die Schule beendet hatte, und hatte seine Frau und außer Louis zwei Töchter zurückgelassen. Louis Bouilhet wurde einer der Schüler von Dr. Flaubert und erreichte die Stufe eines ›Internen‹ am Krankenhaus in Rouen 1842, als er zwanzig Jahre alt war. Er haßte sein Medizinstudium und gab es 1845 schließlich auf. Dann gründete er das, was man im Französischen eine ›boîte à bachot‹ nennt, ein ›Paukinstitut‹, in dem Jungen auf den Universitätseintritt vorbereitet wurden. Er wurde schlecht bezahlt und arbeitete acht Stunden täglich an den Schullektionen. Er war jämmerlich arm, da er ein Legat seines Taufpaten auf Mutter und Schwestern übertragen hatte.

Seine Hauptleidenschaft und -beschäftigung war das Gedichteschreiben. Er interessierte sich für all die neuen Theorien der *l'art-pour-l'art*-Bewegung, die zu jener Zeit begann und sich auf die Form der Poesie konzentrierte – ein großer Gegensatz zu der losen Schreibweise, die die romantische Schule bevorzugt hatte. Er verfaßte damals Gedichte, die er später in seiner Sammlung *Festons et Astragales* veröffentlicht hat. Flaubert hielt viel von ihm als Dichter und war überzeugt, er würde die Unsterblichkeit erlangen. Bouilhet selbst wußte es besser; in einem Gedicht *La Dernière Nuit,* aus dem Zyklus *Dernières Chansons,* schrieb er die prophetischen Worte:

Pareil au flux d'une mer inféconde,
Sur mon cadavre au sépulcre endormi
Je sens déjà monter l'oubli du monde
Qui tout vivant m'a couvert à demi.
(Wie die Flut eines unfruchtbaren Meeres
fühle ich an meinem Leichnam im schläfrigen Grab
schon das Vergessen der Welt emporsteigen,
das mich selbst als Lebenden zur Hälfte bedeckte.)

Auf welche Weise er und Flaubert ihre Bekanntschaft erneuerten, ist nicht bekannt, aber Flauberts erster Brief an ihn wurde am 15. August 1846 geschrieben, einen Monat nach Le Poittevins Heirat. Du Camp berichtet, daß ihm Flaubert, als er ihn im Mai 1847 in Croisset besucht habe, von einer neuen Freundschaft mit einem früheren Schulkameraden erzählte.[1]

Bouilhets Vertrautheit mit Flaubert kam bald derjenigen von Alfred an den freien Samstagen jedoch fuhr er nach Croisset hinaus, um Flaubert zu besuchen, und blieb dort bis Montag früh. Sie wurden bald sehr enge Freunde, Zwillingsseelen, die gleich dachten und mit der Zeit auch so ähnlich aussahen, daß oft gemunkelt wurde, Bouilhet sei Dr. Flauberts unehelicher Sohn; natürlich war diese Geschichte völlig aus der Luft gegriffen.

Bouilhets Vertrautheit mit Flaubert kam bald derjenigen von Alfred Le Poittevin gleich. Wohl schaute Flaubert nicht so schwärmerisch zu ihm auf – schließlich waren sie ungefähr gleich alt – und verehrte ihn nicht im selben Maße, aber er kam ja auch in einem späteren Zeitabschnitt seines Lebens mit ihm zusammen, als Flaubert sich bereits von den romantischen Ideen fortbewegte. Bouilhet war der letzte seiner wirklich nahen Freunde, und wir erwähnten bereits, daß wahrscheinlich eine gewisse Homosexualität in ihren Beziehungen mitspielte.[2]

Er wurde Flauberts literarischer Mentor und Führer, so daß dieser nie etwas ohne seinen Rat schrieb. Vielleicht wäre er ohne die literarische Leitung Bouilhets nie jener reine Künstler geworden, der er später war. Nach dessen Tod im Jahre 1869 fragte Flaubert sich verzweifelt, wozu er weiter schreiben sollte, da es keinen Louis Bouilhet mehr gebe, der seine Arbeit würdige. »Ich sage mir, was hat es denn für einen Sinn zu schreiben, jetzt, da er nicht mehr da ist.«[3]

Bouilhet weckte von neuem Flauberts Interesse am Theater, und sie planten gemeinsam viele Stücke. Sie sind in Flauberts Notizen in der Stadtbibliothek Rouen und in der Nationalbibliothek Paris aufbewahrt.[4] Flaubert erwähnt Louise Colet gegenüber, er und Bouilhet verbrächten drei Abende in der Woche mit der Vorbereitung dieser Dramen.[5] Keines davon ist wirklich gut – geradeheraus gesagt, sie sind alle recht mittelmäßig –, doch scheinen die beiden auch gar nie die Absicht gehabt zu haben, sie zu veröffentlichen oder aufführen zu lassen.

Das erste Werk Flauberts, in dem wir den Einfluß Louis Bouilhets klar erkennen, ist jenes, das er mit Maxime Du Camp zusammen geschrieben hat, ein Bericht über ihre Reise durch die Bretagne im Frühling 1847, von dem sein eigener Teil unter dem Titel *Par les Champs et par les Grèves* 1886 posthum veröffentlicht worden ist. Es ist sein erster ernsthafter Versuch, die Ideale des *l'art-pour-l'art* anzustreben, das erstemal, daß wir die echte Beschäftigung mit dem Stil sehen, die ihn als reifen Meister kennzeichnet. Später hat er einmal gesagt[6]: »Dieses Buch machte mir viel Kummer, es ist das erste, das ich mit Mühe und Schwierigkeiten geschrieben habe.« Und während er es verfaßte, klagte er in einem Brief an Louise Colet[7]:

»Du möchtest etwas über die Arbeit erfahren, die wir, Max und ich, zusammen machen. So wisse denn, daß ich vom Schreiben erschöpft bin. Der Stil, der etwas ist, was mir am Herzen liegt, reizt meine Nerven aufs schrecklichste. Ich ärgere mich und zerfleische mich. Es gibt Tage, an denen ich krank davon bin, und Nächte, in denen ich davon Fieber habe. Je weiter ich komme, um so mehr finde ich mich unfähig, *die Idee* wiederzugeben. Was für eine seltsame Manie, sein Leben damit zu verbringen, sich über Wörtern zu verbrauchen und sich den ganzen Tag mit dem Teilen von Satzperioden abzuquälen. Gewiß empfindet man manchmal eine maßlose Freude, aber mit wieviel Entmutigung und Bitterkeiten wird diese Lust erkauft! Heute zum Beispiel habe ich acht Stunden damit verbracht, fünf Seiten zu korrigieren, und ich finde, daß ich gut gearbeitet habe. Mach Dir ein Urteil über den Rest, es ist jammervoll. Wie dem auch sei, ich werde diese Arbeit, die schon durch ihr Thema eine harte Übung ist, fertig machen.«

Man könnte fast glauben, er habe hier von *Madame Bovary* gesprochen; es sind dieselben Klagen, wie wir sie aus späterer Zeit auch kennen.

Du Camp war es, der die Wanderung durch die Bretagne geplant hatte – er war ein großer Reiseplaner und ein tüchtiger Organisator. Er brachte es sogar fertig, Madame Flaubert zu überreden, ihrem Sohn die Teilnahme an dieser Expedition zu erlauben, sonst hätte dieser es wahrscheinlich nicht gewagt, mitzugehen, da er immer fürchtete, sie mach sich zuviel Sorgen um ihn. Sie hatte sich von ihren Schicksalsschlägen des vergangenen Jahres noch nicht erholt und war ständig in einem Zustand der Angst und Nervosität. Nun aber wollte sie die beiden einen Teil des Weges in ihrem Wagen begleiten und sie jeweils in den Städten, in denen sie haltmachten, wieder treffen.

Sie brachen im Mai 1847 auf. Aus ihren Berichten und Briefen spürt man gar nicht heraus, daß noch jemand mit dabei war; sie müssen auch über weite Strecken allein gewesen sein, denn sie reisten sehr unbequem und übernachteten in schäbigen Hotels und Gasthäusern, die für eine Dame nicht passend gewesen wären. Das Leben war damals in der Bretagne sehr primitiv, selbst das Essen war ärmlich, ja oft ungenügend. Sie wanderten meist auf rauhen Wegen, wo es für einen Wagen gar nicht möglich gewesen wäre, durchzukommen.

Obwohl Flaubert während der Reise bei recht guter Gesundheit war, erlitt er einmal einen Anfall, so daß Du Camp den Arzt des nächsten Ortes kommen lassen mußte. Doch es blieb bei diesem einzigen Mal.[8] Es war die glücklichste Zeit in Du Camps Beziehung zu Flaubert. Er hatte ihn ganz für sich, ohne jede Einmischung von außen, und war sein einziger Gefährte. Nichts störte ihre Harmonie, kein Wölkchen trübte ihre Freundschaft, und sie liebten sich wie nie zuvor.[9] Viele Jahre später schrieb ihm Du Camp[10]. »Das war tatsächlich unser wahrer Augenblick, vergiß das ja nicht.«

Sie besuchten die Loireschlösser, die damals noch nicht so bekannt waren wie heute: Blois, Amboise, Chenonceaux, Tours und so weiter – Orte, bei denen wir gewöhnlich gar nicht daran denken, daß sie in der Bretagne liegen.

Der Ausflug war allerdings nicht nur als Vergnügungsreise und ziellose Wanderung geplant – Du Camp unternahm kaum je etwas ohne Grund –, sondern sie wollten darüber nach ihrer Rückkehr gemeinsam ein Buch schreiben. Du Camp sollte die Kapitel mit den geraden Nummern, Flaubert die mit den ungeraden verfassen.

Sie kamen am 7. August 1847 nach Rouen zurück und begannen unverzüglich an ihrem Gemeinschaftswerk zu schreiben. Als das Buch beendet war, ließen sie zwei Abschriften herstellen, für jeden Autor eine. Was aus Flauberts Kopie geworden ist, wissen wir nicht, Du Camp aber vermachte die seinige testamentarisch der Institutsbibliothek in Paris, wo sie jetzt noch liegt. Es ist ein Prachtexemplar, auf Pergament geschrieben und in Saffianleder gebunden, mit Goldschnitt, und jedes Kapitel ist vom Verfasser unterzeichnet. Du Camp ließ nie zu, daß sein Teil gedruckt wurde, Flauberts Kapitel dagegen wurden, wie wir bereits einmal erwähnt haben, in der Folge posthum veröffentlicht. Er behielt auch seinen Rohentwurf und brachte von Zeit zu Zeit Textänderungen und Zusätze an, so daß die letztlich veröffentlichte Fassung sich von Du Camps Kopie in der Institutsbibliothek stark unterscheidet. Moderne Verleger haben ihre Klugheit und ihren Geschmack auf die Frage verwendet, welche Version sie von Fall zu Fall herausgeben sollten, so daß es inzwischen eine beträchtliche Zahl verschiedener Fassungen gibt.

Flaubert selbst veröffentlichte separat am 18. April 1858 in der Zeitschrift *L'Artiste* einen Abschnitt mit der Überschrift *Les Pierres de Carnac et l'Archéologie Celtique;* es ist das Kapitel, das ihm am besten gefiel, weil er es so ›gelehrt‹ fand – nicht jedermann wäre mit dieser Vorliebe einverstanden, die meisten stufen andere Kapitel viel höher ein. »Es ist eines der Dinge, von denen ich am höchsten denke«, schrieb er.[11] »Es ist meine Übersicht über keltische Archäologie und wirklich eine vollständige und kritische Darlegung des Themas.«

Die einzelnen Teile der beiden Autoren sind in ihrem Charakter völlig verschieden. Die Kapitel von Du Camp sind – wie sein ganzes Lebenswerk – sachlich und in nüchternem Stil geschrieben, irgendwie unpersönlich und ohne viel Individualität. Er hat die Tatsachen sorgfältig zusammengetragen, aber persönliche Überlegungen zu dem Gesehenen kaum je gemacht, und dadurch wirkt sein Beitrag mehr wie ein Reiseführer als wie ein Kunstwerk. Er hatte ein photographisches Gedächtnis und neigte nicht gerade zu lebendiger Schilderung, dafür bemerkte er Einzelheiten. In seiner Unfähigkeit zur Beschreibung glaubte er, es genüge, etwas in Großbuchstaben zu schreiben, um es hervorzuheben und einen Eindruck zu vermitteln. Die Fresken der Kirche von Niort zum Beispiel nennt er in Großbuchstaben und fügt dann in einer Fußnote bei, das sei »der einzige Weg, unserer Ansicht nach, die Wirkung des genannten Kunstwerks auszudrükken«. Er erklärt häufig, es sei etwas »schwer zu beschreiben«. Sein beliebtester Trick ist, sich in historische Hinweise zu flüchten, die aus Schulbüchern stammen könnten und letztlich farblos wirken. Sein Stil ist trokken und klischeehaft, und gelegentlich verfällt er in banale Aphorismen wie »Straßen sind wie Frauen, sie benötigen eine Menge Geld für ihren Unterhalt«.

Flauberts Beitrag hebt sich durch die Lebhaftigkeit seines Stils sehr davon ab. Ist Du Camp ein Photograph, so ist er ein Maler, der alles mit individuellen Augen betrachtet. Er bemerkt stets das menschliche Element: Einen Soldaten, der seine Uniform ausbürstet und die Knöpfe poliert, den scheußlichen Zustand eines Zimmers, das sie eine Nacht lang bewohnen, eine Frau, die weint, weil ihr Mann ertrunken an Land geschwemmt wird. Er interessiert sich für das Bordell in Brest und beschreibt voller Mitgefühl die schreckliche Armut der Menschen. Er macht sich Gedanken über das Gesehene. Du Camp wäre nicht imstande gewesen, Flauberts ergreifende Schilderung des Grabes, das Chateaubriand in Grand Bey für sich selbst erbaut hatte, zu verfassen[12]:

»Dort unten wird er schlafen, den Kopf dem Meere zugewandt; in diesem Grab, auf einer Klippe erbaut, wird seine Unsterblichkeit wie sein Leben sein, verlassen von den andern und ganz von Gewittern umgeben. Lange werden die Wellen mit den Jahrhunderten rund um diese große Erinnerung murmeln; in den Stürmen werden sie bis zu seinen Füßen aufspringen, und an den Sommermorgen, wenn die weißen Segel sich entfalten und die Schwalbe von weit her über die breiten sanften Wogen kommt, werden sie ihm die wehmütige Wollust der Horizonte und das Kosen der weiten Brisen bringen. Und während die Tage so dahinfließen, während die Fluten des heimischen Gestades sich immer zwischen seiner Geburtsstätte und seinem Grab wiegen, wird das erkaltete Herz von René sich langsam, im endlosen Rhythmus dieser ewigen Musik, in nichts verstreuen.

Wir sind rund um dieses Grab gegangen, wir haben es mit unseren Händen berührt, wir haben es angeschaut, als wäre sein Bewohner schon darin, wir haben uns an seine Seite auf die Erde gesetzt.«

Chateaubriand sollte erst im Jahr darauf sterben.

Ebensowenig hätte Du Camp Flauberts Betrachtung über Combourg schreiben können, wo Chateaubriand geboren worden war und seine ganze Jugendzeit verlebt hatte – *René*, sein persönlicher Roman, war für Flauberts eines der fruchtbarsten Werke gewesen, als er die *Erinnerungen eines Verrückten* und *November* schrieb[13]:

»Die Nacht sank hernieder. Das Schloß, von seinen vier Türmchen flankiert, eingebettet in sein Grün und das Dorf beherrschend, das davon fast erdrückt wird, breitete seine große dunkle Masse aus. Die untergehende Sonne, die daran vorüberglitt, ohne es zu erreichen, ließ es schwarz erscheinen, und ihre Strahlen, die die Fläche des Sees streiften, verloren sich im Dunst über den violetten Wipfeln des unbewegten Waldes.

Im Gras zu Füßen einer Eiche sitzend, lasen wir *René*. Wir saßen an diesem See, an dem er die muntere Schwalbe auf dem schwankenden Schilfrohr betrachtete, im Schatten dieses Waldes, wo er den Regenbogen über den verregneten Hügeln verfolgte; wir lauschten diesem Blätterrauschen, diesem Laut der Wellen unter der Brise, die ihr Murmeln mit der klagenden Melodie der Sehnsüchte seiner Jugend vermengten. Je tiefer die Schatten auf die Seiten des Buches fielen, desto stärker griff die Bitterkeit der Sätze uns ans Herz, und wir versenkten uns mit Wonneschauern in dieses unbestimmte Etwas von Weite, Wehmut und Süße.

Neben uns fuhr ein Karren vorbei, dessen Achse laut durch die ausgefahrenen Spuren knarrte. Man roch den Duft des geschnittenen Grases. Man hörte das Quaken der Frösche im Sumpf. Wir kehrten zurück.

Der Himmel war schwer; die ganze Nacht gewitterte es. Im Schein der Blitze leuchtete die Gipsfassade eines benachbarten Hauses auf und flammte wie angezündet. Keuchend, ermattet vom Hin- und Herdrehen auf meiner Matratze, stand ich auf, zündete meine Kerze an, öffnete das Fenster und betrachtete die Nacht.

Sie war schwarz, schweigend wie der Schlaf. Mein brennendes Licht warf meine ungeheuerlich vergrößerte Silhouette auf die Mauer gegenüber. Von Zeit zu Zeit blendete ein plötzlich niederfahrender lautloser Blitz meine Augen.

Ich dachte an diesen Mann, der dort begonnen hat und der mit dem Aufschrei seines Leides ein halbes Jahrhundert erfüllte.«

Viel später, nachdem er seine Freundschaft mit Louise Colet 1851 erneuert hatte, zeigte Flaubert ihr seinen Teil des Buches, aber es machte ihr keinen Eindruck, da sie den Realismus seiner Detaildarstellung vulgär fand. Sie begriff nicht, daß der Wert seines Beitrages gerade in seiner Beobachtung der Einzelheiten und seiner Freude daran lag. Ihn beschäftigten auf dieser Reise vor allem die Menschen, während Du Camp mehr an Tatsachen und Dingen interessiert war.

Flaubert und Du Camp kehrten in die politische Unrast zurück, gegen Ende des Jahres 1847 begann sich die Lage rasch zu verschärfen. Am Weihnachtstag wurde in Rouen ein revolutionäres ›Bankett‹ abgehalten, an dem auch Flaubert teilnahm. Diese Bankette waren ein auffallender Zug des politischen Lebens kurz vor der Revolution von 1848, man hielt sie behördlicherseits für so gefährlich, daß man sie wo immer möglich zu verbieten suchte.

Bei diesem Bankett führte Sénard, ein bekannter Rechtsanwalt aus Rouen und Freund der Familie Flaubert, den Vorsitz. Er war es, der zehn Jahre später Flaubert bei seinem Prozeß wegen *Madame Bovary* verteidigt hat.

Das *Journal de Rouen* forderte seine Leser auf, dem Bankett beizuwohnen. Die konservative Zeitung *Le Mémorial* dagegen nannte es das Bankett des Aufruhrs.

Du Camp schildert das Bankett in seinen *Souvenirs de l'Année 1848.*[14] Er erwähnt die armseligen Reden und das fade Essen. »Die Verpflegung war gewiß nicht köstlich, die Beredsamkeit nicht besser.« Er beschreibt Odilon Barrot in blauem Jackett und grauer Hose, der jedes nur bekannte Klischee verwendete. Er habe von »le char de l'état, la coupe décevante de la popularité, l'hydre de l'anarchie« und so fort gesprochen. »Noch nie«, fügt Du Camp hinzu, »war eine solche Lawine von Gemeinplätzen, durch Schablonensätze noch scheußlicher gemacht, über uns hinweggerollt.« Er erklärt, er und seine Freunde, alles Literaten, seien entsetzt gewesen. Sprach man so zu den Massen? Waren das die Albernheiten, die eine Wirkung haben? »Diese Art der Rhetorik, mehr hohl als gefährlich, ist es, die das Volk ergreift.« Man hört in diesen Worten den Widerhall von Flauberts Gefühlen.

Flaubert und Bouilhet kamen am 23. Februar nach Paris, um zu sehen, was vor sich ging, aber man könnte kaum sagen, daß einer von ihnen sich in der Revolution rühmlich hervorgetan hätte. Die Revolution brach ernstlich am 24. aus, und sie sahen die Kämpfe in der Rue Helder und beim Palais-Royal. Bouilhet, der immer langsam, unbestimmt und schüchtern war, wurde in der Menge eingekeilt und von seinem Freund getrennt. Er wurde von ein paar Aufständischen gepackt und gezwungen, an einer Barrikade mitzubauen, doch fiel ihm ein Pflasterstein auf den Fuß und machte ihn vorübergehend arbeitsunfähig. Sie sahen, wie das Palais-Royal geplündert und in Brand gesteckt wurde, und Flaubert gedachte zwanzig Jahre später dieser Szene und schilderte sie in der zweiten Fassung der *Lehrjahre des Gefühls* in lebhaften Farben.

Flaubert grämte sich keineswegs über das Verschwinden von Louis-Philippe und den Fall der Julimonarchie, für die er schon immer nur Abneigung und Verachtung übrig gehabt hatte. In einem Brief an Louise Colet schrieb er[15]:

»Sie fragen mich nach meiner Meinung über all das, was sich ereignet hat. Man sieht sehr erheiternde Gesichter. Ich vergnüge mich höchlichst bei der Betrachtung all der zunichte gewordenen Ambitionen. Ich weiß nicht, ob die neue Form der Regierung und der gesellschaftliche Zustand, der daraus hervorgehen wird, für die Kunst günstig ist. Das ist eine Frage. Man wird kaum bürgerlicher und belangloser sein können. Und noch dümmer – ist das möglich?«

Beim zweiten Aufstand dieses Jahres, der Junirevolution, wurde Du Camp am Knie verwundet und mußte eine Zeitlang befürchten, sein Bein zu verlieren. Immerhin wurde er für die Rolle, die er gespielt hatte, mit dem Ritterkreuz der Ehrenlegion ausgezeichnet – er verstand es von jeher, aus dem, was ihm zustieß, Kapital zu schlagen –, und zwar im Alter von erst sechsundzwanzig Jahren.

Flaubert war nach Rouen zurückgekehrt und von dort aus nach Neuville-Champ-d'Oisel gefahren, wo Alfred Le Poittevin schwer krank lag. Seine Gesundheit hatte schon seit längerer Zeit nachgelassen – woran, wie man annimmt, sein zügelloses Leben schuld war –, und jetzt war sein Zustand hoffnungslos geworden. Kurz bevor er starb, schrieb er in einem Brief an Du Camp[16]: »Ich beginne erst im Licht dieser unheimlichen Wachskerze, die zum Sterben angezündet wird, die Dinge dieser Welt anzusehen. Ich mache Dich darauf aufmerksam, daß dieser Spruch nicht von mir, sondern von Saint-Simon stammt; aber in einem hatte er unrecht: Diese Wachskerze ist nicht unheimlich.«

Flaubert saß zwei Tage und zwei Nächte an Le Poittevins Totenbett, und während er bei ihm wachte, schwoll seine Liebe zu dem Freund so stark an wie früher, und er erkannte, daß es in der ganzen Welt niemanden gab, den er jemals so geliebt hatte.

Alfred Le Poittevin starb am Montag, dem 3. April 1848, mit zweiunddreißig Jahren. Wieder beschrieb Flaubert seine Trauerempfindungen in einem Brief an Maxime Du Camp[17]:

»Alfred ist am Montag um Mitternacht gestorben. Ich habe ihn gestern begraben. Zwei Nächte lang habe ich bei ihm gewacht. Ich habe ihn in sein Laken gehüllt, ich habe ihm den Abschiedskuß gegeben und habe gesehen, wie sein Sarg zugelötet wurde. Zwei lange Tage habe ich dort verbracht. Während ich bei ihm wachte, las ich Kreutzers *Religionen des Altertums*. Das Fenster stand offen, die Nacht war wunderbar, man hörte das Krähen des Hahnes, ein Nachtfalter flatterte um den Leuchter. Niemals werde ich all das vergessen, weder den Ausdruck seines Gesichts, noch in der ersten Nacht gegen Mitternacht den fernen Ton eines Jagdhorns, der durch die Wälder bis zu mir drang. Am Mittwoch bin ich den ganzen Nachmittag mit einer Hündin spazierengegangen, die mir folgte, ohne daß ich sie gerufen hätte. Diese Hündin hatte eine Zuneigung zu ihm und begleitete ihn immer, wenn er allein ausging. In der Nacht vor seinem Tod hatte sie schauerlich geheult, ohne daß man sie hätte zum Schweigen bringen können. Ich habe mich an verschiedenen Stellen auf das Moos gesetzt, ich habe geraucht, ich habe den Himmel betrachtet, habe mich hinter einen Haufen Ginsterreisig gelegt und habe geschlafen. In der letzten Nacht habe ich *Herbstblätter* gelesen. Ich traf immer auf die Gedichte, die er am meisten liebte oder die für mich die gegenwärtigen Dinge betrafen. Von Zeit zu Zeit hob ich den Schleier, den man ihm aufs Gesicht gelegt hatte, hoch, um ihn zu betrachten. Ich war in einen Mantel gehüllt, der meinem Vater gehört hatte und den er nur ein einziges Mal getragen hat, am Tag von Carolines Hochzeit. Als es gegen vier Uhr Tag wurde, haben wir, die Wärterin und ich, uns an die Arbeit gemacht. Ich habe ihn hochgehoben, umgedreht und eingehüllt. Die Empfindung von seinen kalten und erstarrten Gliedern ist mir den ganzen Tag über in den Fingerspitzen geblieben. Er war scheußlich zersetzt. Wir haben ihm zwei Leichentücher gegeben. Als er so zurechtgemacht war, glich er einer ägyptischen Mumie, die in ihre Bänder gezwängt ist, und ich habe für ihn ein unbeschreibliches Gefühl der Freude und Freiheit empfunden. Draußen lag weißer Nebel, die Wälder begannen sich vor dem Himmel abzuzeichnen, die beiden Leuchter glänzten in diesem entstehenden Weiß. Vögel sangen, und ich sagte mir diesen Satz aus seinem *Belial*: ›Als freudiger Vogel wird er in den Fichten die aufgehende Sonne begrüßen‹, oder vielmehr hörte ich seine Stimme, die ihn mir sagte, und den ganzen Tag ging er mir auf eine köstliche Weise nicht aus dem Sinn. Man hat ihn in der Diele aufgebahrt. Die Türen waren ausgehängt, und die volle Morgenluft drang mit der Frische des Regens, der zu fallen begonnen hatte, herein. Man hat ihn auf den Schultern zum Friedhof getragen. Der Weg dauerte länger als eine Stunde. Hinter ihm gehend, sah ich den Sarg schwanken wie eine schlingernde Barke. Der Gottesdienst war von grauenhafter Länge. Die Erde auf dem Friedhof war fett. Ich habe mich dem Rand genähert und zugesehen, wie eine Schaufel Erde nach der andern hinunterfiel. Es schien mir, als wären es hunderttausend. Bei der Rückkehr bin ich mit Bouilhet auf den Sitz gestiegen. Der Regen fiel dicht. Die Pferde liefen im Galopp, ich schrie, um sie anzufeuern. Die Luft hat mir gutgetan. Die ganze vergangene Nacht und auch fast den ganzen Tag habe ich geschlafen. Das sind meine Erlebnisse seit Dienstagabend. Ich habe unerhörte Wahrnehmungen gehabt und Wirbel von unübersetzbaren Ideen. Zahllose Dinge sind mir eingefallen, mit Chören von Musik und Wellen von Düften. Bis zu dem Augenblick, als er nicht mehr in der Lage war, etwas zu tun, hat er jeden Abend bis ein Uhr nachts in seinem Bett Spinoza gelesen. An einem der letzten Tage, als die Sonne durch das offene Fenster schien, hat er gesagt: ›Mach es zu, es ist zu schön! Es ist zu schön!‹ Es gibt Augenblicke, mein lieber Max, in denen ich auf merkwürdige Weise an Dich dachte und in denen ich traurige Annäherungen von Bildern machte.

Leb wohl, ich umarme Dich und habe große Lust, Dich zu sehen, denn ich habe das Bedürfnis, unverständliche Dinge auszusprechen.«

Die ganze Ruhe und Disziplin, die er erworben zu haben glaubte, war mit einem Schlag dahin. In diesem Zustand der Verwirrung und Gefühlstiefe schuf er sein nächstes Werk, seine erste *Versuchung des heiligen Antonius.*

13

DIE VERSUCHUNG DES HEILIGEN ANTONIUS

(1848–1849)

Es mag nach der Verheiratung Le Poittevins eine gewisse Abkühlung zwischen ihm und Flaubert gegeben haben; nach seinem Tod aber änderte sich das. Jetzt begriff Flaubert, daß dies von allen seinen Freunden derjenige gewesen war, den er am liebsten hatte. Mit einem Mal ging eine Veränderung mit ihm vor: Alfreds Einfluß wurde jetzt, nach seinem Tod, viel ausgeprägter, als er zu seinen Lebzeiten je gewesen war, nun erst gab er sich Mühe, alles das zu werden, was Alfred gewollt hatte. Flaubert verwendete dieses Phänomen, den posthumen Einfluß eines geliebten Menschen, später in *Madame Bovary*, indem er zeigt, wie Charles von seiner Frau über deren Grab hinaus beeinflußt wurde und dann sein bestes tat, um in allen Dingen so zu werden, wie sie es sich, solange sie lebte, vergeblich von ihm erhofft hatte.

Flaubert wandte sich vorübergehend von den strengeren Vorbildern des *l'art-pour-l'art* ab, denen er in seinem Teil des Bretagne-Buches nachzuleben versucht hatte, und wurde noch einmal ein Erzromantiker. Er fühlte das Bedürfnis, ein romantisches Werk voll östlich exotischer Farben und persönlicher Gefühle zu schreiben.

Er erinnert sich wieder an seine Gemütsbewegung, als er auf dem Gipfel seiner Freundschaft mit Alfred Le Poittevin *Smarh* geschrieben hatte; er entsann sich auch, wie erregt und ergriffen er gewesen war, als er die Breughelsche Versuchung des heiligen Antonius im Balbipalast in Genua gesehen hatte, und was er alles in seinen Briefen aus dem Ausland an Alfred geschrieben und nach seiner Heimkehr gesagt hatte.

Damals hatte er die Absicht gehabt, gleich mit der Arbeit zu beginnen. Sein erster Gedanke war gewesen, ein Drama aus dem Stoff zu machen.[1] Aber dann geschahen all die tragischen Ereignisse des Jahres 1846, die ihn am Schreiben hinderten. Im August 1847 sagte er zu Louise Colet, er bewahre sich den Stoff für später auf, da er das Gefühl habe, noch nicht genug dafür gelesen zu haben.[2] Im Oktober desselben Jahres plante er jedoch, seinen *Saint Antoine* irgendwann im folgenden Jahr zu beginnen.[3] Und Laure de Maupassant schrieb er, er habe seinen Antonius mit ihrem Bruder sechs Monate vor dessen Tod besprochen, was also im November 1847 geschehen sein müßte.[4]

Wir sind indes überzeugt, daß *Die Versuchung des heiligen Antonius* – die Niederschrift jedenfalls – nicht zu Lebzeiten Le Poittevins begonnen wurde, und daß sein Tod es war, der Flaubert zum Schreiben antrieb, als wäre es eilig. Er begann das Werk fünfzig Tage nach dem Tod seines Freundes: Er schrieb auf das Manuskript, er habe es am 24. Mai 1848 um Viertel nach drei Uhr angefangen und am Mittwoch, dem 12. September 1849, um 20 Minuten nach drei Uhr nachmittags, an einem sonnigen und windigen Tag, beendet.

Maxime Du Camp wäre schon lange gern mit Flaubert in den Osten gereist und hatte sogar Madame Flaubert die Erlaubnis dazu entrissen. Du Camp hatte so bald wie möglich fahren wollen, doch Flaubert war dagegen; er könne nicht weg, ehe seine *Versuchung des heiligen Antonius* nicht fertig sei, so sagte er. Man beschloß, daß Flaubert das Buch, sobald es abgeschlossen sei, seinen Freunden Louis Bouilhet und Maxime Du Camp vorlesen sollte und daß sie danach zu ihrer Reise aufbrechen würden.

Diesmal schrieb Flaubert in einem Zustand der Erregung und mit überschäumender Begeisterung. Er hatte selbst das Gefühl, den sprachlichen Fluß seiner Jugend wiedergewonnen zu haben. In einem späteren Brief schreibt er[5]: »Nie wieder werde ich imstande sein, diese Selbstvergessenheit des Stils zu erlangen, der ich für achtzehn Monate freien Lauf gelassen habe.«

Obwohl er mit Leichtigkeit und Freude schrieb, können diese Monate doch nicht eitel Glück und Wonne gewesen sein. Auf eine blanke Seite seiner unveröffentlichten *Carnets de Lecture* hatte er geschrieben[6]: »Rouen, 23. November 1848, 9 Uhr abends; mein Hund starb gestern – ich bin mir selbst immer mehr zur Last.«

Das Buch wurde am 12. September 1849 fertig, und bald darauf begann das Vorlesen. Du Camp hat in seinen *Souvenirs Littéraires* einen eindrucksvollen Bericht davon gegeben.[7] Vier Tage lang las Flaubert ohne Unterbrechung von mittags bis vier Uhr und dann wieder von acht Uhr abends bis Mitternacht. Sie hatten ausgemacht, daß Du Camp und Bouilhet ihre Meinung für sich behalten würden, solange er las, daß sie ihn auch nicht unterbrechen und sich erst am Schluß dazu äußern würden. Bevor er anfing, rief Flaubert, sein Bündel Papier schwingend, aufgeregt[8]: »Wenn ihr nicht vor Erregung kreischt, so bedeutet das nur, daß euch nichts mehr erschüttern kann!«

Als Du Camp das mehr als dreißig Jahre später niederschrieb, bekannte er, die Erinnerung an die langen Stunden der Lesung sei in seinem Innern nie verblaßt und bleibe noch in der Rückschau schmerzlich. Er und Bouilhet hätten dauernd auf den Beginn der Handlung gewartet, wären aber immer wieder enttäuscht worden; denn die einzige Einheit, die sie finden konnten, sei die Einheit der Eintönigkeit gewesen, die sich von Anfang bis Ende gleichgeblieben sei. Da gab es nichts als lyrische Sätze, schön an sich, aber ohne jede Aussage, nichts als überwältigende Lyrismen. Sie konnten nicht begreifen, worauf er hinauswollte, und hatten den Eindruck, drei Jahre Arbeit zerbröckle hier in nichts. Nach jedem Vorlesen habe Madame Flaubert sie gefragt, was sie von dem Werk hielten, aber sie hätten nicht zu antworten gewagt.

Vor der Lesung des letzten Abschnittes machten Bouilhet und Du Camp aus, Flaubert am Schluß die ungeschminkte Wahrheit zu sagen. Sie hielten die Sache für dringend und waren der Ansicht, seine ganze literarische Zukunft stehe auf dem Spiel; es erschien ihnen notwendig, ihn zurückzureißen, ehe seine Begabung sich gänzlich verflüchtigte. Größte Offenheit, fanden sie, sei die einzig mögliche Taktik.

Um Mitternacht des letzten Tages, als er zu Ende gelesen hatte, bat Flaubert sie: »Und nun sagt mir aufrichtig, wie ihr darüber denkt.« Bouilhet, von Natur aus freundlich und schüchtern, soll daraufhin verzweifelt gerufen haben[9]: »Wir denken, du solltest es ins Feuer werfen und nie mehr davon reden!« Wir besitzen nur Du Camps Aussage über diese Antwort, dreißig Jahre später niedergeschrieben. Es hält schwer, sich vorzustellen, daß Bouilhet je derart schroff gewesen sein könnte.

Mit einem Schreckensschrei sprang Flaubert auf die Füße. Dann gab es, so erzählt Du Camp, ein tiefernstes Gespräch, wie es nur unter Freunden möglich ist, die einander vertrauen und lieben. Jeder Satz wurde durchgenommen, Wort für Wort, während Flaubert sein Werk zu verteidigen suchte. Zuletzt rieten sie ihm, ein Allerweltsthema wie beispielsweise *La Cousine Bette* oder *Le Cousin Pons* von Balzac zu wählen. Das Ringen dauerte von Mitternacht bis acht Uhr früh, die Nacht war über ihren Diskussionen zerronnen.

Es war ein vernichtender Schlag für Flaubert, alle seine Hoffnungen mit einem Mal zerstört; der Widerhall davon findet sich in seiner Korrespondenz, in Briefen, die er von seiner Orientreise schrieb und in denen er schildert, wie deprimiert und trübsinnig er sei, obwohl er sich zu jener Zeit von dem Schock langsam zu erholen begann.[10] Später sollte er Du Camp gegenüber den Wert der Lektion, die man ihm erteilt hatte, zugeben[11]: »Ich war vom Krebs des Lyrismus geschüttelt; Du hast mich operiert, aber es war höchste Zeit, und ich brüllte vor Schmerz.«

Obwohl er im ganzen genommen das Verdikt seiner Freunde annahm, war er doch nicht überzeugt, daß sie völlig recht hatten. Drei Jahre später, als er *Madame Bovary* schuf, meinte er zu Louise Colet, das Buch sei vorschnell beurteilt worden[12]:

»Du bist also ganz entschieden begeistert von *Saint Antoine*. Wenigstens einer! Das ist immerhin etwas. Wenngleich ich nicht alles akzeptiere, was Du mir darüber sagst, glaube ich, daß die Freunde nicht alles haben sehen wollen, was darin liegt. Es ist leichtfertig beurteilt worden; ich sage nicht ungerecht, aber leichtfertig.«

Du Camp berichtet[13], daß am Tage nach dem traurigen Urteil, als sie im Garten saßen, Bouilhet plötzlich zu Flaubert sagte: »Warum schreibst du nicht die Geschichte Delaunays?« Worauf Flaubert, mit einem Mal freudig erregt, den Kopf gehoben und geantwortet haben soll: »Was für eine gute Idee!«

Du Camp schrieb seine Erinnerungen – wie erwähnt – dreißig Jahre nach den betreffenden Ereignissen. Es darf daher nicht überraschen, daß sich Fehler in seinen Bericht eingeschlichen haben. Der Mann, über den Flaubert schreiben sollte, hieß nicht Delaunay, sondern Delamare; er war ein ›officier de Santé‹ gewesen, einer von Dr. Flauberts früheren Studenten. Auch trifft es bestimmt nicht zu, daß Flaubert zu jenem Zeitpunkt bereits erwogen hatte, über Delamare und seine Frau zu schreiben, oder daß irgendwer ihm dieses Thema vorgeschlagen hatte. Erst nach seiner Rückkehr von der Orientreise, als andere Umstände es ihm zur Kenntnis brachten, erschien es ihm als ein möglicher Stoff. Wir wissen heute aus seinen Briefen, daß er während der ganzen Reise und selbst noch bei seiner Rückkehr sehr unentschlossen war, auf welches Thema er sich einlassen sollte. Die Delamare-Geschichte wird dabei nie erwähnt.

Viele Kritiker haben das Verdikt getadelt, einige gar die beiden Freunde beschuldigt, neidisch gewesen zu sein. Auf Bouilhet trifft das auf gar keinen Fall zu, er war des Neides gar nicht fähig; aber es ist auch bei Du Camp sehr unwahrscheinlich, der immer noch sehr an Flaubert hing und ihm bei seiner Laufbahn als Literat behilflich sein wollte – seine eigene war ja bereits viel erfolgreicher als diejenige Flauberts. Vielmehr überblickten die beiden Männer, gerade weil sie weniger bedeutende Autoren waren, besser als ein Genie den Weg, den die Literatur zur damaligen Zeit nahm. Beide waren sich darüber klar, daß die Zeit der Romantik abgelaufen war, und begriffen, daß es für einen Mann mit literarischen Ansprüchen künstlerischen Selbstmord bedeutete, jetzt noch ein Werk in der romantischen Manier von Quinets *Ahasvérus* oder Byrons *Kain* zu schaffen. Die guten Tage dieser Art von Gefühlsüberschwang waren 1849 lange vorbei.

Moderne Leser sind über Du Camps und Bouilhets Urteil weniger entsetzt als jene, die es 1883 in den *Souvenirs Littéraires* lasen, bevor sie Gelegenheit hatten, sich durch die 531 Seiten der ersten *Versuchung des heiligen Antonius* durchzubeißen. Viele sind heute der Ansicht, das Verdikt sei im großen ganzen berechtigt gewesen, das Werk sei, abgesehen von vereinzelten Fragmenten, ungenießbar. Es ist eine der extremsten Offenbarungen romantischer Subjektivität. Flaubert wurde, wie er gesteht, während der Niederschrift selbst zum heiligen Antonius. Er analysierte sich, und so wurde das Buch eine persönliche Beichte.[14] »An Stelle des heiligen Antonius, zum Beispiel, bin ich dort; die *Versuchung* war für mich, nicht für den Leser.« Ferner[15]: »Oh, ihr glücklichen Zeiten von *Saint Antoine,* wo seid ihr? Da schrieb ich mit meinem ganzen Wesen.« Und[16]: »Es war nur ein Auffanggefäß (déversoir); ich habe beim Schreiben nur Freude gehabt, und die achtzehn Monate, die ich damit verbracht habe, jene fünfhundert Seiten zu schreiben, gehören zu den wollüstigsten meines ganzen Lebens.«

Allerdings hätten Bouilhet und Du Camp die lyrische Schönheit gewisser Abschnitte erkennen müssen – vielleicht taten sie das auch, maßen ihnen aber weiter keine Bedeutung bei –, wie beispielsweise die Stelle, in der des Zauberers Simon Gefährtin Helena geschildert wird.[17] Oder jene, wo der Tod ausruft[18]:

»Wo sind sie nun, all die Frauen, die geliebt wurden, jene, die goldene Ringe anlegten, um ihren Ehemännern zu gefallen, die rosenwangigen Jungfrauen, die Tücher stickten, und die Königinnen, die sich im Mondenschein zu den Brunnen tragen ließen? Sie hatten Teppiche, Fächer, Sklaven, verliebte Musik, die mit einmal hinter den Mauern erklang; sie hatten glänzende Zähne, die in die frischen Granatäpfel bissen, und lose Gewänder, die die Luft um sie herum mit balsamischem Duft erfüllten. Wo sind sie denn, die starken Jünglinge, die so gut liefen, die so laut lachten, die schwarze Bärte und flammende Augen hatten? Wo sind ihre glänzenden Schilder, ihre stampfenden Pferde, ihre schnellen Jagdhunde, die über die Heide sprangen? Was ist aus dem Wachs der Fackeln geworden, die ihre Festtafeln erleuchteten?

Oh! wie viele sind dahin, von diesen Männern, diesen Frauen, diesen Kindern und auch diesen Greisen ...

Mehr als ein Freundespaar hat gar oft von mir geplaudert, allein bei dem Herdfeuer, in dem sie in der Asche stocherten, während sie sich fragten, was wohl nachher aus ihnen würde; jener aber, der dahingegangen ist, kehrt nicht zurück, um dem andern zu sagen, ob sie sich damals getäuscht hatten, und wenn sie sich einst im Nichts wiederfinden werden, erkennen sie sich nicht, so wenig wie die Holzstücke, die sie brennen sehen, wieder zusammenkommen.«

Das könnte die Prosafassung eines Gedichtes von Victor Hugo in der Sammlung aus seiner ersten lyrischen Periode, zwischen 1830 und 1840, sein.

Mit der *Versuchung des heiligen Antonius* knüpft Flaubert wieder an das zehn Jahre früher entstandene *Smarh* an, an die epische Tradition des 19. Jahrhunderts mit dem symbolischen Bild der Menschheit – dem erbärmlichen Zustand der Entwürdigung, der Unrast, da sie sich stets nach etwas Unerreichbarem sehnt. Die Visionen des Heiligen faszinierten Flaubert. Sie gaben ihm die Gelegenheit zu philosophischen Betrachtungen über die Welt, die Religion, das Unendliche und dergleichen. Antonius bespricht diese Dinge mit den Lastern und Tugenden, mit den Ketzern, mit der Logik und der Wissenschaft, mit verschiedenen historischen und legendären Gestalten: Apollonios von Tyana, Helena von Sparta, Juno, Minerva, Zarathustra; mit Abstraktionen wie dem Tod und der Erde, und mit dem Teufel. Es sind hier dieselben Einflüsse im Spiel wie in dem früheren Werk: Byrons *Kain*, Goethes *Faust* und vor allem Quinets *Ahasvérus*, der ja, wie erwähnt, die Grundlage für *Smarh* gewesen war.

Auch hier finden wir, wie in *Smarh*, die Zusammenfassung der universalen Tragödie der Menschen, in all ihren Abstufungen, durch alle Zeiten hindurch. Flaubert hatte die Absicht, ein Bild der Entwicklung der Menschheit zu zeichnen, wie sie alle Phasen des Zweifels durchläuft, um schließlich die gleiche Stufe zu erreichen wie sein heiliger Antonius, die Rückkehr zum Gebet. Das verleiht der ersten Fassung der *Versuchung des heiligen Antonius* etwas Mystisches, das der endgültigen Fassung fehlt; diese ist skeptischer, kritischer und historischer. Die erste besitzt etwas von dem religiösen Gefühl, das man bei Baudelaire findet, der zur selben Zeit das beschrieb, was der Dichter ›Spleen‹ und ›Ideal‹ nennt, den Gegensatz zwischen der Niedrigkeit der Instinkte im Menschen, seinem Hang zum Gemeinen und seiner Sehnsucht nach dem Idealen.

In der Form behält das Werk die dramatische Struktur von *Smarh* bei; noch immer spukt hier die Erinnerung an das mittelalterliche Mysterien-Puppenspiel, das er als Kind auf der Foire Saint-Romain gesehen hatte. Sehr ausgeprägt tritt die typisch flaubertsche Mischung von Ernst und Groteske zutage, die seine reifen Werke besitzen und die wir in den Begegnungen zwischen dem Schwein und dem Heiligen finden.

Obwohl die *Versuchung des heiligen Antonius* im ganzen formlos und verschwommen und heutzutage weitgehend unlesbar ist, außer für Leute mit Spezialkenntnissen, sind, wie gesagt, schöne lyrische Passagen darin, die manches wettmachen. Das Prosagedicht über den Tod haben wir bereits zitiert; erwähnenswert ist auch noch die Beschreibung der Erde, wie sie war, ehe der Mensch kam[19]:

»Ich besaß geheimnisvolle Wälder, ich besaß maßlose Ozeane, ich besaß unbezwingbare Berge. In schwarzen Wassern lebten gefährliche Tiere, und der Atem der Sümpfe wiegte sich wie ein dunkler Schleier über meinem Antlitz. Ich war mit Pflanzen bedeckt, ich erzitterte wie ein Fallsüchtiger unter den Stößen meiner Vulkane. In den Nächten schoß der breite Pilz unter den Eichenstämmen aus dem Boden; auf dem goldenen Moos schliefen große Schlangen mit gekrümmtem Leib in der Sonne, liebliche Gerüche strichen durch die hohen Gräser. Vor Tatkraft schrecklich, von Düften berauscht, von Farben geblendet, riesig; ah! schön war ich, als ich ganz zerzaust dem Bett des Chaos entstieg! und noch die Male seiner Umarmungen an mir trug.

Schwach und nackt, erblaßte der Mensch dann beim Rauschen meiner Abgründe, beim Laut der Tiere, bei den Mondfinsternissen; er wälzte sich auf meinen Blumen, er kletterte in mein Laub, um sich mit roten Früchten vollzustopfen, er sammelte an den Gestaden die blonden Perlen und die gewundenen Muscheln, er sah an der Flanke der Hügel die Eisenerze glitzern und in den Bächen die Diamanten rollen; ich umgab ihn mit Staunen, ich erschöpfte ihn mit Arbeit, ich überhäufte ihn mit Wollust. Natur und Gott zugleich, Anfang und Ziel, war ich für ihn unendlich, und sein Olymp überstieg nicht das Maß meiner Berge.«

Flaubert blieb weiterhin niedergeschlagen, er war seiner selbst unsicher und zu Boden gedrückt vom vernichtenden Urteil der Freunde. Man hoffte, die Luftveränderung auf der Reise in den Osten würde ihm den Geschmack am Leben wiedergeben und ihn seiner depressiven Stimmung entreißen.

Maxime Du Camp und Flaubert brachen am 29. Oktober 1849 zu ihrer Reise auf; sie sollten einundzwanzig Monate lang unterwegs sein.

14

DIE REISE IN DEN ORIENT

(1849–1851)

Als der Plan einer Reise in den Osten feste Formen annahm, beschloß Du Camp, sich um eine offizielle Mission zu bewerben, nicht um Subsidien zu bekommen – er bezahlte seine Auslagen selbst –, sondern um an den Orten, die er aufsuchen wollte, behördliche Unterstützung zu haben. Sein Gesuch liegt im Staatsarchiv in Paris bei den Akten.[1] Als Gegenstand seiner Mission werden wissenschaftliche Forschungen in Ägypten, Palästina, Syrien und Persien genannt. Die auf seinen Namen ausgestellten Dokumente umfassen einen Brief, in dem er schreibt, daß er Aufträge von der Académie des Inscriptions et de Belles Lettres habe, und dem er seinen Reiseplan beilegt, mit der Bitte um eine offizielle Bescheinigung, die ihm helfen würde, seine Arbeiten durchzuführen; ferner ein Empfehlungsschreiben von einem Herrn Dupont-Delporte, Parlamentsmitglied, der das Gesuch unterstützt; dann einen Brief an Du Camp, der die Mitteilung enthält, daß ihm die Mission ohne finanzielle Vergütung zugesprochen worden sei und daß man seine näheren Angaben erwarte; und schließlich ein offizielles Schreiben, das Maxime Du Camp ermächtigt, eine Mission nach Ägypten, Syrien und Persien durchzuführen und die Altertümer dieser Länder zu erforschen. Die Aktenstücke tragen den Stempel des Erziehungs- und Kultusministeriums. Als Anhang ist auch ein gedrucktes Dokument von Du Camp auf feinem Papier angeheftet, das eine Übersicht über seinen Reiseweg gibt und festhält, was er zu erreichen hoffte.

Napoléon Dupont-Delporte erklärt in seinem Empfehlungsschreiben, »Monsieur Maxime Du Camp war mehrere Jahre lang, und mit großem Erfolg, mit archäologischen Studien beschäftigt. Er ist ein hochgebildeter Mann, der häufig von den höchsten historischen Autoritäten um Rat gefragt wird. Er hat in verschiedenen Zeitschriften Artikel und Kommentare veröffentlicht, die vollauf genügen dürften, meine obenerwähnte Absicht über ihn zu rechtfertigen.«

Du Camp spricht in seiner Bewerbung von seiner früheren Reise in den Osten und von dem Buch, das er nach seiner Rückkehr geschrieben hatte: *Souvenirs et Paysages d'Orient;* er erwähnt aber auch die Rolle, die er in der Revolution von 1848 gespielt hatte, als er sich ein Bein gebrochen hatte und daraufhin zum Ritter der Ehrenlegion geschlagen geworden war. Er schließt seinen Brief mit den Worten: »Das sind die Qualifikationen, Monsieur le Ministre, die ich anführen kann, um Ihr Entgegenkommen zu verdienen; ich bin jung, voller Tatkraft, ich bin an unbequemes Reisen gewöhnt und ersuche Sie, ohne dem Staat irgendwelche Kosten zu verursachen, um die Mittel, der Wissenschaft meines Vaterlandes einen Dienst zu erweisen.«

Unter diesen Gesuchen um offizielle Aufträge befindet sich keine Bewerbung Flauberts. Offenbar aber hat Du Camp versucht, auch für ihn eine zu erwirken, denn in der Kategorie *Missions Commerciales* 1841 bis 1863 ist eine Mission eingetragen, die Gustave Flaubert gewährt worden ist und deren Inhalt mit »Eine Studie über den Stand von Handel und Industrie« in verschiedenen Ländern angegeben wird. Der Platz in der Kolonne ›Résultats‹ ist leer, was bedeutet, daß Flaubert keinen einzigen Bericht eingesandt hat.[2] Seine Mission hatte gelautet, sich mit der asiatischen Türkei, Ägypten und Persien zu befassen. Eine Bewerbung Flauberts existiert unter den Schriftstücken nicht, sondern nur die ausführlichen Instruktionen, die an ihn geschickt wurden. Dagegen liegt ein Exemplar von Du Camps gedrucktem Reiseplan dabei, und man kann sich nur wundern, was das Handelsministerium damit anfangen wollte, denn er hatte mit dem offiziellen Auftrag Flauberts nicht das geringste zu tun.

Diese Instruktionen ergeben ein langes und langweiliges Aktenstück – sechzehn engbeschriebene Seiten in Kanzleiformat. Es ist fraglich, ob Flaubert sie jemals durchgelesen hat. Man lieferte ihm Angaben über die Sitten und gültigen Preise in den Ländern, die er besuchen sollte, und trug ihm auf, die Möglichkeiten einer Förderung des französischen Handels mit ihnen zu erforschen. Man erwartete von ihm, daß er Notizen über kommerzielle Verbindungswege, Schiffahrt und so fort mache, und gab ihm eine Liste der Waren mit, die Frankreich gern nach jenen Ländern exportieren, und der andern, die es gern von ihnen importieren wollte. Er sollte sich nach der Art des Warenaustausches erkundigen, die gebräuchliche Währung feststellen und eine vergleichende Studie über Maße und Gewichte anfertigen.

Daran war nun wirklich nichts, was einen Mann wie Flaubert hätte reizen können; kein Wunder also, daß er bald jedes Interesse an der Mission, mit der man ihn betraut hatte, verlor und keine einzige Aufzeichnung machte, die er den Behörden hätte einsenden können.

Diese Dokumente sind unveröffentlicht. Émile Henriot benutzte sie für einen Artikel in *Le Temps,* aber nicht sehr genau. Er mischte die verschiedenen Instruktionen so, daß sich daraus eine zusammenhängende, verständliche Erzählung machen ließ.[3]

Flaubert verließ Croisset am 22. Oktober 1849. Seine Schwägerin, seine Nichte und Louis Bouilhet brachten ihn zum Bahnhof. Er bemerkt, der einzige Mensch des Hauses, der über seine Abreise erschüttert schien, sei der Gärtner gewesen – seine Mutter war verreist, er sollte sie in Paris noch sehen.[4] Er blieb eine Woche in Paris, abgesehen von einem kurzen Ausflug nach Nogent, wohin er seine Mutter zu Verwandten brachte. Sein Abschied von ihr war tiefbewegt, als wollte er für immer fortgehen. In der Tat war er ja nur selten von ihr getrennt gewesen – nur bei seiner Mittelmeerreise nach dem Bakkalaureat und während der paar Monate seines Studiums in Paris, in denen er stets an Heimweh gelitten hatte – und seit dem Tode seines Vaters und seiner Schwester überhaupt nicht mehr. Er beschreibt diese Szene in den *Notes de Voyages*[5]:

»Endlich bin ich gegangen. Meine Mutter saß in einem Fauteuil vor dem Kamin; als ich sie streichelte und ihr zusprach, habe ich sie auf die Stirn geküßt, bin dann zur Tür gestürzt, habe meinen Hut im Eßzimmer ergriffen und bin hinausgeeilt. Welch einen Schrei hat sie ausgestoßen, als ich die Tür des Salons schloß! Er erinnerte mich an den, den ich sie beim Tode meines Vaters ausstoßen hörte, als sie nach seiner Hand faßte.«

Im Bahnhof begegnete er einem Priester und vier Nonnen, was ihm ein böses Omen zu sein schien, ebenso wie die Tatsache, daß ein Nachbarhund den ganzen Nachmittag heulte. Im Zug von Nogent nach Paris war er allein; er schloß die Fenster des Wagens und weinte hemmungslos, indem er sich das Taschentuch in den Mund stopfte. Bei jeder Haltestelle war er versucht, auszusteigen und nach Hause zurückzukehren.[6]

Er ging sofort zu Du Camps Wohnung, wo dieser ihn, als er später an diesem Abend heimkam, am Boden neben dem Kaminfeuer liegend fand. Zuerst glaubte er, Flaubert schliefe, bis er merkte, daß er weinte und schluchzte[7]: »Ich werde meine Mutter nie mehr sehen; ich werde meine Heimat nie mehr sehen, diese Reise ist zu lang, zu weit; das ist eine Herausforderung an das Schicksal; welch ein Irrsinn; warum gehen wir fort?« Du Camp jedoch erklärte ihm, warum sie jetzt nicht mehr zurück konnten, und es gelang ihm, ihn wieder aufzurichten. Auch die Ankunft Bouilhets war ihm ein großer Trost.

Sie verbrachten die Tage in Paris mit Abschiednehmen von all ihren Freunden, besonders von Gautier, Pradier und Schlésinger, Élisa aber sah er nicht. Am letzten Abend dinierten sie in einem Privatzimmer des Restaurants ›Les Trois Frères Provinciaux‹ im Palais Royal mit Gautier, Bouilhet und Louis de Cormenin und sprachen bis in die Nacht hinein über Kunst, Literatur und Altertum.[8]

Endlich reisten sie am 29. Oktober per Kutsche ab – es gab noch keine Bahnlinie in den Süden – und schlugen die gleiche Route ein, die Flaubert schon zweimal, 1840 und 1845, genommen hatte. In Marseille vergaß er auch Eulalie Foucaud nicht: wie wir wissen, suchte er vergeblich nach ihr, ja er vermochte kaum das Hotel wiederzuerkennen. Sie verließen Marseille am 4. November an Bord eines Schiffes namens *Le Nil* und erreichten Malta in der Nacht des 7. November.

Am 15. November kamen sie in Alexandria an und wurden von Suliman Pascha, dem mächtigsten Mann in Ägypten, wie Flaubert seiner Mutter schrieb, genannt ›der Schrecken von Konstantinopel‹, königlich empfangen.[9] In Kairo führte man sie mit allen Ehren zum Dîner und in die Oper. Sie lebten in einem solchen Luxus, daß Du Camps Diener Sassetti sagte, wenigstens einmal in seinem Leben habe er zehn Sklavinnen zur Bedienung und eine zum Verjagen der Fliegen gehabt.[10]

Suliman Pascha war ihnen eine große Hilfe bei den Verhandlungen zum Kauf von Pferden und anderem Reisebedarf; er lieh ihnen aber auch seinen Wagen für Ausflüge in die Umgebung.

Zwei Monate blieben sie in Kairo und besuchten die Pyramiden und andere historische Sehenswürdigkeiten, dann, am 6. Februar 1850, fuhren sie nilaufwärts zum schwierigeren Teil ihrer Reise. Als das Schiff den Fluß hinaufstampfte, sann Flaubert, anstatt sich für das Kommende zu begeistern, über die Vergangenheit nach und dachte an seinen Abschied von Frankreich. Auf dem Nil träumte er von einem anderen Fluß, träumte er von dem Haus, das er zurückgelassen hatte, und dachte, wie Du Bellay im 16. Jahrhundert, sehnsuchtsvoll an seine Heimat. In seinen *Notes de Voyages* schreibt er[11]:

»Dort draußen, an einem sanfteren, weniger antiken Fluß, habe ich irgendwo ein weißes Haus, dessen Fensterläden nun, da ich nicht mehr dort bin, geschlossen sind. Die blätterlosen Pappeln erschauern im kalten Nebel, und die Eisschollen, die der Fluß daherträgt, stoßen sich an den verharschten Ufern. Die Kühe sind im Stall, die Strohmatten über den Spalieren, der Rauch des Bauernhauses steigt langsam in den grauen Himmel.

Ich habe die lange, von Linden gesäumte Louis XIV-Terrasse verlassen, wo ich in den Sommermonaten im weißen Bademantel spazierengehe. In sechs Wochen schon wird man ihre Knospen sehen. Jeder Zweig wird dann mit roten Knöpfen besetzt sein, dann werden die Primeln kommen, gelb, grün, rosa und irisfarben. Sie schmücken das Gras der Höfe. O Primeln, meine kleinen, verliert eure Samenkörner nicht, auf daß ich euch im nächsten Frühling wiedersehe.

Ich habe die große, rosenbedeckte Mauer mit dem Pavillon am Flußufer verlassen. Ein Geißblattbusch sprießt außen auf dem Eisenbalkon. Um ein Uhr früh im Juli, im Mondschein, tut es gut, dort hinauszukommen und *caluyots* zu fischen.«

An seine Mutter schrieb er[12]: »Ich sehe den Garten ... das Haus ... Dich, wie Du aus dem Fenster lehnst ... Ich höre den Ton der Klinke am Tor, wenn der Postbote kommt, und wenn nichts für Dich dabei ist, welch traurigen Tag Du verbringst!«

In seinen *Carnets de Voyages* ist ein weiteres Prosagedicht, das nicht zum regulären, Seite um Seite fortlaufend geschriebenen Text gehört, sondern auf der Rückseite des Notizbuches steht, so daß anzunehmen ist, es könnte später verfaßt worden sein[13]:

»O Nil! Meine Traurigkeit fließt über wie deine Wasser, und auch von ihr wüßte niemand zu sagen, woher sie kommt, es ist im Herzen (inmitten) meines Sommers, daß die Flut angelaufen (?) ist, doch nichts wird auf dem Schlamm mehr sprießen, den sie hier zurückläßt. Noch ist kein Reisender bis zu ihrer Quelle hinaufgestiegen. Als die Nacht gekommen war, atmete er leichter – er streckte sich auf dem Rücken aus, und indem er seine beiden Arme hob, betrachtete er die Sterne wie Frauen und sah zu, wie die friedlichen Wasser dahinzogen.«

Das Wort mit dem Fragezeichen ist schwer zu entziffern. Dumesnil liest es als ›assoupie‹[14], es sieht aber mehr wie ›accourue‹ aus, was auch eher einen Sinn ergibt.

Eines der größten Erlebnisse Flauberts auf seiner Orientreise war die

Begegnung mit der berühmten Kurtisane Kuschiuk Hanem. In der veröffentlichten Korrespondenz wird ihr Name stets ›Ruschiuk Hanem‹ gedruckt, und Dumesnil behauptete, Flaubert hätte ihren Namen immer so geschrieben.[15] Das ist aber lediglich eine Mißdeutung seiner Handschrift, denn sein großes ›K‹ und ›R‹ sind sich sehr ähnlich und können leicht verwechselt werden. Louis Bouilhet, der Flauberts Schrift genau kannte, buchstabierte den Namen in dem Gedicht, das er zu ihren Ehren verfaßt und in seiner Sammlung *Festons et Astragales* veröffentlicht hat, jedenfalls richtig.

Bouilhets dichterische Beschwörung der Kurtisane stützte sich auf Flauberts Beschreibung von ihr in seinen Briefen:

C'est l'heure du soleil et du calme étouffant.
Les champs n'ont pas un cri, les cieux pas une brise;
– Dans ta maison d'Esneh, que fais-tu maintenant,
Brune Kuschiuk Hanem, auprès du fleuve assise?
Le mouton qui te suit, de henné tacheté,
Sur la natte en jouant agace ton chien leste;
Et ta servante noire, accroupie à côté,
Croise ses bras luisants tatoués par la peste!
Le joueur de rebec dort sur son instrument.
Dans ton lit de palmier, maintenant tu reposes!
Ou sur ton escalier tu te tiens gravement,
Avec ton tarbouch large et tes pantalons roses!
L'émeraude, à ton front, allume un rayon vert,
Ta gorge s'arrondit sous une gaze fine,
Et tes cheveux, poudrés par le vent du désert,
Ont une odeur de miel et de térébenthine!
Mais une ombre obscurcit ton regard éclatant.
Tu te sens, dans ton cœur, triste comme une veuve,
Et tu penches la tête, écoutant . . . écoutant
Passer le bruit lointain des canges sur le fleuve.
(Es ist die Stunde der Sonne und drückenden Stille.
In den Feldern kein Schrei, am Himmel kein Lüftchen;
– In deinem Haus in Esneh, was tust du wohl jetzt,
Braune Kuschiuk Hanem, sitzend am Fluß?
Das Schaf, das dir folgt, mit Henna betupft,
Neckt auf der Matte im Spiel deinen hurtigen Hund;

Und deine schwarze Magd, auf der Seite kauernd,
Kreuzt ihre glänzenden, von der Pest tätowierten Arme!
Der Rebecspieler schläft auf seinem Instrument.
In deinem Palmenbett ruhst du nun!
Oder du stehst feierlich auf deiner Treppe
Im breiten Tarbusch und rosenfarbenen Hosen!
Der Smaragd in deiner Stirn entzündet einen grünen Strahl,
Deine Kehle wölbt sich unter feiner Gaze,
Und Dein Haar, vom Wüstenwind gepudert,
Duftet nach Honig und nach Terpentin!
Doch ein Schatten verdunkelt deinen schimmernden Blick.
Du fühlst Dich im Herzen traurig wie eine Witwe,
Und du neigst das Haupt, horchst ... horchst
Auf den fern vorbeifliehenden Laut der Boote auf dem Fluß.)

Alle Männer, die nach Esneh kamen, fühlten sich angeregt und verpflichtet, Kuschiuk Hanem aufzusuchen. Viele Schriftsteller und Besucher haben sie mit der noch berühmteren ›almée‹ Saphira verwechselt, der einstigen Mätresse von Abbas Pascha, der sie prügeln ließ und dann verstieß, weil sie einige seiner Geschenke im Bazar verkauft hatte. Sie ließ sich nachher in Esneh nieder, hatte aber keinerlei Verbindung mit Kuschiuk Hanem. Sie war eine legendäre Gestalt, während ihre Rivalin keine Geschichte hatte. Du Camp war der erste, der mit seinem Reisebericht die Leser in die Irre führte.[16] Es ist merkwürdig, daß er diese Fehler beging, während Flaubert sich über den Unterschied zwischen den beiden Frauen völlig klar war und das in seinen *Notes de Voyages* auch erwähnt hat.[17] Alle andern Autoren haben den Irrtum wiederholt, nur Auriant gab später zu, er habe die beiden Frauen verwechselt, und stellte seinen Fehler nachträglich richtig.[18]

Mehrere Berichte von Du Camps und Flauberts Besuchen bei Kuschiuk Hanem sind uns erhalten: In Du Camps *Le Nil, Egypte et Nubie,* veröffentlicht 1860, in Flauberts Briefen an Bouilhet aus dem Orient, in seinen *Notes de Voyages* und in seinen *Carnets,* die in der Stadtbibliothek Paris aufbewahrt werden.

Es ist interessant, den Unterschied zwischen Du Camps und Flauberts Schilderung der Begegnung mit der Kurtisane zu beachten – und auch den zwischen Flauberts verschiedenen Berichten. Er ist immer unmittelbarer und menschlicher, während Du Camp sich vorwiegend an Tatsachen hält und nur wenig von dem Talent des Romanschriftstellers für das Heraufbeschwören einer Situation durch Wörter hat. Sein Werk ist von ihm selbst veröffentlicht, von ihm selbst mit einem Seitenblick auf Kritik und Zensur überarbeitet und korrigiert, während Flaubert seine Notizen nur für sich geschrieben hat und er nie etwas davon gedruckt sah. In seinen *Carnets* vor allem hatte er keinerlei Hemmungen, sondern schrieb in völliger Freiheit. Das ist bei seiner Beschreibung des erotischen ›Bienentanzes‹ klar ersichtlich, die die Zensur niemals passiert hätte und die selbst in den *Notes de Voyages* sehr stark beschnitten ist.[20] Er hat sich später daran erinnert, als er in *Herodias* aus den *Drei Erzählungen* Salomes Tanz schildern wollte.

Als Kuschiuk Hanem von der Ankunft der beiden Fremden in Esneh hörte, schickte sie ihre Magd Bambeh zu ihrem Schiff, um ihnen auszurichten, sie erwarte sie an diesem Abend. Die Dienerin kam in Begleitung des Lieblingslamms der Kurtisane, das, wie in Bouilhets Gedicht erwähnt, mit Henna betupft war und ihr wie ein treuer Hund überallhin folgte.

Am Abend gingen sie zu Kuschiuk Hanem. Bambeh führte sie in das Haus. Als sie den Hofraum betraten, sahen sie an dessen Ende eine Treppe, auf der, sich vom strahlend blauen Himmel abhebend, die Kurtisane in ihren rosaroten Seidenhosen, den nackten Oberkörper nur mit einer durchsichtigen Seidenschärpe bedeckt, stand. Sie kam eben aus dem Bad und duftete sehr süß. Sie begann damit, ihnen die Hände mit Rosenöl zu parfümieren.

Sie folgten ihr in das obere Geschoß und in einen großen quadratischen Raum, in dem zwei Diwane standen und der von zwei Fenstern erhellt war, von denen eines die Aussicht in die Berge, das andere den Blick über die Stadt freigab; durch dieses Fenster zeigte sie ihnen das Haus der berühmten Saphira.[21]

Kuschiuk Hanem war eine große, schöne Frau, weißhäutiger als bei Araberfrauen üblich. Sie war wohlgebaut und mollig, hatte riesige schwarze Augen und feingezeichnete Brauen. Auf ihrem schwarzen Kraushaar saß keck ein großer Tarbusch mit blauer Quaste. Ihre Arme waren mit blauen arabischen Schriftzeichen tätowiert.

Sie führte sie in ihre Privaträume, und sie baten sie um den ›Bienentanz‹, den sie normalerweise mit Bambeh tanzte und der, wie Flaubert ihn beschrieb, ungemein erotisch und sinnlich, um nicht zu sagen pornographisch gewesen zu sein scheint.[22] Die beiden jungen Musiker, die den

Tanz auf ihren Instrumenten begleiteten, hatten die Augen mit Taschentüchern verbunden, damit ihre Jugend nicht verdorben würde.

Flaubert kehrte später nochmals zu der Kurtisane zurück und blieb über Nacht bei ihr. Er hat ausdrücklich erklärt, die mächtigsten körperlichen Empfindungen, die er jemals erlebt habe, seien jene mit Kuschiuk Hanem gewesen. Die ganze Episode beschrieb er ausführlich in seinen *Carnets.*[23]

Sie schlief dann ein, ihre Hand in der seinen, er aber lag die ganze Nacht wach und hütete ihren Schlaf, und während er sie betrachtete, dachte er an all seine verschütteten Liebesgefühle. Er war gerührt, als er sie schnarchen hörte, und später hustete sie so, daß er voller Mitgefühl und Besorgnis war und sie mit seinem Mantel zudeckte. Mehrmals in der Nacht erwachte sie, und dann kamen sie wieder zusammen, jedesmal mit noch stärkeren Empfindungen auf seiner Seite. Am Morgen trennten sie sich, und Flaubert sann beim Fortgehen traurig, wenn auch nicht mit großer Überzeugung, vor sich hin[24]: »Wie süß wäre es für den eigenen Stolz, wenn man jemals sicher sein könnte, eine Erinnerung zurückzulassen, wenn man wüßte, daß sie mehr an einen denkt als an alle andern, daß man in ihrem Herzen bleibt.«

Auf der Rückreise besuchte er Kuschiuk Hanem abermals, fand sie aber traurig, krank und niedergeschlagen, da ihr Lieblingslamm gestorben war. Diese zweite Begegnung ließ sich an Intensität nicht mit der ersten vergleichen, sondern erfüllte ihn mit den bitteren, ironischen Gedanken, die er schon erwartet hatte. Beim Abschied versprach er ihr, am folgenden Tag wiederzukommen, doch er wußte, daß er das nicht tun, daß er sie nie wiedersehen würde: »Es ist zu Ende«, schrieb er[25], »ich werde sie nie mehr sehen, und ihr Gesicht wird nach und nach aus meinem Gedächtnis entschwinden.«

Sie reisten nun vorerst zwei Monate lang nilaufwärts und machten an verschiedenen Orten halt, dann beschlossen sie, auf Kamelen von Keneh nach Qôseir die Wüste zu durchqueren. Während dieses Wüstenritts gab es einen komischen Streit zwischen Du Camp und Flaubert, der allerdings traurig hätte ausgehen können und den der erstere in seinen *Souvenirs Littéraires* festgehalten hat.[26] Sie hatten für die ganze Reise nur zwei Flaschen eines ziemlich schlechten Wassers bei sich, bei einem kleinen Unfall aber zerbrachen beide Flaschen, als sie noch drei Tagereisen von ihrem Ziel entfernt waren. Sie konnten sich eine kleine Menge Trinkwasser von anderen Reisenden, denen sie begegneten, besorgen, aber es war sehr knapp, und sie litten schrecklichen Durst, ihr Mund war ganz ausgedörrt. Da wurde Flaubert von einer tollen Laune gepackt, und er begann von dem Gefrorenen zu erzählen, das er in seinem Leben schon gegessen hatte, besonders dem Zitroneneis, das es im Café Tortoni in Paris gab. »Erinnerst du dich an das Zitroneneis bei Tortoni?« fragte er, und als Du Camp bloß nickte, fuhr er fort: »Zitroneneis ist etwas Wundervolles; gib nur zu, daß du nichts dagegen hättest, hier und jetzt eins zu essen!« Und als der Freund keine Antwort gab, trieb er den Spaß noch weiter: »Rund um den Rand des Glases liegt ein schwacher Nebel, wie weißer Rauhreif.« Meilenweit hörte er nicht auf, die Vorzüge des Zitroneneises zu rühmen, die Lust, es auf der Zunge zu fühlen, und wie es dann die Kehle hinunterglitt. Er wurde geradezu lyrisch dabei, so daß Du Camp dachte, er müßte verrückt werden. Nur dadurch, daß er mit seinem Kamel weit zurückblieb, vermochte er der Versuchung zu widerstehen, den vor ihm Reitenden niederzuschießen. Zum Glück erreichten sie am nächsten Tag den Nil und stillten ihren Durst mit Wasser, das ihnen besser schmeckte als jeder Wein und jedes Zitroneneis jemals zuvor.

Danach kamen sie nach Beirut und entdeckten zu ihrer freudigen Überraschung, daß der Postminister Camille Rogier war, der als Maler in den Dreißigerjahren der Bouzingo-Bruderschaft angehört hatte. Sie merkten bald, daß sie alle zur gleichen geistigen Familie gehörten, und verbrachten mit ihm und seinen Freunden drei zauberhafte Tage, so daß sie sich nur mit Mühe wieder losreißen konnten.[27]

Von dort aus reisten sie nach Jerusalem weiter. Flaubert war beeindruckt vom Gegensatz zwischen den geistigen Assoziationen der Stadt und dem schrecklichen Zustand von Auflösung und Zerfall[28]:

»Jerusalem ist eine von Mauern umgebene Leichengrube; das erste Merkwürdige, das wir antrafen, ist die Fleischerei. In einer Art viereckigem Platz, der mit Hügeln von Unrat bedeckt ist, ein großes Loch; in dem Loch gestocktes Blut, ringsherum Eingeweide, M ..., schwärzliche und braune Gedärme, von der Sonne ausgelaugt. Es stank sehr stark, es war schön als offener Ausdruck von Schmutz. So sprach ein Mann der geistreichen Vergleiche und feinen Andeutungen: ›In der Heiligen Stadt war das erste, das wir sahen, Blut‹.«

Er amüsierte sich voller Spott darüber, daß ein großes Porträt von Louis-Philippe im Heiligen Grabe hing.[29]

In der Kirche war er tief ergriffen, als ein griechischer Priester eigens für ihn eine Rose segnete und sie ihm überreichte. Da hätte er gern einen Glauben gehabt, und er dachte, wie schön ein solcher Augenblick für einen gläubigen Menschen sein müßte.[30]

In Jerusalem hörte er eines Abends nach einem Essen beim französischen Konsul eine Beethovensonate spielen, was ihn an seine verstorbene Schwester erinnerte und das ganze Bild seiner Jugend mit unerträglicher Qual vor ihm aufsteigen ließ[31]:

»Abends Beethovensonate, die mich an meine arme Schwester erinnerte, an Vater Malenson und den kleinen Salon, wo ich Miß Jane ein Glas Zuckerwasser bringen sehe. Ein Schluchzen erfüllte mein Herz, und diese so schlecht gespielte Musik hat mich in Trauer und Wonne zerrissen, es dauerte die ganze Nacht, in der ich einen diesbezüglichen Alptraum hatte.«

Es war auf dem Wege nach Beirut, daß Flaubert sich mit Syphilis ansteckte, darüber besteht kein Zweifel, denn er erörterte und beschrieb seine Symptome in den unveröffentlichten Abschnitten seiner Briefe an Louis Bouilhet aus dieser Zeit und meinte, er habe das Übel wahrscheinlich bei einer jungen Maronitin gefangen.[32] Diese Krankheit scheint die Hauptursache der Abkürzung ihrer Reise gewesen zu sein. Ursprünglich war geplant, die Syrische Wüste zu durchqueren und über Bagdad ans Kaspische Meer zu gelangen. Dieser Vorsatz wurde nun aufgegeben. Flaubert sagte zwar später, das Geld sei ihnen ausgegangen, während Du Camp erklärte, Madame Flaubert sei an diesem Entschluß schuld gewesen. Er hatte ihr nämlich geschrieben, daß ihr Sohn krank sei, worauf er in Beirut einen Brief von ihr erhielt, in dem sie drängte, sie sollten so rasch wie möglich nach Hause kommen.[33] Sie äußerte auch ihre Angst wegen der vielen Gefahren der Reise, die allerdings sehr real waren. Das Land wurde von Banditen heimgesucht, eines Nachts war auf die beiden jungen Männer geschossen worden, und sie hatten Glück gehabt, mit dem Leben davonzukommen.[34]

Daß die Reise schließlich abgekürzt wurde, scheint Flaubert nicht allzusehr verdrossen zu haben. Eines der stärksten Gefühle während dieser ganzen Reise war das Heimweh gewesen, das trotz all seiner Träume vom Orient an ihm nagte. Ebenso hatte er ja seinerzeit, als er endlich als Student nach Paris kam, nach dem er sich fast sein Leben lang gesehnt hatte, seine Zeit und Energie, sehr zum Schaden seiner Arbeit, an die Sehnsucht nach dem Elternhaus verschwendet. Er war ein Mann mit starkem Familiensinn, der nie lange glücklich sein konnte, wenn er sich von den Menschen trennte, die ihm nahestanden und teuer waren.

Du Camp dagegen gab seine Pläne nur grollend auf, was auch verständlich ist, war er doch eifrig mit dem Sammeln von Material beschäftigt, das für ihn wertvoll war und von dem er wußte, daß er es zu seinem Vorteil nutzen konnte.

In Beirut schifften sie sich also nach Rhodos ein, wo sie wegen der Quarantäne infolge einer Choleraepidemie interniert wurden. Nach der Entlassung reisten sie nach Smyrna und anschließend nach Konstantinopel, und dort wurden sie von Baudelaires Mutter und Stiefvater, General Aupick, der damals als französischer Botschafter am Hof des Sultans weilte, gastlich aufgenommen. Du Camp berichtet, daß Aupick ihn bei ihrem Gespräch in Gesellschaft gefragt habe, welche neuen Schriftsteller am literarischen Horizont aufgetaucht seien, seit er Paris verlassen habe, und daß er geantwortet habe, Baudelaire sei der Dichter, von dem am meisten gesprochen werde.[35] Darauf seien, erzählt er, der Botschafter und seine Frau in große Verlegenheit geraten, und man habe das Thema gewechselt. Sie hingegen hätte ihn auf die Seite gezogen, sobald ihre Pflichten als Gastgeberin es zuließen, und ihn gefragt: »Sie finden aber, daß er begabt ist, nicht wahr, der junge Dichter, von dem Sie sprachen?«

Flaubert erwähnt dieses Gespräch weder in seinen *Notes de Voyages* noch in seinen Briefen. Du Camp schrieb seine Erlebnisse erst fünfundzwanzig Jahre später nieder, sechzehn Jahre nach dem Tode Baudelaires, der als ein berühmter Dichter gestorben war – Aupick und seine Frau waren ebenfalls tot –, und es ist sehr wahrscheinlich, daß er die Episode erfunden hat. 1850 jedenfalls war Baudelaire als Kunstkritiker und nicht als Dichter bekannt.

Im Dezember 1850 erreichten sie den Piräus, hatten jedoch nicht genug Zeit, Griechenland so zu besichtigen, wie sie es sich wünschten. Immerhin ist interessant festzustellen, daß Flaubert auf griechische Szenerie und Landschaft stärker reagierte, als das im Osten der Fall gewesen war; ihm war, als hätte er endlich seine geistige Heimat gefunden. Seine Beschreibungen sind gelöster und natürlicher als jene über das orientalische Leben.

Es überraschte ihn, daß die Griechen ärmer und wilder waren als die Türken. Dann sah er den Parthenon, und mit einmal wurde ihm klar, daß dies das Land war, das er mehr als alles andere hatte sehen wollen. Er schrieb seiner Mutter[36]:

»Was mich betrifft, so bin ich in einem olympischen Zustand und stopfe meinen Geist mit Altertümern. Der Anblick des Parthenon ist eines der Dinge, die mich in meinem ganzen Leben am tiefsten ergriffen haben. Mögen die Leute sagen, was sie wollen, Kunst ist doch keine Lüge. Laß die Bourgeois glücklich sein! Ich neide ihnen ihre schwere Glückseligkeit nicht.«

Hier in Griechenland war auch, soweit er blickte, das Meer, das fast seit seiner Geburt zu seinen Träumen gehört und das er im Osten vermißt hatte.

Inzwischen glich Flaubert einem richtigen Vagabunden. Seine Kleider waren zerfetzt, er trug eine mit Fuchsschwänzen besetzte Ziegenlederjacke. Durch seine Krankheit hatte er einen großen Teil seines Kopfhaares verloren, dafür war sein Gesicht von einem dichten Bart umrahmt, und seine helle Haut war fast schwarz gebrannt. Er war bei den Strapazen der Reise sehr breit geworden und sah viel älter aus als neunundzwanzig. Seine Mutter war entsetzt, als sie ihn bald danach in Rom traf, sie fand, er sei in den einundzwanzig Monaten, seit sie ihm zum letztenmal gesehen hatte, sehr rauh geworden.

Von Griechenland aus segelten sie nach Süditalien, und dort, in Neapel, der modernen westlichen Zivilisation wieder näher, rasierte Flaubert seinen Bart ab. Er war entzückt von den Museen in Neapel und Rom und ihrer guten Organisation. Ausführlich beschreibt er die ausgestellten Werke in seinen Reisenotizen.

Genau wie fünfeinhalb Jahre zuvor in Genua hatte er eine ›Erleuchtung‹ vor Murillos Bild einer Madonna mit Kind im Palazzo Corsini in Rom, das ihn tief aufwühlte. Die dargestellte Frau war jener Typ, der ihn schon immer angezogen hatte, der Prototyp von Élisa Schlésinger.[37] Er erwähnt das Erlebnis verschiedentlich in seiner Korrespondenz. Seiner Mutter schrieb er[38]: »Ich habe neulich eine *Madonna* von Murillo gesehen, über der man verrückt werden könnte.« Und an Louis Bouilhet[39]: »Ich sah eine *Madonna* von Murillo, die mich verfolgt wie eine fortwährende Halluzination«, und etwas später wieder[40]: »Ich bin verliebt in die *Madonna* von Murillo in der Galerie Corsini. Ihr Kopf folgt mir überall nach, und ihre Augen kommen und gehen vor mir wie tanzende Laternen.«

Er stand noch immer im Banne Élisa Schlésingers, und als er einmal aus der Kirche San Paolo fuori le Mura kam, bemerkte er plötzlich eine Frau in rotem Mieder, die sich auf den Arm einer älteren Frau stützte. Das blasse Gesicht, die dunklen Brauen und schwarzen Augen riefen in ihm das Bild jener Frau in sein Gedächtnis zurück, die er als Knabe so innig geliebt hatte. Die Schilderung dieser Begegnung steht auf einem losen Blatt in den *Carnets;* darüber schrieb er »Rom, April 1851«. Es ist in den *Notes de Voyages* veröffentlicht[41]:

»Als ich den Kopf nach links wandte, sah ich eine Frau in rotem Mieder langsam daherkommen. Sie gab ihren Arm einer alten Frau, die ihr beim Gehen behilflich war ... Ich nahm mein Lorgnon und trat näher, etwas zog mich zu ihr hin.

Als sie an mir vorüberging, sah ich ein blasses Antlitz mit schwarzen Brauen und ein rotes Band, das um ihren Haarknoten geschlungen war und auf ihre Schultern niederfiel; sie war sehr blaß! ...

Sie hatte eine weiße Stirn, von einem Weiß wie altes Elfenbein oder fein polierter parischer Marmor, eine eckige Stirn, die oval wurde durch die beiden glatten schwarzen Haarwellen, hinter denen ihr rotes (von zwei weißen Streifchen gesäumtes) Band leuchtete und die Blässe ihres Gesichts noch erhöhte. Das Weiß ihrer Augen war sehr eigentümlich. Man hatte das Gefühl, als sei sie eine Erwachende, als komme sie aus einer anderen Welt, und doch war er still, still! Ihr Augenstern von glänzendem Schwarz, und fast erhaben, so klar hob er sich ab, betrachtete dich in ruhiger Heiterkeit. Welche Brauen! Schwarz, sehr schmal und von sanftem Schwung! Der Abstand zwischen Braue und Auge war ziemlich groß und ließ die Pupillen noch größer erscheinen und verschönte die Brauen, die man einzeln betrachten konnte, unabhängig vom Auge. Ein Apfelkinn, die beiden Mundwinkel ein wenig abfallend, ein bißchen bläulicher Schnurrbart darüber, das Gesicht im ganzen rund ...

Als ich die Kirche verließ, sah ich sie von fern wieder, auf Steinen sitzend, neben den arbeitenden Maurern.

Ich werde sie nie mehr sehen.«

Er besuchte noch andere Kirchen und weitere interessante Orte, dann kehrte er in sein Hotel zurück:

»Schon verlöschen ihre Züge in meiner Erinnerung.

Adieu! Adieu!

Dienstag vor Ostern, 15. April 1851.«

Mitte Juli 1851 war Flaubert nach einundzwanzigmonatiger Abwesenheit wieder zu Hause in Croisset. Er kehrte sehr verändert zurück, aber noch unsicher in seinen Plänen; er wußte nur, daß er sofort mit Schreiben beginnen wollte. Vom Schock der Ablehnung der *Versuchung des heiligen Antonius* hatte er sich inzwischen erholt. In einem Brief an Louis Bouilhet hieß es[42]:

»Dabei habe ich mich doch von dem furchtbaren Schlag erholt (nicht ohne Mühe), den mir *Saint Antoine* versetzt hat. Ich rühme mich keineswegs, nicht noch ein wenig davon betäubt zu sein, aber ich bin deshalb nicht mehr krank, wie ich es während der ersten vier Monate meiner Reise gewesen war. Ich sah alles durch einen tristen Schleier, mit dem mich diese Enttäuschung eingehüllt hatte, und ich wiederholte mir immer wieder das törichte Worte, das Du mir nun schreibst: ›Wozu?‹«

Wir ersehen aus seiner Korrespondenz, daß er während der Reise verschiedene Projekte erwogen hatte, von denen keines sich um *Madame Bovary* drehte. Aus Konstantinopel schrieb er an Louis Bouilhet[43]:

»A propos Themen, ich habe drei, die vielleicht nur ein und dasselbe sind, und das ärgert mich gewaltig: 1. *Une Nuit de Don Juan*, an die ich im Lazarett von Rhodos gedacht habe; 2. die Geschichte der *Anubis*, der Frau, die von Gott geliebt werden will. Das ist das höchste, aber es birgt entsetzliche Schwierigkeiten. 3. Mein flämischer Roman von dem jungen Mädchen, das als Jungfrau und Mystikerin zwischen Vater und Mutter in einer kleinen Provinzstadt stirbt.«

Daß Flaubert, wie Du Camp behauptet[44], bei ihrem Besuch des Nilkataraktes plötzlich ausrief: »Heureka! Ich werde sie Emma Bovary nennen!« kann nicht stimmen. Selbst wenn er damals schon daran gedacht hätte, den Roman zu verfassen, aus dem dann *Madame Bovary* wurde, so entschied er sich doch, wie wir später sehen werden, erst für die Namen seiner Figuren, als die Arbeit schon weit vorgeschritten war.

Flaubert war in den Osten gereist, um Romantik zu finden. Bei seiner Rückkehr aber war er geheilt von dem, was er nunmehr als eine Krankheit betrachtete. Bevor er aufgebrochen war, hatte er den Orient durch Byron und Hugo gesehen, an Ort und Stelle jedoch hatte er der rauhen Wirklichkeit gegenübergestanden. Fasziniert sah er die Mischung von Schmutz und Glanz, die Läuse neben Juwelen und Gold, den Gegensatz zwischen Verfall und Luxus. Im Osten sah er die Dinge, wie sie waren, und nicht, wie er sie gern gesehen hätte. In einem Brief an Louise Colet schrieb er[45]:

»Man hat bisher den Orient als etwas Schillerndes begriffen, als etwas Lebhaftes, Leidenschaftliches, Heftiges. Man hat in ihm nur Bajaderen und Krummschwerter gesehen, Fanatismus, Wollust usw. In einem Wort, man steht noch bei Byron. Ich habe ihn anders empfunden. Was ich am Orient liebe, ist diese Größe, die nichts von sich weiß, und die Harmonie disparater Dinge. Ich erinnere mich an einen badenden Mann, der an einem Arm ein silbernes Armband trug und an dem andern ein Blasenpflaster. Das ist der wahre Orient, der poetische: Kerle in tressenverzierten Lumpen und ganz mit Ungeziefer bedeckt. Laß nur das Ungeziefer, es ergibt in der Sonne goldene Arabesken. Du sagst mir, daß Kuschiuk Hanems Wanzen sie in Deinen Augen herabsetzen, mich entzückte das gerade. Ihr ekelerregender Geruch vermischte sich mit dem Duft ihrer mit Sandelöl eingeriebenen Haut ... Das erinnert mich an Jaffa, wo ich bei der Ankunft gleichzeitig den Geruch der Zitronenbäume und den der Kadaver einsog; der verfallene Friedhof ließ die halb verwesten Skelette sehen, während über unseren Köpfen grüne Sträucher ihre goldenen Früchte wiegten. Spürst Du nicht, wie vollständig diese Poesie ist und welch eine große Synthese?«

Sein neuer Blick für die Welt ließ ihn menschlich wachsen, er fühlte Erbarmen mit der leidenden Menschheit. Er versuchte die aufbegehrenden Massen zu verstehen und deren Qual an sich selbst zu fühlen. Er sah, daß die Menschen überall gleich waren, im Osten oder Westen. Er schauderte vor nichts zurück.

Die Freundschaft zwischen Flaubert und Du Camp hatte sich während dieser Reise abgenützt, und es sah aus, als kehrten sie beide ein wenig enttäuscht voneinander nach Frankreich zurück. Sie hatten die ganze Zeit über so nahe zusammen gelebt, daß sie erkennen mußten, wie verschieden ihre Ziele und Ideale im Grunde waren. Flaubert sah ein, wie ehrgeizig Du Camp war. Seine Liebe zur Literatur war weit davon entfernt, selbstlos zu sein; sie sollte ihm vielmehr als Sprungbrett zum persönlichen Erfolg dienen.

Nach seiner Rückkehr gab Du Camp 1853 die Notizen und Photographien, die er auf der Reise gemacht hatte, in Buchform unter dem Titel *Égypte, Nubie, Palestine, Syrie* heraus. Er war ein ausgezeichneter Photograph; die Bilder sind es denn auch, die den eigentlichen Wert des Buches ausmachen – den Drucktext schätzte Flaubert recht gering.[46] Trotzdem ist es ein sehr schönes Buch mit für jene Zeit – ja für jede Zeit – fabelhaften Bildern, die sehr zugunsten Du Camps sprechen, besonders wenn man an die primitiven und unbefriedigenden Bedingungen denkt, unter denen er die Bilder aufnehmen und die Platten entwickeln mußte.

Wie sein Teil innerhalb des Buches über die Bretagne, das er mit Flaubert zusammen 1847 verfaßt hatte, ist auch dieser Reisebericht nüchtern und sachlich. Der Text gibt nicht mehr her, als man von jedem anderen Reiseführer erwarten würde, das Material dagegen war damals neu. Persönliche Betrachtungen, individuelle Stellungnahmen und all das, was einen geborenen Schriftsteller offenbart, fehlt. Es ist mehr an andere Autoren angelehnt als eigenständig. Qualitativ reicht es an die besten Teile von Flauberts *Notes de Voyages* oder *Carnets* oder auch nur an seine spontanen Briefe von unterwegs an seine Freunde bei weitem nicht heran. Du Camp bringt keine einzige Episode, die ihn besonders beeindruckt hätte, erzählt nichts von den Schwierigkeiten, die sie hatten, oder von den Freuden, die sie genossen. Immerhin setzt sein Buch eine Menge Forschungsarbeit voraus; außerdem hat er seine Mission gewissenhaft ausgeführt, was man von Flaubert durchaus nicht sagen kann, der sich, wie er selbst hie und da in seinen Briefen erwähnt, überhaupt nicht um seinen Auftrag gekümmert hat.

Du Camp wurde im Januar 1852 für seine jüngsten Dienste an der Wissenschaft in den Rang eines Offiziers der Ehrenlegion erhoben – zum Ritter hatte man ihn, wie wir wissen, bereits aufgrund seiner Rolle in der Revolution von 1848 geschlagen. Er veröffentlichte später, nämlich 1860, ein zweites und umfassenderes Buch über seine Reise unter dem Titel *Le Nil, Égypte et Nubie*, das er Gautier gewidmet hat. Flaubert sprach sich auch über dieses Werk verächtlich aus.[47] Er moniert die Flachheit des Stils und nennt es einen ›Abstieg‹. Auch hier war Du Camp wieder mehr sachlich als persönlich und originell, mehr erzählend als kritisch, mehr historisch als psychologisch.

Zola behauptet in *Romanciers Naturalistes*[48], sehr ungerecht, Flauberts Reisenotizen seien von jenen Du Camps abgeschrieben; eine Prüfung der Notizen und der Korrespondenz aber beweist, daß diese Beschuldigung völlig aus der Luft gegriffen ist.

Flaubert kam im Juli 1851 nach Croisset zurück. Er hatte noch keine festen Pläne ins Auge gefaßt, er wußte nur, daß er schreiben würde und daß dies das einzige auf der Welt war, was er tun wollte. Er war jetzt fast dreißig Jahre alt, sah aber viel älter aus; seine Erkrankung an Syphilis hatte ihn in seiner äußeren Erscheinung rasch und auffallend verändert. Infolge der Quecksilberbehandlung waren ihm die meisten Haare ausgefallen; abgesehen davon war er sehr dick geworden und wirkte wie ein gesetzter Mann von mittleren Jahren. Er sah alt aus, fühlte sich auch so, und wußte, daß er keine Zeit mehr verlieren durfte. Er hatte noch nichts veröffentlicht außer den zwei kleinen Beiträgen in der Rouener Lokalzeitung *Le Colibri,* als er ein fünfzehnjähriger Junge gewesen war. Kein Wunder, daß der ehrgeizige Maxime ihn immer wieder zur Eile antrieb.

ZWEITES BUCH

SOMMERERNTE

Erster Teil

DIE WERKSTATT

15

DER EINSIEDLER VON CROISSET

(1851–1856)

Im Juli 1851 war Flaubert wieder in Croisset, voller Energie und Arbeitslust. Zunächst war er jedoch noch sehr unentschlossen und scheint über den drei Themen gesessen zu haben, die er früher in einem Brief an Louis Bouilhet erwähnt hatte und die ich im vorigen Kapitel aufgezählt habe.[1] Du Camp erkundigt sich nach seinen Plänen in einem Brief vom Juli dieses Jahres.[2] Wir wissen nicht, zu welchem Zeitpunkt Flaubert sich schließlich dafür entschieden hat, die Geschichte der Delphine Delamare zu gestalten; fest steht nur, daß er es inzwischen erwogen haben muß, denn Du Camp fragt in seinem Brief[3]: »Was machst Du jetzt? Woran arbeitest Du? Bist Du überhaupt zu einem Entschluß gekommen? Ist es immer noch Don Juan? Oder ist es die Geschichte von Madame Delamarre (sic), die so schön ist. Woher weißt Du eigentlich davon?« Danach also hat er die Geschichte vor der Orientreise nicht gekannt und konnte daher auch während der Reise nicht darüber nachgedacht haben.

Du Camp fuhr Ende des Monats nach Croisset. Vermutlich haben die beiden bei dieser Gelegenheit über die Geschichte von Eugène und Delphine Delamare gesprochen. Wahrscheinlich ist auch, daß Madame Flaubert ihm von Eugène, der während seiner Abwesenheit gestorben war, erzählt hatte – wie wir wissen, war dieser ja ein Student ihres Mannes am Krankenhaus von Rouen gewesen.[4] Auf jeden Fall stand das Romanthema im September 1851 fest, denn Flaubert, der einen Sinn für Gedenktage hatte, vermerkte auf dem Manuskript, er habe das Buch an seinem Namenstag ›la Sainte Gustave‹, dem 19. September also, angefangen. Schon im August muß er sich auf den Titel festgelegt haben – zumindest auf den Familiennamen –, da Du Camp zu jenem Zeitpunkt in einem Brief nach der Schilderung eines gerade erlebten persönlichen Gefühlsdramas schrieb[5]:

»Ja, gewiß werde ich eine gute Reise haben! Krank im Herzen gehe ich fort, mit dem Wunsch, mich von allen Brücken zu stürzen, über die ich gehe – na ja! Es könnte interessant sein, und ich muß es als Studienthema in Betracht ziehen. Ich könnte Dir für Deine Bovary alles geben, was ich in mir habe, in dieser Hinsicht zumindest; es wäre Dir vielleicht von Nutzen.«

Von da an hielt sich Flaubert mit Ausnahme weniger kurzer Abstecher fast ausschließlich in Croisset auf, bis er den Roman fertiggeschrieben hatte. Ende September 1851 fuhr er mit seiner Mutter und seiner fünfeinhalbjährigen Nichte nach London, um die Great Exhibition zu sehen. Dort traf er Henrietta Collier wieder, und er scheint erneut tiefe Zuneigung zu ihr empfunden zu haben; Gertrude, die seit 1847 verheiratet war, sah er offenbar nicht. In der folgenden Zeit entspann sich ein langer Briefwechsel zwischen ihm und Henrietta[6]. Er verbrachte auch drei Wochen in Paris, nämlich zur Zeit des Staatsstreichs am 2. Dezember 1851, als der Präsident der II. Republik, Louis Bonaparte, sich zum Kaiser ernannt hatte – und wäre dabei beinahe ums Leben gekommen. Später, als er die *Lehrjahre des Gefühls* schrieb und Lokalkolorit suchte, sollte er sich an diese Zeit erinnern.

Wie wir gesehen haben, war Croisset ein hübscher Besitz aus dem 18. Jahrhundert, dessen Garten sich am Flußufer entlangzog und sich zur anderen Seite über die dahinterliegenden Hügel ausdehnte. Von den Fenstern seines Studierzimmers konnte Flaubert weite Strecken des Flusses überblicken und beobachten, wie die Schiffe heraufgezogen kamen, Schiffe von weit her, denn Rouen war einer der bedeutendsten Häfen des Landes. Er sah ihnen gern zu – oft sogar durch das Fernrohr –, denn sie trugen seine Träume in die Weite. Er liebte es, von fernen Ländern zu träumen, wenn es ihm nicht möglich war, selbst zu reisen. Von seinen Fenstern aus hatte er auch Aussicht auf die vielen Turmspitzen von Rouen und auf die saftigen Weiden, wo die rot-weiß gefleckten Kühe friedlich grasten. Er liebte dieses Land, das er von frühester Kindheit an kannte.

Sein Arbeitszimmer war einfach und unelegant möbliert; für Innendekoration scheint er keinen besonderen Sinn gehabt zu haben.[7] Die wichtigsten Einrichtungsgegenstände waren reichgeschnitzte eichene Bücherschränke, die fast die ganzen Wände füllten. Dann waren Porträts oder Zeichnungen seiner Freunde da und ein riesiger Eichenschreibtisch, auf dem viele Gänsekiele standen, die er ausschließlich benutzt hat. Stahlfedern waren ihm ein Greuel, und sogar Löschpapier lehnte er ab: das sei nur etwas für Bankiers. Neben dem Tisch stand der hochlehnige Armsessel, in dem er beim Schreiben immer saß. Es gibt zwei Stühle dieser Art, genau gleich bis auf ein paar kaum wahrnehmbare Einzelheiten; der eine steht in Croisset in dem Sommerhäuschen am Ufer, der andere im oberen Zimmer im Rathaus des Dorfes Canteleu, wo Flauberts Bibliothek in den Bücherregalen seines Studierzimmers aufbewahrt wird. Der Bibliothekar Edmond Ledoux behauptet, sein Sessel sei derjenige, in dem Flaubert geschrieben habe.[8] Nach der Zeichnung aber, die Flauberts Nichte von seinem Arbeitsraum angefertigt hat, gleicht der Sessel darin doch mehr jenem, der im Sommerhaus steht.

Weiter war im Studio ein Bronzebuddha zu sehen und eine schöne Marmorbüste von Flauberts Schwester Caroline, die Pradier nach ihrer Totenmaske geschaffen hatte. Auch ein Diwan stand da, auf dem er sich nach seinen literarischen Anstrengungen ausruhte. Auf dem Boden lag ein Bärenfell. Das Zimmer hatte fünf Fenster, von denen drei auf den Hintergarten hinausgingen, zwei den Blick auf den Fluß freigaben.

Am Flußufer steht das Sommerhäuschen, das einzige, was von dem ganzen Besitz übriggeblieben ist. Man hat daraus ein Flaubertmuseum gemacht, obschon er selbst nie darin gearbeitet hat. Er pflegte dort nur mit seinen Freunden nach dem Essen den Kaffee zu trinken, und manchmal hat er ihnen dort aus den Werken vorgelesen, die er gerade schrieb.

Croisset hatte einst den Mönchen der Abtei von Saint-Ouen gehört, und Flaubert stellte sich gern vor, Abbé Prévost habe in diesen Mauern einen Teil seiner Manon Lescaut geschrieben.[9] Hier in Croisset nahm Flaubert die Lebensweise an, die er sein Leben lang beibehielt, wenn er an einem Buch schrieb. Bis zehn Uhr morgens hatte es im Hause still zu sein, denn früher stand er nicht auf – normalerweise arbeitete er den größten Teil der Nacht hindurch. Dann, wenn er läutete, eilte sein Diener mit der Post, den Tageszeitungen, einem Glas kaltem Wasser und der ersten Tabakpfeife des Tages hinauf. Aus den Berichten seiner Freunde wissen wir, daß er gewöhnlich zwanzig Pfeifen am Tag rauchte und daß ein großes gefülltes Pfeifengestell in seinem Studierzimmer stand. Wenn man allerdings im Museum von Croisset sieht, wie groß diese Pfeifen sind, wird einem klar, daß er kein übermäßiger Raucher gewesen sein kann: Denn jeder dieser Köpfe faßt nur gerade eine Prise Tabak, sie sind jeweils nicht größer als ein Fingerhut. Hatte er seine erste Pfeife geraucht und sein Glas Wasser getrunken, rief er nach seiner Mutter, das heißt, er schrie nach ihr wie ein verzogenes Kind – all ihre Gedanken waren jetzt, nachdem ihr Mann und ihre Tochter gestorben und ihr ältester Sohn verheiratet und selber Familienvater war, auf Gustave gerichtet. Sie saß dann bei ihm, bis er aufstand. Frühstück und Mittagessen waren zu einer einzigen üppigen Mahlzeit um elf Uhr zusammengezogen; wie die meisten Normannen liebte er das Essen. Zeugnis davon legen auch die vielen Schilderungen reicher Mahlzeiten in seinen Werken ab. Nach dem Essen pflegte er auf der Terrasse auf und ab zu gehen, unter dem Baldachin von Linden, nach denen er auf seiner Orientreise solches Heimweh gehabt hatte, sah den Schiffen zu, die den Fluß hinauffuhren, und gab sich seinen Meditationen hin. Um ein Uhr gab er dann seiner kleinen Nichte Unterricht. Diese Aufgabe nahm er sehr ernst. Dann las er bis um sieben Uhr, wenn die zweite große Mahlzeit des Tages aufgetragen wurde. Anschließend saß er bei seiner Mutter, bis sie um neun Uhr zu Bett ging. Nun erst begann seine eigentliche Tagesarbeit. Jetzt, da es im Hause ruhig war und alle schliefen, schrieb er, oft sechs Stunden ohne Unterbrechung. Einmal, behauptet er, habe er fast ununterbrochen sechsunddreißig Stunden hintereinander gearbeitet und nachher ein wunderbares Gefühl heiterer Zufriedenheit gehabt[10]:

»Was für gute Tage ich Donnerstag und Freitag verbracht habe! Donnerstag nacht habe ich mich um zwei Uhr noch so erregt von meiner Arbeit zu Bett gelegt, daß ich um drei Uhr wieder aufgestanden bin und bis Mittag gearbeitet habe. Nachts um ein Uhr bin ich schlafen gegangen, und nur aus Vernunft. Ich hatte eine solche Leidenschaft des Schreibens im Leibe, daß ich noch doppelt so lange hätte weitermachen können. Als es am Freitag morgen tagte, habe ich einen Gang durch den Garten gemacht. Es hatte geregnet, die Vögel begannen zu singen, und große schieferfarbene Wolken eilten über den Himmel. Da habe ich ein paar Augenblicke der Kraft und der unendlichen Erhabenheit genossen, die man nicht vergißt und mit deren Hilfe man über viel Elend hinwegkommt. Ich spüre noch den Nachgeschmack dieser sechsunddreißig olympischen Stunden und bin noch fröhlich von ihnen wie von einem Glück.

Mein erster Teil ist ungefähr fertig.

Ich empfinde ein großes Gefühl der Erleichterung.

Noch nie habe ich etwas mit solcher Sorgfalt geschrieben wie diese letzten zwanzig Seiten.«

Er führte, wenn er bei der Arbeit war, ein so ordentliches, diszipliniertes Leben wie ein Spießbürger. In einem Brief an Louise Colet schrieb er[11]: »Ich behaupte, daß man sein Leben in zwei Teile spalten muß: als Bürger leben und als Halbgott denken. Die Befriedigungen des Körpers und die des Kopfes haben nichts miteinander gemein.«

Jeden Sonntag kam Louis Bouilhet heraus und blieb auch die Nacht über in Croisset; sie gingen alles durch, was Flaubert während der Woche geschrieben hatte, und besprachen jede Zeile.

Im Oktober 1853 jedoch, nach dem Erfolg seiner *Melaenis*, beschloß Bouilhet, sein Glück in Paris zu versuchen, und verließ Rouen. Flaubert war ganz gebrochen und sagte, er würde ihn mehr vermissen, als er jemals sagen könne.[12] »Jetzt ist alles vorbei! Die alten Sonntage sind dahin! Ich werde jetzt allein sein, allein, allein. Ich bin überwältigt von Langeweile und gedemütigt vor intellektueller Impotenz.«

Während dieser Jahre, da er sich mit *Madame Bovary* beschäftigte, nahm Flaubert die Beziehungen zu Louise Colet wieder auf[13], ohne daß er sich jedoch ausschließlich nur ihr gewidmet hätte; sein Geist – und wahrscheinlich mehr als das – scheint sich damals der englischen Gouvernante seiner kleinen Nichte zugewandt zu haben, die seine Mutter engagiert hatte, als sie 1851 an der Ausstellung in London gewesen waren, und die im November jenes Jahres in Croisset eintraf. Um Louise Colets Eifersucht zu beschwichtigen, schrieb Flaubert ihr[14]: »Ich habe ganz vergessen, Dir zu sagen, daß die eifrige kleine Gouvernante vor zehn Tagen angekommen ist. Ihr Äußeres macht mir keinen Eindruck.« Du Camp jedoch mahnte ihn in einem Brief vom darauffolgenden April[15]: »Paß vor allem auf, daß Du die junge Gouvernante nicht schwängerst, deren Liebe Dir zu schmeicheln scheint.« Das muß sich auf Isabella Hutton beziehen, die im November 1851 zu Flauberts kam und im Juli 1853 wieder fortging.[16] Vielleicht waren Flauberts Aufmerksamkeiten der Grund ihrer Abreise – oder Entlassung –, obwohl er selber erklärt hat, sie sei fortgeschickt worden, weil sie das Kind schlecht behandelt habe.[17] Ihre Nachfolgerin war abermals eine englische Gouvernante namens Juliet Herbert. Pommier glaubt, daß Du Camp sich in seinem Brief auf sie bezieht. Darin aber irrt er, denn zu jener Zeit war Isabella noch in Croisset.[18] Flaubert scheint sich mit Juliet Herbert herzlich angefreundet zu haben, er korrespondierte noch lange mit ihr, nachdem sie die Familie bereits verlassen hatte – mit Bestimmtheit nach 1870 – und pflegte sie jedesmal aufzusuchen, wenn er in England war. Seine Nichte weilte während der deutschen Besetzung Frankreichs im Krieg von 1870 bei ihr.

So scheint Flaubert, während sich seine Beziehung zu Louise Colet hinzog, 1851 bis 1853 auch mit der ersten Gouvernannte seiner Nichte beschäftigt gewesen zu sein, und vom Juli 1853 an mit der zweiten, wobei allerdings nicht bekannt ist, ob seine Aufmerksamkeiten für eine der beiden mehr als nur ein Flirt waren.

Gelegentlich verließ er Croisset für ein paar Tage oder Wochen, beispielsweise zum schon erwähnten Besuch Londons im September 1851, oder wegen der Reise nach Paris im Dezember desselben Jahres, ferner nach Mantes mit Louise Colet zu dem Versuch, etwas von ihren beiderseitigen früheren Gefühlen wiederzufinden.[19] Da war vor allem der bedeutungsvolle Aufenthalt in Trouville im August 1853, als er von der Vergangenheit träumte und wünschte, sie noch einmal erleben zu können. Er brauchte auch von Zeit zu Zeit den Kontakt mit dem Meer, sonst verlor er Mut und Kraft. Er sagte einmal, die drei besten Dinge, die Gott je erschaffen habe, seien das Meer, *Hamlet* und Mozarts *Don Juan*.[20] Alle Erinnerungen an seine Kindheit stiegen in ihm auf; seine ganze Vergangenheit, seine Sehnsüchte, Träume und Enttäuschungen; all das sollte sich bald darauf in *Madame Bovary* niederschlagen[21]:

»Alle Erinnerungen meiner Jugend knirschen unter meinen Schritten wie die Muscheln auf dem Strand. Jede Welle des Meeres, die ich heranbranden sehe, erweckt in mir einen fernen Widerhall. Ich höre die vergangenen Tage, die ganze endlose Reihe der verschwundenen Leidenschaften grollen und sich drängen wie die Wellen. Ich erinnere mich an die Krampfzustände, die ich erlebte, an die Traurigkeiten, an die Begierden, die in Böen einherpfiffen wie der Wind in der Takelage, und an weite, unbestimmte Sehnsüchte, die in der Finsternis umherwirbelten wie ein Schwarm wilder Möwen in einer Gewitterwolke ... Neulich bin ich im vollen Sonnenschein ganz allein sechs Meilen zu Fuß am Ufer des Meeres entlanggewandert. Dazu habe ich den ganzen Vormittag gebraucht. Ich bin trunken von all den Gerüchen und der weiten Luft zurückgekommen. Ich habe Tang losgerissen und Muscheln aufgelesen, und ich habe mich auf dem Rücken in den Sand und ins Gras gelegt. Ich habe mit den Händen meine Augen beschattet und die Wolken betrachtet. Ich habe mich gelangweilt, habe geraucht, habe die Mohnblumen betrachtet und bin für fünf Minuten auf der Düne eingeschlafen. Ein leichter Regen hat mich geweckt. Manchmal hörte ich einen Vogelruf, der das Rauschen des Meeres in Abständen übertönte. Hin und wieder vermischte sich das leise Plätschern eines Baches, der sich zwischen den Küstenfelsen hindurchzwängte, mit dem lauten Schlagen der Brandung. Ich bin nach Hause zurückgekehrt, als die untergehende Sonne die Fensterscheiben des Dorfes vergoldete. Es war Ebbe. Der Hammer der Zimmerleute hallte auf den Rümpfen der aufs Trockne gezogenen Boote. Es roch nach Teer und Austern.«

Er dachte auch über seine Zukunft nach. Er war nun schon fast in der Mitte der dem Menschen zugemessenen siebzig Jahre; und da beschloß er, sein ganzes Heimweh nach der Vergangenheit hinter sich zu lassen und sich auf die Zeit zu konzentrieren, die noch vor ihm lag. So schrieb er an Louis Bouilhet[22]:

»Dieser Ausflug nach Trouville ließ meinen eigenen Lebenslauf noch einmal vor mir abrollen. Ich habe recht viel auf der Bühne meiner Leidenschaften geträumt. Ich nehme Abschied von ihnen, für immer, so hoffe ich. Hier bin ich auf halber Strecke meines Lebens. Es wird Zeit, daß ich den jugendlichen Traurigkeiten Lebewohl sage. Und dennoch leugne ich es nicht, daß sie mich drei Wochen lang in Wellen überflutet haben. Ich verbrachte zwei, drei schöne Nachmittage allein, auf dem Sand, im Sonnenschein, und fand wehmütig auch andere Dinge als zerbrochene Muscheln. Ich bin mit dem allem fertig. Gott sei Dank. Laß uns unsern Garten bebauen und nicht den Kopf heben, um dem Gekrächz der Raben zu lauschen.«

Flaubert kam mit *Madame Bovary* nicht sehr schnell vorwärts. Zeitweise scheint er auch von der Idee eines anderen Werkes abgelenkt gewesen zu sein, das in der Linie seiner metaphysischen Dichtungen, einer Rückkehr zur Gedankenwelt der *Versuchung des heiligen Antonius* lag, die er im September 1851 verlassen hatte, als er *Madame Bovary* zu schreiben begann.

Die Idee dazu scheint er zum erstenmal Ende April 1852 gehabt zu haben, als er seit etwa acht Monaten an seinem Roman gearbeitet hatte, denn er spricht in einem Brief an Louise Colet von der »unbestimmten Skizze eines schrecklichen, phantastischen, metaphysischen Romans, die mir ungefähr vor vierzehn Tagen in den Sinn gekommen ist. Wenn ich daran zu arbeiten anfange, was wird wohl in den fünf oder sechs Jahren zwischen diesem Augenblick, da ich Dir schreibe, und jenem, da die Tinte über den letzten radierten Stellen trocken sein wird, alles geschehen sein?«[23]

Gegen Ende des Jahres, als er gerade Balzacs *Louis Lambert* gelesen hatte und betroffen war von der Ähnlichkeit des Helden mit Alfred Le Poittevin, kam er von neuem auf dieses Thema – der Gedanke an Alfred verband sich mit seinen metaphysischen Interessen. »Ich bin im Augenblick«, schreibt er am 27. Dezember 1852 an Louise[24],

»zutiefst verstört, und wenn ich Dir schreibe, so ist es vielleicht, um nicht allein mit mir zu sein – so wie man des Nachts, wenn man Angst hat, seine Lampe anzündet. Ich weiß nicht, ob Du mich verstehen kannst, aber es ist sehr merkwürdig. Hast Du das Buch von Balzac gelesen, das sich *Louis Lambert* nennt? Ich habe es gerade vor fünf Minuten beendet; es schmettert mich zu Boden. Es ist die Geschichte eines Mannes, der wahnsinnig wird, weil er über unfaßbare Dinge nachdenkt. Das hat sich mit tausend Haken an mich gekrallt. Dieser Lambert ist bis auf weniges mein armer Alfred. Ich habe darin fast wörtlich *unsere* Sätze (von einst) wiedergefunden: die Unterhaltungen der beiden Kameraden in der Schule sind die oder ähnliche, die wir miteinander gehabt haben ... Erinnerst Du Dich, daß ich Dir von einem metaphysischen Roman erzählt habe (im Plan), in dem ein Mann infolge vielen Denkens Halluzinationen hat, bei denen ihm schließlich das Phantom seines Freundes erscheint, um die (ideale, absolute) Schlußfolgerung aus den (weltlichen, faßbaren) Voraussetzungen zu ziehen? Nun, diese Idee ist darin angegeben, und der ganze Roman *Louis Lambert* ist dazu das Vorwort.«

Ein paar Monate später erwähnt er es von neuem[25]:

»Mein Nervenleiden hat mir gutgetan, es hat alles auf das Physische zusammengezogen, so daß mein Kopf kühl blieb, und hat mich in seltsame psychische Phänomene eingeführt, von denen niemand eine Ahnung hat, oder besser, die noch niemand erlebt hat. Ich werde mich eines Tages dafür revanchieren, indem ich all das in einem Buch (jenem metaphysischen Roman, von dem ich Dir schon einmal geschrieben habe) verwende. Da es aber ein Thema ist, vor dem ich mich vom gesundheitlichen Standpunkt aus fürchte, muß ich imstande sein, sie künstlich, gedanklich heraufzubeschwören, und somit ohne Gefahr für mich und das Werk.«

Im August beschäftigt ihn der Plan noch immer[26]: Er schreibt an Louis Bouilhet: »Wie ich mich danach sehne, *Bovary*, *Anubis* und meine drei Vorworte fertig zu haben, damit ich eine neue Phase anfangen kann ... Ich träume von Indien, China, von einem orientalischen Roman (von dem mir schon einige Fragmente eingefallen sind). Ich habe Lust auf ein gewaltiges Epos.« Drei Tage später schreibt er fast wörtlich das gleiche an Louise Colet.[27]

Unter Flauberts unveröffentlichten Schriften, die seine Nichte 1905

Ernst Wilhelm Fischer vorgelegt hat, findet sich der Rohplan eines *La Spirale* betitelten Textes, der mit dem von Flaubert in seiner Korrespondenz 1852 und 1853 verschiedentlich erwähnten Roman übereinzustimmen scheint. Der Titel wird von dem Dichter selbst in keinem der Briefe genannt, steht jedoch auf dem Mäppchen, das seine Nichte Fischer gezeigt hat. Dieser veröffentlichte eine Beschreibung des Manuskripts und eine Interpretation desselben in französischer Sprache im Jahre 1908.[28]

Das Manuskript ist undatiert; es ist jedoch sehr gut möglich, daß es sich dabei um das Werk handelt, das Flaubert in der ersten Zeit seiner Arbeit an *Madame Bovary* beschäftigt hat.

Paul Dimoff hingegen äußerte in seinem Artikel ›Autour d'un projet de Roman de Flaubert *La Spirale*‹ die Meinung, es sei von Baudelaires *Les Paradis Artificiels* inspiriert.[29] Er stellt kategorisch fest: »Die wirkliche Quelle von *La Spirale* ist mit Sicherheit *Un mangeur d'Opium*« – das ist ein Essay in *Les Paradis Artificiels.* Wenn das zutrifft, kann Flaubert in seinen Briefen allerdings unmöglich diesen Roman gemeint haben, denn Baudelaires Werk erschien erst 1860. Zwar könnte Flaubert seinen früheren Artikel *Du Vin et du Haschich* gekannt haben, der im März 1851 in *Le Messager de l'Assemblée* herausgekommen war. Aber im März 1851 war Flaubert gar nicht in Frankreich, und überdies sagte er, als ihm Baudelaire 1860 *Les Paradis Artificiels* schickte, kein Wort davon, daß er den früheren Artikel schon gelesen hatte.

Dimoff arbeitete seine These nicht sehr gut heraus; sein Hauptargument betrifft lediglich den Titel, den Baudelaire aber mit einer anderen Bedeutung verwendet hat. Er sagte[30]: »La pensée de de Quincey n'est pas seulement sinueuse; le mot n'est pas trop fort; elle est habituellement spirale.« Nach Fischer[31] beschreibt Flaubert das Emporschwingen des Geistes seines Helden »wie eine Spirale, die ins Unendliche steigt«. Das erklärt den Titel hinreichend und hat mit Baudelaires Verwendung des Wortes nichts zu tun.

Von *La Spirale* existiert nur der Plan, der nie ausgeführt worden ist. Die Handlung kann nach Fischer wie folgt zusammengefaßt werden: Der Held ist ein Maler, der viele Jahre im Orient gelebt hat und sich dort daran gewöhnt hatte, Haschisch zu nehmen. Wie er nach Frankreich zurückkehrt, gibt er das Malen auf und verbringt seine ganzen Tage in Rauschträumen, bis er zuletzt gänzlich in einem schlafwandlerischen Zustand lebt. In diesem äußerst starken Augenblick wird er in die Wirklichkeit zurückgeworfen, wo man ihn mißhandelt und mißversteht; er wird ins Gefängnis gesteckt und schließlich in ein Irrenhaus gesperrt, wo er Erfüllung und Glück findet. Die Schlußfolgerung scheint zu sein, daß das Glück im Wahnsinn liege. Nach Fischer ist die Moral der Geschichte die, daß »alles Glück auf der Illusion, auf der Vorstellung beruht, und daß man sich durch den Traum zu retten vermag, indem man das Leben flieht, das schreckliche Leben, dessen Name gleichbedeutend ist mit Leiden«.[32] Das steht in krassem Gegensatz zu der Schlußfolgerung, zu der Flaubert bei *Madame Bovary* gelangte, daß man nämlich lernen soll, sich selbst zu kennen, und daß es unvermeidlich zur Katastrophe führt, wenn man sich selbst und die Wirklichkeit anders sieht, als sie sind.

Flaubert verfolgte das Projekt *La Spirale* nicht weiter. Fischer bedauert das Aufgeben dieser, wie er es nennt, »genialen Konzeption«.[33] Viele würden sich diesem Bedauern allerdings nicht anschließen. Das Werk hätte eine Rückkehr zu den verstiegenen Visionen von *Smarh* und der ersten *Versuchung des heiligen Antonius* bedeutet, die er beiseite gelegt und sich schließlich dazu entschlossen hatte, das letztere Werk nicht für eine Veröffentlichung in Fortsetzungsfolgen in Maxime Du Camps neuer, 1851 gegründeter Zeitschrift *La Revue de Paris* zu überarbeiten.

Wie wir gesehen haben, sprach sich Flaubert in Briefen über seine Furcht vor dem neuen Thema, wahrscheinlich *La Spirale*, aus, über seine Furcht, daß es seiner geistigen Gesundheit schaden könnte.[34] Der Gedanke an Drogen hatte ihn schon immer erschreckt, und er gab, als er *Les Paradis Artificiels* erhielt, Baudelaire gegenüber zu, daß er wegen der möglichen Wirkungen auf ihn bisher noch nie welche versucht habe, obwohl er sich dieser Angst schäme.[35]

Was immer der Grund gewesen sein mag, wir hören nichts mehr von *La Spirale*, und nach 1853 ließ Flaubert anscheinend seine Gedanken durch nichts mehr von der Arbeit an *Madame Bovary* ablenken, die ihn noch weitere drei Jahre, bis 1856, in Atem hielt.

16
DAS ENDE DER AFFÄRE
(1851–1855)

Kurz nachdem Flaubert aus dem Orient nach Croisset heimgekehrt war, nahm er sein Verhältnis mit Louise Colet wieder auf. Sein erster Brief an sie trägt das Datum vom 26. Juli 1851, ist also bald nach seiner Rückkehr geschrieben. Aus ihm geht hervor, daß sie sich in Rouen getroffen hatten – vielleicht hatte sie ihn um eine Zusammenkunft gebeten.

Louise Colet war zu jener Zeit ziemlich bedrückt. Sie war nicht mehr die bekannte und bewunderte Dichterin wie vor sechs Jahren, als sie ihm zum erstenmal begegnet war. Seit ihrer Trennung war sie in einen berüchtigten Prozeß wegen der Veröffentlichung von Briefen Benjamin Constants an Madame Récamier, von denen sie Abschriften angefertigt hatte, verwickelt gewesen. Sie hatte Madame Récamiers Bekanntschaft gemacht und sich, deren Blindheit ausnützend – so wurde es im Prozeß vorgebracht –, von ihr eine Erklärung zu verschaffen gewußt, die ihr das Eigentum an diesen Briefen zusprach und erklärte, daß sie mit ihnen machen könne, was sie wolle. Dieses Dokument wurde später als Fälschung deklariert. Juliette Récamier starb am 11. Mai 1849 an Cholera. Bereits im darauffolgenden Monat traf Louise Colet ihre Anordnungen für die Veröffentlichung der Briefe in *La Presse*, wo sie am 3. Juli zu erscheinen begannen. Madame Récamiers Nichte und Erbin, Madame Lenormand, ließ das Erscheinen am 5. Juli einstellen und brachte die Angelegenheit vor Gericht, wo das Verfahren vom 25. Juli bis 1. August 1849 stattfand. Louise Colet zog den kürzeren und wurde auch zur Bezahlung der Kosten verurteilt, die sie kaum aufbringen konnte. Überdies wurde sie 1851 Witwe, ihr Mann starb im April dieses Jahres, während Flauberts Abwesenheit, und damit hörten auch die Gehaltszahlungen auf. Hippolyte Colet war am Ende seines Lebens zu seiner Frau zurückgekehrt, um bei ihr Zuflucht zu finden, und starb in ihrem Heim an Tuberkulose. Es läßt sich unmöglich feststellen, ob sie es aufrichtig gemeint, oder ob sie lediglich in ihrer gewohnten Manier einen vorgeblichen Kummer zu Papier gebracht hat, jedenfalls gibt es ein Gedicht mit der Überschrift *Trauer*, datiert vom Mai 1851. Es ist in ihrer Sammlung *Ce qui est dans le cœur des femmes* 1852 veröffentlicht und endet so:

Les autres t'oublieront; moi, taisant ma douleur,
J'évoquerai ton ombre et j'en serai suivie.
A toi le plus sacré des amours de ma vie!
A toi le plus sacré des regrets de mon cœur!
(Die andern werden dich vergessen; ich, meinen Schmerz verschweigend,
Ich werde deinen Schatten rufen, und er wird mir folgen.
Dir gilt die heiligste Liebe meines Lebens!
Dir gilt der heiligste Kummer meines Herzens!)

Sie befand sich nun in großen finanziellen Schwierigkeiten und war auf der Suche nach irgendwelchen Geldern aus literarischen Preisen. Vielleicht war sie nicht ganz desinteressiert, wenn sie die Beziehung zu Flaubert wieder aufzunehmen wünschte. Es kann sein, daß sie es für möglich hielt, ihn zu heiraten, da sie nun Witwe war.[1]

Sie hatte sich in den sechs Jahren, seit Flaubert sie kennengelernt hatte, verändert, besonders in den drei letzten Jahren, seit sie auseinandergegangen waren; aber auch Flaubert hatte sich gewandelt; er hatte Selbstvertrauen gewonnen und wußte nun, wohin er kommen wollte – vor allem aber, wohin er nicht kommen wollte.

Sie müssen sich – ob auf Verabredung oder zufällig – irgendwann im Juli 1851 in Rouen getroffen haben. Er war jetzt nicht mehr bereit, ihr alles zu opfern, und nicht mehr gewillt, ihre Launen und Wutausbrüche zu ertragen. Er sagte ihr deutlich, daß er nur willens sei, die Freundschaft mit ihr wieder aufzunehmen, wenn sie sich ruhig und vernünftig verhalte[2]:

»Ich schreibe Dir, weil mein Herz mich drängt, Dir ein paar liebe Worte zu sagen, meine arme Freundin. Wenn ich Dich glücklich machen könnte, täte ich es mit Freuden; das wäre nicht mehr als gerecht. Der Gedanke, daß ich Dich so sehr leiden ließ, ist eine Last für mich, verstehst Du das nicht? Das hängt (und hing) allerdings weder von mir noch von Dir ab, sondern von den Dingen an sich.

Du mußt mich kürzlich in Rouen sehr kühl gefunden haben. Und doch war ich es so wenig als möglich. Ich gab mir die größte Mühe, nett zu sein; nicht zärtlich – das wäre bloß abscheuliche Heuchelei und eine Beleidigung für die Aufrichtigkeit Deines Herzens gewesen.

Lies viel und träume nicht. Vertiefe Dich in lange Studien; es gibt nichts so ausschließlich Positives wie die Gewohnheit zäher Arbeit ...

Ich wollte, Du könntest in solch einem Zustand sein, daß wir einander in Ruhe wiedersehen könnten. Ich mag Deine Gesellschaft, wenn sie nicht stürmisch ist. Stürme, die in der Jugend so wohltuend sind, werden in reiferen Jahren langweilig ...

Du sagst nichts von dem, was mich am meisten interessiert, Deine Pläne. Du hast also nichts entschieden, soviel kann ich erraten.«

Dann schloß er auf englisch: »Farewell! God bless you, poor child!«

Doch Louise Colet war unfähig, sich ruhig und vernünftig zu verhalten; sie konnte über ihre Besitzgier und Eifersucht nicht Herr werden. Und so begannen die Reibereien und Vorhaltungen zwischen ihnen von neuem. Einen gewissen Aufschub gab es, als er Ende September bei der Ausstellung in England war, kurz nachdem er *Madame Bovary* angefangen – oder zumindest die Überschrift auf ein Blatt Papier geschrieben und das Datum des Beginns hinzugefügt hatte.

Zur Feier seiner Rückkehr von der Reise schrieb sie das Gedicht *Ressouvenir Païen*, das 1851 datiert und in ihrer Sammlung *Ce qui est dans le cœur des femmes* veröffentlicht ist. Nach einem Streit mit Flaubert schickte sie es allerdings an Du Camp und behauptete, es sei für ihn bestimmt gewesen. Die Gefühle, die darin zum Ausdruck kommen, beziehen sich aber doch wohl eher auf Flaubert denn auf Du Camp:

Dans la lutte et les pleurs vous m'avez rencontrée,
Inconsolable enfant d'une ardente contrée,
Et vous vous êtes dit, détournant le regard:
En elle la souffrance a fait grimacer l'art.
(In Trauer und in Tränen habt Ihr mich gefunden,
Einer glühenden Landschaft untröstliches Kind,
Und Ihr sagtet Euch, den Blick zur Seite wendend:
Das Leiden ließ in ihr die Kunst sich ganz verzerren.)

Zuerst versuchte sie sich bei Flaubert einzuschmeicheln, indem sie Neugier für seine Arbeiten zeigte; sie dachte nicht daran, daß er sein Interesse an den Dingen verlor, wenn sie fertig waren, und daß er es überhaupt nicht liebte, jemandem seine Werke zu zeigen. Um aber ihren ständigen Bitten entgegenzukommen, sie sehen zu lassen, was er geschrieben habe, zog er seine *Lehrjahre des Gefühls* hervor, die er verfaßt hatte, bevor er sie je gekannt, und zeigte sie ihr[3]:

»Ich habe vorgestern abend die *Lehrjahre des Gefühls* angeschaut. Du wirst es schwer haben, daraus klug zu werden. Es sind viele Rasuren darin, kaum markiert. Wie unerfahren es im Stil ist! Meine Güte, ich muß Dich wirklich lieben, daß ich Dir in diesem Augenblick so etwas anvertraue! Ich demütige meinen literarischen Stolz vor Deinen Wünschen.«

Einige Monate danach zeigte er ihr auch seine *Versuchung des heiligen Antonius*, die nach seiner ersten Trennung von ihr entstanden war. Wie wir gesehen haben, war er mit deren heftiger Ablehnung durch seine Freunde nicht ganz einverstanden, doch akzeptierte er auch Louises begeisterte Zustimmung nicht[4]:

»Du bist also ganz entschieden begeistert von *Saint Antoine*. Wenigstens einer! Das ist immerhin etwas ... Über die Korrekturen, die Du erwähnst, werden wir noch sprechen; das ist gewaltig ... Ich hätte große Mühe, meinen Heiligen neu zu schreiben. Ich müßte mich lange hineinversenken, um wieder hineinzukommen. Ich sage nicht, daß ich es nicht versuchen werde, aber es wird nicht so bald sein.«

Aber sie konnte der Versuchung, über seinen Charakter und sein Verhalten zu klagen, einfach nicht widerstehen, so daß er ihr oft sehr kühl antwortete – wie damals, als sie ihm vorwarf, er habe keinen Geschmack und er schreibe ihr zu wenig[5]:

»Ich habe mich noch nie gerühmt, meine Liebe, ein Mann von Geschmack oder von feinen Manieren zu sein; das wäre nicht am Platz gewesen. Du brauchtest mich wirklich nicht daran zu erinnern. Wenn Deine Kusine in Herzensangelegenheiten Intuition besitzt, um so besser für sie. Ich habe sie nicht einmal in Geistesangelegenheiten. Jeder von uns tut eben, was er kann. Laß doch deswegen keine Bitterkeit zwischen uns aufkommen. Was zum Teufel soll ich Dir denn schreiben, was Du nicht bereits ebenso gut wüßtest wie ich? Ich kann Dir keine Neuigkeiten über die Gesellschaft bieten, die ich nicht sehe, noch über mich selbst, der ich mich nicht verändere, und da ich überdies glaube, wie Du übrigens auch, daß man seine Sorgen für sich behalten soll, anstatt andere damit zu langweilen, und da ich finde, ich hätte in dieser Hinsicht Dir gegenüber ohnehin übertrieben, weiß ich nichts besseres zu tun als nichts, das heißt still zu bleiben. Wenn Du nur wüßtest, in welch platter Eintönigkeit ich lebe, Du würdest erstaunt sein, daß ich einen Unterschied sehen kann zwischen Winter und Sommer, zwischen Nacht und Tag.«

Sie hielt ihm vor, er liebe sie nicht genug, und er versuchte, seine Gefühle zu erklären, doch dürften seine Versicherungen für sie nicht allzu tröstlich gewesen sein[6]:

»Du erinnerst mich in Deinem Brief daran, daß ich Dir einen voller Zärtlichkeit versprochen habe. Ich werde Dir die Wahrheit schreiben oder, wenn Du lieber willst, ich werde Dir gegenüber eine Bilanz meiner Gefühle aufstellen, nicht wegen eines Bankrotts . . ., im gehobenen Sinne des Wortes, in dem wunderbaren und erträumten Sinn, der die Herzen nach diesem unmöglichen Manna glückselig macht. Also gut, nein, es ist keine Liebe. Ich habe diese Materie in meiner Jugend so gründlich sondiert, daß ich für den Rest meiner Tage noch benommen davon bin.

Ich empfinde für Dich eine Mischung von Freundschaft, Anziehung, Achtung, Zärtlichkeit des Herzens und Hingerissenheit der Sinne, die ein komplexes Ganzes bilden, dessen Namen ich nicht weiß, doch das mir fest gegründet erscheint . . . Du bist in meiner Seele in einem Winkel, an einem kleinen, sanften Platz für Dich allein. Wenn ich andere liebe, wirst Du doch immer dort bleiben (so scheint es mir). Du wirst wie meine Frau sein, die Bevorzugte, jene, zu der man zurückkehrt, und wäre das Gegenteil leugnen nicht ein Trugschluß? Ergründe Dich gut: Gibt es ein Gefühl, das Du gehabt hast, das verschwunden wäre? Nein, alles bleibt, nicht wahr? Alles. Die Mumien, die man im Herzen hat, zerfallen niemals zu Staub, und wenn man den Kopf über die Luke neigt, sieht man sie unten, wie sie einen mit ihren offenen, reglosen Augen anblicken . . .

Wenn ich Dich seinerzeit so geliebt hätte, wie Du es damals wolltest, würde ich Dich heute nicht mehr so lieben. Die Zuneigungen, die Tropfen für Tropfen aus unserem Herzen sickern, bilden schließlich Stalaktiten. Das ist besser als die großen Wildbäche, die es mit sich reißen. Das also ist die Wahrheit, und ich halte mich daran.

Ja, ich liebe Dich, meine Louise, ich möchte, daß Dein Leben auf jede Weise sanft wäre, mit Sand bestreut und von Blumen und Freuden gesäumt. Ich liebe Dein schönes offenes Gesicht, den Druck Deiner Hand, die Berührung Deiner Haut unter meinen Lippen. Wenn ich hart gegen Dich bin, so denke, daß es die Rückwirkung der Traurigkeiten ist, der bitteren Nervenreizungen und der tödlichen Ermattungen, die mich quälen oder mich überfluten. Ich habe im Innersten meiner selbst stets etwas wie den Nachgeschmack der mittelalterlichen Schwermut meiner Heimat empfunden. Es schmeckt nach Nebel, nach der vom Orient eingeschleppten Pest, und neigt sich seitwärts mit seinen Ziselierungen, seinen farbigen

Fenstern und Bleigiebeln wie die alten Holzhäuser von Rouen. In dieser Nische wohnst Du, meine Schöne; es gibt dort viele Wanzen, kratz Dich.

Noch einen Kuß auf Deinen roten Mund.«

Dieser Vernunftbrief mit seiner künstlichen Bildsprache kann ihr wahrlich nicht viel Freude und Trost gebracht haben; es fällt einem leicht, ihre Enttäuschung nachzufühlen. Immerhin aber versicherte er ihr am Ende eines mehr als zehn Druckseiten langen Briefes, sie sei die größte Liebe seines Lebens, und das traf ja auch zu[7]:

»Ich habe in meinem Leben nicht viel Sinnlichkeit erfahren (wenn ich überhaupt viel begehrte). Du hast mir welche geschenkt. Und ich habe auch nicht viele Liebesbeziehungen gekannt (vor allem keine glücklichen), und ich empfinde für Dich etwas, was ruhiger ist, aber ebenso tief, so daß Du die beste Zuneigung bist, die ich gehabt habe.«

Trotz allem erlebten sie einige glückliche und ekstatische Augenblicke, doch mußte er dafür immer mit Stunden der Sorge, der ständigen Angst vor einer Schwangerschaft und davor, in familiäre Verstrickungen zu geraten, bezahlen. Am 4. April 1852 schrieb er ihr[8]:

»Ich bin in großer Sorge wegen Deiner englischen Truppen, obwohl ich mir in dieser Hinsicht nichts vorzuwerfen habe. Ich und einen Sohn haben! Oh, nein! – besser im Rinnstein umkommen, von einem Bus überfahren.«

Glücklicherweise erwies sich der Alarm als falsch, doch gab es am Ende des Jahres einen weiteren[9]:

»Wenn ich Dir in den letzten drei Tagen nicht geschrieben habe, so deshalb, weil ich jeden Morgen einen Brief von Dir erwartete, der mir das Ereignis gemeldet hätte, dessen Verspätung mir eine solch scheußliche Angst eingejagt hat. Du bist Dir nicht klar darüber, in welchen Zustand Du mich versetztest. Ich begreife gar nicht, wie ich inmitten dieser Sorgen noch arbeiten soll. Ich denke unaufhörlich an Dich. Paß auf und halt mich auf dem laufenden. Nächsten Sonntag werde ich einunddreißig Jahre alt. Was für ein verfluchter Geburtstag könnte das werden!«

Zwei Tage später erhielt er das, was er das beste aller möglichen Geburtstagsgeschenke nannte, die Erlösung von seinen Ängsten[10]:

»Zuallererst muß ich Dich unter meinen Küssen ersticken, in dem Glück, das mich fortträgt. Dein Brief von heute morgen nahm eine Riesenlast von meinem Herzen. Es war höchste Zeit! Gestern konnte ich den ganzen Tag nicht arbeiten ... Um elf Uhr mußte ich mich ins Bett legen, ich hatte Temperatur und fühlte mich matt. Drei Wochen lang habe ich die schlimmsten Befürchtungen durchlitten; keinen Augenblick lang hörte ich auf, an Dich zu denken, aber nicht auf angenehme Weise. Oh, dieser Gedanke marterte mich ... Es würde ein ganzes Buch in Anspruch nehmen, das Thema auf verständliche Weise herauszuarbeiten. Der Gedanke daran, jemanden in die Welt zu setzen, *erfüllt mich mit Grauen.* Ich würde mich selbst verfluchen, wenn ich Vater würde. Ein eigener Sohn! Oh, nein, nein, nein! Laß mein Fleisch mit mir untergehen und laß mich nicht die Langeweile und Schmählichkeit des Lebens an jemanden weitergeben.«

Dann folgt eine unveröffentlichte Stelle[11]: »Endlich, Gott sei gelobt, gibt es nichts mehr zu befürchten, und gesegnet seien die Rotröcke!« Und er fährt fort[12]:

»Ich hatte auch eine Art abergläubische Vorstellung. Morgen werde ich einunddreißig. Ich habe also das schicksalhafte Jahr dreißig, das einen Mann einstuft, hinter mich gebracht. Es ist das Jahr, da man für die Zukunft geformt ist, da man sich häuslich niederläßt, da man heiratet und einen Beruf ergreift. Nur wenige werden mit dreißig nicht bürgerlich. Diese Vaterschaft hätte mich in die üblichen Lebensumstände hineingeworfen. Meine Jungfräulichkeit, im Hinblick auf die Welt, wäre weggewischt gewesen, und ich wäre in den Abgrund des allgemeinen Elends abgesunken. Nun, heute läuft die Heiterkeit in mir über! Ich fühle mich ruhig und strahlend. Hier ist meine ganze Jugend, ohne Makel oder Schwäche verbracht. Von meiner Kindheit bis zum gegenwärtigen Augenblick zieht sich eine einzige gerade Linie ... Warum wolltest Du diese Bindung? Nein, Du hast es doch nicht nötig, um zu gefallen, in die üblichen Umstände der Weiblichkeit zu fallen, im Gegenteil, ich liebe Dich, weil Du so wenig Frau bist, Du hast nichts von der weltlichen Heuchelei und der Schwäche des Geistes. Fühlst Du es nicht, daß zwischen uns eine Bindung besteht, die höher ist als die des Fleisches und sogar unabhängig von der Liebe. Verdirb nicht für mich etwas, das wirklich da ist. Man wird immer bestraft, wenn man den eigenen Weg verläßt. Laß uns auf unserem eigenen Weg bleiben, getrennt und für uns allein ... Die Zeit wird meiner Liebe nichts anhaben, da sie nicht eine Allerweltsliebe ist. Ich will Dir etwas sagen, was Dir merkwürdig erscheinen wird: Es kommt mir nicht so vor, als wärst Du meine Geliebte, dieser abgedroschene Name kommt mir nie in den Sinn, wenn ich an Dich denke. Du hast in mir einen besondern Platz, den noch nie jemand anders eingenommen hatte und der, wenn Du nicht da wärst, leer bliebe ...

Ich trage Dir keine Literatur vor; ich bin nur eben dabei, meine lange Besorgnis zu überwinden, und mein Herz wird weit. Ich beginne wieder zu atmen, es ist wunderschön, die Sonne scheint auf den Fluß, eine Jacht zieht vorbei, alle Segel geschwellt; mein Fenster steht offen, und mein Feuer brennt hell.

Leb wohl! Ich liebe Dich mehr als je, und ich überschütte Dich mit Küssen zu meinem Geburtstag!

Leb wohl, liebe Liebste, alles Liebe. Immer der Deine.«

Trotzdem muß bei ihr etwas schiefgegangen sein – vielleicht eine Fehlgeburt oder Abtreibung –, denn ein paar Tage darauf schrieb er ihr besorgt[13]:

»Was ist los mit Dir, mein armer Liebling? Was ist der Grund für all das Erbrechen, die Bauchschmerzen und so weiter? Ich bin sicher, Du hättest beinahe etwas Dummes angestellt! Ich würde gern hören, daß Du Dich völlig erholt hast. Trotzdem kann ich Dir nicht verhehlen, daß die Ankunft der *englischen Truppen* für mich eine große Freude war. Möge der Gott des Coitus es mir vergönnen, daß ich nie mehr eine solche Agonie durchmachen muß. Warum ich nicht krank geworden bin, weiß ich auch nicht.«

Im Bemühen, das vollkommene Glück von sechs Jahren zuvor, in der ersten Zeit ihrer Verbindung, wieder einzufangen, kehrten sie nach Mantes zurück[14]:

»Hier mein Vorschlag: An einem Tag gegen Ende der nächsten Woche, am 3. oder 4. Juni, werde ich Dir schreiben, um eine Zusammenkunft in Mantes zu verabreden, wenn Du es möchtest, in unserem alten Hotel. Wir würden vierundzwanzig Stunden dort verbringen, weit weg von allen. Ein guter Tag, wir beide allein, würde fünf, sechs Besuche bei Dir in Paris, in Deinem Haus, mit einer Menge Leute rundherum, aufwiegen; und er würde meine Arbeit nicht so unterbrechen wie eine Pause von einer Woche, zu einer Zeit, da ich den Faden meiner Gedanken nicht verlieren darf. Laß mich wissen, ob mein Plan Dir gefällt.«

Die Zusammenkunft verlief glücklich, nur war Flaubert durch seine Arbeit sehr in Anspruch genommen, was Louise nicht begriff[15]:

»Du wirst Dich unserer achtundvierzig Stunden in Mantes erinnern, meine liebe Louise. Es waren wundervolle Stunden, und ich habe Dich geliebt wie noch nie! Ich hatte Meere von Sahne in meinem Herzen! Den ganzen Abend folgte mir Dein Bild nach wie eine Halluzination. Erst gestern abend habe ich wieder zu arbeiten begonnen. Bis dahin vertrödelte ich meine Zeit, war untätig, erlebte die vergangenen Augenblicke wieder und wieder. *Ich muß unbedingt ruhig werden.*

Nur Mut, es wird eine Zeit kommen, da wir uns öfter sehen können. In zwei oder drei Monaten, wenn mein erster Teil fertig ist, werde ich ein paar Tage in Paris verbringen, und im Oktober werden wir in unser Landhaus zurückkehren, um zu sehen, wie die Blätter gelb werden. Sobald mein Roman zu Ende ist, nehme ich eine Wohnung in Paris. Wir werden ein feierliches Einzugsfest halten.

Adieu! Ich werde Dir nächstes Mal länger schreiben, Ende dieser Woche den ein feierliches Einzugsfest halten.

Ich umarme Dich! Ich küsse Dich überallhin!

Stets der Deine, meine Liebste.«

Inzwischen hatte er einen Brief von ihr erhalten, den sie bei ihrer Heimkehr geschrieben hatte, traurig und voller Bedauern über ihre Trennung. Er antwortete liebenswürdig und sprach davon, wie sehr auch er über die Kürze ihres Beisammenseins betrübt sei[16]:

»Heute morgen erhielt ich Deinen lieben Brief, so traurig und süß, meine arme liebe Freundin. Ich will nun das gleiche tun wie Du, Dir von meiner eigenen Abreise erzählen. Als ich Deinen Rücken verschwinden sah, ging ich weg und stand auf der Brücke, um den Zug vorbeifahren zu sehen. Das war alles, was ich sehen konnte. Du warst darin; ich folgte dem Zug mit meinen Augen, so lange ich konnte, und lauschte, so sehr ich konnte. Gegen Rouen hin war der Himmel rot, sogar mit violetten Streifen. Ich zündete mir eine frische Zigarre an und ging auf und ab. Aus Dummheit oder Langeweile ging ich in ein Wirtshaus und trank ein Glas Kirsch, und dann fuhr der Pariser Zug ein ... Wie gut waren sie doch, meine liebe Muse, diese Tage, die wir zusammen verbracht haben! Mir wurde dabei klar, was ich bisher unter *Liebesträumen* verstand, aber was ich jetzt ganz genau weiß, ist, daß ich nichts will als das, was Du mir gibst, und daß es mir völlig unmöglich erscheint, so zu lieben, wie wir uns lieben. Oh, wie wir ineinander verschmolzen! Wie ich Dich betrachtete! Wie wir uns umarmten, und wie alle unsere Gedanken sich durchdrangen! Dein liebes, schönes Gesicht ist immer noch vor mir; immer noch habe ich Deine Augen vor meinen Augen und den Eindruck Deines

Mundes auf meinen Lippen. Es wird für unsere alten Tage eine wärmende Erinnerung sein, dieser Spaziergang nach Vétheuil, nach La Roche, in dem wunderbaren Sonnenschein ... Armes Mantes! Wie ich es liebe! Wir müssen dort hingehen, ehe es zu spät ist, ehe die Blätter gefallen sind.«

Mit ihrem Brief schickte sie ihm ein Gedicht, das sie über den Spaziergang nach Vétheuil verfaßt hatte und das eines ihrer besten ist. Es trägt die Überschrift *Paysage et Amour* und das Datum 1853 und wurde in *Ce qu'on rêve en aimant* veröffentlicht:

Oui, pour notre vieillesse, il sera beau, ce jour
Tout rayonnant de paix, de soleil et d'amour;
Ensemble nous marchions en face de cette île
Que le fleuve indolent baigne d'un flot tranquille.
Les peupliers dans l'air frissonnaient mollement
Et miraient dans les eaux leur long balancement.
Oh! comme j'étais fière, à ton bras suspendue;
J'encadrais mon bonheur dans la calme étendue;
Je mariais les sons adorés de ta voix
Aux bruits qui s'élevaient des ondes et des bois;
A la création merveilleuse, infinie,
J'associais ta force et mêlais ton génie;
Te sentant grand et bon resplendir sur ce jour,
Ainsi qu'un Dieu caché visible à mon amour.

(Ja, für unser Alter wird er schön sein, dieser Tag,
Der so vor Frieden, Sonne und vor Liebe strahlte;
Gemeinsam gingen wir dahin, der Insel gegenüber,
die dieser träge Fluß in stillen Fluten wiegt.
Die Pappeln bebten raschelnd in der Luft
und spiegelten ihr hohes Schwanken in den Wassern.
Oh, wie stolz war ich, an Deinem Arme hängend!
Mein Glück fügt' ich in diese weite Ruhe ein;
Und ich vermählte die geliebten Töne Deiner Stimme
Dem Rauschen, das sich von den Wellen und den Wäldern hob;
Der wunderbaren Schöpfung, der unendlichen,
Gesellt ich Deine Kraft und Deinen Genius zu.
Groß sah ich Dich und gut auf diesem Tage leuchten,
Wie einen Gott, der einzig meiner Liebe sichtbar.)

Unglücklicherweise vergaß Flaubert in seiner Antwort auf ihren Brief das Gedicht zu erwähnen, so daß er nochmals schreiben mußte, um sich für seine Nachlässigkeit zu entschuldigen und die Verse zu rühmen. Sie konnte nicht anders, als sein Verhalten gleichgültig zu finden und gekränkt zu sein. Außerdem warf sie ihm vor, daß es ihn so gar nicht dränge, sie wiederzusehen, und daß seine Briefe sehr oft überhaupt keine Liebesbriefe seien, sondern Diskussionen über Probleme der Kunst, die er ebensogut mit irgend jemandem führen könnte. Nachdem sie sich bei Bouilhet über das Schweigen des Freundes beklagt und Louis diese Klagen weitergeleitet hatte, antwortete er, er arbeite so streng er nur könne, damit er bald frei sei, um nach Paris zu fahren und ein paar Tage mit ihr zu verbringen[17]:

»Was hast Du nur, meine liebe Louise? Bouilhet hat mir einen Brief von Dir gezeigt, der mich sehr bekümmert. Was meinst Du mit meinem Schweigen? Es ist vielmehr Dein Schweigen, über das ich mich beklage. Schreib mir doch! Bist du traurig? ... Trockne Deine Tränen. Wie kannst Du Dir bloß einbilden, ich vergesse Dich? Wie kommst Du nur auf diese verrückte Idee?

Ich tue mein äußerstes, meine verflixte ›Landwirtschaftsschau‹ voranzutreiben, damit ich schneller zu Dir gelange; doch es ist zum Verzweifeln, ich muß meine ganze Arbeit dieser Woche noch einmal machen. Bouilhet und ich hatten eben eine *drei Stunden* lange Diskussion über fünf Seiten. Zum Schluß mußte ich mich seinen Argumenten beugen. Ach, ist das eine Sklavengaleere! Es macht mich ganz verrückt, man könnte soweit kommen, sich aufzuhängen.

Adieu denn, tausend gute Küsse, ich erwarte morgen früh einen Brief von Dir. Ich werde Dir in den ersten Tagen der nächsten Woche schreiben.

Der Deine, der Deine, Dein G.«

Sie wollte, daß er nach Paris käme und sich dort niederließe, um mehr am literarischen Leben der Hauptstadt teilzuhaben, doch er antwortete, sein Werk sei noch nicht genügend fortgeschritten[18]:

»Ich verbrachte eine trübselige Woche, aber nicht wegen der Arbeit, sondern wegen Dir und Deiner Idee. Ich erzähle Dir später von den persönlichen Überlegungen, die sich daraus ergaben. Du glaubst, ich liebe Dich nicht, arme liebe Louise, und Du bildest Dir ein, Du seist in meinem Leben eine Neigung am Rande. Aber ich habe keine höhere Zuneigung als diese, und was weibliche Zuneigungen betrifft, so schwöre ich Dir, daß Du die erste, die einzige bist. Ich gehe sogar noch weiter: Ich habe noch nie eine wie diese gehabt, eine so lang andauernde, so süße und besonders so tiefe. Was die Frage meiner sofortigen Niederlassung in Paris anbelangt, so muß ich das verschieben, oder besser gleich klarstellen. *Es ist mir im Moment absolut unmöglich* (ich zähle das Geld nicht, das ich nicht besitze und das man haben muß). Ich kenne mich gut, es wäre ein vergeudeter Winter, und vielleicht das ganze Buch.«

Er gestand ihr, daß er oft in Versuchung sei, den ganzen Roman fahrenzulassen und zu ihr zu ziehen – das war allerdings nicht ganz aufrichtig gemeint –, versprach ihr jedoch, er würde sie im folgenden Monat besuchen. Als dieser Besuch endlich stattfand, erwies er sich als eine Enttäuschung[19]:

»Welch ein schlechtes Auseinandergehen war das gestern! Warum? Warum? Die nächste Zusammenkunft wird besser sein. Mut! Sei hoffnungsvoll! Ich küsse Deine schönen Augen, die ich so oft zum Weinen gebracht habe. Ende der Woche ein langer Brief.«

Sie schrieb auf die Rückseite dieses Briefes[20]: »Sein erster Brief nach seinem Besuch in Paris vom 11. bis 22. November. Traurige Tage! Bouilhet in der Oper. Meine Gereiztheit, deren Ursache, Bitterkeit, Abscheu gegen alles.«

Er schrieb tatsächlich am 25. November den versprochenen Brief, der aber in der *Correspondance* nicht veröffentlicht ist[21]:

»Ja, Du hast recht, wir waren nicht genügend allein bei diesem Ausflug. Daher rührten vielleicht unsere Mißverständnisse; selbst wenn unsere Körper sich berührten, hatten unsere Herzen nicht die Zeit, sich zu umarmen; und wenn es etwas gibt, das mich das Ende dieser ewigen Abschiede, dieses ständigen ›wie geht es Dir und leb wohl‹ herbeisehnen läßt, dann ist es dies; ich meine den stets erneuten Gram unserer Trennung. Ach, meine arme Muse! Du beurteilst mich falsch; aber ich will mich nicht zu Vorwürfen hinreißen lassen, die Dir nur hassenswert erscheinen würden – und es vielleicht auch wären? Ich weiß es nicht! Ich fürchte mich immer davor, Dich zu verletzen, und ich verletze Dich die ganze Zeit. Das demütigt mich in meinen zartesten Wünschen. Ein sorgloses Wort, eine bedeutungslose Gebärde, nebensächliche Gewohnheiten nimmst Du auf ... Nun ja, denk nicht mehr daran! Laß uns küssen, noch zärtlicher als am Dienstag um zwei Uhr früh. Trockne Deine armen Augen und bewahre sie Dir nicht zum Weinen, sondern zum Sehen. Das ist wichtig: zu sehen!

Das Entscheidende ist, zu verstehen, und das ist in erster Linie eine Frage des Sehens. Wenn Du besser sähest, würdest Du weniger leiden und besser arbeiten.

Soll ich Dir von Kunst reden? Würdest Du mir in Deinem Herzen nicht den Vorwurf machen, ich ginge gar schnell über die Angelegenheiten des Herzens hinweg? Aber alles ist miteinander verflochten, und was Dein Leben stört, stört auch Deinen Stil. Denn Du machst ein ständiges Gemisch aus Deinen Gedanken und Deiner Leidenschaft, das die einen schwächt und Dich hindert, die andere recht zu genießen. Oh, könnte ich aus Dir das machen, was ich erträume, was für eine Frau wärst Du, was für ein Geschöpf, und vor allem was für ein glückliches Geschöpf! ... Schlaf denn in Frieden, über mich, in erster Linie. Sei gewiß, daß Du die beste und vollkommenste weibliche Zuneigung bist und immer sein wirst, die ich jemals gehabt habe.«

Manchmal jedoch konnte er seinen Ärger über ihre unablässigen Bitten, ihn zu treffen, und ihre Gleichgültigkeit gegenüber dem Fortschreiten seines Werkes nicht zurückhalten[22]:

»Sag mir nicht so oft, daß Du mich brauchst, sag nicht diese Dinge, die mich verletzen. Was soll es? Denn das, was ist, muß sein, ich kann nicht anders arbeiten. Ich bin ein *Mann der Unmäßigkeit* in allen Dingen. Was für einen anderen vernünftig wäre, wäre für mich fatal. Kannst Du Dir denn nicht vorstellen, daß auch ich Dich brauche, daß ich einsam bin nach unserem so häufigen langen Getrenntsein? Aber ich versichere Dir, daß eine Störung von drei Tagen mich volle zwei Wochen verlieren läßt, daß ich die größten Schwierigkeiten habe, mich wieder zu sammeln, und daß, wenn ich dem Plan folge, der Dich erbost, dies auf Grund wiederholter und unfehlbarer Erfahrung geschieht. Ich bin nur gegen elf Uhr nachts in der Stimmung, zu arbeiten, wenn ich vorher sieben oder acht Stunden gearbeitet habe; und in einem ganzen Jahr nur nach einer Reihe von eintönigen Tagen, am Ende eines Monats oder sechs Wochen, in denen ich an meinem Schreibtisch festgeleimt gewesen bin.«

Sie war eifersüchtig auf jedermann in seinem Leben – sogar auf alle, die er gekannt hatte, bevor er sie getroffen –, auf Eulalie Foucaud, die er nur zwei Tage lang gesehen hatte, als Achtzehnjähriger; auf Kuschiuk Hanem, die ägyptische Kurtisane, mit der er zwei Nächte verbracht hatte, ohne Hoffnung, sie jemals wiederzusehen, oder auf die Collier-Töchter, die nach England zurückgekehrt waren, besonders aber auf Élisa Schlésinger, die jetzt ständig in Deutschland lebte. Sie machte ihm eine Szene wegen seines Aufenthaltes in Trouville im August 1853, als er wehmütig in der Vergangenheit gelebt hatte, in jenen Zeiten, da sein Vater und seine Schwester und auch Alfred Le Poittevin noch am Leben gewesen waren. Er gab ihr zur Antwort, er hätte sie in Gedanken mit diesen glücklichen Tagen seiner Jugend, als er noch so heil gewesen war, wie sie ihn nie gekannt hatte, zusammenbringen wollen.[23]

Sie versuchte, ihn ihrerseits mit ihren Freunden eifersüchtig zu machen, indem sie ihm von ihren Beziehungen zu andern Männern, von ihren – wirklichen oder eingebildeten – Abenteuern mit Alfred de Vigny oder Alfred de Musset erzählte. Doch er war zur Eifersucht gar nicht fähig, da er keine besitzergreifende Natur war; außerdem waren seine Gefühle für sie nicht mehr so heftig wie früher. Sie war nebenbei die Geliebte seines besten Freundes jener Zeit geworden, Louis Bouilhets, als dieser in Paris weilte, um seine Dichtung *Melaenis* zu lancieren. Bouilhet selbst scheint dabei keinerlei Schuldgefühle gehabt zu haben; nach ihrer ersten gemeinsam verbrachten Nacht schrieb er ihr[24]:

»Dank, Dank noch und noch! Der Abend war reizend; nur Frauen vermögen eine so empfindungsvolle, mitschwingende Atmosphäre zu schaffen; ich bin so übermannt von alldem, daß ich kaum zu schreiben wage aus Furcht, etwas davon zu verlieren; ich bin wie ein Geizhals, ich krampfe die Finger um meine Erinnerungen . . . Oh, der wunderschöne Abend und die wunderschöne Nacht, die wir miteinander verbrachten! Du wirst sehen, wir erreichen etwas; wir sehnen uns viel zu sehr nach dem Fliegen, als daß wir keine Flügel hätten.«

Und der Brief endet: »Ich bin ganz wirr vor Glück und weiß nicht, was ich tun soll.«

Sowohl Bouilhet als Louise Colet scheinen Flaubert über den Fortgang ihres Verhältnisses auf dem laufenden gehalten zu haben, Louis zeigte ihm sogar Briefe, die Louise ihm geschrieben hatte. Er hatte ihr ein Gedicht gewidmet, in dem er ihre ›regards de flamme‹, ihre ›bras blancs‹ und ihr Genie pries und das sie veröffentlichen wollte. Flaubert versuchte es ihr auszureden, beiden zuliebe.[25] Er meinte, es sei eines der schlechtesten Gedichte, die Bouilhet je geschrieben habe, und auch sonst wäre es dazu angetan, sie beide der Lächerlichkeit preiszugeben, gewisse Sätze würden sogar sprichwörtlich werden. »Du wirst sehr böse sein, ich weiß, aber ich bitte Dich, es Dir nochmals zu überlegen, ja ich *flehe Dich an*, auf meinen Rat zu hören.«

Ende September 1852 scheint sie Bouilhet bereits ebenso behandelt zu haben wie Flaubert; sie quälte ihn mit Zweifeln an seinen Gefühlen. Da schrieb er ihr[26]:

»Warum glaubst Du übrigens, ich könnte mich jemals mit Dir streiten? Ich kenne nichts auf der Welt, ich wiederhole, nichts auf der Welt, das eine solche Auswirkung haben könnte. Es ist nicht recht, meine liebe Muse, und ich fühle mich geneigt, mit Dir zu schelten ... Du solltest so viel Vertrauen zu mir haben wie ich zu Dir; was auch immer geschieht, zweifle nie an mir. Ich liebe Dich um Deiner selbst willen, aber auch für ihn. Wie kannst Du nur denken, daß ich jemals böse sein könnte.«

Damals also sagte er ihr, daß er sie sowohl um seines Freundes als auch um ihretwillen liebe. Nur einmal brach Flaubert in eifersüchtigen Zorn aus – und das muß Louises Eitelkeit geschmeichelt haben –, als sie ihm erzählte, Musset habe versucht, sie zu entführen, als sie mit ihm im Wagen ausgefahren sei. Sie habe sich nur retten können, indem sie sich aus der fahrenden Kutsche stürzte. Beim Gedanken an die Schmach, die sie erlitten, kochte Flaubert vor Wut und fühlte, daß er ihn hätte umbringen können[27]:

»Nein, ich will Dir keine Vorwürfe machen, obwohl Du mich heute morgen merkwürdigerweise und auf eine neue Art sehr hast leiden lassen. Als ich in Deinem Brief bei ›Duzen‹ ankam, war es mir, als bekäme ich einen Schlag ins Gesicht; ich sprang aus meinem Sessel hoch. Jawohl, diese Schwäche hatte ich – und es wäre Ziererei, das nicht zuzugeben. Der Mann wird mir eines Tages für diesen Schlag büßen, auf die eine oder andere Art. Wenn ich Phrasen machte wie er, würde ich sagen, ich fühle das Bedürfnis, ihn totzuprügeln. Sicher ist, daß ich glücklich wäre, ihn zu verhauen, und daß all das mir sozusagen ein höchst schmerzliches Hühnerauge verursacht hat. Wenn er mir jemals auf den Fuß tritt, werde ich diesen Fuß in seinen Bauch treten, und woandershin auch noch. Oh, meine arme Louise, daß Du, Du dort gewesen sein mußt! Ich stellte mir Dich einen Augenblick lang tot auf dem Pflaster liegend vor, mit dem Rad, das über Deinen Leib rollt, und dem Huf des Pferdes auf Deinem Gesicht, im Rinnstein. Du, Du und durch ihn! Oh, wie ich möchte, daß er zurückkommt und daß Du ihn vor mindestens dreißig Personen hinauswerfen würdest! Wenn er Dir wieder schreibt, antworte ihm in einem gewaltigen Brief von fünf Zeilen: ›Warum ich Sie nicht will? Weil Sie mich mit Abscheu erfüllen, und weil Sie ein Feigling sind!‹ Er hatte Angst, sich zu kompromittieren, wenn er umgekehrt wäre, um nachzusehen, ob das Rad Dich nicht überfahren hat ... Du ließest es in der ganzen Sache an ›savoir faire‹ mangeln ... Anstatt Dich aus dem Wagen zu stürzen, hättest Du nur den Kutscher anzuhalten und ihm zu sagen brauchen: ›Tun Sie mir den Gefallen und werfen Sie Herrn de Musset hinaus, der mich beleidigt hat.‹ ...

Leb wohl, ich umarme Dich, ich herze Dich, ich küsse Dich überallhin; Du, Du, meine arme gekränkte Liebste. Nochmals einen langen Kuß. Dein G.«

Obwohl er im Augenblick derart außer sich war, mißbilligte er es doch später, daß sie in ihrem Gedicht *La Servante* Alfred de Musset als geilen, betrunkenen Verführer darstellte, und versuchte sie davon abzubringen, es zu veröffentlichen[28]:

»Dieses Werk ist, *so wie es ist,* zur Veröffentlichung nicht reif, und ich *flehe Dich an,* es nicht zu publizieren ...

Dieses Gedicht ist eine schlechte Tat, und Du bist dafür bestraft worden, denn es ist ein schlechtes Werk ... Du hast aus der Kunst einen Ausguß für leidenschaftliche Gefühle gemacht, eine Art Nachttopf, in den etwas, ich weiß nicht was, überläuft. Das riecht nicht gut! Das riecht nach Haß!

Darum finde ich das Werk in der Absicht schlecht, boshaft und mangelhaft ausgeführt.«

Er empfahl ihr, noch bei jemand anderem Rat einzuholen – Babinet oder Leconte de Lisle zum Beispiel –, sie werde sehen, daß sie mit ihm einiggingen.

»Ich habe meine Pflicht nun erfüllt«, fügt er hinzu, »verstehst Du, daß es mir sehr schwergefallen ist?«

Er ärgerte sich jetzt öfter über sie und wegen der nichtigsten Dinge. Einmal, als er mit ihr einen Gang über Land gemacht hatte, schrieb er ihr nachher[29]:

»Deine Stimme, die mir jeden Augenblick etwas zuruft, und vor allem Deine Art, mir auf die Schulter zu klopfen, um meine Aufmerksamkeit auf Dich zu ziehen, gingen mir wirklich auf die Nerven. Ich konnte mich kaum zurückhalten, Dich auf die brutalste Weise zum Teufel zu schicken.«

Immerhin fügte er als Entschuldigung bei, er sei bei einem Marsch über Land meistens so. Hin und wieder geriet er sogar in Versuchung, tätlich zu werden, und einmal gestand er – wie von Frank zitiert wird[30]:

»Sie ist merkwürdig, diese Frau; sie, die von jeher treulos war, ist eifersüchtig. Kürzlich kam sie zu mir, um mir eine Szene zu machen. Ein Scheit brannte im Kamin, und ich sah dieses Scheit an und fragte mich, ob ich es nicht im nächsten Augenblick packen sollte, um es ihr an den Kopf zu schlagen und die Asche in ihr zu versenken.«

Louise Colet wollte Flaubert nunmehr in die Stimmung bringen, sie zu heiraten. Während seiner Abwesenheit im Ausland war die Situation zwischen ihr und ihrem akkreditierten Liebhaber und Gönner Victor Cousin etwas gespannter geworden. Er begann sie und ihre Reihe von Liebhabern satt zu bekommen und wünschte eine Änderung ihres Verhältnisses, unter dem Vorwand, er ziehe sich jetzt von der Universität zurück und würde seine Ausgaben einschränken müssen, da er nur noch über seine Pension verfüge. Er bot ihr die vollständige Trennung an, wenn sie einen andern Beschützer finde, der sich ihrer annehme – wahrscheinlich dachte er dabei an Flaubert; oder sie könnten sich in längeren Abständen auf oberflächlich freundschaftlicher Basis treffen. Er schlug vor, sie solle ihn gelegentlich besuchen, um ein halbes Stündchen oder so mit dem alten Philosophen zu verplaudern. »Liebevolle Höflichkeit könnte dann unser Band sein«, sagte er ihr.[31] Er bot ihr an, gewisse finanzielle Vorkehrungen für ihre gemeinsame Tochter Henriette zu treffen, und versprach ihr eine Rente von 80 £ jährlich für das Kind, bis es entweder volljährig sei oder heirate.[32]

Sie jedoch gab vor, er habe ihr eine engere Verbindung angeboten, ja ihr einen Heiratsantrag gemacht – so erzählte sie es Bouilhet –, sie aber habe ihn abgewiesen. Die Wahrheit dieser Behauptung läßt sich nicht beweisen, vielleicht versuchte sie ganz einfach, Flaubert in die Enge zu treiben. Bouilhet jedenfalls war davon überzeugt, schrieb er doch im Januar 1854 an Flaubert[33]:

»Willst Du, daß ich Dir meine Meinung sage? Willst Du, daß ich Dir rundheraus sage, was sie erreichen will? Sie will Deine Frau werden, sie glaubt, sie werde Deine Frau werden ... Ich habe das schon längere Zeit vermutet, ohne daß ich es in Worte hätte fassen können, aber jetzt ist es mir gesagt worden, nicht von ihr selbst, doch ausdrücklich von ihr kommend. Darum hat sie den Philosophen (Cousin) abgewiesen.«

Obwohl sie ihn aufregte, hatte sich Flaubert doch eine Zeitlang um sie gesorgt und im Dezember an Bouilhet geschrieben, um sich nach ihr zu erkundigen[34]:

»Sie macht mich sehr traurig, die arme Muse, und ich weiß nicht, was ich tun soll. Ich versichere Dir, es macht mich in jeder Hinsicht traurig. Wie, glaubst Du, wird das alles enden? Ich fühle, daß sie meiner müde ist, für ihren inneren Frieden wäre es besser, sie gäbe mich auf ... In ihrem heutigen Brief schreibt sie mir, sie sei krank. Wenn sie wirklich krank ist, zähle ich auf Dich, daß Du es mich wissen läßt, und ich würde sogleich nach Paris eilen. Meine Mutter wird in wenigen Tagen auf der Durchreise in Paris Station machen. Ich zaudere, ob ich sie bitten soll, bei der Muse hereinzuschauen. Es wäre, finde ich, eine freundliche Geste, und man sollte doch so weit wie möglich versuchen, freundlich zu sein. Aber ... aber ... quid? Sag ihr natürlich nichts davon!«

Während mehrerer Monate versuchte er in langen Briefen, sie zur Vernunft zu bringen und geduldig ihre Einwände gegen sein Verhalten zu beantworten, ihre Klagen über seinen finanziellen Geiz ihr gegenüber und seine Knausrigkeit in bezug auf die Zeit, die er mit ihr verbracht hatte. Er schrieb ihr[35]:

»Und schließlich, meine liebe Louise, soll ich Dir meine innersten Gedanken darlegen oder vielmehr Dir das Innerste Deines Herzens eröffnen? Ich glaube, Deine Liebe schwankt. Die Unzufriedenheit, die Leiden, die ich Dir verursache, haben keinen anderen Grund, denn so wie ich bin, bin ich immer gewesen! Doch jetzt *nimmst Du mich besser wahr* und beurteilst Du mich vielleicht mit der Vernunft. Ich weiß es nicht. Wenn man dagegen wahrhaft liebt, liebt man das, was man liebt, so wie es ist, mit seinen Fehlern und seinen Ungeheuerlichkeiten; man betet noch die Krätze an, man findet den Buckel liebenswert und atmet voller Wonne den Odem, der einen vergiftet.«

Sie schalt weiter, Brief um Brief. Als sie ihm Egoismus vorwarf, gab er zur Antwort[36]:

»Was heißt Egoismus? Ich möchte gern wissen, ob Du nicht noch egoistischer bist, und auf umfassendere Weise. Aber wie es scheint, ist mein Egoismus nicht einmal intelligent! Ich bin also nicht nur ein Monstrum, sondern überdies ein Narr. Reizende Ausdrücke der Liebe! Wenn im vergangenen Jahr (es war nicht ein Jahr, nur ein halbes) der Kreis unserer Zuneigung, wie Du bemerkst, eingeschrumpft ist, wer ist daran schuld? Ich habe mich Dir gegenüber weder in der Einstellung noch in der Sprache verändert. Nie (geh nur in Deiner Erinnerung meine andern Besuche in Paris noch einmal durch) bin ich so lange bei Dir geblieben wie die letzten zwei Male. Wenn ich früher nach Paris kam, pflegte ich immer noch von Zeit zu Zeit auszugehen, um mit andern Leuten zu speisen. Im letzten November aber, und vor ein paar Tagen, da lehnte ich alle Einladungen ab, um frei zu sein und ungeteilt mit Dir zusammensein zu können, und unter all meinen Ausgängen war nicht einer zu meinem eigenen Vergnügen.

Ich glaube, wir werden alt und muffig; wir werden sauer, und unsere Essige vermischen sich. Wenn ich mich selbst analysiere, so ist es das, was ich für Dich empfinde: Zuerst starke körperliche Anziehung, dann eine Bindung des Geistes, eine männliche, ruhige Zuneigung, gefühlsmäßige Achtung. Ich stelle die Liebe über das, was im Leben möglich ist, und spreche nie davon im Zusammenhang mit mir persönlich. Letzte Nacht verspottetest Du mir gegenüber, wie die erstbeste Spießerin, meinen armen Traum des Fünfzehnjährigen, und auch ihn nanntest Du *nicht intelligent*. Oh, dessen bin ich sicher! Hast Du denn nie etwas von dem verstanden, was ich schreibe? Verstandest Du nicht, daß die Art, wie ich Gefühle in meinen Werken anpacke, nur der Schrei eines Besiegten war – wenn es nicht ein Siegesschrei war? Du verlangst Liebe, Du beklagst Dich, daß ich Dir keine Blumen sende. Ach, ich habe anders zu denken als an Blumen! Ich mag es nicht, wenn meine Gefühle dem allgemeinen Publikum bekannt sind, wenn meine Gefühle mir bei einer Gesellschaft entgegengeworfen werden und Gesprächsstoff bilden. Ich war schon mehr als zwanzig, da wurde ich immer noch bis über die Ohren rot, wenn jemand zu mir sagte: ›Sie schreiben, nicht wahr?‹ Danach kannst Du meine Scheu in bezug auf meine anderen Gefühle beurteilen. Ich fühle, daß ich Dich leidenschaftlicher lieben könnte, wenn niemand wüßte, daß ich Dich liebe. Ich bin gereizt wegen Delisle (Leconte de Lisle), weil Du vor ihm ›Du‹ zu mir gesagt hast, und jetzt ist mir sein bloßer Anblick zuwider. So bin ich nun einmal, und ich habe genug Arbeit am Hals, ohne daß ich auch noch die Aufgabe meiner Gefühlsreformation auf mich nehme.«

Ihr Exhibitionismus, ihr Paradieren mit ihren Eroberungen war ihm schon immer zuwider gewesen; was er aber bei der in diesem Brief erwähnten Gelegenheit nicht hatte ertragen können, war ihre Verhöhnung seiner idealen und unvollzogenen Liebe zu Élisa Schlésinger. Sein Brief war nun allerdings nicht dazu angetan, ihre gekränkten Gefühle zu beschwichtigen. Sie muß ihm geantwortet und dabei abgestritten haben, was er sagte, denn im März schrieb er von neuem[37]:

»Ja, Du hast recht, meine gute Muse, wir wollen aufhören, uns zu streiten, laß uns küssen und reinen Tisch machen. Laß uns einander lieben, jedes auf seine eigene Weise, nach seiner eigenen Natur. Laß uns darauf achten, einander nicht weh zu tun.«

Doch sie konnte ihn nicht in Ruhe lassen; sie konnte sich nicht ins Unabänderliche schicken, daß er sie nicht heiraten wollte und daß sie ihn so nehmen mußte, wie er war[38]:

»Wie traurig Du bist, arme Muse! Was für düstere Briefe Du mir seit einiger Zeit schreibst! Du bist voller Erbitterung *gegen das Leben.* Aber es ist stärker als wir. Man muß sich ihm fügen . . .

Doch sprechen wir vom Seelischen, da das nach Deiner Meinung die Ursache Deines Übels ist. Du sagst mir, daß Dich Vorstellungen der Wollust kaum quälen. Ich kann Dir das gleiche Geständnis machen, denn ich gestehe, daß ich Gott sei Dank kein Geschlecht mehr habe. Bei Bedarf finde ich es wieder, und das genügt . . . Wann habe ich Dir gesagt, daß ich ›keine Liebe für Dich empfinde‹? Nein, nein, ebensowenig wie ich Dir je das Gegenteil gesagt habe. Lassen wir die Worte, *auf die man Wert legt* und mit denen man einander in dem Glauben bezahlt, damit für das übrige quitt zu sein. Welchen Sinn hat es, sich dauernd über das Etikett und die Phrase Gedanken zu machen?

Nimm Deinen Kopf ein wenig in Deine Hände und denke nicht an Dich, sondern an mich, so wie ich bin, bald dreiunddreißig Jahre alt, verbraucht durch fünfzehn bis achtzehn Jahre angestrengter Arbeit, mit mehr Erfahrung als sämtliche Akademien der Psychologie der Welt zusammen in bezug auf alles, was mit den Leidenschaften usw. zusammenhängt . . . Und außerdem, was bedeutet das (Liebe)? Ich komme damit nicht zurecht. Wenn ich Dich nicht liebte, warum schriebe ich Dir dann, zunächst einmal, und warum träfe ich Dich? Und warum Dich? Wer zwingt mich denn dazu? Welches ist die Kraft, die mich zu Dir treibt und mich zu Dir zurückführt, oder vielmehr mich bei Dir läßt? . . . Warum verbringe ich, wenn ich in Paris bin, meine ganze Zeit bei Dir, was Du auch sagen magst, so daß ich deshalb aufgehört habe, viele Leute überhaupt noch zu besuchen? Ich könnte andere Häuser finden, in denen ich empfangen würde, andere Frauen. Woher kommt es, daß ich Dich ihnen vorziehe? Spürst Du nicht, daß es im Leben etwas gibt, das höher steht als das Glück, als die Liebe, als die Religion, weil es seinen Ursprung in einer unpersönlicheren Ordnung hat, etwas, das durch alles hindurchklingt, mag man sich die Ohren davor zuhalten oder sich daran berauschen, wenn man es hört, etwas, dem die äußeren *Zufälligkeiten* nichts anhaben und das von der gleichen Natur ist wie die Engel, die nicht essen: Ich meine die *Idee*? Durch *sie* liebt man sich, wenn man durch *sie* lebt. Ich habe immer versucht (doch es scheint, daß ich damit scheitere), aus Dir einen erhabenen Hermaphroditen zu machen ...

Der liebe Gott hatte Dich bestimmt, dem gleichzukommen, wenn nicht sogar das genau zu werden, was es heute an Stärkstem gibt. Niemand ist wie Du *geboren.* Und es passiert Dir, daß Du im besten Glauben manchmal die abscheulichsten Verse ausbrütest! Im Bereich des Gefühlslebens ist es dieselbe Geschichte. *Du siehst nicht,* und Du begehst Ungerechtigkeiten, über die man schweigt, doch die weh tun.

All das sind keine Vorwürfe, arme liebe Muse, nein, und wenn Du weinst, sollen meine Lippen Deine Tränen trocknen! Ich möchte, daß sie Dein Herz auskehren, um daraus all den alten Staub zu vertreiben.

Ich habe Dich lieben wollen, und ich liebe Dich auf eine Art, die nicht die der Liebhaber ist ...

Man muß die Ideen seiner Zeit, ich sage nicht haben, aber verstehen. Ich behaupte, daß man nur erträglich leben kann, wenn man sich dem Element verweigert, das sich als das schwächste erweist. Die Kultur, in der wir uns befinden, ist ein über alle sogenannten Urinstinkte errungener Sieg (ein unablässiger und stets siegreicher Krieg). Wenn man sich dem Zorn, der Rache, der Grausamkeit, der frenetischen Lust oder der mondsüchtigen Liebe hingeben will: die Wüste ist dort unten, und der Federschmuck der Wilden ein kleines Stückchen weiter, man braucht nur hinzugehen! Das ist der Grund, weshalb ich zum Beispiel einen Mann, der nicht über hunderttausend Pfund Rente verfügt und der heiratet, *als einen Elenden* betrachte, als einen Schuft, den man verprügeln sollte.«

Obgleich er sie nicht heiraten wollte, blieb er doch immer an ihr und ihrer literarischen Laufbahn interessiert. Er und Bouilhet verbrachten Stunden ihrer kostbaren Zeit damit, ihr Werk für die Veröffentlichung durchzukorrigieren. Oft wandten sie ihre Sonntage dafür auf. »Bouilhet ist da und müht sich mit Deinem Werk ab«, schrieb Flaubert einmal[39], »wir werden Dir unsere Bemerkungen schriftlich geben, unsere Korrekturen ebenfalls, was unsere Zeit wahrscheinlich bis sechs Uhr beanspruchen wird.«

Aber er war oft gereizt, und seine Integrität als Künstler wehrte sich gegen die Schnelligkeit, mit der sie schrieb, und gegen ihre Nachlässigkeit in bezug auf Stil und Fragen der Ästhetik[40]:

»Laß uns heute abend von uns und von andern sprechen. Zuerst einmal mußt Du Dein System des hastigen Arbeitens, das Gesundheit und Gedanken abnutzt, für immer aufgeben. Man zerstört auf diese Weise seine ganze intellektuelle und nervliche Kraft. Gewöhne Dir an, Dich vorher vorzubereiten, langsamer zu arbeiten. Wenn ich bei Dir war und Du korrigiertest, Du kannst Dir nicht vorstellen, meine gute Muse, wie oft Du mich zur Verzweiflung brachtest mit Deiner Hast, von einem Gedanken zum andern zu springen, ein Synonym zu verwenden, es wieder beiseite zu schieben . . . usw. Man muß etwas festhalten und nicht mehr loslassen, bis man es völlig gemeistert hat.«

Im selben Maß, wie seine Liebe verblaßte, nahm seine Gereiztheit und die Schroffheit seiner Kritik zu. Es schien ihm aber auch oft, daß sie seine Korrekturen gar nicht beachtete, daß sie bei irgendwelchen Einwänden nur ärgerlich wurde und er daran dachte, daß er die Zeit besser auf seine eigene Arbeit verwendet hätte, mit der er im Rückstand war[41]:

»Mein erster Impuls war, Dir Dein Manuskript ohne Kommentar zurückzuschicken, da Dir ja unsere Bemerkungen nichts nützen und Du sie nicht verstehen willst oder kannst. Was hat es für einen Sinn, uns um unsere Meinung zu fragen und uns zu zermürben, wenn doch nur vergeudete Zeit und Vorwürfe auf beiden Seiten dabei herauskommen?«

Als sie eine eigene Zeitung hatte, *La Librairie Nouvelle,* verfaßte er sogar einmal einen Artikel, der unter ihrem Namen erscheinen sollte, was ihm ein ironisches, boshaftes Vergnügen bereitet zu haben scheint[42]:

»Ich habe heute abend endlich Deinen Artikel angefangen. Er wird ein Meisterwerk an schlechtem Geschmack und Eleganz sein. *La Librairie Nouvelle* wird bis in die Tiefen ihrer Eingeweide aus schlechter Literatur erschüttert sein. Bouilhet kommt morgen zurück, geht aber sogleich wieder nach Rouen. Ich werde daran weiterarbeiten und Dir das Ergebnis gegen Ende der Woche bringen. Am Freitag oder Samstag. Ich weiß noch nicht, an welchem Tag. Ich würde gern etwas an meiner *Bovary* korrigieren, von der jeder hinterste Satz mehr Mühe kostet als alle aufgeblasenen Artikel der Welt.«

Louise Colet benutzte Flaubert auch für ihre eigenen Zwecke, selbst wenn sie ihn dadurch in Gefahr brachte. Sie war mit Victor Hugo befreundet und suchte seine Unterstützung für einen literarischen Preis zu gewinnen. Er war zu jener Zeit auf Jersey im Exil, und seine Briefe an sie, wie auch die ihren an ihn, konnten wegen der Zensur nicht direkt geschickt werden.

Da dachte sie sich ein raffiniertes System aus, nachdem seine Briefe an einen Freund der Familie Flaubert in London gingen, der sie in einen andern Umschlag steckte und an Flaubert adressierte. Zuerst wollte sie sie unmittelbar an ihn schicken lassen, aber Flaubert bestand darauf, daß Hugo keine Briefe an ihn richtete.[43] So kamen also die Schreiben an sie meist aus London zu Flaubert.[44] Allerdings war Hugo oft sehr unachtsam und sandte sie direkt an Flaubert, und sie pflegten in zerissenen Umschlägen anzukommen, so daß Hugos charakteristische, leicht erkennbare Handschrift bloßlag. Es wäre für Flaubert nicht gut gewesen, wenn diese Briefe bei ihm entdeckt worden wären. Es hätte auch seiner Familie geschadet, da sein Bruder Achille Flaubert als Leiter des Krankenhauses Rouen Regierungsbeamter war.

Flaubert machte ihm Vorhaltungen und bat ihn, in Zukunft besser aufzupassen[45]:

»Ich glaube, sehr geehrter Herr, Sie von folgendem unterrichten zu müssen:

Ihre Sendung vom 27. April ist bei mir in sehr beschädigtem Zustand eingetroffen. Der Umschlag war an mehreren Stellen zerrissen, und einige Worte Ihrer Schrift waren sichtbar. Der zweite Umschlag (an die Adresse von Frau C.) war an den Rändern abgerissen, und man konnte seinen Inhalt sehen, das heißt zwei andere Briefe und ein bedrucktes Blatt.«

Flaubert erinnerte ihn daran, daß er ihn als Student in Paris im Winter 1843 in Pradiers Atelier kennengelernt hatte; er entsann sich auch eines goldenen Ringes mit einem eingravierten steigenden Löwen, den Hugo getragen hatte und der in einem Spiel, das man damals spielte, eines der Pfänder gewesen war. Er schloß mit seiner Bewunderung für das Werk des Dichters, das, wie er schrieb, eine der großen Passionen seiner Jugend gewesen war:

»Nehmen Sie also, sehr geehrter Herr, mit dem Ausdruck meiner ganzen Bewunderung für Ihr Genie die Versicherung meiner Ergebenheit für Ihre Person entgegen.«

Merkwürdig ist, daß Hugo nachher behauptet haben soll, er habe keine Ahnung gehabt, wer Flaubert sei, ja daß es ihn überhaupt gab. Angeblich sagte er zu Jules Charétie, der es in *La Vie de Paris* berichtete, er habe erst später entdeckt, daß er ein Schriftsteller war[46]:

»Ich glaubte lange Zeit, der Name ›Gustave Flaubert‹ sei nur eines von Madame Louise Colets Pseudonymen. In den ersten Jahren meiner Verbannung schrieb ich an Madame Colet ausschließlich unter der Adresse Monsieur Gustave Flaubert in Rouen oder Croisset. Ich dachte, dieser Gustave Flaubert existiere gar nicht, und wenn ich seinen Namen auf den Umschlag schrieb, dachte ich an Louise Colet. So daß ich sogar die liebevollsten Worte an ›meinen lieben Flaubert‹ richtete. Erst als *Madame Bovary* herauskam, entdeckte ich, daß es in der Welt jemanden gab, der Gustave Flaubert hieß. Zuerst meinte ich zwar, Madame Colet habe ihre Individualität geändert und zeichne ihre Romane nunmehr mit ›Gustave Flaubert‹. Was man mir jedoch von *Madame Bovary* erzählte (denn ich hatte keine Zeit, das Buch zu lesen), überzeugte mich, daß dieses Werk nicht von Madame Colet war, und daß Gustave Flaubert tatsächlich in Fleisch und Blut existierte. Und in Geist, denn er ist ein Meister.«

Seltsam, daß er das gewußt haben will, wenn er das Buch nicht gelesen hatte. Das hielt ihn auch nicht davon ab, es bei seinem Erscheinen dem Verfasser gegenüber in hochtönenden und gestelzten Worten zu rühmen.

Hartnäckig strebte Louise Colet danach, Flauberts Mutter kennenzulernen, sozusagen bei ihm heimisch zu werden. Das gehörte alles zu ihren Heiratsplänen. Er versprach ihr mehrmals, ein Zusammentreffen zu arrangieren, wenn die Gelegenheit günstig sei, hielt sie aber immer wieder mit Ausflüchten hin.[47] Er konnte, das sagte er ihr wiederholt, dieses Drängen ihrerseits nicht begreifen; er sah nicht ein, wozu das gut sein sollte, besonders, da seine Mutter kaum noch mit jemandem zusammentraf – nicht einmal mit ihren eigenen Freunden – und also wenig Grund bestand, anzunehmen, sie würde *seine* Freunde treffen.[48]

Zuletzt entschloß er sich, ihrem Drängen ein für allemal ein Ende zu setzen und ihr klipp und klar seine Meinung zu sagen[49]:

»Du bittest mich in Deinen Zeilen von heute morgen, auf Deinen Brief vom letzten Freitag zu antworten. Ich habe ihn soeben noch mal gelesen. Er liegt hier offen vor mir auf meinem Tisch. Wie soll ich darauf antworten? Du mußt mich doch ebenso gut kennen wie ich selbst, und Du redest von Dingen, über die wir hundertmal gesprochen haben und die doch nicht weitergediehen sind. Du wirfst mir selbst noch die Koseworte, die ich Dir in meinen Briefen schreibe, als wunderlich vor (dabei scheint mir, daß ich mit Gefühlsäußerungen nicht gerade Mißbrauch treibe). Ich werde sie also noch sparsamer gebrauchen, da sie Dir ›die Kehle zuschnüren‹. – Wiederholen wir also, fangen wir wieder von neuem an. Ich werde kategorisch und ausführlich sein ... 1. Meine Mutter!

Nun gut, ja! Es ist so. Du hast es erraten! Nur weil ich die *feste Überzeugung* habe, daß sie, wenn sie mit Dir zusammenträfe, sehr kühl zu Dir wäre und wenig höflich, wie Du sagst, möchte ich nicht, daß Ihr Euch seht. Im übrigen mag ich diese Vermischung nicht, diese Verbindung zweier Zuneigungen, die aus verschiedenen Quellen stammen (was sie betrifft, so kannst Du Dir die Frau nach folgendem charakteristischen Zug vorstellen: sie würde niemals *ohne Einladung* ihren ältesten Sohn besuchen). Und außerdem, in welcher Eigenschaft sollte sie Dich besuchen? Als ich Dir sagte, daß sie kommen würde, hatte ich Dir zuliebe ein großes Hindernis überwunden und mehrere Tage lang verhandelt. Du hast das nicht beachtet und hast erneut, ohne Anlaß, eine unangenehme Angelegenheit aufgerollt, die mir sehr unsympathisch ist und mir viel Verdruß bereitet hat. Du hast als erste wieder davon angefangen. Sei es! Aber ich flehe Dich nochmals an, mische Dich da nicht hinein. Wenn sich *Zeit und Gelegenheit* bieten, weiß ich, was ich zu tun habe. Ich finde Deine Hartnäckigkeit in dieser Frage merkwürdig. Daß Du mich immer wieder darum bittest, meine Mutter kennenzulernen, Dich ihr vorzustellen, oder daß Du wünschst, daß sie Dich besucht, finde ich ebenso komisch, als wenn sie ihrerseits wollte, daß ich Dich nicht besuchte, daß ich meine Beziehungen zu Dir abbräche, weil, weil, usw. Ich schwöre Dir, daß, wenn sie auf den Gedanken käme, den Mund zu öffnen, um über diese Angelegenheiten zu sprechen, sie ihn sehr bald wieder schlösse.«

Die Lage spitzte sich zu, als sie es im August 1854 wagte, in die Intimität seines Heims in Croisset einzudringen. Er hatte ihre unruhige, aufdringliche Anwesenheit in dieser stillen Klause, seiner Einsiedelei, nie haben wollen, und nun stand er auf der Treppe, einem Propheten der Vergeltung gleich, vornehm in seinem grauen Morgenrock, um sie mit Gewalt zu vertreiben und in die regnerische Nacht hinauszujagen. Sie schilderte die Episode in ihrem 1856 erschienenen Roman *L'Histoire d'un Soldat*; obwohl übertrieben und bunt ausgemalt, klingt sie doch wahr.

Die Herrin der Magd, die die Geschichte erzählt, ist schön, begabt und von jedermann sehr geliebt; eines Abends, nach Einbruch der Dunkelheit, besucht sie ihren Geliebten auf dem Lande, ohne ihn vorher verständigt zu haben[50]:

»Dieses Haus glich einem Friedhof, dessen Bewohner sich nicht nach denen erkundigen, die sie aufsuchen.

Endlich war ein Geräusch von Türen und Schritten zu vernehmen. Ich sah meine Herrin herunterkommen, doch in welch einem Zustand, mein Gott! Sie war weißer als ein Leichentuch, und ihre schönen Augen schienen zwei blutige Flecken zu sein. Eine schwarzgekleidete Frau leuchtete ihr von hinten, ohne ein Wort zu ihr zu sagen, noch sie zu stützen, obgleich sie wankte. Das lange, kalte Antlitz dieser Frau erinnerte mich an die Damen, die in den Kirchen auf den Grabmälern abgebildet sind.

Wegen ihres geraden, steifen Kleides aus schwarzer Wolle wußte man, daß sie Witwe war, die seit dem Tode ihres Mannes nie mehr gelacht hatte ... Diese Dame schien rauh und hart wie jemand, der Trost findet, wenn er andere leiden sieht.«

Dann traten Herrin und Magd allein in den dunklen Hof hinaus, und die Dame des Hauses begleitete sie nicht, noch leuchtete sie ihnen auf den Weg:

»Der Regen strömte nur so, ein Hundewetter, und doch hielt man uns nicht zurück. Ich faßte meine arme Herrin unter, und wir eilten zum Wagen zurück. Bevor wir einstiegen, wandte ich den Kopf nach diesem Hause um und rief, ohne es zu wollen, den Fluch Gottes auf es herab. Was waren das nur für eine Mutter und ein Sohn, die in einer solchen Nacht eine arme verzweifelte Frau fortgehen hießen. Und was für eine Frau! Ihr wißt es ja, es ist sie, die von der ganzen Welt als die schönste und beste verherrlicht wird. Da dachte ich an ihr Heim, das immer für den Herrn Léonce offenstand, an diesen kleinen blauen Salon, wo er sich so schön wärmte und so fröhlich in einem Fauteuil rauchte! Und meine arme Dame kam wie eine Bettlerin aus diesem herzlosen Haus! Oh, ich schämte mich nicht für sie, sondern für jene, die dort oben an einem hellen Feuer saßen, hinter diesen Fenstern, die noch immer erleuchtet waren.«

Das war das Ende ihrer Liebe; sie kamen nie wieder zusammen.

Nachdem Ernest Feydeau 1858 seinen Erfolgsroman *Fanny* veröffentlicht hatte, der aus der Bekanntheit von *Madame Bovary* Kapital schlug, schrieb ihm Louise Colet, die ja stets auf Berühmtheiten aus war, einen Lobesbrief, Flaubert aber warnte ihn, vorsichtig zu sein[51]:

»Was die Witwe Colet betrifft, so hat sie Pläne, ich weiß nicht welche. Aber sie hat Pläne. Ich kenne sie zu genau. Was sie Gutes über *Fanny* gesagt hat, verfolgt einen *Zweck*. Du hast ihr geschrieben, sie wird Dich einladen, sie zu besuchen. Geh hin, aber sei auf Deiner Hut. Das ist ein bösartiges Geschöpf. Wenn Du Dich einmal totlachen willst, lies von ihr die *Histoire d'un Soldat* – das ist ein Roman (im Format von Charpentier), der im *Moniteur* veröffentlicht wurde, was noch drolliger ist. Du wirst darin Deinen Freund wiedererkennen, und zwar unter den abscheulichsten Farben, mit denen man ihn schwärzen wollte.«

Auf jeden Fall war im Oktober 1854 Flauberts Verhältnis mit Louise Colet endgültig zu Ende. Er sah sie danach nie wieder. In einem Brief an Louis Bouilhet aus diesem Oktober heißt es[52]:

»Was die Muse anbelangt, so ist alles vorbei. Wir können nun in dieser Hinsicht in Frieden leben.«

Sie ihrerseits gab den Kampf nicht so leicht auf. Flaubert verbrachte den größten Teil des Winters 1854/55 in Paris. Er hielt sich nicht in seinem gewohnten Hotel auf, ›Le Bon Lafontaine‹ in der Rue des Saints Pères, weil es zu nahe bei ihrer Wohnung in der Rue de Sèvres lag. Er wechselte auf das rechte Seineufer hinüber, ins Hotel Helder in der Nähe des Boulevard des Italiens, was Louise Colet jedoch nicht abhielt. Irgendwie fand sie heraus, wo er wohnte, und am 5. März ging sie mehrmals in das Hotel, um ihn zu sehen, und hinterließ Nachrichten für ihn. Er schrieb ihr darauf einen wütenden, anmaßenden Brief, der sein letztes Wort an sie bleiben sollte[53]:

»Madame, ich hörte, daß Sie sich die Mühe gemacht haben, mich gestern abend dreimal aufzusuchen. Ich war nicht zu Hause, und besorgt über die Beleidigungen, die eine solche Beharrlichkeit Ihrerseits Ihnen von meiner Seite eintragen könnte, verpflichtet mich die Höflichkeit, Sie aufmerksam zu machen, daß ich für Sie nie zu Hause sein werde.

Ich habe die Ehre, Sie zu grüßen.

Flaubert.«

Sie hatte auf den Brief geschrieben: »Duckmäuser, Feigling und Kanaille«, und das letzte Wort dick unterstrichen. Und auf den Umschlag schrieb sie: »Heute 13. April, von Bab (Babinet), der es von Cloquet hat, von seiner Abreise nach Croisset erfahren.«

Das gibt uns das Datum dieses letzten Briefes, denn Flaubert datierte seine Korrespondenz nur selten.

Es scheint, daß Victor Hugo sich angeboten hat, bei Flaubert ein gutes Wort für sie einzulegen – es hält schwer, das mit seiner angeblichen Feststellung, er habe erst nach der Veröffentlichung von *Madame Bovary* gewußt, daß Flaubert überhaupt existiere, in Einklang zu bringen. Louise Colet antwortete Hugo am 19. August 1856[54]:

»Ich habe sehr viel über das nachgedacht, was Sie mir gesagt haben, über Ihr väterliches Anerbieten, bei diesem kranken Geist zu vermitteln; zuerst hätte ich es gewünscht, dann verlor ich den Mut. Was nützt es? Ich habe kein Zutrauen mehr zu ihm, er hat es zerstört; er muß aus eigenem Antrieb zu mir kommen.«

Aber Flaubert dachte nicht daran, zu ihr zurückzukehren, und so sah er sie nie mehr wieder.

Der Grund für Louise Colets Ablehnung der Hilfe von Hugo lag möglicherweise auch darin, daß sie sich 1856 mit Champfleury tröstete, der, soweit es seinen Ruf anbelangt, als einer der berühmtesten Romanciers jener Tage zu gelten hat, während Flaubert damals noch ein Unbekannter war.[55] Und vielleicht war diese Freundschaft die Ursache der ablehnenden Haltung von Champfleurys Zeitung *Réalisme*, die die ungünstigste Besprechung von *Madame Bovary* veröffentlicht hat, als das Buch erschienen war.

So endete Flauberts Affäre mit Louise Colet; sie hatte acht Jahre gedauert, mit einer Unterbrechung von drei Jahren, die er größtenteils im Ausland verbracht hatte – der erste Abschnitt hatte nahezu zwei Jahre gedauert, der zweite drei Jahre. Es ist sehr wahrscheinlich, daß der zweite Teil der Verbindung früher abgebrochen worden wäre, hätte Flaubert nicht Louises Charakter als Material für die Figur der Emma Bovary benötigt, von der er zu jener Zeit so sehr in Anspruch genommen war. Während dieser ganzen zweiten Phase ihrer Beziehung zog sich der Kampf zwischen Emma und Louise um Flauberts Seele hin, aber es war das erdichtete Wesen, das schließlich das Feld behauptete.

Als *Madame Bovary* erschien, war Louise Colet tief verletzt, weil sie eigene Züge in der Heldin erkannte, vor allem aber, weil der Autor ein Geschenk, das sie ihm einst gemacht, satirisch verwendet hatte: einen Siegelstempel, in den sie ›Amor nel Cor‹ eingraviert hatte. Sie ließ ihre Wunde in ein Gedicht mit dem gleichen Titel abfließen, das am 29. Januar 1859 in *Le Monde Illustré* erschien und in dem es hieß, er habe ihre Gabe in einem Roman im Stil eines Handelsreisenden geschmäht, habe aber trotzdem das wertvolle Petschaft behalten. Das Gedicht schließt mit den Versen[56]:

C'était pour lui, pour lui, qu'elle aimait comme un Dieu;
Pour lui, dur au malheur, grossier envers la femme.
Hélas! elle était pauvre, elle donnait bien peu,
Mais tout don est sacré quand il renferme une âme.

Eh bien! dans un roman de commis voyageur
Qui comme un air malsain nous soulève le cœur,
Il a raillé ce don en une phrase plate,
Mais il a gardé pourtant le beau cachet d'agate.

(Es war für ihn, für ihn, den sie liebte wie einen Gott;
Für ihn, der hart im Unglück, grob war zu der Frau.
Ach, sie war arm, und wenig hatte sie zu geben,
Doch jede Gab' ist heilig, umschließt sie eine Seele.

Nun ja! In einem Handelsreisenden-Roman,
Der wie ein ungesunder Wind das Herz aufwühlt,
Hat er in platten Worten das Geschenk verspottet,
Das schöne Achat-Petschaft allerdings behielt er.)

Louise Colet vergaß Flaubert nie, aber sie dachte in Bitterkeit an ihn, so sehr, daß sie ihm sogar noch 1872, fast achtzehn Jahre nach dem Ende ihrer Liaison, als Flaubert ein Vorwort zu den *Derniers Chansons* von Louis Bouilhet, der 1869 gestorben war, verfaßt hatte, einen anonymen Brief in Versen zuschickte, in dem sie ihn als »Scharlatan, der über dem Grab seines plattfüßigen Freundes die große Trommel schlägt«, schmähte – wobei sie offenbar ganz vergaß, daß sie ja die Geliebte beider Männer gewesen war.[57]

Flaubert selbst scheint, nach seiner eigenen Meinung, keinen bleibenden Schaden von seinem Abenteuer mit ihr davongetragen zu haben. In einem Brief an Amélie Bosquet schrieb er im Dezember 1859[58]:

»Meine Liaison mit Madame Colet hat in mir keine Wunde im tiefen, gefühlsmäßigen Sinne des Wortes zurückgelassen; es ist eher die Erinnerung (und sogar immer noch die Empfindung) einer langen Irritierung. Ihr Buch war nur noch der letzte Punkt in der Angelegenheit.«

Gemeint ist *Lui*, erschienen 1859, in dem sie ihn in der Figur des Léonce lächerlich gemacht hat. Trotz der Karikatur war das Vorbild sehr gut kenntlich – freilich verhöhnte sie auch Musset und Vigny in ebenso erkennbarer Art, nur noch weniger schmeichelhaft. Und doch vergaß Flaubert sie nie, und als er 1876 von ihrem Tod hörte, schrieb er an Madame Roger des Genettes[59]:

»Sie haben die tiefe Wirkung, die der Tod meiner armen Muse auf mich gehabt hat, sehr gut erraten. Die dadurch neu belebte Erinnerung an sie hat mich den Lauf meines Lebens zurückgehen lassen ... Die Zeitungen haben sehr wenig darüber geschrieben. Erinnern Sie sich an die kleine Wohnung in der Rue de Sèvres? Und an alles Übrige? Oh, Jammer über uns!«

Trotz aller Unruhe und seelischen Belastung war Flauberts Beziehung zu Louise Colet das größte emotionelle Abenteuer seines Lebens. Sie gliederte ihn in die Familie der menschlichen Wesen ein und schenkte ihm eine Erfahrung, die er ohne sie nie erworben hätte. Die Beziehung endete katastrophal, aber man darf die Schuld daran nicht allein bei ihr suchen. Es ist fraglich, ob er jemals eine völlig befriedigende Beziehung zu einer Frau hätte haben können. Er war immer nett zu Frauen, aber wenn sie versuchten, auf sein Privatleben überzugreifen, schreckte er zurück.

Seine vielen engeren Freundschaften mit Frauen kamen später, nach der Veröffentlichung von *Madame Bovary,* als so viele ihm schrieben, weil sie in Emma Bovary sich selbst erkannt hatten und sich wunderten, daß er sie so gut verstand. Élisa Schlésinger, die große und einzig wahre Liebe seines Lebens, blieb ein Ideal: Seine Haltung ihr gegenüber war sehr ähnlich wie die Baudelaires zu *La Vénus Blanche,* die in der Folge dieses Ideal zerschlug, indem sie die Liebe zu konkretisieren versuchte. Flaubert überredete sein *Fantôme de Trouville* nicht, ihren Schrein zu verlassen, und nichts trübte je ihr Bild; sie blieb sein ganzes Leben lang seine ›ferne Prinzessin‹. Mit Ausnahme dieser idealen Verehrung verschmähte Flaubert, wie er selber sagte, die Liebe zu Frauen. In einem Brief an Mademoiselle Leroyer de Chantepie heißt es[60]:

»Was die Liebe anbelangt, so habe ich in diesem erhabenen Glück nie etwas anderes gefunden als Aufruhr, Stürme und Verzweiflung. Die Frau erscheint mir als ein unmögliches Geschöpf, und ich habe mich so viel wie möglich von ihr ferngehalten; überdies glaube ich, daß eine der Ursachen der moralischen Entartung des ganzen 19. Jahrhunderts die übertriebene ›Poetisierung‹ der Frau gewesen ist.«

Seine Begegnungen mit Frauen in der Jugendzeit waren Gelegenheitsbeziehungen gewesen, wie jene zu Eulalie Foucaud in Marseille, als er achtzehnjährig war, oder Beziehungen zu käuflichen Frauen, wie Kuschiuk Hanem in Ägypten. Keines dieser Verhältnisse hatte ihm etwas Tieferes bedeutet, sie hatten kaum die Oberfläche seines Wesens berührt. Nur bei Louise Colet war er bis ins Innere aufgewühlt gewesen, und er hatte fast bis zuletzt versucht, diese Bindung aufrechtzuerhalten, sie aber hatte hartnäckig all seinen tiefsten Gefühlen und Bedürfnissen zuwidergehandelt.

17

DIE NÖTE EINES KÜNSTLERS

(1851–1856)

Flaubert begann also mit *Madame Bovary* am 19. September 1851, kurz bevor er mit seiner Mutter und seiner Nichte nach England reiste. Bei seiner Rückkehr scheint er nicht imstande gewesen zu sein, mit dem Buch voranzukommen. Im Oktober schrieb er Louise Colet[1]: »Ich quäle mich, ich kratze mich. Mein Roman hat große Schwierigkeiten, in Gang zu kommen, und die Sätze jucken mich, ohne zu einem Ziel zu gelangen. Ich habe erst eine Seite geschrieben und drei weitere skizziert.«

Er spielte mit dem Gedanken, den Roman überhaupt aufzugeben und etwas anderes in Angriff zu nehmen. In diesem Zustand der Unsicherheit fuhr er nach Paris, um sich mit Théophile Gautier zu besprechen, den er bewunderte und dessen Meinung er schätzte. Doch er bekam von ihm lediglich zynische Ratschläge, die ihn abstießen – Gautier war in der Zwischenzeit der Literatur gegenüber völlig ernüchtert geworden. Als Flaubert ihn über seine Theorien von Kunst und Perfektion befragte – immerhin war Gautier der Führer der *l'art-pour-l'art*-Bewegung –, soll er geantwortet haben[2]:

»Ja! Ich weiß alles darüber; es ist die Krankheit des Anfängers, genau wie die Masern eine Kinderkrankheit sind. Als wir alle zusammen in der Rue du Doyenné lebten, Arsène Houssaye, Camille Rogier, Gérard de Nerval und ich ... da hatten wir noch die gleichen Ideale ... Sie glauben an die Mission des Schriftstellers, an die heilige Berufung des Dichters, an die Göttlichkeit der Kunst. Oh, Flaubert, Sie sind nur naiv! Ein Schriftsteller verkauft Manuskripte wie ein Tuchhändler Taschentücher; nur Kattun erzielt einen höheren Preis, das ist alles.«

Dann erwog Flaubert, sich seine *Versuchung des heiligen Antonius* vorzunehmen und zu sehen, ob sich davon etwas retten ließe. In seiner Ratlosigkeit schrieb er am 21. Oktober 1851 an Maxime Du Camp und bat ihn, nach Croisset zu kommen, damit sie die Sache besprechen und miteinander prüfen könnten, welche Abschnitte, wenn überhaupt, zu veröffentlichen wären.[3] Bouilhet plädierte allerdings sofort dafür, diesen Plan fallenzulassen; seiner Meinung nach traten in diesem Werk Flauberts sämtliche Fehler, aber keine seiner Qualitäten zutage, und so konnte er sich nicht vorstellen, wie man daraus Auszüge wählen konnte. Flaubert selbst war voller Zweifel und wußte sich nicht zu entscheiden. In seinem Brief an Du Camp heißt es[4]:

»Man hat mir bisher noch nicht Mangel an Individualismus vorgeworfen, oder daß ich mein kleines Ich nicht fühle. Und nun, in der vielleicht wichtigsten Frage des Lebens eines Künstlers fehlt es mir völlig daran ... Ich tue alles, was ich kann, um irgendeine Meinung zu haben, und ich bin deren bar, soweit man es nur sein kann. Die Einwände dafür und dagegen erscheinen mir in gleicher Weise gut. Ich würde mich aufs Geratewohl entscheiden, und würde die Wahl, wie sie auch ausfiele, nicht bedauern. Wenn ich veröffentlichte, wäre es auf die dümmste Weise der Welt, weil man mir sagt, es zu tun, aus Nachahmung, aus Gefügigkeit und ohne eigene Initiative. Ich spüre weder das Bedürfnis noch die Lust dazu.«

Er hatte mit seiner Mutter darüber gesprochen, aber auch sie wußte ihm nicht zu helfen. »Wenn Du etwas geschrieben hast, was Du gut findest«, sagte sie[5], »dann veröffentliche es.« So war er also nicht klüger als zuvor und hatte einen Rat bitter nötig. Darum bat er Du Camp, ihm zu Hilfe zu kommen, und versprach, auf ihn zu hören. Die Kritiker haben oft erklärt, es sei Du Camp gewesen, der Flaubert gegen sein Gefühl und seinen Willen gedrängt habe, etwas herauszugeben, um seinen Namen vor die Öffentlichkeit zu bringen; zu diesem Zeitpunkt aber, im Oktober 1851, war es im Gegenteil Flaubert, der seinen Freund um Rat und Hilfe anging[6]:

»Wenn ich etwas veröffentliche, dann keine halbe Sache. Wenn man so etwas macht, muß es Hand und Fuß haben. Ich werde im Winter in Paris wohnen ... Ich müßte viele Dinge tun, die mich aufbringen und mir im voraus Jammer verursachen. Bin ich für all das geschaffen? ... Warum bin ich in diesem Sumpf der Provinz geblieben? Glaubst Du, daß ich ohne Kraft bin und daß es mir nicht Spaß machen würde, dort den feinen Mann zu spielen? Aber ja, das würde mir schon Spaß machen. Sieh mich an und sag mir, ob das möglich ist.«

Es ist ein sehr langer Brief. Flaubert gibt Du Camp ein ganzes Register seiner Unzulänglichkeiten, die ihn an einem aktiven literarischen Leben in

Paris hindern würden: sein leichtes Gelangweiltsein, seine Abneigung gegen aktives Eingreifen, seine Mutlosigkeit und sein Zweifel an sich selbst, seine grundlegende Gleichgültigkeit gegenüber Ruhm und Erfolg, seine gegenwärtige Schwäche und seine Sehnsucht, bei der Hand genommen zu werden:

»Im übrigen gebe ich Dir all das Vorausgehende als ein Thema zum Nachdenken. Nur denke über mich als Ganzes nach. Trotz meinem Satz aus der *Education Sentimentale:* ›In den intimsten Geständnissen liegt immer noch etwas, was man nicht sagt‹, habe ich Dir alles gesagt, soweit ein Mensch sich selbst gegenüber ehrlich sein kann. Es scheint mir, daß ich es bin. Ich lege Dir mein Innerstes dar. Ich vertraue mich Dir an, ich werde das machen, was Du willst. Ich übergebe Dir mein Individuum, von dem ich genug habe. Als ich den Brief anfing, ahnte ich nicht, daß ich Dir all das sagen würde. Es ist mir in den Sinn gekommen, möge es auch gesagt sein. Unsere kommenden Unterhaltungen werden dadurch vielleicht vereinfacht werden. Leb wohl, ich umarme Dich mit einer Menge von Gefühlen.«

Du Camp war zu dieser Zeit im Begriff, eine bedeutende Erscheinung der literarischen Welt in Paris zu werden. Er war voller Energie und Ehrgeiz von seiner Orientreise zurückgekehrt. Während Flaubert noch in Italien blieb, war er bereits im Mai 1851 nach Frankreich gereist, fest entschlossen, so schnell wie möglich vorwärtszukommen. Am 27. Mai 1851 hatte er Flaubert geschrieben[7]:

»Ich bin wie ein Schrank, dessen Schlüssel verlorengegangen ist. Man weiß, daß etwas darin ist, aber es ist unmöglich, ihn zu öffnen. Du wirst das vielleicht auch erleben, wenn Du zurückkommst, und Du wirst sehen, wie es ist.«

Am 2. Juni, vor Flauberts Heimkehr, schrieb er nochmals[8]:

»Was mich angeht, so bin ich dabei, mich in militante Literatur zu stürzen, komme, was da wolle, und Gott steh mir bei! Was das politische Leben betrifft, so will ich gar nicht davon reden, es ist der gleiche alte Schlamassel wie sonst.«

Fast sofort schloß er sich dem Projekt an, ein neues literarisches Magazin, *La Revue de Paris,* zu starten, besser gesagt, einen Titel zu übernehmen, der schon früher benutzt worden war, als 1829 Véron eine Zeitschrift dieses Namens gegründet hatte, die in den ersten Jahren der Juli-Monarchie Erfolg und hohes Ansehen genoß. Du Camp, Louis de Cormenin und

Théophile Gautier sollten nun die gemeinsamen Herausgeber sein. Am 30. September schrieb Du Camp an Flaubert und erzählte ihm von dem Plan[9]:

»Mein Herz klopft rasend. Morgen oder übermorgen werde ich für die literarische Gemeinde entweder ein Narr oder ein Schurke sein. Jedermann erwartet die ›Rundschau‹ mit Spannung. Ich bin wie erschlagen! In den letzten drei Tagen habe ich zwei Nächte durchgearbeitet, und heute stand ich sieben Stunden lang in der Druckerei, um etwas von Balzac zu korrigieren. Es ist grauenhaft!«

Und am 5. Oktober, nachdem die erste Nummer erschienen war, schrieb er[10]:

»Die Zeitung verkauft sich; möge Gott uns am Leben erhalten! Ich bin voll guter Hoffnung; wenn ich dieses Jahr genug zu leben habe, komme ich wohl durch.«

La Revue de Paris sollte eine ganz besondere Art von Rundschau werden, völlig frei und unabhängig – das war noch vor dem Staatsstreich vom 2. Dezember 1851, als Louis Bonaparte sich zum Kaiser machte, also noch vor den Zeiten strenger Zensur. In der ersten Nummer, im Oktober 1851, gab die Zeitschrift ihre Ziele bekannt: Sie würde vollkommen unabhängig sein, mit dem Recht auf freie Meinungsäußerung für alle, und kein Autor würde zensiert werden. Es könne durchaus vorkommen, daß verschiedene Artikel diametral entgegengesetzte Meinungen verträten. Niemand würde für irgend etwas verantwortlich sein, das er nicht selber unterzeichnet hätte, jeder Autor würde die alleinige Verantwortung für seinen eigenen Artikel tragen. Alle Beiträge würden respektiert, niemand dürfe sie beschneiden. Man würde sie wohl hie und da zurückweisen, geändert jedoch würde nichts ohne Einwilligung des Autors, und kein Wort, kein Satz würden weggelassen. Die Herausgeber erklärten, sie wünschten, daß die Eigenart und die Originalität eines jeden Schriftstellers bestärkt und gewahrt würden.

Das war mutig gesprochen und zu jener Zeit gewiß auch ernst gemeint; doch die Zeit verging, und die Ideale verblaßten, bis Flauberts *Madame Bovary* Ende 1856 in Fortsetzungen in der *Revue* herauskam. Wir werden später sehen, was für Schnitte und Änderungen die Herausgeber gegen seinen Willen – und manchmal sogar ohne sein Wissen – an seinem Manuskript angebracht haben.

Du Camp hätte Flaubert gern an seinem Abenteuer teilhaben lassen; da traf des Freundes hilfesuchender Brief vom 21. Oktober 1851 ein. Du

Camp antwortete ihm in einem sehr bedeutungsvollen Schreiben am 29. Oktober desselben Jahres.[11]

Am Anfang dieses langen, wichtigen Dokuments erklärt Du Camp, er würde mindestens ein halbes Jahr brauchen, um Flauberts Brief angemessen zu beantworten, er könne sich also lediglich auf ein paar hervorstechende Aspekte konzentrieren. Er beginnt mit der ihm sehr wichtig erscheinenden Frage, ob Flaubert etwas veröffentlichen soll oder nicht:

»Die Frage des *Veröffentlichens* ist, trotz ihrer scheinbaren Einfachheit, etwas sehr Kompliziertes. Willst Du einfach etwas veröffentlichen? Das ist leicht – willst Du damit auch Erfolg erzielen? – das ist dann schon schwerer – Du weißt so gut wie ich, daß wir nicht mehr in einer Zeit leben, in der man von einem Tag auf den anderen berühmt werden kann, bloß weil man *Les Truands* oder *L'Ecolier de Cluny* geschrieben hat – dieser Augenblick – das heißt der rein literarische Augenblick – ist vorbei; der gegenwärtige ist schlecht für die Kunst – Philosophie und Politik haben den ganzen Platz eingenommen. Man muß sich damit abfinden, lange Jahre in der Dunkelheit zu verbringen, ehe man ins Licht gelangt. Einzig das Theater kann noch so meteorhaft einen Namen schaffen, der plötzlich und ohne vorherige Warnung zutage tritt.

Wenn man das erreichen will (einen Namen, meine ich), muß man sich vorbereiten wie ein Minenleger und die Festung in die Luft sprengen, wenn die anderen am wenigsten daran denken. Und dafür braucht es viel Vorarbeit. Wirst Du dazu imstande sein? Ich bezweifle es stark. Es ist mit Dir in anderen Dingen ebenso wie hier: Du wünschst Dir heftig die Mittel, wenn sie unerreichbar und unnütz sind. Sobald Du sie hast, sind sie Dir zuwider, allein deswegen, weil Du sie bekommen hast. Früher pflegtest Du von Deinem Début zu träumen, Du wolltest eine Rolle spielen, Du wolltest augenblicklichen Erfolg haben, indem Du Künstler und Journalisten um Dich schartest – diesen Eindruck jedenfalls hatte ich von Dir. Was Du damals mit einer Menge Geld erreichen wolltest, das gelingt mir jetzt mit nichts; und im Grunde bist Du schockiert über mich und findest, mein Verhalten sei würdelos, ich hätte meine Prosa dem Schicksal anvertrauen und mit verschränkten Armen geduldig darauf warten sollen, daß die Bewunderer sich einstellen. Nein! Da ich damit angefangen habe und da ich den Erfolg will, werde ich mein Ziel auch nicht verfehlen. Ich bin von Stapel gelaufen, glücklicherweise! Meine Geschütze habe ich in der Tasche, den Fahrplan habe ich lange studiert, und wehe denen, die sich mir in den Weg stellen! Ich weiß, ich spiele ein grausames Spiel; mein Leben ist der Einsatz auf dem Spieltisch, und es liegt an mir, zu gewinnen. Als Du von England zurückkamst, warst Du erstaunt über die Veränderung, die mit mir vorgegangen war, und stürztest sofort hin, Deine Überraschung Gautier anzuvertrauen. Er gab Dir eine sehr dumme Antwort, und wenn Du mich besser kennen würdest, hättest Du mich verstanden, ohne Dich an andere wenden zu müssen. Erinnerst Du Dich, was Rastignac im *Vater Goriot* sagt? – Nun, was er mit großen Worten sagt, habe ich mit wenigen gesagt ... Ich habe bereits etwas erreicht, ich habe einen Kreis von Künstlern, auf die ich mich verlassen kann, ich kann die Flut von Lebenskraft, die in mir überfließt, nach Herzenslust ausgießen. Ich habe eine grimmige Schlacht zu schlagen, einen Sieg auf Leben und Tod zu erringen. Es muß mir gelingen, in den zwei Jahren literarischer Renaissance, die eben beginnen, ein Kommandant und nicht ein gemeiner Soldat zu sein. Vor einem Monat war ich noch voller Unruhe und Besorgnis, mit einem Wort, ich hatte Angst. Heute bin ich sicher und vertrauensvoll. Ich habe meine erste Schlacht gewonnen. Ich habe schwer geschuftet, aber vor allem habe ich andere unter meinem Kommando arbeiten lassen; es ist mir gelungen, mit dem ersten Angriff die Festung zu sprengen, die ich seit 1847 belagert hatte.

Und wo stehst Du? Du treibst immer alles bis ins äußerste Extrem; Du sagst mit dem ernstesten Gesicht, Du seist nicht dafür geboren, ein (Untergebener?) zu sein. Großer Gott! Wer redet denn von so etwas? Was Du aber in erster Linie nötig hast, ist, die Wahrheit über das Leben kennenzulernen, von dem Du rein gar nichts weißt – ein Unwissen, das Dir bereits mehr Schaden zugefügt hat, als Du je errechnen könntest, und das Dich in der Welt hinter jedem talentlosen Narren zurückstehen lassen wird. Du sagst mir: ›Mach mit mir, was Du willst, entscheide Du für mich!‹ Das ist unmöglich! Da weigere ich mich strikt! Ich kann keine Verantwortung für Seelen auf mich nehmen! Selbst auf die Gefahr hin, von Dir falsch verstanden und beschimpft zu werden, muß ich Dich in Deiner Ungewißheit lassen. Ich könnte Dir die beiden Wege zeigen, aber ich würde, besonders bei Dir, niemals festlegen, welche Richtung Du zu nehmen hast. Nur glaube mir, welche Entscheidung Du auch treffen, wozu Du Dich auch entschließen wirst, ich werde immer da sein, um Dir den härtesten Teil der Aufgabe abzunehmen. An dem Tag, da Du veröffentlichen willst, wirst Du – was nicht jedem beschieden ist – Deinen Platz bereit und für Dich reserviert finden.«

Und das traf zu. Sobald *Madame Bovary* fertig war, ließ Du Camp den Roman in Fortsetzungen in seiner *Revue de Paris* erscheinen.

»Auch nicht eine Sekunde lang habe ich Dich von mir getrennt. Im Geist habe ich für uns drei gearbeitet – für Bouilhet, Dich und mich. – Das ist schon seit langem so, obwohl Du es niemals auch nur bemerkt hast.«

Du Camp war es tatsächlich gewesen, der Bouilhet zu Beginn seiner literarischen Karriere geholfen hatte. Einen Monat nach diesem Brief, im November 1851, sollte er in *La Revue de Paris* dessen *Melaenis* veröffentlichen und den Erfolg sicherstellen:

»Ich habe meinen eigenen Erfolg gemacht, ich werde auch denjenigen Bouilhets machen, und wenn Du mir etwas Gutes schickst, dann mache ich auch den Deinen. – All das ist sehr schwer und ernst, ich weiß, und ich kann Dir nicht einmal einen Rat geben.«

Dann analysiert er Flauberts Leben, das er für einen werdenden Schriftsteller als sehr unpassend betrachtet:

»Du sagst mir, Du habest den Lebensstil, den Du führst, nach freiem Ermessen und nach ernsthafter Überlegung gewählt. Damit betrügst Du Dich sehr – Du hast Dich dieser Lebensweise unterworfen, und es ist Dir zur zweiten Natur geworden, sie zu ertragen. Du unterzogst Dich ihr anfänglich aus Notwendigkeit, wegen Deiner Krankheit – dann aus Pflichtgefühl wegen des Todes Deiner Angehörigen; vor allem aber wegen dieser Abneigung gegen Veränderungen, die in Dir steckt, und weil Du die stillen Vorwürfe Deiner Mutter fürchtetest; vor ihr getraust Du Dich nicht, mit etwas zu brechen, das zur Gewohnheit geworden ist. Beweis dafür ist die Freude, die Du jedesmal hast, wenn Du Dich losreißen kannst. Du liebst es, Dich zu amüsieren, täusche Dich doch darüber nicht, und Du sprachst die Wahrheit, als Du mir sagtest, Du könntest nur aktiv sein, wenn Du Freude daran hättest; das stimmt genau. Aber dieses Leben birgt zwei schwerwiegende Nachteile für Dich:

1. Es hat Dich mit gebundenen Händen und Füßen Deiner Mutter ausgeliefert. Es hat Dir die verderbliche Gewohnheit gebracht, durch andere zu leben und nur noch fähig zu sein, Dich mit Deinem *subjektiven Ich* und nie mit Deinem *objektiven Ich* zu befassen.

2. Es hat Dich in dem engen Kreis Deiner eigenen Person gefangengesetzt. Du weißt zwar, wie Du lebst, aber Du weißt nicht, wie die andern leben. So sehr Du Dich umschaust, Du siehst nur Dich selbst, und in allen Deinen Werken hast Du nie etwas anderes gemacht als Dich selbst gegeben.

Dies sind die beiden großen Fehler Deines Lebens, die Dich letzten Endes niederdrücken, Dir lästig sind, und um deretwillen die Leute glauben, Du hassest das Leben, während es doch nur Dein eigenes Leben ist, daß du haßt.

All das ist nicht unheilbar, im Gegenteil. Wir leben in einer Zeit, da man sich nicht ohne Gefahr für sich selbst von den geistigen Bewegungen des Tages absondern kann. Ich werde diesen Winter Kurse am Konservatorium besuchen, und wenn ich jünger wäre, würde ich Naturwissenschaften studieren, um zu wissen, was sich tut – und wäre es auch nur um des Vokabulars willen – es ist nützlich. Einsamkeit ist nur für die Starken ein Gewinn, und nur wenn man sich selbst antreibt, ein Buch hervorzubringen. Sind wir stark genug? Ich glaube nicht. Und die andern zu kennen, würde uns nichts schaden. Wenn Du Erfolg haben, wenn Du etwas erreichen willst – ich möchte überdies sagen, wenn Du *wahr* sein willst –, dann komm aus Deiner Höhle heraus, in die niemand kriechen wird, um Dich zu suchen, komm heraus ins volle Tageslicht – nimm Tuchfühlung mit der Welt; verachte sie genügend, um in ihr allein zu sein, aber lerne durch diese Verachtung zu leben, indem Du ihre Gesellschaft teilst. Bist Du stärker als sie, dann nutze das aus, hör auf das, was sie sagt, damit Du sie kennenlernst, und sprich von Deiner Höhe herab zu ihr, so daß sie Dir zuhören muß.

Wer von uns hat je eine bessere Position gehabt als Du? Keiner! Du hattest keine Sorgen um Dein Auskommen, Du hattest Geld und den Ruf der Wohlhabenheit, Du hattest Obdach im Haus Deiner Mutter, die Gewißheit, daß Opfer gebracht wurden, damit für Dich gesorgt war; Du hast durch Deinen Vater einen berühmten Namen, an den das allgemeine Publikum schon gewöhnt ist. Was hast Du aus alldem gemacht? Absolut nichts, und Du bist dreißig. Wenn Du nicht anfängst, ehe die nächsten zwei Jahre um sind, weiß ich nicht, wie das alles enden soll. Heutzutage glaubt niemand mehr an den großen Unbekannten. Sie verlangen ihre Werke gnadenlos von dem, der stark zu sein vorgibt. Bringt er nichts hervor, glauben sie nicht an ihn. Hüte Dich davor, Dich wie eine schwangere Frau aufzuführen, die sich einschnürt, um schlank zu erscheinen, und dann eine Fehlgeburt erleidet. Das ist fatal!

Es gibt nichts, das Dich zwingen würde, jetzt zu publizieren, aber wenn Du es tust, dann beeile Dich, den Boden vorzubereiten. Wie gesagt, Dein Platz wird für Dich freigehalten. Ich habe bereits meinen Handschuh darauf gelegt, und an dem Tag, an dem Du kommst, wirst Du es machen wie ich, wirst Dich mit solcher Energie und mit so grimmigem Blick auf den Kochtopf stürzen, an dem die andern zaghaft futtern, daß sie Dir Platz machen werden, ohne auch nur einen Gegenschlag zu versuchen.

Vorderhand aber, wenn Dein Leben Dich befriedigt und Dir nichts zu bereuen gibt, wenn Deine Arbeit Dich glücklich macht, wenn Du mit dem Geschaffenen zufrieden bist und nichts anderes brauchst, wenn Deine Person Deinen Horizont genügend ausfüllt, so daß Du Dich damit zufriedengeben kannst, für Dich selbst ein großer Mann zu sein, habe ich Dir nichts weiter zu sagen ... So habe ich denn keinen Rat für Dich und kann Dir keinen geben, ganz abgesehen davon darf ich Dir nicht einmal einen geben, denn das ist etwas zu Schwerwiegendes, als daß ich das Recht dazu hätte. Ich darf Dich nicht auf einen Weg mitziehen, der vielleicht nicht der Deinige ist, und ich mag nicht Dein Versucher sein. Ich war es schon einmal, das genügt. Alles, was ich Dir sagen kann, ist, daß ich, wenn Du Dich zur Publikation entschließt, Dir helfen werde mit meiner ganzen Kraft, mit meinem ganzen Herzen, mit meiner ganzen Intelligenz, mit allem, was ich vom Leben weiß, mit all meinen Verbindungen, mit all meinen Freunden, mit meiner ganzen Macht, meinem ganzen Einfluß – und in einem halben Jahr bin ich vielleicht in der Lage, hinzuzufügen: mit meinem ganzen Kredit. Kurz, zähle auf mich in allen Dingen, außer daß ich für Dich eine Entscheidung treffe.

Hab Vertrauen zu Dir selbst – es wäre falsch, wenn Du es nicht hättest. Aber hüte Dich auch vor Dir. Vertrauen ist nur schön, wenn durch den Erfolg gerechtfertigt, andernfalls ist es schädlich, bringt die andern zum Lachen und läßt sie sich selbst bescheiden vorkommen.

Schließlich, wenn Du mit Dir allein bist, mit Deinem Gewissen, mußt Du besser als irgendwer sonst wissen, was Du tun sollst, Du müßtest vor allem wissen, was Du tun willst, und danach mußt Du Dich richten.

Also, mein lieber alter Bursche, sieh Dich um und komm zu einem Entschluß. Im Augenblick hast Du zwei Möglichkeiten. Auf der einen Seite völliges Vergraben in Dich selbst, in Deine eigene Person. Auf der andern Seite den Stolz, innerhalb von zwei Jahren *etwas Gutes* zu veröffentlichen.

Das ist, glaube ich, grob zusammengefaßt Deine Lage. Nun triff Deine Wahl, und sobald Du ein Ziel hast, marschiere darauf zu, ohne Dich umzublicken und ohne von Deinem Weg abzuweichen.

Ein letztes Wort, und ich bin mit diesem langen Brief zu Ende, der mir sehr schwergefallen ist und den zu schreiben ich mich niemals hätte entschließen können, hättest Du mich nicht in die Enge getrieben. Du hast meine Schroffheit verletzend gefunden und hast sie Deinen ›Normandismen‹ zugeschrieben – aber Du irrtest Dich sehr – später, wenn wir wieder richtige (Kameraden?) sind, werden wir über all das reden. Jetzt kann ich Dir nichts weiter sagen, als daß ich Dich einst als jemanden liebte, der Du nicht warst. Als ich das herausfand, mußte ich meine Freundschaft dieser neuen Persönlichkeit, die ich in Dir erkannte, anpassen – und ich sage Dir aus tiefstem Herzensgrund, das brachte einen Kummer in mein Leben, mit dem ich lange Zeit nicht fertig wurde. Damals rutschte mir die Schroffheit heraus, die Du mir vorwirfst und die mir leid tat, kaum daß sie ausgesprochen war; damals fühlte ich die Bitterkeit mir auf die Lippen steigen, bin ich doch eine ungestüme Natur, und sie durchbrach alle Dämme, die ich dagegen aufgerichtet hatte.

Leb wohl, liebes Kind, denk über das alles nach, überleg es Dir in Ruhe; es ist beinahe eine ärztliche Diagnose. Und was auch geschieht, vergiß nicht, daß ich stets der Deine bin,

Maxime Du Camp.«

Dieser bemerkenswerte Brief ist sehr aufschlußreich – aufschlußreich über den Charakter der beiden Freunde – und erklärt, weshalb ihre intime Freundschaft nicht von Dauer sein konnte: Zu radikal war der Unterschied zwischen ihrer Veranlagung und ihren Zielen. Du Camp zeigt sich hier, wie bereits in seinen Werken, als ein Mensch ohne viel Phantasie und Einfühlungsgabe, der sich auf fleißige Arbeit und übernommenes Material verläßt und einen rührenden Glauben an die gängigen Ideen des Tages hat. Sehr klar tritt hier seine Entschlossenheit zutage, in einem weltlichen Sinn vorwärts- und ganz hoch hinaufzukommen. Es liegt etwas Komisches darin, welches Vertrauen er in Kurse setzt, um ›up to date‹ zu sein. Das ist sehr verschieden von der harten Arbeit, die Flaubert im Zusammenhang mit jedem Buch unternahm, das er geschrieben hat, sehr verschieden auch von der Art, wie er sich sein ganzes Leben hindurch fortwährend selbst weiterbildete: Sein ständiges Lesen und Studieren der großen französischen Klassiker, Shakespeares, verschiedener Philosophen und Historiker, sein Griechischstudium als Erwachsener, das er nicht mehr aufgab, solange er lebte. Der Rat, den Du Camp Flaubert hier erteilt, ist rührend, wenn man an dessen Arbeitsweise denkt. Immerhin muß zu seiner

Verteidigung gesagt werden, daß Flauberts schriftstellerisches Wirken bis dahin tatsächlich weitgehend subjektiv gewesen war.

Der Brief läßt aber auch erkennen, daß Du Camp trotz einiger Enttäuschung noch immer an Flaubert hing, das beste für ihn wünschte und entschlossen war, alles zu tun, was in seiner Macht lag, um seine Karriere als Schriftsteller zu unterstützen – selbst wenn seine Ziele vielleicht auch nicht sehr erhaben waren. Er war überzeugt, ihn fördern zu können, und gewillt, es zu tun, denn er war der Praktischere der beiden. Er dachte aber auch – und diese Ansicht hat er mit Louise Colet geteilt –, Flaubert sei ein schwacher Charakter, er stehe zu sehr unter dem Pantoffel seiner Mutter und hänge an deren Schürzenzipfel, er habe es dringend nötig, aufgerüttelt und aus seiner vertrauten Umgebung herausgerissen zu werden. Darin lag sehr viel Wahres, nur war sich Du Camp nicht im klaren darüber, wieviel Selbsterhaltungstrieb in Flauberts Haltung lag, daß dies zum Teil einfach seine Art war, sich seine geistige Privatsphäre für seine Arbeit zu wahren; denn nur so konnte er arbeiten, und er war bereit, seine Mutter als Schranke gegen jede Einmischung von außen zu benutzen. Du Camp glaubte, Flaubert vergeude sich, während er sich in Wirklichkeit schützte.

Es scheint, daß, zumindest in dieser Zeit – trotz allem, was die späteren Kritiker über seine Eifersucht geschrieben haben –, Du Camp in seinem Verhalten Flaubert gegenüber selbstlos gewesen ist: Er hatte durch ihn ja nichts zu gewinnen. Er war eben von einer gewissen geistigen Durchschnittlichkeit, die es ihm trotz seiner unzweifelhaften Begabungen schwermachte, Flaubert zu verstehen. Aber er war gar nicht so sehr verschieden von den meisten Literaten seiner Zeit. Die Kritiker sind ganz gewiß zu hart mit ihm ins Gericht gegangen, denn trotz allem war er ein echter, guter Freund, soweit es seine geistigen Fähigkeiten und Grenzen zuließen und soweit Flaubert es ihm erlaubte.

Flaubert erhielt Du Camps Brief Ende Oktober 1851, einen Monat darauf ging er nach Paris und blieb dort auch während des Staatsstreichs vom 2. Dezember. Das lieferte ihm einen weiteren Vorwand, das Schreiben an seinem Roman hinauszuschieben, den er sich erst ernsthaft vornahm, als er im Januar nach Croisset zurückgekehrt war. Dann aber vertiefte er sich voll und ganz in diese Arbeit und ließ nicht mehr locker, bis er im April 1856 fertig war. Sie wurde sein ›alter Mann des Meeres‹, der sich an seinen Rücken klammerte und ihm keine Ruhe ließ. Seine Nichte Caroline schreibt in ihren *Souvenirs Intimes*[12], daß sie als Kind nicht gewußt habe, was das Wort ›Bovary‹ bedeutete, daß sie sich damals aber vorgestellt habe, es müsse ein Synonym für Mühe und Plage sein. Jeden Tag, wenn ihre Unterrichtsstunde mit dem Onkel zu Ende war, pflegte er seufzend zu sagen: ›Es ist Zeit, daß ich an die Bovary zurückkehre‹, und sie glaubte, er meine eine schwere Arbeit – sie hatte damals keine Ahnung, daß es ein Roman war, sie war erst fünf Jahre alt, als er daran zu schreiben begann, und zehn, als er fertig war.

Anfangs arbeitete er mit großer Energie und hoffte, das würde so bleiben. In einem Brief an seinen alten Freund Parrain schrieb er im Januar 1852, als er gerade recht begonnen hatte[13]: »Ich habe wieder angefangen, wie ein Rhinozeros zu arbeiten. Die herrliche Zeit des *Saint Antoine* ist wieder da. Walte Gott, daß das Ergebnis mir besser gefalle.« Das sollte sich allerdings nicht erfüllen, und bald befand er sich in den aufreibenden Schaffenswehen, bei denen er das Gefühl hatte, er werde niemals etwas fertigbringen. Wir können über seinen Briefwechsel alle seine Schwierigkeiten der Gestaltung und seine Kämpfe mit sich selbst durch die ganzen fünf Jahre verfolgen.

Wir haben bereits darüber gesprochen, daß Flaubert in den Jahren 1852 und 1853, weil er seines Romans müde wurde oder weil er damit nicht vom Fleck kam, mit dem Gedanken gespielt hat, eine phantastische, metaphysische Erzählung namens *La Spirale* zu verfassen, etwas in der Art seines früheren Werkes *Smarh* oder seiner ersten *Versuchung des heiligen Antonius.* Doch verfolgte er den Plan nicht weiter, sondern kehrte zur Tretmühle der *Bovary* zurück. Er war allerdings außerstande, mit diesem Buch richtig voranzukommen; er war seiner oft überdrüssig, ja er sehnte sich geradezu nach dem Tod, um ihm zu entrinnen.[14] »Oh, ich werde die Martern der Kunst bestimmt kennengelernt haben«, schrie er auf. Er verbrachte die ganze Nacht mit Arbeit, und doch kam so gut wie nichts dabei heraus. In fünf Tagen brachte er es nur auf eine Seite.[15] Ein andermal waren es zwanzig Seiten in einem Monat, bei mehr als sieben Stunden täglicher Arbeit[16], wieder ein andermal fünfundzwanzig Seiten in sechs Wochen[17]:

»Du sprichst von Deinen Mutlosigkeiten – wenn Du meine sehen könntest! Ich weiß manchmal nicht, wieso mir die Arme nicht vor Müdigkeit vom Körper fallen und mein Kopf nicht zu Brei wird. Ich führe ein bitteres Leben, das jeder äußeren Freude bar ist und bei dem ich nichts anderes habe, um mich aufrechtzuhalten, als eine Art anhaltender Verbissenheit, die manchmal vor Ohnmacht heult, doch die beständig ist. Ich liebe meine Arbeit mit einer frenetischen, pervertierten Liebe, wie ein Asket sein härenes Hemd, das ihm den Leib zerkratzt. Wenn ich mich manchmal ganz leer fühle, wenn der Ausdruck sich mir versagt, wenn ich, nachdem ich viele Seiten hingekritzelt habe, merke, daß ich keinen einzigen Satz zustande gebracht habe, lasse ich mich auf meinen Diwan fallen und bleibe dort stumpfsinnig in einem Sumpf der inneren Qualen liegen.«

Zeitraubend war auch die Forschungsarbeit, die er für manche Teile des Buches als notwendig erachtete. Zum Beispiel fühlte er sich verpflichtet, alles über die verschiedenen Arten von Klumpfüßen und die möglichen Operationen herauszufinden, was man nur herausfinden konnte. Er diskutierte mit seinem Bruder, dem Leiter des Krankenhauses von Rouen, stundenlang über diese Fragen.[18] Und mit Louis Bouilhet, der medizinisch gebildet war, besprach er das Wesen und die Symptome von Arsenikvergiftungen.[19] Er beriet sich mit ihm auch über die Frage, welche Art von Augenleiden er dem blinden Bettler zuschreiben sollte, den der Apotheker Homais zu behandeln versucht.[20] Er verbrachte ganze Wochen damit, all die romantischen Romane zu lesen, die ein Mädchen vom Typ Emmas gelesen haben mochte, um sich in ihre Empfindungen einzufühlen. An Louise Colet, deren Geschmack ähnlich gewesen war, schrieb er[21]:

»Während der letzten zwei Tage habe ich versucht, in die Träume junger Mädchen einzudringen, und zu diesem Zweck segle ich auf den milchigen Ozeanen der Literatur über mittelalterliche Burgen und Minnesänger in samtenen Baretten mit wallenden weißen Federn. Erinnere mich bitte daran, daß ich mit Dir darüber rede. Du könntest mir genauere Einzelheiten angeben, die mir noch fehlen.«

Immer wieder mußte er voll wehmütiger Sehnsucht an die glücklichen schöpferischen Tage zurückdenken, als er so leicht und freudig an der *Versuchung des heiligen Antonius* geschrieben hatte, als er in einen Stoff versunken gewesen war, der seiner Meinung nach mit seinem Wesen im Einklang stand und der ihn mitriß.[22]

Seine Langsamkeit wurde ihm besonders bewußt, als er vernahm, daß Maxime Du Camp für seine Dienste an Wissenschaft, Literatur und Forschung zum Offizier der Ehrenlegion ernannt worden war. Da konnte er ein gewisses Neidgefühl nicht ganz unterdrücken[23]:

»Eine Neuigkeit: Der junge Du Camp ist Offizier der Ehrenlegion geworden! Was ihm das für ein Vergnügen machen wird! Wenn er sich mit mir vergleicht und den Weg betrachtet, den er zurückgelegt hat, seit er mich verließ, wird er mich gewiß als weit hinter ihm zurückgeblieben betrachten.«

Obwohl er tat, als wäre ihm die Trennung von Du Camp gleichgültig, litt er doch darunter, daß sein Freund ihn, wie er glaubte, vernachlässigte, indem er ihn einen ganzen Monat ohne Nachricht ließ. Er schrieb an Louise Colet darüber[24]:

»Seit ich Paris verließ, habe ich gerade fünf Zeilen von Du Camp erhalten, das ist alles. Er hat zu Bouilhet gesagt, er sei zu beschäftigt, um Briefe zu schreiben. Wenn er zu mir zurückkehren will, wird er seinen Platz noch immer frei finden, und ich werde das gemästete Kalb für ihn schlachten. Ich glaube, jener Tag wird für ihn sehr schön sein, denn jetzt geht er Enttäuschungen entgegen. Na ja!«

Doch Du Camp vergaß seinen Freund nicht, er drängte ihn im Gegenteil auch weiterhin, vorwärtszumachen und etwas zu veröffentlichen, bevor es zu spät sei, bevor jeder ihm zuvorgekommen und jeder Platz besetzt sei. Seiner Meinung nach waren jetzt Lücken in den Reihen der Literatur zu füllen. Chateaubriand und Balzac waren vor kurzem gestorben, Lamartine schrieb nichts, und Vigny hatte nie viel geschrieben; Hugo lebte im Exil, und Musset trank sich zu Tode. Du Camp bewunderte Flauberts Begabung und Möglichkeiten und glaubte fest daran, daß er einen dieser offenen Plätze ausfüllen könnte.

Was er nicht sah, war, daß Flaubert sehr hart arbeitete, mit sich selber rang und seine Fehler zu verbessern suchte. Er sah lediglich, daß sein Freund müßig und träge war und bei seiner Mutter in sinnloser Häuslichkeit versank. Er schrieb ihm, er beschwor ihn, sich aufzuraffen, und bot von neuem seine Hilfe an. Flaubert, dessen Nerven durch die Schwierigkeiten mit seinem Buch und sein erfolgloses Streben nach den hochgesteckten Zielen angegriffen waren, schlug in einem harten, grausamen Brief, der erkennen läßt, wie breit der Riß zwischen ihnen bereits geworden war, gegen den Freund aus[25]:

»Mein lieber Freund,

Du scheinst mir gegenüber eine krankhafte Nervosität zu haben und einen ›verborgenen Mangel‹[26] entdeckt zu haben. Das ärgert mich nicht, sei unbesorgt. Ich habe mich seit langem damit abgefunden.

Ich möchte Dir nur sagen, daß all die Wörter: *sich beeilen, es ist der günstige Augenblick, es ist an der Zeit, besetzter Platz, sich zur Geltung bringen, außerhalb der Gesellschaft stehen,* für mich ein Vokabular darstellen, das keinerlei Sinn hat. Es ist, als redetest Du mit einem Indianer. Verstehe nicht.

Es zu etwas bringen, zu was? Zu der Stellung der Herren Murger, Feuillet, Monselet usw., Arsène Houssaye, Taxile Delord, Hippolyte Lucas und zweiundsiebzig anderer? Vielen Dank!

Bekannt werden ist mir nicht das Wichtigste, das befriedigt nur die sehr mittelmäßigen Eitelkeiten. Weiß man im übrigen jemals, woran man in diesem Punkt ist? Selbst die vollständigste Berühmtheit befriedigt einen nicht, und man stirbt fast immer in der Ungewißheit über seinen eigenen Ruhm, es sei denn, man wäre ein Dummkopf.

Das Bekanntsein klassiert einen in den eigenen Augen nicht mehr als das Im-Dunklen-Bleiben.

Ich strebe nach etwas Besserem: danach, mir selbst zu gefallen. Der äußere Erfolg erscheint mir als ein Ergebnis, nicht als das Ziel. Nun, ich gehe auf dieses Ziel zu und seit langem schon, so habe ich den Eindruck, ohne einen Fußbreit abzuweichen oder am Rande des Weges innezuhalten und den Damen den Hof zu machen oder im Gras zu schlafen. Phantom gegen Phantom, letzten Endes ist mir das lieber, was das bessere Format hat.

Mögen eher die Vereinigten Staaten untergehen als ein Prinzip! Möge ich lieber wie ein Hund krepieren, als meinen Satz, der nicht reif ist, um eine Sekunde früher fertig machen.

Mir schwebt eine Art zu schreiben und eine Anmut der Sprache vor, die ich erreichen will. Wenn ich glaube, die Aprikose gepflückt zu haben, werde ich mich nicht weigern, sie zu verkaufen, und es nicht ablehnen, wenn man in die Hände klatscht, falls sie gut ist. Bis dahin will ich das Publikum nicht beschummeln. Das ist alles.

Wenn es dann nicht mehr an der Zeit und allen der Durst vergangen ist, habe ich Pech gehabt. Ich wünsche mir, dessen sei gewiß, eine viel größere Leichtigkeit, viel weniger Arbeit und größeren Nutzen. Aber ich sehe kein Mittel, dem abzuhelfen ...

Dort weht der *Atem des Lebens,* sagst Du mir, wenn Du von Paris redest. Ich finde, daß er oft nach verfaulten Zähnen riecht, Dein Atem des Lebens. Für mich steigen von dem Parnaß, zu dem Du mich einlädst, mehr Miasmen auf als Taumel. Die Lorbeeren, die man sich dort entreißt, sind, das wirst Du zugeben, ein wenig mit Kot bedeckt.

Apropos, es ärgert mich, wenn ich sehe, wie ein Mann wie Du die Marquise d'Escarbagnas [in Molières Stück] überbietet, die glaubte, daß es ›außerhalb von Paris kein Heil für gebildete Leute geben könnte‹. Dieses Urteil selbst scheint mir provinzlerisch zu sein, das heißt beschränkt. Die Menschheit ist überall, mein lieber Herr, der Schwindel allerdings in Paris mehr als anderswo, das gebe ich zu.

Gewiß erwirbt man sich eines in Paris: Stirn zu haben, aber man läßt dabei Haare ...

So bitter mein neutralisierendes Leben beklagen, heißt einem Schuster vorwerfen, daß er Stiefel macht, einem Schmied, daß er Eisen schmiedet, einem Künstler, daß er in seinem Atelier lebt. Da ich *jeden Tag* von ein Uhr mittags bis ein Uhr nachts arbeite, außer von 6 bis 8 Uhr, sehe ich kaum, wozu ich die mir verbleibende Zeit benutzen soll. Wenn ich wirklich in der Provinz oder auf dem Lande lebte und mich dem Dominospiel hingäbe oder dem Anbau von Melonen, würde ich den Vorwurf begreifen. Wenn ich mich aber abarbeite, so sind Lukian, Shakespeare und der Roman, an dem ich schreibe, der Grund dafür.

Ich habe Dir gesagt, daß ich nach Paris ziehe, wenn mein Buch fertig ist, und daß ich es veröffentlichen werde, falls ich damit zufrieden bin. Mein Entschluß hat sich nicht geändert. Das ist es, was ich Dir sagen kann, nicht mehr.

Und glaube mir, mein Freund, laß dem Wasser seinen Lauf. Ob die literarischen Streitigkeiten wieder aufleben oder nicht, ist mir verdammt gleichgültig. Ob Augier Erfolg hat, ist mir noch gleichgültiger, und daß Vacquerie und Ponsard sich so breitmachen, daß sie mir meinen ganzen Platz wegnehmen, ist mir hypergleichgültig; ich werde sie nicht belästigen, ihn mir zurückzugeben.«

Am gleichen Tag schreibt er an Louise Colet[27], Du Camp habe ihm geschrieben, sein Platz sei zwischen Ponsard und Vacquerie, und nur in Paris könne man leben. Er zitiert aus seinem eigenen Brief an Du Camp und meint, er glaube nicht, daß dieser jemals auf das Thema zurückkommen werde, noch daß er wage, jemandem diesen Brief zu zeigen. Obwohl aus dem Brief an Louise Colet klar hervorgeht, daß er beabsichtigt hatte, den Freund zu verletzen, spielte er den Überraschten, als dieser seine schmerzliche Betroffenheit zeigte, und behauptete, nichts hätte seinen Absichten ferner gelegen; ja, er warf ihm vor, er sei zu empfindlich[28]:

»Es schmerzt mich sehr, Dich so dünnhäutig zu sehen. Weit davon entfernt, zu wünschen, daß mein Brief Dich verletze, versuchte ich mein Bestes, das Gegenteil zu erreichen. Ich blieb, soweit es ging, in den Grenzen des Themas – wie man in der Rhetorik sagt.

Aber warum fängst Du die gleiche alte Geschichte nochmals von vorne an? Warum rätst Du einem Mann, der überzeugt ist, gesund zu sein, zu einer Diät? Ich finde Deine Besorgnisse um mich ein bißchen komisch, das ist alles. Mache ich Dir denn einen Vorwurf daraus, daß Du in Paris lebst und daß Du veröffentlicht hast, usw. usw.? Und als Du seinerzeit herkommen und in einem Haus in meiner Nähe, auf dem Lande, wohnen wolltest, unterstützte ich da Dein Vorhaben? Riet ich Dir, meine Lebensweise anzunehmen? ...

Alles, was Du mir sagen kannst, habe ich mir selbst schon gesagt, da kannst Du sicher sein – Vorwürfe oder Lob, Gutes oder Schlechtes. Alles, was Du darüber hinaus hinzufügen kannst, wird nur die Wiederholung eines endlosen Monologs sein, den ich auswendig weiß.

Noch ein Wort, trotz allem. Die literarische Wiedergeburt, die Du prophezeist, an die glaube ich nicht, denn ich sehe bis jetzt weder einen neuen Mann noch ein originelles Buch, noch eine Idee, die nicht bereits abgedroschen ist. (Sie lecken ihre Meister am Arsch wie eh und je.) Sie wiederholen die alten humanitären und ästhetischen Theorien noch und noch. Ich bestreite nicht, daß die Jugend von heute den guten Willen hat, eine Schule zu schaffen, aber ich bestreite deren Existenz. Ich würde sehr glücklich sein, wenn ich irrte, und mir die Entdeckung zunutze machen.

Was meinen *Posten* als Literat anbelangt, so lasse ich ihn Dir gern. Ich verlasse das Schilderhäuschen und nehme mein Gewehr unter dem Arm mit. Ich verzichte auf die Ehre eines solchen Titels und einer solchen Mission. Ich bin offen gestanden ein Bourgeois, der zurückgezogen auf dem Lande lebt, sich eifrig mit Literatur beschäftigt und von niemandem etwas verlangt, weder Rücksicht noch Ehre, noch Ansehen. Man wird ohne meine Leuchte auskommen müssen. Dafür ersuche ich die Leute, mich nicht mit ihren Kerzchen zu langweilen. Darum bleibe ich fern. Was das *Helfen* angeht, so würde ich niemandem einen Gefallen, gleich welcher Art, abschlagen. Ich würde ins Wasser springen, um eine gute Verszeile oder einen guten Prosasatz von irgendwem zu retten. Aber ich glaube nicht daran, daß die Menschheit mich insoweit nötig hat, ebensowenig wie ich sie. Du mußt Deine Vorstellung ändern, ich sei ganz auf mich selbst eingestellt. *Ich bin nicht zufrieden mit mir.* Wenn ich mir selbst einmal gefalle, dann werde ich von zu Hause fortgehen, wo ich mit Anerkennung gewiß nicht verwöhnt werde. Wenn Du nur in mein Inneres sehen könntest, so käme Dir der Satz, den Du geschrieben hast, als eine Ungeheuerlichkeit vor.

Wenn Dein Gewissen Dich nötigte, mir diesen Rat zu geben, dann hattest Du recht, es zu tun, und ich danke Dir für die gute Absicht ...

Wir gehen nicht mehr den gleichen Weg, wir sitzen nicht mehr im selben Boot. Möge Gott jeden von uns dorthin führen, wo er hingelangen will. Ich strebe nicht nach dem Hafen, sondern nach der hohen See. Sollte ich Schiffbruch erleiden, so dispensiere ich Dich von der Trauer.«

Dieser Brief stellt einen wichtigen Schritt in der Lockerung ihrer freundschaftlichen Bande dar. In einem Brief an Louise Colet schrieb Flaubert ein paar Monate danach[29]:

»Was den guten Maxime anbelangt, so bin ich momentan nicht imstande, irgendein Gefühl für ihn aufzubringen. Der Platz in meinem Herzen, wo er zu sein pflegte, hat sich in langsamem Verfall aufgelöst, und jetzt ist nichts mehr davon übrig. Gute oder schlechte Taten, Lob oder Tadel, mir ist alles gleich. Es ist keine Verachtung dabei. Es hat mit Stolz nichts zu tun, ich fühle mich einfach zutiefst unfähig, ihm gegenüber oder für ihn irgend etwas zu empfinden, sei es Freundschaft, Haß, Achtung oder Zorn. Er ist fortgegangen wie ein Toter, ohne bei mir auch nur ein Bedauern zurückzulassen. Es war Gottes Wille, Gott sei gepriesen! Die Süße, die ich einst bei dieser Zuneigung erlebte (ich erinnere mich mit Freuden daran), vermindert zweifellos die Scham ein wenig, die ich jetzt darüber empfinde, daß ich sie erlebt habe.«

Und doch steckt in diesem Brief mehr Schmerz als Gleichgültigkeit. Flaubert scheint es irgendwie nicht ertragen zu haben, daß der Freund, der ihn einst angebetet hatte, nun weniger hoch von ihm dachte, besonders nachdem er fühlte, daß er auf dem richtigen Wege war.

Immer wieder hat man behauptet, Du Camp sei auf Flaubert eifersüchtig und neidisch gewesen; aber zumindest in diesem Zeitabschnitt deutet nichts darauf hin. Dagegen ist offenkundig, daß Flaubert selbst manchmal imstande war, Engherzigkeit und vielleicht sogar Neid zu äußern. Das war bei seinem fortwährenden Zustand der Frustration infolge seines Unvermögens, das Buch zu beenden, ja auch natürlich. In einem Brief an Louise Colet[30] beschuldigte er Du Camp sogar, die einzige Photographie von ihm selbst, die während der Orientreise aufgenommen worden sei, in seinem Reisebuch *Ägypten, Nubien, Palästina, Syrien* unterschlagen zu haben. Das ist völlig unsinnig; es ist durchaus kein gutes Bild von Flaubert, der aus ziemlicher Distanz aufgenommen und nur undeutlich zu sehen ist und außerdem ein Eingeborenenkostüm trägt, das ihn noch unkenntlicher macht. Die Aufnahme hatte überdies mit dem Buch gar nichts zu tun. »Er möchte am liebsten, ich würde nicht existieren«, bemerkte Flaubert, »ich liege ihm auf dem Magen.« Er war auf das Buch sehr schlecht zu sprechen, warf dem Verfasser vor, er hätte einen deutschen Gelehrten geplündert, ohne ihn zu nennen, und behauptete, von den sechsundzwanzig Seiten Einleitungstext seien keine drei von ihm selbst, er habe alles von andern zusammengeborgt.[31]

Du Camp war eifrig darauf aus, seine Werke zu veröffentlichen. Sein zweites Buch, *Le Livre Posthume (Mémoires d'un Suicidé)*, kam 1852 in *La Revue de Paris* heraus (das erste, ein Reisebuch, war schon 1848 publiziert worden). Es ist ein Roman, allerdings kein sehr guter, hochromantisch im Stoff – obwohl er ein Angriff gegen die romantische Lebensauffassung sein sollte – und ohne viel Stilgefühl geschrieben. Du Camp ließ sich von der humanitären Sicht der Literatur stark beeinflussen und glaubte daran, daß die Kunst ein moralisches Ziel haben müsse; dieser Roman ist eine Anklage gegen jene, die sich vom alltäglichen Leben abwenden. Der Held, der, sobald er mit sich selbst allein ist, nichts findet, begeht schließlich Selbstmord. Er ist, wie der Autor sagt, »ein natürlicher Sohn von René, aufgezogen von Antony und Chatterton«, und ehe er sich umbringt, schreibt er: »Comme ils sont heureux tous ceux qui ne sont pas moi; tous ceux qui ne sont pas rongés par les dévorantes inquiétudes de rêves impossibles.« (Wie glücklich sind doch alle die, die nicht so sind wie ich; alle, die nicht von den verzehrenden Unruhen unmöglicher Träume gequält werden.) Er stirbt, weil er das Gefühl hat, nutzlos zu sein. Er sagt von dem, was seinen Sturz, seine Isolierung und Einsamkeit bewirkt hat: »La solitude qui porte à ses deux sinistres mamelles, l'égoïsme et la vanité.« (Die Einsamkeit, die an ihren unseligen Brüsten die Selbstsucht und die Nichtigkeit trägt.) Flaubert erkannte, daß Du Camp an ihn dachte, als er das schrieb, aber er hatte auch von diesem Buch eine schlechte Meinung.[32]

Du Camps drittes Buch war der Bildband mit den Aufnahmen, die er während seiner Reise in den Osten gemacht hatte, und mit einer langen Einleitung, von ihm selbst verfaßt; es erschien 1853. Im Oktober desselben Jahres begann er bereits sein viertes Werk zu veröffentlichen, einen Bericht über seine Reise an den Nil, in die Türkei und nach Palästina. Flaubert hielt das Buch für einen Abstieg nach dem *Livre Posthume* und fand, es gebe keine Hoffnung für Du Camps Zukunft[33]:

»Freund Max hat seine Reise nach Ägypten, *Le Nil*, als Gegenstück zu *Le Rhin* [Hugos Buch] zu veröffentlichen begonnen. Es ist seltsam in seiner Nichtigkeit. Dabei rede ich nicht vom Stil, der ausnehmend platt ist und hundertmal schlechter als in *Le Livre Posthume*. Aber an Stoff, an Tatsachen ist überhaupt nichts darin. Die Einzelheiten, die er sich am besten gemerkt hatte, die charakteristischsten der Natur, die vergißt er. Dir, die Du meine Notizen gelesen hast, wird das sofort auffallen. Was für ein plötzlicher Niedergang!«

Sein Urteil über Du Camps Schaffen bestärkte ihn in der Meinung, daß er selbst auf dem richtigen Wege war. Er wollte und konnte sich nicht an der Jagd nach Anerkennung und Macht beteiligen. Er hatte keinen Ehrgeiz in dieser Richtung, er mochte sich nicht nach vorn drängen, er trachtete nicht einmal danach, irgendeiner Akademie oder literarischen Bewegung anzugehören.[34] Er würde, erklärte er, lieber Aufseher in einer Schule werden als für Geld zu schreiben.[35]

Flaubert litt sehr unter der Abreise Bouilhets nach Paris im Oktober 1853, als dieser in der Hauptstadt Ruhm und Glück suchte. Er hatte sich in den vergangenen zwei Jahren der schöpferischen Qualen auf dessen Zuspruch und Ermutigung gestützt und war ohne ihn todtraurig. »Du kannst Dir nicht vorstellen, wie einsam ich ohne Dich bin«, schrieb er ihm[36], »und wie ich jeden Sonntag an meine armen Sonntage von einst denke.«

Obwohl er für sein eigenes Fortkommen keinen Finger rührte, vermochte er dem Freund recht weltkluge Ratschläge zu geben, besonders nachdem dessen Stück *Madame de Montarcy* vom Théâtre Français zweimal abgelehnt worden war. Flaubert regte sich darüber mehr auf als über eigene Rückschläge.[37] Er begriff, wie niedergeschmettert Bouilhet durch sein Versagen war, so daß seine Mutter sogar befürchtete, er könnte Selbstmord begehen, und nach Paris fuhr, um ihm zuzureden, er solle nicht mehr an die Bühne denken. Flaubert war sehr aufgebracht über sie und versuchte ihr Vorgehen durch seine Ermutigung zu neutralisieren.[38] Obwohl er für sich selbst nichts unternahm, drängte er den Freund, doch weiterzumachen, und erteilte ihm ganz ähnliche Ratschläge, wie er seinerseits sie vorher von Du Camp bekommen hatte[39]:

»Ich appelliere an Deinen Stolz. Vergiß nicht, was Du geleistet hast, was zu leisten Du erträumst, und steh auf, Himmel noch mal, hab mehr

Respekt vor Dir selbst! Und laß es auch nicht in der Tiefe Deines Herzens an Respekt vor mir fehlen, indem Du an einer Intelligenz zweifelst, die unbestritten ist.

Du wirst mir nun sagen, Du seist seit zwei Jahren in Paris und habest alles getan, was Du konntest, und doch sei Dir noch nichts Gutes gelungen. Erstens, nein: Du hast nichts getan für Dein eigenes praktisches Vorwärtskommen, und ich erlaube mir zu sagen, im Gegenteil. *Melaenis* hat Erfolg gehabt, man spricht davon, es werden Artikel über Dich geschrieben; aber Du hast *Melaenis* noch nicht in Buchform drucken lassen, Du suchst die Leute nicht auf, die über Dich geschrieben haben. Man gibt Dir Eintrittskarten für das Théâtre Français, und Du setzt keinen Fuß hinein und hast es in zwei Jahren nicht fertiggebracht, Dir dort, ich will nicht sagen einen Freund zu schaffen, aber nicht einmal eine Bekanntschaft zu machen. Du hast es abgelehnt, mit verschiedenen Leuten zusammenzutreffen, Janin, Dumas, Guttinguer usw., unter denen Du vielleicht den einen oder andern Freund gefunden hättest, und was die Menschen anbelangt, mit denen Du zusammenkommst, so wäre es vielleicht besser, sie nicht zu sehen.«

Dann riet ihm Flaubert, den Gedanken an das Théâtre Français fallenzulassen und sich auf das zweite Theater, das Odéon, zu konzentrieren. Er zeigte sich überraschend geschickt im Intrigieren, er wußte, wem zu schreiben, welche Fäden es zu ziehen galt, und beriet seinen Freund in bezug auf den geplanten Feldzug. Kein Wunder, daß Du Camp bedauerte, wie schade es sei, daß nicht etwas von diesem Talent für seine eigene literarische Zukunft eingesetzt werde; aber Flaubert war daran nun einmal nicht interessiert. Er machte seine Sache so gut, daß Bouilhets *Madame de Montarcy* tatsächlich vom Théâtre de l'Odéon angenommen und aufgeführt wurde.

Im Jahre 1854, während der letzten zwei Jahre des Schaffens an seinem Roman, hörte Flaubert, daß Champfleury im Begriffe war, eine Erzählung über ein *Madame Bovary* sehr ähnliches Thema als Fortsetzungsroman zu veröffentlichen. Champfleury galt damals als die große Hoffnung der erzählenden Literatur seit Balzacs Tod im Jahre 1850. Sein Höhepunkt als Romancier fällt in die Zeit, da Flaubert *Madame Bovary* schrieb. 1854 kam sein bester Roman in Fortsetzungen heraus und wurde 1855 als Buch veröffentlicht: Es war *Les Bourgeois de Molinchart*, dessen Handlung im Städtchen Laon spielt, in dem der Autor geboren wurde. Es ist eine schäbige Provinz-Ehebruchsgeschichte, der Champfleury zunächst den Titel

L'Adultère en Province geben wollte. Der Inhalt ist nicht wesentlich, was jedoch zählt, ist die Schilderung der provinziell-bürgerlichen Atmosphäre, die damals neu war. Zweifellos kennzeichnet das Buch den Beginn der realistischen Schule im Roman und hatte bei seinem Erscheinen einen großen Erfolg; es wurden 100 000 Exemplare verkauft. Mit dieser Veröffentlichung wurde Champfleury der unangefochtene Führer in der neuen Bewegung des literarischen Realismus.

Als Flaubert von dem Roman erfuhr, war er eine Zeitlang beunruhigt, denn er erkannte, daß der Stoff seinem eigenen sehr nahekam, doch als er ihn dann gelesen hatte, schrieb er erleichtert[40]:

»Ich habe fünf Fortsetzungen von Champfleurys Roman gelesen. Es ist, offen gestanden, nicht schlimm. Die Ähnlichkeit liegt mehr in der Absicht als im Stoff oder in den Figuren. Jene des Ehemannes, der Frau und des Liebhabers scheinen mir ganz anders als meine eigenen zu sein ... Das einzige Ärgerliche ist die Gestalt der frommen alten Jungfer, Feindin der Heldin (ihre Schwägerin), so wie in *Bovary* Madame Bovary, die Mutter, die Feindin ihrer Schwiegertochter ist, und diese Gestalt ist bei Champfleury vielversprechend. Das ist für mich bisher die größte Übereinstimmung, und diese alte Jungfer ist viel besser gezeichnet als meine gute Frau, die übrigens eine Nebenfigur in meinem Buch ist. Was den Stil anbelangt, nicht sehr gut, nicht sehr gut. Trotzdem ist es schade, daß *Bovary* jetzt nicht veröffentlicht werden kann. Aber was kann ich tun?

Ich habe *Eugénie Grandet* wieder gelesen. Das ist wirklich schön. Welch ein Unterschied zu Freund Champfleury!«

Vier Tage später schrieb er von neuem und meinte[41]:

»Ich habe elf Kapitel von Champfleurys Roman gelesen. Ich bin mehr und mehr beruhigt: Konzeption und Ton sind ganz anders. Niemand außer Dir und mir würde irgendwelche Vergleiche ziehen. Das einzig Ähnliche in den beiden Büchern ist das *Milieu,* aber trotzdem!«

Daß Flaubert wegen Champfleury nervös wurde, ist schmeichelhaft für diesen. Der Kommentator der Briefe schreibt in einer Anmerkung[42], bei dem betreffenden Roman Champfleurys handle es sich um *Madame d'Aigrizelles.* Das stimmt auf keinen Fall; denn jener Roman weist nicht die geringste Ähnlichkeit mit *Madame Bovary* auf, erzählt er doch die Geschichte einer Mutter, die um die Freiheit ihres wegen Diebstahls zu fünf Jahren Gefängnis verurteilten Sohnes kämpft. Der Roman, um den es zweifellos geht – sowohl nach Flauberts Beschreibung wie nach der Ähnlichkeit mit seinem eigenen Buch – ist *Les Bourgeois de Molinchart*, der veröffentlicht wurde, während Flaubert an seiner *Madame Bovary* schrieb.

Im letzten Monat der Arbeit an *Madame Bovary* hatte Flaubert einen seltsamen Traum.[43] Er muß ihm Bedeutung beigemessen haben, denn er nahm sich die Mühe, ihn schriftlich festzuhalten, zu datieren und aufzubewahren. Er erwähnt ihn auch in einem Brief an Louis Bouilhet.[44] Die Niederschrift trägt den Titel *Un Rêve* und das Datum »Montagmorgen, 3. März, 8.30 Uhr, 1856«. Der furchtbare Traum der vorangegangenen Nacht verlief – in Kurzfassung – so: Eine alte Frau kam zu ihm ins Bett, aber er spürte, daß seine Mutter da war und ihn beschützte. »Zu meinen Füßen, neben dem Bett und quer darüber hin, wie die Hunde auf den Grabmälern, lag (oder besser fühlte ich) meine Mutter, deren Gegenwart mich schützte. Ich sah sie nicht, ich fühlte sie nur.« Der Schauplatz des komplizierten Traumes wechselt dann in eine Abendgesellschaft im Hause von Madame Sabatier hinüber. Es läßt sich kaum feststellen, was er wirklich bedeutet und was Flaubert darin symbolisiert sah. Jedenfalls aber hielt er ihn für bedeutungsvoll, denn er setzte tags darauf noch eine Fußnote hinzu. Er schrieb, er habe acht Jahre zuvor, als er von Le Poittevins Begräbnis heimgekommen sei, das gleiche erlebt, und er fragte sich, was ihm wohl heute zustoßen werde. Und tags darauf fügte er die Notiz bei, es sei der Jahrestag von der Hochzeit seiner Schwester.

Endlich, nach viereinhalb Jahren Mühe und Qual, war *Madame Bovary* im April 1856 fertig. Das Manuskript – der endgültige Entwurf sowie die Rohentwürfe – wird in der Stadtbibliothek Rouen aufbewahrt. Man ersieht daraus, wieviel er immer wieder neu geschrieben und korrigiert hat. Die Rohentwürfe umfassen 1788 Blatt Kanzleipapier, in der winzigen Schrift des Autors beidseitig beschrieben; die verschiedenen Szenare füllen allein 42 Blatt. Der endgültige Entwurf, von Flauberts Hand, hat 487 Seiten.[45] Er weist trotz all der Rohentwürfe überaus viele Streichungen und Korrekturen auf; Flaubert hat ihn auf dem Vorsatzblatt signiert und außerdem hinzugeschrieben:

»Madame Bovary
September 1851–April 1856«

Das definitive Manuskript weist 489 Seiten auf[46] und ist von einem professionellen Kopisten übertragen. Den Titel schrieb Flaubert eigenhändig und signierte die Abschrift sowohl am Ende des 1. Teiles als auch am

Ende des ganzen Buches. Obgleich es als Reinschrift gilt, ist es noch immer stark korrigiert. Das Buch ist nicht in Kapitel eingeteilt; dies wurde erst im letzten Moment gemacht, als der Roman in *La Revue de Paris* erscheinen sollte.

Im Mai 1856 mietete Flaubert eine Wohnung in Paris, am Boulevard du Temple Nummer 42, wo er nunmehr, da er ein ›gedruckter Schriftsteller‹ werden sollte, jeden Winter zubringen würde. Er wollte auch wegen der raschen Korrektur der Probeabzüge im Zentrum wohnen. Sein Buch sollte in der *Revue de Paris* im September veröffentlicht werden, aber es gab endlose Verzögerungen, vorerst ohne sein eigenes Dazutun, so daß es schließlich erst im Oktober herauskam.

Sobald er seine Wohnung bezogen hatte, begann Flaubert schon zu bereuen, was er unternommen hatte, und schrieb im Juni an Louis Bouilhet[47]:

»Ich habe mich wie ein Narr benommen, indem ich tat, was alle andern auch tun, indem ich nach Paris zog und veröffentlicht zu werden wünschte. Ich lebte in vollkommener Heiterkeit der Kunst, solange ich für mich allein schrieb. Jetzt bin ich voller Zweifel und Sorgen und erlebe etwas ganz Neues: Schreiben langweilt mich! Ich empfinde für die Literatur den Haß des Impotenten.

Ich muß Dich zu Tode langweilen, mein armer alter Junge, aber ich bitte Dich auf den Knien, mir zu vergeben, denn ich habe niemand anders, mit dem ich über das alles reden könnte.«

Während er auf das Erscheinen von *Madame Bovary* wartete, beschäftigte er sich mit dem Überarbeiten und Neuschreiben seiner *Versuchung des heiligen Antonius* – was man die 1856er Version nennt –, die er im Anschluß an *Madame Bovary* zu veröffentlichen hoffte. Er war im Juli 1856 aus Paris in die Stille von Croisset zurückgekehrt und wollte erst wieder zur Publikation seines Buches im Oktober in die Hauptstadt gehen.

Bouilhets Bühnenstück *Madame de Montarcy* war vom Odéon schließlich angenommen worden; die Proben begannen im September, und die Première wurde auf den 6. November angesetzt – nicht viel später als Flauberts Début im Oktober.

Der Erfolg seines Stückes war Bouilhet sehr wichtig; wäre er damit durchgefallen, hätte er sein Selbstvertrauen wohl nie wiedergefunden. Flaubert verbrachte fast seine ganze Zeit mit dem Versuch, ihm den Erfolg zu sichern.[48] Es gelang ihm, sich mit den wichtigsten Bühnenkritikern bekannt zu machen und mit ihnen über Bouilhet zu sprechen, wobei er die Vorzüge seines Stückes herausstrich.

Bei der Première am 6. November im Odéon war Bouilhet, schon immer der schüchternste Mann, den man sich vorstellen konnte, in einem jämmerlichen Nervenzustand. Er war überzeugt, daß das Stück durchfallen würde; als es Applaus gab, bildete er sich ein, das Publikum zische. Mitten in der Vorstellung, als er die Spannung und das eingebildete Fiasko nicht mehr aushielt, lief er, von Flaubert begleitet, aus dem Theater. Sie gingen durch die Straßen des linken Seine-Ufers, standen auf dem Pont Neuf, um in die Seine hinabzustarren, und es heißt, der unglückliche Dramatiker sei nur mit Mühe davon abzuhalten gewesen, in den Fluß zu springen.

Sie kehrten dann ins Theater zurück und kamen eben zurecht, um den donnernden Beifall zu hören, der den letzten Vorhang begleitete. Das Stück war ein ausgesprochener Schlager gewesen. Aber selbst dann noch traute Bouilhet der Sache nicht; erst als er die Kritiken las, glaubte er endlich an seinen Erfolg. Das Stück erlebte siebzig Aufführungen; eines Abends sollen auch der Kaiser und die Kaiserin es sich angesehen haben.

In den Monaten Oktober, November und Dezember, während *Madame Bovary* in *La Revue de Paris* in Fortsetzungen erschien, genoß auch Flaubert, wenn nicht geradezu Ruhm, so doch gewiß einen weiten Ruf; dieses Bekanntsein gipfelte in dem Prozeß wegen Blasphemie und Unmoral im darauffolgenden Januar.

18

DIE VERÖFFENTLICHUNG

(1856)

Flaubert beendete *Madame Bovary* – wie wir gesehen haben – im April 1856 und ging anschließend nach Paris, um das Werk Louis Bouilhet vorzulesen, der noch Änderungen und Verbesserungen vorschlug. Dann ließ er es von einem Kopisten abschreiben und sandte Ende Mai das vervollständigte Manuskript an Maxime Du Camp bei der *Revue de Paris.* Nachher versuchte er herauszufinden, wie man in der Redaktion darüber dachte.[1] Die bange Wartezeit verbrachte er mit der Arbeit an seiner *Versuchung des heiligen Antonius* sowie dem Lesen mittelalterlicher Texte, die später in *Die Legende von Sankt Julian dem Gastfreien* ihren Niederschlag finden sollten. Zum Schreiben hatte er im Augenblick, nach der Anstrengung von *Madame Bovary,* keine rechte Lust.

Du Camps Mitherausgeber der *Revue de Paris* hatten seit der Gründung gewechselt, es waren jetzt Louis Ulbach und Laurent Pichat. Diese beiden fürchteten die Auswirkungen einer Veröffentlichung von *Madame Bovary* und wollten keine Schwierigkeiten mit der Obrigkeit – auch Du Camp nicht, der, wie wir wissen, sehr ehrgeizig war. Die Schwierigkeiten mit der Obrigkeit waren ohnehin schon ernst genug. Strikte Zensur herrschte im Zweiten Kaiserreich, und zudem galt *La Revue de Paris* als zu liberal und fortschrittlich gesinnt. Die zuständigen Behörden wären nur zu froh gewesen, einen Grund und Vorwand zu haben, um gegen die Zeitschrift einzuschreiten. Du Camp und seine Partner fürchteten, die Zeitschrift könnte verboten werden, was alle ihre Hoffnungen zunichte gemacht hätte. In *Misères et grandeurs Littéraires* schrieb Ulbach über die Veröffentlichung von *Madame Bovary*[2]:

»Ich war gleich sehr beunruhigt, als ich beim ersten Durchlesen erkannte, daß wir im Begriffe waren, ein seltsames, gewagtes Werk zu veröffentlichen, zynisch in seiner Verneinung aller Dinge, unvernünftig kraft seiner Vernunft, unecht durch zu viel Echtheit in den Details, schlecht beobachtet durch die Zerkrümelung, sozusagen, der Beobachtung. *Madame Bovary* beleidigt mehr meinen künstlerischen Geschmack denn meine Scham als Leser, aber ich fürchtete, der Roman würde jenen Leuten einen Vorwand liefern, die einen suchten, um der *Revue* den Garaus machen zu können.«

Die Redaktion willigte ein, den Roman zum Abdruck zu bringen, doch bestand Ulbach auf gewissen Schnitten[3]:

»Ich legte den Freunden meine Gründe dar. Diese Gründe sind noch immer stichhaltig ... Ich verlangte Korrekturen. Ich beharrte, unter anderem, auf Kürzung der Kutschenfahrt. Wir waren alle derselben Meinung. Die *Revue de Paris* stand in Opposition zur Regierung, wir wurden bespitzelt, beobachtet und unablässig bedroht. Sie wären selig gewesen, uns auf frischer Tat bei einem Verstoß gegen die Moral ertappen zu können.«

Du Camp erklärte dies Flaubert nicht ausführlich, sondern schrieb ihm auf Anraten Pichats am 14. Juli einen ungeschickten Brief[4]:

»Laurent Pichat hat Deinen Roman gelesen und mir die beiliegende Kritik zugestellt. Du wirst verstehen, wenn Du sie gelesen hast, wie sehr ich seine Meinung teilen muß, gibt sie doch fast alle Bemerkungen wieder, die ich vor Deinem Weggang Dir gegenüber schon geäußert habe. Ich gab Dein Buch ohne etwas zu sagen, nur mit meinen wärmsten Empfehlungen an Laurent weiter. Wir haben uns also keinesfalls etwa verabredet, Dich mit den gleichen alten Argumenten zu ärgern. Der Rat, den er Dir gibt, ist gut, ich möchte tatsächlich sagen, es ist der einzige, den Du befolgen solltest. Laß uns die Betreuer Deines Romans sein, den wir in *La Revue* veröffentlichen wollen; wir werden die Schnitte vornehmen, die wir für unbedingt notwendig halten. In Buchform kannst Du ihn nachher veröffentlichen, wie Du willst, das liegt dann in Deiner eigenen Verantwortung. Meine ehrliche Meinung ist, daß, wenn Du das nicht tust, Du Dich selber kompromittierst und mit einem wirren Werk an die Öffentlichkeit trittst, dessen Stil nicht genügt, es interessant zu machen. Sei tapfer, schließ die Augen bei der Operation und verlaß Dich, wenn nicht auf unsere Begabung, so doch auf die Erfahrung, die wir bei diesem Geschäft erworben haben, und auf unsere Zuneigung zu Dir. Du hast Deinen Roman unter einem Berg gekonnter, aber überflüssiger Dinge begraben, man kann ihn nicht klar erkennen, es geht also nur darum, ihn zu klären. Es ist eine leichte Aufgabe. Wir lassen sie, unter Deiner Aufsicht, von einem klugen, erfahrenen Mann ausführen, kein Wort wird Deinem Text eingefügt werden; es ist nur eine Frage des Lichtens; es wird Dich etwa

100 Francs kosten, die von Deinem Honorar abgezogen werden, und dafür wirst Du ein wirklich gutes Werk herausbringen statt eines unvollständigen, das zu sehr ausgestopft ist. Du wirst mich mit aller Macht verfluchen, aber vergiß nicht, daß ich bei alledem nur Deine Interessen im Auge habe. Leb wohl, alter Junge, antworte mir, und sei versichert, daß ich stets der Deine bin, Maxime Du Camp.«

Flaubert schrieb auf die Rückseite dieses Briefes: »gigantesque«. Er weigerte sich jedoch, irgendeine der vorgeschlagenen Änderungen vorzunehmen. Eine Zeitlang herrschte Schweigen, dann, in der Nummer vom 1. August 1856, kündigte *La Revue de Paris* die baldige Veröffentlichung von *Madame Bovary* an, nur war der Name des Autors ›Faubert‹ geschrieben, wie der eines Krämers in der Rue de Richelieu in der Nähe des Théâtre Français. Die Redaktion war immer noch uneins, wie und wann der Roman herauskommen sollte.[5] Es wurde September, und noch wußte man nichts Endgültiges.[6] Endlich erfuhr Flaubert, daß sein Buch in der Ausgabe vom 1. Oktober zu erscheinen beginnen werde – ›unbedingt, wie ich hoffe‹.[7]

Flauberts Text erschien ungekürzt und unfrisiert in der Ausgabe der *Revue de Paris* vom 1. Obtober 1856. Er schrieb sofort an Laurent Pichat, um ihm für seine Großzügigkeit zu danken[8]:

»Ich habe soeben die *Bovary* erhalten und empfinde zuallererst das Bedürfnis, Ihnen dafür zu danken (ich bin zwar grob, aber nicht undankbar). Sie haben mir einen Dienst erwiesen, indem Sie sie angenommen haben, wie sie ist, und ich werde ihn nicht vergessen ...

Glauben Sie nicht, daß diese scheußliche Realität, deren Wiedergabe Ihren Ekel hervorruft, mein Blut genau wie das Ihre in Wallung bringt? Wenn Sie mich besser kennten, wüßten Sie, daß ich das gewöhnliche Leben verabscheue. Ich habe mich selbst stets davon so weit entfernt gehalten wie ich konnte. Aber ästhetisch gesehen habe ich es diesmal – und nur diesmal – bis auf den Grund praktizieren wollen. Daher habe ich die Sache auf eine heroische, das heißt minuziöse Weise angefaßt, indem ich alles akzeptierte, alles sagte, alles darstellte, anspruchsvoll gesagt.

Ich drücke mich schlecht aus, aber es genügt, daß Sie begreifen können, welchen *Sinn* mein Widerstand gegen Ihre Kritiken hatte, so scharfsinnig sie auch sein mochten. Sie machten mir ein anderes Buch daraus.

Sie verstießen gegen die innere Poetik, aus der sich der Typus (wie ein Philosoph sagen würde) ergab, nach dem es konzipiert worden war.

Schließlich hätte ich den Eindruck gehabt, gegen das zu verstoßen, was ich mir schulde und was ich Ihnen schulde, indem ich einen Akt der Unterwürfigkeit, nicht aber der Überzeugtheit begangen hätte.

Die Kunst verlangt weder Gefälligkeit noch Höflichkeit, sie verlangt nichts als den Glauben und immer wieder den Glauben und die Freiheit.«

Im November 1856 wurde Du Camp von einem Freund gewarnt, es gäbe Ärger für die *Revue de Paris,* wenn sie fortfahre, *Madame Bovary* in der vorliegenden Form zu publizieren. Nun redete Du Camp Flaubert zu, er solle doch vernünftig sein und die gefährlichen Abschnitte herausnehmen. Flaubert erinnerte ihn daran, daß der Roman so angenommen worden sei, wie er sei, und es sei doch die öffentlich bekanntgegebene Politik der Zeitschrift gewesen, jedes Werk zu respektieren, es höchstens abzulehnen, aber niemals etwas Geschriebenes zu verändern. Am 18. November schrieb Du Camp an Flaubert: »Es ist nicht zu spaßen. Deine Szene in der Kutsche ist unmöglich.« Da erlaubte Flaubert gewisse Änderungen, über die Ulbach schrieb[9]:

»In den folgenden Ausgaben hatte ich um die Streichung mehrerer Passagen gebeten, wie zum Beispiel der Episode mit der Letzten Ölung und der rohen Nachtwache, bei der der Gemeindepfarrer und der Apotheker sich am Totenbett der toten Frau streiten und wieder versöhnen. Er unterzog sich diesen Amputationen unter heftigem Protest.«

Dann, in der Nummer vom 1. Dezember, gab es Schnitte, über die man Flaubert nicht erst befragt hatte, mit der Begründung, die Zeit habe dazu nicht ausgereicht; er wurde lediglich durch eine in der Zeitung gedruckte Notiz informiert: »Die Redaktion hat es als notwendig erachtet, hier eine Stelle wegzulassen, die den Herausgebern von *La Revue de Paris* nicht passend erschien. Wir setzen den Autor hiermit davon in Kenntnis.«

Flaubert schrieb Pichat, um gegen diese Behandlung seines Werkes zu protestieren; er fand, man hätte seinen Text lieber zurückweisen als verstümmeln sollen, das sei doch die eingestandene Politik der Zeitschrift. Es fehlte nur noch eine Fortsetzung des Romans, aber er verlangte sein Manuskript zurück[10]:

»Hier also, was ich der *Revue de Paris* zu antworten habe:

1. Sie hat das Manuskript der *Madame Bovary* drei Monate behalten, und bevor sie die erste Zeile druckte, mußte sie wissen, woran sie bei dem besagten Werke war. Es handelte sich darum, es zu nehmen oder die Finger davonzulassen. Sie hat es genommen, Pech für sie.

2. Nachdem die Sache einmal beschlossen und angenommen war, habe ich mich mit der Streichung einer nach meiner Auffassung sehr wichtigen Passage einverstanden erklärt, weil mir die *Revue* versicherte, daß für sie Gefahr bestünde. Ich habe das anstandslos getan; aber ich verberge Ihnen nicht (ich spreche zu meinem Freund Pichat), daß ich an jenem Tag den Gedanken, das Werk drucken zu lassen, bitter bereut habe.

Sagen wir unsere Auffassung voll und ganz oder sagen wir gar nichts.

3. Ich finde, daß ich schon sehr viel getan habe, und die *Revue* findet, daß ich noch mehr tun muß. Nun: *ich werde nichts mehr machen,* keine einzige Verbesserung, keine einzige Kürzung, kein Komma weniger, nichts, nichts! ... Wenn aber die *Revue de Paris* findet, daß ich sie kompromittiere, wenn sie Angst hat, gibt es etwas sehr Einfaches, nämlich den Abdruck der *Madame Bovary* einzustellen. Das ist mir vollkommen gleichgültig.

Und jetzt, da ich damit fertig bin, zur *Revue* zu sprechen, erlaube ich mir diese Anmerkung, o Freund:

Durch die Streichung der Passage in der Kutsche haben Sie nichts von dem beseitigt, was Anstoß erregt, und wenn Sie in der sechsten Nummer noch das streichen, worum Sie mich bitten, werden Sie abermals nichts davon beseitigen.

Sie wenden sich gegen Einzelheiten, man muß sich aber an das Ganze halten. Das brutale Element steckt in der Tiefe, liegt im Gehalt und nicht an der Oberfläche. Man kann den Neger nicht weiß machen, und man kann das *Blut* eines Buches nicht verändern. Man kann es ärmer machen, das ist alles.

Es versteht sich von selbst, daß ich, wenn ich mich mit der *Revue de Paris* entzweie, deshalb doch nicht minder der Freund ihrer Redakteure bleibe.«

Du Camp suchte ihn auf, um noch einmal einen Versuch zu unternehmen, ihn zu den notwendigen Streichungen zu bewegen, doch Flaubert war unnachgiebig und erlaubte keine Änderungen mehr[11]:

»Es macht mir nicht das geringste aus! Wenn mein Roman die Spießer ärgert, macht mir das nicht das geringste aus, wenn sie uns vor Gericht schleppen, macht mir das nicht das geringste aus; wenn die *Revue de Paris* verboten wird, ist mir das egal; Ihr hättet die *Bovary* ja bloß abzulehnen brauchen; Ihr habt sie angenommen, und Ihr müßt die Konsequenzen tragen: Ihr werdet sie so veröffentlichen, wie sie ist.«

Du Camp brachte weitere Argumente vor, aber umsonst. Dann besuchte er Madame Flaubert und drängte sie, ihren Sohn zur Vernunft zu bringen, doch sie wollte nichts unternehmen. Sie erinnerte sich noch lebhaft an die katastrophale Lesung der *Versuchung des heiligen Antonius* und gab ihm zu verstehen, daß sie der Meinung sei, er versuche ihren Sohn absichtlich zu ruinieren, weil er auf ihn eifersüchtig sei. Flaubert blieb bei seiner Weigerung, aber Du Camp und Pichat wollten die Veröffentlichung nicht abbrechen, weil das, wie sie sagten, ihre Zeitung zugrunde richten würde; auch machten sie geltend, sie hätten absolut das Recht, etwas wegzulassen, was sie für die Zeitschrift als gefährlich und unpassend erachteten. Immerhin regten sie an, Flaubert sollte eine Notiz publizieren dürfen, in der er erklärte, daß er für diese Angelegenheit nicht verantwortlich sei. Zuerst lehnte er auch das ab, gab jedoch am folgenden Morgen nach und schlug sogar den Wortlaut der Anzeige vor, die vor der letzten Fortsetzung von *Madame Bovary* erschien[12]:

»Gewisse Überlegungen, auf die ich hier nicht einzugehen brauche, haben *La Revue de Paris* bewogen, in der Ausgabe vom 1. Dezember 1856 einige Streichungen vorzunehmen. Nachdem sich die gleichen Bedenken auch bei der vorliegenden Nummer ergeben haben, hat sie es für richtig gehalten, mehrere Abschnitte wegzulassen. Ich erkläre deshalb, daß ich für den nachstehenden Text keinerlei Verantwortung übernehme; der Leser wird ersucht, ihn lediglich als Fragment und nicht als ein Ganzes zu betrachten. G. Flaubert.«

Auf ein Exemplar des Buches, das er als Memento behielt, schrieb er[13]:

»Dieses Exemplar stellt mein Manuskript in der Form dar, wie es aus den Händen dieses ehrenwerten Herrn Laurent Pichat, Dichter und Herausgeber, Besitzer von *La Revue de Paris*, hervorgegangen ist, 20. April 1857.«

Man sieht darin, wie von Seite zu Seite ganze Zeilen und Abschnitte herausgestrichen worden waren; auf die letzte Seite hatte der Autor geschrieben: »Es war nach Maxime Du Camp notwendig, die *ganze* Trauung wegzulassen; laut Pichat, die landwirtschaftliche Ausstellung zu streichen oder beträchtlich zu kürzen und die ganze Passage umzuschreiben. Nach Meinung der *Revue* war die Episode mit dem Klumpfuß viel zu lang, überflüssig.«

Um seinem Groll gegen *La Revue de Paris* Luft zu machen, tat Flaubert etwas sehr Dummes: Er durchstöberte die Zeitschrift auf Stellen hin, die er für ebenso zensurwürdig hielt wie sein eigenes Buch.[14] Maxime Du Camp erklärt, er habe jedes zweideutige Wort, jeden verdächtigen Satz, jede nur möglicherweise anfechtbare Stelle gesammelt – eine davon stammte von Du Camp selbst – und dieses umfangreiche Dossier einem Journalisten übergeben, der einen Artikel daraus fabrizierte, in dem er fragte, wie es komme, daß Redakteure, die selbst solche Dinge schreiben, anderen gegenüber so prüde seien.[15] Das Ganze war höchst ungeschickt, denn es zog die Aufmerksamkeit der Regierung auf die Zeitschrift. Der Artikel wurde von den zuständigen Beamten bemerkt und dem Kaiser zur Kenntnis gebracht, er wurde dem Innenminister zugeschickt und erreichte schließlich auch den Staatsanwalt. Flauberts Beiträge in *La Revue de Paris* wurden daraufhin genau durchkämmt. Man fand viele Stellen darin, die es nach geltendem Recht möglich machten, den Autor, den Herausgeber und auch den Drucker der Zeitschrift wegen Beleidigung der öffentlichen Moral zur Rechenschaft zu ziehen. So hat also Flaubert die Hexenjagd gegen sein Buch weitgehend selbst ausgelöst.

Als *Madame Bovary* in der *Revue de Paris* zu erscheinen begann, hatte dies *Le Nouvelliste de Rouen* mit Interesse bemerkt und im Wunsch, das Werk eines Stadtbürgers als Fortsetzungsroman zu bringen, die Erlaubnis erwirkt, es in den eigenen Spalten abzudrucken. Die Veröffentlichung hatte am Sonntag, dem 9. November, eingesetzt. Später, als sich für *La Revue de Paris* die Gefahr einer Verfolgung am Horizont abzeichnete, schrieb Du Camp an Flaubert:

»Findest Du nicht, es sei Deine Pflicht, Claudin vom *Nouvelliste de Rouen,* der die *Bovary* herausbringt, zu schreiben und ihn zu warnen, was ihn erwartet, wenn er damit weiterfährt? Wenn Du diesen Schritt nicht selbst unternehmen magst, werde ich ihm schreiben. Ich habe heute Cavaignac gesehen, und er geht diesen Abend zu Sénard, um die Verteidigung mit ihm durchzusprechen.«

Le Nouvelliste de Rouen brach dann später, vom 14. Dezember an, die Veröffentlichung des Romans ab und erklärte die Entscheidung mit der folgenden Notiz[16]:

»Wir sind nach dieser Nummer zum Entschluß gelangt, mit der Publikation von *Madame Bovary* aufzuhören, denn wir könnten den Abdruck ohne gewisse Streichungen nicht fortsetzen. Die Herausgeber von *La Revue de Paris* hatten diese Kürzungen bereits als notwendig erachtet; zudem haben wir erfahren, daß sich zwischen ihnen und dem Autor Schwierigkeiten in bezug auf den letzten Teil des Romans ergeben haben. Wir lasen sogar in einer Zeitung, daß die Parteien am Freitag eine gerichtliche Verfügung erhalten haben.«

Kurze Zeit danach schrieb Du Camp an Flaubert: »Verbreite das nicht weiter, aber mach Dich auf alles gefaßt, damit es nicht allzu schlimm ausgeht. Für uns könnte es die Aufhebung der Zeitung bedeuten, und das müssen wir zu vermeiden suchen.«

Die Vorbereitungen für die Strafverfolgung gingen gnadenlos weiter, und Flaubert glaubte, es müsse hinter den Kulissen irgendeine unermüdliche Macht am Werk sein. »Es ist ein Wirbelwind an Lügen und gemeinen Verdächtigungen«, sagte er, »in dem ich völlig hilflos bin. Ich war zuerst lediglich ein Vorwand, und ich glaube, auch *La Revue de Paris* war bloß ein Vorwand. Ich erwarte jetzt jede Minute die amtliche Vorladung, die mir mitteilen wird, an welchem Tage ich (wegen des Verbrechens, in ungefälschtem Französisch geschrieben zu haben) mit Dieben und Päderasten auf die Anklagebank muß.«[17]

Schließlich traf das amtliche Dokument ein. Flaubert wurde aufgefordert, am 24. Januar 1857 vor dem ›Tribunal Correctionnel‹ wegen Verstoß gegen öffentliche und religiöse Prinzipien und gegen die öffentliche Moral zu erscheinen. Der Herausgeber der Zeitschrift, Laurent Pichat, wurde ebenfalls vorgeladen.

Flauberts Annahme war dadurch bestätigt, daß die Schnitte und Weglassungen umsonst vorgenommen worden waren und daß sein Roman keiner größeren Gefahr ausgesetzt gewesen wäre, hätte man ihn in unverstümmelter Form veröffentlicht.

19

DER PROZESS

(1857)

Nach dem Erscheinen der letzten Fortsetzung von *Madame Bovary* gingen Gerüchte um, die Zeitschrift und der Verfasser würden gerichtlich verfolgt werden. Flaubert hatte vorerst keine Angst; er glaubte, man würde die Angelegenheit bald fallenlassen. Am 1. Januar 1857 schrieb er seinem Bruder, der ganze Schmutz der Hauptstadt werde aufgewühlt, um ihn zu fangen[1]:

»Meine Sache ist eine *politische Angelegenheit,* weil man mit aller Macht die *Revue de Paris* vernichten will, die die öffentliche Gewalt reizt; sie hat schon zwei Verwarnungen erhalten, und es ist sehr geschickt, sie bei ihrem dritten Delikt wegen Vergehens gegen die Religion zu verbieten! Denn was man mir besonders vorwirft, ist eine Letzte Ölung, die ich aus dem *Rituel de Paris* abgeschrieben habe. Doch diese guten Verwaltungsbeamten sind solche Esel, daß sie von der Religion, deren Verteidiger sie sind, nicht die geringste Ahnung haben ... Ich werde der Löwe der Woche werden, alle Weibsbilder von Rang reißen sich die *Bovary* aus den Händen, um Obszönitäten darin zu suchen, die sie nicht enthält ...

Meine Angelegenheit ist sehr kompliziert, und am wenigsten haben mit der Verfolgung, der man mich aussetzt, ich und mein Buch zu tun; ich bin ein Vorwand; es handelt sich für mich darum, die *Revue de Paris* (diesmal) zu retten ... Es sei denn, die *Revue* ziehe mich mit sich ... Zu der Stunde, da Du diese Zeilen erhältst, wird meine Angelegenheit wahrscheinlich schon beendet sein.«

Doch die Gefahr bestand auch weiterhin, und Flaubert teilte seinem Bruder mit, wenn er an einflußreiche Leute schreibe, solle er viel von der Stellung ihres Vaters in Rouen hermachen und die üble Wirkung herausstreichen, die es für die bevorstehenden Wahlen in Rouen hätte, wenn eine so bedeutende Familie angegriffen würde[2]:

»Alles, was Du gemacht hast, ist sehr gut. Das wichtigste ist, Paris über Rouen unter Druck zu setzen. Die Information über die einflußreiche

Position unseres Vaters ist ausgezeichnet; sie glaubten, einen armen Teufel anzugreifen, und als sie dann sahen, daß ich genug zum Leben habe, begannen sie die Augen aufzureißen. Man muß es denen im Innenministerium beibringen, daß wir in Rouen das sind, was man eine *Familie* nennt, das heißt, daß wir tiefe Wurzeln im Lande haben und daß sie, wenn sie mich angreifen, vor allem wegen Unmoral, sehr viele Leute verletzen würden. Ich erwarte mir eine große Wirkung vom Brief des *Préfet* an den Innenminister ... Wahrscheinlich wird heute abend darüber entschieden, ob ich zur Rechenschaft gezogen werde oder nicht. Sei's drum! Kümmere Dich um den *Préfet*, und höre nicht auf, bis ich es Dir sage! ... Versuche Leute dazu zu bringen, *geschickt* zu sagen, es sei gefährlich, mich anzugreifen, *uns* anzugreifen, eben wegen der bevorstehenden Wahlen.«

Nach Finot[3] hatten die Behörden zuerst beabsichtigt, an Flaubert und *La Revue de Paris* ein Exempel zu statuieren, und nach Dreyfus[4] war beschlossen worden, ihn zu zwei Jahren Gefängnis zu verurteilen. Aber sein Anwalt hatte den Kaiser in den Tuilerien aufgesucht und ihm erklärt, es würde einen sehr schlechten Eindruck machen, wenn man Flaubert verurteilte.

Es sah aus, als würde die Sache einschlafen, als gäbe es überhaupt keine gerichtliche Verfolgung, und Flaubert schrieb seinem Bruder, einige hohe Damen der Gesellschaft hätten sich für ihn eingesetzt, »besonders die Prinzessin Beauvau, die eine glühende Bovarystin ist und zweimal zum Kaiser ging, um zu erreichen, daß das Verfahren eingestellt wird«.[5]

Er glaubte sich in Sicherheit, doch die Attacken ließen trotz allem nicht nach, und die Gefahr einer Strafverfolgung verstärkte sich. Immerhin besaß er einige Rückendeckung an höheren Stellen. Ganz besonders erfreut und geschmeichelt war er über einen Brief von Lamartine[6]:

»Ich glaube, ich war mein Leben lang, in meinen literarischen und andern Werken, der Mann, der am besten verstand, was öffentliche und religiöse Moral sind. Mein liebes Kind, es ist unmöglich, daß in Frankreich ein Gericht gefunden werden kann, das Sie verurteilt. Es ist schon sehr bedauerlich, daß es dieses Mißverständnis über das Wesen Ihres Werkes gegeben und daß man sich zur gerichtlichen Verfolgung entschlossen hat. Aber um der Ehre unseres Vaterlandes und unserer Zeit willen ist es einfach nicht möglich, daß es ein Gericht geben wird, das Sie verurteilt.«

Flaubert besuchte ihn und blieb eine Stunde bei ihm, und dabei behauptete Lamartine, fast das ganze Buch auswendig zu wissen. Der Dichter versprach ihm einen Brief; die Unterstützung eines so vornehmen Literaten hätte großes Gewicht gehabt[7]: Es war in der Tat erstaunlich, daß der Dichter der *Poetischen Betrachtungen,* der romantischsten Gedichtsammlung, die man sich nur denken kann, den Realismus von *Madame Bovary* bewundert haben sollte. Allerdings hielt er sein Versprechen nicht. Er mußte den Roman beim ersten Mal flüchtig gelesen haben, denn als er später sah, daß er darin verspottet wurde, änderte er seine Meinung, zog sich zurück und half Flaubert im entscheidenden Moment nicht. Dieser schrieb an Maurice Schlésinger[8]:

»Er hatte mir schnurstracks Glückwünsche geschickt, dann, im entscheidenden Augenblick, hat er mich fallenlassen. Kurz, er hat sich mir gegenüber keineswegs ritterlich benommen, und er hat sogar ein mir gegebenes Wort gebrochen.«

Die Sache nahm also ihren Lauf, und in einem Brief an seinen alten Freund Dr. Cloquet schrieb Flaubert[9]:

»Ich teile Ihnen mit, daß ich morgen, am 24. Januar, 10 Uhr, die Bank der Gauner in der 6. Strafkammer mit meiner Anwesenheit beehren werde. Damen haben Zutritt, geschmackvolle, dezente Toilette ist vorgeschrieben.

Ich erwarte keinerlei Gerechtigkeit. Ich werde verurteilt werden, und zwar vielleicht zur Höchststrafe, eine süße Belohnung für meine Arbeit, eine edle Ermutigung, die man der Literatur zuteil werden läßt. Ich wage nicht einmal zu hoffen, daß man mir die Vertagung der Verhandlung um vierzehn Tage gewährt, weil Rechtsanwalt Sénard weder morgen noch in acht Tagen für mich plädieren kann.

Doch eines tröstet mich über diese Dummheiten hinweg, nämlich, daß ich auf so viele Sympathien für meine Person und für mein Buch gestoßen bin ... Wenn mein Werk einen wirklichen Wert hat, wenn Sie sich nicht getäuscht haben, bedauere ich die Leute, die es verfolgen. Das Buch, das sie zu vernichten trachten, wird später nur um so besser leben, und zwar besonders durch ihre Verletzungen. Ein Auswurf aus dem Mund, den sie verschließen wollten, wird auf ihren Gesichtern kleben bleiben.

Vielleicht haben Sie eines Tages Gelegenheit, mit dem Kaiser über dieses Thema zu sprechen.

Sie können meinen Prozeß als Beispiel für die höchst albernen Schändlichkeiten nennen, die sich unter seiner Regierung ereignen.«

Das Verfahren wurde fortgesetzt, da der Staatsanwalt es für richtig hielt, das Buch, nachdem es einmal zu seiner Kenntnis gebracht worden war, auch zu prüfen. Viele Jahre später schrieb er in seinen Memoiren[10]: »Der Stellvertretende Staatsanwalt, der vom Zentralkomitee mit der Prüfung von Büchern und Zeitungen betraut worden war, hatte mich darauf hingewiesen, der Roman *Madame Bovary* verdiene eine gerichtliche Verfolgung.«

Dann kehrte er im Geist in den berühmten und aufsehenerregenden Prozeß von 1857 zurück und stellte fest: »Der Roman *Madame Bovary* verrät wirkliches Talent, aber die Beschreibung gewisser Szenen überschreitet alle Grenzen; wenn wir unsere Augen davor verschließen, wird Flaubert viele Nachahmer finden, die auf der gleichen schiefen Ebene weiter hinuntergehen.«

Pinard, der das im Jahre 1892, also fünfunddreißig Jahre nach dem Prozeß, aufschreibt, macht in seinen Erinnerungen viele Fehler. Er sagt beispielsweise:

»Das Gericht hatte eben Baudelaires *Die Blumen des Bösen* verurteilt; es legte dem Verfasser eine Geldstrafe auf und verfügte die Streichung bestimmter Passagen. Wenn wir uns jetzt zurückhalten, wird es heißen, wir verschonten die Starken und die Führer einer Schule, wir seien entgegenkommend mit unseren eigenen Leuten und erbarmungslos mit unseren Gegnern.«

Hier irrt Pinard: Baudelaires Gerichtsverfahren fand erst im August statt – im Januar 1857 war sein Buch noch gar nicht veröffentlicht. Auch stimmt es keineswegs, daß er so viel weniger bedeutend war als Flaubert; seine Mutter war immerhin die Witwe eines Generals, Botschafters und Senators.

Pinard sagte, er habe sich zur Verfolgung von *Madame Bovary* entschlossen, weil er durch das Gesetz gerechtfertigt war und weil er das Gefühl hatte, damit seinem Gewissen nicht zuwiderzuhandeln[11]:

»Jemand anderem zu erlauben, an meiner Stelle zu handeln, weil die Aufgabe undankbar war und weil es mir leicht voraussehbare Angriffe eintragen würde, das wäre mir als Mangel an Würde erschienen. Ich hatte mich noch nie so verhalten und wollte auch jetzt nicht damit anfangen. Ich ging ins Gericht und bereue mein Handeln nicht. Ich habe meine Strafverfolgung des Jahres 1857 nie abgeleugnet.«

Pikant ist, daß Pinard, Hüter der öffentlichen Tugend im Jahre 1857, später eine Sammlung unzüchtiger Verse gedichtet hat.[12] »Pinard, mein Feind«, schrieb Flaubert seiner Nichte, »der Verfasser obszöner Verse, die im Betstuhl der Madame Gros gefunden wurden ... Welch ein Witz! Welch ein Witz!«

Jetzt, da die Gerichtsverhandlung beschlossene Sache war, mußte Flaubert sich seine Verteidigungsmaßnahmen überlegen, und da machte er den gleichen Fehler wie später – auf Anraten des materialistischen Sainte-Beuve – Baudelaire, nämlich, alle obszönen und blasphemischen Stellen zusammenzusuchen, die er bei andern finden konnte. Er bat seine Freunde und Bekannten, so viele dieser unanständigen Stellen wie nur möglich bei religiösen Schriftstellern, besonders bei modernen Autoren, zu sammeln.[13] Du Camp hielt diese Methode für falsch, und viele stimmten ihm bei. Er schrieb Flaubert[14]:

»Wenn Du an religiöse Schriftsteller wie Fléchier, Massillon und *vor allem an die Bibel* rührst, trittst Du nur die traditionelle Achtung und Bewunderung mit Füßen, und Du wirst zur Höchststrafe verurteilt. Nimm Dich in acht! Diese Art Verteidigung wird Dich lediglich präjudizieren ... Wenn Du mir glaubst, verwende dies alles nicht. Dein Buch ist brutal, und seine Brutalität hat dazu gedient, die Brutalität gewisser Passagen hervorzuheben. Sie sind wie die meisten Bourgeois, jene, die darüber reden, sie verwechseln Brutalität mit Unmoral, und man braucht ihnen nur zu beweisen, daß sie unrecht haben. Das ist alles ... Natürlich wirst Du noch schwärzere Stellen als Deine eigenen finden, daran besteht kein Zweifel, aber sie sind nicht im gesamten so gewaltsam; dort liegt das eigentliche Übel.

Das alles ist sehr nutzlos, kein Zweifel, aber Deine Vorbereitungen für Deine Verteidigung lassen mich für Dich fürchten ... Du erschwerst Deine Lage nur.«

Immerhin wurde Flaubert im folgenden freigesprochen, vielleicht hatte er also mehr recht als Du Camp, aber es geschah eher trotz der Art seiner Verteidigung und dank der Beredsamkeit seines Verteidigers.

Flaubert ließ sich von Sénard verteidigen, ein Bürger von Rouen, der seine Familie sozusagen zeit seines Lebens gekannt hat. Wie erwähnt, war er eine treibende Kraft beim Bankett der Reformisten in Rouen im Dezember 1847 gewesen. Obwohl ein Liberaler und Befürworter der Reform, schlug er doch im Juni 1848 die Revolution in seiner Vaterstadt nieder und stellte die Ordnung wieder her. Er war als Hüter des Rechts bekannt, und die Tatsache, daß er Flauberts Mandat angenommen hatte, machte einen für die Verteidigung sehr günstigen Eindruck auf die Geschworenen.

Am 29. Januar – nicht am 31., wie es meist dargestellt wird[15] – erschienen auf der Anklagebank der 6. Strafkammer im Pariser Justizpalast Laurent Pichat, Herausgeber von *La Revue de Paris,* Auguste Pillet, der Drucker, und Gustave Flaubert, der Verfasser des strafrechtlich verfolgten Romans.

Staatsanwalt Pinard begann sein Plädoyer mit einer Inhaltsübersicht des Romans, wobei er unterstrich, was er für dessen obszöne und blasphemische Elemente hielt.[16] Er zitierte einige Stellen, um zu beweisen, daß das Buch einen Verstoß gegen die öffentliche und religiöse Moral darstellte. Er erwähnte sogar, obwohl es nicht hierher gehörte, die Auszüge aus der *Versuchung des heiligen Antonius,* die in *L'Artiste* erschienen, um das antireligiöse Wesen in Flauberts Schaffen aufzuzeigen. Leider verdarb er sich selbst seine Wirkung, indem er die eine Gestalt als Apollinaire statt als Apollonius von Thyana bezeichnete. Er verlangte Milde für den Drucker, dessen Vergehen das kleinste sei; den Herausgeber hielt er für schuldiger, hatte er sich doch mit der Veröffentlichung des Romans einverstanden erklärt; er lobte ihn für die Streichung der Episode in der Kutsche sowie anderer Stellen, meinte jedoch, er hätte noch rücksichtsloser eingreifen müssen. Er verlangte die Höchststrafe für Flaubert, der das Buch geschrieben und sein möglichstes getan hatte, um Änderungen zu verhindern. Sein Klageantrag war wie eine Rede einer der groteskesten Figuren Flauberts[17]:

»Die Moral stigmatisiert die realistische Literatur, nicht weil sie die Leidenschaften schildert: Haß, Rache und Liebe; die Welt lebt nur von diesen Dingen, und die Kunst muß sie schildern; sondern wenn sie sie ohne Einschränkung und ohne Maß schildert. Kunst ohne Regeln ist keine Kunst mehr, sie ist wie eine Frau, die ihre Kleider ablegt. Der Kunst als einziges Gesetz die Verpflichtung zu öffentlichem Anstand auferlegen, heißt nicht sie versklaven, sondern sie ehren. Nur innerhalb der Gesetze kann man wachsen. Das, meine Herren, sind die Grundsätze, die wir hochhalten; das ist die Doktrin, die wir mit unserem Gewissen verteidigen.«

Nach Ansicht jener, die ihn hörten, war Pinards Plädoyer sehr schwach. Sénard dagegen soll in seiner Verteidigungsrede glänzend gewesen sein, er sprach viereinhalb Stunden lang. Flaubert schrieb seinem Bruder[18]:

»Das Plädoyer von Rechtsanwalt Sénard ist glänzend gewesen. Er hat den Staatsanwalt mit Argumenten *zermalmt*, so daß dieser sich auf seinem Sitz wand und erklärte, er werde nicht antworten. Wir haben ihn mit Zitaten von Bossuet und Massillon, mit anstößigen Stellen aus Montesquieu usw. zugedeckt. Der Saal war übervoll. Es war prächtig, und ich habe eine großartige Figur gemacht. Ich habe mir einmal erlaubt, den Staatsanwalt persönlich der Lüge zu bezichtigen, und er wurde noch auf der Stelle der Unwahrheit überführt und hat seine Worte zurückgenommen. Du wirst im übrigen die ganze Verhandlung wörtlich lesen können, weil ich mir einen Stenographen (für 60 Francs die Stunde) genommen habe, der alles mitgeschrieben hat. Vater Sénard hat vier Stunden hintereinander gesprochen. Es war ein Triumph für ihn und für mich.«

Er sprach zuerst von seiner Freundschaft mit der Familie, vom noblen Charakter und den hohen Geistesgaben des Vaters – Eigenschaften, die seine Söhne geerbt hätten, von denen der ältere als Leiter des Hôtel-Dieu in Rouen die Nachfolge seines Vaters übernommen, während der jüngere sich als Gelehrter und Schriftsteller niedergelassen habe. Er brachte seine eigene Zusammenfassung des Romans vor und betonte dabei andere Aspekte als jene, die Pinard hervorgehoben hatte, womit er bewies, daß das Buch tiefernst und weit entfernt von Schlüpfrigkeit ist. Er machte Gebrauch von Lamartines Brief an Flaubert, in dem er geschrieben hatte, *Madame Bovary* sei das schönste Buch, das er in den letzten zwanzig Jahren gelesen habe, und zitierte seine Worte[19]:

»Zur gleichen Zeit, da ich Sie in einem Zug bis zur letzten Seite durchlas, kritisierte ich diese letzten Seiten. Sie verletzten mich, Sie taten mir buchstäblich weh! Die Sühne steht in gar keinem Verhältnis zur Schuld; Sie schufen einen furchtbaren Tod, entsetzlich! Gewiß muß die Frau, die das Ehebett schändet, eine Strafe erwarten, aber diese ist so gräßlich, daß es eine unerträgliche Tortur ist! Sie gingen zu weit; Sie ließen mich Schmerzen in meinen Nerven erleiden; diese Kraft der Schilderung, die Sie in die letzten Augenblicke dieses Sterbens legten, ließ mich in unbeschreiblichem Weh zurück.«

Er fügte noch hinzu, er könne sich kein Gericht vorstellen, das den Autor verurteilen würde.

Sénard zitierte zum Teil dieselben Passagen wie Pinard, legte sie aber anders aus. Er las die gestrichene Episode der Kutschenfahrt vor, um zu zeigen, daß sie keine anstößigen Details enthielt und daß keine Ursache bestand, sie wegzulassen. Er hob hervor, daß Flaubert von Montesquieu und Rousseau beeinflußt sei, von Werken also, deren Lektüre für Schulkinder obligatorisch sei. Er zitierte Stellen von Chénier, Mérimée und sogar dem religiösen Schriftsteller Massillon, um zu belegen, daß sie gewagter waren als irgend etwas, das Flaubert geschrieben hatte. Seine Trumpfkarte aber war der Beweis, daß die von Pinard so gegeißelte Szene der Letzten Ölung nichts anderes als eine gemilderte Übersetzung aus dem lateinischen Text des *Rituel*, eines kirchlichen Handbuches, war.

Die Urteilsverkündung fand am 7. Februar statt; das Ergebnis lautete auf ›nicht bewiesen‹. Alle drei, Pichat, Pillet und Flaubert, wurden freigesprochen, doch war der Richter der Ansicht, einen Tadel hätten sie verdient:

»Das angeklagte Werk verdient einen strengen Tadel, da es Aufgabe der Literatur ist, das Gemüt zu verschönern und zu erholen durch Hebung der Intelligenz und mehr durch Läuterung des Lebenswandels als durch Erregung von Ekel gegen das Laster, indem man ein Bild der Verbrechen zeichnet, die in der Gesellschaft existieren mögen.«

Obwohl alle drei Angeklagten freigesprochen wurden, mußten sie die Kosten des Verfahrens selbst tragen[20]:

»Es ist nicht erlaubt, unter dem Vorwand, Personen oder Lokalkolorit darzustellen, in ihren Fehlern die Tatsachen, Reden und Gebärden der Figuren, die ein Autor zu zeichnen sich vorgenommen hat, nachzubilden; solch ein System, auf Werke des Geistes und der Kunst angewendet, würde zu einem Realismus führen, der eine Verneinung alles Schönen und Guten wäre, und würde Werken Auftrieb geben, die für das Auge wie für den Geist anstößig wären und fortwährend Vergehen gegen die öffentliche Moral verüben würden.

Es gibt Grenzen, die selbst die höchste Literatur nicht überschreiten sollte und die Gustave Flaubert und seine Mitangeklagten nicht genügend in Rechnung gestellt zu haben scheinen.

Das Werk, dessen Autor Flaubert ist, ist ein Werk, an dem lange Zeit seriös gearbeitet worden zu sein scheint, was das Literarische und die Schilderung der Charaktere betrifft; die Passagen, die im richterlichen Vertagungsantrag angeführt werden, sind, so tadelnswert sie an sich sein mögen, nicht genügend zahlreich, wenn man sie mit dem Gesamtumfang des Werkes vergleicht; diese Passagen stehen sowohl in den Ideen, die sie ausdrücken, als auch in den Situationen, die sie darstellen, in Harmonie mit dem allgemeinen Charaktertyp, den der Autor darzustellen wünschte, wenn er sie auch überzeichnet und mit einem vulgären und oft schockierenden Realismus erfüllt hat.

Gustave Flaubert hält fest, daß er die Moral und alles, was mit religiöser

Moral zusammenhängt, respektiert; sein Buch ist anscheinend nicht, wie es bei gewissen anderen Büchern der Fall gewesen ist, nur zu dem Zweck verfaßt worden, sinnliche Leidenschaften, den Geist der Zügellosigkeit und Ausschweifung zu befriedigen oder Dinge, die von allgemeiner Achtung umgeben sein sollten, mit Lächerlichkeit zu bedecken.

Sein einziger Fehler war, wie es scheint, daß er bei Gelegenheit die Gesetze, welche jeder Autor, der etwas auf sich hält, niemals übertreten darf, aus dem Auge verlor und vergaß, daß die Literatur, wie die bildende Kunst, um das Gute zu erreichen, das hervorzubringen sie berufen ist, sich nicht damit zufriedengeben darf, in Form und Ausdruck rein zu sein.

Unter diesen Umständen, wonach nicht genügend erhellt wurde, daß Pichat, Gustave Flaubert und Pillet der Vergehen schuldig sind, deren sie angeklagt waren, spricht das Gericht sie von der Anklage frei und entläßt sie ohne Kostenfolge.«

Trotz des Freispruchs fühlte Flaubert sich entmutigt und angewidert; er wollte vorerst seinen Roman überhaupt nicht als Buch herausgeben, schließlich aber ließ er sich von seiner Mutter und seinen Freunden überreden, sich mit einer Veröffentlichung einverstanden zu erklären. An Maurice Schlésinger schrieb er[21]:

»Vielen Dank für Ihren Brief. Ich werde nur kurz darauf antworten, denn ich bin infolge der ganzen Geschichte in einem solchen Zustand der Erschöpfung des Körpers und des Geistes, daß ich nicht die Kraft habe, einen Schritt zu tun oder eine Feder zu halten. Die Sache war schwierig durchzufechten, aber ich habe schließlich gewonnen.

Ich habe von allen Kollegen sehr schmeichelhafte Komplimente erhalten, und mein Buch wird sich für einen Erstling ungewöhnlich gut verkaufen. Aber im ganzen habe ich mich über diesen Prozeß geärgert. Das verfälscht den Erfolg, und ich habe nicht gern fremde Dinge um die Kunst. Das geht so weit, daß mich der ganze Lärm zutiefst anwidert, und ich zögere, meinen Roman in Buchform zu veröffentlichen. Ich habe Lust, in die Einsamkeit und in die Stummheit, aus der ich hervorgetreten bin, zurückzukehren, und zwar für immer, nichts zu veröffentlichen, um nicht mehr von mir reden zu machen. Denn bei den heutigen Zeiten scheint es mir unmöglich, irgend etwas zu sagen, die gesellschaftliche Heuchelei ist derartig ungeheuerlich!!!

Die mir am meisten wohlgesinnten Leute der Gesellschaft finden mich unmoralisch und gottlos! Ich täte gut daran, in Zukunft dieses oder jenes nicht zu sagen, vorsichtig zu sein usw. usw. Ah, wie mir das auf die Nerven geht, lieber Freund!«

Flaubert unterschrieb einen Vertrag mit Michel Lévy, bei dem Baudelaire seine Poe-Übersetzungen herausbrachte. Er scheint Flaubert ebenso ausgenutzt zu haben wie Baudelaire. Flaubert verdiente sehr wenig an seinem Roman; dabei darf man nicht vergessen, daß er seine Prozeßkosten selbst aufzubringen hatte.

Madame Bovary erschien im April 1857. Es war Flauberts erstes gedrucktes Buch, obwohl er zu dieser Zeit schon fünfunddreißig war. Er war traurig und enttäuscht und hatte nach dem Prozeß kaum mehr den Mut, die Veröffentlichung der *Versuchung des heiligen Antonius* weiter vorzubereiten, da er befürchtete, das könnte ihm einen weiteren Prozeß und eine Gefängnisstrafe eintragen.[22]

Madame Bovary errang sowohl einen ›Achtungserfolg‹ wie einen ›Skandalerfolg‹. Viele, die das Buch lasen, um schlüpfrige Details darin zu entdecken, waren enttäuscht, es so unsensationell und so sauber zu finden. Die meisten Leute aber erschreckte, daß es so gewöhnlich war, daß die Figuren sie selber sein konnten und nicht durch den romantischen Schleier der Distanz von ihnen getrennt waren. Sie hatten die viel größere Anstößigkeit von Théophile Gautiers *Mademoiselle de Maupin* hingenommen, weil es dort keine Berührungspunkte zwischen ihnen und dem Romanhelden oder der Heldin gab.

Wie wir bereits erwähnt haben, schrieb Flaubert auf das Exemplar, das er Alfred Le Poittevins Mutter schickte, das Buch wäre ihrem Sohn gewidmet gewesen, hätte er es erlebt; dessen Platz in seinem Herzen sei noch immer leer.[23]

Er sandte auch Gertrude Tennant ein Exemplar, in das er schrieb: »Für Madame Tennant, geborene Gertrude Collier, ein Tribut unwandelbarer Zuneigung. Gustave Flaubert.«

Ob er auch Henrietta eines schickte, wissen wir nicht, da keines erhalten ist. Gertrude jedoch schätzte weder das Geschenk noch den Tribut, denn sie schrieb ihm[24]:

»Ich begreife nicht, wie Sie dazu gekommen sind, das zu schreiben; es ist absolut nichts Schönes oder Gutes darin, und der Tag wird kommen, da Sie mir recht geben werden.«

Lob erntete er von verschiedenen berühmten Schriftstellern. Victor Hugo schrieb aus seinem Exil auf Guernsey hochtrabende Worte[25]:

»Sie haben ein schönes Buch geschrieben, Monsieur, und ich bin glücklich, Ihnen das sagen zu können. *Madame Bovary* ist ein Werk! Sie sind, Monsieur, einer der führenden Geister der Generation, der Sie angehören. Bewahren Sie die Fackel der Kunst und halten Sie sie hoch!«

Er war in seiner Verbannung froh über alles, mit dem er die Regierung zu Hause angreifen konnte. Flauberts Fall war aber von seinem Standpunkt aus nicht so gut wie derjenige Baudelaires ein paar Monate später, denn er war freigesprochen worden, und so war das Verbrechen der Obrigkeit in seinem Falle weniger ruchlos. Als Baudelaire dann im August verurteilt wurde, schrieb er diesem[26]:

»Darf ich Ihnen gratulieren! Einer der wenigen Orden, die das gegenwärtige Regime zu vergeben hat, ist Ihnen verliehen worden. Was es seine Gerechtigkeit zu nennen beliebt, hat Sie im Namen dessen, was es seine Moral nennt, verdammt. Das ist eine zusätzliche Krone für Sie!«

Champfleury, Führer der Realistischen Schule, schrieb ihm, um seiner Bewunderung Ausdruck zu verleihen, war aber über einige Schilderungen schockiert: die skrofulöse Infektion des blinden Bettlers, die Operation des Klumpfußes und den Tod durch Arsenikvergiftung. »Zwar«, meinte er[27], »sind das geringe Mäkel, die Ihnen nichtsdestoweniger bei Leuten von Geschmack schaden können.«

Levallois berichtet in seinen *Mémoires d'un Critique*, wie er Sainte-Beuve überredete, *Madame Bovary* zu lesen, und ihn dazu zu bringen suchte, sie in seiner offiziellen Zeitung zu besprechen. Der Kritiker aber, der es nie liebte, über ein umstrittenes Buch zu schreiben, gebrauchte die Ausrede, es wäre nicht korrekt, sich in einer Regierungszeitung mit einem Buch zu befassen, das wegen Unmoral gerichtlich verfolgt worden sei. Immerhin schrieb er nach der Veröffentlichung des Buches Flaubert einen persönlichen Brief, der das Buch, wenn auch vorsichtig, lobte[28]:

»Ich wartete mit meinem Dank für das Geschenk, das Sie mir freundlicherweise sandten, bis ich *Madame Bovary* zu Ende gelesen hatte. Ich hatte den Vorabdruck in *La Revue de Paris* nicht gelesen, so daß ich einen ungeteilten, ungeschmälerten Eindruck bekam. Es ist ein schönes Buch, ein *meisterliches* Buch um seiner Beobachtungsgabe und Form willen. Über das hinaus, was die Schriftsteller, welche die Realität beobachten und beschreiben, besitzen, haben Sie etwas: Stil ... Moral kommt, wie sie will, Sie suchen sie nicht heraus, aber ich verstehe nicht, wie man Sie für deren Fehlen anklagen konnte ... Lassen Sie mich hinzufügen, daß ich glücklich gewesen wäre, wenn die Schilderung da und dort bei gewissen Einzelheiten etwas weniger extrem wäre, so daß die Dinge, die es zu sehen gilt, sich besser herausheben würden. Ich wäre darin auch gern, ohne genau zu wissen, wie sie in Ihre Komposition hätten eingebaut werden können, einigen Figuren mit sanfteren Gefühlen, rein, zurückhaltend, tief und entsprechend treu begegnet. Das wäre erholsam gewesen; das hätte einen daran erinnert, daß es selbst inmitten des Bösen und Dummen noch Güte gibt... Sie wissen alles, Monsieur, aber Sie sind grausam! Das, scheint mir, ist eine Beleidigung, und ich sage es schon zum zweitenmal. Es tut mir leid, daß die einzige Zeitung, an der ich mitarbeite, *Le Moniteur*, durch die halb-offiziellen Regeln, die sie uns auferlegt, es mir nicht erlaubt, mit Ihnen über *Madame Bovary* zu disputieren. Sie würden nicht ganz ungeschoren davonkommen.«

Wie wir noch sehen werden, veröffentlichte Sainte-Beuve dann doch einen Artikel über *Madame Bovary* in *Le Moniteur* vom 10. Mai 1857; einer Freundin, Madame Gravier, gegenüber äußerte er sich, er habe über das Buch nur geschrieben, weil er von den Verlegern der Zeitung ausdrücklich darum gebeten worden sei. Er wiederholte sein Lob des Romans, nannte ihn aber wiederum grausam und riet ihr davon ab, ihn zu lesen. »Ich rate Ihnen trotzdem nicht, dieses Buch zu lesen. Es ist zu grausam für die meisten Frauen und würde Sie nur kränken. Wie ich schon sagte, ist Grausamkeit der Fehler des Autors... und, noch einmal, lesen Sie es nicht, Sie haben sich ein zu weiches Herz bewahrt.«[29]

Zweifellos waren viele über Flauberts Roman ehrlich entsetzt. In einem Brief beschrieb er das Verhalten des Pfarrers eines Dorfes, der einem seiner Pfarrkinder verboten hatte, *Madame Bovary* zu lesen[30]:

»Da wir gerade von Erfolg und Ruhm sprechen, habe ich Dir schon erzählt, daß der Ortspfarrer von Canteleu gegen mich wettert? Er reißt mein Buch seinen weiblichen Pfarrkindern aus den Händen. Ich muß gestehen, daß mich das riesig freut. Kein Lob hat meine Eitelkeit heftiger gekitzelt... So ist mir also nichts erspart geblieben: Angriffe von seiten der Regierung, Schimpf von seiten der Presse und HASS von seiten der Priester.«

Sainte-Beuve schrieb in seinem Artikel in *Le Moniteur* im Grunde genau das gleiche, was er Flaubert in seinem Brief mitgeteilt hatte. Er sandte ihm den Artikel mit einem Begleitbrief zu, in dem es, nach vielen Komplimenten, heißt[31]:

»Verwenden Sie dieses Talent für Beobachtung und Beschreibung auf andere, ebenso wahre Stoffe und bringen Sie darin, mit dieser Gabe der Beobachtung und Komposition, die Sie besitzen, einige Figuren unter, die Frieden schenken, und Sie werden nicht nur Bewunderer, sondern Freunde unter all Ihren Lesern finden.«

Die Besprechung war im großen und ganzen positiv – obwohl nicht eben feinfühlig und scharfsinnig. Er schilderte den Roman als sorgfältig geschrieben und erklärte, Flaubert habe Stil – vielleicht nur zu viel Stil, denn er fand, einige Abschnitte seien schon fast manieriert. Er war der Meinung, der Autor sei zu hart mit der Heldin umgesprungen, und gewisse Episoden wären besser unterblieben. Sein Haupteinwand jedoch war, es finde sich keine Güte in diesem Buch.

Der Artikel wurde allgemein als wohlwollend betrachtet, und das hielt man für wichtig, denn Sainte-Beuve galt als der größte Kritiker seiner Zeit – als größte literarische Gestalt des Zweiten Kaiserreichs.

Viele Besprechungen über *Madame Bovary* erschienen, aber nur wenige waren zufriedenstellend oder positiv. Die katholischen Zeitungen beschuldigten den Autor der groben Unmoral und Verachtung der Kirche. Die meisten bekannten Kritiker sahen in dem Buch ein Werk des Realismus, doch das gefiel Flaubert nicht. Er sagte[32]: »... ich verabscheue, was man gemeinhin als *Realismus* bezeichnet, auch wenn man mich zu einem seiner Päpste macht.« Die meisten Kritiker betrachteten ihn als den Nachfolger Balzacs und Jünger Champfleurys, wobei sie ihn für schlechter hielten als den letzteren.

Die unfreundlichste Besprechung war jene von Duranty, die am 15. März 1857 in der Zeitung *Réalisme,* dem Sprachrohr der realistischen Bewegung, erschien und von Champfleury inspiriert war[33]:

»*Madame Bovary,* ein Roman von Gustave Flaubert, stellt Hartnäckigkeit in den Beschreibungen dar. Der Roman ist einer von denen, die an geometrisches Zeichnen erinnern, er scheint mit einem Kompaß ausgeführt, minuziös berechnet und ausgearbeitet worden zu sein, alles rechtwinklig und letztlich trocken und dürr. Es heißt, seine Fertigstellung habe mehrere Jahre in Anspruch genommen. Tatsächlich scheinen alle Details einzeln gezählt worden zu sein, damit jedes die gleiche Wichtigkeit bekam wie das andere... Es ist kein Gefühl, keine Empfindung darin; kein Leben, sondern eine starke arithmetische Kraft, die in den Gestalten und Episoden, in den gegebenen Szenen an Gebärden, Schritten oder Bodenunebenheiten alles errechnete und zusammensetzte, was sie nur konnte. Dieses Buch ist eine literarische Anwendung der Wahrscheinlichkeitsrechnung ... Der Stil ist uneben, wie es jemandem passieren kann, der ohne Gefühl künstlerisch schreibt. Manchmal kommen Nachbildungen vor, lyrische Passagen, nichts Individuelles. Ich wiederhole, es sind immer materialistische Beschreibungen da, nie eine Impression. Es scheint mir unnötig, auf den Gesichtspunkt des Werkes einzugehen, von dem die erwähnten Fehler alles Interesse abziehen. Bevor das Buch erschien, hatte man es sich besser vorgestellt. Eine allzu sorgfältige Studie ersetzt die Spontaneität nicht, die aus echtem Empfinden kommt.«

Am meisten freute sich Flaubert über Baudelaires Besprechung, die erst am 18. Oktober 1857 in *L'Artiste* erschien. Schuld an der großen Verspätung war der Prozeß des Dichters im August, der gegen ihn entschieden worden war und mit einer Geldstrafe sowie dem Verbot mehrerer seiner Gedichte geendet hatte.

Flaubert und Baudelaire hatten vieles miteinander gemein; sie hatten die gleichen künstlerischen Überzeugungen – es wurde ihnen auch die gleiche Schmähung zuteil; jeder bewunderte die Arbeit des andern.

Baudelaire war einer der wenigen Kritiker, die begriffen hatten, daß das Hauptinteresse in *Madame Bovary* der psychologischen Erkenntnis galt, nicht dem realistischen Detail. Er bemerkte auch, wieviel von Flaubert selbst in der Heldin steckte, wieviel Männliches an ihr war, trotz seines Leugnens. Aufgrund des Weiblichen in ihm selbst – oder vielleicht aufgrund dessen, was er in seinem Wesen an Homosexualität besaß –, war Flaubert fähig, ihre Art zu verstehen.

Ein interessantes Ergebnis der Veröffentlichung von *Madame Bovary* war die große Zahl von Frauen, die Flaubert schrieben, sie hätten in der Heldin sich selbst erkannt. Er war zwar nicht erstaunt darüber, hatte er doch bereits während der Arbeit an dem Buch prophezeit, daß das geschehen würde. So meinte er einmal zu Louise Colet[34]:

»Du erwähnst die Nöte der Frauen. In diesem Milieu stecke ich jetzt. Du wirst sehen, daß ich tief in diesen Gefühlsbrunnen hinuntertauchen mußte. Wenn mein Buch gut ist, wird es manche weibliche Wunde sänftlich streicheln, und manch eine wird lächeln, da sie sich erkennt.

Ich werde all Eure Sorgen gekannt haben, arme düstere Seelen, feucht vor angestauter Melancholie wie Eure Provinzhinterhöfe, deren Mauern mit Schwamm bedeckt sind.«

Nach seinem Bruch mit Louise Colet Anfang 1855 war Flaubert ohne eine weibliche Vertraute geblieben; er fühlte diesen Verlust schmerzlich, denn im großen ganzen schrieb er lieber an Frauen als an Männer, obwohl seine tiefsten Freundschaften zweifellos Männern galten. Bouilhet war der letzte in der Reihe seiner gefühlsbetonten Beziehungen. Die Brieffreundschaften blieben, soweit sich feststellen läßt, platonisch, obwohl er meist in zärtlichen Worten an diese Frauen schrieb – eine von ihnen, Mademoiselle Leroyer de Chantepie, hat er überhaupt nie gesehen. Der Großteil dieser weiblichen Verbindungen fiel in den späteren Teil seines Lebens und war ein auffallender Zug darin. Sie setzten nach der Veröffentlichung von *Madame Bovary* ein. Mit Prinzessin Mathilde sowie mit George Sand traf er mit Sicherheit erst in den sechziger Jahren zusammen.

Bei drei Frauen steht fest, daß ihre Freundschaft mit Flaubert unmittelbar aus der Veröffentlichung von *Madame Bovary* erwachsen ist: Madame Roger des Genettes, Mademoiselle Amélie Bosquet und Mademoiselle Leroyer de Chantepie.

Madame Roger des Genettes war er von 1856 an, als er in Paris eine Wohnung gemietet hatte, um die Veröffentlichung von *Madame Bovary* zu überwachen, bis zu seinem Tod ein besonders treuer Briefpartner. Nicht nur die Zahl seiner Briefe an sie ist groß, ihr scheint er auch mehr von sich selbst erzählt zu haben als jeder anderen. Sie war vor allem die Vertraute seiner letzten traurigen Jahre, und da sie für sich selbst nicht viel von ihm verlangte, wurde er ihrer nicht so schnell wie manch anderer seiner weiblichen Bekannten überdrüssig. Sie war drei Jahre älter als er und entstammte einer kultivierten Offiziersfamilie, denn ein Onkel und ihr Bruder waren Generale, und außerdem war sie die Nichte eines bekannten Stabsarztes im Ersten Kaiserreich, dessen Enkel Roger des Genettes sie heiratete.

Sie kannte sehr viele Leute der damaligen literarischen Welt und pflegte den Salon von Louise Colet zu besuchen, wo sie an jenem Abend des Jahres 1852 auch zugegen war, als *Melaenis* von Louis Bouilhet lanciert wurde; sie las den vierten Gesang der Dichtung vor. Sie und Bouilhet fühlten sich sehr zueinander hingezogen, sie waren sogar eine kurze Zeitlang ein Liebespaar, doch scheint er ihrer bald überdrüssig geworden zu sein. Damals hielt Flaubert offenbar nicht viel von ihr; sie kam ihm eitel und unaufrichtig vor – ›une infâme coquette‹ nannte er sie –, eine intellektuelle ›poseuse‹, und er fand, sie werfe sich Bouilhet auf geschmacklose Weise an den Hals. »Enfin cette Edma me dégoûte même de loin«, sagte er.[35]

Vielleicht hatte er zu jener Zeit noch keinen näheren Kontakt mit ihr gehabt, sicher kannte er sie bloß flüchtig. Er scheint sie erst richtig kennengelernt zu haben, als er Ende 1856 nach Paris zog. Obwohl ihre Beziehung wahrscheinlich platonisch blieb, war es diese Frau, der er die intimsten Einzelheiten seines persönlichen Lebens anvertraut hat. Ihr vermachte er auch den Schreibtisch, an dem er seine Romane geschaffen hatte und den sie bei ihrem Tod Pol Neveux hinterließ – genauer, sie gab ihn ein paar Monate vor ihrem Ableben seiner Mutter für ihn in Verwahrung[36]:

»Alles gibt mir das Gefühl des Abschieds. Der Himmel weint. Ich schicke Ihnen Ihre Besprechungen zurück, und Ihre Gedanken, und ich sende Ihnen auch, für Ihren Sohn, Flauberts Schreibtisch. Von *Salambô* bis einschließlich *Bouvard und Pécuchet* schrieb er alles an diesem Pult. Es war Zeuge seiner Zornesausbrüche, seiner Entmutigungen – keine Entmutigung war schrecklicher als jene, als er *Lehrjahre des Gefühls* schrieb. Auf dieser Mahagoniplatte sind nicht nur Tintenkleckse – ich selbst habe Tränen gesehen.«

Amélie Bosquet war eine Zeitlang Erzieherin seiner kleinen Nichte gewesen, aber er scheint sie damals nicht näher kennengelernt zu haben. Sie hatte schriftstellerische Ambitionen, schrieb allerdings im Stil von Fortsetzungsromanen eines Provinzblattes. Sie pflegte sich als Schriftstellerkollegin an Flaubert zu wenden und ihn über ihre Texte um Rat zu fragen. Sie war eine Anhängerin von George Sand. Ihre Werke hatten vorzugsweise ein soziales Anliegen und brachten frauenrechtlerische Ideale zum Ausdruck – was Flaubert natürlich nicht interessierte. Ihre Romane wurden alle nach *Madame Bovary* veröffentlicht: *Louise Meunier, une Passion en Province* 1861, *Une femme bien élevée* 1866, *Le Roman des Ouvrières* 1868 und *Les Trois Prétendants* 1874. Bei Flauberts Briefen an sie, die sie der Stadtbibliothek Rouen vermacht hat, liegt eine Notiz, die insofern interessant ist, als sie seine Beziehungen zu ihr klarstellt. Sie ist als Fußnote zum ersten Brief, den ihr Flaubert geschrieben hat, veröffentlicht – dem ersten jedenfalls, der aufbewahrt worden zu sein scheint, denn es ist sehr unwahrscheinlich, daß es der erste überhaupt gewesen ist[37]:

»Trotz der Herzlichkeit in den Briefen, die G. Flaubert mir schrieb, und ihrer freien Ausdrucksweise war es, um die Wahrheit zu sagen, nie so, daß er mir, nach dem altmodischen Ausdruck, ›den Hof machte‹, und ich wollte das auch nie. Überdies wußten all seine Freunde, daß er von dem Tage an, da er sich ganz der Literatur verschrieben hatte, vom Augenblick der Veröffentlichung von *Madame Bovary* an, sich vor jeder Bindung fürchtete, die ihn in seiner Arbeitsweise hätte behindern können. Trotzdem war unser Gedankenaustausch lebhaft, und es kam oft vor, daß wir zwei bis drei Stunden allein miteinander sprachen. Doch war der Rausch, der uns dabei erfaßte, rein intellektueller Natur, und wenn ich das, was mit ihm geschah, nach dem beurteile, was ich selbst erlebt habe, dann möchte ich sagen, das Feuer, das in unseren Köpfen aufloderte, verschlang alle Kräfte unseres Seins.«

Trotzdem sind Flauberts Briefe an sie zärtlich und vertraulich und deuten auf eine warme, liebevolle Freundschaft hin. Was dieser Vertrautheit schließlich ein Ende setzte, war der plumpe, dumme Artikel, den sie als Buchbesprechung über *Lehrjahre des Gefühls* im Dezember 1869 in *Le Droit des Femmes* geschrieben hat.[38] Ihre unveröffentlichte *Mémoire* an Flaubert liegt in der Nationalbibliothek Paris aufbewahrt.[39]

Mademoiselle Leroyer de Chantepie war ein ganz anderer Mensch. Sie war einundzwanzig Jahre älter als Flaubert – wenngleich er das anscheinend zuerst nicht gewußt hat –, und er traf, wie gesagt, nie mit ihr zusammen. Sie war für ihn stets ›meine liebe Briefpartnerin‹. Was ihn besonders anzog, war ihre Art, wie sie sich selbst in Emma Bovary gefunden zu haben schien, und auch, daß sie offenbar nie in ihrem Leben glücklich gewesen war – er hatte für menschliches Leid unendliches Mitgefühl und Verständnis. Sie hatte ihr ganzes Leben in der Provinzstadt Angers zugebracht, und er scheint ihr immer wieder geschrieben zu haben, aus Barmherzigkeit, um ihr zu helfen, etwas an ihrem Leben lebenswert zu finden, und um ihr zuzureden, sich ihrer Kunst zu widmen. Er sprach in seinen Briefen an sie selten von sich, immer nur von ihr. Ihre unveröffentlichten Briefe an ihn liegen ebenfalls in der Nationalbibliothek Paris.[40]

Ihr erster Brief datiert vom 18. Dezember 1856, als sie eben *Madame Bovary* zu Ende gelesen hatte, deren letzte Fortsetzung am 15. Dezember herausgekommen war:

»Monsieur, da ich Abonnentin und eifrige Leserin der *Revue de Paris* bin, habe ich Ihr durch seine Wahrheit packendes Drama namens *Madame Bovary* von der ersten Fortsetzung an gelesen. Ich sah gleich zu Beginn, daß Sie ein Meisterwerk an Wahrheit und Natürlichkeit geschaffen haben. Gewiß, ja! Das sind wahrhaftig die Sitten der Provinz, in der ich geboren wurde und in der ich mein Leben verbracht habe! Das genügt, um Ihnen zu erklären, wie sehr ich die Traurigkeit, die Langeweile, das Leid dieser armen Madame Bovary verstanden habe. Von Anfang an erkannte ich sie und liebte sie wie eine Freundin. Ich identifizierte mich so sehr mit ihrem Leben, daß mir schien, ich sei es, ich sei sie! Nein, diese Geschichte ist nicht erfunden, sie ist wahr, diese Frau hat existiert, Sie müssen ein Zeuge ihres Lebens, ihres Todes, ihres Unglücks gewesen sein. Was mich anbelangt, Monsieur, so haben Sie mich das alles sehen lassen, das alles fast fühlen lassen. In den letzten dreißig Jahren habe ich während meiner Lesestunden die besten Autoren gelesen, die man kennt. Nun gut, ich scheue mich nicht zu behaupten, daß kein Buch bei mir je einen so tiefen Eindruck hinterlassen hat wie *Madame Bovary.* Ich habe selbst mehrere Romane verfaßt, wenn Sie mögen, schicke ich Ihnen ein Exemplar. Ich lese sehr viel und habe in meinem Leben zu viel gelitten, als daß ich leicht weinen könnte, höchstens in extremen Fällen. Nun, seit gestern habe ich nicht aufgehört, über diese arme Madame Bovary zu weinen! Ich habe die ganze Nacht kein Auge zugemacht; ich sah sie die ganze Zeit vor mir; ich kann mich nicht trösten, nicht erholen von dem heftigen Schock, den Ihr Drama mir versetzt hat. Vielleicht ist das das höchste Kompliment, das ich Ihnen zollen kann, kein Schriftsteller hat mich je so leiden gemacht, und es tut mir leid, daß ich mit dem Roman zu Ende bin. Ich glaube, ich werde verrückt.

Ah, Monsieur, woher haben Sie diese vollkommene Kenntnis der menschlichen Natur. Es ist das Messer des Chirurgen, angesetzt am menschlichen Herzen, an der Seele. Es ist, ach, die Welt in all ihrer Scheußlichkeit. Die Gestalten sind wahr, zu wahr, denn keine von ihnen erhebt die Seele, nichts in diesem Drama bringt Trost, es läßt nichts als unendliche Verzweiflung zurück, aber auch strenge Kritik. Das ist die Moral, die sich aus allem ergibt. Frauen sollen ihren Pflichten treu bleiben, koste es sie, was es wolle, und doch ist es so natürlich, zu versuchen glücklich zu sein. Gott selbst will ja das Glück seiner Kinder, nur die Männer sind dagegen; und wenn denn schon gelitten sein muß, ist es tausendmal besser, bei der Erfüllung seiner Pflicht zu leiden.

Ich mußte, Monsieur, Ihnen sagen, was ich fühlte, als ich Ihren Roman las. Nehmen Sie denn diesen unbedeutenden Tribut meiner Bewunderung entgegen und glauben Sie mir meine tiefe Sympathie. Ihre ergebene Marie L. Leroyer de Chantepie (Verfasserin von *Cécile* und von *Angélique Lagier*).«

Rechtschreibung, Interpunktion und Grammatik sind für eine erfahrene Schriftstellerin sehr fehlerhaft. Sie schreibt zum Beispiel: ›Il relèves, il coûtes, rien ne consoles‹ und so weiter.

Flaubert hatte noch keine große Erfahrung als veröffentlichter Autor und erkannte nicht, daß dies der typische Brief einer ichbezogenen Schriftstellerin war, die die Aufmerksamkeit auf sich lenken wollte. Er war tief gerührt, und obwohl er nicht gleich antworten konnte – er stand mitten in den Unruhen seines Prozesses –, schrieb er ihr doch, sobald er freigesprochen war, am 18. Februar 1857.[41] Er offerierte ihr ein Exemplar seines Romans, als dieser in Buchform erschien, und bat sie um Exemplare ihrer Bücher. Sie sandte ihm zwei ihrer Romane, *Cécile* in einem Band und *Angélique Lagier* in zwei Bänden. Er bedankte sich und versprach die Bücher in Muße zu lesen, sobald er Zeit dazu finde. Dann beantwortete er ihre Frage, wie es komme, daß er ein so tiefes Wissen um das Menschenherz erworben habe, und man spürt den Wunsch heraus, ihr Eindruck zu machen, sie für sich zu interessieren[42]:

»Ich habe lange ein Leben wie das Ihrige geführt, gnädige Frau. Auch ich habe mehrere Jahre vollkommen *allein* auf dem Land verbracht, ohne ein anderes Geräusch im Winter als das Murmeln des Windes in den Bäumen (und das Krachen des Eises, das die Seine vor meinen Fenstern vorbeitrieb). Wenn ich einige Kenntnis vom Leben erworben habe, so deshalb, weil ich wenig gelebt habe im gewöhnlichen Sinne des Wortes, denn ich habe wenig zu mir genommen, aber viel wiedergekaut; ich habe in unterschiedlicher Gesellschaft verkehrt und verschiedenartige Länder gesehen. Ich bin zu Fuß und auf dem Kamel gereist. Ich kenne die Börsianer von Paris und die Juden von Damaskus, die Kuppler in Italien und die Negerjongleure. Ich bin ein Pilger des Heiligen Landes und bin durch den Schnee des Parnassos geirrt, was als ein Symbolismus gelten kann.

Beklagen Sie sich nicht. Ich bin ein wenig in der Welt herumgekommen, und ich kenne das Paris, von dem Sie träumen, gründlich. Nichts kommt einer guten Lektüre am Kamin gleich ... *Hamlet* oder *Faust* lesen ... an einem Tag der Begeisterung. Mein Traum (für mich) ist, einen kleinen Palast in Venedig am Canale Grande zu erwerben.

So, damit habe ich etwas von Ihrer Neugier befriedigt, gnädige Frau. Fügen Sie noch hinzu, um mein vollständiges Porträt und meine vollständige Biographie zu haben, daß ich fünfunddreißig Jahre alt und fünf Fuß und acht Zoll groß bin, daß ich die Schultern eines Lastträgers habe und von der nervösen Reizbarkeit eines Modepüppchens bin. Überdies bin ich Junggeselle und einsam.«

Offenbar schickte sie ihm ihr Bildnis, denn er schreibt, er werde es einrahmen lassen und zwischen andere Porträts hängen, die ihm teuer seien. Sie muß allerdings ein Bild gesandt haben, auf dem sie jünger war als ihre damaligen siebenundfünfzig Jahre, denn er fügt hinzu:

»Ich halte ein Kompliment zurück, das mir in die Feder fließen will, und bitte Sie, mich als Ihren ergebenen Kollegen zu betrachten.«

Nun scheint er gemerkt zu haben, daß sie krankhaft egozentrisch war, er suchte sie aufzumuntern und ihr zuzureden, sie solle in ihrer Kunst aufgehen. Er nahm alle ihre Kümmernisse sehr ernst, scheint ihr hingegen kaum je seine eigenen Zweifel und Schwierigkeiten anvertraut zu haben. Er schrieb ihr[43]:

»Schreiben Sie mir alles, was Sie wollen, ausführlich und oft, selbst wenn ich manchmal etwas Zeit brauche, bis ich Ihnen antworte, denn seit gestern sind wir alte Freunde. Ich kenne Sie jetzt, und ich liebe Sie. Was Sie erlitten haben, habe ich selbst empfunden.«

Sie gestand ihm, wie alt sie war, und wenn er enttäuscht war, so zeigte er es jedenfalls nicht, sondern dankte ihr für ihre Offenheit und erklärte, nun würden sie in der Lage sein, wie zwei Männer miteinander zu reden. Wahrscheinlich wurde ihr gar nicht klar, ein wie großes Kompliment das war. Er schrieb[44]:

»Ihr Brief ist so aufrichtig, so wahr und eindringlich, und er hat mich so sehr bewegt, daß ich mich nicht abhalten kann, ihn unverzüglich zu beantworten. Ich danke Ihnen zunächst, daß Sie mir Ihr Alter geschrieben haben. Das gibt mir größere Freiheit. Wir werden wie von Mann zu Mann miteinander plaudern. Das Vertrauen, das Sie in mich setzen, ehrt mich; ich glaube, seiner nicht unwürdig zu sein; aber verspotten Sie mich nicht, nennen Sie mich nicht einen *Gelehrten!* Mich, den seine Unwissenheit demütigt.

Und vergleichen Sie sich nicht mit der Bovary. Sie ähneln ihr kaum! Sie war weniger wert als Sie, sowohl was den Kopf als auch was das Herz betrifft; denn sie ist eine etwas perverse Natur, eine Frau der falschen Poesie und der falschen Gefühle.«

Er erkannte, daß ihr Unglücklichsein zu einem guten Teil daher rührte, daß sie über sich selbst zu viel nachgrübelte. Darum forderte er sie auf, weniger an sich zu denken, zu lesen, zu studieren und sich in ihre Arbeit zu versenken.[45]

Er suchte sie zu trösten, indem er ihr sagte, er kenne ihren Gemütszustand aus eigener Erfahrung, und er sehe es nicht gern, wenn ein feiner Mensch wie sie sich in Kummer und Untätigkeit verzehre[46]:

»Das Vergnügen, das ich beim Empfang Ihrer Briefe empfinde, gnädige Frau, wird aufgewogen durch den Kummer, der sich in ihnen ausbreitet. Welch vortreffliche Seele Sie haben! und welch trauriges Leben Sie führen! Ich glaube es zu verstehen. Und deshalb liebe ich Sie.

Ich habe wie Sie die tiefe Melancholie kennengelernt, die das Angelus an Sommerabenden hervorruft. So ruhig ich an der Oberfläche war, auch ich war *aufgewühlt* und, soll ich es sagen, ich bin es noch heute manchmal. Doch da ich überzeugt bin, daß man krank ist, sobald man über sich selbst nachdenkt, versuche ich, mich mit der Kunst trunken zu machen, wie es andere mit Branntwein tun. Mit dem nötigen Willen gelingt es, das Bewußtsein seines eigenen Individuums zu verlieren. Glauben Sie mir, man ist nicht glücklich, aber man leidet nicht mehr.«

Später mahnte er sie einmal[47]:

»Warum arbeiten Sie nicht mehr? Die einzige Möglichkeit, das Dasein zu ertragen, ist, in der Literatur wie in einer dauernden Orgie zu versinken. Der Wein der Kunst führt zu einem langen, bodenlosen Rausch. Über sich selbst nachdenken, macht krank.«

Diese enge und herzliche Freundschaft dauerte zwölf Jahre, und was den Reiz der Briefe anbelangt, so wird er einzig von der Korrespondenz mit Louise Colet übertroffen.

1865 brannte das Theater von Angers bis auf den Grund nieder. Sie war darüber sehr unglücklich, denn sie liebte die Oper. Sie organisierte eine Spendensubskription für den Wiederaufbau, doch kam nicht viel dabei heraus, weil die Stadt die notwendige große Summe nicht ausgeben wollte. So vergingen Jahre, und noch immer war nicht genügend Geld vorhanden. Da schrieb sie an Flaubert, Angers sei nur noch ein Dorf ohne Theater. »Ich habe Heimweh nach der Oper«, klagte sie, »aber ich fürchte, ich werde sterben, bevor ich das Theater wiedergesehen habe.«

Dann kam sie auf die Idee, Flaubert zu bitten, er möchte sich beim Kaiser dafür verwenden, den Wiederaufbau des Theaters zu verlangen. Flaubert sträubte sich dagegen, denn er kannte den Kaiser nicht sehr gut – und auch erst seit kurzem – und glaubte überdies nicht an die Sache. Er riet ihr, nichts zu unternehmen; man könne eine Stadt nicht dazu zwingen, ein Theater zu haben, wenn sie keines haben wolle, und außerdem seien keine Mittel verfügbar, und der Kaiser sei in dieser Angelegenheit machtlos.[48] Sie antwortete voller Zorn und Abscheu, indem sie ihn diesmal nur noch als »Cher Monsieur« anredete[49]:

»Ihre Antwort ist schroff und verletzte mich wirklich tief ... Sie werden bei Hofe eingeladen, Ihr persönlicher Wert, Ihr Verstand, Ihre Verbindungen zu hochgestellten Persönlichkeiten in politischen und literarischen Kreisen verleihen Ihnen bestimmt großen Einfluß. Ich habe noch nie jemanden um einen Gefallen gebeten, der ihm unangenehm oder lästig sein könnte, aber das liebenswürdige Interesse, ja die Freundschaft, die Sie mir zeigten, ließen mich glauben, Sie würden der erste sein, der mir seine Hilfe anböte und mir den Erfolg meiner bescheidenen Bitte zusicherte. Erzählen Sie mir nicht, der Kaiser könne nichts tun; er ist der absolute Herr über jeden Willen, er beherrscht das Schicksal Europas, er kann alles tun, ein Wort aus seinem Munde, ein Zeichen seiner Hand wäre mehr als genug, alle Bürgermeister und Stadträte Frankreichs zum Gehorsam zu zwingen. Der Kaiser ist groß durch sein Genie und sein Herz, und ich bin sicher, daß er, wenn ich ihn persönlich anflehen könnte, mir meine arme kleine Bitte gewähren würde.«

Darauf erwiderte Flaubert[50]:

»Ich bin untröstlich, daß Sie meinen letzten Brief so falsch aufgefaßt haben. Ich hätte nicht gedacht, daß Sie in meiner offenen Meinungsäußerung die geringste Schroffheit sehen würden. Sie haben für Selbstsucht gehalten, was lediglich die Wahrheit ist ...

Ich unternahm nur deshalb keine Schritte, Ihnen gefällig zu sein, weil man mir ins Gesicht gelacht hätte. *Darauf gebe ich Ihnen mein Ehrenwort.* Im übrigen besitze ich keineswegs die Autorität, die Sie mir zuschreiben. Am letzten Freitag zum Beispiel hatte ich die größten Schwierigkeiten, eine Bewilligung zum Besuch von Fontainebleau zu bekommen; man war im Begriff, mich hinauszuwerfen, und wenn nicht Octave Feuillet gewesen wäre, der dort Bibliothekar ist, hätte ich wie jeder gewöhnliche Sterbliche nach Paris zurückkehren müssen. Ich versichere Ihnen, liebe Mademoiselle, Sie machen sich ein völlig falsches Bild von den Tatsachen ...

Bitte glauben Sie mir, daß es nicht an gutem Willen meinerseits fehlte, und seien Sie meiner Zuneigung versichert.«

Obwohl er ihr auch später noch schrieb, um ihr seine Neujahrsgrüße zu senden, kennzeichnete diese Episode doch das Ende ihrer Freundschaft, und sie schrieb ihm erst nach dem Tode von George Sand im Jahre 1876 wieder, als sie ihn um Nachrichten über deren letzte Lebenstage bat – George Sand war Gegenstand ihrer großen Bewunderung gewesen. Da antwortete er ihr[51]:

»Nein, ich habe Sie nicht vergessen, denn ich vergesse die Menschen, die ich liebe, nie! Ich war nur erstaunt über Ihr langes Schweigen, wußte ich doch nicht, welcher Ursache ich es zuschreiben sollte ...«

Dann erzählte er ihr vom Tode George Sands und von all den Freunden, die gestorben waren, seit er ihr zum letztenmal geschrieben hatte: Bouilhet, Sainte-Beuve, Jules de Goncourt und so fort, und vor allem von seiner alten Mutter, die 1872 verschieden war. Dann fuhr er fort[52]:

»Ich lebe jetzt ganz allein (zumindest im Sommer), und wenn ich nicht arbeite, habe ich als einzige Gesellschaft meine Erinnerungen, denen meine Träume folgen und so weiter.

Die arme Madame Sand hat mir oft von Ihnen gesprochen, besser gesagt, wir haben miteinander von Ihnen gesprochen; Sie interessierten sie so sehr. Man mußte sie kennen, wie ich sie kannte, um gewahr zu werden, wieviel Weibliches in diesem großen Manne steckte, um die unermeßlichen Tiefen an Zärtlichkeit zu erkennen, die dieses Genie barg. Sie wird eines der großen Vorbilder Frankreichs bleiben, eine einmalige Zierde.

Wie geht es Ihrem Geist? Lesen Sie immer noch Philosophie? Ich empfehle Ihnen das neueste Buch von Renan. Es wird Ihnen gefallen. Und lassen Sie mich nicht mehr so lange ohne einen Brief, denn ich bin immer der Ihre.«

Doch es kamen keine Briefe mehr, und die Freundschaft erlosch.

Da war auch noch Jane de Tourbey, die spätere Comtesse de Loynes. Sie kam als junge Frau nach Paris. Damals nahm Sainte-Beuve ihre literarische Ausbildung an die Hand, so daß sie von 1858 an in der Lage war, einen der berühmtesten literarischen Salons des 19. Jahrhunderts in Frankreich zu führen, ihren Salon in der Rue de Vendôme. Wir wissen nicht, wann Flaubert sie kennengelernt hat, aber er schickte ihr ein Exemplar der *Madame Bovary*, als das Buch 1857 herauskam. Seine Beziehung zu ihr, die sehr eng und zärtlich gewesen zu sein scheint, spielte sich vorwiegend im späteren Teil seines Lebens ab, längere Zeit nach *Madame Bovary*. Sein Diener Narcisse, der sich in ihre Zofe verliebte, überreichte ihr ein Exemplar von *Salambô* mit der Widmung: »Für Mademoiselle Jeanne, geschenkt vom Diener des Autors.«[53]

Im Jahre 1857 stand Flaubert auf dem Gipfel seiner Karriere als

Schriftsteller. Mit einem Schlag, mit seiner ersten Veröffentlichung avancierte er zu einem glanzvollen Autor, und alles, was er von da an tat, vervollständigte und vervollkommnete sein Bild, das Bild eines der größten Romanciers und Prosakünstler im Frankreich des 19. Jahrhunderts.

Zweiter Teil

DAS MEISTERSTÜCK

20

DER ROMAN IM ZWEITEN KAISERREICH

Stendhal starb 1842, Balzac 1850. Ihr Hinscheiden schuf eine große Lücke in der erzählenden Literatur. Nur George Sand war noch da, die Anspruch auf Geltung erheben konnte. Stendhal war zu seinen Lebzeiten nicht geschätzt worden, Balzac dagegen hatte die vierziger Jahre beherrscht und galt als der größte Romancier seiner Zeit, außerdem als der Schriftsteller, der den Realismus in die französische Literatur eingeführt hatte – Baudelaire bezeichnete ihn allerdings als großen Phantasten.[1]

Die charakteristischste Form der Literatur in der Periode, da Flaubert *Madame Bovary* schuf, in den ersten Jahren des Zweiten Kaiserreichs also, war der Realismus; deshalb beurteilte man auch ihn als einen Realisten, als er mit seinem Roman an die Öffentlichkeit trat, der vielen als das langersehnte Meisterwerk der neuen Bewegung erschien. Die Kritiker merkten gar nicht, wie sehr ihm in Wirklichkeit der Realismus zuwider war[2]: »Man glaubt, daß ich in die Wirklichkeit vernarrt bin, während ich sie doch verabscheue, denn ich habe diesen Roman aus Haß gegen den Realismus unternommen.«

In der Romantik waren die literarischen Ideale in Lyrik, Prosa oder Drama im allgemeinen die gleichen; die Bewegung war monolithisch. Anders im Zweiten Kaiserreich; da war alles verschieden, es herrschte Widerspruch, ja sogar Feindschaft zwischen Poesie und Prosa. Auf der einen Seite, in der Lyrik, galten die l'art-pour-l'art-Ideale mit ihrer Bewunderung für gekonnte Arbeit und künstlerischen Höhenflug. Auf der anderen Seite, in der Prosaliteratur, herrschte der Realismus, die Trivialität des Alltags und die Verachtung der feinen Sprache. Flaubert hatte sehr viel mehr mit den l'art-pour-l'art-Dichtern gemein als mit den Realisten. Am meisten gleicht er in seinen Ansichten über Kunst wohl Baudelaire.

Einige Kritiker haben Murger mit seinem Roman *Die Bohème (Scènes de la Vie de Bohème)* als Urheber des Realismus bezeichnet, obwohl er ausgesprochen die Elemente der Spätromantik und auch die neue Form des Boheme-Stils zum Ausdruck bringt, die für die letzten Jahre der Juli-Monarchie und die ersten des Zweiten Kaiserreiches typisch war. Ein typischer Zug der Boheme lag darin, daß ihre Vertreter arm, von niedriger Herkunft und nicht sehr gebildet waren. Sie entstammten der Arbeiter- oder der unteren Mittelklasse. Murger war der Sohn eines armen Hauswarts, Champfleury arbeitete als Kanzlist in einer Buchhandlung in der Provinzstadt Laon, und Barbaras Vater war Verkäufer in einem Geschäft für Musikinstrumente.

Murgers Eltern waren bitterarm; er sollte Arbeiter werden, doch seine Mutter hatte für den zarten Jungen, der so gern las, ehrgeizigere Pläne. Irgendwie brachte sie es zustande, ihm eine höhere Schulbildung zu verschaffen. Er war nicht dankbar für dieses Privileg und profitierte auch nicht so davon, wie es sich seine Mutter erhofft und gewünscht hatte. Immerhin brauchte er wegen seiner Schulausbildung nicht schon im Kindesalter in die Fabrik, und so konnte er weiterhin planlos lesen. Mit neunzehn Jahren verließ er nach einem Streit die Eltern und begann das Material für sein hochberühmtes Buch zu sammeln. Zu dieser Zeit erlernte er auch alle Schliche und Listen, wie man sich Essen und Obdach umsonst ergattert. Die Bohemiens waren alle sehr arm; einer von ihnen, Charles Bataille, schrieb einmal[3]:

Joyeux enfants de la Bohème,
Rions du sort et de ses coups!
La Société qui nous aime,
Nous garde, pour l'heure suprème,
    Quand même,
    À tous,
Un lit à l'hôpital des fous.
(Fröhliche Kinder der Boheme,
Laßt uns das Schicksal und seine Schläge verlachen!
Die Gesellschaft, die uns liebt,
Hält für unser letztes Stündlein,
    Immerhin,
    Uns allen
Ein Bett im Narrenhause frei.)

Im Jahre 1842 lernte Murger die Gruppe von Freunden kennen, zu der Champfleury und Courbet gehörten. Sie waren Mitglieder einer Gesellschaft, die sich selbst den Namen ›les buveurs d'eau‹ gab – aus dem einfachen Grund, weil sie sich nichts anderes als Wasser leisten konnten. Murger beschrieb sie später sowohl in seinem Roman *Les Buveurs d'Eau* als auch in seinen Skizzen *Scènes de la Vie de Bohème*.

Champfleury, obwohl einer der Bohemiens, war sparsamer und ordentlicher als die übrigen, dabei aber großzügig und gutmütig; er lud Murger ein, bei ihm zu wohnen, damit er wenigstens ein Dach überm Kopf hatte. Aber Champfleury war in seinem Herzen auch ein biederer Bourgeois, der gern im Rahmen seiner Möglichkeiten lebte. Er hatte eine eigene Vorstellung von dem, was die moderne Literatur sein sollte, und überredete Murger, sich vom Einfluß Mussets zu lösen, der bei ihm bisher besonders ausgeprägt gewesen war und dessen Gedichte seine Lieblingslektüre bildeten. Champfleury ermutigte ihn, die lebhaften Szenen des täglichen Lebens um sich herum zu beobachten und Skizzen darüber zu schreiben. Murger tat es; diese Aufsätze wurden in dem avantgardistischen Literaturblatt *Le Corsaire-Satan* veröffentlicht. Die Skizzen – *Scènes* genannt – erschienen dort in den Jahren 1845–1848. Später wurden sie gesammelt und 1851 in Buchform mit dem Titel *Scènes de la Vie de Bohème* herausgebracht. Die meisten Kritiker betrachteten sie als ein bedeutendes Werk des Realismus. Liest man dieses Buch aber heute, so ist es nicht Realismus, was darin auffällt, sondern Romantik und Sentimentalität. In der Tat fand die Mussetsche Romantik, der Murger früher in Musset-ähnlichen Gedichten Luft gemacht hatte, nunmehr in diesen Skizzen ihren Ausdruck; im übrigen ist es gerade diese verspätete Romantik, die dieses Buch davor bewahrt hat, schnell in Vergessenheit zu geraten. Es vermittelt ein sehr romantisches Bild der Boheme, wie die Leute sie sich gern vorstellen. Durch die Person des Rodolphe spricht Murger von sich und seinen Träumen, und was er erzählt, ist Wunschdenken, Flucht vor der Wirklichkeit. Die Mimi aus den *Scènes* stand im wirklichen Leben der Sappho in Daudets gleichnamigem Roman viel näher als der Heldin von Murgers Buch. Murgers unbewußtes Ziel war es eben nicht, das Leben, das er um sich herum beobachtete, realistisch zu zeichnen. Wenn wir ein realistisches Bild der Boheme in den späten vierziger und frühen fünfziger Jahren haben wollen, müssen wir uns an Champfleurys Roman *Les Aventures de Mademoiselle Mariette* halten. Seine Romanfiguren sind dieselben Leute, die die *Scènes de la Vie de Bohème* bevölkern, aber realistisch und mit realistischen Details geschildert. Und doch wird Murgers Buch bei all seiner Romantisierung noch heute gelesen, während dasjenige Champfleurys trotz seiner Wirklichkeitsnähe längst vergessen ist. Die *Scènes de la Vie de Bohème* wurden zu einem erfolgreichen Drama umgearbeitet und ergaben später das Libretto zu Puccinis Oper *La Bohème,* die sie unsterblich gemacht hat.

Nach der Revolution von 1848 stand fest, daß der Realismus sich durchsetzen würde, und bald schon entwickelte er seine eigene Lehre. Der bedeutendste Romanschriftsteller dieser Richtung war zweifellos Champfleury, doch sollte man auch Henri Monnier nicht vergessen; obwohl er seine *Scènes de la Vie Populaire* bereits 1830 geschrieben hatte, wurden sie jedoch erst nach 1850 so recht bekannt und anerkannt. Er war der Schöpfer einer der berühmtesten Figuren – Karikaturen müßte man eigentlich sagen – des 19. Jahrhunderts: des Joseph Prudhomme, der genauso zum Inbegriff des salbadernden Wichtigtuers wurde wie Tartuffe zu dem des Heuchlers. Das galt bis zum Ende des Jahrhunderts – ja noch darüber hinaus –, so daß Rimbaud 1873 in *Ein Sommer in der Hölle,* als er gegen das bigotte Geschwätz seiner Zeit lästerte, schrieb: »Monsieur Prudhomme ist mit Christus geboren«, was heißen sollte, die Phrasendrescherei sei zur gleichen Zeit aufgekommen wie das Christentum. Monsieur Prudhomme ist einer der direkten Vorfahren von Flauberts Homais in *Madame Bovary.*

In seinen *Scènes de la Vie Populaire* hat Henri Monnier eine Art Miniaturausgabe einer *Menschlichen Komödie* – im Balzacschen Sinn – des einfachen Lebens geschaffen. Seine karikaturistische Begabung (er war ein bekannter Karikaturist seiner Zeit) ließ das Komische und Lächerliche in diesem Leben zutage treten. Nicht die harten, bitteren Seiten des Bürgerlebens sah er, sondern die komischen. Er wählte seine Figuren unter den kleinen Kontoristen und niedrigen Beamten. Es ist eine wertvolle Sammlung von Typen, die er uns hinterlassen hat. Sie besitzen schon einen großen Teil jener Ironie, die wir später, allerdings in ätzenderer Art, bei Flaubert wiederfinden.

Monniers Hauptwerke sind das Bühnenstück *Grandeur et Décadence de Joseph Prudhomme* (1853) und die *Mémoires de Joseph Prudhomme* (1857). Joseph Prudhomme war ein Mann, der aus seinem Vermögen lebte, Hauptmann der Nationalgarde, außerdem Geschworener und Mitglied vieler öffentlicher Ausschüsse. Er war ein guter Vater, ein guter Ehemann und ganz und gar das Bild des Bürgers zur Zeit Louis Philippes. Viele seiner pompösen, gestelzten Redensarten sind sprichwörtlich geworden und noch heute erkennbar. ›Je l'ai toujours dit, je le dis encore, et je le dirai toujours, ce sabre est le plus beau jour de ma vie.‹ Oder: ›Ôtez l'homme de la société, vous l'isolez.‹ Und eines seiner Glanzstücke: ›Le char de l'état navigue sur un volcan.‹ Bei einer Abendgesellschaft lernte er einst einen Engländer kennen und meinte freundlich: »Der Herr kommt also aus Albion. Das macht nichts, alle Menschen sind dafür geschaffen, sich zu achten.« Er hatte auch einen Hang zum platten Philosophieren; als ihm einmal beim Überqueren des Hofes zu seiner Wohnung die Kerze ausging, sagte er in edlem, reflektivem Stil: »Dame! que voulez-vous, tout finit par s'éteindre dans le nature. Le rat« – ein umgangssprachlicher Ausdruck des 19. Jh. für Kerze – »le rat c'est l'image de la vie.« Seine Aufgeblasenheit ähnelt der des Homais, und seine Aussprüche sind Flauberts *Dictionnaire des Idées Reçues* würdig.

Joseph Prudhomme, der Bourgeois, »ce type monstrueusement vrai«, wie Baudelaire ihn genannt hat[4], analysierte sich in seinen *Mémoires* selbst, und wir begreifen Flauberts Gehässigkeit gegen diese Klasse[5]:

»Man hat gesagt, ich sei der Typ des Bürgers; ich weise diese Qualifikation nicht von mir, ganz im Gegenteil; wer hat denn mehr Recht, zu diesem Jahrhundert des Bürgers zu sprechen, als der Bürger selbst? Denn Ihr habt gut lachen und gut reden: Alles ist bürgerlich heute. Die Aristokratie existiert nicht mehr, die Demokratie existiert noch nicht, es gibt einzig das Bürgertum. Ihr habt ja nichts als Übergangsideen, -ansichten, -sitten, -literatur, -kunst, -instinkte, begrüßt also Joseph Prudhomme, den Mann des Übergangs, das heißt des Bürgertums! Söhne von Monsieur Prudhomme, das ist Euer wahrer Titel, und nicht Söhne Voltaires!«

Einer der nachhaltigsten Einflüsse auf die Bewegung der Realisten ging zweifellos von dem Maler Courbet aus. Vor ihm hatte eine größere Gruppe von Malern von ›le nu harmonieux‹ gesprochen und Werke wie Ingres' *La Source* bewundert. Sie behaupteten, das wahre Ziel der Kunst sei, durch das Betrachten schöner Bilder schöne Gedanken zu erzeugen, oder aber, jedes Bild, das in seinen Betrachtern einen vulgären Gedanken oder niedrige Gefühle erwecke, sei allein dadurch etwas Schlechtes, so wahr es an sich auch scheinen möge.

Courbet hatte große Mühe, mit seinem Schaffen beim allgemeinen Publikum durchzudringen, und je weiter er fortschritt, desto schwieriger wurde es. An der Pariser Weltausstellung von 1855, die von Königin Viktoria, dem Prinzgemahl und ihren beiden ältesten Kindern besucht wurde, war sein Werk nicht vertreten, da es – wahrscheinlich zu Recht – hieß, die britische Monarchin würde es mißbilligen und wäre vielleicht schockiert. Seit 1848 hatte er gegen die idealisierende Tradition in der Kunst angekämpft und malte absichtlich roh – zu signieren pflegte er seine Bilder mit ›Courbet ohne Ideale und ohne Religion‹.

Seine aufeinanderfolgenden Ausstellungen vermitteln eine Vorstellung von den Fortschritten der Realismusbewegung – und von der Opposition dagegen: 1849 wurden sieben seiner Bilder durch den *Salon* angenommen, darunter sein *Après-midi d'Ornans* und *Vendanges à Ornans*. Sie wurden zwar nicht gerade bewundert, lösten aber auch keine heftige Kritik aus. *La Revue des Deux Mondes* erklärte, in *L'Après-midi à Ornans* stecke eine triviale Wahrheit. Drei Jahre später nahm der *Salon* nur drei seiner Bilder an: *Les Paysans de Flagny revenant de la Foire*, *Les Casseurs de Pierres* und *L'Enterrement à Ornans*. Dieses letzte stieß das Publikum vor den Kopf, weil, wie es hieß, Tod und Religion hier, statt edle Gedanken zu wecken, nur als Vorwand zur Schilderung bäuerlicher Typen in lächerlichen Trachten verwendet worden seien. Ein Jahr später war sogar nur noch eines seiner Werke in der Ausstellung, *Les Demoiselles de Village*, das als ordinär beurteilt wurde. Ein Spaßvogel veröffentlichte daraufhin ein komisches Gedicht, das Courbets ästhetische Ideale durch den Kakao ziehen sollte, und das wir hier im Original und in deutscher Übertragung einfügen wollen.[6]

Faire vrai ce n'est rien, pour être réaliste
C'est laid qu'il faut! Or, Monsieur, s'il vous plaît,
Tout ce que je désire est horriblement laid,
Ma peinture est affreuse, et, pour qu'elle soit vraie,
J'en arrache le beau, comme on fait de l'ivraie.
J'aime les teints terreux, les nez de carton,
Les fillettes avec de la barbe au menton,
Les durillons, les cors aux pieds, et les verrues.
Voilà le vrai!
(Wahr sein ist gar nichts, für den Realisten
Ist häßlich die Hauptsache! Wohlan, Monsieur!
Alles, was ich wünsche, ist grauenhaft häßlich,
Meine Malerei ist scheußlich, und daß sie ja wahr sei,
Riß ich das Schöne heraus, wie man Unkraut jätet.
Ich liebe die erdfahle Haut, die Nasen aus Pappe,

Die kleinen Mädchen mit Bartwuchs am Kinn,
Die Schwielen, die Hühneraugen und die Warzen.
Das ist das Wahre!)

Dann, im Jahre 1853, wurde sein Bild *Les Baigneuses*, das wirklichkeitsgetreu gemalte nackte Frauen zeigte, vom *Salon* mit Schimpf und Schande zurückgewiesen. Die offiziellen Kunstkritiker waren entrüstet über die ›nudités grosses‹, die sie abstoßend fanden. Es erschienen auch patriotische Artikel, die sich für die beleidigte französische Schönheit wehrten. Diese Fleischklumpen, erklärten sie, seien eine Verunglimpfung der französischen Frau.

Anläßlich der Weltausstellung von 1855 wurden dann, wie bereits erwähnt, sämtliche Gemälde Courbets abgelehnt. Daraufhin veranstaltete er eine Ein-Mann-Ausstellung, zu der Hunderte herbeiströmten, um zu spotten und sich zu entsetzen; viele aber blieben, zu bewundern und zu loben. Das Vorwort zu seinem Katalog wurde zu einer Art Manifest der neuen realistischen Schule nicht nur in der Malerei, sondern auch in der Literatur. Die Hauptpunkte des Programms waren: der Künstler habe das Recht, sein Sujet frei zu wählen; er habe das Recht, ein zeitgenössisches Thema zu wählen, wenn er es wünschte; und er habe das Recht, das wirkliche Leben auch realistisch darzustellen.

Als die Brüder Goncourt ihren im Künstlermilieu angesiedelten Roman *Nanette Salomon* konzipierten und darin einen modernen Maler darstellen wollten, schufen sie ihn nach Courbet und verwendeten dessen künstlerische Ansichten.

Im Jahre 1855 war der Kampf der Realisten in der Malerei in vollem Gang und wurde für die Literatur von Champfleury, dem Freund und Gönner Courbets, aufgenommen – man nannte ihn sogar später den Courbet der Literatur; er wollte für die Prosadichtung das tun, was jener für die Malerei getan hatte. Er begann als Anhänger Courbets, löste sich dann aber nach und nach von ihm und erklärte schlicht, die Malerei sei als Kunstform der Literatur unterlegen, denn dem Schriftsteller stünden vielseitigere und subtilere Methoden zur Verfügung als dem Maler. 1856 gründete er *La Gazette*, um seine literarischen Ideale zu verbreiten. Das Blatt brachte es jedoch nur auf zwei Nummern, dann ging es aus Mangel an Mitteln ein – das Schicksal der meisten Zeitungen dieser Art. Er hatte indessen Anhänger und Bewunderer, und sein reicher Freund Duranty, von dem es hieß, er sei der uneheliche Sohn Mérimées, gründete eine andere Zeitschrift, *Réalisme*, um ihm eine neue Plattform für seine Ideen zu verschaffen. Sie hatte nicht mehr Glück als ihre Vorgängerin und machte nach wenigen Nummern Bankrott. Wie wir bereits berichteten, erschien gerade in *Réalisme* der schärfste Artikel über *Madame Bovary*, der den Roman beschuldigte, zu gut geschrieben zu sein.

Inzwischen war der Ausdruck ›Realismus‹ als Schimpf- und Tadelswort in den allgemeinen Sprachgebrauch eingegangen. Man warf Flaubert in der Gerichtsverhandlung von 1857 Realismus vor; das gleiche mußte sich Baudelaire bei seinem Prozeß im August desselben Jahres sagen lassen.

Die Hauptpunkte von Champfleurys Kritik an der Literatur lauteten: Der Schriftsteller dürfe nur über das schreiben, was er persönlich gesehen habe, und kein Vorurteil – sozialer oder moralischer Art – dürfe ihn von etwas abhalten. »Man sollte sich nicht«, sagte er, »diese und jene Figur, diese und jene Szene versagen, bloß weil sie gewisse Teile des Publikums schockieren könnten. Man muß alles zeigen, ohne jede Bemäntelung aus Höflichkeit oder Vorsicht.« Er bestand auch auf großer Einfachheit in der Kunst. Nach seiner Meinung gehörten in einen Roman keine Schilderungen, keine Porträts, keine lyrischen Passagen; die Handlung sollte sich um kleine Leute drehen.

Zweifellos war Champfleury der bedeutendste Vertreter des Realismus in der erzählenden Literatur während des Zweiten Kaiserreiches. Champfleury war nicht sein richtiger Name, sondern ein Pseudonym, das er sich als Schriftsteller zugelegt hatte. Eigentlich hieß er Jules Fleury Husson, dessen Vater ein schlechtbezahlter Kanzlist war und dessen Mutter in einem Spielwarenladen arbeitete. Er war kein besonders guter Schüler, aber stets ein eifriger Leser moderner Romane und Erzählungen aller Arten. Sein Vater glaubte, dieser Lesehunger sei das Anzeichen einer literarischen Berufung und schickte ihn nach Paris, wo er in einer Buchhandlung Bote wurde. Dort hatte er Gelegenheit, noch mehr Bücher zu lesen, die er sich aus dem Lager borgte. Dann lernte er die ›Buveurs d'Eau‹ kennen.

Es ist heute Mode, sich über Champfleury zu mokieren und ihn einen Spießer zu nennen; und doch spricht vieles – wenn auch nicht zugunsten seiner Romane – für seine geistige Energie und für die Art, wie er sich selbst gebildet hat. Dieser Elementarschüler wurde aus eigener Kraft zu einem im ganzen Land berühmten Karikaturisten, und dies zu einer Zeit, da die Karikatur als seriöse Kunst zu gelten begann; außerdem studierte er Musiktheorie und wurde ein ernst zu nehmender Musikkritiker. Er war einer der wenigen Menschen, die Wagner schätzten, als man sich noch über ihn lustig machte, und freundete sich sogar mit ihm an; selbst in der Malerei erwarb er das Wissen einer Autorität.

Den Vormittag pflegte er in der Bibliothek zuzubringen, nachmittags besuchte er öffentliche Vorlesungen an der Sorbonne oder am Collège de France und nahm auch an Kursen in der medizinischen Fakultät teil. Am Ende seines Lebens hatte er es zu einem leidlichen Wohlstand gebracht; in den fünfziger Jahren jedoch war er noch einer der armen ›Buveurs d'Eau‹.

Er veröffentlichte seine Beiträge, wie die meisten seiner jungen Schriftstellerkollegen, im *Corsaire-Satan* und später in *L'Artiste.* Hugo bemerkte seine 1847 publizierte erste Sammlung von Erzählungen und erklärte, eine davon, *Chien Caillou,* sei ein Meisterwerk.

Seine Zeit als Romancier dauerte von 1850 bis 1865, nachher widmete er sich der Literatur- und Kunstkritik. Und da begann er sich aufzuregen über die große Zahl von Büchern, die von den Behörden des Zweiten Kaiserreiches vor Gericht gezogen wurden.

Obwohl Champfleury zum Kreis der Boheme gehörte, war er von seinem Temperament her kein Bohemien. Sein Zusammenschluß mit diesen Künstlern geschah vielmehr aufgrund seiner Armut. Eigentlich bewunderte er die Vorzüge des Bürgertums und die Bürgertugenden. Er liebte es, niemandem etwas schuldig zu sein und für sich selbst sorgen zu können.

Sein Ehrgeiz war es nicht so sehr, ein Kunstwerk zu schaffen – im Gegenteil, nichts lag ihm ferner –, als mit seiner Feder einen regelmäßigen, bequemen Lebensunterhalt zu verdienen und Sicherheit, einfache bürgerliche Sicherheit zu haben. Literatur war für ihn ein Handel, nicht eine Kunst, ein Handel, der seinen bescheidenen Wunsch nach Einkommen und Sicherheit und einem besseren Leben, als sein Vater es für sich selbst hatte erreichen können, erfüllen sollte. Im Alter von fünfundzwanzig Jahren pflegte er zu sagen[7]:

»Ich will nur eines, und zwar eine kleine Summe Geld verdienen, gerade genug, um anständig zu leben, und versuchen, eine sehr häusliche Frau zu finden, die sich mit einem ruhigen Leben zufriedengibt. Das größte Glück für mich wäre, in Paris ein Provinzleben führen zu können; das heißt, ein stilles, ordentliches Leben mit allen Vorteilen von Verbindungen und Bekanntschaften mit Menschen von Geist obendrein.«

Sein literarischer Geschmack war ziemlich gewöhnlich: Er bewunderte die Gedichte Bérangers, der den Mitgliedern der l'art-pour-l'art-Bewegung ein Greuel war. Er konnte auch nicht begreifen, daß jemand an Racine etwas zu bewundern fand. »Wenn einer in der Zeile ›Fille de Minos et de Pasiphaé‹ Schönheit sieht«, meinte er über einen der anmutigen Verse von Racines *Phädra*[8], »dann glaube ich im Ernst, er will mich aufziehen.«

Sein mittelmäßiges Schönheitsideal zeigt sich klar in seinen Romanen, nicht nur in bezug auf das Thema – ein Schriftsteller wie Flaubert kann edel über das banalste Thema schreiben –, sondern in bezug auf die Haltung, die er seiner Kunst gegenüber einnahm. Er betrachtete die Kunst weder als Sendung – wie die Romantiker – noch als Berufung oder Priesterdienst – wie Flaubert –, sondern lediglich als Beruf, ja, nicht einmal als künstlerischen Beruf. Kein echter Künstler hätte die Ratschläge verfassen können, mit denen er seinen Freund Duranty bedachte; man vergleiche sie nur etwa mit den Anweisungen, die Flaubert Louise Colet gab[9]:

»Lehne heute jede Einladung ab, die auch nur fünf Minuten Deines morgigen Tages beschlagnahmen könnte. Ich gestehe Dir im Alter von achtzehn bis zwanzig Jahren jede Leidenschaft zu – um Liebe zu beschreiben, muß man geliebt haben. Aber wir müssen vorsichtig sein, sonst hängen sich die Leidenschaften lebenslang an uns. Dein Essen soll einfach und regelmäßig sein. Wenn Du viel arbeitest, mußt Du viel zu Fuß gehen. Wirf jeden Tag einen Blick in Zeitungen und Zeitschriften; es ist gut, zu wissen, was in Literatur, Kunst und Wissenschaft hervorgebracht wird. Sei zurückhaltend im Gebrauch von Reizmitteln. Es gibt noch viel mehr, was ich sagen könnte.«

Sein letztes Wort jedoch schießt den Vogel ab: »Ich habe Dir an Ratschlägen nur noch ein Stück zu geben: Halte Dir den Stuhlgang locker und die Füße warm.«

Die drei besten Romane Champfleurys sind: *Les Bourgeois de Molinchart*, *La Succession de Camus* und *Les Aventures de Mademoiselle Mariette*. Unter ihnen stimmt *Les Bourgeois de Molinchart* am meisten mit *Madame Bovary* überein. Er spielt in Champfleurys Geburtsstädtchen Laon, das Lokalkolorit ist gut getroffen. Wie bereits erwähnt, lautete der ursprünglich vorgesehene Titel *L'Adultère en Province*. Louise Tilly, die Heldin, langweilt sich bei ihrem spießigen Rechtsanwalt-Ehemann. Sie ist die einzige hübsche Frau weit und breit, und ihre Langeweile und ihre Gefühle sind denen der Emma Bovary sehr ähnlich, was ihre ehebrecherische Beziehung zum Comte de Vorges betrifft.

Die Handlung ist nicht wichtig, bezeichnend jedoch die Schilderung des bürgerlichen Milieus, das bis dahin in der Romanliteratur noch nicht besonders beachtet worden war. Es liegt eine gewisse, an Flaubert erinnernde Ironie darin und sogar echte Komik, wie zum Beispiel bei der Preisverteilung in der Schule oder in der Versammlung der örtlichen Literaturakademie.

Wie wir wissen, hörte Flaubert von diesem Roman, als er sich mit *Madame Bovary* abquälte. Er wurde daraufhin etwas nervös, weil er befürchtete, jemand könnte seine Konzeption vorweggenommen haben; als er ihn aber las, stellte er beruhigt fest, daß nur das Thema seinem eigenen ähnlich war, dessen Behandlung dagegen völlig anders; er fand auch Champfleurys Stil recht schwach.

In den Augen der Kritiker kennzeichnet *Les Bourgeois de Molinchart* auf jeden Fall das Aufkommen des Realismus in der erzählenden Literatur. Der Roman errang einen Riesenerfolg – mehr noch als *Madame Bovary;* er erlebte in kurzer Zeit vier Auflagen und wurde, wie gesagt, in 100 000 Exemplaren verkauft. Mit der Veröffentlichung dieses Buches im Jahre 1855 wurde Champfleury der unbestrittene Führer der Realisten, die große Hoffnung der Literatur. Sogar das Erscheinen von *Madame Bovary* im darauffolgenden Jahr verdrängte ihn nicht aus dieser Stellung; im allgemeinen hielt man ihn für den besseren Schriftsteller als Flaubert.

Alle Romane Champfleurys sind auf sorgfältiger, mit großem Fleiß zusammengetragener Dokumentation aufgebaut, und in dieser Hinsicht glaubte er ein direkter Nachfolger Balzacs zu sein, nur bildete er sich dabei ein, Balzacs ganzer Wert liege in der äußerlichen Beschreibung der vulgären Einzelheiten des alltäglichen Lebens.

Wenn man in der Literaturgeschichte noch an Champfleury erinnert – gelesen wird er bestimmt kaum noch –, so deshalb, weil er im Roman von Balzac bis zu den Brüdern Goncourt eine bedeutende Stufe markiert und in den fünfziger Jahren des letzten Jahrhunderts der Hauptexponent des Realismus ist. Seine ästhetische Lehre – sofern man sie tatsächlich mit dem Wort ›ästhetisch‹ bezeichnen will – verpflichtete ihn, nur über Dinge zu schreiben, die er selbst gesehen hatte, aber die Mittelmäßigkeit seines selbstgewählten Lebens erlaubte ihm herzlich wenig zu sehen. Er war der irrigen Ansicht, Realismus sei *terre-à-terre*-Banalität und dürfe sich gar nicht darüber hinaufschwingen; das ist der Grund, warum seine Romane heute überhaupt nicht mehr gelesen werden, außer von Spezialisten, die sich mit der erzählenden Literatur des 19. Jahrhunderts beschäftigen.

Veron, der Kritiker der Mitte des letzten Jahrhunderts, schrieb einmal über Champfleury[10]:

»Als ich ein kleiner Junge war, pflegte ich mit leidenschaftlicher Neugier in das Ladenfenster einer Metzgerei zu starren, wo einer der Gehilfen, der künstlerische Neigungen besaß, jeden Tag irgendein selbsterfundenes künstlerisches Motiv in Schweinefett modelliert hatte. Champfleurys Literatur ist genau das, er modelliert und schnitzt Mittelmäßigkeit.«

In den sechziger Jahren beschloß Champfleury, mit dem Romaneschreiben aufzuhören. Von nun an widmete er sich bis ans Ende seines Lebens der Kritik. Er verfaßte Bücher über Karikatur, über Henri Monnier, über Wagner, über Dumas, und schließlich wurde er gar noch Porzellansachverständiger, als man ihn zum Direktor der Manufaktur von Sèvres ernannte.

Ein Jahr nach Erscheinen von Flauberts Roman, 1858, kam Ernest Feydeaus *Fanny* heraus, ein Buch, daß aus dem Erfolg und der Berühmtheit von *Madame Bovary* Kapital schlagen wollte. Sein Verfasser verließ sich darauf, daß er, nachdem die Anklage gegen Flaubert nicht durchgekommen war, nun ungestraft würde schreiben können, was er wollte. Er war bereits 1856 durch sein populär-historisches und -archäologisches Werk *Histoire des Usages Funèbres et des Sépultures des Peuples Anciens* bekannt geworden, das zur Quelle von Hugos *Die Legende der Jahrhunderte* und Gautiers *Roman der Mumie* werden sollte. Jetzt, fand Feydeau, sei es Zeit für ihn, sich an einem modernen Thema zu versuchen, und er wählte das beliebte Thema Ehebruch, das sowohl in Champfleurys *Les Bourgeois de Molinchart* als auch in Flauberts *Madame Bovary* ein Erfolg gewesen war. Seine *Fanny* galt als besonders skandalös, aber jedermann las sie, obwohl die meisten Frauen behaupteten, sie kennten das Buch nur vom Hörensagen. Viele Leute bezeichneten es als das beste Buch des Realismus, besser als alles, was Champfleury geschrieben hatte, weil es poetischer war. Sainte-Beuve lobte es in *Le Moniteur* vom 14. Juni 1858 sehr, mehr als er im Jahr zuvor *Madame Bovary* gelobt hatte.

Der psychologisch originelle Zug an *Fanny* besteht darin, daß der Liebhaber auf den Ehemann eifersüchtig ist. Er fürchtet, die Frau, die seine Geliebte geworden ist, sei ihrem Gatten nicht so sehr abgeneigt, wie sie sagt, und halte ihn sich auch nicht so fern. Eines Nachts klettert er auf ihren Balkon, und durch die Ritzen der Fensterläden beobachtet er alles, was in dem Zimmer vor sich geht, mit Ausnahme des abschließenden

Höhepunktes, der im Bett, außerhalb seines Blickwinkels, stattfindet. Er berichtet alles, was er sieht und was er dabei empfindet, in Ichform. Das ist die Szene, die viele Leser entzückte, aber eine noch viel größere Zahl schockierte. Der Kritiker Emile de Montégut sagte, *Madame Bovary* sei unmoralisch, *Fanny* aber obszön.

Zweifellos wollte Feydeau einen Skandalerfolg erreichen, solange der Wind noch günstig wehte. Er hatte denn auch mit *Fanny* im Jahre 1858 seinen Augenblick des Ruhms und einen der größten populären Erfolge des 19. Jahrhunderts.

Dies also war die Situation in den fünfziger Jahren, als Flaubert mit seiner *Madame Bovary* hervortrat. Die Grundrichtung war Realismus, trivialer Realismus; jeder sprachliche Schliff wurde vernachlässigt, ja verachtet. In den Themen versuchte jeder Schriftsteller so gewagt zu sein, wie er konnte, ohne mit der Zensur in Konflikt zu geraten; das erstrebte Ideal war, über alles schreiben zu können, ohne von der Furcht, konservative Empfindlichkeiten zu verletzen, behindert zu werden. Champfleury galt als der größte Romancier der Zeit, der Mann, auf den der Mantel Balzacs gefallen war, und andere Schriftsteller wurden an ihm gemessen.

21

DAS THEMA

Madame Bovary ist zuerst und vor allem ein psychologischer Roman. Baudelaire hatte vollkommen recht, als er das in seiner Buchbesprechung feststellte. Die Gestalt der Emma, ihre psychologische Entwicklung bildet das Thema des Buches, das nicht in erster Linie eine Analyse der Sitten und Gebräuche oder irgendeine andere Art von realistischer Studie ist. Zwar lautet der Untertitel *Sitten der Provinz*, der aber in den ersten Fassungen nicht vorkam, sondern erst später hinzugefügt wurde und das Werk nicht richtig trifft. In dieser Hinsicht ist der Vergleich mit Stendhals Roman *Rot und Schwarz, Zeitbild von 1830* interessant, der zweifellos der Bericht einer Epoche ist, einer begrenzten Epoche am Ende der Regierungszeit Karls X., am Ende der Restauration; er könnte sich zu keiner andern Zeit abspielen. Flauberts zeitlicher Hintergrund dagegen bleibt bewußt verschwommen; sein Roman könnte ein Bild des Provinzlebens in jeder Epoche – und in fast jedem Land sein. Flaubert war in seiner Schilderung des örtlichen Lebens nicht so erschöpfend wie Balzac in *Eugenie Grandet*, sondern gab nur gerade so viel wieder, als für das Entfalten der Figuren notwendig war. Überlegt man sich hinterher, was man beim Lesen über diesen bestimmten Landstrich erfahren hat, so kommt man alles in allem auf sehr wenig. Irgendwie aber hat er nicht das Bild einer bestimmten Zeit, sondern die Essenz, die Quintessenz des Provinzlebens an sich vermittelt, und das stimmt heute, nach mehr als hundert Jahren, noch genauso wie damals, da es nicht an irgendwelche vorübergehenden oder lokalen Erscheinungen gebunden ist. Da sind keine temporären Einzelheiten des Lokalkolorits, da ist kein zeitgenössischer Schnickschnack – all das wäre in kurzer Zeit überholt gewesen, sobald sich die Bedingungen geändert hätten. Das verleiht dem Werk etwas Klassisches, Universelles, das im realistischen Roman jener Zeit nicht vorhanden ist.

Madame Bovary ist in drei ungleiche Teile gegliedert.[1] Ursprünglich waren sie gleich groß geplant, aber in der Folge kam beim ersten Teil viel neues Material hinzu. Der erste, im Original 94 Seiten stark, stellt uns die Personen vor. Er zeigt sie in Vergangenheit und Gegenwart und legt den Punkt fest, an dem sie beim Beginn der eigentlichen Erzählung angelangt sind. Er ist wie ein Duett der beiden Hauptfiguren, Charles und Emma, und endet, wenn wir sie von Grund auf kennen und sehen, daß sie sich auf dem besten Weg zur Tragödie befinden, dessen Richtung wir freilich noch nicht erkennen können. Am Ende des ersten Teils verbrennt Emma ihr Brautbouquet, als ihr ihre Enttäuschung über ihre gegenwärtige Lage durch den Ball im Schloß La Vaubyessard in all ihrer Trostlosigkeit bewußt geworden ist. Das geschieht, als sie Tostes verlassen, wo sie die erste Zeit ihrer Ehe verbracht haben. Zu dieser Zeit hofft Charles noch, die Ortsveränderung werde seiner Frau wieder zu Kraft und Gesundheit verhelfen[2]:

»Eines Tages, als sie, schon mit Vorbereitungen für den Umzug beschäftigt, in einer Schublade kramte, stach sie etwas in den Finger. Es war ein Ende Draht aus ihrem Brautbukett. Die Orangenknospen waren grau vor Staub und die Atlasblätter mit den Silberfransen schon ganz ausgefasert an den Rändern. Sie warf es ins Feuer. Es flammte auf wie trockenes Stroh. Einen Augenblick glühte es noch wie ein kleiner feuriger Dornbusch, dann sank es in sich zusammen. Sie schaute zu, wie es verbrannte. Die kleinen Beeren aus Pappe platzten, die Drähte krümmten sich, die Silberfransen schmolzen, die verkohlten Blütenblätter schwangen sich wie schwarze Schmetterlinge am Kaminblech empor und flatterten schließlich durch den Rauchfang davon.

Als es aus Tostes fortging, im März, war Frau Bovary schwanger.«

Der zweite Teil, der während der Arbeit auf 224 Seiten anschwoll, handelt vom Leben Charles' und Emmas in ihrem neuen Provinzstädtchen Yonville. In seinem Mittelpunkt steht Emmas Affäre mit Rodolphe Boulanger, die am Ende zerbricht; wir finden darin auch alle ihre anderen vergeblichen Versuche, ihrem Leben einen Sinn zu geben. Dieser Teil hört mit dem neuerlichen Zusammentreffen mit Léon in der Oper und Emmas Hoffnung auf ein Wiederaufleben ihrer Beziehung auf. In einer ersten Fassung hatte sie bereits ein Verhältnis mit Léon, bevor sie Rodolphe kennenlernte, aber im endgültigen Text ist ihre Beziehung zuerst ganz platonisch und romantisch, was viel wirkungsvoller ist. In diesem Teil ist alles nur eine einzige Liebesgeschichte. Wir haben hier den wichtigsten Abschnitt des Buches vor uns; wir werden darin vollkommen über die beiden Protagonisten ins Bild gesetzt, und nun ist alles für die endgültige Tragödie bereit.

Der dritte Teil, der 165 Seiten umfaßt, bildet das Gegenstück zum ersten: Er schildert die letzte Liebesaffäre Emmas mit Léon; er spult alle Fäden auf und bringt die Geschichte zu ihrem Ende. Wie in einem klassischen Drama wird nun mit allen Figuren abgerechnet; alles ist abgerundet, und wir wissen, was jedem zugestoßen ist.

Flaubert sah seinen Roman als eine Folge von Szenen – *tableaux* nannte er sie –, weil vielleicht noch ein Überrest seines früheren Interesses für die Bühne in ihm weiterlebte und er seine ersten literarischen Erzeugnisse meist in Form von Bühnenstücken geschrieben hatte. Er liebte groß aufgebaute Bilder – *scènes montées* – und sah sie zumeist in gegensätzlichen Paaren; die üppige Derbheit des Hochzeitsfestes wird dem raffinierten Luxus des Balls im Schloß La Vaubyessard gegenübergestellt. Und die orchestrierte Verführungsszene bei der Landwirtschaftsausstellung, wo Rodolphes und Emmas Austausch von verliebten Platitüden mit den andersartigen Platitüden der Festredner verwoben ist, bildet den Gegensatz zur Verführungsszene in der Kathedrale von Rouen, wo Léons Bemerkungen in das Geschwätz des Fremdenführers eingestreut sind, der die Schönheiten und Sehenswürdigkeiten der Kirche aufzählt. Da sind auch, wenn man so sagen kann, die beiden Todesszenen: In der ersten glaubt Emma, sie sterbe – oder wünscht es zu glauben – und liegt, umgeben von Blumen, Kerzen und Gebeten, auf ihrem sorgfältig bereitgemachten Ruhebett, wo sie sich selbst wie eine der Heldinnen aus den romantischen Romanen ihrer Jugendzeit in Schönheit sterben sieht. In der zweiten stirbt sie wirklich an Arsenikvergiftung, und daran ist nichts Elegantes oder Schönes. Sie bittet um einen Spiegel, erträgt aber den Anblick ihres Gesichts nicht. In diesem realistischen Sterben ist keine Möglichkeit zu Romantik, nur scheußliche Wirklichkeit.

Eine weitere orchestrierte Szene ist Charles' und Emmas Ankunft im ›Goldenen Löwen‹ von Yonville, wo alle Einwohner versammelt sind, um sie willkommen zu heißen, und wir sie mit all ihren Eigenheiten sehen. Es ist eine großartige Szene, die von starker Beobachtungsgabe zeugt. Und dann ist da noch, vielleicht die größte *tour de force* von allen, Emmas Kutschenfahrt mit Léon durch die Straßen Rouens, bei der sie sich ihm schließlich hingibt. Es ist wie ein toller Ritt der Schicksalsgöttinnen. Nichts, was in der Kutsche geschieht, wird uns erzählt, wir erraten die Intensität der Erregung nur aus der Schnelligkeit der Fahrt und der Gleichgültigkeit der Insassen gegenüber dem Weg, den sie einschlagen. Zuletzt flattern aus den Fenstern die zerrissenen Fetzen des Abschiedsbriefes, den Emma Léon hatte geben wollen. Das ist alles, was wir zu sehen bekommen, und doch wissen wir, daß Emma gefallen ist.

Flaubert arbeitete viele aufeinanderfolgende Szenarios aus, wie er sie nannte; sie halfen ihm, sich selbst darüber klarzuwerden, was er sagen wollte. Er komponierte seinen Roman so streng wie ein Drama in fünf Akten und ließ beim Überarbeiten jeweils alles weg, was nicht zum zentralen Gedanken, zum Schema gehörte, das die Zwangsläufigkeit eines Bauplans hatte. So entstand die endgültige, veröffentlichte Fassung. Jean Pommier und Gabrielle Leleu haben etwas herausgegeben, was man den Originalroman nennen könnte, zusammengestellt aus den Rohfassungen, die sich bei Flauberts Notizen fanden. Es ist allerdings nicht einmal erwiesen, daß alle Passagen, die sie in ihre Version aufnahmen, für den gleichen Roman gedacht waren.[3] Uns jedenfalls scheint der endgültige Text Flauberts in jeder Hinsicht edler zu sein als der rekonstruierte, der viel diffuser ist – obwohl natürlich nicht jedermann diese Meinung teilt. Einige finden, beim Stutzen seien viele wertvolle Triebe weggefallen. In Pommiers und Leleus Fassung reden und denken die Leute viel zuviel, was gar nicht im Wesen des Romans liegt; Flaubert wollte mehr der Phantasie überlassen. Ein typisches Beispiel dafür ist die Szene, in der Charles die tote Emma in ihrem Sarg betrachtet. In der endgültigen Fassung Flauberts ist es dem Leser möglich, sich vorzustellen, was er fühlt, welcher Art seine unzusammenhängenden Empfindungen sind, die er niemals in Worte zu fassen vermöchte. Im andern Text stehen zu viele Überlegungen, die unmöglich die eines Mannes von so begrenzter Intelligenz und Feinfühligkeit gewesen sein könnten, sondern ganz klar des Autors eigene Gedanken sind: es ist das, was er am Totenbett seiner geliebten Schwester und seines Freundes Le Poittevin erlebt und in seinen Briefen an Du Camp geschildert hatte.

Der Roman beginnt in Ichform. Über fast fünfzig Seiten berichtet ein unbekannter Erzähler. Dann, mitten in einem Kapitel, verschwindet er von der Bildfläche, und man hört nie mehr etwas von ihm. Der Autor in der dritten Person übernimmt nun die Handlung. Manche Leser sind der

Ansicht, dieser Ich-Erzähler mache die Szene lebendiger, lasse Bovary von Anfang an klarer hervortreten. Wenn das hier, am Beginn, stimmt, dann müßte es ebensogut für andere Teile gelten. Die Eröffnungsszene ist tatsächlich sehr lebendig, aber auch im Ton anders als der übrige Roman. Der Erzähler nimmt dem Buch etwas von seiner Unpersönlichkeit, während die unvermittelte Transponierung in die dritte Person fast ein wenig unbeholfen wirkt und man unwillkürlich das Gefühl hat, es handele sich um einen Fehler in der Technik – obwohl es natürlich anmaßend und vermutlich auch falsch ist, einen so übergenauen und gewissenhaften Künstler wie Flaubert der Fehlerhaftigkeit zu beschuldigen. Und doch ist es schwer herauszufinden, worin bei dieser Methode der Gewinn liegen soll.

Du Camp sagte – allerdings mehr als dreißig Jahre später und als Flaubert schon tot war –, nach dem Vorlesen der *Versuchung des heiligen Antonius* im Jahre 1849 hätten er und Bouilhet Flaubert vorgeschlagen, die Geschichte von Delphine Delamare zu schreiben, die ein Jahr zuvor gestorben war. Ihr Mann war Orts-›Officier de Santé‹ gewesen, und es hieß von ihr, sie hätte sich Liebhaber gehalten und ihren Mann durch ihre Überspanntheiten ruiniert. Er erklärte auch, als er und Flaubert im Orient waren, habe sein Freund eines Tages plötzlich ausgerufen: »Ich werde sie Emma Bovary nennen!«[4] An keiner dieser Geschichten ist etwas Wahres: Wir wissen, daß Flaubert bis zu dem Tag, an dem er *Madame Bovary* zu schreiben begann, noch immer unentschlossen war, welchem Thema er sich zuwenden würde. Außerdem heißt in den frühesten Fassungen des Romans die Heldin Maria und nicht Emma – Maria war einer seiner Lieblingsnamen, er hatte ihn bereits in den *Erinnerungen eines Verrückten* und in *November* benutzt.

Mademoiselle Leroyer de Chantepie gegenüber versicherte er, sein erster Gedanke bei diesem Roman sei gewesen, aus der Heldin eine Jungfrau zu machen, die in einer provinziellen Umwelt lebt, in Kummer alt wird und schließlich die letzten Stufen eingebildeter Mystik und Leidenschaft erreicht.[5] Er hatte, schrieb er, dann den allgemeinen düsteren Hintergrund beibehalten, aber eine Heldin gewählt, die mehr in dieses Leben paßte, das wir kennen.

Trotz Flauberts Beteuerungen: »Niemand saß mir Modell«[6] und »*Madame Bovary* enthält nichts Wahres«[7], scheint doch klar zu sein, daß er seinen Stoff, zumindest im Keim, aus dem wirklichen Leben genommen hat. Er gibt das andeutungsweise auch selbst zu, wenn er sagt, er fürchte, das Ende, das in Wirklichkeit viel bewegter gewesen war, werde in seiner Version ein wenig dünn herauskommen.[8] Trotzdem war er jedesmal verärgert, wenn ihm jemand schrieb, er habe die Vorbilder seines Romans erkannt.[9]

Die Geschichte von Delphine Delamare scheint also der Ausgangspunkt für *Madame Bovary* gewesen zu sein; ihr Vorname wurde, wie wir gesehen haben, von Du Camp in seinem Brief vom 22. Juli 1851 an Flaubert erwähnt[10], der Name *Bovary* im Brief vom 2. August 1851.[11]

Später geschah etwas Merkwürdiges: Da man annahm, Flaubert habe seiner Handlung die authentische Geschichte von Delphine und Eugène Delamare zugrunde gelegt, wurde das wirkliche Leben der beiden durch die Schilderungen in seinem Roman gefärbt, die als Beleg für ihre Abenteuer galten. Delphines Leben wurde von nun an so erzählt, als wären die von Flaubert berichteten Geschehnisse die reine Wahrheit. Dabei ist das bei weitem nicht der Fall. Es gibt nicht den geringsten Beweis dafür, daß Delphine Delamare Selbstmord begangen hat, obwohl das heute alle Berichte behaupten. Der Totenschein wurde in *La Normandie Médicale* veröffentlicht[12]; darin ist keine Todesursache angegeben. Er ist vom 7. März 1848 datiert und stellt lediglich fest, sie sei in Ry am vorhergehenden Tag um drei Uhr morgens im Alter von 27 Jahren gestorben. Es gab keine Untersuchung, keine Zeitung erwähnte auch nur die Möglichkeit eines Selbstmords, und der Priester ließ den Leichnam ohne weiteres in geweihter Erde begraben. Als Emma Bovary sich das Leben nahm, beschrieb Flaubert ausführlich, wie der Apotheker für das Lokalblatt einen Artikel aufsetzte, in dem er betonte, sie habe sich durch ein Versehen vergiftet, indem sie Arsenik mit Zucker verwechselte; denn sonst hätte sie nicht im Kirchhof begraben werden können.

Auf jeden Fall ist das Delamare-Thema nur der innerste Kern des Romans, das Sandkorn inmitten der Perle in der Auster; es ist nur eine Handvoll jener japanischen Papierblumen, die man ins Wasser – in den Geist des Genies – legen muß, damit sie aufblühen wie die Gärten von Babylon. Eugène Delamare war gestorben, während Flaubert 1849 im Orient weilte; er hatte bei Dr. Flaubert studiert und war mit der Familie bekannt gewesen. Es ist anzunehmen, daß Madame Flaubert mit ihrem Sohn nach seiner Rückkehr von dessen frühem Tod gesprochen hat, und bei dieser Gelegenheit kam ihm vermutlich erst der Gedanke, das Thema für seinen Roman zu verwenden.

Das ist aber nicht die einzig mögliche Quelle des Romans; es gibt noch andere. Flaubert hatte sich für Louise Pradier, die Frau des Bildhauers, die er als Student in Paris kennengelernt hatte, lebhaft interessiert. Sie war eine sehr treulose Frau; im Januar 1845 ließ ihr Mann sich von ihr scheiden. Wie erwähnt, besuchte Flaubert sie auch noch, nachdem sie von Pradier getrennt lebte, und schrieb an Alfred Le Poittevin, er sei in der Lage gewesen, ausgezeichnete psychologische Studien über sie zu machen.[13]

Im Jahre 1947 hatte die damalige Bibliothekarin der Stadtbibliothek Rouen, Gabrielle Leleu, den plötzlichen Einfall, ein von ungelenker Hand geschriebenes (und wohl darum bisher einer eingehenden Prüfung entgangenes) Manuskript[14], das aus irgendeinem unbekannten Grunde unter den Notizen zu *Bouvard und Pécuchet* aufbewahrt wird[15], genauer zu studieren. Die Überschrift lautet *Les Mémoires de Madame Ludovica* – Louise Pradier wurde im Freundeskreis stets Ludovica genannt; es ist wahrscheinlich von ihrem Dienstmädchen verfaßt. Warum es geschrieben wurde, entzieht sich unserer Kenntnis, es könnte sogar von Flaubert bestellt worden sein: Schriftsteller sind nun einmal so, selbst gegenüber ihren besten Freunden. Wenn er es in Auftrag gab, dann weiß man nicht, zu welchem Zeitpunkt, ob sehr früh, in der Absicht, es irgendwann einmal zu verwenden, oder zur Entstehungszeit von *Madame Bovary*. Es geht nicht weiter als bis zur Trennung der Eheleute. Es ist das Dokument eines Ungebildeten, schlecht geschrieben und voller Grammatikfehler. Die Verfasserin beginnt mit der Behauptung, eine Freundin von Ludovica zu sein, sagt aber viele gehässige Dinge über sie. Es ist eine erbarmungslose Aufdeckung des Lebens und der Liebesaffären Ludovicas, ihrer Zügellosigkeit, ihrer Extravaganzen und ihrer Schulden, die ihren Mann ruinierten. Flaubert hat das Dokument mit Sicherheit benutzt; Stellen, die er brauchen konnte, sind unterstrichen. Da war die Beschreibung eines Traums in Italien, der an die Träume Emma Bovarys erinnert. Ludovica versuchte, wie Emma, von ihren Freunden Geld zu leihen; Flaubert unterstrich den Satz: »Nicht einer dieser Männer legte auch nur Höflichkeit in seine Absage.«

Die Schreiberin der Memoiren drückt ihre Furcht aus, Ludovica könnte wegen ihrer verzweifelten finanziellen Lage versuchen, sich das Leben zu nehmen. Es sind vor allem ihre Geldschwierigkeiten und ihre Pläne zu deren Lösung, die Flaubert in *Madame Bovary* verwendet hat.

Man darf auch nicht vergessen, daß Flaubert sich von frühester Jugend an für den Frauentyp interessierte, den er später in *Madame Bovary* verewigt hat; wir haben gesehen, daß er ihn schon in seinen Kindheitswerken wie *Quidquis Volueris* und vor allem in *Passion et Vertu* verwendet hat. Letzteres könnte man sogar in einzelnen Handlungszügen als eine frühe Skizze zu *Madame Bovary* betrachten. Die Ähnlichkeiten der beiden Werke wurden bereits in einem früheren Kapitel dieses Buches erwähnt.

Auch gab es in Rouen 1845 einen Gerichtsfall, in den eine Frau namens Esther de Bovery verwickelt war und über den Jean Pommier geschrieben hat.[16] Gegen einen Mann namens Loursel wurde in dem Prozeß vorgebracht, er habe seine Frau und das Dienstmädchen umgebracht, um eine junge Frau, Esther de Bovery, zu heiraten, in die er sich und die sich in ihn verliebt hatte. Ihre leidenschaftlichen Briefe an ihn, die sie nach seiner Verhaftung geschrieben hatte und die einen ganz ähnlichen Menschen wie Emma Bovary enthüllen, wurden bei der Verhandlung vorgelesen. Sie waren zwar durch den Richter stark zensiert worden, doch Loursels Anwalt – derselbe Sénard, der zwölf Jahre später Flaubert in seinem Prozeß verteidigt hatte – erklärte, ihr überspannter Stil sei eine Folge der romantischen Literatur, die zu jener Zeit im Schwange war. Der Tod der Dienerin, wie er im Prozeß geschildert wurde, war dem von Emma Bovary sehr ähnlich. Sie wurde von einem unerfahrenen, unfähigen ›Officier de Santé‹ betreut, der den zuständigen Arzt erst holte, als es für eine Rettung zu spät war. Loursel wurde schließlich mangels Beweisen freigesprochen. Es ist durchaus glaubhaft, daß Flaubert beim Namen der Heldin und bei einigen Details der Handlung von diesem Gerichtsfall inspiriert gewesen sein könnte.

Und ferner waren da *Les Mémoires de Marie Cappelle* von Veuve Lafarge, 1842 erschienen, die angeklagt und verurteilt wurde, weil sie ihren Mann mit Arsenik vergiftet hatte. Flaubert hat dieses Buch ziemlich sicher gelesen, denn er erwähnt es in seinen Briefen an Louise Colet zweimal.[17] Der Herausgeber der *Correspondance* stellt in einer Anmerkung[18] fest, das betreffende Buch sei *Heures de Prison*, was aber überhaupt nicht stimmen kann, denn dieses wurde erst 1854 veröffentlicht, während Flaubert das Buch 1852 erwähnt; außerdem kommt in *Heures de Prison* nichts vor, was ihm für *Madame Bovary* hätte dienen können. Die Beschreibung eines Balls im Palais Royal dagegen, die sich in den *Mémoires* findet, könnte zu dem Ball angeregt haben, dem Emma Bovary im Schloß La Vaubyessard beiwohnt.[19] Auch eine Hochzeit auf dem Lande kommt darin vor, die fast gleich ist wie jene Emma Bovarys[20], sowie der langatmige Bericht über den Gifttod des Ehemannes, der für den Tod Emma Bovarys als Vorbild gedient haben könnte.[21] Ferner erinnert Marie Cappelle, wenn sie einer Freundin über das Kind schreibt, das sie trug, an Charles Bovarys Traum von seiner kleinen Tochter Berthe[22]:

»Schon sehe ich und erträume ich nichts mehr als meine kleine Jacqueline. Wenn ich nachts nicht schlafe, sehe ich sie zuerst saugend, dann gehend, dann größer, dann die Schönste von allen. Zuletzt verheirate ich sie, und ich kümmere mich übermäßig um ihr Herzensglück.«

Alle diese Hinweise auf mögliche Quellen von Flauberts Roman sollen lediglich zeigen, daß es viele mögliche Vorbilder für Handlung und Details in *Madame Bovary* gibt, daß aber keinem mehr Wahrscheinlichkeit zukommt als allen anderen und keines von wirklicher Bedeutung oder Wichtigkeit ist. Viele Kritiker haben bei der Suche nach möglichen Quellen und Parallelen ihrer Phantasie nur allzuoft freien Lauf gelassen. Die meisten von ihnen behaupten beispielsweise, die Idee mit Charles Bovarys Mütze – jener, die er an seinem ersten Tag in der Schule trug – habe er aus einer Lithographie von Gavarni, die am 21. Juni 1833 in *Le Charivari* erschienen ist; er soll im Jahre 1850 die ganze Reihe der Zeitschrift in einem Hotel in Konstantinopel durchsucht haben. Es kann schon sein, daß er die ganze Serie von *Le Charivari* durchsah, als er in Konstantinopel war, und die in der Lithographie dargestellte Mütze ist in der Tat komisch, weist jedoch nicht die geringste Übereinstimmung mit Bovarys Mütze im Roman auf.[23] Die Mütze auf dem Bild sieht wie eine ganz gewöhnliche runde Kappe aus, die bis zu den Ohren und Augenbrauen dicht am Kopf anliegt. Das Seltsame daran ist, daß sie hinten an der Spitze ein mit einer Quaste verziertes Viereck wie bei einem englischen Universitätsbarett hat. Überhaupt sieht die Mütze wie ein Schulbarett mit weichem, den größten Teil des Kopfes bedeckendem Unterteil aus. Es braucht schon ein großes Maß an Phantasie, um darin das Vorbild zu Bovarys ausgefallener Bubenmütze zu sehen.

Warum eigentlich wählte Flaubert für seinen Roman diesen Stoff, der ihm, wie er wiederholt erklärt hat, so zuwider war? Natürlich darf man das, was ein Künstler in den Geburtswehen eines Werkes sagt, nicht gar zu ernst nehmen; er hat die gleichen Qualen des Schreibens, den gleichen

Abscheu auch bei seinen anderen – exotischen oder realistischen – Büchern geäußert, solange er im Schaffensprozeß steckte.

Er wählte das Thema, weil er die Krankheit der Romantik klinisch studieren wollte. Er wußte aus eigener Erfahrung von ihrer zersetzenden Wirkung, wie sie jedes klare Denken, jede klare, objektive Sicht des Ichs verhinderte und zu sinnlosem Träumen führte, das jeder Aktion im Wege stand. Er war der Ansicht, romantischer Lesestoff sei höchst gefährlich für die Persönlichkeitsbildung eines Menschen. Unter seinen Papieren in der Stadtbibliothek von Rouen finden sich Notizen über die Gefahr romantischer Lektüre.[24] Eine Stelle ist aus *Le Dictionnaire des Sciences Méd. – Art. Nymphomanie* abgeschrieben:

»Die Übel der Bildung, die man unserer Jugend angedeihen läßt, der Vorzug, den man den rein unterhaltenden Künsten gibt, das Lesen von Romanen bietet den jungen Menschen eine vorzeitige Betätigung in verfrühten Wünschen und Vorstellungen von eingebildeter Vollkommenheit, die sie dann nirgends finden können.«

Und eine andere aus dem *Dictionnaire des Sciences Médicales:*

»Das Lesen von Romanen ist für Frauen noch gefährlicher, da es ihnen den Mann in einer übertriebenen Form und mit übertriebenen Eigenschaften darstellt; es bereitet sie auf einen unvermeidlichen Widerwillen und auf eine Leere vor, die sie kaum zu füllen erhoffen können.«

Die Romantik hatte den Ehebruch idealisiert – wie es auch Flaubert in *November* getan hatte –, und alle Autoren, die er in seiner Jugend gelesen hatte, die auch Emma gelesen haben mußte, hatten ihn verherrlicht. Die erhabenen Rechte der Leidenschaft waren in den Romanen von George Sand, *Indiana* und *Lelia*, verfochten worden. Jetzt wünschte Flaubert diese Theorie zu durchlöchern und in ihrer schäbigen Realität zu enthüllen, er wollte sie ihres Glanzes entblößen und an ihren richtigen Platz stellen. Emma Bovary betrachtete den Ehebruch noch immer aus romantischer Sicht und glaubte, er erhebe jene, die ihn begehen, über die gewöhnlichen Sterblichen hinaus. Als sie von Rodolphe verführt wurde, hatte sie nicht das Gefühl, sie liebe ihn und er liebe sie, sondern sie sei nun all diesen bezaubernden Ehebrecherinnen, von denen sie in der romantischen Literatur gelesen hatte, ebenbürtig[25]:

»›Ich habe einen Geliebten, einen Geliebten‹, sagte sie ein ums andere Mal zu sich, und der Gedanke durchströmte sie so wonnig, als sei sie von einer zweiten Pubertät überkommen. Sie sollte also endlich jene Freuden der Liebe, jene fiebernden Entzückungen kennenlernen, auf die sie verzweifelt schon für immer verzichtet hatte... Die Frauengestalten der Romane, die sie gelesen hatte, kamen ihr wieder in den Sinn, und der empfindsame Chor all dieser Heldinnen des Ehebruchs sang in ihrer Erinnerung mit Schwesterstimmen, die sie entzückten. Sie selbst fühlte sich nun wahrhaft eins mit diesen Geschöpfen der Einbildung, das lange träumerische Ahnen ihrer Jugend hatte sich verwirklicht, und sie war nun selber eine dieser sündig-selig Liebenden, die sie so sehr beneidet hatte.«

Flaubert benutzte die dünne Fabel – wo immer er sie hernahm –, um seine eigentliche Geschichte daran aufzuhängen. Als er Mitte der dreißiger Jahre zu schreiben begonnen hatte, war die Romantik auf ihrem Höhepunkt angelangt; die Jahre ihrer vollsten Blüte lagen zwischen 1830 und 1840 – das Durchfallen von Hugos Stück *Die Burggrafen* im Jahre 1843 gilt allgemein als Todesstoß für die Bewegung. Zwanzig Jahre danach, in den fünfziger Jahren, war die Romantik erschöpft, abgegriffen und auf das niedrigste geistige Niveau abgesunken. Bouilhet und Du Camp waren sich darüber im klaren, darum waren sie so scharf mit dem Ausbruch von Romantik in Flauberts *Versuchung des heiligen Antonius* ins Gericht gegangen und hatten ihm gesagt, er würde am besten das Manuskript verbrennen und nicht mehr daran denken. Nach längerem Nachdenken hatte er sich schließlich auch zu ihrer Ansicht durchgerungen.

Seit langem kannte er die Schriften Montaignes. Nun machte er sich das Anliegen des Essayisten, man müsse sich selbst gründlich kennenlernen, zu eigen und fand, alles Unglück der Menschheit rühre von ihrer Selbstunkenntnis her. Alle Personen in seinem Roman scheitern, weil sie sich selbst nicht kennen, weil sie sich anders sehen als sie sind und sich keine Rechenschaft über ihre Fähigkeiten und Möglichkeiten ablegen. Möglicherweise wollte er in *Bouvard und Pécuchet,* seinem letzten und bei seinem Tode noch nicht vollendeten Roman, zeigen, daß diese beiden komischen, Charlie-Chaplin-haften Figuren sich auf Studien und Forschungen eingelassen hatten, für die sie ungeeignet und von ihrer Intelligenz und Bildung her nicht ausgerüstet waren, daß sie jedoch weise wurden, als sie erkannten, daß Kopieren das einzige war, worauf sie sich verstanden, und zu dieser früheren bescheidenen Tätigkeit zurückkehrten.

Emma Bovary weiß nicht, wo ihre Möglichkeiten liegen, noch was sie zu erreichen vermag, und das ist ihre Tragödie. Der Kritiker Jules de Gaultier hat für diese typische Eigenschaft den Terminus ›Bovarysme‹

geprägt, das heißt die Fähigkeit, sich selbst anders zu sehen als man ist. Alle Figuren Flauberts, die wichtigen und die nebensächlichen, weisen in stärkerem oder geringerem Maße diesen Mangel auf; ihr Bild von sich selbst und ihr Ehrgeiz gehen weit über das hinaus, was zu erreichen im Bereich ihrer Möglichkeiten liegt, und deshalb können sie niemals zu Glück oder Zufriedenheit gelangen. Obwohl er das erkannt hat, konnte er ihnen dennoch seine widerwillige Bewunderung nicht versagen, vor allem nicht sein verständnisvolles Mitgefühl. Er sah die gleiche Eigenschaft in Don Quijote, dessen Abenteuer schon in seiner Kindheit eines seiner liebsten Bücher gewesen waren. Er hatte seinen Idealismus und Heldenmut bewundert, obwohl er deren Falschheit klar erkannte. Man könnte Don Quijote das erste Opfer des Bovarysme nennen. Er konnte sich nie dem wirklichen Leben anpassen, wie es in dieser Welt gelebt wird, sondern sah es stets durch den Schleier der Literatur als etwas Romantisches, was ihn unausweichlich zur Katastrophe führte. Alle Figuren Flauberts schaffen für sich selbst Geschmacksrichtungen und Gefühle, die von ihrem wirklichen Wesen verschieden sind, und heften ihre Augen auf ein Ideal, das zu erreichen sie unfähig sind und das ihnen die Sicht auf die Wirklichkeit verdeckt.

Obwohl Psychologie das Hauptinteresse in *Madame Bovary* bildet, ist sie doch nicht das einzig bedeutende Element. Flaubert hatte viel über das Leben und seine Probleme, über die menschliche Natur nachgedacht; anstatt aber seine Erkenntnisse in abstrakter Form, in einer Abhandlung darzulegen, schuf er Figuren und Situationen, die sie veranschaulichen und verkörpern sollten. Er hatte gewisse feste Meinungen in bezug auf das Leben, und sie beeinflußten die Wahl seiner Figuren und Situationen, so daß wir aus ihnen seine Ansichten über das menschliche Schicksal ableiten können.

Als er ein reifer Mann war und das jugendliche Stadium des animalischen Optimismus hinter sich gelassen hatte, war seine Lebenseinstellung pessimistisch. Er glaubte nicht an das Glück und schrieb an Louise Colet[26]: »Glaub mir, das Glück ist nur ein Mythos, den der Teufel erfunden hat, um uns zur Verzweiflung zu treiben.« Nach seiner Meinung sei der Mensch von einem eifersüchtigen Gott schlecht behandelt worden und könne nun nicht viel dagegen tun. Selbst in *Ein schlichtes Herz*, eine Erzählung, die er schrieb, um George Sand zu gefallen, und die tröstlich sein sollte, selbst dort wird die Heldin, die gute, schlichte Dienstmagd Félicité, trotz ihrer

Güte schrittweise aller Dinge beraubt, bis ihr zuletzt nur noch ein mottenzerfressener ausgestopfter Papagei bleibt, der den Heiligen Geist vorstellt. Daß sie sich ihrer Not nicht bewußt ist, ändert nichts an der Tatsache; die Erzählung ist grundsätzlich genauso pessimistisch wie alles, was er geschrieben hat. Seiner Ansicht nach haben wir alle hier auf Erden – bildlich gesprochen – nichts als einen mottenzerfressenen ausgestopften Papagei, der den Heiligen Geist verkörpert.

Flaubert sah den Menschen im allgemeinen als gemein, konventionell, unempfindlich und eigennützig. Und doch blieb er in seinen persönlichen Beziehungen bis ans Ende seines Lebens voller Illusionen über die Menschen, die er liebte. Intellektuell aber glaubte er, den Groben, Gefühllosen und Selbstsüchtigen gehe es immer gut, ihnen gehöre der letzte Vorhang, während die Sanften, Selbstlosen stets die Opfer seien. Schon als Vierundzwanzigjähriger schrieb er in *Lehrjahre des Gefühls* von Henry, der ein ichsüchtiger Streber geworden war[27]: »Die Zukunft gehört ihm; das sind die Leute, die mächtig werden.«

In unseren Augenblicken der Niedergeschlagenheit neigen wir wohl alle dazu, ihm recht zu geben. Trotzdem ist es nicht unbedingt eine realistische und wahre Sicht des Lebens, und daß die Homais dieser Welt immer erfolgreich sind, ist durchaus keine Erfahrungstatsache. Flaubert brachte es anscheinend nicht fertig, zu glauben, daß jemand, der Intelligenz, Vielseitigkeit und Feingefühl besitzt, moralisch gesprochen auch bewunderungswürdig sein konnte. Dr. Larivière in *Madame Bovary*, nach seinem Vater gezeichnet, ist eine bemerkenswerte Ausnahme, zählt indessen in dem Roman kaum. Sonst findet sich Güte nur bei den einfachen, schwerfälligen Menschen: dem kleinen Apothekergehilfen Justin; bei Catherine Leroux, die still und treu vierundfünfzig Jahre lang auf einem Bauernhof gedient hat und als Belohnung eine kleine Silbermedaille im Wert von fünfundzwanzig Francs bekommt; oder eben Félicité in *Ein schlichtes Herz*. Einige Interpreten gelangten dadurch zu der Meinung, Flaubert sei zynisch und grausam; das aber ist weit von der Wahrheit entfernt. Er war von größtem Feingefühl und Mitleid beseelt – besonders gegenüber den Niedrigen und den Opfern des Lebens. In dem materialistischen Milieu der Juli-Monarchie und später im Zweiten Kaiserreich litt er oft bitter unter dem fehlenden Idealismus in der modernen Literatur. Es war bestimmt kein gefühlloser Mann, der den überwältigenden, unausgesprochenen Kummer von Charles Bovary am Totenbett seiner Frau verstand. Es war kein grausamer Mann, der die demütige Figur der Catherine Leroux, wie sie vor den pompösen Preisrichtern am Landwirtschaftsfest steht, so rührend geschildert hat, oder den alten Bauern Rouault, wie er in Bovarys Haus kommt, um seine Tochter tot zu finden, und beim Anblick der schwarzen Tücher über der Eingangstür ohnmächtig wird, und der dessen Tränen nach dem Begräbnis bemerkt[28]:

»Daheim zog Charles sich gleich um, und auch der alte Rouault fuhr wieder in seine blaue Bluse. Sie war neu, und da er sich unterwegs öfters die Augen mit dem Ärmel gewischt hatte, hatte sie auf seinem Gesicht abgefärbt, und auf seinen verstaubten Wangen sah man noch die Spuren, wo die Tränen heruntergelaufen waren.«

Es war kein hartherziger Mann, der den jungen Justin beschrieb, wie er in der Nacht, als jedermann schlief, am Grab von Emma Bovary weinte[29]:

»An dem Grabe, unter den Tannen, kniete ein junges Menschenkind und weinte. Seine vom Schluchzen wunde Brust stöhnte im Dunkel unter dem Druck einer grenzenlosen Sehnsucht, die süßer war als das Mondlicht und unergründlicher als die Nacht.

Plötzlich knarrte die Gittertür. Lestiboudois hatte seine Schaufel vergessen und kam sie holen. Er erkannte Justin, als er sich über die Mauer schwang, und glaubte nun zu wissen, wer der Übeltäter war, der ihm immer seine Kartoffeln stahl.«

Allerdings konnte Flaubert der Versuchung hier nicht widerstehen, als Kontrast zu Justins gänzlich unschuldigem, selbstlosem Kummer den egoistischen, niedrigen Gedanken des Totengräbers einzusetzen, der Junge sei bloß nächtlicherweile in den Kirchhof eingedrungen, um seine Kartoffeln zu stehlen; so wie er die fünfundzwanzig Francs, die man Catherine Leroux für ein halbes Jahrhundert treuer Dienste schenkt, in Gegensatz zu den sechzig Francs stellt, die ein Teilnehmer der Ausstellung als Prämie fur sein Prachtexemplar der ›race porcine‹ überreicht bekommt.

Besonders gut verstand Flaubert die Gefühlstiefe, deren gerade die Schwerfälligen fähig sind, die ihren Empfindungen keinen Ausdruck verleihen können. Er wußte auch, wieviel Aufrichtigkeit in jenen sein kann, die sich nur in Klischees auszudrücken verstehen. Wenn Rodolphe Boulanger die Gefühlsschablonen, die Emma äußert, satt hat, weil er sie schon so oft hörte, bemerkt Flaubert dazu[30]:

»Er war nicht fähig, dieser erfahrene Praktiker, die Verschiedenartigkeit der Gefühle unter der Gleichheit der Ausdrucksformen zu erkennen.

Weil leichtfertige oder käufliche Lippen ähnliche Worte zu ihm gesprochen hatten, glaubte er nicht oder nur halb an die Aufrichtigkeit von Emmas Beteuerungen, hielt sie für übertriebene Phrasen, die nur die Dürftigkeit des Gefühls verbargen und von denen man ein gut Teil abstreichen mußte – als ob die Fülle der Seele nicht manchmal in den abgenutztesten Redensarten und Bildern überflösse, da kein Mensch jemals seine Sehnsüchte und Gedanken und Schmerzen völlig angemessen auszusprechen vermag; denn das menschliche Wort ist wie ein gesprungener Kessel, auf dem wir eine Musik für Tanzbären trommeln, während wir die Sterne rühren möchten.«

Flaubert glaubte an das Verhängnis, an das unerbittliche Schicksal, doch schloß das den Glauben an den freien Willen und ein gewisses Maß an freier Entscheidung nicht aus. Das Verhängnis liegt bei jedem von uns in seinem Charakter, und kein Mensch kann über seine Veranlagung hinaus, also muß er sie kennenlernen, um sie richtig einsetzen zu können und sich mit seinen eigenen Grenzen zu versöhnen. Sein Charakter ist so etwas wie die Kette, mit der ein Hund an seiner Hütte festgemacht ist: Der Hund kann sich bewegen, wie er will, er kann sich auch gar nicht bewegen, aber er muß die Länge der Kette in Betracht ziehen und kann sich nicht weiter fortbewegen, als sie reicht. Weisheit ist, herauszufinden, wie lang sie ist, anstatt Energie darauf zu verschwenden, an ihr zu zerren. Fast alle Romangestalten Flauberts gehen daran zugrunde, daß sie ihren Charakter, die Länge ihrer Kette, nicht in Rechnung stellen und sich selbst nie erkennen, weil sie sich nicht ändern können. Nur eine seiner Figuren ändert sich von Grund auf, und zwar Julian in der *Legende von Sankt Julian dem Gastfreien* aus den *Drei Erzählungen*.

Zwei Episoden in *Madame Bovary* haben zu vielen Kontroversen und Kritiken Anlaß gegeben. Die eine ist Emmas Selbstmord, die andere das Erscheinen des blinden Bettlers unter dem Fenster ihres Sterbezimmers. Professor F. C. Green hält diesen Selbstmord für vollkommen falsch und mit dem Charakter Emmas unvereinbar.[31] Er findet das Motiv nicht ausreichend: Solange noch ein freies männliches Wesen übrigbliebe, hätte Emma sich nicht das Leben genommen, sondern weiterhin ihren törichten Mann hintergangen und das Geld irgendwie aufgetrieben. Er ist überzeugt, daß das Geldmotiv für einen Menschen wie Emma nicht ausreicht, dem eigenen Leben ein Ende zu setzen.

In der Tat würde die Geldfrage allein nichts erklären. Aber es ist auch nicht wahrscheinlich, daß Flaubert sie als Hauptmotiv gedacht hat; Professor Green ist insoweit vielleicht etwas leichtfertig gewesen und hat das Wesen Emmas nicht richtig erfaßt. Freilich hätte sie sich nicht wegen des fehlenden Geldes das Leben genommen – sie war eine Frau, die nicht viel an die Zukunft dachte, sondern in der Gegenwart lebte –, aber sie hatte gewisse Ideale und eine fixe Vorstellung von sich; und wenn diese Schaden nahmen, dann konnte sie in momentaner Verzweiflung sehr wohl Hand an sich legen.[32]

Die Episode trug sich zu, als Charles wegen der Schulden, die seine Frau gemacht hatte, gepfändet werden sollte. Sie versucht das Geld von Léon zu bekommen, um die dringendsten Forderungen zu begleichen, versucht ihn zu überreden, es aus der Ladenkasse zu borgen – sie ist ihrer Macht über ihn sicher und bereit, ihn für ihre eigenen Zwecke zum Verbrecher zu machen. Doch er ist nicht mehr der weiche Jüngling, als den sie ihn kennengelernt hatte, sondern bleibt all ihrem Zureden gegenüber fest.

Dann denkt sie an Rechtsanwalt Guillaumin und spielt sogar einen Augenblick lang mit dem Gedanken, sich ihm hinzugeben, um sich das benötigte Geld zu beschaffen – er hatte ihr schon oft Avancen gemacht und durchblicken lassen, sie könnte alles haben, was sie wollte, wenn sie nur ein wenig nett zu ihm wäre. Als es aber soweit ist, kann sie es nicht tun. Sie ist irgendwie zu fein und auch – obwohl das in diesem Stadium sonderbar anmuten mag – zu idealistisch. Sie kann dieses letzte Opfer nicht bringen, denn sie hat sich noch nie für Geld verkauft – ebensowenig wie die Heldinnen der Romane, die sie bewundert. So gemein sie auch ist, hat sie sich doch ihre Art von Aufrichtigkeit, ihre eigene Würde bewahrt. Sie kann einen solchen Handel nicht über sich bringen, und als Guillaumin sie zu betasten versucht, wird sie von Übelkeit gepackt und gibt auf. »Sie nützen meine Notlage schamlos aus, mein Herr!« rief sie. »Ich bin beklagenswert, aber nicht käuflich!« Und mit diesem letzten edlen Satz rauscht sie hinaus.

Als nächstes kommt ihr Rodolphe in den Sinn, nicht als Liebhaber, sondern als Freund, der ihr immer – selbst als er sie verließ – die Beständigkeit seiner Freundschaft und seines Wohlwollens beteuert hat. Sie sucht ihn allein zu dem Zweck – ohne amouröses Motiv also – auf, sich von ihm Geld zu leihen. In seiner Gegenwart jedoch wird sie von neuem von Liebe überwältigt, vor allem von der Erinnerung ihrer Liebe zu ihm; es wird nicht falsch oder unanständig sein, sagt sie sich, von ihm Geld anzunehmen, da sie ihn noch immer sehr liebt, und er wird es ihr gewiß nicht abschlagen, nachdem er ihr ja – in seinen schönen Phrasen – immer gesagt hat, sie brauche ihn im Namen der Freundschaft nur zu rufen, und er werde stets da sein, um ihr zu helfen.

Er beginnt wieder mit seinen hohlen Komplimenten, seinen gewandten klugen Reden, die sie als dumme, eitle Provinzlerin abermals verwirren und bezaubern. Sie glaubt ihm; sie nimmt ihren Mut zusammen und bittet um ein Darlehen. Das hat die Wirkung, die die Erwähnung von Geld im Leben meistens hat: Es setzt den Gefühlen einen Dämpfer auf. »Eine Bitte um Geld ist der erkältendste und tödlichste Reif, der auf eine Liebe fallen kann.« »Dreitausend Franken, die habe ich nicht, meine Liebe«, antwortet Rodolphe. »Du hast sie nicht!« sagt sie verwundert und wiederholt: »Du hast sie nicht! ... Ich hätte mir diese letzte Schmach ersparen können. Du hast mich nie geliebt! Du bist nicht mehr wert als die andern!«

Sie stellt sich selbst bloß, sie vergibt sich alle Chancen. Und dann, wie es viele Frauen in dieser Situation tun würden, setzt sie ihn ins Unrecht – und nichts ist verhängnisvoller als das. Sie weist auf all die kostbaren Dinge in seinem Zimmer: die Möbel, die Zigarettendose, die Weinkaraffen, seine Uhr, seine Manschettenknöpfe und so weiter. »Ach! Du tust mir aber leid«, ruft sie verächtlich. »Ja, schrecklich leid!«:

»›Aber wenn man so arm ist, dann läßt man sich seine Flinten nicht mit Silber beschlagen. Dann kauft man sich keine Stutzuhr mit Schildpatteinlagen ... und keine Reitpeitschen mit goldenen Griffen ... und keine solchen Berlocken! Oh, er läßt sich nichts abgehen, es ist alles da, bis zum Likörschränkchen in der Wand. Ja, dich selber, dich liebst du! Dich und dein gutes Leben! Du hast ein Schloß, Pachthöfe, Wälder, du gehst auf Parforcejagden, du machst Reisen nach Paris ... Hier! wenn es nur die wären‹, rief sie und nahm seine Manschettenknöpfe vom Kamin, ›oder sonst so ein Firlefanz, die kann man doch zu Geld machen! ... Aber ich will sie gar nicht. Behalt sie nur!‹«

Und sie schleudert die Knöpfe so heftig gegen die Wand, daß die Goldkettchen, die sie zusammenhalten, zerreißen.

»›Ich, ich hätte dir alles gegeben, hätte alles verkauft. Mit meinen Händen hätte ich für dich gearbeitet, auf der Straße hätte ich gebettelt, nur um ein Lächeln, einen Blick, ein einziges ›Danke‹ von dir! Und du bleibst seelenruhig da in deinem Lehnstuhl sitzen, als ob du mir nicht schon Leid genug angetan hättest! Ohne dich – das weißt du sehr wohl! – hätte ich glücklich und zufrieden leben können! Was trieb dich dazu, mir in den Weg zu treten? Galt es vielleicht eine Wette? Aber du liebtest mich, hast du ja immer gesagt ... und jetzt eben noch wieder ... Ach, es wäre besser gewesen, du hättest mich weggejagt! Meine Hände sind noch warm von deinen Küssen, und hier auf dem Teppich, hier auf dieser Stelle hast du mir auf den Knien ewige Liebe geschworen; bis ich daran glauben mußte. Zwei Jahre lang hast du mich in dem seligsten, süßesten Wahn gelassen! Ach, und unsere Reisepläne, weißt du noch? Oh, dein Brief, dein Brief! Er hat mir das Herz zerrissen! Und jetzt, wo ich zu diesem Mann zurückkehre, zu ihm, der reich und glücklich und frei ist, und ihn um eine Hilfe bitte, die jeder erste beste mir gewähren würde, ihn unter Tränen bitte und ihm meine ganze Liebe wiederbringe, da stößt er mich zurück, weil es ihn dreitausend Franken kosten würde!‹«

Rodolphe jedoch wiederholt nur kühl: »Ich habe sie nicht!«

Was Professor Green nicht beachtet hat, ist die romantische Art, die Emma trotz all ihres Versagens noch immer hat, und ihre Selbstachtung. Jetzt, da Rodolphe sie gedemütigt und im Stich gelassen hat, ist alles andere vergessen. Er hat die Liebe verleugnet, die Liebe, wie sie sie immer gesehen hat. Rodolphes Verrat wird zum Symbol, zur Synthese aller Demütigungen und Enttäuschungen, die den Frauen seit Anbeginn der Zeit von den Männern angetan werden. Neun von zehn Frauen wären in diesem Augenblick dem Gedanken verfallen, nur der Tod könne diese unerträgliche Qual lindern. Glücklicherweise haben die meisten die Mittel nicht bei der Hand, diesem plötzlichen, heftigen Drang nachzugeben, und später ist der Impuls vorbei, der Schmerz abgestumpft. Gewiß, es war keine wohlüberlegte Tat von Emma, so wenig wie es das bei jeder andern Frau in einem solchen Augenblick wäre, sondern ein übermächtiges momentanes Verlangen. Das geht aus den nachfolgenden Abschnitten, nachdem sie Rodolphes Haus verlassen hat, klar hervor.

»Wie erstarrt stand sie da, nichts anderes von sich selbst empfindend als das Hämmern des Blutes in ihren Adern, das ihr auf das ganze Land ringsumher überzugehen und es mit einer betäubenden Musik zu erfüllen schien. Der Boden unter ihren Füßen schwankte weich wie eine Woge, und die Furchen der Felder waren wie endlose braune Wellenkämme, die gegen sie anrollten. Alles, was sie an Erinnerungsbildern im Kopf hatte, sprang auf einmal heraus, gleich den tausenderlei Figuren eines Feuerwerks. Sie sah ihren Vater, das Kontor von Lheureux, ihr Zimmer in

Rouen, eine Landschaft, immer wieder etwas anderes. War das Wahnsinn? Ihr wurde angst, und es gelang ihr, wieder zu sich zu kommen. Aber ihr Bewußtsein blieb verworren; sie dachte gar nicht mehr an die Ursache ihres schrecklichen Zustandes, die Geldfrage. Sie litt einzig an ihrer Liebe, und sie fühlte ihre Seele mit der dunklen Flut der Erinnerungen entschwinden, so wie zu Tode Getroffene ihr Leben mit dem Blute ihrer Wunde hinströmen fühlen.

Die Nacht brach herein, Krähen flogen.

Es schien ihr plötzlich, als sausten feurige Kugeln durch die Luft, die, sich abflachend, kreisten und kreisten, um schließlich zwischen den kahlen Ästen der Bäume niederzusinken und im Schnee zu zergehen. Inmitten einer jeden erschien Rodolphes Gesicht. Sie wurden immer zahlreicher, kamen immer näher, drangen auf sie ein. Plötzlich war alles verschwunden. Sie erkannte die Lichter der Häuser, die von ferne durch den Nebel schimmerten.«

Dann erinnert sie sich, wo in Homais' Apotheke das Arsenik aufbewahrt wird. Sie geht hin und überredet Justin, ihr den Schlüssel zum Laboratorium auszuhändigen, in dem es eingeschlossen ist; sie ergreift die Büchse mit dem Gift und verschlingt eine ganze Handvoll. Dann überkommt sie ein Gefühl des Friedens, als habe sie eine Pflicht erfüllt.

Selbst wenn wir diese Stelle nicht als Beleg hätten, daß es enttäuschte Liebe war, was sie dazu trieb, sich das Leben zu nehmen, fänden wir einen weiteren Beweis in den Rohnotizen des Romans in der Stadtbibliothek Rouen.[33] »Der Versuch mit Rodolphe – wie ein Schlag mit einer Spitzhacke – sie geht zu ihm – oder eher ein fehlgeschlagener Versuch – dann, aus einem verrückten Impuls, begeht sie Selbstmord. Die Ruhe kehrt in sie zurück, als sie weiß, daß sie sterben wird.«

Die andere Episode ist das Erscheinen des blinden Bettlers unter Emmas Fenster, als sie stirbt, und sein Gesang eines angeblich obszönen Liedes.[34] Zufällig war dieses als unanständig verschriene Lied, wie Ulrich Guttinguer schrieb, eines, das seine Mutter ihm an der Wiege zu singen pflegte.[35] Flaubert selbst erwähnt in seinen Notizen, daß es von Rétif de la Bretonne stammt.[36] Steegmuller sieht in dieser Episode einen romantischen Zug, der der Wachsamkeit von Louis Bouilhet entgangen war.[37] Aber das Lied des blinden Bettlers an dieser Stelle ist keineswegs zufällig in die Handlung geraten. Es war im Gegenteil sehr sorgfältig geplant. In seiner Korrespondenz erkennen wir, daß Flaubert sich sehr mit diesem Detail beschäftigt hat; er erklärte, es sei sehr wichtig, daß der Bettler am Ende dabeisei, und dachte sich einen legitimen Grund für dessen Auftauchen aus.[38] Er brauchte ihn an dieser Stelle als letzten Pinselstrich für Emmas Charakterisierung. Dem blinden Bettler war sie so oft begegnet, als sie zu ihren ehebrecherischen Zusammenkünften unterwegs war, daß er für sie zu einem Symbol ihrer Sünde wurde. Ihm hatte sie in einer herausfordernden Geste ihr letztes Kronenstück zugeworfen. Dann, als sie ihn unter ihrem Fenster sein freches Liedchen singen hörte und ihr klargeworden war, daß sie auf verbrecherische Art durch eigene Hand starb, stiegen alle ihre übrigen Sünden vor ihr auf, und sie stellte sich den Bettler als eine Gestalt der Verdammnis vor, als den Teufel, der kam, um ihre Seele zu holen. Schließlich war das ja in den romantischen Büchern, die sie in ihrer Jugend gelesen hatte, stets mit denen geschehen, die mit dem Satan paktiert, ihm ihre Seele und ihr ewiges Heil für die vergänglichen Freuden dieser Welt verkauft hatten: Zuletzt, am Tage der Abrechnung, waren sie gezwungen, ihr Pfand einzulösen, wenn er kam, um sie zur Hölle zu holen. Diese Auffassung entspricht Emmas Mentalität, nicht der Flauberts; und als sie den Bettler unter ihrem Fenster singen hört, glaubt sie sein scheußliches Gesicht als Symbol der Vergeltung aus der ewigen Finsternis auftauchen zu sehen. Das war der letzte Zug, den Flaubert für ihre endgültige Charakterisierung brauchte.

22

CHARAKTERE UND CHARAKTERISIERUNG

Wir haben bereits darauf hingewiesen, daß das Hauptinteresse bei *Madame Bovary* im Erfassen und Schildern der Charaktere liegt. Flaubert selbst sagte[1]: »*Bovary* ... wird die Summe meiner psychologischen Erkenntnisse sein.« Er war allgemein an Menschen interessiert und konnte kaum jemanden sehen, ohne über dessen Persönlichkeit und Leben Vermutungen anzustellen. In seinen *Notes de Voyages* schrieb er[2]:

»Ich habe die Gewohnheit, eine ganze Romanserie über die Leute auszudenken, denen ich begegne. Eine unbesiegbare Neugier läßt mich gegen meinen Willen darüber nachsinnen, was der Vorübergehende wohl für ein Leben führt. Ich wüßte gern seinen Beruf, seine Heimat, seinen Namen; was ihn zur Zeit beschäftigt, was er bereut, was er erhofft – vergessene Lieben, gegenwärtige Träume –, alles möchte ich wissen, bis zu den Borten seiner Flanellwesten, und wie er aussieht, wenn er sich entleert. Und wenn es eine Frau ist (besonders in einem gewissen Alter), dann wird das Gelüst brennend. Wie man sich sehnt, sie nackt zu sehen – geben wir's zu – nackt bis in die Tiefen ihres Herzens! Wie man versucht, herauszufinden, woher sie kommt, wohin sie geht und warum sie gerade hier und nicht anderswo ist! Während man sie mustert, stellt man sich Abenteuer für sie vor, und ihre Gefühle. Man denkt an die Art von Zimmer, die sie bewohnt, an tausend andere Dinge, was weiß ich! an die abgetragenen Pantoffeln, in die sie ihre Füße schiebt, wenn sie aus dem Bett aufsteht.«

Letztlich sah Flaubert in den meisten seiner Charaktere Versager, weil sie unfähig waren, sich selbst so zu sehen, wie sie wirklich waren. Trotzdem besitzen seine wichtigsten Gestalten etwas, das sie über die Gewöhnlichkeit hinaushebt. Bei dem ungehobelten Bovary ist es seine überwältigende, selbstlose Liebe zu Emma. Und auch sie hat etwas an sich, das sie größer macht. Sie ist vulgär, dumm, faul und eitel – man könnte tatsächlich einen ganzen Katalog ihrer Mängel zusammenstellen –, aber sie besitzt etwas, das sie über materielle Erwägungen emporhebt. Flaubert sagte[3]: »Eine Seele wird an der Größe ihres Strebens gemessen!« Das Ausmaß von Emmas Träumen ist groß, auch wenn sie eher kitschig beschaffen sind. Sie hat alle Merkmale einer romantischen Heldin, nur eben von zweifelhaftem Geschmack. Das ist eines der Wunder von Flauberts Kunst, seine Charakterporträtierung, die es uns erlaubt, Emma ein gewisses Wohlwollen entgegenzubringen, wenngleich wir uns über ihre Gewöhnlichkeit durchaus im klaren sind. Sie ist eine Warenhaus-Isolde, aber ihre Gefühle sind nichtsdestoweniger echt.

Wie wir wissen, hatte Flauberts Weltanschauung die Wahl seiner Charaktere bestimmt, der Charaktere, die es ihn zu schildern drängte. Er war der Überzeugung, die meisten Menschen seien rücksichtslos und selbstsüchtig, Echtheit und Güte fänden sich normalerweise nur bei den ganz Einfachen und Schlichten. Im großen und ganzen neigen seine Gestalten dazu, unliebenswert zu sein. Wenn man allerdings so viel Zeit mit erfundenen Personen verbringt, wie man es beim Lesen eines Romanes tun muß, dann bekommt man sie als Menschen und gute Bekannte allmählich gern, wie zum Beispiel die Anna Karenina in Tolstois gleichnamigem Roman oder die Natascha in *Krieg und Frieden.* Hingegen kann man sich nur schwer vorstellen, daß man mit Charles oder Emma ebenso intim würde, oder mit Rodolphe, Léon, Homais; und der kleine Justin und Catherine Leroux sind als Charaktere zu unentwickelt, als das man sich vernünftig mit ihnen abgeben könnte. Man soll jedoch mit einem Autor nicht über die Bewertung seiner Personen rechten, sondern nur darauf achten, ob er seine Absicht verwirklicht hat.

In seinen Charakterschilderungen rebellierte Flaubert gegen die romantische Idee und Tradition des Einzelmenschen, der Ausnahme. Rousseau hatte am Anfang seiner *Bekenntnisse* geschrieben, er fühle sich völlig anders als irgend jemand, der je gelebt habe, absolut einzigartig, ein Monstrum. Alle Schriftsteller der Romantik taten es ihm nach und beschrieben außergewöhnliche Wesen. Flaubert dagegen meinte, die Kunst solle sich nicht mit Helden oder Ungeheuern befassen. »Die Kunst ist nicht geschaffen, um Ausnahmen zu schildern«, sagte er.[4] Sie müsse verallgemeinern. »Was die großen Genies kennzeichnet«, schrieb er[5], »ist ihre Fähigkeit zur Verallgemeinerung und Erschaffung. Sie verstehen es, verschiedene Persönlichkeiten in einen Typ zusammenzufassen, und bringen neue Geschöpfe zur Kenntnis der menschlichen Rasse.«

Das Ziel der Schriftsteller der realistischen Schule seiner Zeit war es, örtlich und chronologisch ihrer eigenen Zeit treu zu sein, so daß die Gestalten, die sie schufen, nirgendwo und nirgendwann sonst gelebt haben konnten. Flaubert jedoch wollte das beschreiben, was nicht verging, was sich in jedem Zeitalter gleichblieb, was ewig war. In einem Brief an Hippolyte Taine, in dem er die Ansicht dieses Kritikers, der einzige Wert eines Kunstwerks liege in seiner Bedeutung als historisches Dokument, anfocht, äußerte er sich[6]: »Ein Werk hat wirklich nur Bedeutung durch seinen Ewigkeitscharakter; das heißt: je mehr es die Menschheit aller Zeiten darstellt, desto schöner wird es sein.«

In Emma zeichnete er eine Frau aller Epochen, nicht nur eine Provinzehebrecherin der vierziger Jahre des letzten Jahrhunderts. Wir kennen alle irgendeine Emma Bovary. Heute würde sie weniger Romane lesen, dafür aber viele Filme ansehen und sich als Filmstar fühlen. Sie würde ihre Tochter nicht Galswinde, sondern Marlene nennen. Flaubert sagte von ihr[7]: »Meine arme Bovary weint und leidet zur Zeit zweifellos in zwanzig Dörfern Frankreichs.« Das stimmt heute noch genauso wie vor über hundert Jahren.

Flauberts Methoden der Charakterisierung sind anders als die seiner großen Vorgänger Stendhal und Balzac. Wichtig bei Stendhal ist – und darin lag der Grund seiner Berühmtheit im 20. Jahrhundert – seine subtile Motivanalyse, sein feines Verständnis für Charakterschattierungen. Ohne die Hilfe der modernen psychoanalytischen Methoden gelangte er kraft seiner Beobachtungs- und Folgerungsgabe vielfach zu den gleichen Schlüssen wie die heutigen Psychiater. Vor ihm hatte es in der Romanliteratur nie eine solche Erkenntnis verborgener Beweggründe der Menschen gegeben. Stendhal ist ein Analytiker, der Charaktere schafft, um sie dann in Stücke zu zerlegen, damit man sieht, wie sie funktionieren. Die Karikatur, auf der Flaubert sich mit dem Skalpell in der Hand über die auf dem Seziertisch liegende Emma Bovary beugt, würde viel besser auf Stendhal zutreffen. Flaubert führt zuerst seine Laborarbeiten aus, um die Ingredienzen zusammenzubekommen, *bevor* er seine Figuren erstehen läßt. Er zerschneidet sie nicht *hinterher*.

Stendhal analysiert seine Gestalten vom Gesichtspunkt des allwissenden Autors aus, der sie vor sich hat und weiß, wie sie beschaffen sind. Obwohl man allgemein auf seine Affinität zum 18. Jahrhundert hingewiesen hat, ist er doch insofern mehr dem 17. Jahrhundert verhaftet, als es ihm um moralische Probleme geht und um die Art, wie die Menschen darauf reagieren.

Balzacs Methode war ganz anders. Er interessierte sich sehr für die wissenschaftlichen Entdeckungen seiner Zeit. Er betrachtete den Menschen als eine Art höheres Tier, von dem es viele Rassen gibt, und unternahm es, sie zoologisch zu studieren. Er pflegte zu sagen: »Gebt mir den Handschuh, und ich baue euch daraus den Mann auf«, als wäre der Handschuh ein Stück Knochen. Seine Tätigkeit als Romanschriftsteller sah er nicht als die eines Künstlers, sondern eines Wissenschaftlers an, eines Wissenschaftlers, der dieses merkwürdige Tier Mensch erforscht. So schreibt er jede Einzelheit auf, die er an ihm bemerkt, ohne künstlerische Selektion, genauso, wie es ein Gelehrter tun würde. Deshalb erspart er uns in der Erscheinung oder Umgebung jedes Charakters, den er studiert, kein Detail – sei es auch noch so unbedeutend. Alle diese Einzelheiten sind gewissermaßen wissenschaftliche Daten, und ein Forscher ist nicht wählerisch bei dem, was er festhält, er schließt alles ein. Für Balzac waren all diese Details wissenschaftliche Tatsachen. Im Laufe der Zeit sind seine Romane ein wissenschaftliches Dokument für das Studium des 19. Jahrhunderts geworden und bilden das Rohmaterial für weitere Arbeiten. Niemand, der über das Frankreich des 19. Jahrhunderts schreibt, kann über Balzacs Schriften hinweggehen, findet er doch nirgendwo sonst eine so reiche Materialquelle.

Ein Gelehrter, der einen Frosch studiert, kümmert sich nicht darum, ein psychologisches Bild von ihm zu entwerfen; er registriert lediglich sein Verhalten. Genauso interessiert Balzac sich weit mehr für das Verhalten seiner Figuren als für deren Motive; das Verhalten ist es, was er untersucht. Dadurch sind seine Personen weniger differenziert als jene Stendhals. Er bezieht seine Kenntnisse normalerweise aus dem, was sich von der äußeren Erscheinung seiner Gestalten ableiten läßt. Darum spielt auch die Beschreibung in seinen Romanen eine so bedeutende Rolle. Sein Studium der physiognomischen Theorien von Lavater (1741–1801), der die Überzeugung vertritt, alle inneren Eigenschaften eines Menschen offenbarten sich äußerlich, bestätigte ihn in seiner Methode. Balzac ging ebenso vor, und das hat ihn zu einem so großartigen Porträtmaler gemacht – seine Porträts sind unvergeßlich. Doch hat die Methode den Nachteil, begrenzt zu sein, gibt es doch viele Charakterzüge – oft gerade die interessantesten und subtilsten –, die sich niemals an der Oberfläche erkennen lassen. Das bedeutet aber auch, daß die Methode bei den ›deutlichen‹ Typen, den

Menschen in reiferen Jahren, auf deren Gesicht das Leben schon viel geschrieben hat, am erfolgreichsten ist; bei den jungen, unentwickelten gibt sie wenig her. Es gibt bei Balzac in der Tat sehr wenig gute Porträts von jungen oder ausdruckslosen Menschen. Es bedeutet ferner, daß es schwierig ist, die Entwicklung und Veränderungen eines Charakters durch die Ereignisse zu zeigen.

Bei seiner Charakterisierungsmethode machte Balzac ausgiebig Gebrauch von der Konversation; vor ihm hatte nur Marivaux im 18. Jahrhundert erkannt, was man mit einem realistischen Gespräch erreichen kann, wenn es gilt, einen Charakter lebendig werden zu lassen. Bei Balzac wird das Reden zu einem der aufschlußreichsten Züge der porträtierten Personen. Das Gespräch wird realistisch; er ergeht sich geradezu in Wortdrechseleien, um es möglichst phonetisch wiederzugeben, und es weist tatsächlich die ganze Gewöhnlichkeit und Zusammenhanglosigkeit der Alltagssprache auf.

Flauberts Charakterisierungsmethoden sind sowohl von denen Stendhals als auch von denen Balzacs vollkommen verschieden. Er ist nicht der allwissende Verfasser wie Stendhal, der weiß, was in seinen Gestalten vor sich geht und sein Wissen unmittelbar an seine Leser weitergibt. Er wird vielmehr unbewußt in jedem Augenblick selbst der Charakter, den er gerade beschreibt. In einem Brief an Taine meinte er[8]:

»Meine erdachten Gestalten beeinflussen mich, verfolgen mich, oder besser, ich bin in ihnen. Als ich den Gifttod von Emma Bovary beschrieb, hatte ich *den Geschmack von Arsenik in solchem Ausmaß* in meinem Mund, war ich selbst so vergiftet, daß ich mir zweimal hintereinander den Magen verdarb – zwei sehr echte Anfälle, bei denen ich mein ganzes Abendessen wieder hergab.«

Und zu Louise Colet[9]:

»Trotz allem, ob gut oder schlecht, ist es etwas Herrliches, zu schreiben, nicht mehr *sich selbst* zu sein, sondern sich in der gesamten Schöpfung, von der man spricht, herumzubewegen. Heute zum Beispiel ritt ich, Mann und Frau zugleich, durch einen Wald, an einem Herbstnachmittag, unter den goldenen Blättern, und ich war die Pferde, die Blätter, der Wind, die Worte, die sie miteinander wechselten, und die rote Sonne, die ihre in Liebe versinkenden Augen funkeln ließ. Ist es Stolz oder Ehrfurcht, ist es das törichte Überfließen übertriebener Selbstzufriedenheit? Oder ist es ein unbestimmter, edler religiöser Instinkt? Aber wenn ich hinterher über diese erlebten Freuden nachdenke, bin ich beinahe versucht, ein Dankgebet zum Allmächtigen emporzusenden, wenn ich wüßte, er könnte mich hören.«

Als Autor wollte er überhaupt nicht in Erscheinung treten. »Der Künstler muß es fertigbringen«, sagte er[10], »die Nachwelt glauben zu lassen, er hätte nie existiert.«

Er verwendete in seinen Romanen sehr wenig Konversation – erstaunlich wenig, wenn man sie mit denen Balzacs vergleicht –, und zwar allein aus dem Grunde, daß er sich nicht überwinden konnte, ein Französisch zu schreiben, das nicht korrekt war; niemals hätte er jene realistischen Dialoge verfassen können, wie wir sie bei Balzac finden. Louise Colet gegenüber äußerte er einmal[11]: »Wie kann man Trivialsprache schreiben, die gut geschrieben ist?« Und an Louis Bouilhet über einen modernen Roman, den dieser schrieb[12]: »Dem Anfang werfe ich vor, daß er zuviel Dialog hat. (Du weißt, welche Abneigung ich gegen Dialoge im Roman habe.)«

Hingegen machte er viel Gebrauch von indirekter Rede, und gerade das wird zu einem Vorzug seiner Charakterisierung, erlaubt es ihm doch, den unausgesprochenen Gedanken widerspruchsvoller Menschen Ausdruck zu verleihen. Später wurde daraus der innere Monolog des modernen Romans.

Ein treffliches Beispiel in *Madame Bovary* ist die Darstellung der Wachträume von Charles und Emma, die auf parallelen, nie zusammenkommenden Geleisen laufen: Charles kommt eines Nachts von einem Krankenbesuch zurück und sieht seine Frau, wie er glaubt, schlafend im Bett, das Kind in der Wiege daneben. Während er auf die beiden Schläferinnen herunterblickt, träumt er von der Zukunft, und das verrät die naive, wenn auch unbeholfene Güte seines Wesens. Schon konnte er das Kind aufwachsen sehen. Sie würde aus der Schule heimkehren, das Kleidchen mit Tinte beschmutzt, die Schultasche am Arm. Später würde er Geld aufbringen müssen, um sie in eine Pension zu schicken. Er dachte über das Problem nach und plante, ein kleines Hofgut in der Nähe zu pachten, in dem er am Morgen vor den Krankenbesuchen selbst nach dem Rechten sehen würde. Er würde sparen; und das Kind würde zu einem schönen Mädchen heranwachsen, es würde der Mutter ähnlich sein, und man würde sie sicher für zwei Schwestern halten. Er stellte sich vor, wie sie abends bei ihnen sitzen würde, im Licht der Lampe, mit irgendeiner Handarbeit; sie würde ihm Pantoffeln sticken und das Haus mit ihrer Anmut und Fröhlichkeit erfüllen. Schließlich würde er einen Mann für sie finden, einen braven, verläßlichen Jungen, der sie glücklich machte, und so sollte es immer bleiben.

Emmas Traum ist ganz anders, aber ebenso aufschlußreich. Sie denkt nur an sich, an ihre schwärmerische Liebe, an ihre Flucht mit Rodolphe; für Mann und Kind hat sie keinen Gedanken. Sie möchte in ein neues Land ziehen, aus dem sie nie mehr zurückkehren würde. Sie füllt ihre Träume aus dem Lumpensack ihrer romantischen Romanlektüre. Ein seltsam prächtiges Land ist es, in dem sie wohnen will, lauter Kuppeln und Brücken, Häfen voller Schiffe, Zitronenhaine, weiße Marmorkathedralen, auf deren spitzen gotischen Türmen Störche nisten. Gitarren klimpern unter Palmen, während sie in ihrer Gondel vorüberfährt; und wenn sie endlich zur Ruhe kommt, dehnt sich das Meer bis an den Horizont, still, blau und sonnenüberflutet, und sie ist glücklich für immer.[13]

Diese Abschnitte geben uns das Wesen der beiden besser zu erkennen als seitenlange Beschreibungen und Analysen. Flaubert baut seine Charaktere nicht, wie Balzac, durch objektive äußerliche Beschreibung auf, er ist im Gegenteil hinsichtlich ihres Äußeren dermaßen nachlässig, daß er Emma einmal mit braunen Augen ausstattet[14], ein andermal mit tiefschwarzen[15] und einmal sogar mit blauen.[16] Léon wird, wenn er uns das erstemal begegnet, als blondhaarig geschildert[17], später ist er kastanienbraun.[18]

Wir sehen die Figuren nicht im absoluten Sinn, sondern durch das, was sie aneinander wahrnehmen. Von Emma wissen wir zuerst lediglich, was sich in Charles' Bewußtsein eingeprägt hat: eine Wolke dunklen Haares und gepflegte Hände, die so ganz anders sind als die abgearbeiteten Hände der Frauen, die er bis dahin gekannt hat. Sie ist für uns nichts weiter als ein hübsches, eher stilles junges Mädchen, und wir wissen nichts von dem, was in ihr vorgeht. Von ihrem romantischen Wesen merken wir zum erstenmal etwas, als sie ihre Sehnsucht äußert, bei Fackelschein getraut zu werden.[19] Jetzt beginnen wir uns zu fragen, was für eine Frau sie wirklich ist. Erst im sechsten Kapitel, als sie von Charles und dem Eheleben enttäuscht zu sein beginnt, erfahren wir etwas von den Träumen, die sie erfüllen.[20]

Die Charaktere in *Madame Bovary* sind von ganz verschiedener Art, und die Methode der Charakterisierung ist jeweils anders. Da gibt es die Hauptfiguren, die Nebenfiguren, die Randfiguren und die Schar der Chargen, die nur kurz in Erscheinung treten, aber trotzdem mit ein paar geschickten, eindringlichen Strichen skizziert werden.

Die Hauptfiguren, Charles und Emma, sind ausführlich geschildert, ohne Ironie und stets mit besonderer Teilnahme. Die Nebenfiguren, Rodolphe und Léon, werden mit feiner Ironie gezeichnet, während Randfiguren wie Homais und Bournisien nach der äußerlichen Methode Balzacs vorgestellt und eigentlich zu Karikaturen werden – zu geistvollen Karikaturen allerdings. In den frühen Fassungen des Buches neigten die Neben- und Randfiguren dazu, allzu wichtig zu sein. Dann aber nahm Flaubert ihnen etwas von ihrer Bedeutung, damit sie nicht zu viel Interesse für sich beanspruchten.

Der Roman beginnt und endet mit Charles – obwohl Emma dem Werk ihren Namen gibt –, und zwar mit voller Absicht; denn Emma kann man nur ganz verstehen, wenn man ihren Einfluß auf Charles erfaßt: Sie beeinflußte ihn von jenseits des Grabes, ja noch mehr als zu ihren Lebzeiten, so daß er nach ihrem Tode versucht, all das zu werden, was sie vergeblich aus ihm zu machen versucht hatte. In den Notizen zum Roman schrieb Flaubert[21]: »Er wird wie sie. Er unterschreibt Wechsel; er macht Schulden nach ihrem Vorbild. Sie verdarb ihn noch im Grabe. Er lockte sein Haar, trug Lackschuhe und die Spitzenkragen der Nationalgarde.« Flaubert verstand dieses Phänomen: War er nicht selbst von Alfred Le Poittevin nach dessen Tod beeinflußt worden?

Charles ist alles, was Flaubert nicht leiden konnte: ein Spießer, schwerfällig, dumm und im gewöhnlichen Sinne ungehobelt, unempfindlich und phantasielos. Er hatte die Prüfungen unter größten Schwierigkeiten bestanden, so daß er nur ein ›Officier de Santé‹ und nicht Arzt geworden war. So begeht Flaubert einen Fehler, wenn er ihn eine Operation ausführen läßt, ohne daß ein voll qualifizierter Arzt dabei ist; das war ungesetzlich. Aber vielleicht wurde Charles, ein schwacher Charakter, der sich leicht von andern leiten ließ, bloß von Homais um seiner eigenen Reklameziele willen dazu überredet.

Wir können Emmas Verärgerung nachfühlen, wenn sie sich vor Augen hält[22]: »Charles' Unterhaltung war platt wie ein Straßenpflaster. Allerweltsgedanken in Alltagskleidern bewegten sich darauf herum, weder zu einer Entgegnung noch einem Lachen oder zum Nachdenken anregend.« Wir können nur spöttisch lächeln, wenn Rodolphe sich anbietet, mit Emma auszureiten, und Charles ihm daraufhin schreibt[23], »daß seine Frau zu seiner Verfügung stehe und daß er auf seine Gefälligkeit rechne«. Und auch wenn er nach Emmas Tod von Léons Verlobung hört und ihm schreibt[24]: »Wie hätte sich meine arme Frau darüber gefreut.«

Aber wenn Charles auch der Inbegriff aller Bourgeois-Eigenschaften war, die Flaubert verabscheute – seine Persönlichkeit wird in der Tat erbarmungslos dargestellt –, so besaß er doch jenen Zug, den alle Hauptfiguren Flauberts aufweisen: Er strebte über seine eigenen Möglichkeiten hinaus. Was ihn über das Alltägliche erhob, war seine Liebe zu Emma. Sie war sein exotischer Luxus, sein romantischer Traum, die Frau, die am allerwenigsten zu einer Ehe mit ihm taugte, ohne die er aber in Materialismus versunken wäre. Er liebte ihre feinen Kleider, ihre zarten Hände; er war bezaubert von ihrer Trägheit und ihren unnützen Talenten – von seinem sauer verdienten Geld bezahlte er ihre Musikstunden. Seine plumpen und grotesken Seiten sind leicht zu erkennen, während man den anderen viel zuwenig Beachtung schenkt. In den früheren Fassungen war sein romantischer Zug mehr betont als in der letzten. Charles bekam darin eine gewisse Ähnlichkeit mit Frédéric in *Lehrjahre des Gefühls*; dann aber schwächte Flaubert dieses Element ab, damit er eine bessere Folie für Emma wurde. Immerhin bricht es durch, wenn Emma stirbt und Charles wünscht, daß sie in dem ganzen Putz begraben wird, der ihr gefallen hätte, der jedoch die Nachbarn und seine zum Begräbnis kommende Mutter durch seine Extravaganz vor den Kopf stößt. Reden kann er nicht, da er vom Schluchzen geschüttelt wird, aber er zieht sich in sein Studierzimmer zurück und schreibt seine Anweisungen nieder, die er unbedingt befolgt haben will[25]:

»Ich will, daß man sie in ihrem Hochzeitskleid beisetzt, in weißen Schuhen, einen Kranz auf dem Kopf. Das Haar soll man ihr über die Schultern breiten. Drei Särge: einen aus Eiche, einen aus Mahagoni, einen aus Blei. Man soll mich nicht zu trösten suchen, ich werde stark sein. Über den Sarg soll man ein großes Stück grünen Samt breiten. Ich wünsche es. Tut es.«

Und dann sein letzter Besuch bei Emma vor ihrer Beisetzung, als der Apotheker und der Priester zu beiden Seiten des Totenbettes eingeschlafen waren[26]:

»Als Charles wieder eintrat, weckte er die beiden nicht. Er kam zum letzten Male. Er kam, um Abschied zu nehmen.

Das Räucherwerk qualmte noch, das bläuliche Gewölk vermischte sich am Fensterkreuz mit dem hereindringenden Nebel. Draußen blinkten einige Sterne, und die Nacht war mild.

Das Wachs der Kerzen träufelte in langen wilden Tränen herab auf das Bettuch. Charles schaute in die hellen Flammen, bis ihm die Augen müde wurden.

Glanzlichter huschten über das Atlaskleid, das weiß wie Mondschein war. Emma verschwand darunter, und es war ihm, als schwände sie aus sich selbst und verlöre sich in die Stille, in die Nacht draußen, den wehenden Wind, in die feuchten Düfte, die aus der Erde aufstiegen.

Dann plötzlich sah er sie wieder in Tostes auf der Gartenbank unter dem Weißdornbusch oder in Rouen in den Straßen oder auf der Schwelle ihres Vaterhauses, im Gutshof in Berteaux. Er hörte wieder das Lachen der lustigen Burschen, die unter den Apfelbäumen tanzten bei seiner Hochzeit; das Brautgemach duftete nach ihrem Haar, ihr Atlaskleid knisterte in seinen Armen wie Funken. Dasselbe Kleid, das er hier vor sich sah!

Lange Zeit verweilte er so bei der Erinnerung an all das entschwundene Glück, an ihre Bewegungen, ihre Haltung, den Klang ihrer Stimme, und immer wieder überflutete ihn die Verzweiflung mit immer neuen Wogen, wie ein Meer.«

Trotz seiner lächerlichen Dummheit und Unbeholfenheit schimmert immer wieder seine Güte durch, so daß selbst Emma sie zuletzt erkennt, wenn er zu ihr sagt[27]: »Warst du denn nicht glücklich? Bin ich schuld? Ich habe doch alles getan, was ich konnte!« Da antwortete sie: »Ja ... freilich ... du bist gut ... du!« Denn sie erinnert sich, wie die Männer, die sie liebte, sie schließlich immer im Stich gelassen hatten.

Charles bricht das Herz bei ihrem Tod, doch lebt er bis zu einem gewissen Grade glücklich mit der Erinnerung an sie weiter. In den Vornotizen läßt Flaubert die Dienerin Emmas Kleider anziehen, um Charles vorzuspielen, sie sei noch am Leben.[28] Dann stößt er eines Tages beim Ordnen ihrer Sachen auf Rodolphes und Léons Briefe. Nach diesem jähen Erwachen aus seinem Traum setzt bei ihm der Verfall ein; ebenso unfähig wie Emma, sich mit der Wirklichkeit abzufinden, hat er keinen Lebenswillen mehr und stirbt bald. Vorher erlebt er aber noch seinen Augenblick der Größe.[29] Nachdem er die Liebesbriefe gelesen hat, trifft er eines Tages mit Rodolphe zusammen. Sie setzen sich in eine Kneipe. Rodolphe ist herablassend, da er Charles für einen gewöhnlichen Hahnrei hält, der nicht einmal weiß, daß man ihn betrogen hat. Wie sie dort ihr Bier trinken, denkt Charles nur an Emma, und wie sie Rodolphe angeschaut haben mochte, in einer Weise, wie sie ihn selbst bestimmt niemals angesehen hat. Er empfindet den heißen Wunsch, dieser andere Mann zu sein. In den Erstfassungen und Notizen will Charles von Rodolphe wissen, was sie miteinander getan haben, und fragt ihn immer weiter aus, aber das unartikulierte Schweigen der endgültigen Fassung ist wirkungsvoller. Während er noch nachsinnt, steigt Zorn in ihm hoch, und er fühlt, daß er seinen Rivalen schlagen muß. Rodolphe spürt das instinktiv und hat Angst: Er mag keine öffentliche Schlägerei in einer Kneipe mit dem beleidigten Ehemann. Doch Charles faßt sich wieder und sackt in seinem Stuhl zusammen; er hat in seinem großen Kummer Verständnis und Mitleid gelernt. Mit einem Mal wird ihm klar, wie wenig man tun kann und – wie Madame de Lafayette zu sagen pflegte – wieviel mehr unglückliche als wirklich schuldige Menschen es in der Welt gibt. Das war Charles' großer Augenblick, der alles andere in den Schatten stellte, so daß er edler aus der Begegnung hervorgeht als Rodolphe. Er schlägt seinen Nebenbuhler nicht, sondern sagt nur sehr traurig: »Ich zürne Ihnen nicht«, und mit erloschener Stimme, den Kopf in die Hände gestützt, wiederholt er »im resignierten Ton eines Menschen, der namenlos gelitten hat: ›Nein, ich zürne Ihnen nicht mehr!‹« Und dann fügt er den einzigen Gemeinplatz seines Lebens hinzu, der zugleich das einzige große Wort seines Lebens ist: »Das Schicksal ist schuld!«

Danach bleibt ihm nichts mehr zu tun; er stirbt an gebrochenem Herzen, denn man fand bei der Autopsie keine Todesursache[30]:

»Am Tag darauf setzte Charles sich auf die Bank in der Laube. Sonnenlichter fielen durch das Gitter, die Weinblätter zeichneten ihre Schatten auf den Sand, der Jasmin duftete süß, der Himmel war blau, Insekten summten um die blühenden Lilien. Charles atmete schwer; und sein kummervolles Herz schwoll ihm wie einem Jüngling vor unsagbarer Liebessehnsucht.«

Das Töchterchen Bertha findet ihn tot in der Laube, wo Emma so oft auf Rodolphe gewartet hat. Seine Hand umklammert eine dunkle Haarlocke.

Emma hat einen komplizierteren Charakter, doch ist sie im Grunde nicht intelligenter als Charles, nur kultivierter; sie leidet stärker an der ›romantischen Krankheit‹. Sie hat keine eigene ausgeprägte Persönlichkeit, sondern sieht sich selbst zu verschiedenen Zeiten in verschiedenen Rollen – als die große Liebende, die hingebende Mutter, die Mystikerin –, und alle diese Rollen sind künstlich aufgebaut und gehen auf die Lektüre romantischer Romane zurück. Sie ist unfähig, das Leben unmittelbar zu leben, sie erlebt es nur auf dem Umweg über irgendwelche schwärmerischen Vorstellungen. Von dem, was sie liest, nimmt sie nur das auf, was zu ihrem Bild von sich selbst paßt. Die damalige Literatur förderte eine solche

Beschäftigung mit der eigenen Person, aber sie borgte sich daraus lediglich, was dieser Besessenheit Vorschub leistete. Auf ihre eigene, mehr künstlerische Weise war sie genauso konventionell und klischeeverhaftet wie Charles – nur waren es andere Klischees. Das Unechte und Phrasenhafte in ihren Träumen hat Flaubert aufgedeckt und gezeigt, wie grundverschieden sie von den ähnlichen, aber komplizierteren Träumen des eher intellektuellen Frédéric aus *Lehrjahre des Gefühls* sind. Sie hat kein Urteilsvermögen und fällt auf das Äußere von Rodolphe und Léon herein, die sie für außergewöhnliche Männer hält.

Ihre Lieblingsvorstellung von sich selbst ist die einer romantischen Liebenden. Ihre erste Reaktion nach der Verführung durch Rodolphe ist – wie wir wissen – Freude und Stolz, weil sie nunmehr zu dieser Familie der berühmten Liebhaberinnen und Ehebrecherinnen der Literatur gehört, die sie schon immer beneidet hat. »Ich habe einen Geliebten«, jubelt sie ihrem Spiegelbild zu. Jetzt hat sie den Rang erreicht, der ihr gebührt.[31]

In einer der ersten Fassungen des Romans sagt ihre Schwiegermutter zu Charles, Emma habe den Zuschnitt einer ausgehaltenen Frau in Paris.[32] Das hätte Emma nicht als Beleidigung aufgefaßt – obwohl es durchaus so gemeint war –; sie wäre darüber vielmehr entzückt gewesen. Homais erkennt ihre ungewöhnlichen Talente und das Fehlen günstiger Gelegenheiten in dem Kreis, in den das Schicksal sie gestellt hat. »Diese Frau ist zu Höherem geboren«, sagt er[33], »sie wäre in einer Unterpräfektur am Platze.«

Das einzige, was sie tun konnte, war, von anderen Möglichkeiten zu träumen, von den Helden und Heldinnen ihrer Romane, von anderen Ländern, in denen sicherlich das Glück zu Hause war; doch das machte sie erst recht unzufrieden[34]:

»Manchmal dachte sie darüber nach, daß dies doch eigentlich die schönsten Tage ihres Lebens seien, der Honigmond, wie man es ja nannte. Aber um seine Süßigkeit so recht auszukosten, hätte man gewiß in eines jener Länder mit den klangvollen Namen reisen müssen, wo die Morgen nach den Liebesnächten nur von wonnigem Nichtstun erfüllt sind – wo man in einer Postkutsche mit blauseidenen Vorhängen auf steilen Straßen hinanfährt, dem Liede des Postillons lauschend, das vereint mit dem Herdengeläut der weidenden Ziegen und dem tiefen Rauschen der Wasserfälle von den Bergwänden widerhallt – wo man bei Sonnenuntergang an blauen Buchten den Duft der Zitronenbäume atmet und abends dann auf stiller Terrasse, ganz allein miteinander und mit verschlungenen Händen, zu den Sternen aufschaut und Zukunftspläne schmiedet ... Ach, das Glück wuchs vielleicht nur in gewissen Gegenden der Erde, gleich einer Pflanze, die nur auf einem bestimmten Boden gedeiht und anderswo verkümmert. Warum war es ihr nicht vergönnt, angesichts herrlicher Berge auf dem Balkon eines Schweizerhäuschens zu lehnen oder ihre Melancholie in einem schottischen Landhaus vor der Welt zu verschließen, an der Seite eines Gatten in schwarzem Samtrock, mit langen Schößen und Manschetten, in feinen, weichen Stiefeln und mit spitzem Hut!

Manchmal hätte sie wohl von alledem mit irgend jemandem reden mögen. Aber wie dieses wesenlose Mißbehagen in Worte fassen, das sich alle Augenblicke veränderte wie die Wolken und wechselte wie der Wind?«

Emma war schon immer hübsch und fein gewesen, und ihr Vater, ein kleiner Gutsbesitzer, ließ sie in einer Klosterschule über ihrem Stand erziehen. Das nährte ihr angeborenes Unbefriedigtsein, ihren ›Bovarysmus‹ noch, so daß sie, auf den väterlichen Hof zurückgekehrt, die Zeit damit verbringt, sich in romantische Situationen hineinzuträumen. Sie heiratet Charles, um der Enge ihres Lebens zu entfliehen, und glaubt ihn nach ihren Wünschen formen zu können; er aber mußte sie enttäuschen, er konnte nie auf ihre Stimmungen eingehen[35]:

»Ja, wenn Charles gewollt hätte, wenn er nur die geringste Ahnung davon gehabt hätte, wenn sein Blick ein einziges Mal ihrem Gedanken begegnet wäre! Dann, meinte sie, hätte sich das alles mit einem Mal von ihrem Herzen gelöst, wie ein reife Frucht vom Spalier fällt, wenn man sie nur anrührt. So aber fühlte sie, wie die innere Kluft, die sie von ihm trennte, sich immer mehr erweiterte, je fester das tägliche Leben sie äußerlich aneinanderschloß.«

Sie kann beim besten Willen nichts Romantisches aus ihm machen. Seine Kleider sind rauh und gewöhnlich – passend für das Landleben, wie er zu sagen pflegt. Er versteht nichts vom Fechten, Schwimmen oder Schießen, und seine Konversation besteht einzig und allein aus den Geschichten über langweilige Kranke, die er besucht, und den Rezepten, die er ausgestellt hat.

Eines Tages aber gibt der Marquis des Ortes im Hinblick auf die bevorstehenden Wahlen für seine Wähler einen Ball, zu dem er auch Charles und Emma einlädt – er hatte sie gesehen und für ihren Stand recht gesellschaftsfähig gefunden. Dieser Hauch von Luxus macht sie aber noch unzufriedener mit ihrem alltäglichen Leben und bleibt für sie der Inbegriff einer Lebensweise, für die sie sich geboren glaubt. Mit großen Augen lauscht sie den Gesprächen, hört den Hofklatsch und daß vom Schwiegervater des Gastgebers, dem alten Duc de Laverdière, gemunkelt wird, er sei der Liebhaber von Marie Antoinette gewesen. Man plaudert über Italienreisen, über alles, was sie bisher nur erträumt hatte, wenn sie ihre romantischen Romane las. Es kommt ihr vor, als hätte es ihr früheres Dasein auf dem Bauernhof und das jetzige in dem armseligen Haus in Tostes nie gegeben und als sei dies allein das wirkliche Leben.

Sie tanzt mit einem Vicomte, und das bleibt für immer das Symbol ihrer Träume, so daß sie ihn nie vergessen kann. Gegen Ende ihres Lebens, als sie nach Rouen geht, um von ihrem Geliebten das Geld zu erbitten, das ihren Mann vor dem Konkurs retten soll, und unverrichteter Dinge umkehren muß, glaubt sie den Vicomte in seinem Wagen vorüberfahren zu sehen und muß unwillkürlich ihr Zusammentreffen mit ihm auf jenem Ball mit ihrer gegenwärtigen mißlichen Lage vergleichen[36]:

»Sie blieb stehen, um einen Rappen vorbeizulassen, der herauskam, in der Deichsel eines Tilbury tänzelnd, den ein Herr in einem Zobelpelz kutschierte. Wer war das doch? Er kam ihr bekannt vor ... Das Gefährt setzte sich in Trab und verschwand.

Aber das war doch der Vicomte!

Sie wandte sich um; die Straße war leer. Und sie fühlte sich so niedergeschlagen, so traurig, daß sie sich an die Mauer eines Hauses lehnen mußte, um nicht umzusinken.«

Alles, was Charles am Tag nach dem Ball sagen kann, als sie sich zu ihrer abendlichen Zwiebelsuppe setzen, ist, wie schön es doch sei, wieder zu Hause zu sein. Emma aber weiß, daß eine tiefe Kluft in ihrem Leben, in ihrem Herzen aufgerissen ist, wie von einem rasenden Sturm. Als übe sie eine andächtige Handlung aus, legt sie ihr schönes neues Ballkleid beiseite und ihre Tanzschuhe, »deren Sohlen vom Parkettwachs eine bräunliche Politur bekommen hatten. Ihrem Herzen war es ähnlich ergangen: Von der Berührung mit dem Reichtum war etwas haftengeblieben, das nie wieder wegzubringen war«.[37]

Die Erinnerung an den Ball weckt in Emma einen solchen Abscheu gegen das Leben, das sie bisher geführt hat, daß sie körperlich zu verfallen droht; sie redet Charles ein, es sei das Klima von Tostes, das sie krank mache, so daß er seine aufblühende Praxis verkauft und in Yonville l'Abbaye eine andere erwirbt. Beim Packen für den Umzug kommt ihr das Brautbukett in die Hände, und da verbrennt sie es, um ihren Bruch mit der Vergangenheit unwiderruflich zu machen.

Yonville scheint zunächst mehr Möglichkeiten zu bieten als Tostes. Schon bei ihrer Ankunft im Gasthof lernt sie den netten – sogar hübschen – jungen Notariatsgehilfen kennen, der zur gleichen geistigen Familie gehört wie sie, der die gleichen romantischen Träume hat und ihre Vorliebe für Lamartine-Zitate und Anspielungen teilt.

In einer frühen Fassung des Romans haben Emma und Léon ein Verhältnis, bevor er nach Paris geht, um seine Studien zu beenden; im endgültigen Text dagegen bleibt ihre Beziehung platonisch und sentimental, was für ihre psychologische Entwicklung interessanter ist.

Als Léon dann nach Paris übersiedelt, fühlt Emma dieselbe Leere in sich wie nach dem Ball und bereut es, sich ihm nicht hingegeben zu haben, denn nun, in seiner Abwesenheit, scheint er ihr alles zu verkörpern, was sie sich je erhofft und gewünscht hat. Wiederum scheint sie dahinzusiechen und ist nunmehr bereit, vom ersten Mann erobert zu werden, der es versucht. Da erscheint Rodolphe auf der Bildfläche. Eines Tages kommt er zu Charles, damit dieser seinen Diener zur Ader lasse. Er hat gerade nichts zu tun und bemerkt die hübsche, feine Frau des ländlichen ›Officier de Santé‹. In Herzensangelegenheiten ist er bewandert, ganz anders als der scheue Léon, und hat nichts dagegen, sich ein Weilchen mit der netten kleinen Frau zu vergnügen. Sie ihrerseits ist vollkommen überwältigt von seiner flotten Erscheinung, seinen eleganten Kleidern – Samtrock, weiße Reithose, weiche Lederstiefel –, Kleidern, die sie aus ihrer Lektüre kennt, aber außer auf jenem Ball nie gesehen hat. Seine gewandten Worte betören sie, wie sie Frauen von Anbeginn der Zeit betört haben. Sie glaubt ihm und läßt sich erobern. Sie erlebt eine Zeit der Verzückung, die sie mit ihrem ganzen Leben versöhnt, und tritt in die Gesellschaft der großen Liebenden der Literatur ein. Sie hat das Gefühl, die ganze Natur nehme an ihrer Wonne teil[38]:

»Die Schatten des Abends brachen herein. Die untergehende Sonne, die durch die Zweige schien, blendete ihr die Augen. Hie und da, rings um sie her, im Laub und am Boden zitterten leuchtende Flecken, als hätten Kolibris im Vorbeifliegen ihre Federn verstreut. Es war ganz still; eine sanfte Freundlichkeit schien den Bäumen zu entströmen; sie fühlte ihr Herz wieder klopfen und das Blut wie einen Milchstrom in ihrem Körper kreisen. Dann vernahm sie ganz von ferne, von dem andern Hügel her, einen unbestimmbaren langen Schrei, eine langgezogene Stimme; sie lauschte ihr, und der Ton mischte sich wie Musik in die letzten Schwingungen ihrer aufgewühlten Nerven.«

Bald wird Emma von Besitzgier ergriffen. Sie erwartet, daß Rodolphe auf ihren leisesten Wunsch hin zu ihr kommt; sie sucht ihn in seinem Haus auf, frühmorgens und spätabends, wenn ihr Mann seine Krankenbesuche macht; ja, sie empfängt ihn sogar bei sich im Wohnzimmer, während Charles eine Treppe höher im Bett schläft; oder er kommt in der Nacht in die Gartenlaube, wenn sie ihm von ihrem Fenster aus ein Zeichen gibt. Sie aber langweilt ihn mit ihrer melodramatischen Schwärmerei; einmal, als sie draußen Schritte hört, sagt sie: »Hast du deine Pistolen mit?« Und als er erstaunt fragt: »Wozu?« antwortet sie: »Ja ... um dich zu verteidigen.« Und er erwidert[39]: »Gegen deinen Mann? Ach, der arme Junge!«

Allmählich wird sie ihm auch zu sentimental. Sie besteht darauf, daß sie Locken austauschen; sie besteht darauf, daß er ihr sein Bild gibt und einen Ehering als Symbol ihrer ewigen Zusammengehörigkeit. Sie macht ihm Geschenke, die er gar nicht will und die ihn in Verlegenheit bringen, unter anderem das Petschaft mit den eingravierten Worten ›Amor nel Cor‹.

Nach einem halben Jahr ist er ihrer Gefühlsstärke müde und hält sich fern. Da wendet sie sich ihrem Mann zu und fragt sich, ob sie ihn nicht besser lieben könnte; aber er ist ein ziemlich aussichtsloses Material für ein solches Unterfangen. Dann kommt Homais, um für sich Reklame zu machen, auf den Gedanken, Charles zu einer schwierigen, neuartigen Operation am Klumpfuß des Gasthofknechts zu überreden. Wäre Charles dabei erfolgreich gewesen, wäre sein Name als der eines berühmten, hervorragenden Mannes in den Zeitungen erschienen, dann hätte sie ihn wohl ertragen, ja sogar bewundert. Charles läßt sich überzeugen, verpfuscht aber den Eingriff. Brand setzt ein, ein anderer Arzt muß gerufen werden, aber der unglückliche junge Mann verliert sein Bein. Für den Kummer und die Reue ihres Mannes hat Emma nichts übrig. Das einzige, was sie fühlt, ist ihre eigene Demütigung[40]:

»Emma saß ihm gegenüber und sah ihn an. Sie dachte nicht an seine Demütigung. Sie dachte an ihre eigene: daß sie sich eingebildet hatte, ein Mensch wie er könne es zu etwas Besonderem bringen, als ob sie nicht schon zwanzigmal erfahren hätte, wie hoffnungslos mittelmäßig er war.«

Ihre Enttäuschung über Charles veranlaßt sie, noch einmal zu Rodolphe zurückzukehren; sie nimmt ihr Verhältnis mit ihm wieder auf. Diesmal will sie sich aber nur noch mit einer Flucht zufriedengeben, und Rodolphe, der keine Lust hat, sich ihrem Begehren zu widersetzen, geht scheinbar darauf ein.

Sie trifft, an Kleidern und Zubehör, üppige Vorbereitungen für die Flucht, besitzt jedoch so wenig praktischen Sinn, daß sie nicht weiß, daß sie einen Paß braucht und diesen nur zusammen mit ihrem Mann auf Verlangen bekommen kann.

Im letzten Augenblick, als sie erwartet, ihn am folgenden Tag in einem Hotel zu treffen, läßt er sie sitzen, indem er ihr einen verlogenen romantischen Abschiedsbrief schickt. Seinen Diener, der ihn ihr zusammen mit einem Körbchen Aprikosen bringt, läßt er ausrichten, er habe sich auf eine lange Reise begeben. Emma nimmt den Brief mit sich in die Bodenkammer, um ihn allein und ungestört lesen zu können. Der Schlag trifft sie furchtbar, sie gerät in Versuchung, sich das Leben zu nehmen, sich aus dem Fenster zu stürzen. Gleichzeitig nimmt sie die Szene in der Tiefe mit aller Klarheit wahr[41]:

»Vor ihr, jenseits der Dächer, breitete sich das offene Land bis in unabsehbare Ferne. Der Marktplatz in der Tiefe unter ihr war menschenleer; das Pflaster des Bürgersteigs glänzte, die Wetterfahnen auf den Dächern standen unbewegt; von der Ecke der Straße her, aus einem unteren Stockwerk, drang ein schnarchendes, kreischendes Geräusch, immer auf und ab. Es war Binet, der an seiner Drechselbank arbeitete . . . Das grelle Licht, das von unten zu ihr aufstieg, zog das Gewicht ihres Körpers der Tiefe zu. Es war ihr, als schwanke der Boden des ganzen Marktplatzes, als hebe er sich an den Mauern in die Höhe und als neige sich die Diele unter ihren Füßen ihm zu wie das Deck eines schlingernden Schiffes. Sie hielt sich nur noch am äußersten Rand, schwebte schon fast im weiten Raum. Das Blau des Himmels durchflutete sie, die Luft kreiste durch ihren leeren Kopf, sie brauchte nur loszulassen, sich nur hinzugeben; und dabei klang unablässig das Schnarchen der Drehbank wie eine wütende Stimme, die sie rief.«

Es ist Binet an seiner Drehbank, der an seinen ewigen Serviettenringen arbeitet. Dann hört sie das Mädchen heraufrufen, das Essen sei bereit; sie muß das alltägliche Leben wieder aufnehmen.

Sie wird krank und sieht sich in romantischer Manier vor Liebe sterben, wie eine ihrer Romanheldinnen.[42] Sie liegt auf dem Ruhebett, von Blumen und Kerzen umringt, zu Füßen des Bettes betend. Man sollte diese Szene einmal neben die wirkliche Todesszene stellen, in der sie an Arsenikvergiftung stirbt und an der nichts Elegantes oder Romantisches ist. Wie erwähnt, bittet sie dort um einen Spiegel, erträgt jedoch den Anblick ihres Gesichtes nicht. In diesem tatsächlichen Sterben liegt keine Möglichkeit zur Romantik, nur harte Wirklichkeit.

Dann wieder malt sie sich aus, eine Heilige zu werden; sie kauft sich einen gotischen Betschemel, auf dem sie zu knien pflegt[43]:

»Sie wollte eine Heilige werden. Sie kaufte sich Rosenkränze, sie trug Amulette, sie wünschte sich einen Reliquienschrein, mit Smaragden besetzt, den sie am Kopfende ihres Bettes aufstellen könnte, um ihn jeden Abend zu küssen.«

Ihr frommer Eifer ist ebensowenig realistisch oder vernunftgemäß wie ihre romantische Verliebtheit. Anstatt sich als eine der großen Ehebrecherinnen zu sehen, sieht sie sich nun als eine der großen Büßerinnen der Geschichte, »die, voll Majestät die reichverbrämte Schleppe ihrer Gewänder nachschleifend, sich in die Einsamkeit zurückzogen, um dort zu Füßen des Heilands alle Tränen eines von der Welt verwundeten Herzens auszuweinen.«[44]

Nach und nach wird sie wieder gesund. Charles kauft auf Homais' Rat zu ihrer Zerstreuung Karten für eine Vorstellung von Donizettis *Lucia di Lammermoor* im Opernhaus von Rouen. Es ist kein Zufall, daß Flaubert gerade diese Oper für ihren Besuch wählte. Sie fußt auf Scotts Roman *Die Braut von Lammermoor*, den sie in ihrer Jugend gelesen hatte und der von einer jungen Frau berichtet, die den hübschen jungen Edgar innig liebt, aber gegen ihren Willen und mit einer List dem ungeliebten Henry vermählt wird und die in einem Anfall von Wahnsinn ihren Mann in der Hochzeitsnacht ermordet.

Emma findet in der Oper all ihre alten Träume und Sehnsüchte wieder, ihre Verzweiflungen und ihre gegenwärtige Not. Wieder ist sie bereit für ein Liebeserlebnis, und gerade jetzt kreuzt Léon zum zweitenmal ihren Weg. In der Pause, als Charles etwas zu trinken holt, begegnet er Léon, der mit ihm zurückkommt, um ihr seine Aufwartung zu machen. Es ist unausweichlich, daß sie nun seine Geliebte wird; sie fühlt sich dabei wie neugeboren.

Emmas Affäre mit Léon durchläuft drei verschiedene Phasen. Zuerst beschert sie ihr ein süßes, unschuldiges – unschuldig in ihrer Vorstellung – und vollkommenes Glück. Die zweite Stufe ist heftig und sinnlich, wobei sie sich sehr verändert, und schließlich kommt die lange Zeit des Überdrusses und der Mattigkeit, als der Ehebruch so fad wird wie eine Ehe[45]: »Sie waren beide einander überdrüssig, und Emma fand im Ehebruch alle Schalheiten der Ehe wieder.«

Vorerst erneuert sie mit ihm ihr Lamartine-Erlebnis: Als sie eine Mondscheinfahrt auf dem Fluß machen, singt sie einen Vers aus *Der See*. Sie weiß, daß er die Anspielung verstehen und schätzen wird, und blickt himmelwärts in der Haltung Corinnas aus Madame de Staëls Roman, in dem romantischen Bild *Corinne au Cap Misène* von François Gérard.[46] Wie wir wissen, war *Corinna oder Italien* eines der Lieblingsbücher Emmas in ihrer Jugendzeit gewesen.

Die beiden Liebesverhältnisse Emma Bovarys unterscheiden sich sehr voneinander. Bei Rodolphe ist sie jung und schmiegsam und überläßt ihm die Führung. Er ist ein erfahrener Mann von Welt, und als sie versucht, zu viel Raum in seinem Leben einzunehmen, trennt er sich von ihr.

Léon dagegen ist weich und sentimental, Emma beherrscht ihn und sucht ihn nach ihren Wünschen umzuformen. Rodolphe ist noch immer ihr Ideal, und sie bemüht sich, Léon in den Kleidern und in der Einrichtung seiner Wohnung ihm anzugleichen. Durch ihn wird sie nach kurzer Zeit gierig und verderbt; von der frischen jungen Frau, die Rodolphe einst verführt hatte, ist nichts mehr übriggeblieben – das geht aus den Szenen in dem Hotel in Rouen hervor, wo sie sich für gewöhnlich treffen. Diese Veränderung in ihr war, wie wir aus Flauberts Notizen ersehen, sorgfältig ausgedacht.[47] Durch andere Anmerkungen erfahren wir, daß Emma während ihrer Affäre mit Rodolphe nie mit ihrem Mann geschlafen hat, daß sie ihn jetzt aber oft aufsucht, als könnte sie gar nicht genug sexuelle Befriedigung bekommen.[48]

Diese raffinierte Verderbtheit erschreckt Léon schließlich, der sie früher als ein hoch über ihm stehendes Idealwesen betrachtet hat. Er begreift nicht, woher sie soviel Erfahrung hat[49]:

»Und sie kam noch heißer, noch gieriger zu ihm zurück. Sie entkleidete sich brüsk und riß die Schnur ihres Korsetts heraus, daß sie ihr wie eine gleitende Natter um die Hüften zischte. Sie lief mit nackten Füßen noch einmal zur Tür, um nachzusehen, ob sie auch verriegelt sei, ließ dann mit einer einzigen Bewegung alle Kleider fallen – und bleich, stumm, ernst und in einem langen Erschauern warf sie sich an seine Brust.

Aber auf dieser von kaltem Schweiß beperlten Stirn, auf diesen stammelnden Lippen, in diesen irren Augen, in der Umschlingung dieser Arme war etwas Übersteigertes, Zwanghaftes, Todtrauriges, von dem Léon das Gefühl hatte, daß es sich zwischen sie eingeschlichen habe, um sie zu trennen.«

Sie ist in dieser Leidenschaft um nichts glücklicher; sie kann gar nicht glücklich sein, denn das Unbefriedigtsein steckt tief in ihr. Selbst wenn ihr Leben hätte geändert, nach ihren Wünschen umgestaltet werden können, Glück und Frieden wären ihr versagt geblieben. Manche Leser meinen, wenn sie in Paris gelebt hätte, wenn sie mit Rodolphe in ein erfüllteres Leben hätte fliehen können, wäre sie vielleicht zufrieden gewesen. Sie selbst jedenfalls bildet sich ein, sie hätte in Paris glücklich werden können. Nach dem Ball pflegt sie sich den Vicomte dort vorzustellen und das Leben, das er in der Großstadt führen würde. Sie kauft einen Stadtplan, abonniert einige Frauenzeitschriften und merkt sich die bevorzugten Orte, wo man einkauft und wo man sich zu den verschiedenen Jahreszeiten aufhält[50]:

»Stand solchermaßen Paris wie eine einzige schimmernde Fata Morgana, übersehbarer als der Ozean, vor Emmas Augen, so schied sich doch das tausendfältige Leben, das sich dort regte, in ihrer Vorstellung in scharf voneinander getrennte Gruppen, und zwar waren es eigentlich nur drei, die ihr alle anderen verdeckten und einzig und allein für sie die Menschheit darstellten. Das war einmal die Welt der Diplomatie, die sich in Spiegelsälen auf glänzendem Parkett um Tische mit goldbefransten Sammetdecken bewegte; die Welt der Staatsgeheimnisse, der Ängste und Sorgen unter lächelnder Larve. Dann kam die Welt der Herzoginnen; da war man aristokratisch bleich und stand erst nachmittags um vier Uhr auf; die Damen, arme Engel, trugen Brüsseler Spitzen an den Unterröcken, und die Herren, die durchweg die hervorragendsten Fähigkeiten unter einer nichtssagenden Außenseite verbargen, ritten zum bloßen Vergnügen ihre Vollblüter zuschanden, verbrachten die Saison in Baden-Baden und heirateten schließlich, wenn sie an vierzig waren, reiche Erbinnen. Der dritte Kreis endlich, das war der bunte Schwarm der Literaten und Schauspieler, die nach Mitternacht in den Séparées bei Kerzenschein tafelten und lachten, verschwenderisch alle wie die Könige und voll hochfliegender Ideale und toller Phantastereien – ein Leben, hoch über dem Alltag, zwischen Himmel und Erde, in Sturm und Drang, göttlich.«

Flaubert hatte zuerst beabsichtigt, Emma nach der Enttäuschung mit Rodolphe eine Reise nach Paris machen zu lassen[51], aber später ließ er diese Stelle weg – wahrscheinlich aus der Überlegung, daß das an ihrem Zustand nichts ändern würde und daß in dem Provinzmilieu ihre Unzufriedenheit deutlicher zum Ausdruck käme. So wie sie geschildert ist, wäre es ihr unmöglich gewesen, an irgendeinem Ort der Welt ihr Glück zu finden.

Faguet schrieb, Madame Bovarys Unglück rühre daher, daß sie nicht Homais geheiratet habe.[52] Doch obwohl er ihr vielleicht ein besseres Leben hätte bieten können als Charles, obwohl sie seinen Ehrgeiz wohl anerkannt und unterstützt hätte, ist es kaum glaubhaft, daß er ihre romantischen Wünsche oder ihre fixe Idee von dem, was ihr zustehe, hätte befriedigen können.

Emma Bovarys letzte bewußte Handlung war, wie wir gesehen haben, eine leidenschaftliche Wiederholung ihres Glaubens an die Liebe und ihrer Überzeugung von der Nichtigkeit des Lebens, wenn deren Bild zerstört wird. Das ist, inmitten all ihrer Falschheit und Widersprüchlichkeit, das Typische an Emma.

Die Hauptfiguren werden plastisch gezeichnet, von innen nach außen, mit Verständnis und Mitgefühl. Flaubert gibt sie weder der Lächerlichkeit preis, noch behandelt er sie mit Satire. Er macht sich nicht über sie lustig – nicht einmal über Charles. Die Nebenfiguren, Rodolphe und Léon, werden mit leiser Ironie eingeführt. Flaubert versäumt keine Gelegenheit, ein wenig über sie zu spotten. Der Beginn von Emmas Verführung durch Rodolphe bei der Landwirtschaftsschau ist ein Meisterwerk, in dem die Ironie so fein ist, daß sie fast unsichtbar wird, außer für feinfühlige und erfahrene Leser. Er gibt die gleichen sentimentalen Phrasen von sich, die der anziehende, geschickte Verführer von jeher verwendet hat und die die Frauen schon immer geglaubt haben, und so ist Emma verloren.[53] Um ihr Mitgefühl zu erwecken, sagt er[54]:

»Wie oft hab' ich mich schon, wenn ich an einem Kirchhof stand, im Mondschein – wie oft hab' ich mich schon gefragt, ob ich nicht besser täte, mich denen anzuschließen, die da unten schlafen ...«

In einer Szene ist die Ironie stärker, dann nämlich, wo er den scheinbar erschütterten Brief schreibt, um seine Beziehung zu Emma abzubrechen, und Tropfen aus dem Wasserglas über die Seiten spritzt, um sie glauben zu machen, es seien Tränen.[55] Sie ist auch wirklich gerührt[56]: »Oh, dein Brief, dein Brief! Er hat mir das Herz zerrissen!« sagt sie später zu ihm. Flaubert wollte, das geht aus seinen Notizen hervor, daß Rodolphe roh und gefühllos ist, trotz seiner guten Erziehung, seines Charmes und seiner Bildung; die ganze Sympathie wendet sich hier Emma zu.

Auch Léon wird mit verstecktem Spott geschildert, aber Flaubert fürchtete, die Leser würden diese Feinheiten nicht merken und ihn ernst nehmen. Er schrieb an Louise Colet[57]:

»Ich verfasse gerade ein Gespräch zwischen einem jungen Mann und einer jungen Frau über Literatur, das Meer, die Berge, Musik, kurz alles, was poetisch ist. Man könnte es ernst nehmen, und dabei ist es grotesk gemeint. Es wird das erste Mal sein, glaube ich, daß man sich in einem Buch über die führende Frauengestalt und den jugendlichen Helden lustig macht. Die Ironie vermindert das Pathos nicht, im Gegenteil, es wird dadurch noch gesteigert.«

Das ist die Szene, wo Charles und Emma in Yonville ankommen und im Gasthof zum erstenmal mit Léon zusammentreffen; sie ist bezaubert von seiner romantischen Erscheinung und seiner dichterischen Neigung, von den gleichen Dingen zu reden, die auch sie beschäftigen[58]:

»›Gibt es wenigstens hübsche Spaziergänge hier in der Umgebung?‹ fuhr Frau Bovary in ihrem Gespräch mit dem jungen Mann fort.

›Oh, sehr wenige‹, erwiderte er. ›Eine Stelle gibt es, die sie die *Trift* nennen, auf der Höhe droben, am Waldrand. Da gehe ich sonntags manchmal mit einem Buch hin und schaue mir dann den Sonnenuntergang an.‹

›Für mich gibt's nichts Schöneres als Sonnenuntergänge‹, erklärte Emma, ›aber besonders am Meer.‹

›Oh, ich liebe das Meer‹, sagte Herr Léon.

›Und finden Sie nicht auch‹, fuhr Frau Bovary fort, ›daß der Geist viel freier schwebt über so einer grenzenlosen Wasserfläche und daß die Seele sich ganz erhaben fühlt, wenn man sich in den Anblick vertieft und einem Gedanken kommen an das Ewige und Ideale?‹

›Das ist ebenso wie im Hochgebirge‹, erwiderte Léon. ›Ich habe einen Vetter, der voriges Jahr in der Schweiz gereist ist und der mir sagte, man könne sich keine Vorstellung machen von der wunderbaren Schönheit der Seen und Wasserfälle und dem gigantischen Eindruck der Gletscher. Da sieht man Tannen von unglaublicher Größe und Gießbäche dazwischen und Hütten, die über Abhängen kleben, und tausend Fuß unter einem tun sich ganze Täler auf, wenn die Wolken zerreißen. Da kann man auch den berühmten Pianisten verstehen, von dem man sagt, daß er immer am liebsten im Angesicht einer großartigen Landschaft spielte.‹«

Keines von ihnen merkt, wie komisch es wirkt, wenn ein Musiker ausgerechnet am Rande eines Abgrundes ein Klavier bei der Hand hat. Diese Passage enthält lauter Plattheiten romantischer Erfindung, besonders aus der Dichtung von Lamartine, der ja auch der Lieblingsdichter sowohl Emmas als Léons ist.

Léon ist weich und leicht zu leiten, und Emma versucht ihn nach einer Figur aus ihrer romantischen Lektüre umzumodeln. Sie bestimmt, welche Art Kleider er tragen, wie er sein Haar frisieren und seinen Bart schneiden lassen soll; auch welche Möbel er in seiner Wohnung haben soll – so geschehen bei ihrer zweiten Zusammenkunft, als sie ein Liebespaar werden. Er findet es schwierig, ihr gerecht zu werden, und als sie darauf besteht, daß er ihr zu Ehren Gedichte verfassen soll, kommt er nicht über die erste Zeile hinaus und ist gezwungen, ein Sonett aus einem alten Almanach abzuschreiben.[59] Dazu sagt Flaubert: »Er widersprach nie einer Meinung von ihr, unterwarf sich in allem ihrem Geschmack, und man hätte meinen können, er sei ihre Geliebte und nicht sie die seine.«

Dann setzt der gegenseitige Überdruß ein, aber sie finden keinen Weg zur Trennung. Emma fährt fort, ihm lange Liebesbriefe zu schreiben, weil das nun einmal dazu gehört, aber sie sieht jemand anderen, während sie schreibt, ein Ideal, das bald wirklicher wird als Léon[60]:

»Dabei überschüttete sie ihn nach wie vor mit verliebten Briefen, da sie nun einmal der Meinung war, eine Frau müsse immerzu an ihren Geliebten schreiben.

Beim Schreiben aber schwebte ihr ein ganz anderer Mann vor, ein Idealgebilde, Ausgeburt ihrer zärtlichsten Erinnerungen und heißesten Sehnsüchte, geschmückt mit allen Zaubern der herrlichsten Romanhelden, und dieses Phantom wurde ihr mit der Zeit so wirklich und leibhaftig, daß sie vor Entzücken bebte, ohne sich doch jemals ein ganz klares Bild von ihm machen zu können, da er ihr immer wieder wie ein Gott in der Fülle seiner Attribute entschwand. Er wohnte irgendwo in blauer Ferne, in einer Heimat romantischer Abenteuer, wo seidene Strickleitern an marmornen Balkonen schaukeln, unter Blumendüften und Mondschein. Oft fühlte sie ihn ganz nahe, fühlte, er würde kommen und ihr ganzes Ich in einem einzigen Kusse mit sich entführen.«

Weder Rodolphe noch Léon kommen zu Emmas Begräbnis, noch schikken sie Kränze, was bei beiden auf Härte und Herzlosigkeit hinweist. Sie ist die Frau des ›Officier de Santé‹ gewesen, und sie beide haben die Gastfreundschaft des Hinterbliebenen in Anspruch genommen, auch wenn er von ihren wahren Beziehungen zu ihr nichts gewußt hat. Sie hätten zumindest Blumen schicken können, ja müssen, und daß sie es nicht tun, ist eigentlich merkwürdig, wenn man bedenkt, welch große Rolle Blumenspenden bei den Franzosen spielen. Rodolphe ist an dem Tag ausgegangen, um zu schießen, ist am Abend todmüde in sein Landhaus zurückgekehrt und hat die ganze Nacht friedlich geschlafen. Auch Léon hat in seiner Wohnung tief und fest geschlafen. Keiner hat der Frau, für die jeder von ihnen eine Zeitlang das ganze Leben bedeutet hatte, auch nur einen Gedanken nachgeschickt.

Dann kommen die Randfiguren, die von außen her geschildert werden, in der äußerlichen Methode Balzacs; sie neigen dazu, Karikaturen zu werden, aber man sieht an ihnen Flauberts Begabung für das Groteske besonders gut. Zuerst drohten diese Figuren zuviel Raum in Anspruch zu nehmen, weil es ihm solchen Spaß machte, sie zu porträtieren, und er seine Galle und seinen Zorn über ihre Ideen und Werte in sie ausschütten konnte. Doch wurde ihm klar, daß es künstlerisch falsch war, ihnen zuviel Wichtigkeit beizumessen, und so beschnitt er sie in der endgültigen Version kräftig.

Da ist Binet, der an seiner Drehbank endlos Serviettenringe bastelt, Vater Bournisien mit seiner Parodie religiösen Zuspruchs und Trostes, und dann vor allem Homais, die größte Karikatur von allen. Sooft er auf der Bühne erscheint, kommt es zu beispielhaften Szenen, und wir spüren, wie sehr Flaubert es genossen haben muß, diese Figur zu entwerfen.

Homais ist ein Nachfahr von Henri Monniers Joseph Prudhomme, typisch für den beschränkten, selbstbewußten, antiklerikalen ›witzigen Kopf‹ jener Zeit; ein echter Vertreter der sich nach der Revolution von 1830 nach oben drängenden unteren Mittelklasse, ein Halbgebildeter, der wenig vom wirklichen Lernen versteht, dessen hochtönende Phrasen aber, weitgehend von Philosophen des 18. Jahrhunderts stammend, immerhin als Tribut an das Lernen begriffen werden[61]:

»›Schweigen Sie, Herr Homais! Sie sind ein gottloser Mensch! Sie haben keine Religion!‹

Der Apotheker erwiderte: ›Ich *habe* eine Religion, *meine* Religion und mehr vielleicht als die alle zusammen mit ihrem Possenkram und Firlefanz! Ich verehre Gott so gut wie irgendeiner! Ich glaube an ein höchstes Wesen, an einen Schöpfer, mag er sein, wie er will, das kümmert mich wenig, wer uns hier in diese Welt gesetzt hat, damit wir unsere Pflichten als Bürger und Familienväter erfüllen; aber dazu habe ich nicht nötig, in eine Kirche zu laufen und silberne Geräte zu küssen und aus meiner Tasche eine Bande Betrüger zu mästen, die besser zu leben haben als wir! Den Herrgott kann man ebensogut draußen in Wald und Feld ehren oder in Betrachtung des Himmelsgewölbes, wie es die Alten taten. Mein Gott ist der Gott von Sokrates, Franklin, Voltaire und Béranger! Ich bin für das *Glaubensbekenntnis des savoyischen Vikars* und die unsterblichen Grundsätze von 89! Nur den *lieben* Gott laß ich nicht gelten, der mit dem Stock in der Hand in seinem Himmelsgarten spazierengeht und seine guten Freunde in Walfischbäuchen hausen läßt oder mit einem Schrei stirbt und nach drei Tagen wieder aufersteht – das ist lauter Unsinn und widerspricht allen Naturgesetzen, und man sieht daraus wieder einmal, daß die Priester seit jeher in einer schmachvollen Unwissenheit gesteckt haben, in die sie die Völker auch mit aller Gewalt hineinziehen wollen.‹«

Dann sieht Homais sich beifallheischend um, denn er hat ganz vergessen, daß er nicht im Gemeinderat spricht, sondern bloß im Gasthaus, wo niemand ihm zuhört, weil sie alles schon mehrmals gehört haben. Aber er kann der Versuchung, seinen hochtrabenden Wortschatz oder seinen pompösen Exhibitionismus anzuwenden, nie widerstehen, nicht einmal bei den unpassendsten Gelegenheiten, wie damals, als er Dr. Larivière mit seinem Fachwissen imponieren wollte, nachdem man diesen in einem vergeblichen Versuch, die sterbende Emma zu retten, im letzten Augenblick herbeigerufen hatte[62]:

»Er hielt es für angebracht, nach den ersten Bissen ein paar Einzelheiten über die Katastrophe zum besten zu geben: ›Zuerst hatten wir Trockenheit im Pharynx, darauf unerträgliche gastrische Schmerzen, übermäßiges Erbrechen, Schlafsucht . . .‹

›Wie ist es denn eigentlich zu der Vergiftung gekommen?‹

›Ich habe keine Ahnung, Herr Professor. Ich kann mir nicht einmal erklären, wo sie das *acidum arsenicum* herbekommen hat.‹

Justin, der gerade einen Stoß Teller hereinbrachte, begann am ganzen Leibe zu zittern.

›Was hast du?‹ fuhr ihn der Apotheker an.

Bei dieser Frage ließ der Bursche den ganzen Stoß mit großem Krach fallen.

›Idiot!‹ schrie Homais. ›Tolpatsch! Tranlampe! Alberner Esel!‹

Dann aber beherrschte er sich wieder mit einem Ruck: ›Ich habe gleich daran gedacht, eine Analyse zu machen, Herr Professor, und deshalb *primo* ganz vorsichtig eine Probe des Auswurfs in ein Reagenzgläschen eingeführt . . .‹

›Sie hätten besser daran getan‹, sagte der Chirurg, ›ihr den Finger in den Hals einzuführen.‹

Kollege Cavinet sagte gar nichts dazu, dieweil er soeben unter vier Augen eine energische Belehrung wegen seines Brechmittels eingesteckt hatte, derart, daß er, der bei Gelegenheit des Klumpfußes so hochfahrend und redselig gewesen war, sich heute höchst bescheiden verhielt und sich damit begnügte, unausgesetzt beistimmend zu lächeln.

Homais strahlte vor Hausherrnstolz, und selbst der betrübliche Gedanke an Bovary trug als Kontrastwirkung unbestimmt zu seiner Gehobenheit bei. Die Anwesenheit des berühmten Arztes stieg ihm zu Kopf. Er kramte seine ganze Gelehrsamkeit aus und schwatzte kunterbunt durcheinander von Kanthariden, Upas, Manzanilla, Schlangengift.«

Seine Liebe zu großen Worten stachelt seinen Ehrgeiz an, nicht nur in dem, was er seine ›Wissenschaft‹ genannt hätte, sondern auch in der Literatur zu glänzen. Das beweist der Artikel über die Landwirtschaftsausstellung, den er in der Lokalzeitung *Le Fanal de Rouen* veröffentlicht und der eine Sammlung geschickt gewählter edler Platitüden darstellt[63]:

»›Warum diese Blütengehänge, Blumen und Kranzgewinde? Wohin wälzte sich diese Menge gleich den Wogen eines sturmbewegten Meeres, unter den Strömen einer tropischen Sonne, die auf unsere Fluren niederbrannte?‹«

Der Artikel endet mit einem Seitenhieb auf die Geistlichkeit, die ja in Wirklichkeit einzig aus Vater Bournisien besteht[64]:

»›Bemerkt wurde nur die Abwesenheit der Geistlichkeit. Offenbar hat man in den Sakristeien andere Ansichten über den Fortschritt. Ganz nach Belieben, meine Herren Jünger Loyolas!‹«

Mit gewaltiger Anstrengung bringt Homais es schließlich fertig, sich zum bedeutendsten Bürger von Yonville zu machen – zu dem jedenfalls, von dem man am meisten spricht. Sein Streben wächst, und um seine

Interessen geltend zu machen, verneigt er, der frühere Republikaner und Demokrat, sich vor den Obrigkeiten und vergleicht König Louis Philippe mit Heinrich IV.[65] Mit wachsender Wichtigkeit und Macht wird er hochnäsig und erlaubt seinen Kindern nicht mehr, mit der kleinen Berthe Bovary zu verkehren, nachdem ihre Mutter gestorben ist – allein wegen des Unterschieds in ihrer nunmehrigen gesellschaftlichen Stellung.

Sein großer Ehrgeiz ist es, einen Orden zu bekommen, und so bringt er seine Verdienste an der richtigen Stelle gebührend zur Kenntnis. Wenn jemand im Distrikt ausgezeichnet werden soll, dann zweifellos er, denn er ist der bekannteste Bürger und drängt sich am meisten nach vorn. Täglich hält er in den Zeitungen nach einer Meldung über seine Ehrung Ausschau, aber umsonst. Schließlich legt er vor lauter Verzweiflung in seinem Garten ein Blumenbeet an, das das Kreuz der Ehrenlegion darstellt[66]:

»In seiner Ungeduld ließ er sich schließlich in seinem Garten ein Beet in Form des Kreuzes der Ehrenlegion anlegen, mit zwei kleinen Rasenstreifen am oberen Ende, die das Ordensband vorstellen sollten. Um dieses Gebilde spazierte er oft herum, die Arme über der Brust verschränkt, und grübelte über die Einsichtslosigkeit der Regierung und über den Undank der Menschen.«

Zuletzt wird seine Mühe doch noch belohnt, er erreicht sein Ziel und erhält einen Orden. Der letzte Satz des Romans lautet: »Kürzlich hat er das Kreuz der Ehrenlegion bekommen.«

Bei den Notizen des Romans in der Stadtbibliothek Rouen liegt eine Skizze zu einem *Epilog*, der Homais zeigt, wie er seine Auszeichnung vor dem Spiegel anprobiert und von all den künftigen Ernennungen träumt, die ihm noch zukommen werden. Er sieht sich Offizier der Legion werden, dann ›Kommandeur‹ und schließlich das Großkreuz tragen. »Homais nahm die Sonne von Austerlitz in sich auf.«[67] Flaubert tat gut daran, dieses kleine Nachspiel beiseite zu lassen; er fand, wahrscheinlich zu Recht, es ginge zu sehr ins Groteske.

Wie wir gesehen haben, sind die liebenswürdigsten Porträts die der ganz kleinen Rollen, die eigentlich nur hin und wieder über die Bühne gehen: Figuren wie Doktor Larivière, die Bäuerin Catherine Leroux, Emmas Vater Rouault und vor allem der kleine Justin, der auf seine bubenhafte Art Emma von fern so sehr geliebt hat, daß ihm bei ihrem Tode fast das Herz bricht. Als er ihn beschrieb, muß Flaubert sich seiner eigenen Gefühle für Élisa Schlésinger erinnert haben, da er in Justins Alter und ebenso scheu und idealistisch war.

Martin Turnell ist der Ansicht, die Nebenfiguren, wie Homais und Bournisien, seien die am besten gelungenen des Romans und nicht die Hauptgestalten.[68] Er erklärt: »Sie sind erfolgreich, weil bei ihnen Charakter und Symbol übereinstimmen. Bournisien steht für die Unzulänglichkeit der Landgeistlichkeit in der Normandie, wie Homais für die Beschränkungen fortschrittlichen Denkens steht.« Flaubert hätte wohl energisch verneint, daß sie für irgend etwas Derartiges stehen. Ihn interessierte weder die Unzulänglichkeit der Landgeistlichen noch die Beschränkung fortschrittlichen Denkens. Wenn er an Homais etwas aufzeigt, dann ist es die Hohlheit der übernommenen Begriffe, der Klischees gleich welcher Art, und mit ihnen spielt er grimmig Komödie.

Heute würden nur noch wenige Martin Turnell beistimmen, wenn er weiter erklärt[69]: »Wenn er sich von seinen erfolgreichen Nebenfiguren ab- und den hauptsächlichen zuwendet, gerät seine Hand ins Stocken.« Viele glauben im Gegenteil, daß Flaubert in Emma Bovary eine der größten, am besten herausgearbeiteten Frauengestalten der französischen Literatur – wenn nicht der Literatur überhaupt – geschaffen hat; ob wir sie mögen oder bewundern, hat damit nichts zu tun. Gewiß ist das eine: Es ist ihm gelungen, unsere Sympathie und unser Mitgefühl für Emma zu erregen.

Was wir bei Flaubert und seiner Charakterisierung finden, ist Erbarmen für den Menschen und seine Beschaffenheit; nicht Kritik an dem, was er ist oder tut, sondern Mitgefühl für das, was er zu erleiden berufen ist.

23

FLAUBERTS ÄSTHETISCHE LEHRE

Flauberts erster Roman wurde veröffentlicht, als er fünfunddreißigjährig und seit fast fünfundzwanzig Jahren schriftstellerisch tätig war. Beim Schreiben dieses ersten Romans, an dessen Veröffentlichung ihm etwas lag, kristallisierte sich seine literarische Lehre und kompositorische Methode heraus, an der er später kaum noch etwas geändert hat, außer daß er sie immer vollkommener gestaltete und seine künstlerische Sicht vertiefte.

Nur wenige Schriftsteller haben so viel über Handwerk und Kunst der Romanliteratur geschrieben wie Flaubert. Wir können seine Auseinandersetzungen mit diesem Thema in seinen Briefen verfolgen, seine Experimente und Änderungen, seine Lösung der Probleme, die ihn beschäftigten. Außerdem liegen nahezu viertausend Seiten Szenare, Pläne und Rohnotizen in der Rouener Stadtbibliothek aufbewahrt.

Flaubert war einer der wenigen Prosadichter Frankreichs in der Mitte des letzten Jahrhunderts, denen die Ideale der *l'art-pour-l'art*-Bewegung etwas bedeutet haben und die deren Richtlinien gefolgt sind. Die andern waren zumeist überzeugte Realisten und kümmerten sich nicht um künstlerische Werte, im Gegenteil, sie hielten eine gepflegte Sprache für affektiert. Wie wir gesehen haben, mißbilligte Flaubert den Realismus, wie er schulmäßig verstanden wurde. »Beachten Sie«, schrieb er an George Sand[1], »daß ich das verabscheue, was man gemeinhin den *Realismus* nennt.«

Er war der Überzeugung, die Realisten befaßten sich nur mit dem Äußeren der Dinge, ohne sich für deren Gehalt zu interessieren, während ihm selbst das, was hinter einer äußerlichen Erscheinung steckte, viel wichtiger war. Er fand, die Realisten kopierten ziemlich wahllos, so wie ein Photograph die Dinge registriert, und für die Photographie hegte er die gleiche Geringschätzung wie Baudelaire.[2] Die Kamera sei nicht fähig, zu wählen; seiner Meinung nach liege aber der Wert eines Künstlers gerade in seiner Fähigkeit, auszuwählen. In einem Brief an J. K. Huysmans schrieb er[3]: »Die Kunst ist nicht die Wirklichkeit. Was man auch macht, man ist gezwungen, unter den von ihr gelieferten Elementen eine Auswahl zu treffen.«

Das will nun nicht heißen, daß er etwas gegen die Wirklichkeit gehabt oder sie nicht beachtet hätte; er war im Gegenteil ein äußerst sorgfältiger Beobachter. Er liebte die schlichte Wirklichkeit, und sie bewegte ihn tief – das sehen wir in seinen Reisenotizen von seinem Orientaufenthalt, und wir wissen auch, wie angewidert Louise Colet von diesen Beschreibungen war. Er sah immer die ergreifende Seite ärmlicher Wirklichkeit, besonders wenn sie sich vom Hintergrund des selbstgefälligen und selbstzufriedenen Spießers abhob – das können wir an den kleinen, einfachen Gestalten wie Catherine Leroux in *Madame Bovary* beobachten. Sein Gefühl war stark und tief, so daß seine Begegnungen sich jeweils förmlich in sein Wesen einbrannten. In einem Brief an Louise Colet schrieb er einmal, daß seine ersten Eindrücke wohl kaum je ausgelöscht würden.[4] Man müsse etwas tief erfühlen, meinte er, dann in Ruhe darüber nachdenken, um zu versuchen, ihm Beständigkeit und Allgemeingültigkeit zu verleihen, seine tiefe Bedeutung zu erkennen. Es war ihm unerträglich, daß heftige Gemütsbewegungen sich verflüchtigen und für immer verlorengehen sollten. Das war auch der Grund, weshalb er in seinen Briefen an Maxime Du Camp den Tod und das Begräbnis seiner geliebten Schwester und seines innigsten Freundes Alfred Le Poittevin so genau geschildert hat.

Für ihn war Kunst das Vermögen, dem Leser sein leidenschaftliches Erleben mitzuteilen.

Er war aber auch einer der wenigen Prosadichter Frankreichs in jener Zeit, denen es um Schönheit ging, die glaubten, das Ziel eines Romans solle die Erschaffung des Schönen sein. Vor ihm waren Romane schön geschrieben, wenn ihr Verfasser zufälligerweise schön zu schreiben verstand – wie Mérimée –, aber niemand empfand es als böswillige Kritik, wenn man etwa von Balzac sagte, sein Stil sei plump und seine Planung wirr. Flaubert schrieb über ihn[5]: »Was für ein Mann wäre Balzac gewesen, wenn er hätte schreiben können!«

Diese Bewunderung des Schönen hieß aber nicht, daß er nur über sogenannte schöne Dinge geschrieben hätte – wie es das Ziel der *l'art-pour-l'art*-Bewegung war. Er äußerte sich zu Louise Colet darüber[6]:

»Es gibt deshalb keine schönen oder häßlichen Themen, und man könnte fast als Axiom aufstellen, wenn man sich auf den Standpunkt der reinen

Kunst stellt, daß es überhaupt keines gibt, daß der Stil für sich allein eine absolute Art und Weise ist, die Dinge zu sehen.«

Poesie, fand er – und unter Poesie verstand er Schönheit – konnte aus allen Dingen erstehen[7]:

»Versuchen wir also, die Dinge so zu sehen, wie sie sind, und laßt uns nicht mehr Geist haben wollen als der liebe Gott. Früher glaubte man, daß allein das Zuckerrohr Zucker gäbe. Heute gewinnt man ihn fast aus allem. Genauso ist es mit der Dichtung. Extrahieren wir sie aus irgend etwas, denn sie liegt in allem und überall: kein Atom der Materie, das nicht das Denken enthält; und gewöhnen wir uns daran, die Welt als ein Kunstwerk zu betrachten, dessen Verfahrensweisen wir in unseren Werken reproduzieren müssen.«

Und ein andermal[8]:

»... daß es in der Literatur keine schönen Themen der Kunst gibt, daß Yvetot also Konstantinopel gleichwertig ist und daß man infolgedessen ebenso gut das eine schreiben kann wie irgend etwas anderes. *Der Künstler muß alles erheben;* er ist wie eine Pumpe, er hat in sich ein großes Rohr, das bis zu den Eingeweiden der Dinge hinabreicht, bis in die tiefen Schichten. Er saugt empor und läßt in riesigen Strahlen ins Sonnenlicht aufsteigen, was flach unter der Erde verborgen war und was man nicht sah.«

Die Schönheit lag also nicht im Gegenstand, sondern in dem, was der Künstler dazu beitrug. Er wäre mit Baudelaire einig gewesen, der die Stadt Paris so anredete[9]: »Du hast mir deinen Kot gegeben, und ich habe Gold daraus gemacht.«

Flaubert verabscheute den Realismus – den Realismus der Realisten, nicht die Realität an sich –, aber die Romantik war ihm in seinen reifen Jahren ebenso zuwider; zu gut sah er ihre Gefahren.

Ob Flaubert ein Romantiker oder ein Realist war, diese Frage ist schon oft gestellt worden. Emile Faguet bezog die Theorie von den beiden feindlichen Brüdern auf ihn – »les deux frères ennemis« –, die sich um die Vorherrschaft stritten, wobei bald der eine, bald der andere obsiegte.[10] Das Argument gibt nicht viel her, und zudem sind über den Klassizismus der Romantiker, den Romantizismus der Klassizisten, den Realismus der Romantiker und den Romantizismus der Realisten schon viele Bücher geschrieben worden. Es ist im allgemeinen wohl so, daß schöpferisch reichbegabte Künstler von Natur aus dazu neigen, Romantiker zu sein, sonst würden sie den übermächtigen Drang zu schöpferischem Wirken gar nicht verspüren; denn das Schöpferische ist im wesentlichen eine romantische Tätigkeit in allen Lebensformen. Ob aber die Schaffensform des Künstlers objektiv oder subjektiv – also klassisch oder romantisch – ist, hängt weitgehend von der Epoche ab, in der er seine Werke schafft. Gewisse Schriftsteller hatten das Glück, in einer Zeit zu leben, die dem Wesen ihres Genius genau entsprachen; andere dagegen mußten sich Gewalt antun, um es den Idealen ihrer Zeit recht zu machen. So war Heredia ein Dichter, der glücklicherweise zur Zeit der Parnassiens wirken durfte; in der Periode der Romantiker hätte er sich nicht wohl gefühlt. Vigny dagegen kam sich unter den Romantikern unbehaglich und fehl am Platz vor und wäre in der *l'art-pour-l'art*-Bewegung viel glücklicher gewesen, wo es als unmodern galt, über sich selbst zu schreiben. Er pflegte, sehr im Gegensatz zu seinen Zeitgenossen, zu sagen[11]: »Das Wort, das in der Sprache am schwierigsten auszusprechen und richtig einzusetzen ist, ist *ich*.«

Es scheint eine feststehende Tatsache zu sein, daß ein Romanschriftsteller oder Dramatiker sich besser für die klassische Disziplin eignet. Flaubert wäre möglicherweise auf der Höhe der Romantik glücklicher gewesen und hätte flüssiger geschrieben, aber vielleicht hätte sein Werk dann der Prüfung der Zeit nicht standgehalten, er hätte seine zeitlosen Romane kaum hervorgebracht. Wahrscheinlich wäre er eher ein zweiter Quinet geworden.

Er tat sich Gewalt an, um zu Disziplin und Selbstverleugnung zu gelangen. Von Natur aus schrieb er sehr ungezwungen – um das zu erkennen, braucht man nur die endlosen Briefe an Louise Colet zu lesen, die er meist in den frühen Morgenstunden nach schwerer schriftstellerischer Nachtarbeit verfaßt hat –, aber er lernte es, diesen natürlichen Sprachfluß und diesen Wunsch, sich selbst auszudrücken, um der Vollkommenheit des fertigen Kunstwerks willen zu zügeln.

Man darf auch nicht vergessen, daß es nach 1850 für einen ernsthaften Schriftsteller unmöglich war, weiterhin Romantiker zu sein, waren doch die Erzeugnisse dieser Bewegung völlig abgegriffen, in Verruf geraten und wurden nur noch von den armseligsten Schreibern nachgeahmt. Louis Bouilhet und Maxime Du Camp als zweitrangige Literaten erkannten das – es ist oft so bei kleineren Schriftstellern: Sie sehen klarer, was sich tut, denn sie werden nicht vom Strahlen ihrer Vision geblendet – und rotteten bei Flaubert den Romantizismus der Form aus.

Wer wie Faguet von Flauberts Romantizismus spricht, stützt sich dabei weitgehend auf seine sogenannten exotischen und orientalischen Themen.

Dabei vergißt man aber, daß der Romantizismus nicht in der Wahl des Gegenstandes liegt, sondern einzig in dem Gebrauch, der davon gemacht wird. Exotizismus ist nicht ausschließlich – ja, nicht einmal überwiegend – ein romantisches Merkmal. Hat man einmal Victor Hugos *Aus dem Morgenland* erwähnt, ist schon fast das ganze Pulver verschossen, und dabei ist dieses Buch das am wenigsten romantische von Hugos Werken und wäre auch unter den Schriften der Parnassiens durchaus am Platz gewesen – es wurde von den Dichtern dieser Schule denn auch sehr bewundert. Tatsächlich findet sich bei den Dichtern der *l'art-pour-l'art*-Bewegung weit mehr Exotisches, als es bei den Romantikern je gab – was die Poesie von Leconte de Lisle und Heredia bezeugt. Allerdings wurde ihr Exotizismus objektiv behandelt.

Flauberts Einstellung zum Schreiben blieb sich gleich, ob er über ein modernes, orientalisches oder historisches Thema schrieb. Er war ein Romantiker von Natur aus, aber Realist oder Klassizist von der Disziplin her. *Salambô* wird mit der gleichen Objektivität behandelt wie *Madame Bovary* – es ist sogar, so paradox uns das erscheinen mag, das objektivere und realistischere Werk, denn jetzt war er in seinen Idealen als Schriftsteller erfahrener und geübter als im ersten, und seine Technik war sicherer geworden. In *Madame Bovary* begegnen wir viel öfter Spuren von Romantizismen im Stil, und zwar nicht bloß dort, wo der Autor die Gefühle seiner Heldin heraufbeschwört, sondern auch wenn er als überschauender Autor schreibt.

Doch war Flaubert ein Mensch mit vielen Facetten, sein Temperament widersprach sich oft; es waren tatsächlich »deux frères ennemis« in ihm, wenn auch nicht das Klassische oder Realistische einerseits und das Romantische anderseits. Er selbst sprach von »deux bonshommes distincts«[12], meinte aber damit den Schöpfer und den Gelehrten oder Wissenschaftler. Man könnte behaupten, daß er für die Wissenschaft geboren war – wie wir wissen, war sowohl mütterlicher- als väterlicherseits ein wissenschaftliches Erbe vorhanden –, und er hegte auch eine brennende Leidenschaft für Studium und Erkenntnis. Seine Forschungen gingen stets weit über das hinaus, was er zur Dokumentation in seinen Büchern brauchte, und wurden weitgehend um ihrer selbst willen betrieben. Um sich darüber klarzuwerden, braucht man nur seine Unterlagen mit denjenigen Victor Hugos zu vergleichen, der einen völlig unwissenschaftlichen Geist besaß: Er sammelte und bewahrte lediglich, was er für den unmittelbaren Zweck benötigte, alles übrige mißachtete und vergaß er; er kümmerte sich auch nicht darum, ob sein Material genau war oder nicht, wenn es nur recht farbig und lebendig war. Hugo war ein rein schöpferischer Mensch, der sich keinerlei gelehrtes Mäntelchen umhängte. Die Kritiker hatten leichtes Spiel beim Aufzeigen all seiner Irrtümer. Flaubert dagegen, wäre er nicht ein großer schöpferischer Künstler gewesen, hätte ohne weiteres ein großer Gelehrter werden können. Er besaß die notwendige selbstlose Hingabe an forschende Tätigkeit. Wenn er nur Erkenntnisdrang gehabt hätte oder aber nur schöpferische Begabung, dann hätte es diesen Zwiespalt in seinem Innern nicht gegeben. So aber waren der Gelehrte und der schöpferisch Tätige die ›feindlichen Brüder‹, und jeder von ihnen hielt den andern zurück.

Wie alle großen Psychologen, die sich für die Arbeitsweise des menschlichen Geistes interessieren, hätte Flaubert in seinem Roman sich eigentlich gern von der Tyrannei eines Sujets, das immer etwas Künstliches ist, freigemacht und über nichts geschrieben. Das war auch Racines Traum gewesen, wie er es im Vorwort zu seinem Drama *Berenice* erklärt. Flaubert wählte den allergewöhnlichsten Stoff, den er finden konnte, der fast ohne Handlung war. Er äußerte sich zu Louise Colet[13]:

»Was mir schön erscheint und was ich machen möchte, ist ein Buch über nichts, ein Buch ohne äußere Bindung, das sich selbst durch die innere Kraft seines Stils trägt, so wie die Erde sich in der Luft hält, ohne gestützt zu werden, ein Buch, das fast kein Sujet hätte oder bei dem das Sujet zumindest fast unsichtbar wäre, wenn das möglich ist. Die schönsten Werke sind jene, die die wenigste Materie enthalten.«

Alle seine Bücher – alle, mit deren Veröffentlichung er einverstanden war – wurden unter großen Mühen und Nöten geschrieben, was auch immer ihr Gegenstand sein mochte. Er hatte sich vorgestellt, wenn *Madame Bovary* erst fertig wäre, würde er *Salambô* mit beschwingter Freude schreiben können. Aber er brauchte ebensoviel Zeit dafür – nahezu fünf Jahre –, und es kostete ihn ebensoviel Blut, Schweiß und Tränen. Schuld daran war sein hohes künstlerisches Ideal. Er war vorab und vor allem ein Künstler und hatte ein starkes Gefühl für die Struktur und Komposition seiner Romane.

Flaubert fand, ein Roman müsse einen strengen, wohlgefügten Plan haben, dem nichts hinzugefügt und nichts weggenommen werden könne, ohne das Ganze zu gefährden. »Wenn ich ein Wort ändere«, sagte er[14],

»muß ich oft mehrere Seiten umstoßen.« Sein Schema war dermaßen klar, daß er im voraus wußte, wie viele Seiten er jeder Episode einräumen konnte. »Mein Buch«, schrieb er einmal[15], »wird ungefähr 450 bis 480 Seiten haben, und ich bin jetzt auf Seite 204.« Und einige Zeit später: »Der Schluß, nämlich der Bericht über den Tod meiner kleinen Frau, ihr Begräbnis und die Trauer des Ehemannes, wird mindestens 60 Seiten lang. Das heißt, daß mir für den Rumpf der Handlung höchstens noch 120 bis 160 Seiten bleiben.«

Sein Plan war so straff wie der eines fünfaktigen Dramas, und alles, was ihm etwas von seiner Geschlossenheit genommen hätte, wurde geopfert. Von den in sich selbst interessanten literarischen *horsd'œuvre*, wie man sie bei Schriftstellern wie etwa den Brüdern Goncourt findet, ist bei ihm kaum etwas vorhanden. Er ließ sie, soweit sie in früheren Versionen vorkamen, später weg – zum Beispiel lange Passagen, die Bovarys Schulzeit betrafen, oder die ausführliche Beschreibung des seltsamen Spielzeugs, das Charles den Homais-Kindern aus Dankbarkeit für des Apothekers Sorge um Emma während ihrer Krankheit hatte schenken wollen. Nichts davon durfte im Roman stehenbleiben, was nicht zum Ganzen, zum zentralen Plan gehörte. Was er in einem Gespräch über *Salambô* zu Sainte-Beuve sagte, trifft genauso auf *Madame Bovary* zu[16]: »Es ist in meinem ganzen Buch nicht eine einzige für sich stehende und überflüssige Beschreibung; sie alle sind notwendig für meine Charaktere und haben einen unmittelbaren oder entfernten Einfluß auf die Handlung.«

Er war der Meinung, die Haltung des Autors müsse vollkommen objektiv sein, er dürfe sein Werk nicht als Gefäß für seine Emotionen und Bekenntnisse verwenden, wie das bei den Romantikern allgemein üblich war. In einem Brief an Louise Colet heißt es[17]: »Ich will die Kunst nicht als einen Ausguß *[un déversoir]* für Leidenschaften ansehen, als einen Nachttopf ...«:

»Nein, nein, die Poesie darf nicht der Schaum des Herzens sein. Das ist weder wichtig noch gut. Dein Kind verdient Besseres, denn als Reimerei zwischen zwei Buchdeckeln eingeklemmt zu erscheinen und *Engel* genannt zu werden usw. All das ist Romanzenliteratur, die mehr oder weniger gut geschrieben ist, deren Fehler jedoch in ihrer schwachen Grundlage liegt. Man kann sich solche Phantasien nicht mehr erlauben, nicht einmal zum Spaß. Durch die *gefühlsselige Persönlichkeit* wird später ein guter Teil der zeitgenössischen Literatur kindlich und ein wenig albern erscheinen. Wieviel Gefühl, wieviel Gefühl, wieviel Zärtlichkeit und was für eine Menge Tränen!«

Er nimmt hier die persönlichen Ergüsse der Lamartines und Mussets aufs Korn, die von ihren Nachfolgern *ad nauseam* kopiert worden waren. Es war die natürliche Reaktion der *l'art-pour-l'art*-Bewegung gegen die übertrieben subjektiven Äußerungsformen ihrer romantischen Vorgänger. Er sagte[18]:

»Das Publikum darf nichts von uns wissen. Es darf seine Freude nicht an unseren Augen, unseren Haaren oder unseren Liebesbeziehungen haben ... Es genügt, daß wir ihm unser Herz geben, das wir in Tinte ausfließen ließen, ohne daß es das merkt. Persönliche Prostitution in der Kunst widert mich an.«

Der Dichter selbst sollte in seinem Werk überhaupt nicht vorhanden sein, man sollte von ihm ebensowenig wissen, was er von seinen Geschöpfen hält, wie man von Gott weiß, was er von den seinen hält.[19] »Der Autor muß in seinem Werk so sein wie Gott in seiner Schöpfung: überall gegenwärtig, aber nirgends sichtbar.« Oder[20]: »Er muß bei seiner Schöpfung Gott nachahmen, das heißt, schaffen und schweigen – *faire et se taire*.«

Der Autor soll auch nicht seine persönliche Ansicht über irgend etwas ausdrücken, weder über seine Gestalten noch über die Bedeutung des Werkes; er soll keine Stellung beziehen und keine Lösung oder Schlußfolgerung geben. Diese soll sich vielmehr ganz natürlich aus dem Werk selbst ergeben[21]:

»Ich finde sogar, daß ein Romancier *nicht das Recht hat, seine Meinung über irgend etwas auszudrücken.* Hat der liebe Gott jemals seine Meinung gesagt? Deshalb gibt es eine Menge Dinge, an denen ich ersticke, die ich ausspucken möchte, die ich aber hinunterschlucke. Warum soll ich sie auch sagen? Der erstbeste ist interessanter als Herr G. Flaubert, weil er *allgemeiner* ist und infolgedessen typischer.«

Ein anderes Mal[22]: »Ich will, daß es in meinem Buch *keine einzige* Bewegung und *keine einzige* Betrachtung des Autors gibt.«

Für viele Leser war das verwirrend; sie lieben es, daß man sie führt, daß man ihnen zeigt, wer der Bewunderung würdig ist, wen der Autor selbst anerkennt. Flaubert aber verweigerte ihnen diese Hilfe, er lehnte bewußt jede moralische Stellungnahme ab. Er wollte, daß es dem Leser überlassen werde, sich seine eigenen Urteile zu bilden. Wenn der Autor seine Sache gut gemacht habe, dann müsse der Gedanke ohne besondere Herausstreichungen klar zutage treten[23]:

»Und daß ich meine persönliche Meinung über die Leute erkennen lassen soll, die ich vorführe – nein, nein, tausendmal nein! Dazu gestehe ich mir das Recht nicht zu. Wenn der Leser einem Buche nicht die Moral entnimmt, die darin sein soll, so ist der Leser ein Dummkopf, oder das Buch ist vom Gesichtspunkt der Genauigkeit her *falsch*. Denn in dem Augenblick, da eine Sache wahr ist, ist sie auch gut. Die obszönen Bücher sind sogar deshalb unmoralisch, weil es ihnen an Wahrheit fehlt. Auf solche Weise geht es im Leben nicht zu.«

Der Autor darf sich nach Flauberts Meinung nicht auf eine bestimmte Idee oder religiöse Überzeugung festlegen; er soll nicht, wie man es heute nennt, ›engagiert‹ sein. Das ist einer der Gründe, weshalb Flaubert seit den dreißiger Jahren unseres Jahrhunderts, als die Schriftsteller sich eingehend mit dem Zeitgeschehen befaßten und es zu beeinflussen trachteten – das gilt für die meisten Autoren dieser Periode –, eine Zeitlang so unpopulär war.

Kunst soll ebenso unpersönlich sein wie die Wissenschaft, fand Flaubert, und Wissenschaft bezieht keine Stellung, noch äußert sie sich über den moralischen Wert ihrer Entdeckungen.

In der Mitte des 19. Jahrhunderts war bei den Schriftstellern, vor allem den Realisten, viel vom Einsatz der Wissenschaft als Verbündete und Helferin die Rede. Aber sie verstanden unter Wissenschaft nicht das gleiche wie Flaubert. Sie gebrauchten den wissenschaftlichen Jargon, die Fachausdrücke, die äußeren Einzelheiten. Die Brüder Goncourt verwendeten das Wissenschaftliche in ihren Romanen ganz ähnlich, wie die Romantiker die Weltgeschichte benutzt hatten, nämlich als eine Art Lokalkolorit, das die Erzählung lebendiger machen sollte, ohne daß sie es je damit genau genommen hätten. In *Renée Mauperin* ist es beispielsweise unmöglich, wissenschaftlich festzustellen, woran die Heldin stirbt. Die Autoren wollten sie auf romantische und ergreifende Art auf der Bühne sterben lassen, und da stirbt sie denn höchst unwissenschaftlich an einem Siechtum des 19. Jahrhunderts auf einem Sofa. Flaubert hätte ihre Todesursache genau festgelegt, ihre Symptome und deren Auswirkungen auf ihr Handeln und ihren Charakter. Obwohl er sich der Fachsprache nicht in der gleichen Art bediente wie sie, war er doch überzeugt, die Methode des Romanautors müsse im eigentlichen Sinne wissenschaftlich sein, Charaktere sollten mit der objektiven Unparteilichkeit der Wissenschaft, ihrer Unvoreingenommenheit und Vorurteilslosigkeit behandelt werden. Er beklagte, daß Lamartine das nicht besitze, was er »le coup d'œil médical« nennt, den medizinischen Blick, und daß deshalb sein Roman *Graziella* gänzlich verfälscht sei.[24]

Nirgends in Flauberts Romanen finden wir ein Werturteil über seine Charaktere, die sich vor unseren Augen natürlich entfalten dürfen, vom nahezu embryonalen bis zum endgültigen Zustand; jede Veränderung wird in Anbetracht der inneren Gegebenheiten als unvermeidlich gezeigt. Seine eigene spätere Kritik an der ersten Fassung der *Lehrjahre des Gefühls* ging dahin, die ersten Ursachen seien darin wohl aufgezeigt und ebenso die Endergebnisse, nicht aber das, was er »l'enchaînement« nannte, der Weg also, der zu diesem Schlußpunkt führt. Er glaubte, man müsse das Buch neu schreiben, um das Fehlende einzufügen[25]:

»Man müßte für die *Education* das Ganze neu schreiben und darin zeigen, wie zwangsläufig der Stamm sich hat verzweigen müssen, das heißt, warum eine bestimmte Aktion dieses bestimmte Ergebnis in einer Person gehabt hat und nicht ein anderes. Die Ursachen sind aufgezeigt worden, die Ergebnisse ebenfalls, aber die Verkettung von Ursache und Wirkung ist es keineswegs. Darin liegt der Fehler des Buches.«

Manchmal wird, selbst noch bei *Madame Bovary*, das »enchaînement«, die Verkettung auf plumpe und ungeschickte Art erreicht und erscheint irgendwie erzwungen. Wenn er zum Beispiel will, daß Emma zum gegebenen Zeitpunkt wissen soll, wo im Geschäft des Apothekers sich das Arsenik befindet, so bereitet er das viele Seiten früher vor, und zwar mit einem langen, komischen – und an sich amüsanten – Geschwätz, in dem Homais den kleinen Justin großspurig wegen seiner Unachtsamkeit in bezug auf den Schlüssel zum »Capharnaum«, wo das Gift aufbewahrt wird, zurechtweist. Das Gespräch zieht sich in die Länge, alles wird mehrmals wiederholt. Emma ist zugegen, so daß sie, wenn es dann soweit ist, unfehlbar wissen muß, wie sie an das Gift herankommt. Zunächst wundert sich der Leser, warum um diese Nebensächlichkeit soviel Aufhebens gemacht wird, nur damit auch gewiß niemandem der Aufbewahrungsort des Arseniks entgehen kann. Erst wenn Emma plötzlich Selbstmord begeht, wird einem der Sinn der ausgeklügelten Vorbereitung klar. In seinen späteren Romanen ist das »enchaînement« besser getarnt und mit feineren Mitteln erarbeitet.

Flauberts Ziel war es, für alle Zeiten festzuhalten, was nicht vergänglich sein, sondern immer Wahrheit bleiben und in jede Epoche und Umgebung passen würde. Er legte keinen Wert darauf, irgendwelche landschaftlichen Eigenheiten zu beschreiben, und wählte ganz bewußt für *Madame Bovary* eine unbestimmte Gegend ohne besondere Merkmale, die irgendwo in Frankreich, aber auch irgendwo sonst nördlich der Loire sein könnte. Er wollte kein regionaler Schriftsteller sein. »Man ist hier«, heißt es in dem Roman[26], »in dem Grenzgebiet von Normandie, Picardie und Isle-de-France, einer Mischgegend, wo weder Sprache noch Landschaft einen ausgeprägten Charakter haben.« Er wollte keine bestimmte oder bekannte Landschaft oder Gegend kopieren. Die Bemühungen seiner Rezensenten, die Örtlichkeiten im einzelnen zu identifizieren, sind deshalb witzlos – es wurden sogar Bilder von Bovarys Haus und Garten, von Homais' Apotheke, von Rodolphes Landhaus veröffentlicht. Pierre Lambert hat behauptet, in Charles Bovarys Haus in Tostes geboren zu sein.[27] Er war der Sohn eines Notars, der die Urkunden eines Bauernguts besaß, das Flaubert einst in jenem Bezirk gekauft hat und von dem Lambert annimmt, es sei der Hof von Emmas Vater. Er räumt allerdings ein, Flaubert müsse bei seiner Beschreibung des Hauses vieles verändert haben. Obwohl gewisse Dinge, die er kannte, für Flaubert sicherlich den Ausgangspunkt gebildet haben, wollte er doch niemals etwas genau kopieren; er schrieb auch an George Sand[28]: »Ich halte das technische Detail, die lokale Auskunft, kurz die historische und genaue Seite der Dinge für sehr sekundär.« Das war ein großer Gegensatz zu jenem Übermaß an lokalen und wissenschaftlichen Einzelheiten, das wir in den Werken seiner Zeitgenossen antreffen.«

Und weil er nicht wünschte, daß irgend etwas zu präzise durch bestimmte äußere Merkmale festgelegt sei, widersetzte er sich auch einer Illustration seines Buches[29]:

»Niemals wird man, solange ich lebe, ein Werk von mir illustrieren, denn: Die schönste literarische Beschreibung wird verschlungen von der kümmerlichsten Zeichnung. In dem Augenblick, da ein Typ durch den Stift festgehalten ist, verliert er seinen Charakter der Allgemeinheit, diese Übereinstimmung mit tausend bekannten Dingen, die den Leser sagen läßt: ›Das habe ich schon gesehen‹ oder ›Das muß wahr sein‹. Eine gezeichnete Frau ähnelt einer Frau, das ist alles. Die Idee ist von dem Augenblick an in sich abgeschlossen, vollständig, und alle Sätze sind nutzlos, während eine beschriebene Frau an tausend Frauen denken läßt. Da dies eine Frage der Ästhetik ist, lehne ich strikt jede Art Illustration ab.« Als sein Herausgeber darauf bestand, einen seiner Romane doch illustrieren zu lassen, sagte er[30]:

»Die Ausdauer, mit der Lévy Illustrationen verlangt, bringt mich in eine Wut, die *unbeschreiblich* ist ... Es hätte nicht der Mühe bedurft, soviel Kunst darauf zu verwenden, alles im Unbestimmten zu lassen, wenn nachher ein Schusterjunge daherkommt, um mit seiner albernen Genauigkeit meinen Traum zu zerstören.«

Später muß er nachgiebiger geworden sein; 1874 wurde nämlich von Lemerre eine illustrierte Ausgabe von *Madame Bovary* herausgegeben, obwohl Flaubert fand, die Bilder hätten soviel Beziehung zu dem Buch wie zum Mond.[31]

Immer wieder betonte er, es sei der Stil, der einem Kunstwerk Wert und Schönheit verleihe. Aber wenn er von Stil sprach, meinte er nicht nur Schönheit und Harmonie der Sprache und Musikalität des Ausdrucks. Seine Rezensenten haben oft den Fehler begangen, nur von seiner Sprache zu reden, wenn sie seinen Stil diskutierten. Stil war für ihn eine Art, die Dinge zu sehen; er war eng mit der Inspiration verbunden, ja bildete eine Einheit mit ihr[32]:

»Sie sagen mir, daß ich der Form zu große Aufmerksamkeit widme. Leider ist das wie Körper und Seele. Die Form und die Idee sind für mich völlig eins, und ich weiß nicht, was die eine ohne die andere ist. Je schöner eine Idee ist, desto klingender ist der Satz, seien Sie dessen gewiß. Die Genauigkeit des Gedankens bewirkt (und ist sogar selbst) die des Wortes.«

Stil und Idee waren somit nur zwei Aspekte der gleichen Substanz, die beiden Seiten ein und derselben Medaille.

Flaubert behauptete, Stil bestehe nicht allein in schöner Sprache und harmonischen Wendungen, sondern ein guter Stil sei Teil einer guten Idee von einer Sache. Wie die Symbolisten nach ihm war auch er überzeugt, es gebe nur *eine* Art, etwas zu sehen, und das sei die einzig richtige Art, die auf den Gegenstand passe wie die Haut an den Körper. Wenn der perfekte Ausdruck gefunden sei – und der Künstler wisse das immer –, dann finde die perfekte Verschmelzung statt, so wie das Licht aufflammt, wenn die beiden Teile eines elektrischen Apparats zusammenkommen, vorausgesetzt allerdings, daß sie aufeinander passen.

Laut Maupassant hat Flaubert einmal gesagt[33]: »Was es auch immer sei, das man ausdrücken will, es gibt nur *ein* Wort, um es auszudrücken, nur ein Verb, es zu beleben, nur ein Adjektiv, es zu charakterisieren. Man muß sie eben suchen, bis man sie findet: dieses Wort, dieses Adjektiv, dieses Verb, und sich nie mit dem Annähernden zufriedengeben.«

Er hielt es für unmöglich, eine Vorstellung ohne den absolut zugehörigen Ausdruck wiederzugeben. Auch war er der Überzeugung, daß der ganze Stil genau dem Gegenstand angemessen zu sein habe, daß jedes Thema seinen eigenen Stil fordere, daß dieser nicht eine Eigenart des Autors sein dürfe, nicht etwas, das mit seinem persönlichen Stempel versehen ist. Maupassant sagt von ihm[34]:

»Stile waren für ihn nicht eine Reihe besonderer Formen, von denen jede einem Schriftsteller gehörte, in die dieser alle seine Gedanken goß, sondern er glaubte an ›den Stil‹, das heißt an eine einzige Möglichkeit, etwas in seiner ganzen Farbe und Tiefe auszudrücken. Für ihn war die Form das Werk selbst; so wie beim Menschen das Blut das Fleisch ernährt und sogar seine Gestalt, seine äußere Erscheinung bestimmt, je nach Rasse und Familie, so erzwingt bei ihm das Werk, dessen innere Aussage, unfehlbar den einzigen richtigen Ausdruck, das Maß, den Rhythmus, die ganze Eigenart der Form.«

Am schönsten kommt dieser charakteristische Zug von Flauberts Schreibweise in den *Drei Erzählungen* zum Ausdruck, wo jede Geschichte einen anderen Stil hat, und zwar jedesmal dem betreffenden Thema angepaßt. Das ist wie eine Blütenlese seiner verschiedenen Stile, zu einem Strauß gebunden.

Er vertrat die Ansicht, der Stil eines Schriftstellers dürfe keine Tricks, keine nur ihm eigenen Besonderheiten aufweisen – die Sprache dürfe nichts an sich haben, was sie an eine bestimmte Zeit, Klasse oder Örtlichkeit binde. Was ihm vorschwebte, war ein wasserklarer Stil, der nichts verbirgt und nichts verbiegt. Man brauche dazu keinen außergewöhnlichen Wortschatz und keine komplizierten Wendungen. Dabei dachte er an die affektierte »écriture artiste« der Brüder Goncourt. Er sagte zu Maupassant[35]: »Wir wollen lieber versuchen, ausgezeichnete Stilisten zu sein als Sammler seltener Ausdrücke.«

Er war aber auch eifrig darauf bedacht, daß der Stil flüssig und harmonisch war. Wir wissen, welche Mühe er sich gab, alles zu entfernen, was unschön an die Ohren schlug. Er unterwarf alles, was er schrieb, dem ›Gueuloir-Test‹, das heißt, er schrie die Texte laut heraus, um ihre Harmonie zu prüfen. Für ihn mußte ein Prosastück ebenso gut klingen wie ein

Vers, und diese Musikalität ist eines der großen Merkmale seines Stils. »Ich bin ein geborener Lyriker«, sagte er einmal[36], »aber ich schreibe keine Verse!« Das versicherte er auch Louise Colet[37]:

»Ein guter Prosasatz muß wie eine gute Verszeile sein, das heißt unmöglich zu ändern und mit ebensoviel Rhythmus und ebenso melodiös. Zumindest ist dies mein Ehrgeiz (eines weiß ich sicher: daß keiner je eine vollkommenere Art von Prosa ins Auge gefaßt hat als ich, was aber die Durchführung anbelangt, wie viel Schwäche, wie viel Schwäche, lieber Himmel!).«

Maupassant zitiert seine folgenden Worte[38]:

»Bei Versen hat der Dichter feste Regeln. Er hat Versmaß, Zäsur, Reim und eine Menge praktischer Hinweise, eine ganze Lehre des Handwerklichen. In der Prosa benötigt man ein tiefes Gefühl für Rhythmus, eines Rhythmus, der einem ausweicht, ohne feste Regeln, ohne Gewißheit; man benötigt angeborene Eigenschaften, aber auch logisches Denken, einen unendlich feinen und scharfen künstlerischen Sinn, um in jedem Augenblick eine Bewegung, eine Farbe, eine andere Stilart zu singen, je nachdem, was man sagen will. Wenn man einmal weiß, wie dieses fließende Ding, die französische Prosa, zu handhaben ist, wenn man den exakten Wert der verschiedenen Worte kennt und weiß, wie man diesen Wert je nach der Stellung ändert, die man ihm gibt, wenn man weiß, wie man eine Seele aufrüttelt und mit plötzlicher Freude oder Furcht, Begeisterung oder Sorge erfüllt, dann ist man wahrhaft ein Künstler, wahrhaft ein Prosakünstler.«

Flaubert selbst wurde ein solcher Prosakünstler und ganz besonders hervorragend als Naturschilderer. Für ihn war Natur allerdings, wie später bei den Symbolisten, ein ›état d'âme‹, ein Seelenzustand, das heißt, sie wird nicht im absoluten Sinne beschrieben, wie bei den Goncourts in Romanen wie *Manette Salomon*. Die Goncourts schildern die Natur abstrakt, unabhängig von den Romanfiguren, die nachträglich vor diesen Hintergrund gestellt werden. Diese Passagen sind, im Zusammenhang mit den Romanen, literarische ›horsd'œuvres‹. Die Landschaften in Flauberts Roman werden nur beschrieben, weil sie die Stimmungen der Personen widerspiegeln. Wir haben beispielsweise gesehen, wie die ganze Natur, nachdem Emma von Rodolphe verführt worden ist, an ihrer Verzückung teilnimmt. Das gleiche geschieht bei ihrer Liebesaffäre mit Léon[39]:

»Sie sahen die Bäume, den blauen Himmel und das Gras nicht zum erstenmal, hörten nicht zum erstenmal das Wasser strömen und den Wind im Laub rauschen, aber es war ihnen, als hätten sie das alles niemals so genossen, als wäre die Natur vorher gar nicht dagewesen oder als wäre sie erst schön, seitdem ihr Begehren gestillt war.

Wenn es dunkel wurde, kehrten sie heim. Der Kahn glitt an den Ufern der Inseln entlang. Die beiden saßen im Dunkeln im Heck und sprachen kein Wort.

Die vierkantigen Ruder knirschten durch die Stille in ihren eisernen Gabeln, taktmäßig wie ein Uhrwerk. Hinter ihnen klatschte das Wasser leise an das herrenlose Steuer.

Einmal erschien der Mond. Da ergingen sie sich natürlich in Schwärmereien über das schwermütige, poesiereiche Gestirn, und Emma begann sogar zu singen:

›Eines Abends, weißt du noch,
Fuhren wir dahin . . .‹«

Das ist ein Zitat aus *Le Lac* von Lamartine.

Flauberts wichtigstes Stilelement ist der bildliche Ausdruck, die Metapher. Sie kommt bei ihm häufig vor, besonders in seinen früheren Werken. Er sah alles in Bildern, aber oft, vor allem, als er noch jung war, neigte das Bild dazu, zu wuchern und wichtiger zu werden als der versinnbildlichte Gedanke. In seinen späteren Werken, nach *Madame Bovary,* wurden diese überlangen Metaphern knapper und seltener. In seinen Briefen sind die Bilder meist spontan und natürlich und ergeben sich von selbst aus dem Gesagten. In *Madame Bovary* dagegen verliert man häufig den ausgedrückten Gedanken ganz aus den Augen und beachtet das Bild für sich allein. Es gibt da eine besonders lange Metapher, die Emmas Traurigkeit bei der Abreise Léons nach Paris andeuten soll und die zu einer selbständigen, in ihrem Kontext künstlich arrangierten Schilderung wird[40]:

»Die Erinnerung an Léon war ihr von nun an der Mittelpunkt ihres öden Daseins, war ihr wie ein einsames Feuer, von Reisenden mitten im Schnee der russischen Steppe entzündet und dann verlassen. Sie stürzte darauf zu, kauerte sich daneben und schürte behutsam das halberloschene; sie suchte ringsumher nach neuer Nahrung für die Flammen; die fernsten Erinnerungen und die nächstliegenden Ereignisse, Erlebtes und Erträumtes, ihre wollüstigen Begierden, die ins Leere gingen, ihre Illusionen von Glück, die wie verdorrtes Geäst im Winde knarrten, ihre nutzlose Tugend, ihre getäuschten Hoffnungen, ihr häusliches Elend, alles sammelte sie und las sie auf, alles mußte dazu dienen, das wärmende Feuer in Brand zu halten.

Nach und nach aber sanken die Flammen herab, sei es, daß der Brennstoff ausging oder daß sie ihn allzu reichlich häufte. Die Liebe verblaßte, da ihr Gegenstand so weit entfernt war, der Schmerz ums Verlorene erstickte in Gewohnheit, und der Schein wie von Feuersbrunst, der ihren bleichen Himmel rötete, verzog sich vor dunkleren Schatten und erlosch allmählich ganz. In ihrem getrübten Gemütszustand nahm sie sogar den Widerwillen gegen den Gatten für Sehnsucht nach dem Geliebten und das Lodern des Hasses für ein erneutes Aufflammen der Zärtlichkeit. Aber als der Sturm weiter wütete und die Leidenschaft bis auf die Asche ausbrannte und keine Hilfe kam, keine Sonne erschien, wurde es völlig Nacht um sie her, und sie blieb einsam in einer schrecklichen Kälte zurück, die ihr durch und durch ging.«

Madame Flaubert sagte einmal zu ihrem Sohn[41]: »Deine Leidenschaft für Floskeln ist es, die dein Herz ausgedörrt hat.«

Flaubert war in seiner Sprache oft derb und zügellos, das heißt nur in seinen Briefen, in seinen privaten Notizen und in den Rohentwürfen zu seinem Roman. Beispiele dafür lassen sich in *Madame Bovary, Ebauches et Fragments Inédits* nachweisen. Wenn er etwas veröffentlichte, wurden die Korrekturen dann immer mit dem Ziel vorgenommen, den endgültigen Text sprachlich reiner zu gestalten, das Gemeinte aus den Handlungen selbst hervorgehen zu lassen. Seine publizierten Texte sind stets von großer Feinheit und Zurückhaltung; die Bedeutung ist oft gewagt, nie aber der Ausdruck. Man könnte beispielsweise die Verführungszenen in *Madame Bovary* im Wald oder in der Kutsche mit den Liebesszenen in *Lady Chatterley* vergleichen, um Flauberts Zurückhaltung zu erkennen. Er verwendete das Schweigen, die Andeutung viel eher als die Beschreibung. Der Sonnenstand weist in der Verführungsszene mit Rodolphe im Wald auf das Vergehen der Zeit hin und bringt uns das Geschehene zum Bewußtsein. Bei der Verführung durch Léon in der Kutsche können wir uns, ohne daß ein einziges Wort fällt, vorstellen, was bei der wilden Fahrt hinter den zugezogenen Vorhängen vor sich geht; zuletzt flattern die Fetzen des Briefes, den Emma ihm hatte geben wollen, den sie nun aber zerreißt, aus dem Wagenfenster. Das ist alles.

Als Flaubert an der Szene arbeitete, in der Emma von Rodolphe verführt wird, schrieb er an Louise Colet[42]:

»Ich habe da einen Liebestext, der mir recht viel zu schaffen macht, vor dem ich mich aber nicht drücken darf, obwohl ich ihn rein, das heißt literarisch haben will, ohne saftige Details oder schwüle Bilder. Das Lustvolle muß in den Gefühlen sein.«

Flaubert glaubte an das Zölibat des Schriftstellers, nicht aus Gründen der Keuschheit, sondern damit es zu keinerlei Teilung der Loyalität komme; damit er, wie ein Priester, nur einer einzigen Sache Treue schulde und keine Familienbindung seine Energien oder Interessen mit Beschlag belegen könne. Wir haben schon erwähnt, wie entsetzt er war, als er verschiedentlich befürchten mußte, Louise Colet bekomme ein Kind von ihm und er müsse andere als nur künstlerische Verpflichtungen auf sich nehmen. »Der wahre Dichter«, schrieb er ihr[43], »ist für mich ein Priester. Sobald er die Soutane anzieht, muß er seine Familie verlassen.« Ähnlich hat er sich gegenüber George Sand geäußert[44]: »Die Künstler (die Priester sind) riskieren nichts, wenn sie keusch bleiben, im Gegenteil!« Zola sagte einst von ihm, er sei so feierlich in die Literatur eingetreten, wie man in einen religiösen Orden eintrete, um all ihre Freuden zu erleben und in ihr zu sterben. Mauriac erklärte in einem Essay über Flaubert in *Trois Grands Hommes,* er habe die Kunst an Gottes Statt gesetzt, sich damit des Götzendienstes schuldig gemacht und schwer gesündigt; denn er sei damit in eine noch gefährlichere Lage geraten, als wenn er bloß zynisch gewesen wäre. Er erreichte bei der Ausübung seiner Kunst einen mystischen Zustand, der ihm jede andere Art Lust oder Hingabe ersetzte. Kunst schenkte ihm die gleiche mit Lust vermischte Freude, wie es ein religiöses Erleben vielleicht vermocht hätte. Er selbst sagte[45]: »Ich liebe meine Arbeit mit einer frenetischen, pervertierten Liebe, wie ein Asket sein härenes Hemd, das ihm den Bauch zerkratzt.«

Leben existierte für ihn einzig als Stoff für die Kunst; schließlich dachte er daran überhaupt nur noch als an etwas, das in Literatur verwandelt werden konnte. Er verbrachte sein Leben mit dem Ziel, die Quintessenz seiner Erfahrung zu erreichen und sie dann für die Ewigkeit in ein bleibendes Werk der Schönheit zu kristallisieren. Dafür opferte er alles, was seinem Streben im Wege stand – Liebe, Freundschaft und jede Art Vergnügen.

Dieses Opfer war völlig selbstlos: Für jene, die mit ihren Büchern reich wurden, hatte er nur Verachtung übrig. Er sagte, eher würde er Aufseher in einem Internat, als vier Zeilen um des Verdienstes willen zu schreiben[46], oder: Er wäre lieber Droschkenkutscher, als für Geld zu schreiben.[47]

Seine Lebensanschauung war, wie wir gesehen haben, pessimistisch; das traf auf die Kunst ebenso zu wie auf alles andere, und er glaubte, Preise erhielten im allgemeinen doch nur die Egoisten und Opportunisten. Er selbst vermochte Frieden und Vergessen in der beruhigenden und berauschenden Macht der Kunst zu finden. Er schrieb an Mademoiselle Leroyer de Chantepie[48]: »Ich versuche, mich mit der Kunst trunken zu machen, wie es andere mit Branntwein tun«, und später, wiederum an sie[49]: »Ich werde von der Tinte trunken wie andere vom Wein.«

Seine Liebe zur Kunst und sein Streben nach Vollkommenheit blieben ihm bis an sein Lebensende, ohne die Enttäuschung, die er bei jeder anderen Liebe unweigerlich erlebt hat.

SCHLUSSWORT

Nach seinem Freispruch im Januar 1857 und der Veröffentlichung seines ersten Buches im April des gleichen Jahres erfreute sich Flaubert ungefähr dreizehn Jahre lang, das heißt bis zum Deutsch-Französischen Krieg von 1870, eines verhältnismäßig großen Erfolgs, der Anerkennung und der Hochschätzung einiger Leute von Geschmack und Urteil, die in ihm den besten Romancier dieser Ära sahen.

Er hatte 1856 eine Wohnung in Paris gemietet, um für die Korrekturen der Probeabzüge und bei der Veröffentlichung seines Romans in *La Revue de Paris* immer bei der Hand zu sein. Er führte dort, an der Rue du Temple Nummer 42, ein paar Jahre lang ein fast mondänes Leben, ging zu Gesellschaften und empfing in seiner bescheidenen Wohnung selbst Persönlichkeiten aus der literarischen oder sogar aus der eleganten Welt. Früher hatte er jeweils nur wenige Tage in Paris verbracht und dabei in irgendeinem Hotel gewohnt, jetzt aber blieb er wochen- oder gar monatelang in der Hauptstadt. Er wurde ein Mitglied des Salons der Prinzessin Mathilde – seine Gefühle für sie scheinen mehr als freundschaftlich gewesen zu sein – und hielt die Verbindung mit ihr bis zu seinem Tod aufrecht; er besuchte sie oft in ihrem Haus in Saint-Gratin und wurde durch sie auch mit ihrem Vetter, dem Kaiser, bekannt. Sie war es, die dafür sorgte, daß er 1866 Ritter der Ehrenlegion wurde, und trotz seiner spöttischen Bemerkungen anläßlich der Ernennung Maxime Du Camps zum Offizier der Legion im Jahre 1852 nahm er die Auszeichnung dankbar an. Damals schrieb er an Prinzessin Mathilde[1]: »Daher ist das rote Ordensband für mich mehr als eine Gunst, fast ein Souvenir. Ich bedurfte dessen nicht, um oft an Prinzessin Mathilde zu denken.« Gleich vielen anderen Empfängern von Ehrungen behauptete er, das schönste daran sei die Freude, die es seinen Freunden bereite. »Was mich am roten Band am meisten beglückt«, sagte er[2], »ist die Freude, die es jenen bereitet, die mich lieben; das ist das beste an der Sache, ich versichere es Ihnen.«

Er trug nun feine Kleider, teure Maßanzüge, wenn auch ein wenig provinziell in Schnitt und Mode. Eine Zeitlang war er geradezu ein Pariser von Welt.

Sein Leben in diesen dreizehn Jahren straft die allgemeine Vorstellung von ihm als dem Einsiedler und Bären von Croisset Lügen. Freilich zog er sich, wenn er an einem Buch arbeitete, in die Einsamkeit seines Landhauses zurück, aber er weilte häufiger in Paris als früher und schien die Gesellschaft seiner neuen literarischen und mondänen Freunde zu genießen. Seine Mutter bezog schließlich eine Wohnung im selben Hause und betreute ihn dort ebenso liebevoll wie in Croisset.

Obwohl er in diesen Jahren einen Achtungserfolg genoß, wurde er von den etablierten Kritikern noch nicht restlos akzeptiert. Emile de Montégut schrieb 1861 in einer Arbeit über den zeitgenössischen Roman[3], er wolle weder übermäßig pessimistisch erscheinen noch blind gegenüber den Qualitäten, die die damaligen Autoren zweifellos aufzuweisen hätten; er behaupte nicht, seine Zeit sei schlechter als alle vorhergehenden; gewiß würde man, wenn man sich genau umsehe, einiges Talent – wenn auch von minderer Art – entdecken, aber er finde doch, die zeitgenössische Prosaliteratur in Frankreich sei die armseligste, die das Land je hervorgebracht habe. Und zwar sagte er das zu einer Zeit, da Baudelaire und Flaubert ihre Werke schon veröffentlicht hatten. Er erklärte, die hervorragendste noch schreibende Romanautorin sei George Sand; er befaßte sich auch mit Erckmann und Chatrian, Flaubert dagegen erwähnte er nicht einmal. Mehr als acht Seiten widmete er Octave Feuillet, ebenso viele Victor Cherbuliez, Flaubert keine einzige. Er schloß mit den Worten[4]: »Das ist unsere ganze Ernte; dürftig, werden Sie sagen, aber es ist alles, was wir aus mehr als zwanzig Bänden zusammentragen konnten, alles, was wir für wert befanden, dem Leser vorgestellt und seiner Aufmerksamkeit anempfohlen zu werden.«

Sehr viel später, 1876, studierte er die Romanliteratur von neuem.[5] Wieder ließ er sich über die Schwäche der zeitgenössischen Prosa aus, obwohl Flaubert inzwischen alle Werke veröffentlicht hatte, die er zeit seines Lebens drucken lassen wollte – außer den *Drei Erzählungen*. Diesmal erwähnt er ihn und »das solide Landhaus, das er erstellt hat, wie ein Bauernhaus in seiner heimatlichen Normandie«. Er spendet *Madame Bovary* – dem einzigen Werk, das er nennt – gemäßigtes Lob als »dem vielleicht ungefälligen, aber so starken Werk von Gustave

Flaubert«. Er rühmt es vor allem als das Werk, das dem gefährlichen Einfluß der Romantik den Todesstoß versetzt habe. Den Romanen von Alphonse Daudet und Gustave Droz jedoch mißt er weit größere Bedeutung bei.

Obwohl Flaubert viele Freunde und Bekannte hatte und viel ausging, wenn er in Paris weilte, war er oft einsam, besonders nach dem Tod seines Freundes und Mentors, seines literarischen Gewissens Louis Bouilhet, im Jahre 1869. Er schrieb an George Sand[6]: »Als ich meinen armen Bouilhet verlor, verlor ich meine Hebamme, den Mann, der klarer in mein Inneres sah als ich selbst. Sein Tod läßt eine Leere in meinem Leben zurück, die ich von Tag zu Tag mehr spüre.«

Gegen Ende seines Lebens kam er Maxime Du Camp wieder näher, aber die alte Vertrautheit wollte sich nicht mehr ganz einstellen. Er hatte auch viele Freundinnen, denen er lange Briefe schrieb – das war einer der auffallendsten Züge seiner späteren Jahre –: Prinzessin Mathilde, Mademoiselle Leroyer de Chantepie, Amélie Bosquet, Madame Roger des Genettes, die Gräfin de Loynes, George Sand – tatsächlich schrieb er im großen ganzen lieber an Frauen als an Männer –, aber bei keiner scheint es sich um mehr als eine zärtliche Freundschaft gehandelt zu haben, und nichts beweist, daß er mit einer von ihnen sexuelle Beziehungen unterhalten hat. Möglicherweise war er mit Juliet Herbert intim, der zweiten englischen Erzieherin seiner Nichte, denn er scheint sie verschiedentlich für mehrere Wochen in London besucht zu haben.

Im ganzen hatte er kein Glück in der Liebe, und keine seiner Beziehungen war, soviel man weiß, wirklich befriedigend.

Abgesehen von den anderen Hindernissen, die wir bereits erwähnt haben, war er vielleicht auch zu gehemmt, zu selbstkritisch. Ein paar Tage nachdem Louise Colet seine Geliebte geworden war, schrieb er ihr[7]: »Die komische Seite der Liebe hat mich bisher stets daran gehindert, mich einzulassen. Ich habe mir manchmal gewünscht, den Frauen zu gefallen, aber dann brachte mich die Vorstellung des Anblicks, den ich bei solchen Gelegenheiten geboten haben muß, zu sehr zum Lachen, ließ meinen Willen in der Glut einer inneren Ironie schmelzen, die in mir das Lied von Bitterkeit und Hohn sang. Nur bei Dir habe ich noch nicht über mich selbst gelacht.«

Er war erst vierundzwanzig, als er diese Zeilen schrieb, wie auch die folgenden: »Du wirst glauben, ich sei ein Egoist und habe Angst vor Dir.

Nun ja! Ich fürchte mich vor Deiner Liebe, weil ich fühle, daß sie uns beide verschlingt.«

Ein Schweizer Bibliograph erwarb vor einiger Zeit ein Geschenkexemplar von *Madame Bovary,* auf dessen Vorsatzblatt der Autor als Widmung geschrieben hatte[8]: »L'amour est comme l'opéra. On s'y ennuie, mais on y retourne« (Die Liebe ist wie die Oper: Man langweilt sich, und doch geht man wieder hin). Ein Hinweis auf den Empfänger des Buches findet sich nicht.

Die große Liebe seines Lebens war und blieb Élisa Schlésinger, die in dem wohnte, was er seine »chambre murée« nannte, seine zugemauerte Kammer. »Jeder von uns besitzt in seinem Herzen ein Königsgemach. Ich habe meines zugemauert, aber zerstört ist es nicht.«[9]

Solange ihr Mann lebte, blieb er ihr gegenüber zurückhaltend und respektvoll; als er aber starb, scheint er ihr etwas nähergekommen zu sein und seine Zuneigung offener bekannt zu haben. Er spricht sie nunmehr als »Vieille amie, toujours chère, oui toujours!« an.[10] Er erzählt ihr, daß er gehofft habe, das Ende seines Lebens in ihrer Nähe verbringen zu dürfen, was sich allerdings nicht erfüllen sollte, da er den Gedanken nicht ertrug, nach dem Ende des Krieges Deutschland zu besuchen. Als sie im Sommer 1871 nach Trouville kam, um sich um ihren dortigen Besitz zu kümmern, konnte er sie wegen der Erkrankung seiner Mutter nicht treffen, bat sie aber, ihn in Croisset zu besuchen[11]:

»Kommen Sie doch, wir haben uns so vieles zu sagen, Dinge, die man nicht oder zu schlecht mit der Feder sagt. Wer hindert Sie? Sind Sie nicht frei? Meine Mutter würde Sie in der Erinnerung an die gute alte Zeit mit großer Freude empfangen. Wir können Ihnen ein Bett und wenigstens etwas zum Abendessen anbieten. Schlagen Sie mir das nicht ab.

Leben Sie wohl. Ich umarme Sie recht kräftig und bin immer ganz der Ihre.«

Damals war es ihr jedoch nicht möglich, ihn aufzusuchen. Im folgenden Jahr, nach dem Tod seiner Mutter, schrieb er erneut[12]:

»Meine alte Freundin, meine alte Zärtlichkeit,

ich kann Ihre Schrift nicht sehen, ohne bewegt zu sein. Daher habe ich heute morgen gierig den Umschlag Ihres Briefes aufgerissen. Ich glaubte, er würde mir Ihren Besuch ankündigen. Leider nein! Für wann wird es sein? Für das nächste Jahr? Ich würde Sie so gern bei mir empfangen, Sie im Zimmer meiner Mutter schlafen lassen!«

Er erzählte ihr, die Szenen, die sich am klarsten in seiner Vergangenheit abzeichneten, wären jene von Trouville, die mit ihr zu tun hätten[13]:

»Die Zukunft hat für mich keine Träume mehr, dagegen zeigen sich mir die Tage von einst wie von einem goldenen Dunst umhüllt. Vor diesem leuchtenden Hintergrund, wo teure Phantome mir die Arme entgegenstrecken, hebt sich als das leuchtendste Gesicht das Ihre ab! Ja, das Ihre! O armes Trouville!«

Und doch machte er sie, genau wie Frédéric in der letzten Fassung der *Lehrjahre des Gefühls,* nicht zu seiner Geliebten. Es gibt in diesem Werk eine Episode, die ihr Gegenstück im wirklichen Leben haben muß, und das ist die schönste Passage, die Flaubert je geschrieben hat. Es ist die Schlußszene, in der Madame Arnoux Frédéric unerwartet aufsucht. Sie ist alt geworden und hat ihn nahezu zwanzig Jahre lang nicht mehr gesehen. Sie beschwören die Vergangenheit herauf und entdecken, daß ihre Liebe nicht erkaltet ist. Sie scheint jetzt bereit, die Seine zu werden, doch er nimmt sie nicht – zu lange haben sie auf diesen Augenblick gewartet; er fürchtet, seine Illusion zu zerstören; auch wäre es ihm, nach so langer Zeit, beinahe wie Blutschande vorgekommen. Und so läßt er sie gehen. Sie fühlt, daß dies das Ende ist, und ehe sie ihn verläßt, nimmt sie ihren Hut ab, und da gewahrt er mit einem stechenden Schmerz, daß sie ganz weiß geworden ist. Sie schneidet eine Locke aus ihrem weißen Haar, schenkt sie ihm und geht. Mit großer Gefühlsintensität und sparsamsten Sätzen läßt Flaubert uns die Last der entschwundenen Jahre und die schmerzlichen Empfindungen der alternden Frau fühlen. Das ist die ergreifendste Szene in Flauberts Werk.[14]

Flaubert verbrachte den größten Teil seines Lebens in Croisset, mit seiner betagten Mutter zusammen, die ihr Gedächtnis zu verlieren begann, und seiner Nichte Caroline, die ihn an seine verstorbene Schwester erinnerte. Als er älter wurde, lebte er mehr und mehr in seinen Erinnerungen. Schon als junger Mann hatte er gesagt[15]: »Ich umgebe mich gern mit Erinnerungen und Andenken. So verkaufe ich auch meine alten Kleider nicht. Ich gehe manchmal in die Bodenkammer und schaue sie mir an und denke an die Zeit, als sie neu waren, und an alles, was ich zu tun pflegte, wenn ich sie trug.«

Als 1872 seine Mutter starb, bekannte er, es sei ihm erst jetzt klargeworden, daß sie der Mensch war, den er in seinem Leben am meisten geliebt hatte.

Flaubert war ein Mann von tiefen und leidenschaftlichen Gefühlen, besonders für seine Familie und seine engsten Freunde; wie wir gesehen haben, fühlte er sich nie recht glücklich, wenn er ihnen fern war: als Student in Paris und auf seiner Orientreise. Man könnte sich vorstellen, daß er ein guter, liebevoller Vater gewesen wäre – er war seiner Nichte Vater und Mutter zugleich und opferte um ihretwillen alles, was ihm das Leben kostbar machte, und doch lehnte er jede Vaterschaft ab und befürchtete stets, Verpflichtungen gegenüber einer eigenen Familie würden seine Pflichten als Künstler beeinträchtigen. Schon als Vierundzwanzigjähriger schrieb er in einem Brief an Louise Colet[16]: »Ich verstehe genausogut wie jeder andere, was man empfände, wenn man sein schlafendes Kind betrachtete. Ich wäre kein schlechter Vater gewesen.« Und acht Jahre später[17]: »Ich habe ein *menschliches* Herz, und wenn ich kein *eigenes* Kind will, so deshalb, weil ich spüre, daß mein Herz zu *väterlich* wäre. Ich liebe meine kleine Nichte, als ob sie meine Tochter wäre, und ich befasse mich genug mit ihr, um zu beweisen, daß das keineswegs Phrasen sind.«

Er war seinen Freunden stets treu ergeben und voller Mitgefühl. Er litt auch sehr um sie: beim Tod von Alfred Le Poittevin, von Louis Bouilhet, von George Sand, bei deren Begräbnis er offen und unbeherrscht weinte. Er dachte sehr hoch von der Fähigkeit zu lieben und Zuneigung zu haben. »Wir sind nur durch unsere Liebesfähigkeit etwas wert«, schrieb er an Mademoiselle Leroyer de Chantepie.[18] Und an Louise Colet[19]: »Nein, wir sind nicht gut. Aber die Fähigkeit, sich in jedes Elend zu versetzen und anzunehmen, daß man es selbst erlebt, ist vielleicht das wahre menschliche Mitleid.«

Er vertraute sich nur den besten seiner Freunde an, aber ihnen gegenüber war er, der in bezug auf Leute, mit denen er persönlich nichts zu tun hatte, einen so scharfen Blick besaß, leichtgläubig und sah in allen Gänsen Schwäne. Er gab sich für seine Freunde aus, wie er es für sich selbst nie getan haben würde – wie es seine Bemühungen für Bouilhet hinsichtlich der Aufführung von dessen Theaterstücken und seine Arbeit mit dem Korrigieren von Louise Colets Gedichten bezeugen.

Er war gütig und großzügig allen gegenüber, die zu seinem vertrauten Kreise gehörten, wie auch jenen, die für ihn arbeiteten. Er überschüttete seine Mutter bis zu ihrem Todestag mit hingebender Aufmerksamkeit, ihr galt stets seine erste Sorge. Und so war er auch gegenüber den Leuten, die ihm dienten. Er kümmerte sich um die alte Dienerin der Familie bis zu seinem Tod und behandelte auch seinen persönlichen Diener Narcisse mit großer Freundlichkeit. Es gibt da eine hübsche Geschichte: Als Flaubert dem betrunkenen Narcisse eines Nachts in sein Zimmer half, sagte dieser zu ihm: »Monsieur würde seiner Güte die Krone aufsetzen, wenn er sich nun auch noch herbeiließe, mir die Schuhe auszuziehen!« Was Flaubert denn auch bereitwillig tat.

Tiefe Gefühle aber brachten ihm unweigerlich Leid, und er litt viel in seinem Leben. Er mußte in zu kurzer Zeit zu viel Kummer, zu viel Schmerzen erdulden. Mit zweiundzwanzig Jahren warf ihn der erste Anfall seiner tückischen Nervenkrankheit nieder, von der er sich nie mehr erholt hat, und riß ihn aus dem normalen Leben eines jungen Mannes. Mit vierundzwanzig verlor er seinen Vater, den er liebte und verehrte, und seine über alles geliebte Schwester; und mit sechsundzwanzig seinen engsten Freund, der auch sein Bruder in literarischen Fragen gewesen war.

Flaubert schätzte das Leiden hoch ein und glaubte nicht an den Wert des Glücklichseins. Schon als Vierundzwanzigjähriger schrieb er seinem Freund Emmanuel Vaisse[20]: »Ich habe das, was man so allgemein Glück nennt, von nahe besehen, und ich habe es von innen nach außen gekehrt: Es ist eine gefährliche Selbsttäuschung, es besitzen zu wollen.«

Er wollte dem Glück nichts opfern. Vielmehr glaubte er an die Bedeutung des Leidens, gleich einem Echo von Baudelaires Glauben an »la fertilisante douleur« und »l'indispensable douleur«. Er glaubte, je höher man auf der Stufenleiter der Menschlichkeit emporsteige, desto größer werde die Macht des Leidens, der Wert des Menschenherzens werde an der Leidensfähigkeit gemessen.[21] »Das Menschenherz«, sagte er[22], »wird tiefer durch das scharfe Messer, das hineinschneidet.«

Schon als ganz junger Mann fühlte er alles Leid, das hinter dem schönsten Äußeren verborgen lag, alles Elend des Menschseins. Er flüchtete sich daraus in das, was er »rêverie« genannt hat und was ihm die Kraft gab, der Wirklichkeit ins Auge zu blicken. Sein Ziel war das Streben nach Schönheit, die er aus dem Leid zu erschaffen vermochte; er glaubte nicht, daß man Glück und Schönheit zugleich erjagen könne, ohne Gefahr zu laufen, beides zu verlieren.[23] Er sagte[24]:

»Ich hasse diese Suche nach weltlichem Glück. Es scheint mir eine mittelmäßige und gefährliche Selbsttäuschung. Es lebe das Geld, die Liebe, der Wein, die Familie, die Freude und das Gefühl: Laßt uns davon fassen, soviel wir nur können, aber nicht daran glauben. Laßt uns glauben, Glück sei ein Mythos, den der Teufel erfunden hat, um uns zur Verzweiflung zu bringen. Die Menschen, die sicher sind, daß es einen Himmel gibt, die haben keine Phantasie.«

Er aber glaubte, daß aus der Verzweiflung, sofern man sie akzeptierte, Kraft erwachsen konnte[25]:

»Menschen wie wir müssen die Religion der Verzweiflung haben. Man muß seinem Schicksal gleich sein, das heißt, ebenso gefühllos sein wie es. Wenn man unentwegt in das tiefe schwarze Loch zu seinen Füßen starrt, wird man ruhig.«

Trotzdem war er, der in seinen Briefen so oft von starken Menschen und der Notwendigkeit der Stärke sprach, bei weitem kein entschlossener Mann. Er besaß die Schwäche und die schwankenden Züge, die er später dem Charakter von Frédéric in der endgültigen Fassung von *Lehrjahre des Gefühls* verliehen hat – was Maxime Du Camp, wie wir gesehen haben, bedauerte. Frédéric war so, wie Flaubert wohl gewesen wäre, hätte er nicht Genie und eine überwältigende Leidenschaft zur Kunst besessen. In einem Brief an Du Camp, in dem er diesen bat, ihm in seinem Zustand der Unsicherheit beizustehen, heißt es[26]:

»Du weißt sehr gut, daß ich ein Mann der Begeisterungen und Niedergeschlagenheiten bin. Wenn Du all die unsichtbaren Netze der Untätigkeit kenntest, die meinen Körper umgeben, und all die Nebel, die in meinem Gehirn umhertreiben! Ich verspüre oft eine Müdigkeit, die mich vor Unlust umkommen läßt, wenn ich irgend etwas machen muß, und nur durch große Anstrengungen gelingt es mir, einen wirklich klaren Gedanken zu fassen. Meine Jugend hat mich für den Rest meiner Tage in irgendein Opium des Überdrusses getaucht. Ich hasse das Leben. Der Satz ist geschrieben, soll er auch stehenbleiben! Ja, das Leben und alles, was mich daran erinnert, daß man es ertragen muß. Es ist für mich eine Qual, zu essen, mich anzuziehen, aufzusein. Ich habe das überall mit mir herumgeschleppt, bei allem, in der Schule, in Paris, in Rouen, auf dem Nil, auf unserer Reise ... Wie die Schnecke, die Angst davor hat, sich auf dem Sand zu beschmutzen oder von den Füßen zertreten zu werden, ziehe ich mich in mein Haus zurück. Ich sage nicht, daß ich zu jeder Art von Aktion unfähig bin, aber sie darf nicht lange dauern, und sie muß Vergnügen machen. Und wenn ich die Kraft habe, so habe ich nicht die Geduld, und die Geduld ist alles.«

Als Individualist und Einzelgänger haßte Flaubert Massenbewegungen und jede Art von Kollektivität. Er schrieb an Louise Colet[27]:

»Ich hasse die Menge, die Herde. Ich finde sie immer grauenhaft dumm oder gemein. Aus diesem Grund sind mir gemeinschaftliche Werke, gemeinnützige Aktionen, Sammlungen usw. derart zuwider. Sie zerstören die Barmherzigkeit, das heißt das Mitgefühl von Mensch zu Mensch, die spontane Gemeinschaft, die sich zwischen Dir und dem Bittsteller ergibt. Pöbel habe ich noch nie gemocht, höchstens in den Tagen der Revolution, und selbst dann! Und könnte man den Dingen ins Herz sehen, würde man viele Rädelsführer und Agitatoren finden – sie ist vielleicht künstlerischer, als man denkt.«

Die Menschen für sich genommen hatte er gern, zu ihnen war er freundlich. Er wäre wahrscheinlich ein guter Universitätsprofessor geworden. Es machte ihm Freude, seine Nichte zu erziehen, und er verwandte viel Zeit auf ihren Unterricht. Er brachte Stunden mit dem Durchsehen von Mademoiselle Leroyer de Chantepies kläglichen literarischen Bemühungen zu, mit dem Korrigieren von Louise Colets Gedichten und mit den Druckvorbereitungen dieser Sachen. Er wäre wahrscheinlich auch glücklich gewesen als Professor am Collège de France oder in einer Hochschule von Oxford oder Cambridge. Seine Gespräche, geradeheraus und leidenschaftlich, waren beliebt, man diskutierte gern mit ihm. Sein Pessimismus lag mehr in seiner Überzeugung als im praktischen Leben. Sein Alltag war der eines gewöhnlichen Bürgers, und er war durchaus kein Langweiler oder Brummbär – außer wenn er in den Geburtswehen eines neuen Buches lag. Er sagte, man müsse wie ein Spießer leben, um imstande zu sein, wie ein Gott zu denken. Allerdings wurde ihm dies dadurch erleichtert, daß er Vermögen besaß und seinen Lebensunterhalt nicht zu verdienen brauchte. So konnte er auch sagen, eine bezahlte Anstellung, welcher Art sie auch wäre, würde ihm als Erniedrigung erscheinen.[28] Martin Turnell schreibt[29]: »Sein Leben war fürwahr das Leben eines typischen Schriftstellers des 19. Jahrhunderts: uninteressant, ereignislos und eintönig.«

Die Meinung, man müsse in der Welt herumreisen, um aufregend zu erscheinen, würde Flaubert bestimmt interessiert haben, vielleicht hätte er sie in seinen *Dictionnaire des Idées Reçues* aufgenommen. In Wirklichkeit erlebte er manches und reiste auch – und nicht einmal wenig für seine Zeit –, besonders wenn das für sein Schaffen erforderlich war. Er reiste nach Südfrankreich, und dies zu einer Zeit, da es noch keine Eisenbahn gab; nach Korsika, nach Italien, verschiedentlich nach England, nach Nordafrika, und dann war da seine große Orientreise mit Maxime Du Camp, die nahezu zwei Jahre gedauert hat. Er war in die Revolution von 1848 verwickelt – er sah, wie das Palais Royal geplündert wurde – und in den Staatsstreich vom Dezember 1851; er war Mitglied der Nationalgarde; er stand vor Gericht wegen Unzüchtigkeit und Unmoral seines ersten veröffentlichten Werkes. Sein Leben war also keineswegs farblos. Die meisen Abenteuer und Wanderungen jedoch unternahm er im Reich seines eigenen Geistes.

Gewiß, im gewöhnlichen Leben hatte er manche von den Eigenschaften, die ihm an anderen mißfielen. Er verheiratete seine Nichte auf die denkbar bürgerlichste Art und sagte, es sei ihm lieber, sie heirate einen reichen Philister als einen armen Künstler. Er tat dies, um ihre Zukunft sicherzustellen – und dabei war es dann gerade diese bürgerliche Heirat, die ihn finanziell ruinierte, opferte er doch fast sein ganzes Vermögen im vergeblichen Bemühen, seinen Schwiegerneffen, einen Holzhändler, vor dem Bankrott zu bewahren. So brachte am Ende gerade das Spießbürgerliche Flaubert um sein Geld, ja schließlich um sein Leben. Insgeheim dürfte das seinem grimmigen Sinn für Ironie nicht entgangen sein.

Flaubert war fasziniert von den Erscheinungsformen spießerischer Dummheit und Hohlheit und sammelte Beispiele davon. Man sammelt ja alles mögliche, selbst Streichholzschachteln, warum also nicht Beispiele von Bourgeoisie-Albernheiten? Hätte sich das Spießertum mit einmal vollkommen erneuert, so wäre Flaubert einer seiner Lieblingsbeschäftigungen beraubt worden. Unter seinen Papieren in der Stadtbibliothek Rouen findet sich eine gedruckte Karte, wie man sie als Geburtsanzeige an Freunde verschickt – nur daß hier das freudige Ereignis nicht ein Kind, sondern einen Wurf Welpen betrifft:

»Madame Cora Chardon, geborene Cora Desgranges, wurde glücklich von einem Rüden und vier Hündinnen entbunden. Mutter und Kinder befinden sich wohlauf. Herr Dick Chardon hat die Ehre, Ihnen diese Mitteilung zu machen.«

Er muß das als Beweisstück für besondere Blödheit aufbewahrt und sich dadurch in seinen Ausfällen gegen die krasse Dummheit der menschlichen Natur bestärkt gefühlt haben.

Die Tiefen von Flauberts Wesen waren durchdrungen von Mystik und Religion – was immer er sonst sagen mochte. Als er Mademoiselle Leroyer de Chantepie einen Lebensbericht gab, bekannte er[30]:

»Und doch zieht mich die Religion über alle Maßen an. Ich meine damit alle Religionen, nicht eine mehr als die andere. Ich betrachte das Gefühl, aus dem heraus sie geschaffen wurden, als das natürlichste und poetischste der Menschheit. Ich mag die Philosophen nicht im geringsten, die darin nur Gaukelei und Dummheit sehen. Ich entdecke darin Notwendigkeit und Instinkt.«

Und früher hatte er an Louise Colet geschrieben[31]:

»Ich gelange zu einer Art ästhetischem Mystizismus (wenn die beiden Worte nebeneinander gestellt werden können), und ich wollte, daß er stärker wäre. Wenn wir keinerlei Ermutigung durch die anderen erfahren, wenn die äußere Welt uns abstößt, entnervt, uns korrumpiert, uns abstumpft, sind die *ehrlichen* und *sensiblen* Menschen gezwungen, in sich selbst irgendwo einen reinlicheren Ort zu suchen, wo sie leben können. Wenn die Gesellschaft auf ihrem jetzigen Weg weitergeht, werden wir, glaube ich, Mystiker erleben, wie es sie in allen dunklen Epochen gegeben hat.«

Von Alfred de Musset sagte er einmal[32]: »Er ist ein unglücklicher junger Mann! Man kann ohne Religion nicht leben.«

In einer anderen Umgebung, einem anderen Zeitalter wäre Flaubert wohl ein Asket und Mystiker geworden – ein Pascal etwa, denn dessen nüchterne Strenge hätte ihm zugesagt. In dem wissenschaftlichen Milieu jedoch, in dem er aufgewachsen war und lebte, hatte die orthodoxe Religion keine Chance, und so entwickelte er einen Skeptizismus, während alle seine religiösen Empfindungen in die Literatur flossen. Sein fanatisches Gefühl für Literatur war ja nichts anderes als Mystizismus. Claudel nannte Rimbaud »un mystique à l'état sauvage«, was in mancher Hinsicht genausogut auf Flaubert zutrifft. Es gibt in seinem Werk viele Beispiele für ein Streben nach Schönheit, das die Züge religiöser Inbrunst annimmt, wie etwa ganz am Ende seiner afrikanischen Reisenotizen sein Gebet[33]:

»Mögen alle Kräfte der Natur, die ich einatme, mich durchdringen und in mein Buch ausströmen. Sei mein, Macht der plastischen Gemütsbewegung! Auferstehung der Vergangenheit, sei mein! Sei mein! Man muß doch über das Schöne das Lebendige und Wahre tun. Erbarme dich meines Willens, Gott der Seelen! Gib mir die Kraft – und die Hoffnung!

Nacht vom Samstag, dem 12., auf Sonntag, den 13. Juni, Mitternacht.«

Pater Didon schrieb nach Flauberts Tod an dessen Nichte[34]: »Ich liebte Ihren Onkel. Sein weitblickendes Auge sah ferner und höher als nur das, was sichtbar ist. Sicherlich begegnete dieser Blick dem Göttlichen.«

Sein Mystizismus kommt besonders in seiner Haltung gegenüber seiner Kunst zum Ausdruck. Er war bereit, auf dem Altar dieses eifersüchtigen Gottes alles zu opfern. Er hätte Mallarmé beigestimmt, der einmal sagte[35]: »Die Welt ist dafür geschaffen, in ein schönes Buch zu münden.« Schon als Zwanzigjähriger schrieb er seinem Freund Ernest Chevalier[36]: »Wir müssen uns daran gewöhnen, in den Menschen nichts als Bücher zu sehen.«

Er verwendete Ereignisse, die mit seinen Freunden zusammenhingen, in seinen Werken – er beabsichtigte, die Gefühle eines lieben, nahen Freundes beim Begräbnis seiner Frau als Entwurf für Charles Bovarys Kummer bei Emmas Beerdigung zu benützen; und doch hatte er sowohl den Mann wie die Frau sehr gern gehabt und empfand tiefes Mitgefühl mit dem Witwer.[37] Wir haben gesehen, wie er sich des Materials bediente, das ihm die boshafte Zofe einer seiner besten Freundinnen beschaffte, *Les Mémoires de Madame Ludovica.* Dieses Vorgehen entsetzte viele, aber es ist nun einmal die Art, wie Künstler arbeiten: Alles hat der Sache der Kunst zu dienen.

Madame Bovary bleibt Flauberts populärstes Werk, und das hat seine guten Gründe. Es ist sein wärmstes Buch, weniger intellektuell als seine späteren Romane, und ungeachtet dessen, was er selbst dazu gesagt hat, ist es das Buch, in das er am meisten von sich selbst hineingelegt hat.

Die Veröffentlichung von *Madame Bovary* ist einer der Marksteine in der Geschichte des Romans in Frankreich – ja eigentlich ebenso in der übrigen Welt. Ein französischer Kritiker meinte: »Man sagt das Jahr von *Madame Bovary*, wie man das Jahr von *Le Cid* sagt.« Corneilles Drama war der Ausdruck des französischen klassischen Ideals auf der Bühne gewesen, dessen Stabilisierung; zwischen dem französischen Drama vor und nach *Le Cid* besteht ein sehr großer Unterschied. Dasselbe ist *Madame Bovary* für den französischen Roman. Es bedeutet das Mündigwerden des Romans, das erstmalige Erreichen einer auf Perfektion gegründeten Ästhetik.

Flaubert ist der Schöpfer des modernen Romans, nicht nur in Frankreich, sondern überhaupt; ein großer Teil der interessantesten Neuerungen stammt von ihm – vor allem im Reich der Psychologie. Als gegen Ende des 19. Jahrhunderts Henry James in Amerika und George Moore in England den Roman in ihren eigenen Ländern erneuern wollten, nahmen sie sich Flaubert als Vorbild und ließen sich durch dessen Werk inspirieren.

Flaubert benutzt die Romanform sozusagen gezwungenermaßen, das heißt, er benutzt sie, um das wiederzugeben, was sich auf keine andere Weise wiedergeben läßt. Was er sagt, kann in kein anderes Medium übertragen werden, ohne den größten Teil seines Wertes einzubüßen. Er weigerte sich stets, *Madame Bovary* für die Bühne bearbeiten zu lassen, indem er zu Recht sagte, es sei nicht der richtige Stoff für das Theater. Er verharrte trotz finanzieller Verlockungen bei seiner Weigerung und erklärte immer wieder, wenn er je das Theater betreten sollte, dann durch den Haupteingang.[38] Nach seinem Tod respektierte man seine Wünsche nicht. Es wurden verschiedene Dramatisierungsversuche unternommen, von denen jedoch die meisten unbrauchbar waren. Der beste war das Stück von Baty, das 1936 im Théâtre du Montparnasse aufgeführt wurde; es war sehr gut gemacht, sofern man der Meinung ist, daß so etwas überhaupt gemacht werden sollte, was sich bezweifeln läßt. Es war nicht das, was Flaubert gemeint hatte, die Akzente lagen anders. Trotzdem war ein Besuch der Vorstellung keine bloße Zeitverschwendung, konnte man doch in kritischer Hinsicht sehr viel daraus lernen, wenn man sich klarmachte, was der Dramatiker hatte weglassen und ändern müssen. Das erste, was überraschte, war, die Personen in den Kleidern und Intérieurs der 1840er Jahre zu sehen, wo der Verfasser des Romans doch die Handlung weder an eine Epoche noch an einen Ort hatte binden, sondern ihr zeitlose Gültigkeit hatte verleihen wollen.

Ferner war in dem Stück das einzige Mittel, das zur Verfügung stand, um die Figuren zum Leben zu bringen, der Dialog. Charles und Emma mußten reden, mußten ihre verworrenen Gefühle, die im Roman unausgesprochen bleiben, konkretisieren. Wie wir wissen, wird in dem Roman sehr wenig gesprochen – erstaunlich wenig sogar, wenn man ihn etwa mit einem Werk Balzacs vergleicht. Charles und Emma wären gar nicht fähig gewesen, die Dinge zu sagen, die im Dialog des Theaterstücks standen, und die Schwerpunkte verlagerten sich dadurch so vollkommen, daß man die beiden nicht wiedererkannte. Die großartigen, psychologisch so aufschlußreichen parallelen Wachträume von Charles und Emma, in denen kein einziges Wort geäußert wird, mußten in der dramatischen Fassung zur großen Verarmung des psychologischen Bildes wegfallen. Die erfolgreichste Szene des Stückes war die balzacähnliche, die Ankunft im Goldenen Löwen zu Yonville, in der die Charaktere visuell und in den Gesprächen aufgebaut werden.

Flaubert gelangte so weit, die Romantik als ein Übel zu betrachten, das den menschlichen Charakter zerstört; er nahm seinen ersten veröffentlichten Roman zum Anlaß, sich selbst von dieser Krankheit zu heilen. Er glaubte daran, daß alles, was aus dem Norden kam, schwach, alles, was aus dem Süden kam, gesund, stark und edel sei. Während er *Madame Bovary* schrieb, äußerte er zu Louise Colet[39]: »Im Grunde bin ich ein Mann des Nebels, und nur durch lange Geduld und durch Studium habe ich mich all des weißlichen Fettes entledigt, das meine Muskeln überwucherte.« Und ein Jahr später: »Nur durch harte Arbeit bin ich meine nördlichen Nebel losgeworden.«

Im Jahre 1849 wandte sich Flaubert, von seinen Freunden und Mentoren gedrängt, von der überschwenglichen Romantik der *Versuchung des heiligen Antonius* der disziplinierteren Form von *Madame Bovary* zu. Für ihn war dies das Eingeständnis einer Niederlage gewesen, wenngleich es schließlich vielleicht zum Sieg führte. Es gibt allerdings gewisse Kritiker, die das Zügeln und Beschneiden seines Genies bedauern – die Verfasserin gehört nicht zu ihnen. Vor dem Schock, der ihn so grundlegend verändert hat, erschien er wie eine roh behauene Figur, wenn auch mit genialem Einschlag: eine aus einem Sumpf oder Flußbett ausgegrabene Statue, deren wahre Züge noch hinter der Schlammschicht verborgen liegen. Stufenweise, mit unendlicher Geduld und Mühe, reinigte er die Statue von ihrem entstellenden Überzug und offenbarte den klaren Adel ihrer strengen Linien in ihrer ewigen, unwandelbaren Harmonie; oder wie Mallarmé von Edgar Allan Poe in *Le Tombeau de Poe* sagte: »Tel qu'en lui-même enfin l'éternité le change« – wie die Unendlichkeit ihn schließlich in ihn selbst verwandelt.

ANMERKUNGEN

VORWORT

1 Jean Bruneau, *Les Débuts Littéraires de Gustave Flaubert* – Antoine Youssef Naaman, *Les Débuts de Gustave Flaubert et sa Technique de la Description.*
2 *Correspondance*, Bd. III, S. 181, Brief an Louise Colet vom 26./27. April 1852 (fehlt in der deutschen Ausgabe).
3 *Correspondance Supplément*, Bd. III, S. 215, Brief an George Sand, 3. Oktober 1875.
4 In den Descharmes-Dokumenten ist der Brief richtig datiert.
5 *Nouvelle Revue Française*, April 1913.
6 Sammlung Spoelberch de Lovenjoul in der Bibliothek des Institut de France von Chantilly, Flauberts Briefe an Louis Bouilhet.

15. Januar 1850.
Heute um Mittag, mein lieber armer Alter, habe ich Deinen so sehr ersehnten guten und langen Brief erhalten, er hat mich bis in mein tiefstes Inneres aufgewühlt. *Ich bin feucht geworden.* Wie ich an Dich denke, du unschätzbarer Kerl, wie oft jeden Tag erinnere ich mich Deiner und habe Heimweh nach Dir. Wenn Du findest, ich fehle Dir, so fehlst Du mir auch, und wenn ich mit der Nase in der Luft durch die Straßen gehe und den blauen Himmel betrachte, die Waren in den Häusern und die mit Vögeln bedeckten Minarette, dann träume ich von Dir . . .

Wenn wir uns wiedersehen, werden viele Tage vergangen sein, ich meine, viele Dinge. Werden wir immer noch die gleichen sein, wird nichts sich verändert haben in der Übereinstimmung unserer Wesen . . .

Hier ist das sehr gut gesprochen, man gibt seine Sodomiterei zu und spricht auch bei Tisch darüber. Manchmal leugnet man ein bißchen, dann schimpfen einen alle aus, und schließlich wird es zugegeben. Von der Regierung mit einer Mission betraut, haben wir es für unsere Pflicht angesehen, uns dieser Art von Ejakulation hinzugeben . . . Armer lieber Kerl, ich habe große Lust, Dich zu umarmen. Ich werde froh sein, wenn ich Dein Antlitz wiedersehe . . .

Abends, wenn Du nach Hause gekommen bist, wenn die Strophen nicht gehen, wenn Du an mich denkst und Dich langweilst, mit aufgestützten Ellbogen am Tisch sitzend, dann nimm ein Stück Papier und schick mir alles, alles. Ich habe Deinen Brief verschlungen und mehr als einmal wiedergelesen. In diesem Augenblick sehe ich Dich im Hemd neben Deinem Feuer, Du hast zu warm und betrachtest Deinen . . .

13. März 1850.
Beim Aufnehmen all des Vorangegangenen, mein armer Alter, hast Du nie aufgehört, gegenwärtig zu sein. Es war wie ein ständiges Zugpflaster, das meinen Geist juckte und den Saft fließen ließ, indem es ihn noch mehr reizte. Ich bedauerte (das Wort ist schwach), daß Du nicht hier warst. Ich genoß Dich an mir; ich erregte mich für uns beide, und glaub' mir, Du bist dabei nicht zu kurz gekommen.«

Einmal, als Louise Colet ihn eifersüchtig zu machen versucht hatte, indem sie sagte, Louis Bouilhet wolle ihn verlassen, schrieb er ihm im Dezember 1853:

Weißt Du, daß sie mir in ihrem vorletzten Brief *andeutete*, ja sogar sagte, Du hättest im Sinn, mich bald zu lassen oder mir zumindest ›andere Freunde vorzuziehen‹, und sie sang ein großes Loblieb auf Quérard, den Du lieben sollst . . .

Einmal beschuldigte er Louis Bouilhet wegen seiner gleichgültigen Briefe und schrieb ihm am 12. August 1856:

Aber Du hast eine so eilige Art von Briefeschreiben angenommen, daß Du Näheres über irgend etwas zu wissen verlangst – das ist, als ob man sich die Nase an einer Mauer einrennen wollte. Ich weise Dich nur darauf hin, daß Dir nun schon *zum dritten Mal* die Anwesenheit des Dichters Philoxène als Vorwand dient. – Such dir jetzt andere dramatische Mittel, und wäre es bloß aus Eigenliebe. Ach, mein Alter! Es gab eine Zeit, da wir jede Woche vierundzwanzig Stunden miteinander verbrachten. Dann – nein, ich halte inne, ich käme mir vor wie ein sitzengelassenes Weibsbild.

Einer seiner Briefe an Bouilhet, vom 2. Oktober 1860, beginnt mit ›Alter Päderast‹, aber das kann auch bloß ein Scherz sein.

[7] *Correspondance Supplément*, Bd. IV, S. 287, Brief an Mme Brainne 10./11. Dezember 1879.

[8] *Souvenirs, Notes et Pensées Intimes*, S. 105.

[9] *Briefe* (Goverts Neue Bibliothek der Weltliteratur), S. 227, Brief an Louise Colet vom 22. oder 27. Dezember 1852.

[10] *Correspondance*, Bd. VI, S. 368, Brief an George Sand, 16. April 1872.

[11] Du Camp, *Souvenirs Littéraires*, Bd. II, S. 466.

ERSTES BUCH: FRÜHLINGSSAAT

I. Teil: Das Kind, aus dem der Mann wurde

1. Der familiäre Hintergrund (1821–1831)

[1] Herbstblätter (Les feuilles d'Automne).

[2] G. Dubosc, *Trois Normands*, S. 102.

[3] *Souvenirs Intimes* von Mme de Commanville: *Correspondance*, Bd. I, S. XI.

[4] *Correspondance*, Bd. I, S. 347, Brief an Louise Colet, 30. September 1846.

[5] *Journal de Rouen*, 21. Dezember 1921.

[6] *Briefe* (Goverts), S. 270, Brief an Louise Colet, 7./8. Juli 1853.

[7] *Bulletin des Amis de Flaubert*, Nr. 7.

[8] *Flaubert à Paris.*

[9] *Briefe* (Goverts), S. 8, Brief an Louise Colet, 12. Juni 1852.

[10] Nationalbibliothek Paris, N.A.F. 23, 825.

[11] *Correspondance*, Bd. I, S. 3, Brief an Chevalier, 15. Januar 1832.

[12] Nationalbibliothek Paris, N.A.F. 23, 827.

[13] *Briefe* (Goverts), S. 7, Brief an Chevalier, 4. Februar 1831.

2. Ernest Chevalier (1831–1836)

[1] *Maynial*, Flaubert, S. 25.

[2] *Souvenirs du Collège de Rouen.*

[3] *Bulletin des Amis de Flaubert,* Nr. 10, *L'Élève Gustave Flaubert au Collège Royal de Rouen.*
[4] Nationalbibliothek Paris, N.A.F. 23, 827.
[5] *Correspondance,* Bd. I, S. 7, Brief vom 23. August 1832.
Briefe (Goverts), S. 11, Brief vom 11. September 1833.
[6] *Correspondance,* Bd. I, S. 11, Brief vom 26. August 1834.
[7] Ebd., Bd. I, S. 7, Brief vom 23. August 1832.
[8] *Briefe* (Goverts), S. 8, Brief vom 15. Januar 1832.
[9] Ebd., S. 10, Brief vom 11. September 1833.
[10] Ebd., S. 11, Brief vom 29. August 1834.
[11] *Œuvres de Jeunesse Inédites,* Bd. I, S. 6.
[12] Ebd., S. 523.
[13] Ebd., S. 524.
[14] *Revue d'Histoire Littéraire de la France,* Januar–März 1857.
[15] Da ich Carolines Briefe an ihren Bruder kannte, war ich schon immer überzeugt, daß die englischen Mädchen in den *Erinnerungen eines Verrückten* nicht die Collier-Töchter gewesen sein können. Ich habe jahrelang versucht herauszufinden, wer Carolines Schulkameradinnen gewesen sein mochten, aber ich fand keine Schule, in der sie Schülerin war. Ich konnte das Manuskript der *Erinnerungen eines Verrückten* nicht einsehen und deshalb auch nicht selbst feststellen, ob die Episode mit den englischen Mädchen später hinzugefügt worden war, doch spricht alles gegen eine solche Auffassung.
[16] Jean Bruneau, *Les Débuts Littéraires de Flaubert,* S. 244.
[17] *Bulletin des Amis de Flaubert,* 23. Dezember 1963.
[18] *Correspondance,* Bd. IV, S. 444, Brief vom 24. August 1861.
[19] *Œuvres de Jeunesse Inédites,* Bd. I, S. 106.
[20] Ebd., S. 107.
[21] *Correspondance,* Bd. I, S. 22, Brief vom 14. August 1835.

3. Élisa Schlésinger (1836–1837)

[1] *Correspondance,* Bd. IV, S. 126 f., Brief an Élisa Schlésinger, 2. Oktober 1856.
[2] *Œuvres de Jeunesse Inédites,* Bd. I, S. 506.
[3] Es wurde allgemein angenommen, daß sich auch die erste *Education Sentimentale* auf sie beziehe, aber das erschien mir immer unmöglich. Das Problem wird in einem späteren Kapitel erörtert.
[4] Steinhardt-Leins, a. a. O., S. 39 f.
[5] *Notes de Voyages,* Bd. I, S. 161.
[6] *Briefe* (Goverts), S. 138, Brief an Louis Bouilhet, 13. März 1850.
[7] Jean Bruneau, a. a. O., S. 495.
[8] *Briefe* (Goverts), S. 306, Brief an Louise Colet, Januar 1854.
[9] *Correspondance,* Bd. III, S. 130, Brief an Louise Colet, 25–28. März 1853.
[10] *Œuvres de Jeunesse Inédites,* Bd. I, S. 166.
[11] Ebd., S. 197.
[12] Es ist Flauberts zweites veröffentlichtes Werk, da eine frühere Erzählung, *Bibliomania,* entstanden im November 1836, ebenfalls in *Le Colibri* gedruckt wurde, und zwar am 12. Februar 1837.
[13] *Œuvres de Jeunesse Inédites,* Bd. I, S. 199 f.

14 Siehe Maigron, *Le Romantisme et les Mœurs,* S. 443.
15 *Œuvres de Jeunesse Inédites,* Bd. I, S. 252.
16 Ebd., S. 252.
17 Ebd., S. 256 f.
18 *Madame Bovary* (Manesse), S. 318.
19 *Œuvres de Jeunesse Inédites,* Bd. I, S. 243 f.
20 *Briefe* (Goverts), S. 14, Brief vom 24. Juni 1837.

4. *Alfred Le Poittevin* (1837–1838)

1 *Correspondance,* Bd. V, S. 72, Brief an Laure de Maupassant, Januar 1863.
2 Le Poittevin, *Une Promenade de Bélial,* S. XXXV, Anm. 6.
3 Ebd., S. 177.
4 *Briefe* (Goverts), S. 48, Brief an Le Poittevin, April 1845.
5 *Correspondance,* Bd. I, S. 190, Brief an Le Poittevin, August 1845.
6 Ebd., Bd. V, S. 72, Brief vom Januar 1863.
7 *Œuvres de Jeunesse Inédites,* Bd. I, S. 406.
8 Ebd., Bd. I, S. 408.
9 Ebd., Bd. I, S. 411.
10 Ebd., Bd. I, S. 422.
11 Ebd., Bd. I, S. 464.
12 Nationalbibliothek Paris, N.A.F. 23, 825.
13 Le Poittevin, *Une Promenade de Bélial et Œuvres Inédites, Précédées d'une Introduction sur la Vie et le Caractère d'Alfred Le Poittevin par René Descharmes.*
14 A. a. O., S. 187.
15 *Briefe* (Goverts), S. 16, Brief vom 13. September 1838.
16 Nationalbibliothek Paris, Brief an Chevalier, N.A.F. 23, 827, in der *Correspondance* nicht veröffentlicht.
17 *Briefe* (Goverts), S. 16, Brief vom 13. September 1838.
18 *Correspondance,* Bd. I, S. 33, Brief an Chevalier, 28. Oktober 1838.
19 A. a. O., S. 263.
20 *Œuvres de Jeunesse Inédites,* Bd. I, S. 496.
21 A. a. O., S. 206.
22 *Œuvres de Jeunesse Inédites,* Bd. II, S. 20 f.
23 Ebd., Bd. II, S. 56.
24 Ebd., Bd. II, S. 85.
25 *Briefe* (Goverts), S. 22 f., Brief vom 18. März 1839.
26 Ebd.
27 *Œuvres de Jeunesse Inédites,* Bd. II, S. 106–116.
28 Ebd., Bd. II, S. 112.
29 *Briefe* (Goverts), S. 17, Brief vom 26. Dezember 1838.
30 *Œuvres de Jeunesse Inédites,* Bd. II, S. 117.

5. *Erinnerungen eines Verrückten* (1838–1840)

1 *Erinnerungen eines Verrückten* (Ellermann), S. 99–101.
2 *Correspondance,* Bd. III, S. 30, Brief an Louise Colet, 25. September 1852.

[3] *Une Promenade de Bélial,* S. 162.
[4] *Correspondance,* Bd. I, S. 30 f., Brief an Chevalier, 11. Oktober 1838.
[5] Ebd., Bd. I, S. 36, Brief an Chevalier, 30. November 1838.
[6] Ebd., Bd. I, S. 30 f., Brief an Chevalier, 30. November 1838.
[7] *Briefe* (Goverts), S. 16 ff., Brief an Chevalier, 26. Dezember 1838.
[8] Ebd., S. 16, Brief an Chevalier, 26. Dezember 1838.
[9] Ebd., S. 18, Brief an Chevalier, 26. Dezember 1838.
[10] *Erinnerungen eines Verrückten* (Ellermann), S. 7.
[11] Nationalbibliothek Paris, N.A.F. 23, 839.
[12] Siehe Kapitel 2.
[13] *Erinnerungen eines Verrückten* (Ellermann), S. 9 f.
[14] Ebd., S. 31.
[15] Ebd., S. 39.
[16] Ebd., S. 41 f.
[17] Ebd., S. 42 f.
[18] Ebd., S. 60.
[19] Ebd., S. 105.
[20] Ebd., S. 80.
[21] *Correspondance,* Bd. I, S. 54, Brief an Chevalier, 23. Juli 1839.
[22] *Briefe* (Goverts), S. 19, Brief an Chevalier, 24. Februar 1839.
[23] *Correspondance,* Bd. I, S. 54, Brief an Chevalier, 23. Juli 1839.
[24] Ebd., Bd. I, S. 61, Brief an Chevalier, 19. November 1839.
[25] *Bulletin des Amis de Flaubert,* Nr. 10.
[26] Ebd.
[27] *Correspondance,* Bd. I, S. 62, Brief an Chevalier, 18. Dezember 1839.
[28] Ebd., Bd. I, S. 69, Brief an Chevalier, 22. Juni 1840.
[29] Ebd., Bd. I, S. 67, Brief an Chevalier, 21. April 1840.
[30] *Souvenirs, Notes et Pensées Intimes,* S. 58 f.
[31] Ebd., S. 57.
[32] Ebd., S. 56.
[33] Ebd., S. 66.
[34] Ebd., S. 49.
[35] Ebd., S. 60.

6. *Eulalie Foucaud* (1840–1841)

[1] Unveröffentlichter Brief, zitiert von Bruneau, a. a. O., S. 285.
[2] *Par les Champs et par les Grèves,* S. 478.
[3] Ebd., S. 362 f.
[4] Ebd., S. 381.
[5] *Souvenirs, Notes et Pensées Intimes,* S. 83.
[6] *Correspondance,* Bd. I, S. 71, Brief an Caroline Flaubert, 29. September 1840.
[7] *Par les Champs et par les Grèves,* S. 478.
[8] Ebd., S. 424 f.
[9] A. a. O., S. 304, Anm. 185.
[10] *Souvenirs, Notes et Pensées Intimes,* S. 78.
[11] Bruneau, a. a. O., S. 315, Anm. 38.
[12] *Briefe* (Goverts), S. 49, Brief an Le Poittevin, April 1845.

[13] Ebd., S. 405, Brief an Louis Bouilhet, April 1858.
[14] Aus den Notizen von C. West über die Tennant-Dokumente.
[15] *Souvenirs Littéraires*, Bd. I, S. 219 f.
[16] *Correspondance*, Bd. I, S. 79, Brief an Chevalier, 29. März 1841.
[17] *Briefe* (Goverts), S. 29, Brief an Chevalier, 14. November 1840.
[18] Ebd., S. 30, Brief an Chevalier, 14. Januar 1841.
[19] *Souvenirs, Notes et Pensées Intimes*, S. 94.
[20] *Correspondance*, Bd. I, S. 89, Brief an Chevalier, 31. Dezember 1841.
[21] *Briefe* (Goverts), S. 31, Brief an Gourgaud-Dugazon, 22. Januar 1842.

II. Teil: Der Lehrling

7. November (1841–1842)

[1] *Briefe* (Goverts), S. 31, Brief an Gourgaud-Dugazon, 22. Januar 1842.
[2] *Correspondance*, Bd. I, S. 96, Brief an Chevalier, 23. Februar 1842.
[3] *Briefe* (Goverts), S. 33, Brief an Chevalier, 25. Juni 1842.
[4] Ebd., S. 252, Brief vom 1. Juni 1853.
[5] *Correspondance*, Bd. I, S. 106, Brief an Caroline, 3. Juli 1842.
[6] Ebd., Bd. III, S. 287, Brief an Louise Colet, 9. August 1853.
[7] *November* (Goldmanns Gelbe Taschenbücher, Bd. 608), S. 39.
[8] *Revue Hebdomadaire*, 12. Dezember 1936. Chevalley-Sabatier, *Gustave Flaubert et sa Sœur Caroline d'après leur Correspondance inédite.*
[9] Nationalbibliothek Paris, N.A.F. 23, 825. »Ich habe Deine Kälte hinsichtlich der Frau, die Du zum Baden mitgenommen, bewundert. Hing die Ruhe Deines männlichen Gliedes nicht etwa mit der Kühle des Wassers zusammen? Oder mit dem Alter? Vielleicht mit der Figur Deiner Badenden? Oder bist Du etwa erschöpft von der *allzu häufigen* Gewohnheit der Masturbation?«
[10] Nationalbibliothek Paris, N.A.F. 23, 825.
[11] Ich bin Frau Dr. C. West für die Verwendung ihrer Notizen zu Dank verpflichtet. Philip Spencer benutzte die Papiere für seine Flaubert-Biographie.
[12] West-Notizen, *Mémoire.*
[13] *Revue Hebdomadaire*, 12. Dezember 1936.
[14] Ebd.
[15] *Correspondance*, Bd. I, S. 332 f., Brief an Louise Colet, 22. September 1846.
[16] *Revue de Littérature Comparée*, 1957, S. 277.
[17] West-Notizen, *Mémoire.*
[18] *Correspondance*, Bd. II, S. 359, Brief an Louise Colet, 25. Januar 1852.
[19] G. P. Coleman, *Flaubert's Literary Development*, etc.
[20] L. P. Shanks, *Flaubert's Youth.*
[21] *Correspondance*, Bd. III, S. 379, Brief vom 28.-29. Oktober 1853.
[22] Ebd., Bd. IV, S. 381, Brief vom 3. Juli 1860.
[23] Goncourts, *Journal*, 1888–1892, S. 157.
[24] *Correspondance*, Bd. I, S. 403, Brief vom 17. November 1846.
[25] *November* (Goldmanns Tb.), S. 27.
[26] Ebd., S. 33.
[27] Ebd., S. 48.

[28] Ebd., S. 53.
[29] Ebd., S. 55.
[30] Ebd., S. 66.
[31] Ebd., S. 116–117.
[32] *Correspondance*, Bd. I, S. 410, Brief an Louise Colet, 2. Dezember 1846.

8. Maxime Du Camp (1842–1844)

[1] *Correspondance*, Bd. I, S. 118, Brief an Caroline, 18. November 1842.
[2] Du Camp, *Souvenirs Littéraires*, Bd. I, S. 220.
[3] *Correspondance*, Bd. I, S. 336, Brief an Louise Colet, 24. September 1846.
[4] Durry, *Flaubert et ses Projets Inédits*, S. 403.
[5] Brief an Bouilhet in der Sammlung Spoelberch de Lovenjoul in der Institutsbibliothek Chantilly, A.V. (unveröff.).
[6] *Correspondance*, Bd. I, S. 133, Brief vom März 1843.
[7] Le Poittevins Briefe, in: *Promenade de Bélial*, S. 168.
[8] *Correspondance*, Bd. I, S. 144, Brief vom August 1843.
[9] Ebd., Bd. I, S. 161, Brief an Le Poittevin, 2. April 1845.
[10] Ebd., Bd. I, S. 162, Brief an Le Poittevin, 2. April 1845.
[11] *Briefe* (Goverts), S. 39, Brief an Caroline, Januar 1843.
[12] *Correspondance Supplément*, Bd. I, S. 8, Brief an Caroline, April 1842.
[13] *Correspondance*, Bd. IV, S. 127, Brief vom 2. Oktober 1856.
[14] Richard Wagner, *Mein Leben* (1911).
[15] Ebd.
[16] *Correspondance*, Bd. I, S. 282, Brief vom 30. August 1846; ebenso S. 363, Brief vom 8. Oktober 1846 (deutsche Ausgabe [Goverts], S. 84). Pommier & Digeon, *Mercure de France*, 1. Mai 1952: *Du Nouveau sur Flaubert et son Œuvre.* Bruneau, *Les Débuts Littéraires de Gustave Flaubert*, S. 365–71.
[17] Durry, *Flaubert et ses Projets Inédits*, S. 151.
[18] *Correspondance*, Bd. IV, S. 351–2, Brief vom November oder Dezember 1859.
[19] *Briefe* (Goverts), S. 40–41, Brief an Caroline, April 1843.
[20] *Correspondance*, Bd. I, S. 139, Brief an Caroline, 11. Mai 1843.
[21] *Revue Hebdomadaire*, 12. Dezember 1936.
[22] *Correspondance*, Bd. I, S. 143, Brief an Caroline, August 1843.
[23] Le Poittevin, *Une Promenade de Bélial*, S. 178.
[24] *Briefe* (Goverts), S. 662, Brief vom 3. März 1877.
[25] *Souvenirs Littéraires*, Bd. I, S. 218.
[26] Ebd., Bd. I, S. 254.
[27] Unveröffentlichter Brief in der Sammlung Spoelberch de Lovenjoul in der Institutsbibliothek Chantilly, B. II.
[28] *Souvenirs Littéraires*, Bd. I, S. 177.
[29] Brief in der Sammlung Spoelberch de Lovenjoul in der Institutsbibliothek Chantilly, B. II. Ebenso, hg. durch Pommier & Digeon, *Mercure de France*, 1. Mai 1952: *Du Nouveau sur Flaubert et son Œuvre.*
[30] *Briefe* (Goverts), S. 179, Brief an Louise Colet, 16. Januar 1852.
[31] Gérard-Gailly, *Flaubert et les Fantômes de Trouville*, S. 110–112.
[32] *Correspondance*, Bd. I, S. 243–244, Brief vom 11. August 1846.

9. Lehrjahre des Gefühls (1844–1845)

[1] *Briefe* (Goverts), S. 41, Brief vom Januar oder Februar 1844. Das »Haarseil« oder »Eiterband« war ein damals gebräuchliches Mittel, bei tiefgelegenen Entzündungen durch künstliche Erregung einer Hauteiterung eine Ableitung zu bewirken. Eine Hautfalte wurde durchstochen und ein Seil aus Roßhaaren durchgezogen, das man bis zum Eintritt von Eiterung liegenließ beziehungsweise festband.
[2] *Correspondance*, Bd. I, S. 148, Brief vom 9. Februar 1844.
[3] Ebd., Bd. I, S. 150, Brief vom 7. Juni 1844.
[4] Unveröffentlichter Brief vom 13. Mai 1845 in der Sammlung Spoelberch de Lovenjoul in der Institutsbibliothek Chantilly, A. VI.
[5] *Correspondance*, Bd. I, S. 277, Brief vom 27. August 1846.
[6] Ebd., Bd. I, S. 187, Brief vom 13. August 1845.
[7] *Briefe* (Goverts), S. 67, Brief vom April 1846.
[8] *Souvenirs, Notes et Pensées Intimes*, S. 66–67.
[9] *Correspondance*, Bd. I, S. 160, Brief vom 2. April 1845.
[10] Nationalbibliothek Paris, N.A.F. 25, 825, unveröffentlichter Brief.
[11] *Promenade de Bélial*, S. XXXVI.
[12] *Correspondance*, Bd. I, S. 190, Brief an Le Poittevin, August 1845.
[13] *Souvenirs Littéraires*, Bd. I, S. 234.
[14] Unveröffentlichter Brief vom 31. Oktober 1844 in der Sammlung Spoelberch de Lovenjoul in der Institutsbibliothek Chantilly, A. I.
[15] Ebd.
[16] Brief 5 vom 22. Juni 1844, ebd.
[17] Brief vom 14. August 1844, ebd.
[18] Brief vom 12. Juni 1844, ebd.
[19] Brief vom 22. Juni 1844, ebd.
[20] *Briefe* (Goverts), S. 58, Brief an Le Poittevin, Juni–Juli 1845.
[21] Ebd., S. 180, Brief an Louise Colet, 16. Januar 1852.
[22] Anmerkung in Bruneau, *Les Débuts Littéraires de Gustave Flaubert*, und in Barron, *La Première Éducation Sentimentale* in: *Bulletin des Amis de Flaubert*, Nr. 12, betreffend den Einfluß verschiedener Philosophen, einschließlich Spinoza, auf Flaubert.
[23] *Œuvres de Jeunesse Inédites*, Bd. III, S. 255.
[24] *Briefe* (Goverts), S. 87, Brief an Louise Colet, 23. Oktober 1846.
[25] *Œuvres de Jeunesse Inédites*, Bd. III, S. 255.
[26] Ebd., Bd. III, S. 267.
[27] *Briefe* (Goverts), S. 86–87, Brief an Louise Colet, 23. Oktober 1846.
[28] *Correspondance*, Bd. III, S. 336, Brief vom 7. September 1853.
[29] *Œuvres de Jeunesse Inédites*, Bd. III, S. 12–13.
[30] Ebd., Bd. III, S. 26.
[31] Ebd., Bd. III, S. 150.
[32] L. P. Shanks, *Flaubert's Youth*, S. 196.
[33] Demorest, *L'Expression Figurée et Symbolique dans l'Œuvre de Gustave Flaubert*, S. 531.
[34] *The Significance of the Dog in Flaubert's ›Education Sentimentale‹, P.M.L.A.*, Juni 1947.
[35] *Les Débuts Littéraires de Gustave Flaubert*, S. 428.

36 *Œuvres de Jeunesse Inédites,* Bd. III, S. 251/2.
37 Ebd., Bd. III, S. 253.
38 Ebd., Bd. III, S. 310.
39 *Souvenirs Littéraires,* Bd. I, S. 301.
40 *Correspondance,* Bd. I, S. 373, Brief vom 14. Oktober 1846.

10. Das tragische Jahr (1845–1846)

1 *Correspondance Supplément,* Bd. I, S. 25, Anm.
2 Brief vom 26. November 1844, Sammlung Spoelberch de Lovenjoul in der Institutsbibliothek Chantilly, B. II.
3 *Correspondance,* Bd. I, S. 161, Brief an Le Poittevin, 2. April 1845.
4 *Briefe* (Goverts), S. 47, Brief an Le Poittevin, Ende April 1845.
5 Ebd., S. 48, Brief an Le Poittevin, Ende April 1845.
6 *Correspondance,* Bd. I, S. 163, Brief an Le Poittevin, 2. April 1845.
7 *Briefe* (Goverts), S. 49, Brief an Le Poittevin, Ende April 1845.
8 Ebd., S. 54, Brief an Le Poittevin, 13. Mai 1845.
9 *Notes de Voyages,* Bd. I, S. 13.
10 *Briefe* (Goverts), S. 55, Brief an Le Poittevin, 13. Mai 1845.
11 *Notes de Voyages,* Bd. I, S. 36–37.
12 *Briefe* (Goverts), S. 55, Brief an Le Poittevin, 13. Mai 1845.
13 Ebd., S. 56, Brief an Chevalier, 13. oder 15. Juni 1845.
14 *Correspondance,* Bd. I, S. 189, Brief an Le Poittevin, August 1845.
15 *Souvenirs Littéraires,* Bd. I, S. 305–308.
16 *Correspondance,* Bd. I, S. 199, Brief an Chevalier, 5. April 1846.
17 *Briefe* (Goverts), S. 63, Brief vom 20. März 1846.
18 *Correspondance,* Bd. I, S. 196–198, Brief an Du Camp, 23./24. März 1846.
19 *Briefe* (Goverts), S. 69, Brief vom 31. Mai 1846.

11. Louise Colet (1846–1848)

1 J. F. Jackson, *Louise Colet et ses Amis Littéraires.*
2 Gérard-Gailly, *Les Véhémences de Louise Colet,* S. 16–99.
3 Jackson, a. a. O., S. 66–69.
4 *Les Chroniques, Revue du Monde Fashionable,* Mai 1842.
5 Sainte-Beuve, *Correspondance Générale,* Bd. IX, S. 294–297, Briefe vom 4. und 7. Juni 1853.
6 E. Henriot, *D'Héloïse à Marie Bashkirtseff,* S. 180.
7 *Correspondance,* Bd. III, S. 428, Brief vom 18. April 1854.
8 Ebd., Bd. I, S. 226, Brief vom 8. August 1846.
9 *Briefe* (Goverts), S. 70, Brief vom 4. August 1846.
10 *Correspondance,* Bd. I, S. 217, Brief vom 6. August 1846.
11 Ebd., Bd. I, S. 346–347, Brief vom 23. August 1846.
12 Ebd., Bd. I, S. 286, Brief vom 2. September 1846.
13 Ebd., Bd. I, S. 293, Brief vom 5. September 1846.
14 Nationalbibliothek Paris, N.A.F. 23, 830, unveröff. Brief.
15 *Correspondance,* Bd. I, S. 243, Brief vom 11. August 1846.

16 Ebd., Bd. I, S. 263, Brief vom 23. August 1846.
17 Ebd., Bd. I, S. 264–265, Brief vom 23. August 1846.
18 Nationalbibliothek Paris, N.A.F. 23, 830, unveröff. Brief vom 24./25. August 1846.
19 *Correspondance*, Bd. I, S. 286, Brief vom 25. September 1846.
20 Ebd., Bd. I, S. 290, Brief vom 4./5. September 1846.
21 Ebd., Bd. I, S. 292, Brief vom 5. September 1846.
22 Ebd., Bd. I, S. 296, Brief vom 6. September 1846.
23 Ebd., Bd. I, S. 299, Brief vom 10. September 1846.
24 Ebd., Bd. VII, S. 2, Brief vom Januar 1873.
25 Ebd., Bd. I, S. 298, Brief vom 10. September 1846.
26 Stadtbibliothek Paris, *Carnet V*.
27 *Correspondance*, Bd. I, S. 309, Brief vom 14. September 1846.
28 Ebd., Bd. I, S. 318, Brief vom 18. September 1846.
29 Ebd., Bd. I, S. 357, Brief vom 4. Oktober 1846.
30 Nationalbibliothek Paris, N.A.F. 23, 830, unveröff. Brief vom 13. September 1846.
31 *Correspondance*, Bd. I, S. 311, Brief vom 15. September 1846.
32 Nationalbibliothek Paris, N.A.F. 23, 830, unveröff. Brief vom 8. Dezember 1846.
33 *Correspondance*, Bd. I, S. 306, Brief vom 13. September 1846.
34 *Briefe* (Goverts), S. 76, Brief vom 9. August 1846.
35 *Correspondance*, Bd. II, S. 64, undatierter Brief, 1846.
36 Louise Colet, *L'Art et l'Amour* in: *Ce qui est dans le Cœur des Femmes.*
37 *Correspondance*, Bd. II, S. 63, undatiert, 1847.
38 Ebd., Bd. II, S. 64, undatiert, 1847.
39 Du Camp, *Souvenirs Littéraires*, Bd. II, S. 364.
40 *Correspondance*, Bd. I, S. 396, Brief vom 15. November 1846.
41 Ebd., Bd. II, S. 1, Brief ohne Datum, und S. 19, Brief vom 30. April 1847 – letzterer auch *Briefe* (Goverts), S. 98.
42 *Correspondance*, Bd. I, S. 431, Brief von Ende 1846.
43 Ebd., Bd. I, S. 422, Brief vom 16. Dezember 1846.
44 *Briefe* (Goverts), S. 91–92, Brief von Ende 1846.
45 Nationalbibliothek Paris, N.A.F. 23, 830, Brief vom März 1847, (unveröff.).
46 *Correspondance*, Bd. II, S. 45–46, Brief vom August 1847.
47 *Briefe* (Goverts), S. 110; *Correspondance*, Bd. II, S. 50, Brief ohne Datum, und S. 55, Brief ohne Datum, 1847.
48 *Briefe* (Goverts), S. 111, Brief vom März 1848.
49 *Correspondance*, Bd. II, S. 68, Brief vom 21. August 1848.

12. Louis Bouilhet (1846–1848)

1 *Souvenirs Littéraires*, Bd. I, S. 320.
2 Siehe Vorwort, Anm. 6.
3 *Briefe* (Goverts), S. 555, Brief an Jules Duplan v. 22. Juli 1869.
4 Stadtbibliothek Rouen, g 226[8]. Nationalbibliothek Paris, N.A.F. 14,155, 14,156 und 14,249–254.
5 *Correspondance*, Bd. II, S. 390, Brief vom 15. April 1852.

[6] Ebd., Bd. II, S. 384, Brief an Louise Colet, 3. April 1852.
[7] *Briefe* (Goverts), S. 106, Brief an Louise Colet, Oktober 1847.
[8] *Souvenirs Littéraires,* Bd. II, S. 353.
[9] Ebd., Bd. II, S. 364.
[10] Brief vom 8. Mai 1843, Sammlung Spoelberch de Lovenjoul in der Institutsbibliothek Chantilly, B. II.
[11] *Correspondance,* Bd. II, S. 384, Brief an Louise Colet, 5. April 1852.
[12] *Par les Champs et par les Grèves,* S. 295.
[13] Ebd., S. 324–325.
[14] S. 41 ff.
[15] *Briefe* (Goverts), S. 110, Brief vom März 1848.
[16] *Souvenirs Littéraires,* Bd. I, S. 372.
[17] *Briefe* (Goverts), S. 111, Brief vom 7. April 1848.

13. Die Versuchung des heiligen Antonius (1848–1849)

[1] *Briefe* (Goverts), S. 55, Brief an Le Poittevin, 13. Mai 1845.
[2] *Correspondance,* Bd. II, S. 33, Brief an Louise Colet, August 1847.
[3] *Briefe* (Goverts), S. 107, Brief an Louise Colet, Oktober 1847.
[4] *Correspondance,* Bd. VI, S. 443, Brief 30. Oktober 1872.
[5] Ebd., Bd. II, S. 344–345, Brief an Louise Colet, 16. Juni 1852.
[6] *Carnets de Lecture No. 3,* in der Stadtbibliothek Paris.
[7] Bd. I, S. 427 ff.
[8] Ebd., S. 428.
[9] Ebd., S. 450.
[10] *Correspondance,* Bd. II, S. 146, Brief an seine Mutter, 5. Januar 1850.
[11] *Souvenirs Littéraires,* Bd. I, S. 433.
[12] *Briefe* (Goverts), S. 187, Brief vom 8. Februar 1852.
[13] *Souvenirs Littéraires,* Bd. I, S. 435.
[14] *Correspondance,* Bd. II, S. 462, Brief an Louise Colet, 6. Juli 1852.
[15] *Briefe* (Goverts), S. 229, Brief an Louise Colet, 29./30. Januar 1853.
[16] *Correspondance,* Bd. III, S. 156, Brief an Louise Colet, 6. April 1853.
[17] *La Tentation de Saint Antoine,* S. 264–265.
[18] Ebd., S. 437–438.
[19] Ebd., S. 457.

14. Die Reise in den Orient (1849–1851)

[1] Nr. F^{17} 2957^{1}.
[2] Nr. F^{12} 2593 (A-B).
[3] *Le Temps,* 9. Oktober 1923.
[4] *Notes de Voyages,* Bd. I, S. 65.
[5] Ebd., Bd. I, S. 67.
[6] Ebd., Bd. I, S. 68.
[7] Du Camp, *Souvenirs Littéraires,* Bd. I, S. 439.
[8] Ebd., Bd. I, S. 440.
[9] *Correspondance,* Bd. II, S. 108, Brief vom 17. November 1849.

[10] Ebd., Bd. II, S. 110, Brief vom 22. November 1849.
[11] *Notes de Voyages*, Bd. I, S. 74.
[12] *Correspondance Supplément*, Bd. I, S. 110, Brief an Mme. Flaubert, 7. November 1850.
[13] Stadtbibliothek Paris, *Carnet No. 5*, S. 81
[14] Flaubert, *Voyages* (Société les Belles Lettres), Bd. I, S. XLIV.
[15] Ebd., Bd. I, S. XLV.
[16] *Le Nil, Égypte, et Nubie*, S. 129.
[17] *Notes de Voyages*, Bd. I, S. 155.
[18] *Koutchouk-Hanem, l'Almée de Flaubert*, S. 15.
[19] Stadtbibliothek Paris, *Carnet No. 4*, S. 63 ff.
[20] *Notes de Voyages*, Bd. I, S. 156–160.
[21] Ebd., Bd. I, S. 155.
[22] Stadtbibliothek Paris, *Carnet No. 4*, S. 63 ff.
[23] Ebd., *Carnet No. 4*, S. 63 ff.
[24] *Notes de Voyages*, Bd. I, S. 160.
[25] Ebd., Bd. I, S. 212.
[26] *Souvenirs Littéraires*, Bd. I, S. 492–493.
[27] *Correspondance*, Bd. II, S. 225, Brief an Mme. Flaubert, 10. August 1850.
[28] *Notes de Voyages*, Bd. I, S. 291–292.
[29] Ebd., Bd. I, S. 297.
[30] Ebd., Bd. I, S. 306.
[31] Ebd., Bd. I, S. 319.
[32] Sammlung Spoelberch de Lovenjoul in der Institutsbibliothek Chantilly, unveröffentlichte Briefe an Louis Bouilhet, A.V.
[33] *Souvenirs Littéraires*, Bd. I, S. 510–511.
[34] *Notes de Voyages*, Bd. I, S. 318–319 und S. 333.
[35] *Souvenirs Littéraires*, Bd. II, S. 78.
[36] *Correspondance*, Bd. II, S. 282, Brief an Mme. Flaubert, 24. Dezember 1850.
[37] Reproduktion des Bildes in *Nouvelles Etudes sur la Tentation de Saint Antoine* von Jean Seznec, Tafel VIII.
[38] *Briefe* (Goverts), S. 170, Brief an Mme. Flaubert, 8. April 1851.
[39] *Correspondance*, Bd. II, S. 305, Brief an Bouilhet, 9. April 1851.
[40] Ebd., Bd. II, S. 313, Brief an Bouilhet, 4. Mai 1851.
[41] *Notes de Voyages*, Bd. II, S. 257–258.
[42] *Briefe* (Goverts), S. 152, Brief an Bouilhet, 4. September 1850.
[43] Bruneau, a. a. O., S. 516. Auch *Briefe* (Goverts), S. 159, Brief an Bouilhet, 14. November 1850.
[44] *Souvenirs Littéraires*, Bd. I, S. 481.
[45] *Briefe* (Goverts), S. 239, Brief an Louise Colet, 27. März 1853.
[46] *Correspondance*, Bd. III, S. 254, Brief an Louise Colet, 28./29. Juni 1853.
[47] Ebd., Bd. III, S. 364 und S. 366, Briefe an Louise Colet vom 7. und 12. Oktober 1853, letzterer in *Briefe* (Goverts), S. 296.
[48] Zola, *Les Romanciers Naturalistes* (Bernouard), S. 170.

ZWEITES BUCH: SOMMERERNTE

I. Teil: Die Werkstatt

15. Der Einsiedler von Croisset (1851–1856)

1 *Briefe* (Goverts), S. 159, Brief vom 14. November 1850.
2 *Bulletin des Amis de Flaubert,* Nr. 14, 1959, Brief vom 23. Juli 1851.
3 Die meisten Autoren, die über Flaubert geschrieben, und jene, die die *Correspondance* herausgegeben haben, verwechselten die beiden Namen ›Delamarre‹ und ›Delamare‹. Es gab eine wohlhabende Familie namens Delamarre – mit zwei r – in Rouen, eine Mutter und zwei Söhne, die in Flauberts Korrespondenz und in Alfred Le Poittevins Briefen an ihn häufig erwähnt werden. Die beiden Söhne, Ernest und Jules, scheinen reiche, gewandte Herren gewesen zu sein, und der Reichtum ihrer Kleidung, ihre Klubs in Paris, ihre Pferde und ihre Duelle waren weltweit vom Leben des unglücklichen ›Officier de Santé‹ Eugène Delamare – mit einem r – entfernt; dieser besaß kein Geld für solche Extravaganzen. Die in Flauberts Briefen genannte Madame Delamarre war bestimmt nicht dessen Mutter, sondern die der andern zwei jungen Männer. Selbst René Descharmes mit seinen gründlichen Kenntnissen über Flaubert irrt in seiner Ausgabe der Korrespondenz, *Edition du Centenaire,* Bd. I, S. 26, wenn er behauptet, Jules Delamarre, den Flaubert erwähnt, sei Eugène Delamare, der künftige ›Officier de Santé, das Modell für Charles Bovary. Flaubert erzählt Louise Colet – s. *Correspondance,* Bd. III, S. 348 –, Ernest Delamarre habe ihm die kleine vergoldete Statue geschenkt, die er besaß, und Eugène Delamare wäre bestimmt nicht in der Lage gewesen, sich ein solches Geschenk leisten zu können. Es gibt überhaupt keinen Beweis dafür, daß Flaubert Eugène Delamare gekannt hat, jedenfalls wird er nie in einem Brief erwähnt.
4 Die Frage der Quellen von *Madame Bovary* wird in einem späteren Kapitel eingehend behandelt.
5 Sammlung Spoelberch de Lovenjoul in der Institutsbibliothek Chantilly, Du Camps unveröffentlichte Briefe an Flaubert, B. II.
6 Veröffentlicht in *Correspondance Supplément,* Bd. I.
7 *Correspondance,* Bd. I, S. XIX.
8 Im Gespräch mit der Autorin des vorliegenden Werkes.
9 *Correspondance,* Bd. I, S. XXV.
10 *Briefe* (Goverts), S. 210, Brief an Louise Colet, 18. Juli 1852.
11 Ebd., S. 278, Brief an Louise Colet, 21./22. August 1853.
12 *Correspondance,* Bd. III, S. 369, Brief an Louise Colet, 17./18. Oktober 1853.
13 Diese Episode wird im folgenden Kapitel besprochen.
14 *Correspondance,* Bd. II, S. 329, Brief an Louise Colet, November 1851.
15 *Mercure de France,* 1. Mai 1952.
16 *Briefe* (Goverts), S. 275, Brief an Louise Colet, 7./8. Juli 1853.
17 Siehe folgendes Kapitel.
18 *Correspondance,* Bd. III, S. 265, Brief an Louise Colet, 2. Juli 1853.
19 *Mercure de France,* 1. Mai 1952.
20 *Correspondance,* Bd. I, S. 352, Brief an Louise Colet, 3. Oktober 1846.
21 *Briefe* (Goverts), S. 280–281, Brief an Louise Colet, 21./22. August 1853.

[22] *Correspondance,* Bd. III, S. 316, Brief an Bouilhet, 23. August 1853.
[23] Ebd., Bd. II, S. 407, Brief 8./9. Mai 1852.
[24] *Briefe* (Goverts), S. 226, Brief an Louise Colet, 27. Dezember 1852.
[25] *Correspondance,* Bd. III, S. 146, Brief an Louise Colet, 31. März 1853.
[26] Ebd., Bd. III, S. 317, Brief vom 23. August 1853.
[27] *Briefe* (Goverts), S. 286, Brief vom 26. August 1853.
[28] E. W. Fischer, *Études sur Flaubert Inédit.*
[29] *Revue d'Histoire Littéraire de la France,* Okt.–Dez. 1948.
[30] Kapitel IX, *Nachwort.*
[31] A. a. O., S. 128.
[32] Ebd., S. 137.
[33] Ebd., S. 128.
[34] *Correspondance,* Bd. III, S. 146, Brief an Louise Colet, 31. März 1853.
[35] *Briefe* (Goverts), S. 430, Brief an Baudelaire, 22. Oktober 1860.

16. Das Ende der Affäre (1851–1855)

[1] Unveröffentlichte Briefe in der Sammlung Spoelberch de Lovenjoul in der Institutsbibliothek Chantilly, C.I.
[2] *Correspondance,* Bd. II, S. 313, Brief an Louise Colet, 26. Juli 1851.
[3] Nationalbibliothek Paris, N.A.F. 23,831, unveröffentlichter Brief vom Oktober 1851.
[4] *Briefe* (Goverts), S. 187, Brief vom 8. Februar 1852.
[5] *Correspondance,* Bd. II, S. 330, Brief vom 1. November 1851.
[6] *Briefe* (Goverts), S. 182–183, Brief vom 16. Januar 1852.
[7] Ebd., S. 201, Brief vom 24. April 1852.
[8] Nationalbibliothek Paris, N.A.F. 23,831, unveröffentlichter Briefteil vom 4. April 1852.
[9] Ebd., N.A.F. 23,831, unveröffentlichter Briefteil vom 9. Dezember 1852.
[10] *Correspondance,* Bd. III, S. 62–63, Brief vom 1. Dezember 1852.
[11] Nationalbibliothek Paris, N.A.F. 23,831, unveröffentlichter Teil desselben Briefes.
[12] *Correspondance,* Bd. III, S. 63, Brief vom 1. Dezember 1852.
[13] Nationalbibliothek Paris, N.A.F. 23,831, unveröffentlicht.
[14] *Correspondance,* Bd. II, S. 419, Brief vom 23. Mai 1852.
[15] Ebd., Bd. II, S. 430–431, Brief vom 9. Juni 1852.
[16] Ebd., Bd. III, S. 194 ff., Brief vom 17. Mai 1853.
[17] Ebd., Bd. III, S. 279, Brief vom Juli 1853.
[18] Ebd., Bd. III, S. 377, Brief vom 28. Oktober 1853.
[19] Ebd., Bd. III, S. 385, Brief vom 22. November 1853.
[20] Ebd., Bd. III, S. 385 Anm.
[21] Nationalbibliothek Paris, N.A.F. 23,831, unveröffentlichter Brief vom 25./26. November 1853.
[22] *Correspondance,* Bd. III, S. 28, Brief vom 25. September 1852.
[23] *Briefe* (Goverts), S. 277 ff., Brief vom 21./22. August 1853.
[24] *Revue de Paris,* 1. November 1908, Brief vom 16. März 1852.
[25] *Correspondance,* Bd. III, S. 6, Brief an Louise Colet, 1. September 1852.
[26] *Revue de Paris,* 1. November 1908.

27 *Correspondance*, Bd. II, S. 464–465, Brief vom 7./8. Juli 1852.
28 *Briefe* (Goverts), S. 309 f., Brief vom 10. Januar 1854.
29 *Correspondance*, Bd. III, S. 154, Brief vom 31. März 1853.
30 Nationalbibliothek Paris, N.A.F. 23,827.
31 Jackson, *Louise Colet et ses Amis Littéraires*, S. 142–143.
32 Ebd., a. a. O., S. 215.
33 A. Albalat, *Gustave Flaubert et ses Amis*, S. 31–33.
34 H. Frejlich, *Les Amants de Mantes*, S. 137. Dieser Teil des Briefes ist in der *Correspondance*, Bd. III, S. 395 (Brief vom 10. Dezember 1853) nicht veröffentlicht, obwohl in der veröffentlichten Fassung nicht erwähnt wird, daß etwas weggelassen wurde.
35 *Briefe* (Goverts), S. 314–315, Brief vom 13. Januar 1854.
36 *Correspondance*, Bd. IV, S. 29, Brief vom 25. Februar 1854.
37 Ebd., Bd. IV, S. 29, Brief vom 25. Februar 1854.
38 *Briefe* (Goverts), S. 324 ff., Brief vom 12./13. April 1854.
39 *Correspondance*, Bd. II, S. 382, Brief vom März 1852.
40 Ebd., Bd. III, S. 106–107, Brief vom 5./6. März 1853.
41 Ebd., Bd. III, S. 117, Brief vom 1. März 1853.
42 *Revue des Deux Mondes*, 1. Juni 1954, Brief, der nicht in der *Correspondance* enthalten ist.
43 *Correspondance*, Bd. III, S. 132–133, Brief vom 27. März 1853.
44 Ebd., Bd. III, S. 127, Brief vom 24. März 1853.
45 *Briefe* (Goverts), S. 254, 256, Brief vom 2. Juni 1853.
46 Veröffentlicht in *Bulletin des Amis de Flaubert*, Nr. 10.
47 *Correspondance*, Bd. II, S. 428, Brief vom 30. Mai 1852; Bd. III, S. 363, Brief vom 7. Oktober 1853.
48 *Briefe* (Goverts), S. 297, Brief vom 12. Oktober 1853.
49 Ebd., S. 312–313, Brief vom 13. Januar 1854.
50 *Histoire d'un Soldat*, S. 129–131.
51 *Briefe* (Goverts), S. 418–419, Brief vom 21. August 1859.
52 *Correspondance*, Bd. I, S. 186, Brief vom 16. Oktober 1854.
53 Veröffentlicht in *Le Bulletin des Amis de Flaubert*, Nr. 6, nicht in der *Correspondance*.
54 H. Frejlich, *Les Amants de Mantes*, S. 59.
55 Gérard-Gailly, *Les Véhémences de Louise Colet*, S. 95.
56 Entdeckt von Jackson und von ihm besprochen, a. a. O., S. 232–233.
57 *Correspondance*, Bd. VI, S. 353, Brief an George Sand zwischen 20. und 29. Februar 1872.
58 Ebd., Bd. IV, S. 350–351, Brief vom November oder Dezember 1859.
59 *Briefe* (Goverts), S. 650, Brief an Mme Roger des Genettes, 13.–18. März 1876.
60 *Correspondance*, Bd. IV, S. 356, Brief vom 18. Dezember 1859.

17. Die Nöte eines Künstlers (1851–1856)

1 *Correspondance*, Bd. II, S. 326, Brief vom Oktober 1851.
2 A. Houssaye, *Confessions*, Bd. VI, S. 95.
3 *Briefe* (Goverts), S. 175, Brief vom 21. Oktober 1851.
4 Ebd., S. 175–176, Brief an Du Camp, 21. Oktober 1851.

[5] Ebd., S. 178, Brief vom 21. Oktober 1851.
[6] Ebd., S. 176 ff., Brief vom 21. Oktober 1851.
[7] Sammlung Spoelberch de Lovenjoul in der Institutsbibliothek Chantilly, B. II.
[8] Ebd.
[9] Ebd.
[10] Ebd.
[11] Ebd.
[12] Veröffentlicht im Vorwort zu *Correspondance*, Bd. I.
[13] *Correspondance*, Bd. II, S. 339, Brief vom Januar 1852.
[14] Ebd. Bd. II, S. 339, Brief vom Januar 1852.
[15] *Briefe* (Goverts), S. 184, Brief an Louise Colet, 17. Januar 1852.
[16] *Correspondance*, Bd. II, S. 383, Brief an Louise Colet, 3. April 1852.
[17] *Briefe* (Goverts), S. 194, Brief an Louise Colet, 24. April 1852.
[18] *Correspondance*, Bd. III, S. 92, und Bd. IV, S. 52, Briefe vom 29. Januar 1853 und 7. April 1854; der letztere in *Briefe* (Goverts), S. 322.
[19] *Correspondance*, Bd. IV, S. 99, Brief vom 2. Oktober 1855.
[20] Ebd., Bd. IV, S. 88, Brief vom 17. September 1855, und S. 90, Brief vom 20. September 1855.
[21] Ebd., Bd. II, S. 371, Brief an Louise Colet, 3. März 1852.
[22] *Briefe* (Goverts), S. 181 und S. 229, Briefe an Louise Colet, 16. Januar 1852 und 30. Januar 1853.
[23] Ebd., S. 185, Brief an Louise Colet, 17. Januar 1852.
[24] *Correspondance*, Bd. II, S. 368, Brief an Louise Colet, 16. Februar 1852.
[25] *Briefe* (Goverts), S. 206 ff., Brief vom 26. Juni 1852.
[26] Ein Ausdruck, an den Flaubert sich von seinem Rechtsstudium her erinnerte.
[27] *Correspondance*, Bd. II, S. 445, Brief vom 26. Juni 1852.
[28] Ebd., Bd. II, S. 451, Brief vom Juli 1852.
[29] Ebd., Bd. III, S. 109–110, Brief vom 5./6. März 1853.
[30] Ebd., Bd. III, S. 253–254, Brief vom 28./29. Juni 1853.
[31] Ebd., Bd. III, S. 260, Brief an Louise Colet, 2. Juli 1853.
[32] Ebd., Bd. III, S. 56–57, Brief an Louise Colet, Dezember 1852.
[33] Ebd., Bd. III, S. 364, Brief an Louise Colet, 7. Oktober 1853.
[34] Ebd., Bd. IV, S. 17, Brief an Louise Colet, Januar 1854.
[35] *Briefe* (Goverts), S. 418, Brief an Ernest Feydeau, Mai 1859.
[36] *Correspondance*, Bd. IV, S. 114, Brief an Louis Bouilhet, 1. September 1856.
[37] Ebd., Bd. IV, S. 91–93, Brief an Louis Bouilhet, 30. September 1855.
[38] Ebd., Bd. IV, S. 92 ff., Brief an Louis Bouilhet, 30. September 1855, und S. 99, Brief vom 2. Oktober 1855.
[39] Ebd., Bd. IV, S. 92–93, Brief an Louis Bouilhet, 30. September 1855.
[40] Ebd., Bd. IV, S. 64–65, Brief an Louis Bouilhet, 5. August 1854.
[41] Ebd., Bd. IV, S. 66, Brief vom 9. August 1854.
[42] Ebd., Bd. IV, S. 64, Anm. 2.
[43] Veröffentlicht in *Candide*, 22. September 1932.
[44] *Correspondance Supplément*, Bd. I, S. 198, Brief vom 3. März 1856.
[45] Stadtbibliothek Rouen, g 221.
[46] Ebd., g 222.
[47] *Correspondance*, Bd. IV, S. 107, Brief vom 17. Juni 1856.
[48] Siehe Steegmuller: *Flaubert and Madame Bovary*, S. 285–286. Er sagt allerdings nicht, woher er sein Material hat.

18. Veröffentlichung (1856)

[1] *Briefe* (Goverts), S. 338, Brief an Louis Bouilhet, 1. Juni 1856.
[2] Zitiert bei Finot, *Maxime du Camp,* S. 39.
[3] Ebd., S. 41.
[4] *Madame Bovary* (Conard), S. 512.
[5] *Briefe* (Goverts), S. 341 und S. 343, Briefe an Bouilhet vom 15. und 25. August 1856.
[6] *Correspondance,* Bd. IV, S. 115, Brief an Bouilhet, 1. September 1856.
[7] *Briefe* (Goverts), S. 345, Brief vom 9. September 1856.
[8] Ebd., S. 348, Brief vom 2. Oktober 1856.
[9] Finot, a. a. O., S. 41.
[10] *Briefe* (Goverts), S. 352–353, Brief zwischen 1. und 15. Dezember 1856.
[11] Du Camp, *Souvenirs Littéraires,* Bd. II, S. 200–201.
[12] *Madame Bovary* (Conard), S. 513.
[13] Ebd., S. 507.
[14] Finot, a. a. O., S. 42.
[15] Du Camp, *Souvenirs Littéraires,* Bd. II, S. 203–204.
[16] Descharmes und Dumesnil, *Autour de Flaubert,* Bd. I, S. 22, Anm.
[17] *Madame Bovary* (Conard), S. 514.

19. Der Prozeß (1857)

[1] *Briefe* (Goverts), S. 354.
[2] *Correspondance,* Bd. IV, S. 141–143, Brief vom 3. Januar 1857.
[3] *Maxime du Camp,* S. 44.
[4] *Ce qu'il me reste à dire,* S. 271.
[5] *Correspondance,* Bd. IV, S. 145, Brief an Achille Flaubert, 6. Januar 1857.
[6] Descharmes und Dumesnil, *Autour de Flaubert,* Bd. I, S. 31.
[7] *Correspondance,* Bd. IV, S. 150–151, Brief vom 18. Januar 1857.
[8] *Briefe* (Goverts), S. 365, Brief vom Februar 1857.
[9] Ebd., S. 361, Brief vom 23. Januar 1857.
[10] Zitiert von André Pasquet, *Ernest Pinard et le Procès de Madame Bovary.*
[11] Ebd., S. 12–13.
[12] *Correspondance,* Bd. VIII, S. 255, Brief an seine Nichte, 16. April 1879.
[13] *Briefe* (Goverts), S. 362, Brief an Eugène Crépet, ca. 26. Januar 1857.
[14] Sammlung Spoelberch de Lovenjoul in der Institutsbibliothek Chantilly, Briefe von Du Camp an Flaubert, B. II.
[15] Suffel, *Gustave Flaubert,* S. 51, Anm.
[16] Die Plädoyers und das Urteil sind im Anhang von *Madame Bovary* (Conard), S. 558–630, abgedruckt.
[17] *Madame Bovary* (Conard), S. 577–578.
[18] *Briefe* (Goverts), S. 363, Brief an Achille Flaubert, 31. Januar 1857.
[19] *Madame Bovary* (Conard), S. 587.
[20] Ebd., S. 629–630.
[21] *Briefe* (Goverts), S. 364, Brief an Maurice Schlésinger, Februar 1857.
[22] Ebd., S. 365, Brief an Maurice Schlésinger, Februar 1857.
[23] Descharmes, *Le Poittevin* etc., S. LXXXVI, Anm. 5.

[24] *Revue de Littérature Comparée,* 1957, S. 277.
[25] Descharmes und Dumesnil, a. a. O., Bd. I, S. 45.
[26] Crépet, *Baudelaire,* S. 113.
[27] Descharmes und Dumesnil, a. a. O., S. 51.
[28] Ebd., S. 53.
[29] Ebd., S. 55, Anm.
[30] *Correspondance Supplément,* Bd. I, S. 232–233, Brief an Bouilhet, 8. Oktober 1857.
[31] Descharmes und Dumesnil, a. a. O., S. 55.
[32] *Briefe* (Goverts), S. 648, Brief an George Sand, 6. Februar 1876.
[33] Descharmes und Dumesnil, a. a. O., S. 43–44.
[34] *Correspondance,* Bd. III, S. 11, Brief vom 1. September 1852.
[35] Ebd., Bd. III, S. 23, Brief an Louise Colet, 19. September 1852. Auch S. 100, Brief vom 23. Februar 1853 (dieser auch in *Briefe* [Goverts]), S. 217 und S. 391, Brief vom 24. November 1853.
[36] *L'Œuvre,* 20. November 1931. Deffoux, *Le Pupitre de Flaubert.*
[37] *Correspondance,* Bd. IV, S. 350, Anm.
[38] Dumesnil, *Gustave Flaubert, l'Homme et l'Œuvre,* S. 200.
[39] Nationalbibliothek Paris, N.A.F. 23,824, unveröffentlicht.
[40] Ebd., N.A.F. 23,825, unveröffentlicht.
[41] *Correspondance,* Bd. IV, S. 163, Brief vom 19. Februar 1857.
[42] *Briefe* (Goverts), S. 366–367, Brief vom 18. März 1857.
[43] Ebd., S. 370, Brief vom 30. März 1857.
[44] Ebd., S. 369, Brief vom 30. März 1857.
[45] Ebd., S. 376, Brief vom 18. Mai 1857.
[46] Ebd., S. 382–383, Brief vom Juni 1857.
[47] *Correspondance,* Bd. IV, S. 277, Brief vom 4. September 1858.
[48] Ebd., Bd. V, S. 386, Brief vom 15. Juli 1868.
[49] Nationalbibliothek Paris, N.A.F. 23,825, unveröffentlicht.
[50] *Correspondance,* Bd. V, S. 394–395, Brief vom August 1868.
[51] Ebd., Bd. VII, S. 304, Brief vom 27. Juni 1876.
[52] Ebd., Bd. VII, S. 305, Brief vom 27. Juni 1876.
[53] Charles Lapierre, *Esquisse sur Flaubert Intime.*

II. Teil: Das Meisterstück

20. Der Roman im Zweiten Kaiserreich

[1] *L'Art Romantique* (Conard), S. 168.
[2] *Briefe* (Goverts), S. 350, Brief an Mme Roger des Genettes, Oktober oder November 1856.
[3] Maillard, *Les Derniers Jours de la Bohème,* S. 85.
[4] *Curiosités Esthétiques* (Conard), S. 419.
[5] Maynial, *L'Epoque Réaliste,* S. 37.
[6] Emile Bouyier, *La Bataille Réaliste,* S. 247.
[7] Martino, *Le Roman Réaliste sous le Second Empire,* S. 112.

[8] Champfleury, *Préface* zu *Le Réalisme.*
[9] Martino, *Le Roman Réaliste sous le Second Empire,* S. 115.
[10] Boisson, *Les Compagnons de la Vie de Bohème,* S. 106.

21. Das Thema

[1] Alle Angaben der Verfasserin beziehen sich auf die Conard-Ausgabe von *Madame Bovary,* die Zitate der deutschen Übersetzung stammen aus der in der Manesse Bibliothek der Weltliteratur erschienenen Ausgabe.
[2] *Madame Bovary* (Manesse), S. 110.
[3] Pommier und Leleu, *Madame Bovary, Nouvelle Version* (José Corti).
[4] *Souvenirs Littéraires,* Bd. I, S. 481.
[5] *Briefe* (Goverts), S. 369–370, Brief an Mlle. Leroyer de Chantepie, 30. März 1857.
[6] *Correspondance,* Bd. IV, S. 191, Brief an Cailleteaux, 4. Juni 1857.
[7] *Briefe* (Goverts), S. 366, Brief an Mlle. Leroyer de Chantepie, 18. März 1857.
[8] *Correspondance,* Bd. IV, S. 70, Brief an Bouilhet, 10. Mai 1855.
[9] *Briefe* (Goverts), S. 571, Brief an Mme Hortense Cornu, 20. März 1870.
[10] Sammlung Spoelberch de Lovenjoul in der Institutsbibliothek Chantilly, B. II, unveröffentlicht.
[11] Ebd., Brief vom 2. August 1851.
[12] 15. April 1910.
[13] *Correspondance,* Bd. I, S. 162, Brief an Le Poittevin, 2. April 1845.
[14] *Revue d'Histoire Littéraire de la France,* 1947, Juli–September, S. 211–226.
[15] Stadtbibliothek Rouen, Ms. g 226 (4).
[16] *Les Lettres Françaises,* 11. April 1947. Pommier: *L'Affaire Loursel.*
[17] *Briefe* (Goverts), S. 191, Brief an Louise Colet, 20. März 1852, und *Correspondance,* Bd. II, S. 382, Brief an Louise Colet, 27. März 1852.
[18] *Correspondance,* Bd. II, S. 372, Anm.
[19] *Les Mémoires de Marie Cappelle,* Bd. II, S. 173.
[20] Ebd., Bd. II, S. 118.
[21] Ebd., Bd. III, S. 168–195.
[22] Ebd., Bd. III, S. 272.
[23] *Madame Bovary* (Manesse), S. 8–9.
[24] Stadtbibliothek Rouen, Ms. g (226^{7}), unveröffentlicht.
[25] *Madame Bovary* (Manesse), S. 255.
[26] *Correspondance,* Bd. III, S. 403, Brief vom 18. Dezember 1853.
[27] *Œuvres de Jeunesse Inédites,* Bd. III, S. 305
[28] *Madame Bovary* (Manesse), S. 520.
[29] Ebd., S. 522.
[30] Ebd., S. 297–298.
[31] *French Novelists from the Revolution to Proust,* S. 232.
[32] Die ganze Episode steht in *Madame Bovary* (Manesse), S. 475–482.
[33] Stadtbibliothek Rouen, Ms. gg^{9}.
[34] *Madame Bovary* (Manesse), S. 500–501.
[35] Descharmes und Dumesnil, *Autour de Flaubert,* Bd. I, S. 49.
[36] Stadtbibliothek Rouen, Ms. g 223^{5}.
[37] *Flaubert and Madame Bovary,* S. 304.
[38] *Correspondance,* Bd. IV, S. 90, Brief an Louis Bouilhet, 20. September 1855.

22. Charaktere und Charakterisierung

[1] *Correspondance,* Bd. II, S. 457, Brief an Louise Colet, 3./4. Juli 1852.
[2] *Notes de Voyages,* Bd. I, S. 80–81.
[3] *Correspondance,* Bd. III, S. 201, Brief an Louise Colet, 21./22. März 1852.
[4] *Briefe* (Goverts), S. 509, Brief an George Sand, 5./6. Dezember 1866.
[5] *Correspondance,* Bd. III, S. 31, Brief an Louise Colet, 25. September 1852.
[6] *Briefe* (Goverts), S. 522, Brief vom 14. Juni 1867.
[7] *Correspondance,* Bd. III, S. 291, Brief an Louise Colet, 14. August 1853.
[8] Ebd., Bd. V, S. 350, Brief von 1868.
[9] Ebd., Bd. III, S. 405, Brief an Louise Colet, 23. Dezember 1852.
[10] Ebd., Bd. II, S. 380, Brief an Louise Colet, 27. März 1852.
[11] Ebd., Bd. III, S. 20, Brief an Louise Colet, 3. September 1852.
[12] Ebd., Bd. V, S. 294, Brief vom 8./9. April 1867.
[13] *Madame Bovary* (Manesse), S. 303–305.
[14] Ebd., S. 27.
[15] Ebd., S. 81.
[16] Ebd., S. 365.
[17] Ebd., S. 130.
[18] Ebd., S. 152.
[19] Ebd., S. 43.
[20] Ebd., S. 57 und 66.
[21] Stadtbibliothek Rouen, Ms.gg[9].
[22] *Madame Bovary* (Manesse), S. 67.
[23] Ebd., S. 247.
[24] Ebd., S. 524.
[25] Ebd., S. 503.
[26] Ebd., S. 510–511.
[27] Ebd., S. 488.
[28] Stadtbibliothek Rouen, Ms.gg[9].
[29] *Madame Bovary* (Manesse), S. 534–535.
[30] Ebd., S. 535.
[31] Ebd., S. 255.
[32] Stadtbibliothek Rouen, Ms.g 223[6].
[33] *Madame Bovary* (Manesse), S. 173.
[34] Ebd., S. 66–67.
[35] Ebd., S. 67.
[36] Ebd., S. 460.
[37] Ebd., S. 90–92.
[38] Ebd., S. 253.
[39] Ebd., S. 265.
[40] Ebd., S. 287.
[41] Ebd., S. 318.
[42] Ebd., S. 329–330.
[43] Ebd., S. 331.
[44] Ebd., S. 333.
[45] Ebd., S. 448.
[46] Ebd., S. 398.
[47] Stadtbibliothek Rouen, Ms.gg[9].

48 Ebd., Ms.gg.
49 *Madame Bovary* (Manesse), S. 436.
50 Ebd., S. 94.
51 Stadtbibliothek Rouen, Ms.gg[9].
52 *Flaubert*, S. 90.
53 *Madame Bovary* (Manesse), S. 226 ff.
54 Ebd., S. 219.
55 Ebd., S. 316.
56 Ebd., S. 480.
57 *Correspondance*, Bd. III, S. 42–43, Brief vom 9. Oktober 1852.
58 *Madame Bovary* (Manesse), S. 133–134.
59 Ebd., S. 429.
60 Ebd., S. 448.
61 Ebd., S. 126–127.
62 Ebd., S. 494–495.
63 Ebd., S. 241–242.
64 Ebd., S. 243.
65 Ebd., S. 532.
66 Ebd., S. 532.
67 Stadtbibliothek Rouen, Ms.gg[9].
68 *The Novel in France*, S. 252.
69 Ebd., S. 254.

23. Flauberts ästhetische Lehre

1 *Briefe* (Goverts), S. 648, Brief vom 6. Februar 1876.
2 *Correspondance*, Bd. III, S. 295, Brief an Louise Colet, 14. August 1853.
3 *Briefe* (Goverts), S. 688, Brief von Februar–März 1879.
4 Ebd., S. 210, Brief vom 18. Juli 1852.
5 Ebd., S. 225, Brief an Louise Colet, 17. Dezember 1852.
6 Ebd., S. 182, Brief vom 16. Januar 1852.
7 Ebd., S. 240, Brief an Louise Colet, 27. März 1853.
8 Ebd., S. 268, Brief an Louise Colet, 25./26. Juni 1853.
9 Pléiade-Ausgabe der *Œuvres Complètes*, Bd. I.
10 *Flaubert*, S. 35.
11 *Journal d'un Poète*, S. 98 (Michel Lévy).
12 *Correspondance*, Bd. II, S. 343–345, Brief an Louise Colet, 16. Juni 1852.
13 *Briefe* (Goverts), S. 181, Brief vom 16. Januar 1852.
14 *Correspondance*, Bd. III, S. 223, Brief an Louise Colet, 3. Juni 1853.
15 *Briefe* (Goverts), S. 229 und *Correspondance*, Bd. III, S. 247, Briefe an Louise Colet vom 29. Januar und 29. Juni 1853.
16 *Correspondance*, Bd. V, S. 60–61, Brief vom 22. April 1854.
17 *Briefe* (Goverts), S. 329, Brief vom 22. April 1854.
18 *Correspondance*, Bd. III, S. 7, Brief an Louise Colet, 1. September 1852.
19 Ebd., Bd. III, S. 61–62, Brief an Louise Colet, 9. Dezember 1852.
20 *Briefe* (Goverts), S. 491, Brief an Amélie Bosquet, 20. August 1866.
21 Ebd., S. 509–510, Brief an George Sand, 5./6. Dezember 1866.
22 Ebd., S. 187, Brief an Louise Colet, 8. Februar 1852.

[23] Ebd., S. 648, Brief an George Sand, 6. Februar 1876.
[24] Ebd., S. 196, Brief an Louise Colet vom 24. April 1852.
[25] Ebd., S. 180, Brief an Louise Colet, 16. Januar 1852.
[26] *Madame Bovary* (Manesse), S. 116.
[27] Im Gespräch mit der Verfasserin.
[28] *Briefe* (Goverts), S. 646, Brief von Ende Dezember 1875.
[29] Ebd., S. 444, Brief an Duplan, 12. Juni 1862.
[30] Ebd., S. 443, Brief an Duplan, 10. Juni 1862.
[31] *Correspondance Supplément*, Bd. IV, S. 292, Brief an seine Nichte, 26. Dezember 1879.
[32] *Briefe* (Goverts), S. 401, Brief an Mlle Leroyer de Chantepie, 12. Dezember 1857.
[33] *Préface* zu *Pierre et Jean*, S. 21 (Garnier-Ausgabe).
[34] *Nouvelle Revue*, Januar 1881, *Flaubert dans sa Vie Intime.*
[35] Maupassant, *Préface* zu *Pierre et Jean*, S. 21 (Garnier-Ausgabe).
[36] *Correspondance*, Bd. III, S. 375, Brief an Louise Colet, 25. Oktober 1853.
[37] Ebd., Bd. II, S. 469, Brief vom Juli 1852.
[38] *Préface* zu *Lettres à George Sand*, 1884, S. LVII.
[39] *Madame Bovary* (Manesse), S. 397.
[40] Ebd., S. 197–198.
[41] *Correspondance*, Bd. IV, S. 78–79, Brief an Bouilhet, 28. Juni 1855.
[42] Ebd., Bd. III, S. 264, Brief vom 2. Juli 1853.
[43] *Briefe* (Goverts), S. 251, Brief an Louise Colet, 1. Juni 1853.
[44] Ebd., S. 509, Brief vom 3.-6. Dezember 1866.
[45] Ebd., S. 194, Brief an Louise Colet, 24. April 1852.
[46] Ebd., S. 418, Brief an Ernest Feydeau, Mai 1859.
[47] *Correspondance*, Bd. IV, S. 311, Brief an Ernest Feydeau, Februar 1859.
[48] *Briefe* (Goverts), S. 383, Brief vom Juni 1857.
[49] *Correspondance*, Bd. IV, S. 356, Brief vom 18. Dezember 1859.

SCHLUSSWORT

[1] *Briefe* (Goverts), S. 490, Brief vom 16. August 1866.
[2] *Correspondance*, Bd. V, S. 227, Brief an Mlle Leroyer de Chantepie, 20. August 1866.
[3] *Dramaturges et Romanciers*, S. 25–28.
[4] A. a. O., S. 67.
[5] A. a. O., S. 224–262.
[6] *Correspondance*, Bd. VI, S. 102, Brief vom 12. Januar 1870.
[7] Ebd., Bd. I, S. 236, Brief vom 9. August 1846.
[8] *Sunday Times*, 27. Juni 1954.
[9] *Correspondance*, Bd. IV, S. 352, Brief an Amélie Bosquet, November oder Dezember 1859.
[10] Ebd., Bd. VI, S. 237, Brief vom 22. Mai 1871.
[11] *Briefe* (Goverts), S. 598, Brief vom 6. September 1871.
[12] Ebd., S. 614, Brief vom 5. Oktober 1872.

13 Ebd., S. 615, Brief vom 5. Oktober 1872.
14 *Lehrjahre des Gefühls* (rororo), S. 308 ff.
15 *Correspondance*, Bd. I, S. 233, Brief an Louise Colet, 19. August 1846.
16 Ebd., Bd. I, S. 355, Brief an Louise Colet, 4. Oktober 1846.
17 *Briefe* (Goverts), S. 329, Brief an Louise Colet, 22. April 1854.
18 *Correspondance*, Bd. V, S. 255, Brief vom 13. Dezember 1866.
19 *Briefe* (Goverts), S. 257, Brief vom 6. Juni 1853.
20 *Correspondance*, Bd. I, S. 200, Brief vom 5. April 1846.
21 *Briefe* (Goverts), S. 292, Brief an Louise Colet, 30. September 1853.
22 *Correspondance*, Bd. I, S. 218, Brief an Louise Colet, 6. August 1846.
23 *Briefe* (Goverts), S. 279, Brief an Louise Colet, 21. August 1853.
24 *Correspondance*, Bd. III, S. 403, Brief an Louise Colet, 18. Dezember 1853.
25 Ebd., Bd. IV, S. 341, Brief an Ernest Feydeau vom Oktober–November 1859.
26 *Briefe* (Goverts), S. 176–178, Brief vom 21. Oktober 1851.
27 *Correspondance*, Bd. III, S. 150, Brief vom 31. März 1853.
28 *Correspondance Supplément*, Bd. III, S. 218, Brief an Commanville, 7. Oktober 1875.
29 A. a. O., S. 253.
30 *Briefe* (Goverts), S. 371, Brief vom 30. März 1857.
31 Ebd., S. 215, Brief vom 4. September 1852.
32 *Correspondance*, Bd. II, S. 446, Brief an Louise Colet, 26. Januar 1852.
33 *Notes de Voyages*, Bd. II, S. 347.
34 Guillaumin, *Flaubert devant la Vie et devant Dieu*, S. 234.
35 Mallarmé, *Œuvres Complètes* (Pléiade-Ausgabe), S. 872.
36 *Correspondance*, Bd. I, S. 97, Brief vom 23. Februar 1842.
37 *Briefe* (Goverts), S. 256–257, Brief an Louise Colet, 6. Juni 1853.
38 Ebd., S. 403, Brief an Mlle Leroyer de Chantepie, 23. Januar 1858.
39 Ebd., S. 213, Brief vom 27. Juli 1852.

BIBLIOGRAPHIE

A

Flaubert, Gustave: *Œuvres complètes.* 28 Bde. Conard, 1926–1933
– *Gesammelte Werke.* Hg. Ernst Wilhelm Fischer. 10 Bde. 1907–1909
– *Gesammelte Werke.* Hg. Wilhelm Weigand. 6 Bde. 1923
– *Souvenirs, Notes et Pensées Intimes.* Hg. L. Chevalley-Sabatier. 1965
– *Madame Bovary, Nouvelle Version.* Hg. J. Pommier und G. Leleu: Erweiterte Fassung aufgrund der Rohnotizen und Szenarios von Flaubert in der Stadtbibliothek Rouen
– *Edition de la Pléiade:* Enthält ausschließlich die von Flaubert selbst veröffentlichten Romane. 2 Bde.
– *Briefe.* Hg. und übersetzt von Helmut Scheffel. Goverts 1962
– *Erinnerungen eines Verrückten.* Deutsch von Antje Ellermann. 1968
– *November.* Deutsch von Werner Johannes Guggenheim. Goldmann 1960
– *Madame Bovary.* Deutsch von Hans Reisiger. Manesse 1967

B

Bücher über Flauberts frühe Jahre und Werke sowie über *Madame Bovary:*

Albalat, A.: *Gustave Flaubert et ses Amis.* 1927
Auriant: *Koutchouk-Hanem l'Aimée de Flaubert.* 1943
Bertrand, G. E.: *Les Jours de Flaubert.* 1947
Bertrand, L.: *La Première Tentation de Saint Antoine.* 1908
Bertrand, L.: *Gustave Flaubert, avec des Fragments Inédits.* 1923
Bollème, G.: *La Leçon de Flaubert.* 1964
Bonwit, M.: *Gustave Flaubert et le Principe d'Impassibilité.* 1950
Bopp, L.: *Commentaire sur Madame Bovary.* 1951
Bouquet, F.: *Souvenirs du Collège de Rouen par un Elève de Pension.* 1895
Bouquet, F.: *L'Enseignement Supérieur à Rouen pendant le XIXe Siècle,* 1808–1896. 1896
Bruneau, J.: *Les Débuts Littéraires de Gustave Flaubert.* 1962
Cassagne, A.: *La Théorie de l'Art pour l'Art en France chez les Derniers Romantiques et les Premiers Parnassiens.* 1906
Castex, P. G.: *Le Conte Fantastique en France de Nodier à Maupassant.* 1951
Champfleury, J.: *Les Bourgeois de Molinchart.* 1855

Coleman, A.: *Flaubert's Literary Development in the Light of his ›Mémoires d'un Fou‹, ›Novembre‹ and ›Education Sentimentale‹* (1845). 1914
Colling, A.: *Gustave Flaubert.* 1947
Commanville, C.: *Souvenirs sur Gustave Flaubert.* 1895
Degoumois, L.: *Flaubert à l'Ecole de Goethe.* 1925
Demorest, D.: *L'Expression Figurée et Symbolique dans l'Œuvre de Gustave Flaubert.* 1931
Descharmes, R.: *Flaubert, sa Vie, son Caractère, et ses Idées avant 1857.* 1909
Descharmes, R. und Dumesnil, R.: *Autour de Flaubert.* 1912
Du Camp, M.: *Souvenirs de l'Année 1848.* 1876
Du Camp, M.: *Souvenirs Littéraires.* 1883
Dumesnil, R.: *En Marge de Flaubert.* 1928
Dumesnil, R.: *Gustave Flaubert, l'Homme et l'Œuvre.* 1932
Dumesnil, R.: *Madame Bovary.* 1945
Dumesnil, R.: *Le Grand Amour de Flaubert.* 1945
Dumesnil, R.: *La Vocation de Flaubert.* 1961
Dumesnil, R. und Demorest, D.: *Bibliographie de Gustave Flaubert.* 1937
Durry, M. J.: *Flaubert et ses Projets Inédits.* 1950
Estève, E.: *Byron et le Romantisme Français.* 1907
Faguet, E.: *Flaubert.* 1899
Fairlie, A.: *Madame Bovary.* 1962
Ferrère, E.: *L'Esthétique de Flaubert.* 1913
Finot, A.: *Maxime Du Camp.* 1949
Fischer, E.: *Etudes sur Flaubert Inédit.* 1908
Frejlich, H.: *Flaubert d'après sa Correspondance.* 1933
Frejlich, H.: *Les Amants de Mantes.* 1936
Gaultier, J. de: *Le Bovarysme.* 1892
Gaultier, J. de: *Le Génie de Flaubert.* 1913
Gérard-Gailly: *Flaubert et les Fantômes de Trouville.* 1930
Gérard-Gailly: *Les Véhémences de Louise Colet.* 1934
Gérard-Gailly: *Le Grand Amour de Flaubert.* 1944
Gothot-Mersch, C.: *La Genèse de ›Madame Bovary‹.* 1966
Herval, R.: *Les Véritables Origines de ›Madame Bovary‹.* 1957
Jackson, J.: *Louise Colet et ses Amis Littéraires.* 1937
Lafarge, M.-C.: *Mémoires de Marie Cappelle.* 1842 und 1843
Laumet, L.: *La Sensibilité de Flaubert.* 1951
Leleu, G.: *Madame Bovary. Ebauches et Fragments Inédits.* 1936
Le Poittevin, A.: *Œuvres Inédites.* 1909
Le Poittevin, A.: *Lettres Inédites à Gustave Flaubert.* 1910
Le Poittevin, A.: *Une Promenade de Bélial et Œuvres Inédites, Précédées d'une Introduction sur la Vie et le Caractère d'Alfred Le Poittevin.* 1924
Le Sidanar, L.: *Gustave Flaubert.* 1930
Martino, P.: *Le Roman Réaliste sous le Second Empire.* 1913
Maupassant, G. de: *Etudes sur Gustave Flaubert* (Œuvres Posthumes, II). 1930
Maynial, E.: *La Jeunesse de Flaubert.* 1913
Maynial, E.: *Flaubert et son Milieu.* 1927
Maynial, E.: *Flaubert.* 1943
Mestrel-Combremont, J. de: *La Belle Madame Colet.* 1913
Monnier, H.: *Grandeur et Décadence de M. Joseph Prudhomme.* 1853

Moreau, P.: *Madame Bovary.* o.J.
Naaman, A.: *Les Débuts de Gustave Flaubert et sa Technique de la Description.* 1962
Proust, M.: *Chroniques.* o.J.
Richard, J.: *Littérature et Sensation.* 1954
Seillière, Baron E.: *Gustave Flaubert.* 1914
Seznec, J.: *Les Sources de l'Episode des Dieux dans la Tentation de Saint Antoine* (Première Version 1849). 1940
Seznec, J.: *Nouvelles Etudes sur la Tentation de Saint Antoine.* 1949
Shanks, L. P.: *Flauberts Youth.* 1927
Spencer, P.: *Flaubert.* 1952
Steegmuller, F.: *Flaubert and Madame Bovary.* 1947
Suffel, J.: *Gustave Flaubert.* 1958
Thibaudet, A.: *Gustave Flaubert.* 1935
Thorlby, A.: *Gustave Flaubert and the Art of Realism.* 1956
Tillett, M.: *On reading Flaubert.* 1961
Weill, G.: *Histoire de l'Enseignement Secondaire en France* (1802–1920). 1921

C

Wichtige Artikel in Zeitungen und Zeitschriften über Flaubert oder seine Werke:

Audiat, P.: *Maxime Du Camp ou le Médisant Scrupuleux,* in: Revue de Paris, Juni 1948
Bardon, M.: *Don Quichotte et le Roman Réaliste en France,* in: Revue de Littérature Comparée, 1936, S. 63–81
Barron, J.: *La Première Education Sentimentale de Flaubert,* in: Bulletin des Amis de Flaubert, No. 12
Bertrand, L.: *Les Carnets de Gustave Flaubert,* in: Revue des Deux Mondes, 15. Juli 1910
Bonwit, M.: *The Significance of the Dog in Flaubert's ›Education Sentimentale‹,* in: The Publications of the Modern Language Association, Juni 1947
Chevalley-Sabatier, L.: *Gustave Flaubert et sa Sœur Caroline d'après leur Correspondance Inédite,* in: Revue Hebdomadaire, 12. Dezember 1936
Cottin, M. und Bruneau, J.: *Sur le Manuscrit de ›Passion & Vertu‹,* in: Revue d'Histoire Littéraire de la France, Oktober–Dezember 1959
Dimoff, P.: *Autour d'un Projet de Roman de Flaubert,* in: Revue d'Histoire Littéraire de la France, Dezember 1948
Leleu, G.: *Une Source Inconnue de ›Madame Bovary‹,* in: Revue d'Histoire Littéraire de la France, Juli–September 1947
Leleu, G. und Pommier, J.: *Du Nouveau sur ›Madame Bovary‹,* in: Revue d'Histoire Littéraire de la France, Juli–September 1947
Pommier, J.: *L'Affaire Loursel,* in: Les Lettres Françaises, 11. April 1947
Pommier, J.: *Les Maladies de Flaubert,* in: Le Progrès Médical, August 1947
Pommier, J. und Digeon, C.: *Du Nouveau sur Flaubert et son Œuvre,* in: Le Mercure de France, 1. Mai 1952
Spencer, P.: *New Light on Flaubert's Youth,* in: French Studies, April 1954
West, C.: *Flaubert and Harriet Collier,* in: Revue d'Histoire Littéraire de la France, Januar–März 1957

PERSONENREGISTER

WERKREGISTER

(zitierte Werke Flauberts)

Robert Pinget

OHNE ANTWORT
Roman. Originaltitel: Le fiston.
Aus dem Französischen von Gerda und Helmut Scheffel.
108 Seiten, Leinen, 12 DM

GEGENBEWEISE
Roman. Originaltitel: Clope au dossier.
Aus dem Französischen von Gerda und Helmut Scheffel.
85 Seiten, Leinen, 12 DM

INQUISITORIUM
Roman. Originaltitel: L'inquisitoire.
Aus dem Französischen von Gerda und Helmut Scheffel.
342 Seiten, Leinen, 22 DM

»... kein verquälter Roman der Dutzendklasse, sondern ein intelligentes, oft komisches Buch, das unserer Welt und ihrer Realität mehr gerecht wird als die meisten realistischen Romane.«

AUGENBLICKE DER WAHRHEIT
Roman. Originaltitel: Quelqu'un.
Aus dem Französischen von Gerda Scheffel.
260 Seiten, Leinen, 18 DM

»Dieser Roman, der mit dem begehrten französischen Literaturpreis ›Prix Fémina‹ ausgezeichnet wurde, ironisiert mit humorvollem und manchmal distanziertem Spott das Tragikomische in menschlichen Idealen und Marotten.«

DAS TUMBAGEBET
Roman. Originaltitel: Le libera.
Aus dem Französischen von Gerda und Helmut Scheffel.
250 Seiten, Leinen, 20 DM

Mit Hilfe des Allerflüchtigsten, Oberflächlichsten, dem Gespinst von Gerede, Klatsch und Gerüchten über vergangene und gegenwärtige Ereignisse dokumentiert Pinget die Wirklichkeit einer Kleinstadtgesellschaft und vermittelt entscheidende Einblicke und Einsichten in das Leben schlechthin.

Robert Sabatier

EIN MANN IN PARIS

Roman. Originaltitel: Le Chinois d'Afrique.
Aus dem Französischen von Sybille A. Rott.
354 Seiten, Leinen, 22 DM

»Sabatier hat in diesem Roman ein Stück moderner Lebens- und Weltauffassung verdichtet. Er hat eine Symbolfigur für eine Gesellschaft geschaffen, in der die zunehmende Entfremdung alltäglich geworden ist. Bittere Poesie und eine bis in die Morbität reichende Melancholie sind die Kennzeichen dieses Buches, das dem Leser immer wieder eine Stellungnahme zum eigenen Existenzbegriff abverlangt.«

Hannoversche Presse

DIE SCHWEDISCHEN ZÜNDHÖLZER

Roman. Originaltitel: Les allumettes suédoises.
Aus dem Französischen von Sybille A. Rott.
337 Seiten, Leinen, 22 DM

»Der Autor hat eine Jungengeschichte geschrieben, die in Paris spielt und die Menschen in dem alten Pariser Viertel an der Rue Labat charakterisiert, einen alten Anarchisten, einen Radiobastler, einen Krüppel, einige Frauen, Ganoven, Großsprecher.

Der Waisenknabe Olvier ist eine interessante Erfindung, in die alles hineingelegt wird, was ein reifer Mann sich in ein Kind hineinträumt, das noch einmal dieses Leben von vorn beginnen kann – stellvertretend für ihn. Ein geschmackvolles Buch für Erwachsene und Junge.«

Kölnische Rundschau